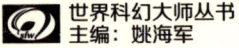

MOVING MARS

［美］格雷格·贝尔 著　郝秀玉 译

移动火星

四川科学技术出版社

MOVING MARS
Copyright © 1993 by Greg Bear
Simplified Chinese edition copyright:
2015 SCIENCE FICTION WORLD
All rights reserved

图书在版编目(CIP)数据

移动火星 / [美]贝尔 著；郝秀玉 译.
成都:四川科学技术出版社， 2015.10
(世界科幻大师丛书)
ISBN 978-7-5364-8174-9

Ⅰ.移… Ⅱ.①贝… ②郝… Ⅲ.科学幻想小说-美国-现代 Ⅳ.I712.45

中国版本图书馆CIP数据核字(2015)第1997651号
图进字21-2011-77

世界科幻大师丛书
移动火星

出 品 人	钱丹凝
丛书主编	姚海军
著　　者	[美]格雷格·贝尔
译　　者	郝秀玉
责任编辑	宋　齐
特邀编辑	明先林
封面绘画	赵恩哲
封面设计	杨　爽
版面设计	杨　爽
责任出版	欧晓春
出版发行	四川科学技术出版社
	成都市槐树街2号　邮政编码:610031
成品尺寸	140mm×203mm
印　　张	18.5
字　　数	360千
插　　页	2
印　　刷	四川省南方印务有限公司
版　　次	2015年10月成都第一版
印　　次	2015年10月成都第一次印刷
定　　价	48.00元

ISBN 978-7-5364-8174-9

献给雷·布拉德伯里^①

一个火星日是24小时零40分钟,比一个地球日略微长一点。一个火星年是686个地球日,或者说668个火星日,不到地球时间的两年。火星直径6 786公里,而地球的直径是12 756公里。火星上的重力加速度是3.71米/秒^2,只有地球的三分之一强。火星表面的平均气压值为5.6毫巴,大约相当于地球相应数值的0.5%。火星大气的主要成分是二氧化碳。火星没有海洋,故而也没有海平面。火星"基面"(或者说测量参考平面)的温度变化范围,在摄氏零下130度至零上27度之间。没有穿戴防护装备的人类,只要在火星表面待上几分钟,很可能就会被冻死——但在此之前,就会因为身体暴露在接近真空的环境下丧命。如果这位不幸的人没有因为冰冻和低气压死亡,并且找到了足以呼吸的氧气,他还要面临来自太阳辐射和宇宙射线的威胁。

　　在整个太阳系,除地球以外,火星已经是最适合人类居住的行星。

第一部

金色阳光照耀下的火星,可能已经消失在年轻人的记忆里。那时候,火星的天空还是灰扑扑的品红色,装点着丝丝缕缕的云;火星的土壤荒芜、细碎;而火星居民还住在增压地穴里,只有在举行仪式、维护设备或者照料庄稼的时候,才会冒险"上升"到地面上。那时候的庄稼,都是粗壮结实的长藤,像深绿的蛇群一样,蜿蜒匍匐在狂风肆虐的农场。那时的火星,苍老、疲惫,却住满了年轻而富有活力的人。而现在,那个火星已经永远消失。

　　现在,我已经苍老疲惫,而火星却再度焕发了青春。

　　我们的生命不属于自己,而属于上帝——我们必须在这样的假设下生活。我年轻时显得那么渺小,不管我做什么,似乎都不会带来任何改变;但是正如人们常说的:哪怕只是一粒尘埃的飞动,若是在时空中扩展开来,也可以变成撼动星球的风暴……

2171年，火星历53年

一个时代行将过去。那些时代变迁的迹象，我曾在课堂上半懂不懂地学习过。甚至有些敏感的教授，还会急切地向我们传授这种知识。但我一直以为，这些都与我无关——直到现在。

我已经被火星大学西奈学院遣散。我们两百名同学和教授们一起被驱逐了，被迫列队站在白色地面的车站里，阳光透过顶棚纵横交错的梁椽，洒在我们脸上。我们在等待多尔萨平原的列车，把我们运送回自家居住的平原、盆地、山凹或者峡谷。

戴安娜·约哈拉是我的室友，她穿着长靴，一只脚踏在小包上，嘟起嘴儿像是在吹口哨，但是没有发出任何声音。她总是紧盯着北面的帘幕，等着列车从那里钻进来。尽管我和戴安娜算不上是很好的朋友，我们说话却从来不会拐弯抹角——但凡有点教养的火星人都这样。

"还不如搞暗杀。"她建议。

"不现实。"我嘟囔着，直到几天之前，我才知道戴安娜有多么愤怒，"顺便问一句，你去杀谁呀？"

"地方长官，还有院长。"

我摇摇头。

火星大学西奈学院超过百分之八十的学生都已经遭到遣散，

这严重违犯了火星盟约。我个人认为这极不公平,但我们家人却从来都没有反叛的传统。我是金融家族联盟的女儿,生来就秉承了历史悠久的审慎态度。对任何事情,我都惯于观望。

一个世纪以前的移民早期阶段确立的火星政治体制到现在依然存在,但已经摇摇欲坠。最初的殖民者往往是十多个家庭同时抵达,他们在火星表面水资源丰富的地方挖掘洞穴,遍布南北极之间各个地方,但多数人都选择了平坦低洼的平原和深谷。参照月球的殖民模式,那些最早的家庭也建立了家族联盟,或者简称"族盟"。家族联盟的行为方式,在经济方面类似于一个超级家庭;事实上,在火星,"家庭"与"族盟"几乎成了同义词。后来的殖民者,有权选择加入现有的族盟,或者成立新的族盟,甚少有家庭置身于族盟之外。

火星族盟不断融合。后来,他们把整个星球分成不同的火星区,共同开发本区域的资源。整体而言,由于火星资源充足,族盟之间主要是合作,而不是竞争关系。

"火车晚点了。我还以为,法西斯分子会确保它们准时呢。"戴安娜用脚尖轻轻敲打着地面说。

"地球上的法西斯从来都没能确保过火车准时。"

"你是说,传言是假的?"

我点头。

"那法西斯分子还有什么优点啊?"戴安娜问。

"制服挺帅。"我说。

"咱们的法西斯连制服都不够帅。"

火星的地方行政长官由无记名投票产生,仅对该地区居民负责,而无视他们的族盟归属。地方长官负责向族盟颁发采矿和居住许可证,并代表本区域出席全火星家族联盟议事会。各族盟高级律师和管理人员也投票选举族长，代表族盟出席议事会。地方长官和族长之间很少有什么冲突。一切都按部就班、彬彬有礼——火星人几乎永远都礼数周到。可是很多事务都缺乏一定之规。有人说，这样的体制效率极为低下，并开始试图向月球移民学习，建立火星中央政府。

叙利亚-西奈地区长官弗丽查尔德·多布是一个态度强硬又善于钻营的人。多年来，她一直试图说服各大族盟认同一部中央集权宪法，接受国家权威。她想让族盟不再设置族长职位，改为按区域选派代表。此举当然也就意味着族盟权力体系的终结。

从一开始，多布的名字就成了腐败的同义词。但截至当时，她已经出任火星最大区域的行政长官长达八个火星年，正处在政治生涯巅峰，权势熏天。通过哄骗、施压、威胁等手段，她成功争取到最大族盟的认可（有人说是迫使大家认可），达成了政治共识。多布成了火星统一进程的核心人物，暗中谋取着火星总统的宝座。

有人说，她的一切行为全都出于私心，但甚少有人敢于公开反对。

几天以后，火星族盟议事会就要举行公开表决，正式批准火星宪法。我们已经在多布的"宪法试行期"熬了六个月，很多人激烈反对——费尽心机达成的共识其实非常脆弱，因为多布强迫过太多的人，使用过太多见不得人的手段。

至少有五个反对统一的族盟，公开提出了诉讼。他们规模较小，担心被同化、吸收。集权主义者称他们为"复古派"，把他们看作心腹之患。集权主义者绝不愿意恢复族盟统治，视其为一盘散沙。

"如果暗杀不现实的话，"戴安娜说，"我们至少也可以教训几个狗腿子——"

"嘘!"我说。

她摇摇蓬松的短发,转向别处,继续吹着无声的口哨。戴安娜一旦气得无法礼貌地沟通,就会这样做。"红星兔"曾有数十年居住在狭小拥挤的空间里,因而极为看重礼节,并将这份传统教给了他们的后代。

集权主义者怕出事。多布不能接受学生的抗议。即便大学生立场与复古派并不一致,他们还是有可能发出足够强大的反对之声,让宪政协议流产。

所以,被多布任命为火星大学西奈学院院长的卡罗琳·康娜尔在接到其老友多布的密令之后,准备先发制人。康娜尔是个精力旺盛、头脑简单的家伙。为了讨好上司,她关闭了大部分校舍,还编制了一份黑名单,列出所有可能支持抗议的人。

我当时学的是政府管理学专业。尽管没有在任何请愿书上签过名,也没有参加过任何游行(不像戴安娜,她是学生运动的积极分子),但我的名字还是进入了嫌疑人名单。政府管理学专业的独立思考倾向是闻名遐迩的,谁又能对我们放心呢?

我们交了学费,却不能上课。大多数遭遣散的学生和教师别无选择,只能回家。学校"慷慨"地为我们提供了国营列车的免费车票。有些人,包括戴安娜,拒绝接受车票,发誓反对非法遣散行为。她因而遭到大学保安强制护送,被驱逐出校区。我也遭到了同等对待,而原因,却是因为行李收拾得太慢。

一路上,戴安娜走路动作僵硬,慢慢吞吞,怨气冲天。那些保安多数都是地球来的新移民,身材高大强壮。他们抓紧我们的手臂,推推搡搡把我们押过隧道。这样粗暴的做法迅速令我心中的质疑升级。我怎么可能忍受这样不公正的对待却默不作声?我们家人虽以谨慎著称,但绝不懦弱。

在康娜尔手下保安的包围下,我们和最后一批被遣散的学生一起,经过一座室内花园。那里面还有一群学生,穿着灰色和蓝色的家族服装。这些"公子"全部来自跟地球人沆瀣一气的族盟,他们支持多布的政改计划,所以还能留在校内。这些人三五成群小声议论,带着空洞的表情目送我们离去。他们始终没有对我们表示过支持或者鼓励,那份冷漠像高墙一样堵在我们同他们之间。戴安娜用胳膊肘碰了我一下。"一群猪。"她小声说。我同意她的评价。我觉得,他们比卖国者还差劲,因为他们表现得那样冷漠、老气横秋,没有任何年轻人的感觉。

我们被装进一辆孤零零的轨道车,往车站进发,周围还是那群保安。

车站吵闹异常。

有几位大学生走进车站旁边的一条走廊,带回来消息说,前往多尔萨平原的环线列车马上就将到达。戴安娜舔了舔嘴唇,紧张地四处张望。这时候,最后一名保安也以为我们要上车走人,冲我们碰了碰帽檐,走进车站咖啡店,消失了。

"你想加入我们吗?"戴安娜问。

我无法回答,脑子嗡嗡作响。对不公正待遇的愤怒,与家人对我的期望激烈交战。我的父母痛恨因为火星统一带来的社会动荡。他们坚决认为,置身事外是最好的选择。他们也跟我说过这件事,尽管没有定下什么规矩。

戴安娜同情地看着我,握着我的手说:"凯西娅,你想得太多了。"她挤过站台,转过一个弯儿,走了。学生们三五成群,开始找借口离开——有的说要去洗手间,有的说去喝咖啡,有的要去查看老家的天气情况……共有大约九十名学生离开人群。

　　我犹豫了一下。留在原地的人显得是那样愚蠢、冷漠。他们有时会瞥一眼离开的人，而那些人会迅速把脸转向别处。

　　诡异的宁静笼罩着站台。最后一个离开的是一名一年级女生，她带着三个重重的呢绒背包，棕色短发齐肩。我看到她的身体在颤抖，一个背包从肩头滑落。接着，她的两腿开始发抖，一脚把掉在地上的背包踢出两米开外，然后丢下其他包裹，沿站台径直向北，转过拐角不见了。

　　我浑身都在颤抖。打量着周围那些麻木的面庞，我无法想象，他们怎么能如此卑俗；他们怎么能就这样站在远处，等着火车减速，接受多布的惩罚？而罪名只是他们未必真正持有的政治立场！

　　列车顶开站台另一端的密封气垫，穿过门帘和密闭材料行驶过来。站台上方开始有图标闪亮：车站标识符、列车车次、终点站等等。一个成熟的女性播音员用极为礼貌却毫无感情的语调告诉我们："本车由多尔萨平原开往博斯普鲁斯、内雷顿、阿盖尔、诺阿齐斯，可换乘至麦利迪阿里和海拉斯，即将到达四号门。"

　　我低声自语："讨厌！讨厌！真讨厌！"然后迷迷糊糊地做出了决定。在被更多的疑虑打垮之前，我已经走过了那个拐角，来到空荡荡的维修区，结果发现那里是条死胡同，唯一的出口是一座低矮的小铁门，上面的白漆已开始剥落，门开着一道窄缝。我弯腰推开门，回头看了一眼，走了进去。

　　我快步疾行，几分钟以后才追上戴安娜。我沿着机器工人①通道，一路上越过了十到十五名同学才找到她。"咱们现在去哪儿？"我小声问。

　　"你要加入我们吗？"

---

　　①原文是 Arbeiter，来自德语的"工人"，在本书中代指从事体力劳动和服务行业的机器人。

"我已经加入了。"

她莞尔一笑,开心地拉起我的手,用力摇晃,"有人拿到了钥匙,还知道通往早期拓荒者基地的路。"

周围回响着欢声笑语。大家拍着伙伴的肩膀,充满激情,赞叹着彼此的勇气。我们一个接一个走过一道古旧的闸门,沿着狭小拥挤的巷道前进。通道两边都是摇摇欲坠的火山岩。现在,最后的同伴也已经走出了火星大学西奈学院的领地范围,迈过一个暗淡的界标,进入更加宽阔、也更加古老的隧道。我们互相搭着肩膀,一半像行军,一半像跳舞,步调一致地向前进。

队尾有人低声喝止,让我们所有人保持安静。我们停下脚步,大气都不敢出。几秒钟的寂静之后,身后传来低沉的话语和机器工人的嗡嗡声,浑厚而有力的撞击声回荡在我们的耳畔。有人封闭了我们背后的隧道入口。

我问戴安娜:"它们不知道我们在这儿吗?"

"我估计不知道。"她说,"它们应该是负责给车站增压的工作组。"

铁门已经被关闭,并完成了密封。我们已经无路可退。

沿着隧道,我们走出大学区以外五公里。这里简直像一座迷宫,早在我出生之前就已经弃用,但是带头的人却一次都没有走错过。

"我们已经回到了从前。"戴安娜回头望着我说。四十个火星公转周期(超过75个地球年)之前,这些通道曾经连接着几个小型拓荒者基地。我们经过了最早期火星居民居住过的洞窟,这里漆黑一片,寒冷刺骨,只是为了避免极为严重的意外,才一直进行着人工增压……

我们的几支手电筒和隧道里的照明灯偶尔会照亮残破的旧家

具、早就被淘汰的电器零件、成堆的应急储备食品和真空逃生装备。

短短几个小时前，我们才吃过大学里的最后一餐，还在宿舍洗过温暖的蒸气浴。现在，那种生活都已经被我们抛在身后。我们以后会像斯巴达人一样艰苦生活。

我感觉棒极了，觉得自己在做一件大事，而且没有经过家人同意。

我以为，我终于算是长大了。

九十名学生集中在隧道尽头黑黢黢的洞穴里，这儿曾经是拓荒者挖掘出的地下居所。在黑色聚酯纤维的包围下，不管是紧张而兴奋的欢笑声、质疑声，还是冰冷地面上的脚步声、时而响起的歌声，所有声音都显得低沉、混沌。戴安娜丢开火星人的矜持，拥抱了我。随后，有几个人的声音压过了周围沉闷的低语——有几位同学开始记录大家的姓名和所属的族盟。我们的集体终于开始成形。

有两位工程学专业三年级的学生站了出来。他们的院系向来以保守和强硬著称。两人报上了姓名，他们一个叫西恩·狄金森，另一个叫格蕾泰尔·拉弗顿。就在当天，完成分组和小组长任命之后，大家确认由西恩和格蕾泰尔担任我们的首领。我们表达了团结一致的态度和追求胜利的决心，然后被告知团队已经有了一个行动计划。

那时候我觉得西恩·狄金森非常帅气——他中等身材，略瘦，饱满的前额上披散着棕黄色的头发，五官精致匀称，表情丰富生动。尽管格蕾泰尔长相没有那么吸引人，跟西恩却像是一个模子里造出来的。她是个身量苗条的女孩，有一双大而凌厉的眼睛，稻草色的头发挽成一个紧紧的发髻。

西恩站在破旧的条板箱上，俯视大家，把我们组建成一支目标明确的战斗队伍。他表情严肃，湿润的眼睛里充满激情。他说："我们都清楚，自己为什么来到这里。"他举起双手，长而有力的手指朝向聚酯房顶。"那些老家伙出卖了我们，他们的实验带来的只有腐败。现在，已经到了为火星伸张正义的时候。我们要让他们知道个人权利的意义和内涵。朋友们，他们已经忘记了我们的存在，忘记了自己应该担负的义务。真正的火星人，永远都不应该忘记这些。正如我们不会忘记呼吸，不会忘记修补基地的缝隙。那么，我们要做什么呢？能做什么呢？必须做什么呢？"

"警告他们！"我们中很多人喊道。也有人说："杀了他们！"我说的是："告诉他们我们要……"可是还没说完，我的声音就被周围的喧嚣淹没了。

西恩说明了他的计划。我们急切地倾听，他煽起了我们心中的怒火和不满。在此之前，我一生都没有这么激动过。我们是充满朝气的年轻人，绝不会容忍腐败行为，所以要越过地面攻占西奈学院，争取我们的合法权益。我们是正义之师。

西恩下令，要所有人都涂上皮肤封闭剂。药剂从一个大大的塑料桶里挤出来。我们赤身裸体用封闭剂淋浴，蹦跳着，欢笑着，互相指着同伴的身体大惊小怪，因为突然的寒冷而尖叫。有几分尴尬，但又非常开心。随后我们穿上衣服，套在可伸缩的贴身纳米材料外面。这种皮肤封闭剂，是为了应对气压不足的紧急情况研制的，用起来很不舒服。尤其是穿上以后上厕所特别麻烦。穿着皮肤封闭材料的女性小便一次需要四分钟，男性需要两分钟。而大便更加麻烦。

我们在皮肤封闭剂表面撒上了红色赭石，如果白天偷袭，就可以借此隐藏形迹。完成以后，我们看起来都像是卡通片里的恶魔。

到第三天晚间，我们已经又累又饿，浑身脏兮兮，心里也不耐烦。我们蹲在加压的聚酯纤维洞穴里，九十个人簇拥在适合三十个人使用的空间里。饮水是从老井里打来的，一股铁锈味儿；有的人吃过一点点东西，其他人一直饿着，靠活动身体抵御寒气。

取食物和去洗手的途中，我曾多次遇见一个脸色苍白、心事重重的小男生。他身材瘦削，鹰钩鼻，黑发，眼神迷茫，笑容苦涩。他想做出爱开玩笑的样子，却又总是特别紧张、不自信。跟我们其他人相比，他好像没有那么愤怒，也没有那么理直气壮。我一看见他就烦。于是我跟踪他，察看他的言行，越看他越不顺眼。我当时心情不好，很想找个人发泄一下，于是就把教训他当成了义不容辞的责任。

一开始，他好像并没有发觉我在注意他，只是躲着我，在厅堂中的人群间游荡，跟人搭讪。当时每个人都脾气暴躁，他试图交流的努力总是白费。最后，他到一台老式墙面加热器前面排队，等着吹会儿暖风。

我站到他身后。他回头看了我一眼，礼貌地笑笑，然后靠着墙蹲下了。我坐在他身边。他双手放在膝盖上，十指交握，紧闭双唇，避免接触我的目光。显然他已经受够了跟人搭讪失败的打击。

"你后悔了吧?"我停了一会儿才问。

"什么?"他迷惑不解地问。

"你看起来很烦啊。到底是不是真心参与这事儿?"

他又露出了那种令人抓狂的笑容，摊开双手说:"我不已经在这儿了吗?"

"该死的,那你就打起精神来!"

几位同学见状摇摇头,闪人了。他们太累,已经没有精力掺和我们之间的私人争斗。戴安娜却凑了上来。

"我还不知道你叫什么名字呢。"他说。

"她是凯西娅·马朱达。"戴安娜说。

"哦——"他应声道,显然明白了这个名字的含义。这让我更加生气。现在这时候,我最讨厌别人提起我这完全不相干的家庭背景。

"她的三叔就是马朱达族盟的创始人。"戴安娜还在继续说。我扫了她一眼,她才闭嘴,眼光闪烁不定。在严肃的准备工作和无聊的等待之余,她还要享受一下吵架的乐趣。

"你要参与我们的事业,就应该全心全意地投入进来。"我开始给他讲课。

"对不起。我只是有点儿累了。我叫查尔斯·富兰克林。"他伸出一只手。

考虑到当时的环境,我觉得这个家伙真是相当愚蠢迟钝。我们已经排到了加热器的位置,但是我装作满不在乎的样子,转身就走,向正在测试面罩和呼吸器的学生领袖走去。

西恩·狄金森既不拥护集权主义,也不是复古主义者。在我看来,他是我们这个自发学生组织的完美缩影。他是一位轨道工程师的儿子,纯粹依靠自己的聪明才智赢得了奖学金。他在学业上进步很快,却因为试图组建跨族盟的学生联合组织而分了神。当然,康娜尔和多布都因为这事儿相当讨厌他。

西恩工作时的表情极为投入。他头发凌乱,粗大的手指仔细拉扯着一副聚酯面具,检查有无漏气。他每发现一处漏气点,嘴角就会抽动一下。他几乎没有意识到我的存在——就算是意识到了，也很可能会因为我的姓名而对我退避三舍。尽管如此，我对他还是很有好感。

查尔斯跟在我后面，也站到了越堆越多的废品旁边。"请不要误会，"他说，"我是真心支持这里的事。"

"很高兴听你这么说。"我回答着。看着他们做的准备工作，我禁不住打了个寒战。没有人愿意贸然闯入真空环境，我们中间也没有任何人接受过如何发动武装暴乱的培训，而我们要去对抗的，却是校内安保人员，还要加上政府的爪牙，甚至我们以前的同班同学。我完全不知道他们能做出什么事，或者事态会恶化到何种程度。

我们通过每个人的通信器①密切关注新闻报道视频。西恩已经在外部网络发布消息，声称大学生已经开始罢课，以抗议康娜尔非法遣散学生的行为。但出于显而易见的原因，他并没有详细公开我们的极端计划。三星世界（地球、月球和火星）的公民们也没有留意我们。即便是火星上的实况视频网站，似乎也对我们不感兴趣。

"我感觉，也许我能帮上忙。"查尔斯指着那些面具和换气泵说，"我干过这种事……"

"你'上去'过？"我问。

"我的业余爱好就是寻找化石。我申请过加入装备组，可他们说用不着我。"

"什么业余爱好？"我问。

"到外面找化石。当然是在夏天。"

我的机会来了，我正好可以帮到西恩，也许还顺便向查尔斯致

---

①类似于智能手机的信息收发装置，可以发送星际信息、收听收看音频和视频、进行定位和买卖交易等。

歉,因为我向他发脾气了。于是我蹲下来说:"西恩,查尔斯说,他有露天工作的经验。"

"嗯。"西恩说着,把一只破损的面罩扔给格蕾泰尔。我天真地想,他们或许是一对情侣吧。格蕾泰尔皱着眉头看了看面罩——那是一个老古董,俗称"加强版安全盒"。她把那东西丢进了不能用的装备堆里。那堆东西很多,几乎要漫到我们脚下了。

"我可以修理那些东西。"查尔斯说,"安全盒里面配有速凝聚酯材料,管用。"

"我可不会派任何人戴着破面罩上地面。"西恩说,"请原谅,我们需要集中精力干活儿。"

"抱歉。"查尔斯说着,向我耸耸肩。

"我们也许没有足够的面罩可用。"我看着那堆越来越少的可用装备说。

西恩扭头看了一眼,看上去心绪不佳,相当烦躁。"不用你多嘴。"格蕾泰尔凶巴巴地对我说。

"那也没关系。"查尔斯说着,拉了拉我的胳膊,"让他们忙吧。"

我甩开他的手指退开,脸上尴尬得发烫。我们回到加热器那里,但是位置已经被别人占了。

照明灯数量已经减少一半,空气也逐日变得更加污浊、寒冷。我想到了千里外自己家中的小屋,想到家人会有多么担心——如果我在外面窒息而死,或者被集权主义者刺穿了年轻的身体,他们会多么难过……天啊,那得是多么轰动的丑闻啊!想想都觉得简直值了。

我幻想着多布和康娜尔被逮捕拖走的样子,那真是伟大光荣的时刻,也许值得我为此丧命……但也可能不值得。

"我是物理学系的。"查尔斯说着,跟我一起排到了队尾。

"专业挺好。"我说。

"你是政府管理学系的吧?"

"所以我才来了这儿。"

"我来这里,是因为我的父母投票反对集权主义者。我就知道这点儿事。他们是克莱因①族盟的成员。要知道,克莱因家的人,都是宁死不屈的个性。"

我点头,回避着他的眼神,巴不得他早点走开。

"集权主义者会自掘坟墓,"查尔斯不紧不慢地说,"即便我们不来加快这个过程……他们也会把自己打垮……"

"但我们不能一味等下去。"我说。皮肤封闭层已经撑不了多久。赤身裸体带来的尴尬让我们团结在了一起。我们互相了解,以为裸裎相见之后彼此之间已经没有秘密。但我们也浑身发痒,体味熏人,这些天积聚起来的不满很快就会爆发。我确信,西恩和其他学生领袖很快就会意识到这一点。

"我本来一直在争取奖学金,准备研究地球,还申请了智囊机②咨询时间。"查尔斯说,"而现在,我的申请已经被取消,研究项目也都搁下了——"他停顿了一下,垂下眼帘,就好像因为自己的啰唆而感到惭愧。然后他说:"你也知道,未来二十四小时内,我们必须采取某种行动,因为皮肤封闭层很快就会脱落。"

"是啊。"我细细打量了他一番。他看来并非平庸之辈,说话娓娓道来,令人愉悦。我一开始以为,他那副样子是因为缺乏激情,现在看来,他只是极为冷静,而我,当然是一点儿都不冷静。

西恩已经完成了淘汰故障面罩的工作。他站起身来,格蕾泰

---

①克莱因这个词来自于德语Klein,原意为"小",也是德国的常见姓氏之一。

②原文Thinker,与前文的机器工人Arbeiter对应,是具有一定个性和思维判断能力的高级智能机器人,在本书中被当作公民对待。不同类型的智囊机有不同的专业特长。

尔大声招呼,让所有人注意听。西恩活动着僵硬的肩膀和手臂说:"听我说,我们已经收到了康娜尔办公室的答复。他们拒绝跟我们面谈,还要求知道我们现在的位置。我相信,即便是康娜尔,再过几天以后也能猜到我们躲藏的地点。所以,现在不动手,就不会再有机会。我们手上有二十六套完好的装备,另有八到十套有问题的装备,我能用它们拼凑出两套来。其他的都是垃圾了。"

"要是他允许,我本可以修复几套的。"查尔斯小声说。

"格蕾泰尔和我将会穿上拼凑的装备。"西恩说道。他舍生忘死的勇气令我心跳加速,"但是,我们中的大多数人,还是不得不留在这里。我们将抽签决定由谁穿过平原。"

"他们要是有武器怎么办?"一个紧张兮兮的小女生问。

西恩微笑着说:"红星兔牺牲,正义事业扶摇直上。"这倒是很明显的事实。如果火星人打死了火星人,那我们就都会成为对抗强权的烈士,集权主义者也必然会倒台。他当然是对的,用不了一天的时间,发生血案的消息就会传遍三星世界,很可能连小行星带的居民都会听说。

西恩的语调听起来好像挺认可制造殉道者的方式。我看看周围年轻的面庞——八岁,九岁,或者十岁,都是与我相仿的年纪,大致相当于十九个地球年。我又看看西恩,他有十二岁了,果然显得更老成一些。我们不约而同地默默举起双手,手指张开——这是月球独立战争时期的古老手势,代表着人类可以自由地运用自己的能力,表达自己的意见,也代表着倡导宽容,反对压制,倡导握手言和,反对使用暴力。

但是,当西恩的手放下的时候,却不自觉地攥成了拳头。我这才意识到他有多么认真,眼前的事态有多么严重,还有我自己,正在承担着多大的风险。

面罩清点完毕后一个小时,我们从一截老旧的光纤电缆里取出纤维来抽签。有二十六根纤维比较长,我抽到了一根,查尔斯也抽到了。戴安娜很失望,因为她只抽到了一根短的。我们拿到了面罩,分别按照西恩和格蕾泰尔提供的密码,把个人通信器调成加密通话状态。我们一遍又一遍地回顾了行动计划。二十个人从隧道上方的地面直接返回西奈学院,我就是其中一员。

从我们的坑道基地出发,大约五公里之外就是大学的地面建筑。剩下的戴面罩者分成两个组,每组四人,查尔斯就在其中,由西恩带领,分散前往关键地点。等我们二十人小组到达管理区的时候,由领队格蕾泰尔向他们发送信号。

如果我们遭到了抵抗,无法向康娜尔当面提出要求,西恩的团队就会开始动手。首先,他们会向马尔辛奇的卫星通信中心发送非法入侵信号,抢占所有频道播报新闻,声称为了维护宪章权益,火星大学西奈学院的学生正在采取行动。即便是在集权主义者的试验统治期内,宪章权益也是大事,这是所有家庭存在的根基,具有某种神圣性质。西恩始终都没有告诉我们,他如何掌握了如此专业的技术和设备,居然能强行发送自己的信号。这份猜不透的神秘感令我对他更加痴迷。

西恩会亲自带领一个四人小队前往火星大学铁路枢纽。他们会炸毁几段根据学校要求定制的磁悬浮铁轨。在维修车制造出新的铁轨之前,至少几个小时之内,没有任何列车可以停靠在火星大学车站。在此期间,大学区将被孤立。

与此同时,包括查尔斯在内的第二个四人组,将会破坏校内光纤线路的密封材料,向线路和卫星传送设备内注入强氧化剂(当地浮尘层富含此类腐蚀性物质)。这将切断火星大学与其他火星地区的宽带联络。私人通信信息依然可以发送,但所有使用宽带的研究项目、数据接口和远程图书馆借阅活动都将陷于瘫痪……

在网络恢复之前,火星大学可能会遭受高达数百万三星币的损失。

这当然会激怒他们。

我们以基地中央为中心,排成首尾相连的两队准备出发。西恩和格蕾泰尔咬紧牙关,分别站在两支队伍的最外侧。有些学生用力甩着涂有红色保护膜的手,试图为外面的严寒做好准备。皮肤封闭层并不能保证舒适的温度,而只是用于避免灼伤和冻伤。

我身体关节处的皮肤封闭层已经开始松弛,汗水不经过纳米材料处理就积聚了起来。我不得不去厕所——与其说是生理需要,不如说是因为过于紧张。我的腿脚都已经开始浮肿,但并不严重。我没有苦不堪言,只是这些小小的不适让我精力分散,搞不好就会浑身发抖,当场倒地。

“听我说,”西恩站到一个大箱子上,俯视着我们,“我们谁也不知道,行动开始以后会出现何种状况,谁也料不到此后几个小时将会发生的事。但我们有一个共同的目标。我们要求自由地完成学业,不受任何政治势力的干扰。我们要求自主权,要求置身于父辈和祖辈的权力斗争之外。火星就是一个新生的世界,一次伟大的试验。现在,我们就要成为推动试验的一分子了。或者,如果天意如此,我们愿意在努力抗争的过程中失去生命。”

我用力咽了一下口水,四处寻找查尔斯,但他的距离太远。我暗自好奇,不知道现在他还能不能继续冷静地微笑。

“希望事态不至于如此严重。”格蕾泰尔说。

“但愿如此。”有人在我背后说。

西恩看上去已经下定了决心。在眼睛、鼻子和嘴巴周围没有被封闭的椭圆形区域，他的脸部肌肉轮廓清晰可见。"出发！"他喊道。

我们五人一组，纷纷脱下身上的衣服，有人叠得整整齐齐，有人随手丢在一边。第一个人已经走进气闸，穿过去，爬上了梯子。轮到我的时候，我和四个人一起拥挤在气闸里，屏住呼吸，避免吸入刺鼻的红色封闭剂的味道，戴上面罩和通气管。老旧的面罩一股恶臭，它的边缘吸附在皮肤密闭层上面，发出像是热吻一样的声音。我听到气泵的轰鸣，它正在抽取气闸的空气。气压下降至与外部一致的水平，皮肤封闭层渐渐鼓胀。现在身体更加难以活动。

气闸里的其他同伴开始向上攀爬。轮到我的时候，我抓紧楼梯扶手，爬过顶层舱盖，踢开坠落和堆积在盖子附近的赭石与铁锈，进入遍布岩石的平原，站在清晨的天穹下。太阳挂在东侧一道山梁的上空，周围是暗粉色的朝霞。阳光照得我眯起了眼睛。

要到达火星大学西奈学院，我们就得步行走过那些小山。而仅仅是爬到地面上，就已经花掉了我们半个小时的时间。

我站在地下通道东侧几米远的地方，等着格蕾泰尔加入我们的行列。短短几分钟，我们的身上已经全是污迹。等到完事以后，还得花上半个小时，才能把这些东西清理干净。

格蕾泰尔从洞里出来，她的声音从我的右边传来，因为经过加密处理，略微有些含糊不清。她说："大家集合，跟在西恩团队的后面。"

我们还能呼吸，能互相通话。迄今为止，一切都还算顺利。

"我们出发！"西恩说完，他的团队成员开始离开隧道区域。有人在挥手，我瞥见查尔斯的背影，正跟随小队成员三三两两地走向群山。我们会在他们南边一点儿的地方跟进。我不知道自己为什么会关注他。皮肤封闭层完全不足以蔽体,他屁股的形状还挺性感,只是臀部脂肪略微有一点儿多。

我咬住嘴唇,努力让自己集中精神。我是一名红星兔,我告诉自己,这是两年来我第一次"升"到地面,现场没有督导员或者后勤专家掌控局面,检查我们的设备安全,确保所有人安全回家,各找各妈。所以,该死的,我一定得集中精神才行。

"我们走!"格蕾泰尔一声令下,我们也踏上征程。

那是火星上一个平平常常的清晨,温暖的春天,气温在零下二十摄氏度左右。几乎没有一丝风,大气透明度很好,可以看到两百公里以外的景物。成千上万颗星星刺透天幕,像小小的宝石一样。地平线上闪耀着贝壳一样的粉红色。

那个瞬间我豁然开朗,好像得到了某种神妙的启示一样。我觉得我彻底明白了我们当时的处境……我们活命的机会。

通常而言,火星的表面总是冷得要命。不过我们所在的赤道附近地区气温相对适中——很少低于零下六十摄氏度。自然发生的风暴,风速可达每小时400公里,扬起的沙石和尘埃足以达到在地球上都可以看到的高度和广度。少数情况下,急流①可以令高压气旋升至数千公里的高度。从轨道飞行器上可以看见,它就像蛇形黑线一般,卷起的尘沙可以很快覆盖整个火星的大多数地区。但是在像西奈高原地势这么高的地方,气压只有区区五毫巴,大多数时候根本不需要担心风速。日常所见都只是温柔的微风,几乎难以察觉。

我脚上穿着靴子,重重踩在板结的沙粒上,身体摇摆不定。只要几个月没有被搅动过,火星表面的土壤就会板结——沙粒会自动凝结在一起,像是寒霜一样。我可以隐约听到其他人的脚步声

——————————————
①大气层平流层中长而窄的高速气流。

从稀薄的空气中传来,感觉像是在数十米开外。

"大家别走得太分散。"格蕾泰尔说。

我经过一块冰川侵蚀过的巨石,块头比隧道里的洞窟还要大。远古时期的浮冰块把地表的玄武岩切割成一个肥胖的侏儒形状,扁平的头趴在胳膊上,像在睡觉——估计是装睡。

不知为什么,火星人从来都没有特别热衷"上面"的生活。太多的红、橙、棕等颜色,太明显的死亡气息,完全不符合我们偏敏感的天性。

"要是他们够聪明,预料到我们会来的话,在现在这个距离上就应该安排岗哨,保护大学外围了。"西恩通过无线电说。

"还有一种可能,就是有人老啰唆,也会把他们招来。"格蕾泰尔补充说。我已经开始喜欢她了。尽管语调尖刻,又总是那副一成不变的悍妇面孔,她却总是特别清醒。我一直纳闷儿,她为什么总是那样一副表情?也许那副表情是家族传统,是身份标志,就好像英国王室的死板样子一样——所有人都跟长鼻子国王亨利一个表情。

该死的。

我又走神了。

这也没什么,我暗自说服自己。过于担心自己走神,这本身也不好。

现在太阳已经高挂在山顶,阳光像手电筒一样煞白,带着极浅淡的粉红色调,太阳周围还有极薄的蛋白石色光晕。天越来越亮,高处飞扬的硅酸盐质尘土和冰霜一样的薄云映着橙黄色的天光。在岩石下的暗影里,地面开始变得坚实,我们走起路来也更容易了。有时候,巨石后面会有流沙,必须特别小心才行。

格蕾泰尔小队已经散开,我走在靠近队伍前面的位置,在她本人右边几步之外。

"有哨兵。"我右边的加林·史密斯说着举手示意。他跟我一起上过大众心理学课。加林是个沉默寡言的大个子,在无知的地球人看来,火星人都是他那副模样。

我们循着加林手指的方向看去,东边的确有一个人影,站在大约两百米外的高处,还拿着一支步枪。

"还带了枪!"格蕾泰尔小声说,"真是难以置信。"

那人穿着加压防护服——这是专业装备,航天员、农场检察员和法西斯警察都穿这个。他抬手轻轻敲打了一下头盔——他还没有看见我们,但似乎已经听到了我们加密过的通信信号,只是不知我们在说什么。

"继续前进,"格蕾泰尔说,"我们大老远跑过来,可不会被一名哨兵吓跑。"

"他也不一定是哨兵。"西恩听到我们的通话,插嘴说,"也许搞错了。"

"肯定是哨兵。"格蕾泰尔说。

"好吧。"西恩妥协,他明显还有保留意见。

被我们发现四分钟以后,那人也看见了我们。当时,彼此大约相距一百米。看上去,他的体型像是一个正常男性。

我禁不住呼吸加快,但努力控制住了自己。

"请报告情况。"西恩说。

"持枪男性,穿着全压防护服。他已经看到了我们,但还没有做出反应。"格蕾泰尔说。

我们没有改变路线,照这样下去,会在哨兵面前五十米处通过。

那人转过头,透过头盔看着我们。他举起一只手,"嘿,你们在干什么?"一个男性声音问道,"你们上来干什么? 有证件没有?"

"我们是西奈学院的学生。"格蕾泰尔说。大家都没有放慢脚步。

"我问你们在干什么?"哨兵又问。

"勘查呗。你以为我们在干什么?"格蕾泰尔回答。我们没有带任何设备。"我还想问呢,你又在这儿干什么?"

"少跟我装蒜,"他说,"你们也知道最近不太平。告诉我你们都是哪个系的,还有…你们刚才是不是在加密通话?"

"没有。"格蕾泰尔说。

我们又靠近了二十米。他开始从高台上走下来,检查我们。

"你们穿的是什么鬼东西?"

"红色防护服。"格蕾泰尔说。

"混蛋,这是皮肤封闭层。非紧急情况下使用这个可是违法的。你们有多少人?"

"四十五个。"格蕾泰尔说了个谎。

"我的使命是阻止外来者进入大学属地。"他说,"我得检查一下你们的证件。你们'上升'到这里,必须有校内通行证才行。"

"那是枪吗?"格蕾泰尔故作吃惊地问。

"嘿,你们全都过来。"

"你带枪干什么?"

"你们是非法闯入,马上站住。"

"我们是航天系的,这次上来实习只有几个小时的时间⋯⋯难道桑德斯教授没有通知你们?"

"没有,该死的,马上给我站住!"

"听着,朋友,你的上级是谁?"

"西奈大学是私人空间,无故不得闯入,你们最好马上出示证件。"

"滚开。"格蕾泰尔说。

哨兵举起了枪,那是一支轻便的鱼叉型长管自动步枪。我又惊又怒。多布和康娜尔一定都疯了。火星上从来没有大学生被警察枪杀过,这是五十三年的殖民历史中从来没有发生过的事。难道他们就没有听说过肯特州立大学枪杀案①?

"开枪啊。"格蕾泰尔说,"打死正在实习的航天系学生,你很快就会成为三星世界的名人,对你的前途会很有帮助。我们的家人也会记住你的。你想找什么工作呢,红星兔?"

我们的通信器里响起了哨兵自己的加密通话声。有人在同哨兵通话,但我能听到的全是噪声。

那人把枪口压低,跟在我们后面。"你们有武器吗?"他问。

"大学生怎么可能有枪?"格蕾泰尔反问,"是哪个混蛋让你来吓唬我们的?"

"听着,问题很严重,我马上要看到你们的证件。"

"我们已经破解了他们的通话密码。"西恩说,"有人下令,让他无论如何都要挡住你们。"

"好极了。"格蕾泰尔说。

"你在跟谁说话? 马上取消密码。"哨兵要求。

"就好像你没有暗中通话似的,红星兔。"格蕾泰尔挑衅似的说。

格蕾泰尔的胆大妄为,她在拖延和扰乱敌人方面的能力,让我大为震惊。也许,她和西恩,还有我们中间少数其他人,都接受过此类训练。我当时真希望自己更懂革命。

———————

①指肯特州立大学枪击事件。1970年5月4日发生在美国俄亥俄州的肯特州立大学,当时有一些学生在大学校园内集会,抗议美国入侵柬埔寨。俄亥俄州国民警卫队向集会学生开枪射击,13秒钟内射击67次,导致4死9伤,一名伤者终身瘫痪。有些死伤者是正在进行抗议的学生,有的只是在围观,甚至只是路过。

想起这个词,就像是有人在我背后轻拍了一下一样,我突然意识到,这的确算得上是某种革命。"上帝啊!"我关掉了通话器,自言自语地说。

"他在干什么?"西恩问。

"跟在我们后面,"格蕾泰尔说,"看起来他并不想开枪。"

"鱼叉枪当然不敢乱用。"西恩说,"这要是上了新闻,那标题得多惊悚啊!"我情不自禁地补全了细节:

大学生被利刃穿胸。

更多的加密通话在我们耳边嗡嗡作响,像是一群愤怒的昆虫。

我们又经过一片高地,那名哨兵一直紧紧跟在后面。前面已经可以看到西奈学院建筑的凸起部分。西奈学院的地下建筑群在我们的东北方向,绵延大约一公里。地面以上有半层高,地下有十层。管理层办公区是最接近地面的,就在旁边的一个入口下面。乘车路标悬挂在细细的长杆上。建筑的轮廓平缓地跨过另一座山丘,与交通站连接起来。

现在,西恩的团队很可能已经到了那里。

更多卫兵从西奈学院的建筑里面拥出来,全都带着枪,穿着全压防护服。

一个暴躁的女声嚷嚷着:"行了,你们有事说事,说完滚蛋。要不然就把你们全都抓起来!"

格蕾泰尔走上前去,就跟一个戴着黑头套的骨瘦如柴的红色小鬼似的,"我们要找康娜尔院长面谈。我们都是本校学生,被非法清退。我们的就学权利遭到公然践踏。所以我们要求——"

"你他妈的当自己是谁啊?一群四处乱窜的老鼠吗?"那女人的声音让我感到害怕。她听上去气急败坏,好像什么事情都干得出来。他们都穿着防护服,我不知道哪一个是她,甚至不知道她到底在不在外面。"你们闯入了专有区域。就算是该死的复古派分子，也该知道这会有怎样的后果吧！"

"我不想跟你争辩，"格蕾泰尔说，"我们要跟——"

"你已经在跟我谈了，可恶的笨蛋！我就在这里。"最前面那个人举起一只胳膊，摇了摇握起的拳头，"我完全没有兴趣理会闯入者和复古派分子。"

"我们是来递交请愿书的。"格蕾泰尔从腰带上取下一个金属筒递出去。一名警卫正打算上前接过，却被康娜尔扯住了臂弯。那名警卫退后一步，叉手肃立。

"你们想搞政治对抗，"康娜尔说话的声音像剃刀刮过金属表面一样刺耳，"又是鼓动，又是非暴力不合作，你以为这里是地球啊？我们这里的政治不会是你们以为的那种样子。我的使命很简单，就是保护这所大学，并且维持秩序。"

"你拒绝跟我们举行面谈，讨论我们的要求？"

"我现在就是在跟你们面谈。但是除非通过法定渠道，没人有资格向官方任命的权威机构提出任何要求。你们背后有谁？"

我误解了她的意思，还回头朝身后看了看。

"我们没有任何阴谋。"格蕾泰尔说。

"你在说谎，亲爱的。弥天大谎。"

"根据火星合同法，我们有权利与你面谈，讨论为什么我们会被清退，为什么被剥夺了合约中确定的权利。"

"从上个月开始，国家法已经取代了族盟法。"

"实际上还没有。你可以找你的律师确认一下——"格蕾泰尔似乎准备长篇大论。我心里有些害怕，时间已经不多了，而我们还在跟对方扯皮。

"我给你们一分钟的时间，马上离开，回到你们来的地方去，要不然我们就逮捕你们。"康娜尔说,"这事让法院去裁决吧。你们的家人知道你们在哪儿吗？你们族盟的代表呢？他们知不知道你们在做什么？是不是同意你们这样做？"

格蕾泰尔勃然大怒,"真难以置信,你居然这样顽固不化！我最后再问你一次——"

"够了。听我的命令,逮捕他们！依据是《叙利亚-西奈地区法》第251条。"

有几个学生开始说话,慌忙询问着什么。"安静！"格蕾泰尔喊道,转向康娜尔,"这就是你的最终答复吗？"

"一群笨蛋可怜虫。"康娜尔说着,转身打算走回开着的气闸门。她本人比日常通告里表现得还要蛮横无理。这家伙极度自以为是,完全不可理喻,也不怕招惹任何麻烦。警卫们开始向前移动。我转过身,发现后面也有三名警卫正步步逼近。我们只能认输了。

格蕾泰尔从第一名警卫身边躲开,另一名警卫从她的右侧包抄,进入我和她之间的缝隙。她倒退着。我们有二十个人,警卫有十个。

"让他们抓你们。"格蕾泰尔说,"让他们把你们抓走。"可是,她自己又为什么在反抗呢？

一名警卫抓住了我的胳膊,用强力胶带捆住了我粘有皮肤封闭层的手腕。"算你们运气好,还能被我们带进去。"他笑着说,"你们在外面活不过一个小时了。"

有两名警卫专门对付格蕾泰尔。他们拿着强力胶带步步紧逼。而她还在倒退,两手上举,像是在对着他们挥手的样子,然后手放到了面具上。

那个瞬间,时间似乎已经凝固。

格蕾泰尔转身望着我们其他人。她的眼神里充满恐惧。我的心猛地一沉。不要为了得到西恩的好感做任何傻事。我想要这样大声对她喊。

"告诉他们你们在这里看到的事情。"格蕾泰尔说,"自由必胜!"她的手指在面罩边缘拉扯,然后抠进面罩接合处。一名警卫试图抓住她的胳膊,但还是慢了一步。

格蕾泰尔扯下面罩,跳向一边,挥手把面罩远远丢开。她鼻子偏长,苍白的面庞在粉红色的天空下也显得瘦长。她本能地紧闭双眼,咬紧嘴唇。她双臂伸开,手指挺直,就好像在走钢丝,随时会失去平衡。

与此同时,我隐约听到了爆炸声,感觉到地面在微微颤动。

康娜尔还没来得及走进已经打开的气闸。"快把她带进来!带进来!"她尖叫着,推开手下扑了过来。

时间似乎过去了好几分钟,警卫们都像雕像一样呆呆地站在原地,一动不动,然后他们伸手抓住格蕾泰尔,用最快的速度把她拖向气闸。她一路挣扎。我看到她的脸泛起血红色,她的血液在沸腾,靠近皮肤表面的血细胞在爆裂①。真空暴露!

格蕾泰尔睁开眼睛,一只手抬起来去抓自己的脸。她把自己的下巴硬生生扯开,肺里的空气当时就冲了出来,湿气在凝固的空气中冻成了一团冰雾。

"他们炸毁了铁轨!"有人喊道。

"快把她带进去!"

格蕾泰尔眼神迷乱,仰望着天空。

我前面的警卫猛地扯了一下胶带,我摔倒在泥地上。有一个

---

①在气压极低,甚至接近真空的环境下,人的体液在很低的温度就会沸腾,所以才出现上述情形。

瞬间,他看上去像要踢我。我抬起头,看到头盔眼罩后面那双眯起来的眼睛。他张着嘴,面容呆滞。他停下动作,眨了眨眼睛,等着下一步的命令。

我扭头看四周,想知道同伴们都是被怎样对待的。好几个人都倒在了地上。警卫们一个接一个把我们放倒,还用靴子踩在我们后背上。等十九个人全部倒地之后,警卫们就退在一边。气闸门再次打开,又有人走出来,这次不是康娜尔。

"他们被捕了,"一个男人的声音通过无线电说,"把他们带进去。把他们皮肤上那层东西去掉,关在宿舍里。给他们灭一下虱子。"

火星上根本就没有过虱子。

他们很快就把我们分开。我们五个同伴一起,被三名警卫从气闸里拖出来,带我们走过一段冰冷的隧道,到了长期弃用的旧宿舍区。新建的学生宿舍里有更多的现代设施,但旧宿舍依然在正常维护,以备发生紧急情况或者未来学生过多时使用。

"你们能自己去掉这东西吗?"三名警卫中个头最高的那个指着我们的皮肤封闭层问。她摘下头盔,房间里灯光昏暗,她嘴角向下,满脸痛苦的神情。

"刚才他什么意思,灭什么虱子?"另一名警卫问。他是个年轻健壮的男性,长相和口音都很有西印度群岛特色。所有的警卫都是火星新移民。这倒也合情合理。新生的火星合众国会是他们的资助者、族盟和家人。

"你们不能就这样把我们关在这里。"我说,"格蕾泰尔怎么样了?"我的四个同伴也转向警卫,用手指着他们,喊叫着。我们都要求获得合法权利:通信、人身自由和指派律师的权利。

　　局面简直跟公开叛乱差不多,直到第三名警卫从背包里取出一支鱼叉枪。他个子最矮,是个瘦小的男人,棕色头发剪得很短,有一张圣徒似的脸,小眼睛一眯起来,样子非常冷血残酷。我想:这家伙肯定是法西斯信徒,而其他人不过是雇来的打手罢了。

　　"马上给我闭嘴!"他喊道。

　　"你们伤害了格蕾泰尔!"我喊道,"我们要知道她现在怎么样了!"

　　"武装破坏是叛国行为,我们可以为了自卫打死你们。"

　　他举起了枪。我们所有人纷纷后退,包括另外两名警卫。

　　"你这可不够明智。"我说。

　　"你们才不够明智。"瘦小子冷冷地对我们笑了一下,推搡着我们继续沿走廊前进。

　　我们刚进入一个空荡荡的双人间,马上手脚张开瘫倒在床铺和椅子上,这不过是消极抵抗的另一种形式。

　　"你们在这儿的日子长着呢,还是把自己收拾舒服一点儿的好。"

　　我不喜欢看他拿枪乱指,也不想再去招惹他。我们扯掉了皮肤封闭层——实际上,把这东西弄掉的确是舒服多了。西印度群岛警卫把扯下来的碎条扔进垃圾袋。但皮肤封闭层上的尘土还是脱落下来,四处飞扬,害得我们老是打喷嚏。

　　我们五个人就像是初次见面一样,彼此点头致意,必要的时候就互相报上姓名。我们彼此都不是很熟悉。其中一个跟我一起上过课,她叫费利西娅·欧佛嘉德,大约比我小一岁,低两个年级。我跟奥利弗·珀斯金也不熟,他比我高一级,是农学系的。而汤姆·凯林和曹明俊,我则是到了隧道区之后才认识。

　　那瘦子看着别处。奇怪,这家伙会拿手枪指着我们,却不好意思看我们的裸体。他用枪指指盥洗室里的浴袋，"我不知道你们有虱子没有，不过你们闻起来的确臭得要命。"

浴袋已经很久没有换过水，也很久没有清洗过。我们淋浴之后，味道也没有好多少。残留的皮肤封闭剂仅靠水冲洗是去不掉的。我们浑身都是红一块紫一块，痒得要命，估计到明天就会起大片皮肤疹。

三个小时过去了，还是没有任何消息。警卫们一直穿着防护服，以免沾上尘土。他们去掉了所有的身份标志，也不肯透露自己的姓名。随着时间一小时一小时地过去，那个法西斯党徒越来越焦躁不安，随后又开始变得紧张兮兮，总是摆弄着那支枪。他吹着口哨，做着把枪拆开再重新装上的动作。最后通信器响起来了，他接听了。

简短地答应了几声之后，他让女性警卫走出了房间。我当时很担心他随后会干什么，为什么不想让女警卫在场。

当然，他们还没有那么蠢。

同伴们之间的谈话逐渐稀少，最终安静了下来。我们已经不再感到恐惧（不再认为自己会被枪杀），不过取而代之的孤独感也好不到哪儿去。我们在冰冷的静寂中保持着沉默。

房间的保暖仅仅维持在最低水平，而我们还是一丝不挂。那三个男生冻得比我和费利西娅还惨。

"这儿很冷的。"我对那名法西斯党徒说。他同意，但什么也不做。

"这么冷，我们会生病的。"奥利弗说。

"嗯。"法西斯党徒说。

"我们应该给他们找些衣服来。"那个西印度群岛人说。

"不行。"法西斯党徒拒绝。

"为什么不行?"曹质问。费利西娅也不再试图用手遮挡身体。

"你们惹了那么多麻烦,我为什么要让你们好过?"

"可是伙计,他们也是人啊。"西印度群岛人说。他年纪不大,十二三岁的样子,而且肯定是新移民,西印度群岛口音还很明显。

法西斯党徒瞥了他一眼,犹豫不决地摇了摇头。

我们赢定了,我想。就靠这些白痴,集权主义者一点儿胜算都没有。不过,我对此也没有百分之百的把握。

我们在那间宿舍待了十个小时,很冷,光着身子,浑身还痒得要命。

后来我睡着了,还梦到一棵树。那棵树太大,任何大厅都放不下。它的根没有任何防护,直接生长在火星的土壤里——红土中的红杉树,高达百米,赤身裸体的孩子们照料着它。我以前做过同一个梦,这个梦境让我感受到了片刻的幸福。随后我才想起,此刻我还是一名囚徒。

西印度群岛人戳了下我的肩膀。我在铺着薄地毯的地板上翻身过来,他嘴唇紧闭,看着别处,以免直视我的裸体。"我想告诉你,我并不赞同现在发生的事。"他说,"我是说自己心里的想法。我是个真正的火星人,而这是我在这里获得的第一份工作,你懂吗?"

我向四周看看,那名法西斯党徒不在房间里。"给我们找些衣服来。"我说。

"你们炸毁了铁路线,那些人非常生气。我只想告诉你们,要是发生不幸的话,也不要怪我。好多人在走廊里、隧道里跑来跑去。我去看过,肯定出事了。我觉得,他们现在很害怕。"

可是他们又有什么好怕的?难道是星际视频公司拍到了格蕾泰尔受伤或者死亡的画面,把我们的革命事业放进节目里播放了?

"能不能请你给我的父母报个信?"

"那个叫瑞克的家伙走了,"西印度群岛人摇着头说,"他去跟别人碰头,让我留在这里。"

"格蕾泰尔怎么样了?"

他再次摇头,"我没听到任何关于她的消息。我所看到的情景让我感到恶心。所有人都这么疯狂。她到底为什么要那样做?"

"为了证明我们的立场。"我说。

"那也不值得丢掉性命,"西印度群岛人紧皱着眉头说,"这只是历史上的渺小瞬间,一群微不足道的人。在地球上——"

我气坏了,"你听着!我们来到这里的时间,只有一百个地球年,按照地球的标准衡量,我们的历史的确很短。但你现在已经是火星人了,还记得吗?我们面临的是腐败和肮脏的政治阴谋——在我看来,这一切都跟地球直接相关,你们统统都该下地狱!"

你听起来还真是义正词严啊。我暗自评价自己,骂人的效果还是挺棒的。

其他人被我的喊叫惊醒了。费利西娅坐了起来,说道:"他没有武装。"奥利弗和曹警觉地站起来,拂去身后的尘土,肌肉紧绷,看起来好像在考虑怎么袭击这个人。

这个西印度群岛人现在显得更加卑微、渺小。"你们不要乱来。"他说着伸出双臂,并没有退缩,只是摇着头。

门开了,那名法西斯党徒走了进来。他和西印度群岛人交换了一下眼色。西印度群岛人侧身摇了摇头说:"哦,天啊!"法西斯党徒后面,又进来一个留着黑色短发的家伙,他身穿一件紧身、昂贵又时髦的绿色长衫。

"我们是被强制拘禁在这里——"奥利弗马上开口抗议。

"是被逮捕。"穿着时髦绿衫的男人愉快地打断他。

"现在已经超过一天时间，我们要求马上得到释放。"奥利弗说，双臂抱胸。长衫男咧嘴一笑，明显在嘲笑奥利弗的幼稚。

"我是艾哈迈德·克劳恩·尼日尔。"他说。他的语调属于火星上流社会，模仿地球上那种四平八稳的英式英语，在各地族盟很少听到。我估计他来自莱奇拉或者其他相对独立的殖民站。"我是政府驻本校的代表。现在我正逐个房间记录姓名。需要你们的家族姓氏、族盟归属，以及未来一小时内你们想要通话的联系人姓名。"

"格蕾泰尔怎么样了？"我问。

艾哈迈德·克劳恩·尼日尔扬起眉毛，"她还活着。脸部有严重的真空暴露症状，双眼和两肺都需要重造。不过我们还有其他事情要谈。按照本地区成文法规，你们所有人都被指控非法入侵和暴力破坏——"

"其他人怎么样了？"我继续追问。

他不理我，"这些罪责都很严重，你们需要律师。"他转向那名法西斯党徒，吼道："该死的，给这些人找些衣服穿上！"他回头看着我们，脸上又摆出了那副讨好的笑容，"我很难对着裸体的人谈法律。"

三十名武装人员，有男有女，同样多的星际视频公司记者，以及康娜尔院长和多布行政长官本人，全都站在餐厅里。康娜尔、多布和她们的爪牙全都远离我们这些犯上的学子。我们穿着浴袍，集中在员工通道旁边。我们是跟随西恩和格蕾泰尔一起从隧道出来的人，现在是进行破坏活动被抓了现行的罪犯。那些留在隧道窟室里的人也被带走了。多布和康娜尔正准备通过星际视频直播，在三星人民面前庆祝他们的胜利。

我老爸管这类人叫"报媒团"，他们总是闻到一点儿臭气就乌秧乌秧地拥过来。在火星,记者也是先天强壮的种群,他们早早就学会了绕过口风甚紧的族盟。现在,十个动作最快、下手最狠的记者(其中有几个我都认识)正带着机器人助理站在集权主义者周围,挂在耳朵上的耳环式摄像机摄录着他们看到的一切,图像经过现场剪辑,马上就可以通过卫星传输。

戴安娜站在大厅对面的人群里,偷偷向我挥手。我没看见西恩。查尔斯在我们这堆人里面,距离我五六米远,看上去并没有受伤。他也看到了我,对我点头致意。他们组有几个人身上有瘀伤,还有骨折的,有三个人身上都涂抹了蓝色的骨折黏合剂。

我们什么也没说,温顺又可怜地站在那里。现在,轮到我们作为专制政权的受害者了。

多布在两名幕僚的簇拥下走上前来,扩音器像细蛇一样盘踞在她的肩膀上,"大家好,最近发生的事情非常严重。康娜尔院长已经非常宽宏地给这些学生的家人——"

"我们是被驱逐的学生!"我身边的奥利弗·珀斯金大声喊道。其他人也跟着喊起来。随后我们还齐声喊叫:"和约权益! 校方义务!"

多布听着我们喊,脸上挂着一成不变的轻微不满。喊叫慢慢止息。

"给所有学生的家人通报了他们的情况,以及他们因为破坏行为遭到逮捕的事实。"她说完了这句话。

"格蕾泰尔在哪里?"我脱口喊道。

"西恩在哪里?"另外有人喊道,"格蕾泰尔在哪里?"

"各族盟的律师正乘坐飞行器赶来。由于这些学生的破坏,本地铁路服务已经中断。而且,我们的宽带网络也严重受限。所有这些破坏行为——"

"遣散行为非法!"另一位学生喊道。

"严重违反了本地区和火星联邦法规——"

"西恩在哪里? 格蕾泰尔在哪里?"奥利弗大声喊道,他披散着头发,高举双手,五指张开。

警卫冲上来,蛮横地从我们中间冲撞过来抓住了他。康娜尔上前一步,抬起一只手。艾哈迈德·克劳恩·尼日尔下令警卫放开奥利弗。奥利弗甩开他们的胳膊,神气活现地对着我们大家微笑。

多布看上去丝毫没有受到混乱局面的干扰,"这些行为,将全部按法律程序处理。"

"西恩在哪里? 格蕾泰尔在哪里?"又有几名学生开始喊叫。

"西恩死了! 格蕾泰尔也死了!"另一个高亢、尖利的声音喊道。这效果立竿见影。

"谁说的? 谁知道真相?"其他人大声询问。学生们都在大喊,像迷途羔羊一样。

"没有人被杀。"多布说,但是她的表情突然没有那么威严了。

"把西恩交出来!"

多布和她的幕僚们商议了一下,转身面对我们,"西恩·狄金森目前在校内医院接受治疗,他的伤是自己造成的。我们已经在尽一切努力救护他。格蕾泰尔·拉弗顿也在医院,她受伤的原因是真空暴露。"

记者们还没有听说这个,马上就提起了兴趣,所有注意力都集中在了多布身上。

"这两个学生是怎么受伤的?"一名记者把麦克风指向多布,问道。

"只有一个人受了轻伤——"

"是学校警卫造成的吗?"

"不是。"康娜尔说。

"传闻校警一直全副武装,请问是否属实?破坏活动开始之前,他们也是有武器的吗?"另一名记者问道。

"我们从一开始就预料到会有麻烦,"多布说,"而这些学生的行为证明了我们的判断。"

"但是校警并非官方授权的警察或执法者——您认为他们的行为合法吗?"

"给我们解释清楚!"戴安娜喊道。

"我对你们现在的态度非常不理解。"多布在星际视频直播镜头的注视下细细沉吟片刻,才对我们说,"你们居然破坏生命支持设备——"

"她在说谎!"一名学生吼道。

"还扰乱本校合法活动,而后你们又试图自杀。你们还算是火星人吗?难道你们的父母也会同意这样的背叛行为?"

多布脸上流露出痛心疾首的家长似的神情,"你们这些人到底是什么毛病?谁养出了你们这些……凶手?"

记者会就这样戛然而止。多布和她的爪牙率先离场,随后记者们也纷纷离开。几名记者试图跟我们说话,却被强行赶出了餐厅。

我暗想:他们怎么会愚蠢到如此程度?

因为饥饿,我感到有点儿头晕。我们已经二十个小时水米未进。几个神情紧张的学校职工用托盘给我们送来了几碗速食面。这些营养丰富的纳米食品味道奇差,但对我们而言还是像天赐美食一样。我们领到了睡垫和毯子,被告知外面起了风,红沙漫天,班机都不得不停留在地面上,无法起飞。目前,还没有家长或律师赶来探望我们。

吃东西的时候,我们每六个人被分成一组,每组由两名警卫看管。为防不同小组的人说话,警卫把我们驱散开,直到各小组分别待在大厅一隅。奥利弗被当作妖言惑众的危险分子,由持枪的警卫押解着,跟其他危险分子聚在一起,那个小组里还包括戴安娜。查尔斯和其他五个人一组,在餐厅另一边,距离我们足有二十米。

我们刚想讲话,餐厅的音响系统就开始大声播放拓荒时期的流行歌曲。这些古老又感人的破玩意儿,我小时候还挺喜欢,可是这时候却一听就烦。

我想,等到我有机会面向报界和媒体自由表达意见的时候,那得多轰动啊……过去几天来,我看到和做过的事情,这辈子都从来没想过,而且,我也感受到了此前从未有过的复杂感情:义愤,政治盟友间的友爱和团结,还有深深的恐惧。

我担心西恩。我们所知的,只有艾哈迈德·克劳恩·尼日尔提供的那一点点信息。他每隔几个小时来一次,但带来的零碎消息基本无用。我越来越不喜欢他——他总是那么老练、冷静,像个彻头彻尾的官方走狗。有一段时间,我特别受不了他那张精致、苍白的脸,认为正是这个家伙造成了我们所有的麻烦。一定是他给院长和行政官出的馊主意……一定是他,制订了他们的战略计划,甚至连禁锢和驱逐学生搞不好都是他的主意……

有时候,我还会做点白日梦,想象我与西恩一起生活——假如他身体恢复以后会留意到我的话。

无事可做,也无事可想。餐厅的灯也已经熄灭,连音乐都停下了。

我躺在地板上睡着了,像只小狗一样蜷缩着,靠在费利西娅的后背上。

有人碰了碰我的肩膀，我从浅睡中醒来。查尔斯俯身看着我，他的脸瘦了一圈儿，也显得更成熟了一些，但他的笑容依然如故——他太冷静了，就像一位年轻的佛陀。他两腮带点儿粉红色，就像化了蹩脚的淡妆一样——这是真空暴露的轻微症状。我们周围的大多数同学还在睡觉。

"你还好吗?"他问我。

我坐起来，看看四周。灯光依然黯淡，但是很明显，警卫都已经离开。

"累。"我说着重重咽了口唾沫，觉得喉咙火烧似的，"我们的食物和水在哪儿?"

"如果我们自己不去找，恐怕就不会有水和食物了。"

我站起身，伸展了一下双臂。"你没事吧?"我斜眼看着他，手指着他的脸颊问。

"我的面具漏气了。我没事。眼睛也没什么事。你看上去还挺强壮的。"查尔斯说。

"可是我感觉糟透了。"我说，"警卫都到哪儿去了?"

"可能正想尽一切办法离开这儿吧。"

"为什么?"

他摊开双手，"我也不知道，大约一个小时之前，他们就都逃走了。"

奥利弗·珀斯金和戴安娜也走了过来，我们蹲在地上一起小声商量。费利西娅也醒了，捅了捅曹的肋部。"西恩到底怎么了?"戴安娜问查尔斯。

"他当时正在安装一枚炸弹，炸弹突然爆炸了。"查尔斯说，"他们说他是故意引爆的。"

"他不可能做那种事。"费利西娅满脸难以置信的表情。

"格蕾泰尔自己把面罩扯了下来。"我说。

"真疯狂。"查尔斯说。

"她有她的想法。"曹说。

戴安娜又说:"反正现在我们需要带头的。"

"我们不会留在这里太久的。"奥利弗说。

"奥利弗说得对。现在没人看守我们。情况有变。"查尔斯说。

"可我们还得团结在一起。"戴安娜坚持说。

"如果情况有变,那一定是对我们有利的变化。"奥利弗说,"已经不可能变得更糟。"

"我们还是需要领导者。"我说,"我们应该把其他人也叫醒,看看大家是怎么想的。"

"如果我们已经获得了胜利,"费利西娅问,"那我们该做什么?"

"搞清楚我们赢得了什么,以及胜利的原因。"查尔斯说。

我们察看了餐厅周围的隧道,冒险回到了旧学生宿舍,现在到处都空无一人。我们遇见了几名忙着做日常维护的机器工人,但是没有遇见一个人。一个小时以后,我们开始担心——眼前的情形的确很诡异。

于是我们分头行动,去全面探查整个大学上部分的情况,并利用本地网络保持联系。查尔斯自愿跟我一组。我们两个沿着通往北边的隧道前进,那个区域距离外部竖井最近,距离管理区最远。隧道里很黑,但温度正常,空气闻起来很不新鲜,但还可以呼吸。我们的脚步声回荡在空荡荡的走廊里。整个大学区像是出现紧急情况断电了一样。

　　查尔斯走在前面,我在后面细细打量他的背影,暗自纳闷儿,在我对他如此冷淡的情况下,他为什么要这样大献殷勤。

　　我们只是简单地对话,别的都不多说,分头察看不同的通道,用口哨彼此提醒,再次碰头时客客气气地互相打个招呼,随后继续前进。后来我们又开始向南返回,打算与其他学生碰头。

　　我们探查了一条黑暗的走廊,它连接着旧宿舍和新修建的隧道。这时,前方突然出现了明亮的闪光。我们站住了,在远处看见一个女人,穿着不合身的防护服,正用手电筒直直地照在我们脸上。

　　"你们是校职工?"她问。

　　"当然不是。你是谁?"查尔斯问。

　　"我是律师。"那人回答,"请原谅,这件防护服是我偷来的。我大约半个小时前飞来,在沙尘稍稍减缓的时候降落了。在气闸那里我看到几件这种防护服。他们说,这里面已经没有空气了。"

　　"谁这么说的?"

　　"最后一个撤离这里的人,他走得很匆忙。你们还好吗?"

　　"我挺好。"我说,"这儿的人都去哪儿了?"

　　律师掀开她的面罩,大声呼吸,"抱歉,我的鼻子对浮尘过敏。大学早在七个小时之前就清场了。原因是炸弹威胁。他们说,有一帮复古派分子排空了校内的空气,还在管理区安放了炸弹。所有人都乘坐地面车辆离开了。牵引车把这儿的人送往一条完好的铁路线了。"

　　"您真勇敢,居然这样深入险境。"查尔斯说,"你是不是觉得这儿根本就没有炸弹?"

　　那女人摘掉头盔,狡黠地笑了笑,"炸弹很可能是无中生有。他们没有告诉我们这儿还有人留下,这些人一定相当不喜欢你们。这儿还有多少人?"

"九十个。"

"他们自己撤离之前,就已经赶走了所有的记者。我在星际视频上看到过你们。新闻发布会似乎并不顺利。其他人在哪儿?"

我们带她到了餐厅。所有分散在四周的探索者也都被召回了。

律师站在我们所有人中间,提出问题,也回答我们的疑问,"看来,我是第一个到达现场的律师。首先,我名叫玛丽亚·桑切斯·奥查。我是独立执业律师,受雇于萨尔希斯的格里吉奥族盟。"

费利西娅上前一步说:"那是我的家人。"还有另外两个人也站了出来。

"很高兴见到你们。"玛丽亚·桑切斯·奥查说,"你们的家人很担心。我要记下你们的姓名,通知他们你们现在都很安全。"

"到底发生了什么事?"戴安娜问,"我完全搞不懂了。"其他人也有同样的疑问。

"西恩和格蕾泰尔怎么样了?"我打断大家,大声询问。

"昨天一早,学校安保人员把他们移交给西奈地区警察了。两人都受了伤,但我不知道伤到何种程度。大学方面说,他们的伤是自己造成的。"

"他们都还活着?"我继续问。

"我想是的。现在,他们都在泰晤士河峡谷医院接受治疗。"她开始记录姓名——高举通信器,让每一个人轮流报上名字,以便家人确认。

我向右边望去,看见查尔斯就站在我身边。他对我微笑,我也报以微笑,一手扶在他的肩膀上。

"能不能麻烦哪位帮个忙,把信息发送到通信卫星上? 由于诸位的'贡献',这里的线缆和中继器都不能工作了。"奥查把她的通信器交给一名大学生。后者离开餐厅,准备到管理区的玻璃顶棚去。

"现在,我通报点儿背景信息吧。你们最近很可能都没听到过多少新闻。"

"至少没听过有用的。"奥利弗说。

"那好。我并不想这样说,但事实上,你们巴黎公社一样莽撞的行为并没有起到任何效果。早在数月之前,集权主义政府就已经给自己埋下了定时炸弹,有政治层面的,也有法律层面的,这些隐患远在西奈学院之外,而且恰恰在两天之前爆发。同学们,我们面临的情况很严重,这也是外界迟迟不能派人来找你们的原因。宪政协议已经终止,集权主义政府已经下台,旧的族盟协议政府也已经恢复运行了。"

权力斗争已经结束,而我们的作为无足轻重。

奥查最后说:"你们破坏了学院财产,而且触犯了我能想象到的每一部火星法典,自己也遭遇了非常严重的危险,可是又得到了什么呢?

"幸运的是,你们很可能不会因此受到监禁。我听说,前任集权主义政府官员正在成群结队逃离火星——其中很可能包括康娜尔和多布。任何脑子正常的人,都不会根据集权主义者的法律起诉你们。"

"他们到底做了什么?"查尔斯问。

"没有人知道他们全部的所作所为。但是看起来,前政府试图让地球人参与火星政治,而且与小行星带的族盟勾结,计划允许他们开采海拉斯地区的资源——"

大家倒吸一口凉气。我们还一直以为,我们才是极端分子。

"他们还打算在年底之前，将所有族盟的资产收归国有。"

这句话说完，我们所有人都惊得鸦雀无声。

我们待在旧宿舍区，火星高利族盟的安检人员细细检查着整个西奈学院校区。新的轨道已经生产完毕，列车恢复运营，我们中的多数人都已经回家。我跟奥利弗、费利西娅和查尔斯一起留了下来。我开始感觉到，查尔斯是有意接近我的。

获得释放两天以后，我在车站见到了家人。父亲、母亲，还有哥哥斯坦。我的父母看上去面色苍白，心神不定，又是愤怒，又是担心。我爸爸虽然没有使用太严苛的言辞，还是告诉我，我加入极端组织的行为违背了他最为看重的原则。我试图向他解释自己的立场，但是他没听进去。这也不奇怪，因为我自己都不完全清楚，自己的立场到底在哪儿。

斯坦永远都觉得我这个小妹很有意思。无论我有怎样的观点和行为，他都是退后一步，心平气和地微笑着旁观。他的微笑让我想起查尔斯。

查尔斯、奥利弗、费利西娅和我在自动售票机上买了车票，走过西奈学院的发车站台。在站台上，我们都有点儿做贼心虚的感觉，或者至少感觉自己是低人一等的贱民。

时间已经接近中午，我们离开时要坐的那趟车运来了数十位临时的学院管理者。他们穿着灰色和黄色正装，站在玻璃天井投下的阳光中，紧张地挪动着双脚，紧握小皮包，等待校警前来护送，还不时用狐疑的眼光偷偷打量我们。

列车职员们不知道我们是破坏西奈学院铁路线的学生，但他们至少有些疑心。我想应该是出于火星铁路重视契约精神的优良传统，他们才没有拒绝我们上车。

我们四个坐在最后一节车厢，系紧安全带，坐在狭窄的座位上。车厢其他部分都空着。

地球历2171年，火星已经有五十万公里长的磁悬浮轨道，机器工人还在以每年数千公里的速度继续修建。列车是火星最好的旅行方式——乘客舒舒服服、安安静静地坐着，银色千足虫一样的列车悬浮在厚重的黑色轨道之上数厘米处，有节奏地每走三四百米加速一次，直到时速升至数百公里。我喜欢看着车窗外遍布巨石的地面飞掠而过，看着前方轨道上的尘土被车头的静电鼓风机吹开，呈扇形向四面飞逸。

不过，这次去往泰晤士河谷医院的旅程，我却并不喜欢。

我们一路上都无话可说。抗议团体残留的成员选出了我们四个做代表，去看望受伤的西恩和格蕾泰尔。

我们的列车加速驶出西奈学院站的时候，正好是正午之前。大家都被加速度挤压在座位里，感受着列车低沉的隆隆声。几分钟后，我们的时速已经达到三百公里。车窗外的旷野变成了模糊的黄褐色。我坐在窗边，凝望着远方的大地，问自己到底身在何处，自己又到底是谁。

查尔斯坐在我旁边的座位上，好在他不怎么说话。自从被老爸痛斥一顿之后，我心里就一直空落落的，有时甚至感觉更糟。接连这些天都无正经事可做，每天都在签署保释文件，向临时警卫交代问题，我的心情已经降到冰点以下。

奥利弗试图打破沉重的气氛，建议我们玩文字游戏。费利西娅摇摇头。查尔斯看了我一眼，发现我也没有兴趣，就说："下次吧。"奥利弗耸耸肩，举起通信器，看最近的新闻视频去了。

我睡了几分钟。查尔斯轻轻拍了拍我的肩膀。车正在减速。

"你老是把我吵醒!"我说。

"我发现,到了特别无聊的路段,你就会睡着。"他说。

"拜托,请不要总是这么讨好别人,行不行?"我说。

"对不起。"他很受打击的样子。

"还有啊,你为什么老是……"我本来想说"缠着我",可是我又没有太多证据支持这样的指责。列车已经减速,现在正慢慢驶入泰晤士峡谷站。外面的天空是深棕色的,天穹顶端已经漆黑。银河似乎沉落到了古老的峡谷之中,想填补这古老而空虚的河道。

"我就是觉得你的个性挺有趣的。"查尔斯轻描淡写地说完,起身走到了过道里。

我摇摇头,走向车厢前端的车门。

"这些天来,我们压力都很大。"我小声说。

"没关系。"查尔斯说。

费利西娅在旁边看着我们,似乎觉得很好玩儿。

在医院接待室,一位面色严峻的年轻警察塞给我们满满一通信器的承诺书。奥利弗问:"这些东西,你打算提交给哪个政府啊?"对方的制服上还有形状可疑的缝线轮廓。

"你管不着。"他回答说,"你们是西奈学院来的,是吗?是病人的朋友还是同事?"

"是同学。"费利西娅说。

"那好。现在你们听着,有些话我必须说,以免日后你们中间有人在星际视频里面乱喷。'泰晤士峡谷医院对这两位病人的行为既不表示赞同,也不表示谴责。我们遵循火星的传统,对任何病人均平等对待,无视其政治立场。病人所做的任何陈述,均不代表——'"

"上帝啊!"费利西娅感叹。

"'我院的政策或观点,也与泰晤士峡谷地区政府无关。'声明宣读完毕。"警察退后一步,示意我们可以进去了。

进入西恩的房间以后,我大吃一惊。只见西恩斜倚在房间一角,身体与地面成四十五度,裹满了外科手术用的纳米材料,被捆绑在钢铁恢复板上。几台监视器通过流体纤维和光纤全程监控他的身体重建过程。直到现在,我们才知道他原来伤得这么重。

我们进入房间时,他转过头,蓝灰色眼睛无神地盯着我们。我们笨拙地寒暄了几句,而他只是随口反问:"外面情况怎样?"

"欢欣鼓舞呗。"奥利弗说。西恩扫了我一眼,就好像我只有一部分躯体在场,不算是个完整的人,而是个难以引人注意的半透明鬼魂。我隐约回想起以前那个慷慨陈词的西恩,那时他站在拥挤的学生面前,把我们团结在一起。再看看眼前这个无精打采的空壳,我不禁黯然神伤。

"很好。"西恩说。他说话之前先要翕动嘴唇预演几下,然后才说出来。他的眼睛紧盯着对面墙上的一幅火星远古时代复原图,图上描绘着高耸的引水桥树——树形的基座上,悬挂着引水管一样的藤蔓,藤蔓上长着一簇簇绿色的球形果实,直径有三四十米。这幅栩栩如生的装饰画描绘了我们这个世界的过去。那时候它的水源还没有枯竭,大气还没有散逸,星球还没有衰败。

"族盟议事会又开始重掌局面,"我说,"所有族盟的族长共同商讨,力争挽回大局。"

西恩没搭理我。

"没人跟我们说过你是怎么受伤的。"费利西娅说,我们都看着她,奇怪她为什么要说谎。奥查翻阅过所有的警卫报告,包括学校保安提交的报告,这件事已经完全了解清楚了。

"是炸弹。"西恩毫不犹豫地说。当时我想,不管费利西娅居心何在,西恩肯定会实话实说……他又怎么可能不说实话呢?

"我还没有来得及走开,炸弹就提前爆炸了。当然,我是一个人去安装炸弹的。"

"当然。"奥利弗附和着。

查尔斯站在最后,双手交叠放在身前,像是参加葬礼的小男孩。

"炸弹把我身上的皮肤封闭剂炸脱了。奇怪的是,我的面罩居然还在。内脏暴露在真空,一切都沸腾了。当时的情景,我居然记得很多。我亲眼看到了自己的血液沸腾。有人临危不乱,丢了一块防护罩盖住了我的身体。防护罩把我包起来,减慢了损伤速度。大约一个小时后,他们把我送到了医院。此后我就什么都不记得了。"

"上帝啊。"费利西娅说,她的语调跟刚才在接待处面对警察时一模一样。

"我们战胜了他们,不是吗?是我们推动了进步。"西恩说。

"实际上——"奥利弗刚想开口,费利西娅就满脸柔情地打断了他。

"的确是我们为大家赢得了胜利。"她说。奥利弗扬了一下眉毛。

"我会恢复的,不过有一半的身体器官都需要更换。我不知道是谁在支付医疗费。估计是我的家人吧。"

"你在想什么?"费利西娅问。

"我知道炸弹为什么突然爆炸。"西恩说,"在我安装炸弹之前,有人破坏了定时器。我希望你们中间有人可以找到这个人。"

我们都沉默了片刻。"你认为,是有人故意这么做?"我问。

西恩点头,"我们检查过上百遍,此前一切正常。"

"谁会做出这样的事?"奥利弗惊恐地问。

"某些人。"西恩说,"让同学们继续团结在一起。这事儿还没有结束。"他转向我,突然有了精神,"给格蕾泰尔带个口信,告诉她,她是个天杀的大蠢蛋,我疯狂地爱着她。"他把"天杀的大蠢蛋"这几个字咬得很准,就好像这是美味的糕点,说起来很愉快一样。我从来没听过这样充满痛苦和骄傲的说法。

我点头答应。

"告诉她,她和我将来还会掌握主动,重整乱局。就这么说。"

"重整乱局。"我深受感染,复述着他的话。

"我们有着远大的目标,"西恩说,"我们要解放这个行星,让它脱离该死的旧秩序。以往的生活是那样堕落,总是处于三星世界的约束之下,总是单打独斗。我们可以独立,我们可以有自己的乐土,现在才刚刚开始。"他的眼睛轮流看着我们每个人,像是试图给我们留下烙印。费利西娅举起手,手指张开。西恩也把没有固定的那只手举起来,费力地与她击掌。奥利弗也这么做了。查尔斯退后一步,不愿参与这样的事。我本打算抬手与西恩击掌,但西恩看出了我的犹豫,也发现了查尔斯后退时我表情的变化,于是在我做出决定之前就垂下了手。

"全心全意,要全心全意。"西恩轻声说道,"你是……凯西娅,对吗?凯西娅·马朱达?"

"是的。"

"你的家人对我们的事业做何评价?"

"我不清楚。"我说。

"他们肯定会飞黄腾达。复古派将会在下一届政府中位高权重。可笑的是,康娜尔居然以为我们是复古派。你是复古派吗,凯西娅?"

我摇摇头,觉得喉咙发紧。他的声音是那样冷酷而疏远,充满了对我的谴责。

"证明给我看,凯西娅。全心全意。"

"我觉得,你不应该因为我的家庭背景怀疑我的忠诚。"我说。

西恩的凝视变得更为冷酷,"如果你不是全身心投入事业,那就有可能背叛我们……就像搞坏定时器的某些人。"

"负责处理炸弹的人是格蕾泰尔。"查尔斯说,"别人都没碰过。凯西娅当然也没有。"

"但是我们都有睡着的时候,不是吗?"西恩说,"不过说真的,这没关系,都过去了。"

他闭上眼睛,舔舔嘴唇。墙上安装的机器工人递上一个杯子,一股饮料倒进他嘴里。看来他在医院里已经习惯了这样的饮水方式,熟练地喝到了水。

"你到底什么意思?"费利西娅小声问。

"我不得不重新挑选同志。你们大多数人都回过家,是吗?"

"有些人回去过,"费利西娅说,"我们一直都在。"

"当时我们需要学生去占领并守住阵地。我们需要有人控制学院管理区,并公开申明我们的诉求。我们本可以把学院作为基地,指责他们的非法清退行为,要求校方赔偿……如果我还在,就会这样做。"

我想哭。西恩拐弯抹角地指责了我,我感到很委屈。此外,我还感到迷惑和愧疚,因为没能更好地推进我们的事业,我觉得心里乱得很。

"去跟格蕾泰尔谈谈吧。还有你们两个……"他指着查尔斯和我,"好好想想,你们是什么人? 十年后想要成为什么样的人?"

格蕾泰尔伤得不像西恩那么重,但看上去反而更糟。她的头被包裹在一个巨大的呼吸器里面,只露出一双眼睛。她斜靠在一块与地面成四十五度角的钢制康复板上,胸口和脖子上一簇簇的纳米材料上连着迷宫一样的管子。在我们探视之前,一名机器工人悄悄用白床单把她身体的其他部位遮盖了起来。她看着我们进来,用动听的模拟语音问道:"西恩怎么样? 你们去看过他了吗?"

"他很好。"奥利弗说。我特别难过,说不出话来。

"一直没有人获准看望我们。医院这该死的破规定。外面怎么说? 我们有没有引起关注?"

费利西娅尽可能委婉地讲明,实际上我们并没有取得多大成果。她对格蕾泰尔的态度可没有对西恩好——或许她也对西恩有兴趣。我突然窥见了人性与革命中的一些秘密,但并不喜欢自己的发现。

"西恩本来有计划扭转局面的。"格蕾泰尔说。

"我相信他有。"奥利弗说。

"西奈学院现在怎样?"

"他们正在引入新的管理团队。所有的集权主义者都已经辞职,或者被强制休假。"

"听起来他们受到了惩罚。"

"这是常规程序。所有任命都在被重新审核。"奥利弗说。

格蕾泰尔叹了一口气——这种模拟声音居然还很美——她伸出一只手,费利西娅上前握住。我和查尔斯一直躲在后面。"西恩认为,那颗提前爆炸的炸弹被人动过手脚。"奥利弗说。

"有可能。"格蕾泰尔说,"肯定是。"

"可是只有你一个人碰过它。"查尔斯说。

格蕾泰尔又叹了一口气,"那只是一款标准的两公斤管状炸弹。我们并没有花太多钱。为我们偷炸弹的人就可能动过手脚。他们也许让炸弹更容易意外爆炸。"

"这些我们都不知道。"奥利弗说。

"听着,朋友们,如果我们现在还没有吸引到外界的关注,那是因为——"她停下来,盯着房间的密封材料,然后眯起了眼睛。

"我换了一双新的眼睛,"她说,"你们喜欢它的颜色吗?你们最好走吧,等我获释以后再聊。"

我们离开医院,在通往泰晤士河峡谷站的主通道的隧道中,一个面有菜色、衣着穷酸、非常年轻的视频公司的男记者想采访我们。他跟了我们三十米,时不时低头看他的通信器,提着自以为尖锐的问题。我们都闷闷不乐,也没有蠢到愿意回答他的地步。尽管我们尽可能克制,但还是在火星塔西斯地区的频道里出现了十秒钟。

而西恩第二天就接受了《新火星委员会探秘》节目的一小时专访,节目被泛太阳系频道面向三星居民播出。他向各行星的居民讲述了我们的故事。他的讲述在很大程度上与我们的记忆不相符。

此外,没有其他任何人接受过采访。

我的伤感与日俱增,刚刚产生的那份属于年轻人的理想主义情怀迅速破灭,留下的既没有所谓智慧,也没有情感寄托。

我回想起西恩对我说过的话,他的指责,他对我的猜疑,还有他通过访谈散布开来的歪曲性信息。现在我断定当时他在有意撒谎。西恩太善于哗众取宠,以至于他根本就不尊重事实。而格蕾泰尔,在我看来,也会给他提出一些"可靠"的建议,告诉他该如何认识并利用历史事实。

我们回到西奈学院的宿舍之后,看见校方已经贴出通知,宿舍门也都锁上了。我见到了戴安娜,她说学校暂时关闭,因为要进行"课程调整"。通行证下面的闪光标志显示,我们可以进入宿舍一次,带走自己的物品。学校将不予提供我们回家或者去往其他任何地点的车费。我们的通信器还收到消息,通知我们何时何地将举行公开听证,决定学校的未来走向。

在一定程度上,我们当时的处境,甚至还不如多布和康娜尔当政时期。

查尔斯帮戴安娜和我取出了房间里的东西,把它们堆在通道里。行李不多。被清退以后,我已经把多数私人物品寄回了家。我也帮查尔斯取出了他的私人物品,其中包括重约十公斤的设备和研究资料。

我们在火车站简单地吃了一顿午饭,彼此都没有太多话可说。戴安娜、奥利弗和费利西娅去北方,查尔斯送我去东边。

我把行李拖进气闸的时候,查尔斯伸出手,我们紧紧握手。"我还可以见到你吗?"他问。

"行啊,"我说,"不过我们要先把自己的生活理出个头绪来。"

他握着我的手不放,我轻轻把手抽回来。"我想在那之前就见到你,"他说,"因为至少对我而言,生活还要很久才能有个头绪。"

"也行啊。"我说着,挤进了车门。我没有跟他约定时间,因为当时完全没有心情谈恋爱。

老爸原谅了我。我觉得,老妈其实一直暗中欣赏我做的一切。他们出钱让我参加函授课程,以免丢下学业。他们本可以把这笔开销算在族盟教育支出里面,作为复古派复兴的一部分。老爸坚决拥护族盟治理体系,但他秉性正直,绝不会占族盟便宜,或者试图挤占胜利者的红利。

我再一次看到康娜尔,是在泛太阳系视频频道里。正在前往地球的漫漫长途中的她,在西半球运输联盟行星际飞船"大堡礁号"上发布了一份公告。她费尽心机地想让火星人相信,等她们再次归来时,应该得到英雄般的欢迎。多布跟她在一起,但是什么都没有说,因为她失败的集权主义政府的所作所为正在被逐渐披露。

碰巧的是,同一艘飞船上还有一位马朱达家族的律师。他自愿代表了所有想要找康娜尔和多布算账的族盟和其他利益群体,每天都给两人递送诉讼文件,整个航程都没有中断过。

这两个人十个月后到达地球时,已经像杰克逊矿脉一样一贫如洗。她们生在火星,却被放逐到地球,注定将在有生之年不断逃避来自三星世界无穷无尽的控诉。

2172年，火星历53年

当时火星的政局，算得上是文明"少年"时期政治生活的绝佳案例。我本来就在研究该时期的地球历史，本应该对火星当时的政治变故非常着迷，但事实上，每天的大多数新闻，我都置若罔闻。

我的理想遭到了无情践踏，当然感觉茫然失措。在搞清楚自己想要接受怎样的教育、以何种方式为我的族盟效力之前，我必须重新认识自己。妈妈允许我举棋不定，因为我还年轻，而老爸总是听妈妈的。所以，我过了一段轻松的日子。

火星大学复课之后，我调换了校区和专业，转学到了杜里分校，这里是火星第三大城市，也是火星大学第二大分校区。我在这儿主修鼎盛时期的人文主义思潮——研读地球19、20世纪的文献，了解量子物理学诞生之前的哲学。在我的课程表中，最现实的课程就是商业伦理学。我的专业总共只有四个学生——只有这几个没救的人，才会研究务实的火星移民不屑一顾的东西。

我想放松一下，给自己找点乐子。

我有好几个月都没想过查尔斯，当时也不知道他也转学到了杜里分校。开学以后，我们也没有马上相遇。我是放假期间在申克镇遇见他的。

　　夏至假期,有七百九十名大学生逃离杜里分校。那些来自水手峡谷①富裕族盟的学生回家照看他们的农场,其他人纷纷拥入申克镇。已经结婚的学生会前往建造中的居所,干点儿已婚人士的事。

　　我的家人没有农场,也不要求我做什么表现孝心的表面功夫。他们爱我,但允许我走自己的路。

　　申克镇景致并不迷人,到处是乱糟糟的商店、隐秘狭小的旅馆,还有游戏厅和健身中心。小镇距离杜里城十七公里,大学生到这里来,主要是为了摆脱学业、家庭和大城市生活的压力,为了发泄和放纵。

　　火星从来都不流行假正经。不过,这里对性生活的态度还烙有开拓者文明的印记。做爱的主要目的就是生育,意味着个人之间和家族之间的紧密关联。性关系通常会(或者说,被认为应该会)导致两人相爱,建立持久稳固的关系。没有爱情的性关系并不会被看作犯罪,但肯定会被当作是浪费。从流行的星际视频节目中的描述来看,理想主义的火星男女认为,性行为从来都不是简单的肉欲,它极为复杂,对个人和家庭来讲都至关重要,可能意味着一个新社会单元的诞生(族盟成员内部极少通婚)。总之,性应该是极为般配的两个个体之间的双向互动。

　　传闻就是这样子。我承认,我觉得这样的观念很有吸引力,到现在依然如此。那时候流传着这样的说法:真正的浪漫主义者并不会被色相或蜜语所迷惑。

　　这个年代,长相难看的人已经少之又少。火星人不需要,也通常不愿意听从自然的安排。早在七十多个火星年之前,对相貌的

────────────

　　①火星表面长度超过三千公里的大峡谷,得名于发现它的"水手号"火星探测器。

自由选择就已经成了三星公民可以享有的公共福利。我的长相也不算差，继承来的基因几乎不需要什么调整（事实上，我从来没有要求过自己的父母改变外貌），男人通常也乐于跟我搭讪。

但是，此前我从来没有选定过男朋友。主要原因是，我觉得身边的年轻人要么太严肃，要么太轻浮，而多数情况下他们都很太无趣。我对自己初恋情人（很可能也是唯一情人）的要求，远不只是帅气的相貌，而是一份超脱凡俗的内涵。我希望，等我老了，和我的假想爱人一起出版回忆录的时候，能让整个火星羡慕妒忌恨。要是地球人和月球人做出同样反应，当然更好……

我绝对没有比其他火星人更假正经。我也不喜欢一个人上床的感觉。我时常希望自己能稍微降低一点标准，以便更加充分地了解男人——当然得是足够帅的男人，还得有男人味儿，而且超级自信。对浅尝辄止的感情而言，相貌和身体条件要比头脑更重要，不过还是两者兼具更好——智慧、美貌加上强势的性格——

我的狂想就这样持续发酵。

对火星年轻人而言，申克镇是个充满诱惑的地方，我们也正是因此才会愿意来到这里。我很喜欢跳舞，经常跟男生调情，接吻也很频繁，不过一直回避可能的更亲密接触。男女关系亘古不变的那一条法则对我有利——男人提议，女人选择。我可以吸引一些人的注意力，测试他们的内涵。这种方式无疑很残酷，而我却觉得天经地义。

学校假期刚过半，早春的一个傍晚，当地一个大学生俱乐部在回力球比赛之后举办了一场小型单身聚会。我看了那场比赛——身手敏捷的男性上蹿下跳击打沉重的小球——很享受那份淡淡的失落感。我喝了些申克镇特有的二次发酵浓茶，还有一点儿葡萄酒，感觉有点儿头晕，打算跳跳舞清醒一下，找个男生调调情，然后回家反省。

那天是我先看到查尔斯的,当时我正在跟杜里分校的一名三年级女生跳舞。查尔斯在房间另一头,正同一个高个子、大眼睛、异国模样的女孩聊天("泡妞",我对自己说),那女孩看上去完全配不上他。一支舞曲结束之后,我挤过人群,不小心从背后撞了他一下,他转过身来,看见了我。让我吃惊的是,他像个孩子一样,马上容光焕发,开始想尽办法摆脱那位大眼睛妹妹。

我花了几个月的时间回想火星大学西奈学院发生过的事情,一直想找个人聊聊。查尔斯看上去是聊天的理想对象。

"我们一起吃饭吧。"我们离开舞场的时候,查尔斯提议。

"我吃过了。"我说。

"那就去吃点儿甜点。"

"我想跟你聊聊去年夏天的事情。"

"那正好,我们吃点儿宵夜,边吃边聊。"

我皱起眉头,就好像这个提议有些不合适一样,然后才勉强同意。查尔斯挽起我的胳膊,这对我来说并不算冒犯。我们在隧道远端找到一间小而清静的自助咖啡馆。这条隧道在申克镇永久居民区的北边,里面有一些小便利店,大部分都是机器工人打理。我们走过中央的方形庭园——六层高的带阳台的建筑围绕着一公顷精心打理过的绿地。这模仿的是地球最差的老式建筑风格,给人一种压抑的感觉。不过商店区的风格相对时尚,令人愉悦。

我们坐在咖啡馆里,喝着水手峡谷咖啡,等着我们点的蛋糕。查尔斯一开始很少说话,明显很紧张。我稍微说点儿什么,他就很开心地笑,明显想讨我欢心。

可我很快就受够了转弯抹角,于是探身向前,问道:"你为什么要来申克镇?"

"因为孤单和无聊。我一直埋头研究贝尔连续统拓扑结构。你……很可能都不知道这是什么东西。"

"不知道。"我说。

"嗯,很有趣的课题。也许将来会很重要,但现在还少有人留意。你又是为什么来这儿?"

我耸耸肩,"不知道。为了找个伴? 也许是吧。"我发觉这是我卖弄风情的典型方式,不禁有点儿担心。我妈妈说我骨子里有些轻浮,而她相当了解我。

"你在找理想的舞伴吗? 我很可能不是最好的选择。"

我挥手结束了这个话题,"你还记得西恩·狄金森说过的话吗?"

他愁眉苦脸地说:"我倒是希望能忘记。"

"这家伙什么毛病?"

"我向来不擅长研究人性。"查尔斯低头看小咖啡杯。蛋糕送来了,查尔斯伸手在机器工人身上拍了一下。"我请客,"他说,"我是个传统的男人。"

我没接他的话。"我觉得他简直是个怪物。"我说。

"我对他的评价倒没有那么差。"

我又重说了一遍那个词,感觉很爽,"怪物。一头政治怪兽。"

"是因为他伤害了你的感情吧,是吗? 可是你要记得,当时他受伤很重。"

"我这段时间一直在努力搞懂那时候的状况——为什么我们会一事无成? 为什么我愿意追随西恩和格蕾泰尔,几乎到了唯命是从的地步?"

"你是说追随他们,还是革命事业?"

"那时候我相信革命事业,但也是在追随他们。"我说,"现在我想弄懂,到底为什么会这样。"

"因为他们看上去知道自己在做什么?"

我们聊了一个小时,但一直都在思维的迷宫里打转,一点儿都没有理清发生在我们身上的事情。查尔斯似乎已经认定,那只是年轻人的一场恶作剧,但是我从不认为自己会拿青春开玩笑。失败让我有很强的负罪感,我痛惜浪费掉的时间和错失的机会。

吃完蛋糕以后,当时看起来自然而然的结果,就是我们另找一个安静的地方继续聊天。查尔斯建议去社区广场。我摇头说,那里就像一座岛庭。查尔斯没上过历史系。于是我说:"岛庭,是一种古罗马时代的公寓式建筑。"

"罗马? 就是那座历史上著名的城市?"查尔斯问。

"是的。"我说。

他思忖片刻,提出了第二个建议:"去我的房间吧,我可以点茶水或者葡萄酒。"

"两种我都喝够了。"我说,"我们能不能来点儿矿泉水?"

"应该可以。"查尔斯说,"杜里地面以下有优质的水源。整个地区地底都是前塔西斯代①岩溶地形。"

我们乘坐一辆小型出租车来到对面的弧形隧道。这里有宾馆和临时客房,服务对象都是申克镇真正的收入来源:大学生。

走进查尔斯房间之前,我没有抱任何幻想。房间的装饰平淡无奇,陈设朴素干净,由机器工人维护,没有任何新潮的纳米装饰。房间色调倒是清新宜人,主要是米色、浅绿色和灰色。床很小,只能容下一个人舒舒服服地躺着。我坐在床角,突然意识到,既然已经到了眼前这步,查尔斯可能会有别的企图。不过,我们两个甚至都还没有接过吻,而且我们说好了,来这里就是聊天的。

_____

①地质年代中,时间表述单位由大到小依次是:宙、代、纪、世、期、时。

不过,我还是幻想了一下,如果查尔斯对我动手动脚的话,我该怎么应付。

"我去要矿泉水。"他说着,在桌边踱了两步,打不定主意到底是要坐在折叠椅上,还是靠着我坐在床上,"矿泉水要不要加气?"

"不要。"我说。

他把通信器插在桌子上的接口里,下了订单。"它们很慢。可能需要等五分钟。这些机器工人都很旧了。"他说。

"简直老掉牙。"我说。

他笑了,靠在椅子上,向四周看看。"都没什么像样的东西。"他说,"买不起啊。"房间里只有一把椅子、一张通信桌、一张可以掀起来靠在墙面上的床,床上有薄薄的毯子。一扇小门后面有浴袋。水槽和厕所都在墙边,仅由一道帘幕遮挡——整个房间只有四米长,三米宽。

我微微有些纳闷儿,不知道曾有多少人在这个小房间做爱,当时又是怎样的情形。

"要搞清楚西恩和格蕾泰尔这两个人,我们可能会花上好几年的时间。"查尔斯说,"可是我并不愿意让你认为,我已经忘记当时发生的事了。"

"哦,那倒不会。"

"可事实上,我还有很多其他的事情需要思考。"他故意带点儿自嘲的语调,以便让这句话显得没有那么沉重,"我不能老是为了曾经犯过的错误后悔。"

"我们真的错了吗?"我抚平了床单上的皱褶。

"我想是的。"

"那我们错在哪儿?"我引导他继续说下去。心里又开始生气,却竭力掩饰着。

查尔斯终于把椅子拉出来,坐下,两肘支在膝盖上,两手在胸前十指交握。"我们应该更谨慎地选择领导者。"他说。

"你觉得西恩是个很差的领头人?"

"是你说他像一个'怪物'的。"查尔斯提醒我。

"当时我们所有人都很倒霉,"我说,"如果我们走运的话,也许会有完全不一样的结果。"

"你的意思是说,如果当时康娜尔和多布没有自掘坟墓,我们本可以成为他们的掘墓人?"

"我觉得有可能。"

"我觉得,这是当时西恩和格蕾泰尔试图做到的事情。"查尔斯说。

"我们都是这个目标。"

"就算是吧。可是达到这个目标之后又该怎么办呢?西恩真正的目的何在?"

"你是说长期目标吗?"我问。

"是的。"查尔斯说。他展现出了我一直没有觉察的能力。我很好奇,不知道他到底有何真知灼见。他说:"我认为,他们想要的是无政府状态。"

我马上皱起了眉头。

他看看我,表情变得紧张起来,"我真正的意思是——"

"他们为什么会想要无政府状态?"

"西恩想成为领导者,但是他永远不会成为被大众认可的领导者。"

"为什么不行?"

"他长得就像星际视频明星似的。"查尔斯说。他怎么可能完全没意识到,我听了这些话会有多生气呢?我再次感受到自己内心的邪恶冲动——我想让他激怒我,这样我就能拒绝他,让他带我来这里的企图落空。他无非就是想占我便宜。

"你说他肤浅?"

"我很抱歉,你是不是不爱听这些话?"查尔斯搓着手柔声说,"我知道你喜欢西恩。这让我……我带你来这里,并不是想要——"

门铃响了,查尔斯开了门,一名机器工人走进来,送来了一瓶"杜里区优质饮用矿泉水"。查尔斯递给我一个玻璃杯,又坐了下来。

"我不想拐弯抹角。"他说,"我向来就不善于绕圈子。"

"我们来这里就是为了讲清楚当时到底错在哪里。"我继续追问,"我很想听听你真正的想法。"

"但是你不同意我的意见。"

"也许吧,"我说,"但我还是想听听你有什么可说的。"

查尔斯明显很痛苦,他咬紧牙关,下巴紧张地向脖颈方向收缩,拳头紧握。"好吧。"他终于说。我能感觉到,他已经放弃了,接受了无法获取我青睐的事实,这让我更加恼火。这家伙怎么这么喜欢臆测?

"西恩会成为怎样的领导者?"

"暴君,"查尔斯小声说,"不会是优秀的领导人。我觉得他缺少那种素质,在关键时刻不能保持个人魅力,也不善于控制自己的情绪。"

我的怒气一扫而空。我居然完全同意查尔斯的见解,这种感觉很奇怪。他所说的,正是我称西恩为怪物的原因,而我自己一直都没有完全弄明白。

"你善于判断人品。"我叹了一口气说,仰面倒在床上。

他伤心地耸耸肩,"可是,我却输得一团糟。"

"你怎么输了?"

"我想加深对你的了解,因为一见到你,我就有一种很特别的感觉。"

我对这个话题很好奇,正打算继续提那些折磨人的问题——我怎么特别了? 你到底是什么意思? ——可是查尔斯却站了起来,"但这都没有意义。你从一开始就不喜欢我。"

我瞠目结舌地看着他。

"你觉得我是个怪人,一点儿都不像西恩,你眼里一直只有他一个……而现在,我又在诋毁他。"

"我本来就不喜欢西恩。"我说着,垂下眼帘,做出自以为娴静诚恳的模样,"他说了那些话之后,我就更加不可能喜欢他了。"

"对不起。"查尔斯说。

"你为什么总是说对不起? 坐下好不好?"

我们两个都没有动过矿泉水。

查尔斯坐在对面,端起杯子,"你知道吗? 这些水已经在地下埋藏了十亿年以上,被封闭在石灰岩之间……研究古生物,这才是我真正的兴趣所在。我是说,除了得到物理学奖学金,开始我的研究工作之外,我还喜欢到地面上去考察古老的海床,而不是谈论政治。我想找个伴儿,跟我一起去。我以为你会有兴趣。"查尔斯抬头看着我,一口气说完了他的邀请,"克莱因族盟有一座古老的酒庄,就在距离这里大约二十公里的地方。我可以借一辆牵引车,让你看看那座——"

"酒庄?"我惊讶地问。

"倒闭的酒庄,已经被改造成了供水站。本身没太多好看的,只是一座地下建筑,不过周围有丰富的化石矿床。也许遗弃在当地的陈年葡萄酒到现在味道已经柔和了些，我们可以试着尝几口。"

"你是在邀请我去吗？"我突然感到一阵温暖，几乎让我眼睛湿润起来，"查尔斯，你真让我吃惊。"实际上，我自己才让自己吃惊。于是我又垂下了眼帘，做出淑女模样，"你到底想要做什么？"

"我觉得，离开这里的话，你对我的印象可能会好点儿。我不适合申克镇这个地方，也不知道自己为什么会来这儿。当然，我很庆幸自己来了，因为你在这里，不过……"

"一座古老的酒庄。还有……再次上到地面？"

"穿着全压防护服。我经常这样上去。有我在，你大可放心。"他用手指指上面，"我长得可不像视频明星，凯西娅，你不会迷上我的。"

我装作没听见。"我从来没去找过化石。"我说，"这主意真不错。"

查尔斯咽了口唾沫，立即决定趁热打铁，"我们可以马上出发，去那里住几天。花不了多少钱——我的族盟不算富裕，不过我们可以借用空闲的设备。氧气支出也不用担心。我们可以带压缩氢气回来，收支相抵还有盈余。我可以打电话给酒庄，让他们为我们准备一下。"

这事有点儿像冒险，大大出乎我的意料，听起来也很好玩儿。查尔斯对我十分尊重，不会强迫我做任何我不情愿的事情。一切都很完美。

"我会努力避免拿物理学烦你。"他说。

"这个我受得了。"我说，"可是你为什么会怀疑我对西恩有意思呢？"

他明智地选择无视这个问题，马上开始进行午夜出发的准备。

火星人通常都是透过列车车窗看到他们世界的地面的。一生中通常有九到十次,火星人会穿上增压防护服,"上"到星球表面行走。这种时候,火星人通常成群结队,并处于严密的监控之下,在自己的星球上享受外星游客待遇。

你可以说我们胆小,也可以说我们理智,总之大多数火星人喜欢住在地穴里,并心安理得地自称为兔子。我们是红星兔,有别于定居月球的灰星兔。

我觉得,乘着牵引车坐在查尔斯身边的时候,要比几个月前粘着皮肤封闭层的时候还紧张。我倒是不担心查尔斯会在峡谷和冰川侵蚀地中迷路——他似乎信心爆棚,精神焕发——让我紧张的是,我多年来用自己那套哲学体系封闭起来的情感正处于爆发的边缘。

我就不解释自己是怎么转过弯来的了。总之,我已经开始被查尔斯吸引,只不过这个过程非常缓慢。他开车的时候,我总是偷偷看他,研究他瘦削的面庞,长而挺直的鼻子,缓缓眨动的富有洞察力的棕色大眼睛,精致性感的上唇,略薄的下嘴唇,高耸的颧骨,细瘦的脖子,突出的骨骼——这张脸很凌乱,有不少吸引我的地方,也有不少我看不上的地方,算不上富有美感,绝对不能说完美。他手指细长,指甲方方正正,肩膀很宽,但瘦骨嶙峋,胸部还微微有些凹陷……

我皱起眉头,把注意力转向周围的风景。我本身对物理学并无兴趣,但是没有一个火星人可以回避过去。我们睡在婴儿床上的时候,就听到过不少故事。

火星已死,但它曾经活着。在低地平原地带,无处不在的表层土和讨厌的污浊物下面,有一层厚厚的石灰质岩层。这些石灰石是无数微小生物的埋骨之所，它们原本生活在远古时代的海底。那时的海洋覆盖着这里的大多数地方，面积达到火星北半球的百分之六十。

　　而到了五亿火星年以前，这些海洋却成了火星衰老和冷却过程的牺牲品。就在火星开始形成大陆并且开始发生大陆漂移的关头，星球内部的岩流运动却开始减慢，以至于逐渐停滞。火星表面四大板块停止漂移，火山也停止喷射气体。火星大气开始了漫长的逃逸过程。从六亿年前开始，火星的生命就不断退化，演变成更顽强的生命形式，留下布满化石的海床和溶洞，最后只剩埃考母体①和壮观的引水桥树。（埃考是单数，埃考伊是复数。）

　　我们周围，黄色和白色的石灰石矗立于红褐色的表土之上。环形山周围散落着锈迹斑斑的破碎巨石，就像洒在香草冰淇淋的大黄酱上的巧克力碎末。粉红色的天空下，这一幕苍凉而凄美，像是在提醒人们，即便是行星也不会亘古长存。

　　"喜欢吗？"查尔斯问。自从乘坐借来的克莱因族盟牵引车离开杜里，我们两个就很少说话。

　　"很壮观。"我说。

　　"你还没看到露天溶洞呢。那东西就像地球草原犬鼠的洞。有溶洞的地方，地下一定有蓄水层。但只有专家才能判断其埋藏深度，以及是不是白化蓄水层。"白化蓄水层酸性较强，因此开采成本略高一些。"白化海水有着完全不同的生命形式，那很可能就是母体最早起源的地方。"

　　我对母体孢囊所知甚少，只知道它们是单细胞集群体，是后塔

_____

　　①这是一种无定形的生命系统，一个巨大的母体可以孕育多种不同的生物形式。母体与地形融为一体，犹如生物的天然避难所。对这种虚构生物，后文有更多描述。

西斯代欧米伽①埃考母体的原始形态。可以说,在母体孢囊里蕴含着整个火星世界所有的生命,也是引水桥树的母体。母体孢囊的化石是近几年才被发现的,而我一直没有留意相关的新闻报道。

"你见过母体化石吗?"查尔斯问。

"只见过图片。"

"特壮观。个头比牵引车还大,壳的厚度足有一英尺——它们被掩埋在沙子里面,等着古老时期的雨季再次来临……它们是火星生物圈最后的遗存。"他眼睛发亮,嘴角微微上翘,充满崇敬地笑着。他迸发出的热情让我茫然若失了一会儿。"有些可能已经等了上千万年。但是最终雨季也没有到来。"他摇摇头,嘴角忧伤地垂下,就好像遭遇不幸的是他的家人,"有些寻找化石的人相信,总有一天我们会找到一个活着的母体。这可以说是化石猎人心目中的最高荣耀。"

"这可能吗?"

"我觉得不太可能。"

"我们要去的地方有没有母体化石?"

他摇摇头,"那东西非常稀有。溶洞里面是找不到的,大部分都在峡谷中。"

"哦。"

"但是我们可以试试。"他笑得像个小男孩一样可爱,开朗而又值得信赖。

克莱因族盟的酒庄是一次失败的伟大尝试。它坐落在一个冰川期高原的背风面的地下,距离杜里城二十公里。根据入口处堆积的沙丘判断,机器工人并不是常驻这里工作。大门上挂着浅绿

①"欧米伽"在希腊语中有"巨大"的意思,欧米伽母体就是巨型母体的意思。

色的标牌,上面写着:默多克上品酒庄。查尔斯驾车从标牌下面驶过,笨重的车库门缓缓打开,里面的工具都已经积满灰尘。查尔斯把牵引车停在黑暗的车库里。

我们把防护服穿好,出了驾驶室。查尔斯在锁孔扫描盘上摸了一下,转身对我说:"太久没来,密码改了。都怪我,应该上克莱因族盟网站了解一下的。"

"你居然没有查过密码?"我惊慌地问。

"逗你玩儿的。"他说。门打开了,我们抬脚走进去。

多年以来,这儿的机器工人一直在互相修理出现的毛病,如今都已经像是一堆堆小破烂儿。它们的样子让我想起童话故事里忠实的驼背小矮人。我们沿着狭窄的通道前往主要生活区的途中,它们恭敬地让开道路。"我还从来没见过这么旧的机器工人。"我说。

"破家值万贯。克莱因家族一贯有节俭的传统。他们带走了所有最好的机器,只留下了最低限度的劳力配置,仅够维护水源。"

"这些可怜的小东西。"我咕哝着。

"到了!"查尔斯打开主生活区的大门,大声宣布。门后杂乱无比——很多充气床垫堆成一堆,在房间一角围成了一个小房间。床单铺在了饭桌上,就好像桌子变成了床。锈迹斑斑的设备在地板中央堆成一座小山,散发着碘酒的味道。看来这里的机器相当无聊。一名大块头的机器工人神气活现地站在领地中央,身高大约一米,宽约半米,是一个长着长胳膊的桶形机器人。"欢迎,"它用细嗓门说道,"本地已经四年没有接待过任何客人了。有什么我们能为您效劳的?"

查尔斯哈哈大笑。

"别笑，"我说，"你会伤害人家的情感。"

那台机器工人总是嘶嘶作响，好像随时可能瘫痪。它若有所思地沉默了片刻，然后说："本机需要进行维护，请在适当时候进行。"

"你只能暂时先凑合着过了。"查尔斯说，"我们需要一个能住下的地方，总共两个人……要不同的房间，越快越好。"

"这里不能住吗?"机器工人带着机械式的不耐烦反问。

"这里还行，但需要重新收拾。"

我们忍不住哈哈笑起来。

那台机器工人看着我们，带着老式机器特有的、冒失、执拗又敏感的表情。事实上，它们只是反应慢而已。"我会按照您的指令做出安排。顺便提醒您，如果可以的话，本机需要替换部分零件并重新充入纳米材料。"

四个小时以后，居住区已经基本布置完毕，我们这几天的补给也已经由机器工人搬运进来储存好。查尔斯和我不再四处奔忙，终于可以面对对方。查尔斯一开始总在回避我的眼神，装出细细检查房间内部装修的样子。"这儿看着简直像一座地堡。"他说。

"不错了。"我说。

"嗯，不能算奢侈。"

"我也没指望这儿会奢侈啊。"

"我十岁的时候来过这儿一次，跟我爸一起来的。"查尔斯说着，两手紧张地蹭着裤子，"当时我们从阿米尼西亚赶往杰佛森，途经杜里，在这儿暂住了几天，就当是旅途中的休息……克莱因族盟的这块领地，周围都是厄斯凯因族盟的地盘。我也不知道我们怎么会有这么一块地产。"

　　随后又是一段尴尬的沉默。很明显,查尔斯不知道如何追求我,也不知道会有什么结果,其实我也什么都不知道。不过,作为约会中的女性,我没有责任提出任何建议,也无意尝试。

　　"我们去看看酒窖怎么样?"他突然伸出手给我,问道。

　　我拉起他的手,我们正式开始游览默多克上品酒庄。

　　查尔斯很紧张,我则很悠闲。我不需要说什么,也不需要做什么,跟着他走就行了。他一路都在轻声介绍火星上的种种情况,当然,大多数事情我都很清楚。不过,即便是在讲述技术细节的时候,他的声音听上去还是那么舒服。渐渐地,我已经不再去听他说的内容,而是享受他富有魅力的男性声音。通过这种喋喋不休的说话方式,我们就好像暂时不是在单独相处一样。

　　任何一个火星居民点都有百分之九十以上位于地下。如果要在空气极度稀薄的条件下,保持人工大气压以及防止宇宙射线侵害,那么地下洞穴就是最为经济的建筑方式。在最初的十年,我们曾经尝试过在沙海中建造高层建筑和多层瞭望塔。但火星定居工作一直都是在物质匮乏的条件下展开的。深埋地下、彼此贯通的建筑,造价要便宜很多。露出地面的部分只有热交换机、传感器、瞭望口、出入口和少数低矮建筑。即便是在现在,整体而言,火星人依然是穴居人群。

　　火星上一般的蓄水层是固态的(含水矿石)或者半液态的。固态蓄水层又分为多种不同形态,有些是向上鼓起的永久冻土层,在地表造成圆丘地貌。火星上有些冰丘直径超过十公里,但几乎所有的圆丘都早已失去了导致地面鼓起的水分。水蒸气要么重新凝结在火星两极地区,要么就慢慢流失在了宇宙空间里。火星稀薄的空气里几乎没有任何水分。

　　默多克上品酒庄地面以下半公里,有一条地下河道,很可能就是给杜里城供水的那一条。水透过石灰岩层渗入地面深处,灌满了溶洞以下深达十公里的岩层裂隙和孔洞。

我们游览的第一站就是抽水站。抽水机是一个巨大的钢蓝色物体,由圆柱体和椭圆体组成,看起来有点儿像抽象派雕塑,它已经持续工作了十五个火星年。抽水机所用的燃料是氘,由从地下抽上来的水中提取。

“我们把这里的水接入杜里城供水管道的时间,大约是十九个地球年之前。”查尔斯绕着水泵边走边解释,“那时候酒庄刚刚关闭,这里的居住点被清空,并改为自动化管理。供水可以获得稳定的收入,弥补我们酒庄倒闭带来的损失。”我们的脚步声在结满霜寒的石板上回荡。风声在墙上的通气管中轻吟,周围弥漫着刺鼻的霉味儿。“现在,抽水站成了酒庄存在的唯一理由。杜里城需要这儿的水,愿意为此付费,所以我们一直运行着这台抽水机。既然我们已经来了,也不能白跑一趟。我会提交一份报告——”

“找几个替换的机器工人。”我建议。

“也许吧。建设这座酒庄的那家人来自加利福尼亚——也可能是澳大利亚,我记不清了。”

“两个地方的人区别挺大的。”我说。

“也没那么大。我见过很多澳洲人和加州人,除了口音不同,我觉得他们都挺相像的。实际上,我的家人来自新西兰。你们家呢?”

“不太清楚,好像父母分别是德国和印度后裔吧。”

“难怪你皮肤那么好看。”查尔斯说。

“我对血统遗传之类的问题不关心。”

查尔斯带我走进饮水沉淀室。黑沉沉的水池,波平如镜,默默停留在石灰石上凿出的凹陷里。两个巨大的沉淀室都足有一公顷面积,水深十米。在我们脚下的某个地方,输水泵常年不断地低声轰鸣着,把水送入杜里城的地下水管。我呼吸着这里冰冷湿润的空气,摸了摸潮湿的石灰石墙壁。

"那些石头简直像是骨骼化石。"查尔斯说。

"是啊,以前这里是海底。"

"我们星球有一半的城市和居民点都依靠这些石灰岩生存。"

"它们为什么不变成大理石之类的?"我问道,我提问的目的之一是为了证明自己对古地质学并非一窍不通。

查尔斯摇摇头,"过去十亿年都没有发生过活跃的地质活动。要形成大理石,就需要热量和压力。现在的火星已经沉睡,不可能完成那样的工作了。"

"哦。"看来我只是证明了自己的无知而已。不过,我并不因此感到尴尬。我正在尽可能给查尔斯提供表现的机会,就是为了看清楚他的本来面目。我想知道自己这几天到底选了一个什么样的男人做伴。

我们走过水池上方的一座桥,沿着一条斜坡下行。下一个房间里存放着一排排不锈钢罐子,表面光可鉴人,被橙色陶瓷纤维管缠绕着。这里的霉臭几乎令人难以忍受。这种感觉容易让人突然沉浸在属于自己种族的回忆里。我脑海里出现的,就是炎热夏季凉爽潮湿的地下室中,条板箱里装满了香甜的苹果和马铃薯,摆放在踩实的泥土地面上……

"老式酿造桶,"查尔斯说,"里面装的东西叫'库维',其实就是葡萄汁——"

"猜到了,"我打断他说,"事实上,我多少算是个葡萄酒方面的行家。"这当然与实际情况有很大差别。

"哦,是吗?"查尔斯很高兴地问,"那么,也许你可以教教我。

我一直都想不通,为什么我们的酒庄就是没有办法成功。"

"他们的葡萄从哪儿来?"我装出一副专家的样子问。

"自产自酿。葡萄就种在大桶里,搭在架子上……然后注入所需的菌类,就在种植的地方原地发酵。"

"失败的原因就是这个。"我不屑一顾地说,"简直是我能想象到的最糟糕的酿酒方式。"其实我只是道听途说,并没有酿过酒。

"我们族盟的人说过,那酒的确很难喝。我估计,这附近还会有那时候存下来的酒,丢在这里没人要。"

"多长时间了?"

"至少二十年。"

"你是说地球年份?"我问。

"是的。"

"我自己更喜欢火星纪元。"

面对我的小嘲讽,查尔斯表现得很不错——他既不生气,也没有装模作样讨好我。

"我们要不要找找?"

"好啊。"他说,"我记得小时候看到过……往前走点儿就是了。"他在前面带路,我落后几步,透过一个酿造桶旁的玻璃窗向里面看了看,里面一团漆黑。整个地方都令我感到难过。我们火星人一方面试图用地球上的老办法做事,另一方面又想搞点儿创新发明,但最后却遭遇惨败,这样的例子简直不胜枚举。

"你们现在知道该怎么酿酒了,对吗?"我追上他问。

"纯纳米技术,全人工合成,对吗?"

"其实有些品种还不错。"

"你有没有喝过地球出产的葡萄酒?"查尔斯问。

"天哪,没有。"我说,"我们家又不是大富翁。"

"几年前我喝过一点儿马德拉葡萄酒。我的一个朋友花了四百多盟币。"

"真幸运。"我说,"马德拉葡萄酒在历史上常常被装船,绕过好望角运往东方。"这差不多就是我对葡萄酒的全部了解了。

"挺好喝的,不过稍微有点儿甜。"

我们推开一扇薄薄的玻璃钢门,进入酿造室后面的储藏室。在大堆折叠好的过滤布后面,有一只酒桶,孤零零地立在墙角。"酿造于2152年,"查尔斯说,"火星历43年,从未装瓶,从未销售。"他假装紧张地看着我,"搞不好会把咱们两个都毒死。"

"喝点儿试试。"我说。

酒桶放液嘴被转向靠墙一侧了。查尔斯叫一个负责维护的机器工人开来叉车,把酒桶转了个方向。机器工人完成了任务,酒可以放出来了。查尔斯去找杯子,留下我一个人,满怀心事地待在冰冷的空房子里。

我盯着潮湿的岩壁,自言自语道:"该死的,我到底在干什么?"我远离城镇和居民点,跟一个自己并不十分了解的年轻男子在一起,极不明智地把自己放在了一个非常容易受伤害的位置,这完全不是我的本意……我本应该多了解一些男人,选出一个合适的对象,开始一段认真的感情,进行一场轰轰烈烈的恋爱才对。

很明显,我根本不清楚自己心里的真实想法。我喜欢查尔斯,他当然也很讨人喜欢,不过他不是——

西恩·狄金森。

我皱起眉头,掐了下自己的上臂作为惩罚。我觉得,如果西恩·狄金森在这里,我们很可能已经上过床了。但是,我都能想象西恩·狄金森第二天早上的表情——醒来后,带着一丝不屑地看着我,一夜销魂之后,就此无话可说。我就想要这样吗?难道我就想要一次性体验,满足追求浪漫的小情怀?我明明知道,我跟这个人根本就不可能有什么结果。

我的脸开始发热。

查尔斯带了两只大酒杯回来。我装作在观察机器工人,眨巴着眼睛努力恢复自己的情绪。"有什么不对劲儿吗?"查尔斯问。

我强颜欢笑,摇头说:"它看起来好可怜。"然后接过一只杯子。

查尔斯双肩紧绷,挠了挠脖子。他对我显然比我对他还不放心,但他还是表现出了可嘉的勇气,带着魔法师变戏法的表情,拧开旋钮,给自己接了一杯深红色的液体。

"这东西让你先喝反而显得失礼,"他说着举起杯子,"错误毕竟是我的家人犯下的。"

他闻了闻味道,晃了晃酒杯,嘲笑着自己的装腔作势,然后喝了一小口。我好奇地看着他脸上的表情,想知道这酒到底有多难喝。

看上去,他是真的大吃一惊。

"怎样?"我问。

"毒不死人。"他说,"完全毒不死人。居然能喝。"

他给我倒了一杯。酒劲儿有点冲,需要一定的自制力才能下咽,我并不是很喜欢,不过还没有我们预想的那么恐怖。

"我们都是年轻人,"查尔斯说,"应该不至于被毒死。要不要带走一两升,吃饭的时候喝?"

"那要看你吃什么饭了。"我说。

"吃我们带来的东西,还有我能从应急储备里找到的食物。"

"也许我可以下厨。"我说。

"那好极了。"

　　我们在基地主餐厅吃饭，餐桌和椅子是古旧的金属质地，别人都懒得带走这些玩意儿。音响系统播放着十年前的流行音乐，快节奏的"肯基"曲调，足以让我父母那辈人产生浪漫情怀，但对我没用。我更喜欢优美旋律，而不是鼓点儿。

　　不能说葡萄酒消去了我的忧愁，不过的确让我的心情平静了几分，为此我心怀感激。食品都很简单，储存了长达五年（火星年）的灰色面食，经我做出来虽不考究，但还算可口。查尔斯表现得无比感激，让我有几分尴尬。我强忍着才没说，其实那不过是面食的本来味道。他只是努力想表现得友好，讨我欢心；而我不冷不热的态度让我们两人都很困惑。

　　吃晚饭的时候，我们听到地穴的空气系统嘎吱作响。主厅显示器显示，外面的温度已经下降至摄氏零下八十度，风速保持在一百公里每小时。我倒是不担心安全问题，我们的补给品足够支撑好几个星期。如果想离开，牵引车也可以应付绝大多数天气，除非遇见超大型风暴。而根据卫星天气预报，最近此类风暴都不会发生。

　　我们没有任何危险，也没有人知道我们的所在。酒喝得越多，查尔斯看起来就越帅，不过我脖子的肌肉还是紧绷得发疼。

　　"明天我们出门去，到一条冰川融化时期形成的峡谷里看平顶山岩。"查尔斯说，举起酒杯盯着里面的酒，俨然那是稀有的琼浆。他眯起一只眼睛，细细打量酒水的颜色，看到我狐疑的表情，笑了起来。我最先爱上的，应该就是他的笑容——总是那样真诚、温驯、谦和而又不失威严。他眼珠灵动，嘴角一挑，笑意就令人如坐春风。

　　"平顶山岩是什么？"我问。

"石灰岩的天然断裂带。由于风的侵蚀,石灰岩上下层之间出现缝隙,而且表层开始龟裂。很快——嗯,也就是一千万年以内——冰霜就开始出现在裂隙里,表层被侵蚀成沙砾和尘土,然后被风吹走,暴露出下面的一层,就好像被剪掉了一截头发一样。"

"在南方这么远的地方,冰霜从哪里来呢?"

"表层山岩的剥落进程早在三亿年前就已经结束。空气中水汽不足,造不成多大影响。冬天偶尔还有些二氧化碳结冰。但是,这种山岩中容易发现化石。"

"什么化石?"

"贝壳,大多数都比你的手指头还小。不过,我大爷在这里发现过完整的阿基米德勋虫,大约有三米长。就是在挖掘这个居住站地道的时候,在这里发现的。"

"阿基米德勋虫是什么?"我对火星古生物学有一点了解,知道这种塔西斯代第三纪体型最大的动物,不过我还想听查尔斯说话。他的声音很迷人,真的,我已经很喜欢听他讲解各种知识了。

"一种巨大的螺钉状节肢动物,有着剃刀一样锋利的壳针。它们在海底泥地巡游,对小型动物大开杀戒,然后放出胃囊,把动物遗体消化后吸入体内。"

我微微抖了一下,查尔斯对这样的效果很满意。

"的确很可怕,假如你是一只进入发情期的第三纪软体动物的话。"他说着,喝完了自己杯子里的酒。他举杯向我示意,无声地询问我是否还想再喝一点儿。

"但我不是。"我说,"那又有什么可怕的?"

"你是说更多的酒可怕吗?"查尔斯问。

"我并不是一只第三纪软体动物,为什么我会认为阿基米德勋虫可怕?"

"因为你不习惯看到生肉。"查尔斯说。

"我根本就没吃过肉类。"我说,"据说那东西会让人……欲火中烧,按本能行事。"

查尔斯再次向我举杯,我怀疑他是想把我灌醉。这肯定不是多么绅士的想法——把女人灌醉,然后推倒,几乎人事不知。这样他就能满足吗?又或者,他会试图整个征服我,既要人,也要心?

"不了,谢谢。"我说,"看着跟血似的。"

"而且是静脉血。"查尔斯表示同意,放下了自己还剩大半杯的酒,"我也喝够了。还真是喝不惯。"

"我想,应该到睡觉时间了。"我说。

查尔斯低头看着地板。我看着他的笑容,想象着我和他没裹毯子也没穿衣服、在温暖的房间里缠绵的景象,登时感觉热气上涌,而这次与饮酒无关。我想要鼓励他,但还是有一种力量阻止着我。

如果他现在还不采取行动,他就可能会失去我,而这样,我就不用决定是否接受他。我暗自纳闷,不知道有多少女人曾经愿意跟查尔斯亲近,他又接受过多少回——或者会不会一次也没有?如果我们两个都毫无经验,局面会非常糟糕——不是吗?

"我们明天还有很多事情要做。"查尔斯避开我的眼神说,"我很高兴你决定跟我一起来,这样我虚荣心得到了巨大满足。"

"为什么?"

"我现在不想勉强你做任何事。"他说话的声音极小,几乎听不清。

"勉强什么?"

他给自己的杯子倒满了葡萄酒,然后皱皱眉,伸出舌头,"我不知道自己为什么这样做。其实我已经喝够了。你挺宽容的。"接下来的话他说得很快,还打着手势,就好像在跟人辩论,"我很怕羞,而且很笨,根本不知道该怎么办,或者该不该做那些事情。其实我现在最想做的就是跟你聊天,以便发现你为什么对我有那么大的吸引力。但我想,我也应该做其他事情,比如说,试着亲吻你……当然,我不是真的想这样。"他直勾勾地看着我,很泄气的样子,"你想吗?"

我居然还指望靠他能引导我走出最后一步!

"那就聊天吧,挺好。"我说。

查尔斯靠上来,速度有点太快了。我们接了吻。他把双手放在我肩上,浅浅地拥抱我。随后,本能主宰了他,他没有松手。我轻轻把他推开,然后又靠近,再次亲吻他,以表明我并不是在拒绝他。他满脸通红,目光迷离。"我们都别激动。"我说。

我们睡在不同的房间,隔着一堵墙,我听到查尔斯来回走动,嘟嘟囔囔。我估计他整晚上都没怎么睡觉。奇怪的是,我居然睡得很好。

第二天,我起床穿好衣服,走进厨房,发现机器工人领班一动不动地站在地板中央。我小心翼翼地碰了它一下,一段微弱的录音播放说:"我已经坏掉了。我需要修理或者替换。"然后,它就彻底关闭了。

我自己泡了杯茶,等着查尔斯。他几分钟后进来,努力装出不累的样子。我给他也沏了一杯茶。

"睡得好吗?"我问。

他摇摇头,"你呢?"

"我睡得还行。很抱歉,让你心烦意乱。"

"你不是申克镇的轻浮女孩。至少我不这么认为。"

"我很高兴你这么想。"我说。

"可是,我又不知道你到底想要什么。"

我握起他的手说:"我们会度过快乐的一天,看看风景,找找化石。我们可以多聊聊天,增进了解。这样行吗?"

"是个不错的开始。"查尔斯说。

我们吃过早饭,穿好了防护服。

"这些都没有被冰川冲刷过。"查尔斯说,戴着手套的手指着那片平原。我们都穿着全压防护服,坐在牵引车驾驶室里,但头盔面甲是打开的。我们在大片平坦的区域爬上一个小土坡,牵引车的引擎低声轰鸣着。"往东一百公里,往西五十公里,都在冰川冲刷的范围之内。在距离这里不远的地方,形成了一条冰川融水侵蚀出的河谷,是花了几十亿年的时间造成的。

"我们进入峡谷的过程中,会经历三个不同时代的生物形成的岩层。最上面一层大约是五亿年前的生物形成的。冰川大约是在这些生物死去一亿年后出现。中层是二十亿年前的生物形成的,属于塔西斯代的第二纪和第三纪。最下面是二氧化硅层。"

"也就是所谓的琉璃海喽。"我说,所有火星人小时候都收到过琉璃海化石礼物。

查尔斯驾车绕过一座覆盖着玄武岩的圆丘。这里到处都散落着古老时代流星撞击遗留下来的玄武岩。我试图想象那颗流星从天而降,撞进浅海中央的场景——碎石飞散到数百公里之外,炽热的蒸汽像云一样翻腾,带着泥污的雨点从天而降,给本来就脆弱不堪的生态系统雪上加霜。"想想我就烦。"我嘟囔着。

"烦什么?"

"时间。那么长的时间,让我们的一生显得无足轻重。"

"我们本来就无足轻重。"查尔斯说。

我肃然摇头，"我不这么认为。空无一物的时间，没有那么的……"我在头脑里搜寻着合适的字眼。马上想到的词有：温暖，鲜活，有趣。不过这些词好像都暴露了我的女性视角。而查尔斯的本能反应当然是男性化的，而且特别睿智。"活跃。因为没有旁观者。"我生硬地说。

"即便如此，我们的一生相对于这个世界也只是短暂的一瞬。而我们的行动在地层表面留下的印迹，几千年后就会被彻底抹去。"

"我不同意。"我说，"我认为，我们会给周围的一切留下深刻的印记。我们会观察，我们会做出计划，我们会有组织地采取行动——"

"我们中只有一部分人是你说的这样。"查尔斯笑着说。

"不，我是认真的。我们真的跟其他生物不一样。火星上原来的动植物都灭绝了，是因为它们……"我还是无法清楚地表达自己的立场。

"没有组织？"查尔斯想提醒我。

"对。"

"你还是等亲眼看到了再说吧。"查尔斯说。

我打了个冷战，"我可不想看你证明我们人类无足轻重。"

"听听大地的声音。"查尔斯说。

我从来不喜欢那些宏大深奥的学科，不管是天体物理学，还是古生物学，跟人类历史相比，都显得那样原始、苍凉。在我的学习生涯中，我集中关注政治和文化的精微之处，也就是人与人之间的关系。在我看来，查尔斯更喜欢广阔的自然界，而非人类生活。

"我们每个人都会对眼前的事情做出符合自己固有观念的解

释。"我煞有介事地说。

他的表情让我后悔说了上面的话——他嘴角下撇,眼睛眯成一条缝,轻轻摇头。如果说我一直把他当作一条上钩的鱼的话,那么刚才的话就相当于不小心拽断了钓鱼绳。这让我突然感觉极度缺乏安全感。我的手套碰到他厚厚的衣袖,但这好像还远远不够。"但我还是想去看看。"我说。

查尔斯松开操纵杆,牵引车慢慢停下来,晃动了一下。他坐着,半转身朝向我,问道:"我让你生气了吗?"

"没有啊。为什么这么说?"

"我觉得你总是在试探我——问我一些重要的问题,看我是否合你的意。"

我咬住嘴唇,低头看着自己的膝盖,努力做出悔罪的样子,"那是因为我紧张。"我说。

"那没关系啊,我也紧张。也许我们两个都应该放松一点儿。"

"我只是说了我的想法而已。"我的脾气也上来了,"很抱歉,我表现很笨。可是我以前从来没有来过这种地方,而且我跟你也不是很熟,我甚至不知道——"

查尔斯抬起双手,"之前的事一笔勾销吧。我是说,我们最好忘了你我之间现有的一切纠葛,就当我们是两个好朋友,一起出门旅行。只要你放松,我就可以放松,好不好?"

他语调里带着怒火,说得我险些哭出来。我扭头看着窗外,却看不见外面古老奇异的地形。

"这样好吗?"

"我根本不知道该做出什么别的样子。"我说,"我可不会装模作样。"

"我也不会,而且我也不会去装。如果你觉得我不合适,没关系,我们就丢开这件事,开开心心地玩儿。"

"那你生什么气啊?"

"我也不知道自己为什么生气。总之,对不起。"

他把操纵杆向前扳。我们默默行驶了几分钟。"有时候我会做这样一个梦,"他说,"在梦里,我是土生土长的火星人。我可以赤裸着身体,站在火星的表面,感受周围的一切;可以穿越时空,回到当年火星还活着的时候。"

"小眼睛,身材瘦削,皮肤是干果一样的棕色或者古铜色。就像小说里说的:'黑皮肤,黄眼睛①。'"

"的确,"查尔斯说,"我们生活中足足有三个火星,不是吗?几个世纪之前,人们就在地球上编造出了一个火星。视频节目中有一个。还有我们眼前这个。"

刚才的紧张氛围似乎已经一扫而空。我觉得自己的情绪在大起大落。我又一次想哭,不过这次是因为松了一口气。"你真是宽容大度。"我说。

"我们两个人都不容易相处。"查尔斯说着,歪过头,用头盔撞了一下我的头盔。我们的嘴唇反正也没有办法靠得更近,所以也就只能这样了。

"让我看看你眼里的火星吧。"我对他说。

融冰冲刷出的这道峡谷绵延三十公里,给平原刻下了一道弯曲的伤痕。两边的峭壁上都开凿出了工作通道。这的确破坏了周围的景观,不过修建的成本要低于桥梁,而且也让牵引机得以到达山岩的底部。

"这里的地质结构一目了然,"查尔斯说,"首先是琉璃海,然后

---

①这个说法来自雷·布拉德伯里的经典短篇小说《黑皮肤,黄眼睛》。

是塔西斯代的海洋沉积物，在数十亿年里逐渐累积的石灰石……然后是冰川层和蛇形丘陵……再往上是上次冰川纪结束时大风留下的印迹。"

我们沿着微微倾斜的崎岖道路向下驶入峡谷。两边的岩壁上都有多层富含铁质的赤铁矿石和颜色更深的沉积物。"那应该是风成岩和冰川岩。"我说。

"你说得对。它们本来是浮尘和飞沙，聚集在这里，经过沉淀和积压……那边有很厚一层铬黄土，应该是来自北方地区的。"查尔斯指着我们右手边的灰绿色岩层说。那岩层至少有一米厚。他驾驶牵引车拐弯，避开最近落下的山石，从勉强可以让我们通过的一道缝里挤过去。我们一直下到平原以下二十米的深度，浮尘被车轮碾开，露出颜色更浅的细碎冰碛土。

"我们有很多词描述不同种类的沙石和土壤，就像因纽特人描述各种雪的词汇一样丰富。"查尔斯说。

"我记得以前学校考试还考过这个，"我说，"题目是：'请按字母顺序写出你所知道的各种沙石和土壤类型的名称。'我只能想起来二十种。"

"我们到了。"查尔斯说着，放开了操纵杆。牵引车减速，低声轰鸣着停下。驾驶室外寂静无声。昨夜刮起来的风已经平息，空气非常平静。峡谷两侧的悬崖间，纤尘不染的天空乌黑一片。除了岩石的颜色不同，周围还有红黄相间的古老河床之外，我们就像是在地球的卫星月球表面一样。

查尔斯很享受这份宁静。他表情放松，精力旺盛。"后备箱里有一套岩石采集工具。我们可以进行一个小时的发掘，然后返回牵引车。"他犹豫了一下，似乎在考虑什么，"然后我们就回家。我是说，返回居住点。"

我们仔细检查了身上的装备,用牵引车上的氧气箱充满随身携带的氧气瓶,然后挤出车门密闭层。车内冒出的空气噗的一声,结成了闪亮的晶体,像小石子一样纷纷掉落在地上。

"我还记得这里,"查尔斯通过防护服里的通话器说,"都没有变。沙丘的形状当然有了几分不同,也有几个地方出现了塌陷……不过整体看起来还是很眼熟。距离这里大约一百米的地方,有一处我非常喜欢的化石矿床。是我父亲带我找到的。"

查尔斯分给我一些工具,让我带着,然后拉起我戴着手套的手,一起离开牵引车。在一片没有塌陷的岩壁上,我看见两个区别明显的化石层:几米厚的浅黄色石灰岩上面是一米厚的棕色和灰色化石层,下面是半米的灰色和黑色化石层。

我们现在就走在覆盖着沙土的平顶岩石上。它们由最古老的石灰石组成,最底下是琉璃海。我倒吸一口气——也可以算是打嗝——没想到眼前的景象会对我有这样强烈的影响。古老的火星也曾经充满生机,尽管那段时间只有十五亿年。

生命到底起源于何处,这个问题至今都没有定论。火星人声称自己的星球更早出现生命,但地球人对此提出了质疑。不过的确,地球是一个更加活跃、更富生机的世界。它距离太阳更近,接受了更多的有害辐射……而火星距离年轻的太阳更远,因而冷却得更快。它表面的水蒸气比地球早2.5亿年凝成了海洋。

像很多忠实的火星人一样,我也相信地球上最早的生命起源于火星。就在我脚下的这层浮尘下面五六厘米的地方,就是这些早期生物的埋骨之所。

"这边走。"查尔斯说着,带我走入一块悬石的漆黑阴影里。我抬头看了一眼,很担心这块石头会砸下来。查尔斯注意到我的表情,取出尖角锤说:"没关系的,那块石头一直都在这个位置,我小时候就见过。你能帮我照着点儿吗?"

我们打着手电筒工作。查尔斯撬起一大块碎裂的石灰岩。我帮他把这块二三十公斤重的石头搬到一边,然后他把锤子递给了我。

"轮到你了。"他说,"就在这一层下面,还差大约十厘米。"

我抡起锤子轻轻敲打地面,然后慢慢加大力度,直到岩层碎裂,我可以把碎下来的石块清理到一边。我清理出几个巴掌大的一块岩石。查尔斯把手电筒举高。

我的视线穿越了二十亿个火星年,瞥见过去时代的无数奇珍。如今,它们已经被压成油漆一样的薄薄一层,在硅质化的黑色海底土壤上面留下半透明的痕迹。

圆形、椭圆形、金字塔形、扁长形……你能想象到的所有形状,周围环绕着华丽的羽毛状图纹,长长的枝条连接到细长多瘤的根上。这些古老的琉璃海生物,看上去就好像古老图书里的插图,随着手电筒的晃动,泛起彩虹色的光晕。我可以想象它们悠游在浓汤一样黏稠的海底泥水中,寻找并猎食体型更小的同类。

"有时候,它们会摆脱枝干,自由漂浮。"查尔斯说。我其实知道这个,但还是很愿意听他给我解释。"最大的生物群会达到足足一公里的宽度,把紫色扇面伸出水面吸取阳光……"

我伸出戴着手套的手去抚摸它们。它们都被牢牢固定在各自的"墓室"里。尽管经过了如此久远的时光,那些化石还是非常坚硬。

"它们真是美极了。"我说。

"这是最早出现的同基因共生生物群体。"查尔斯说,"这类化石很常见,没有什么突出的特色,所有生物都具有相同的基因,但是生物的外形却千差万别。而事实上,它们都是同一种生物。有些人认为，火星在任何时候，生存物种的总量都不超过九到十种。它们甚至都称不上是不同种类的生物，更接近于不同形态的同基因生物。研究这样的生物体系，自然而言就会猜测，它们诞生于共同的母体孢囊。”

他深吸一口气，站了起来，“我要做一个非常重要的决定。我相信你。”

我纳闷地抬起头，视线离开了琉璃海，“你说什么？”

“如果你有兴趣的话，我想带你去看样东西。距离并不远，再走几百米就到了。算起来，那是十五亿年前的遗迹了——我是说地球年份。”

“听起来很玄妙的样子。”我说，“你们在这里隐藏了一个生物母体吗？”

他摇头说：“这东西已经在官方备案，我们只接受专业研究人员的参观要求。我父亲带我去看过一次，还让我发誓保密。”

“我们还是别去了吧。”我说。我不想让查尔斯辜负父亲对他的信任。

“没关系，”他说，“父亲应该也会同意的。”

“为什么说‘应该会’？”

“他死在了‘杰斐逊号’飞船上。”

“哦。”星际客运飞船“杰斐逊号”五个火星年之前从月球轨道加速的时候，发动机出现了故障，导致七人死亡。

既然查尔斯已经代替死去的父亲做出了决定，我也无法拒绝。于是我站起来，把工具包收拾好。

峡谷向南蜿蜒，近一百米之后西折。我们在拐角的地方休息片刻，查尔斯无聊地用锤子敲打一层硬质黏土。“我们大约还有一个小时的时间。"他说,"大约要用十五分钟到达目的地。也就是说,只能在那里逗留十分钟。"

"十分钟够用了。"我说完之后马上后悔,恨不得用力踹自己几脚。

"就算我在那儿待上一年,都不会觉得时间够用。"查尔斯说。

我们爬上一道四五十米长的缓坡,眼前的山岩中突然出现一道深深的裂隙。这道裂隙斜斜地延伸进岩石里,由于年代久远,裂隙边缘已经出现了风蚀的痕迹。

"整个平原系统的构造都很脆弱,"查尔斯说,"地震,或者小行星撞击……不知道什么导致了这里的岩层活动,就出现了这道裂隙。它应该有六亿年历史了。"

"真壮观。"

他抬起手,指着通往裂隙里面的、洞壁上的一条狭窄通道说:"路是稳固的,只要小心别滑倒就行了。"

我犹豫了一下,然后才跟上查尔斯。通道弯弯曲曲,崎岖不平,宽度不超过半米。我想象着自己已经滑倒摔伤,防护服划开了口子,或者被扎出了洞。

查尔斯早已走出很远,他回头看着我说:"跟上吧。只要小心一点儿就不会有危险的。"

"可是我又不习惯爬山。"我说,"我是地洞里住惯的兔子,难道你忘了吗?"

"没那么难走。相信我,这一趟肯定值得。"

我紧张又小心,一步步尝试着往下走,一边用通信器捕捉不到的小音量嘟嘟囔囔。我们下到裂隙深处。可是突然之间,查尔斯在我眼前消失了,用无线电呼叫也联系不上他。我们在彼此的视野之外,他又不在星际通信卫星的服务区内。我叫了几声他的名字,自己靠在岩洞的石壁上,每过一分钟就惊慌一分,也愤怒一分。

我回头观察左肩后面的情形,同时向右爬行,手却突然按了个空,我惊叫了一声,停下脚步,想要保持住平衡,两手一阵乱抓,这时,我被一只戴着手套的手抓住了手臂。

我回头,发现查尔斯就在身边。"对不起,"他说,"我忘了隔着岩石不能通话。没事的,进来吧……"

我们站在一座洞窟的入口。我紧紧地拥抱查尔斯,什么都没有说,直到我狂跳的心逐渐平静下来。

岩洞在裂隙的一侧,非常深,漆黑一片,看不到尽头。洞顶比我们的头还要高出五六米。裂隙对面的岩壁反射着太阳光,足够我们看清彼此的样子。查尔斯拿出手电筒交给我。"到了。"他说。

"什么?"我还没有完全明白过来。

"我们从阿尔法走到了欧米伽①。"

我皱起了眉头,不喜欢他这样故弄玄虚。可是他根本就没有看我。

渐渐地,我才注意到,这座洞窟根本就不是地质活动造成的。它的洞壁像玻璃一样平滑,泛着油绿色的光泽。洞窟内部交错着网状的蛛丝纹路,这些生物纤维已经风化得像石头一样坚硬,反射着晃动的手电筒发出的光。地上也散落着碎裂的丝状物,就像童话中失落的刀枪。我默不作声地站着,被眼前的一幕惊呆了——这条隧道,居然原本是某种生物的躯体。

"这是引水桥树,"查尔斯说,"属于欧米伽埃考母体的一部分。"

也就是说,这根本就不是一座洞窟,而是一条巨大管道的一部分,是火星最大的、也是最后灭绝的那种生物一部分躯体的化石。

———————————————

①阿尔法和欧米伽分别是希腊字母表的第一个和最后一个字母。

我还从来没有听说过保存完好的引水管。

"在大约五亿年前,这一段管道生长进了这道岩隙。后来,因为洞口与当地通常的风向正好相对,沙土填塞了通道。黏土和飞沙逐渐掩埋了管道,但还是没能阻止它继续向南输送水分。等到水源枯竭,整个生态系统被毁,这个部分也像其他管道一样死亡了,只不过得以保持了生前的模样。跟我来。"

查尔斯带我继续深入。我们在这条巨大的有机管道内部穿行。这条引水管输送去的水曾经灌溉过数十亿公顷绿色和紫色的土地,这种全天然的灌溉系统,其壮观程度超过了人类修建过的任何建筑。

这些曾经是火星真正的运河,但是在斯基亚帕瑞利[1]和珀西瓦尔·洛维尔[2]有机会看到它们之前很久,就已经全部死亡。

我咽了口唾沫。"这真是太美了。"我边往深处走边说,"可是,这儿安全吗?"

"这东西已经在这里存续了五亿年,"查尔斯说,"墙壁几乎完全变成了硅石,每层的厚度超过半米。我不认为它会恰好选择这时候坍塌在我们身上。"

前面出现了诡异的光亮,查尔斯停下来等我跟上。这里的地上堆积着厚厚的黑绿色纤维,我小心翼翼地跨过去。查尔斯伸开手臂,示意让我先走。我的呼吸声响亮地回荡在头盔里。

"前面更平整一点儿,地面是沙土,很好走。"

---

①乔瓦尼·弗吉尼奥·斯基亚帕瑞利(1835－1910),19世纪意大利天文学家,认为火星表面有纵向的运河存在。这种见解被后世的天文观测证明为光学假象。

②珀西瓦尔·洛维尔(1855－1916),美国商人、作家、数学家和天文学家。对天文学的最大贡献是为寻找冥王星(当时未发现,被称为 X 行星)所做的开创性工作。他也认为火星表面有运河式的沟渠,并进一步猜测其为某种火星文明修建的灌溉系统。这个设想出现在了著名的《火星公主》等科幻作品中。

管道延伸进了一座阴暗的洞室。我一时间搞不清楚这里的空间有多大，但是可以看到头顶高处的一个洞口，上面是黑暗高远的天空，还能看到星星闪耀其上。金色的阳光照在地面水纹状起伏的细沙上，散射的光线弥漫在整座洞窟里。

"这里是一座水库，"查尔斯说，"也有抽水站的功能。有点儿像我们的默多克酒庄。"

"这儿真大。"我说。

"房间直径大约五十米。不是正圆形。头顶上面那个洞可能是几百年前才腐蚀开的。"

"你是说地球年？"

"是的。"他笑着说。

我看看脚下沙地上同心圆形的水纹，想象着头顶洞口里吹下来的风在洞中回旋。我用靴子拨开松软的灰尘和浮尘。他对我可不是一般的信任。查尔斯能带我来这里，的确是非常难得的礼遇。只有极少数人，才能得到这样的机会。"我很难相信这是真的。"

"什么？"查尔斯急切地问。他看上去挺得意。

我耸耸肩，不知道该如何解释。

"我估计，最终我们族盟还是会邀请视频公司的人来，甚至有可能面向游人开放。"他说，"我父亲的本意，是在最初几十年，都仅限我们家族的人来这个地方。但是在我看来，我的叔叔婶婶和克莱因族盟管理层都不同意他的想法。我觉得，这么多年来他们一直没有公开这个地方，主要是为了表示对我死去父亲的尊重。但实际上，他们觉得等待的时间已经够长了，毕竟还要考虑到我们签署过的资源公开协议。"

"你父亲为什么要把这里保密呢？"

"他本打算带克莱因家的孩子们到这里来上历史课,作为家族专用课堂,让他们感受时间的深邃幽远。"

查尔斯走到那片阳光下站定,两臂抱胸,防护服和头盔亮得耀眼,在蓝绿色的阴影背景下,闪耀着金色和白色的光芒。

查尔斯的老爸想让克莱因家族的孩子们理解的那种时空深邃幽远的感觉俘虏了我,让我感受到前所未有的强烈震撼。我的眼睛适应了周围的黑暗。这座地下水库玻璃一样的墙壁上布满了细细的纹路,让我联想到西恩病房里的远古复原图。火星的原始景物如今都已破败,被夷为平地,只有这里是例外。

我努力想象,一个星球需要多么孤寂,才能让这样一个巨大的、肥皂泡一样构造的生物体不受打扰地生存数亿年。

"你带别人看过这些吗?"我问。

"没有。"查尔斯说。

"我是第一个?"

"你是第一个。"

"为什么?"

"因为我觉得你会喜欢它。"他说。

"查尔斯,我经验不足,而且……知识也不够丰富,根本不可能理解这些。"

"我觉得你可以理解。"

"肯定会有几百个更合适的人——"

"但是你说过,要看看我理解的火星,"查尔斯说,"别人从来没有提出过这样的要求。"

我只能无奈摇头。我并没有做好欣赏这样一份奇怪礼物的准备。但查尔斯无疑完全是出于好意,我没有任何理由拒绝。"谢谢你,"我说,"我深受感动。"

"我爱你。"他说着转过头盔。他的脸在暗处,我只能看见他的眼睛在暗处闪亮。

"你不会爱我的。"我摇着头说。

"你看看这些。"查尔斯说着,举起双臂,就像是教堂穹顶下的牧师。他的声音在颤抖,"我只会遵循自己的真心。生命如同白驹过隙,我们没有那么多的时间去犹豫不决。我说我爱你,就是真的爱你。"

"可是你都不给我时间让我做出决定!"我叫道。

我们沉默了片刻。"你说得对。"查尔斯说。

我深吸一口气,控制住自己汹涌澎湃的感情,握紧双拳以免发抖,"查尔斯,我从来没有料到过这一切。你必须给我一点儿喘息的时间。"

"对不起,"他说,声音几乎听不见,"我们该回去了。"

我当时还不想回去。我一辈子都忘不了这件事,这正是我暗中梦寐以求的浪漫瞬间和场景,尽管已经过去了那么长的时间。无论是当时的环境,还是那充满激情的爱的表白,都是我情窦初开以来一直盼望的。我一直都搞不懂,自己当时为什么会那么难以抉择。

查尔斯正在把他所有的一切都交给我。

返回牵引车的路上,在使用备用空气之前的十分钟里,查尔斯跪下来,从琉璃海矿床上挖了一个四方块下来,递给我。"我知道你很可能已经有一些这类东西。"他说,"但这块是我送你的。"

好你个查尔斯,我心想,送花都只送我石头花!我随手把那块破石头丢进口袋。我们爬进牵引车,调好驾驶室内的气压,用一根吸尘管互相帮着吸掉身上的灰尘。

查尔斯握起操纵杆驾车前进的时候，表情几乎算得上阴沉。我们转来转去爬升出了峡谷，一路都保持着痛苦的沉默。

我最终打定了主意。查尔斯热情、忠实，感情丰富。我们一起经历过很多磨难，他一直表现得勇敢、可靠，而且头脑清醒。他对我也有很深的感情。

如果这样都还不肯接受他，那就太傻了。我已经说服自己：此前对他的疑虑都来自自己的懦弱和青涩。于是，我直盯着他（他满脸通红，不敢往我的方向看）说："谢谢你，查尔斯。给我留下这么美好的回忆。"

他点了点头，集中精神驾车，躲避满地散落的巨石。

我说："在我心里，你和其他人都不一样，我也爱你。真的爱你。"

他脸上的表情逐渐缓和，我这才知道他刚才有多么担心。我不禁笑了，伸出双臂拥抱了他。"我们两个都那么的——奇怪！"我说。

他也笑了，眼里含着泪花。发现自己的表现让他如此感动，我很是得意。

那天晚上，外面的温度下降到了零下八十摄氏度以下，洞窟墙壁和隧道内装饰都冻得嘎吱作响。我们把两张床都拖进主卧。查尔斯和我接了吻，脱掉衣服，做爱。

我到现在都不知道，我是不是他的第一个女人。当时这并不重要。现在当然更无关紧要了。他看上去不像是完全没有性经验的样子，但他表现得十分猴儿急。他刺激我，取悦我。我当时认为这就是爱情。肯定只有爱情，才会让那感觉如此甘醇，如此默契……我获得了强烈的快感。

　　我陶醉在他的热情中，然后我们开始轻松而坦诚地谈话——这在此前是不可想象的。

　　"你将来打算做什么?"我问他。躺在他臂弯里的我，觉得特别有安全感。

　　"你是说等我长大以后吗?"

　　"是啊。"

　　他摇摇头，眉头紧皱。他眉毛浓密，眼睫毛也特别长。"我想搞懂一些东西。"他说。

　　"搞懂什么?"我摩挲着他手臂上丝一样柔软的汗毛问。

　　"搞懂一切。"他说。

　　"你认为这可能吗?"

　　"可能。"

　　"那会是怎样一副样子呢? 搞懂一切，明白所有事物背后的秘密。我猜，你说的是物理学。"

　　"那只是我想要搞懂的一部分。"他说。我本以为他在跟我开玩笑，但是抬头看看，他的表情却非常严肃。"你呢?"他眨巴着眼睛问我，身体微微颤抖了一下。

　　我皱起了眉头，"哎，这个问题我都想了好几年了。我对公共事务管理非常有兴趣。地球人管这个叫政治。火星在这个领域非常落后。"

　　"你想当火星总统?"查尔斯一脸严肃地说，"我会投你一票。"

　　我作势把他的双手铐起来，说:"我是集权主义者。"

　　睡觉之前，我心想:至少我已经找到了某个方向。成年以来第一次，我跟另外一个人睡在一起，而且没有感觉到年轻人心里潜藏的那份不安。取而代之的是一种熟悉的归属感，以及与爱人共度良宵的那份宁静。

　　我有了一个爱人。可我无法理解，当时为什么会感觉那么混乱和犹疑。

　　第二天，我们（当然）又做爱。然后，我帮着查尔斯巡视了整个抽水站，我们手里各端着一杯早餐粥。任何现存的抽水站，不管是否已经被遗弃，每隔几年都必须由人类进行实地考察，考察结果提交给族盟居住委员会。所有可居住站点都必须标注在地图上，并在紧急情况下容许一切人使用。现在，默多克酒庄需要新的机器工人和新鲜的应急物资。这里的医用急救纳米材料也已经朽坏。水泵很可能也需要进行维护，以便更换磨损的内部零部件——这是机器无法自行解决的问题。

　　检查完主水泵之后，我还是没能摆脱昨天旅行造成的影响，被时空的深远震撼着。于是我问查尔斯，整个宇宙间最让他困惑的是什么。

　　他笑着说："这是一个管理问题。"

　　我气鼓鼓地说："你怎么也降到我的水平了？"

　　"没有啊。仔细想想，那确实是管理问题啊。万物到底如何知道它们应该处在什么位置、充当什么角色？一个事物如何与周围的其他事物建立联络，它们之间如何通信？谁是听众？又能听到什么？"

　　"听起来真玄。"我说。

　　"非常玄。"他同意。

　　"你好像把整个宇宙看作了一颗大脑。"

　　"一点儿都没有，女士。"他说着，把一根测试用铅棒收回他的通信器，然后把通信器塞进腰带，"但事实比大多数人想象的更加奇怪。宇宙就像一个计算系统，完全由系统内传输的信息组成。

这点毋庸置疑。我想要弄明白的是,宇宙内的信息是如何传递的,我们该如何收听,或者甚至参与交流,告诉宇宙我们想让它做什么。"

"你是说,我们可以'说服'宇宙发生变化?"

"是的。"他不动声色地说。

"这样也行吗?"我问。

"我认为行,而且愿意赌上这条命。"查尔斯说,"至少赌上我的前程。你有没有想过,我们时代的现状为什么总是没有太大变化?"

三星世界的文化批评家,甚至一些著名的智囊机,都反思过近数十年科学缺少重大进步的问题。当然,进步还是有那么一些的,比如地球上的数据流革命还在进一步深入。这种进步带来了一些表面的变化,完善了很多细节。但是近一个世纪以来,我们都没能出现任何突破。有人说,2071年的地球居民如果穿越到2171年,还是能认出她所见到的几乎所有事物……而此前的几个世纪,总是会发生翻天覆地的变化。

"如果我们可以破解贝尔连续统,掌握宇宙物质能量的转化规律的话,"他温和地笑着说,"我们就可以一举打破现状。这将成为有史以来最伟大的技术革命,比纳米技术伟大得多。你看过卡通片吗?"

"卡通片是什么?"

"地球20世纪的动画片,比如迪斯尼的《宾尼兔》《罗德·朗纳》《猫和老鼠》之类。"

"看过一些。"我说。

"我小时候整天看这类片子。它们版权都已经过期,很便宜,我又特别喜欢。我一边看卡通片一边想,它们展示的那种世界怎样才能自圆其说。我甚至还归纳出了一些数学公式。卡通片里，人走出悬崖后总要停一会儿才往下掉，被打死后总能马上原地复活，能量总是用之不尽，时间总是转瞬即逝……这些本来很傻的东西，却令我深思。"

"我们的世界与之不同？"我问。

"现实世界跟卡通片相似的程度，很可能超过了我们的想象！我对或然现实体系的概念非常着迷，愿意了解别的行为方式。没有什么东西一成不变，也没有任何神圣的东西，或者在形而上学意义上注定的东西——一切都在流变的过程中。这很完美，因为这意味着我们能够理解这个世界。我们所要做的就是放轻松，抛弃原有的一切成见。"

完成调查之后，我们就没有理由继续逗留。再过几个小时，我们就得把牵引车送回申克镇。

查尔斯看上去很沮丧。

"我真的不想回去。这个地方很适合独处。"

"我可没觉得有那么理想。"我说着，伸开胳膊揽住他的腰。我们彼此偎依着从水泵走回酿酒区。

"我们在这儿没人打扰。有风景可看，有地方可玩儿……"

"而且还有足够的葡萄酒。"我说。

他看着我，就好像我是全世界最重要的东西，"回去之后一段时间都见不到你，我会很难过。"

我却没怎么考虑过这些，"我们可都是成年人了，要对自己的生活负起责任。"

"我感受到的责任，简直可以压死人。"查尔斯说。我们在酿酒区外面站住，"我想和你结合。"

事情发展得太快，我有些被震撼到了，"法律意义上的结合吗？"

"我愿意和你缔结婚约。"

这是火星的说法,虽然听起来没有"结婚"那么浪漫,但同样危险。

他感到我的身体在颤抖,因而更加用力地揽着我,就好像我会飞走一样。我说:"讨厌！你这动作也太快了吧?"

"人生苦短。"查尔斯阴沉着脸,超级严肃地说,然后笑了一下,"我等不到海枯石烂那天,而你又那样迷人。我非你不娶。"

我揽住他的肩头,凝视着他的面庞,心又开始狂跳不止,"你吓着我了,查尔斯·富兰克林。你老是这么吓人家,可不太好。"

他道歉,但是不放手。

"我觉得我还没到结婚的年龄呢。"我说。

"我也没让你马上给我答复。"查尔斯说,"我只是想让你知道,我对你动机纯正,没有任何不良企图。"他努力装出轻松的语调,试图冲淡辞令中的迂腐味儿。我老爸才会在乎别人动机是否纯正,我老妈也许在乎一点点,我可一点儿都不关心这些无聊的事。

我再一次陷入混乱和矛盾,但是又决定不让这些困惑破坏我们的小情调。于是,我用手指碰碰他的嘴唇,"你要耐心。"我用尽可能可爱的方式说,"不管我们能不能永结同心,结婚都是大事。"

"你说得对,"他说,"我的确是又在勉强你了。"

我说:"要不是你勉强我的话,我还不会觉得你可爱呢。"

回申克镇的路上,我小睡了一会儿。牵引车像忠实的马儿一样找到了回家的路。到达之前两个小时,查尔斯轻轻把我推醒,我醒过来后连忙道歉,不想让他觉得自己被冷落了。我转头看车轮后面飞扬的尘土,对驾驶席上的查尔斯说:"谢谢你。"

"谢我什么?"

"谢谢你勉强我。"其实我本来想说"谢谢你把我变成真正的女人",可是这样的俏皮话却有可能被误解,我不想让他以为我是个随便的女孩。

"我擅长勉强别人。"他说。

"你擅长很多事情。"

我答应过家人,开学前要回老家所在的伊拉基地小住。现在只剩一个星期的时间,我必须前往杜里站,去赶北行的环线火车。查尔斯还要在申克镇多住几天。

我们把牵引车停在车库,然后相拥热吻。之后,我们一起去申克镇车站,说好开学之后再见面。

回到杜里之后,戴安娜·约哈拉(她还是我的室友)打开门,充满期待地对我微笑,还问我:"他怎么样?"

"你是指谁啊?"

"查尔斯·富兰克林。"

我跟她说过要去地面一趟,但是没有透露任何细节,于是我问:"你窥探我隐私?"

"才不是呢。我去族盟农场干活儿来着,然后房间里就收到了留言信息。其中有一条呢,就来自申克镇的某位查尔斯。还有,你的通信器哪儿去了?"

我皱起眉头,才想起通信器被遗忘在牵引车里了。也许就是因为这个,查尔斯才打了电话来。"通信器搞丢了。"我说。

戴安娜扬起了眉毛,"回来后我查了电话号码。看来,这位查尔斯就是西奈学院跟我们一起蒙难的那个。"

"我们只是去找化石。"我说。

"找了整整三天吗?"

"你可真是爱打听啊,戴安!"我说。

她跟着我进入隔帘。我把折叠床从墙上扳下来,把提包丢在床单上。

"他似乎脾气挺好。"黛安娜说。

"你是不是非要挖出血淋淋的真相才算完?"我怒气冲冲地问。

戴安娜耸耸肩,"忏悔有助于你灵魂的纯净。"

"看来你在农场一定是闲极无聊。"

"农场当然无聊了,那里的男人要么是我的堂兄弟,要么就是已婚。不过,你倒是可以找个时间跟我一起去一趟,搞不好会有你喜欢的类型。凯西娅,我觉得你嫁到我们家挺好,会是个好媳妇。"

"你怎么就那么确信,我结婚后会放弃自己的族盟?"

"因为我们家好啊。"她阳光灿烂地说。

"戴安娜,你可真是超级烦人。"我迅速把行李包拆解开,把所有东西收进抽屉。看来,假期剩下的时间想要独处已经成了奢望。

"你们族盟有没有优质一点儿的男人?"她问,"如果有像查尔斯那么好的人选,我就愿意转入他的族盟。"

如果是在几个月之前,我肯定是冲她吐舌头做鬼脸,或者抢个枕头砸过去,但现在不知为什么却不愿做那么不庄重的事了。我有了爱人,而且他也爱我,我就应该成熟稳重一些——比参加西奈学院学生运动时还成熟稳重。

"好吧,我告诉你,我和查尔斯去了他们族盟的一个居住点。"我向她坦白,"他人不错。"

"而且很帅,"戴安娜满脸陶醉地说,"凯西娅,连我都替你觉得幸福。"

我收起空空的行李包,"可否请您回避一下,我想一个人听电话留言。"

"可以。"戴安娜说。

查尔斯的留言听得我心头狂跳，他还是那么心急。

到达申克镇之后仅一个小时，查尔斯就录下了下面的留言："你的通信器忘在我包里了。我正准备把它发回你家所在的基地。我只想让你知道，我对你是认真的。我爱你。我相信，这一生都不会再遇见像你这么好的人。我知道你需要时间考虑。但我确信，我们一定可以有共同的梦想。我已经开始想你了。"

看来，他对我的欣赏程度甚至超过了我对我自己。我呆坐在床沿上，被吓傻了。

那天晚上我躺着一直没合眼，被关于查尔斯的回忆搅得心烦意乱。那种感觉又迷茫又美好。不过我还是觉得，现在结婚对我来讲为时过早。的确，有人在我这个年龄就缔结婚约：可是那些人二年级就已经想清楚了自己一辈子想做什么。他们清楚自己的目标，也知道该怎样去做。

如果我告诉查尔斯，我现在还不想结婚，他肯定会微笑着说："让我等你多久都可以。"可我并不想听到这样的答复。事实上，我真正不够成熟的地方，是不知道怎样让自己的内心与我生活的环境协调起来。要是查尔斯并不完全适合我怎么办？如果还有更好的选择，我又为什么要将就呢？

我痛苦地摇头，觉得自己自私透顶，甚至可以说背叛了查尔斯。他愿意为我付出一切，我有什么资格拒绝他呢？

在我心里全是这类想法的时候，我又怎么可能对他说我爱他？

我给他回了一段文字信息，因为对自己的语调没有自信：在酒庄玩得很开心。我会永远记得当时的情形。我现在还不想谈婚论嫁，因为我对自己的未来毫无把握，这方面要比你差很多。我也想尽快再次见到你。我们应该多见见彼此的朋友们，多接触，做各种事情,然后再考虑缔结婚约,你不觉得吗?

我的署名是"爱你的,凯西娅·马朱达"。我给远房亲戚写信的时候也用这样的署名。我没有写"我爱你",因为我觉得这样说感情色彩太强烈,而只是简单干脆地自称"爱你的"。查尔斯看到这样的署名肯定会很受伤。我写的时候也很难过,但却无法更改……

我最终还是发出了那条信息。我在房间里给戴安娜留了口信告别。她留在杜里镇,说是要一个人用功学习。

然后,我就坐上了前往北索利斯的火车。我把头靠在双层玻璃上,看窗外夜晚时分的火星,我看到福波斯①,像一盏昏黄的探照灯一样,闪耀在杜里城西侧的山顶上。

我心里害怕。我对自己说。我永远不会再回到原来的样子。我也不会再是查尔斯所认识的那个我。某种东西已经终结,我因此感到害怕。

我一路经过克拉里特盆地,回到吉达高原,回到伊拉,回到家人中间,热情问候我的父母和哥哥。我努力表现出自信满满的样子,就好像一切都好,我还是原来的样子。可是老爸,我已经有爱人了。妈妈,我有了一个男人,那种感觉好极了……我是说,他为人好极了。我觉得我在恋爱,但这一切都来得太快。天啊,我真想跟你们聊聊,是真正推心置腹地谈谈……

整整三天,查尔斯都没有回音。

也许他终于看透了我的内心世界,并且发觉自己犯了个可怕的错误。也许,他理解了我内心的不成熟和不忠实,决定就此忘了

---

① 火星较大的那颗卫星,通常译为火卫一。

我，就像申克镇其他的那些露水夫妻一样。

邮政局的机器工人送回了我的通信器，但我已经买了新的，因为我担心旧机器没有足够的空间存储来往信息。我心烦意乱，完全没办法安静下来决定下个学期的课程安排，接近于精神崩溃。

我痛恨那种悬而未决的感觉。本以为局面完全可以由我掌握，但我现在却已经失去了主动权，就像一条上了钩的鱼儿一样，任由他人摆布。最初的怒火已经慢慢变成了麻木的哀伤，但我还是不肯给他打电话。

第三天深夜，我已经换上了睡衣，准备挨过孤独的漫漫长夜，查尔斯直接给我打来了电话。

我抓起通信器躲进自己房间。他的图像出现在我卧床旁边的墙上，栩栩如生。他看上去极度疲劳，心力交瘁，脸色苍白得像个鬼。"非常抱歉，这几天都没能跟你联系。"他说，"我想跟你当面谈谈。我这边局面很糟糕。"

"出什么事了？"我问。

"我们族盟跟地球方面的合约突然全部被取消，我不得不飞往麦克奥里夫山谷参加家族会议。现在还没回去。上帝啊，我真是抱歉，你肯定以为——"

"我很好，"我说，"没看到网络上报道你们族盟的事。"

"消息还没有公开，凯西娅。请不要告诉任何人。我估计，合约之所以被解除，是因为我们族盟的月球分支在拉格朗日地区启动大型陶瓷项目，招致了地球方面的不满。实际上，应该只是东西方大联盟不满。不过，他们大致相当于整个地球了。"

东西方大联盟，缩写为GEWA，被读作"吉瓦"，是地球上一个经济共同体，加盟地区包括亚洲、北美、印度、巴基斯坦、菲律宾以及马来半岛的一部分。他们经常找一些火星族盟的麻烦，我们马朱达家族也不例外。

"情况真有这么糟糕啊?"

"我们被禁止向地球发售任何商品,也被禁止与任何吉瓦签约机构进行数据交互。"

"这对你本人有多大影响?"我问。

"我们估计,未来五年整个族盟都会严重亏损。我的奖学金是没指望了。"查尔斯说,"我本来打算第五学期去泛火星物理技术公司实习,但如果克莱因家族不能扭转局面,我就会交不起学费,根本就没有机会去读第五学期。"

"真该死,"我说,"我能理解你的心情……"

"我的整个生活全乱了,凯西娅。你说过,需要时间考虑要不要与我缔结婚约……"他语调发颤,努力控制住自己,"凯西娅,现在我不可能跟你缔结婚约。现在奖学金都没指望——"

"这没什么。"我说。

"我感觉自己像个白痴一样。可能是以前经历的事情都太顺利,我本来觉得,也许我们可以——"

"不用说了。"我为他感到心痛。

"对不起。"

"你不用说对不起。"

"我很爱你。"

"我知道。"我说。

"我想去见你。这里的事情完了就去——我们族盟需要做出一些决议,全体投票决定家族未来的走向、反击制裁的方式之类——"

"这是大事,我理解。"

"我想见到你本人。要么等我们都回去了,在杜里见面;要么就去伊拉,随便哪儿。你不用有压力,我只是想……看到你。"

"我也想见到你。"

他再次宣告对我的爱。我们两个依依惜别。他的形象淡去之后,我深呼吸了几下,然后喝了一大杯水。

查尔斯有了麻烦,我获得了解放,这让我释然的同时,又有了一份负罪感。我也知道,我必须赶紧找个人好好谈谈,可我爸我妈肯定不是合适的人选……

于是,我打电话给戴安娜。

她接电话的时候没有开视频,是后来才打开的。她穿着一件破不溜丢的蓝色长裙,从少女时代开始,这件衣服就是她的宝贝。她的头发上涂着一层动态染色剂,这种泥巴一样的玩意儿也是她特痴迷的护发秘诀。打电话的时候,那东西一直在她头上慢悠悠地滚来滚去。"我知道,我知道,我这样子很烂。"她说,"你怎么了?"

我跟她说了查尔斯的处境。告诉她,查尔斯本来提出了要跟我缔结婚约,可是现在又不可能了。还告诉他,我从开始到现在一直很迷茫。

她吹了声口哨,跌坐在吊床上。"原来他还是个光速靓仔啊!"她眯起眼睛说。远程通信总是比不上当面交谈,尤其是在最亲近的人之间。不过,戴安娜的生动表情倒是有效地缩短了我们之间的距离感。"我觉得,你应该是劝过他放慢点儿节奏吧?"

"可是我估计他不可能慢下来。他听起来像是已经被爱情冲昏了头。"

"这要么是一次金玉良缘,要么他就是个大变态。你怎么看?"

"他特别真诚,而且……也很讨人喜欢。我没有对他死心塌地,感觉有点儿对不起他。"

"得了吧,他是你的第一个,就这一条就足够你花痴的了。不过,你可是没有对戴阿姨坦白交代哦。你爱他吗?"

"我很担心,怕自己会伤害他。"

"嗯。我的意思是,那方面。"

"你听起来经验还挺丰富。"我心怀戒备地说,下意识地绞着手指。

"我倒是想让自己经验丰富。凯西娅,你不要这么走来走去的,放松点儿,我都跟着你紧张了。"

我坐下来。

"你跟他去了默多克酒庄。他应该不止是摸进了你的房间那么简单。你一定发现了他的特别之处。你爱他吗?"

"是的。"我说。

"可你并不想跟他结婚。"

"不想马上结婚。"

"以后呢?"

我摇头,既不承认也不否认这种可能,"别跟我说我不嫁给他就是犯傻。也别说他心肠好,长得帅。这些我都知道。"

"行,凯西娅。我不说那些。尽管我的确有些妒忌你。我知道他很聪明,为人估计也还可以——"

"是相当好。"我大声说。

"而且他还愿意等你。那就让他等好喽。"

我紧闭双唇,紧盯着她,"那要是我最终决定不嫁给他怎么办?这样公平吗?让他在我身上浪费那么多时间……"

"神啊,凯西娅。真希望你这些话永远不会被那些道德家听到。我们火星人活得太一本正经了。从来就不存在浪费爱情这回事。你是想现在就甩了他,另找一个?"

"不是!"我生气地说。

"嘿,这也是一条出路。别忘了,没人能强迫你做任何事情。"

跟她说了半天,我感觉是越来越没救。"我现在心情很糟糕,"我说,"还是挂了吧。"

"不许走! 这事怎么让你变得这么紧张?"

"因为如果我真的爱他,我的感觉就会不一样,我就不会胡思乱想。我本应该觉得很幸福,愿意做出牺牲。"

"你才十岁啊,凯西娅。年轻时的爱情永远不可能完美。"

"他还老是用地球年份计时。"我抱怨说。

"哦! 居然还有缺点。说说,他还有什么缺点?"

"他聪明过了头,做的工作我完全搞不懂。"

"选一门课听听不就解决了。他又不是招聘你去当实验室助理或者雌性机器工人!"

"我一离开他,就觉得心烦意乱。"

戴安娜表情很难看,似乎觉得我惨不忍睹,"好吧,我们在原地兜圈子。有人在备用频道等着跟你通话吗?"

"没有。"我说。

"你也知道那些男人见了你都是什么反应了。你很有魅力,整个火星上只有查尔斯这一个帅哥。你完全可以放松心情,观望一下。你不是还不太了解他吗? 你知道的,无非是他的族盟并不富裕,还跟地球有冲突;他想成为物理学家,了解世间一切奥秘;他长得帅,温柔体贴,爱到地面探险……上帝啊,凯西娅,你要是把这样的男人甩了,我一定扁你哦!"

我摇摇低垂的头,"你还是让我挂断了吧,戴安娜。"

"很抱歉,没能帮上忙。"

"没关系。"

"凯西娅,你到底爱不爱他?"她又问了一遍,眼神犀利。

"不爱!"我摸索着想要关掉视频通话,却没得逞。

"亲爱的,别那么急着挂。"戴安娜说,"你一点儿都不爱他吗?"

"现在不行,我做不到。不能百分百投入这份感情。"

"你确定?"

我点头。

"那你将来某个时候会不会爱上他?"

我眼神空洞地盯着她说:"他挺会说服人的。"

"那你就会百分百爱上他吗?"

"很可能不会。不,是肯定不会。"

"那就行行好,现在就坦率告诉他你的想法。"

"我会的。"

她的视线移开了片刻,然后再次举起通信器说:"你知道我爱八卦。我这儿有些有意思的情报,你想知道的话,我就告诉你。"

"是什么?"我问。

"你的查尔斯酷爱户外运动,床上功夫也十分了得。不过,此人也并不简单啊,凯西娅。你了解过这位朋友的底细吗?"

"没有。"

"我永远都会尽可能查清周围所有男性朋友的底细。男人可是非常危险的种群。"

我不知道她会给我爆出什么猛料来,肩膀的肌肉不知不觉开始收紧。难道他是暗藏的集权主义者?难道他是卡罗琳·康娜尔安插在我们中间的间谍?

"我的情报并不会损害他的迷人形象。不过,凯西娅,我们了不起的查尔斯先生可是立志成为真正的物理学家的人。他还报过名,志愿参加智能提升实验。"

"那又怎样? 这是好事啊。就连我们马朱达家族都会认可这种做法。"

"是啊,地球人都愿意。不过查尔斯申请的项目,是把人脑与量子逻辑智囊机互联。"

我半晌说不出话来,"你……你是从哪里得到的消息?"

"公开记录,来自火星大学西奈学院医学研究项目报告。他是在去年夏初提出的申请,也就是我们开始地下反抗活动之前。"

我心里凉了半截,"哦,上帝啊。"我说。

"嘿,你我都不了解这样的连接到底是什么情况。"

"可是根本就没有人能跟量子逻辑智囊机正常对话。"我说。

"我本不想趟这趟浑水,凯西娅。不过我觉得,这事你知道了更好。"

"嗯……"

"你什么时候回校?"

我咕哝着回答了她的问题,然后关闭了视频通话。我的脑子里乱成一锅粥,不知道是该生气还是该难过。

在火星,我们躲过了大部分人体机能提升、形态变异和纳米整形潮流,这些在地球上都已经屡见不鲜。我们更习惯于应用低层次的强化,例如病理基因修正、对精神疾病的治疗等,大多数火星人都厌恶那些极端的人体修正技术。有些技术只有地球上才有,另外一些则不适合我们这些拓荒者的务实个性。我感觉,火星的文化共识就是:所有极端的做法,火星人都隔岸观火,等着地球人和月球人(在有限程度上)先行先试,等到技术已经投入使用二三十年,火星人再看看结果,然后做出自己的决定。

如果戴安娜得到的消息确切(我个人找不到任何理由不相信她),查尔斯似乎完全愿意走到革新的最前沿。

此前我只是年轻懵懂拿不定主意,现在我已经不知所措。如果他的精神世界的相当一部分都是在倾听那些不知所云的量子逻辑,我又怎么可能跟查尔斯保持正常关系呢?他到底是怎么想的,怎么就愿意接触那些东西呢?

其实答案也很简单:他想成为更棒的物理学家。量子逻辑反映了宇宙的深层运转机制。而人类的逻辑体系(以及大多数智囊机的数理神经元逻辑)最多也不过是在考察事物转瞬即逝的表面。

我对这类话题的全部知识,都来自于学校课堂和星际视频节目。那些身体和智能得到提升的英雄,占据了人类年轻程序员群体的大多数。事实上,我对量子逻辑和量子逻辑智囊机的了解,都非常有限。

那天一直让我困惑不解的,还有最后一个问题。和父母及哥哥一起吃饭的时候我在想,族盟举行聚会和舞会的时候我也在想,晚上睡不着了我还在想。这个问题就是:查尔斯为什么瞒着我?

也就是说,他对我,终归还是有所保留。

第二天一早,妈妈和我一起商量未来两年我的教育计划。其实我没心情,可是这事又不得不做。我竭尽所能装出一副勇敢又开心的样子。老爸和斯坦去参加一场跨族盟研讨会,讨论火星外资产的管理问题。我们家这一支,一直在马朱达族盟内部负责管理涉及三个星球的金融事务。斯坦所受的教育就是这个方向。但我还是更喜欢管理学和政治理论,几个月没上课,某种愿望反而更加强烈。在西奈学院的经历,以及我和查尔斯一起度过的时光,让我的决心更加强烈。

妈妈是个很耐心的女人,有时候我觉得她耐心过了头。不过现在,我还是很感谢她对我的关心。她从来都不喜欢政治。外祖母之所以离开月球,就是因为那里的修宪运动。这种朴实的自由主义倾向,也体现在了妈妈身上。

妈妈和我都清楚,我需要对家族承担的责任:再过一年左右,我就要开始为族盟工作,或者缔结婚约,转入另外一个族盟,为之效力。在这段时期,政治学知识看起来对谁都没有用处。

尽管如此,如果我一定要学习国家理论和大政府管理专业,妈妈还是会尊重我的意见……她只是礼貌而且冷静地表达了一下反对意见。

她只说了五分钟,我迷迷糊糊地坐在那里,听她说完。她跟我讲到,在以族盟为基础的经济体制中搞政治是十分艰难的。她认为,只有在自己的族盟内部,人们才可以做出最真实、最长远的贡献;其次才轮到代表族盟出席火星议事会。即便是这样的工作,也被看作是一种负担,而不是荣耀。

她的观点表述得很清楚,尽管态度克制,却掷地有声,跟外祖母大声疾呼"让政治去死"的口号是一样的效果。我的答复是:"妈妈,我只对政治感兴趣。总是需要有人去研究这类事情。各个族盟也总是需要互相交流,并且与地球和月球接触。这是常识。"

她偏着头,用老爸称之为"莫测高深"的表情看着我。这个表情我见过很多次了,可还是无法准确描述被那样盯着看的感觉。硬要说的话,就是对你充满爱心,又很失望,但又怀着耐心和期待——我想了十年以后,也还是无法表述得更好,但上面的描述又明显不够准确。这次,妈妈表情的含义大致是:"你说得对,而且,这也是整个世界历史第三悠久的行业。但是,我就不愿意我的女儿去干这事。"

"你是已经打定主意不打算改了?"

"我觉得是。"

"那就好好干吧。"她说。

　　我们坐在餐厅，研究一个接一个的课程简介。精美的文字和图片都在吸引我们去了解更多。妈妈叹了口气，摇摇头，"没有什么有深度的东西，"她说，"全部都是入门级的。"

　　"有几门课，看着还挺有意思。"

　　"你刚才说，你是真想学好政治？"

　　"是的。"

　　"那么，仅仅研究火星政治理论远远不够——跟地球比起来，这里的政治简直犹如尘埃之于巨石。"

　　"可是，地球课程的学费都特别贵——"

　　"而且很可能严重偏向于地球历史和地球政治现实，这很糟。"她说，"不过，对于你感兴趣的学科而言，这将是你可以接受到的最好教育。"

　　"族盟里其他人没得到的东西，我也不想要。"

　　"为什么？"她兴冲冲地问，貌似很享受那种反问的感觉。

　　"因为我感觉这样做不应该。"

　　"的确，我们马朱达家族的这一支从来没有人研究过政治，我们学金融，搞经济，但从来不去研究太阳系的政治。"

　　"我是个另类。"我说。

　　她摇摇头，"不过，的确很像我的女儿。你要真的想学，我会给你付学费。"

　　"妈妈，我们最多也就上得起一年的课——"

　　"我可没说让你去上什么自助课程。"她说，"如果你想要一颗星星，就选择最亮的。最起码，也要得到马朱达家族奖学金和实习机会。"

　　我连做梦都没想到过这个，"我跟着谁实习啊？"

　　她做了个鬼脸，"我们家族，谁最了解政治，尤其是地球政治？

当然是你三叔。"

"拜瑟拉斯？"

"这事需要经过你爸爸和家族教育官同意才行。我自己搞不定。这个层面的问题上，我还无从插手。我也不能确信你爸爸能托好关系，搞定这件事。从你出生以来，我们只见过拜瑟拉斯三次，他一次也没有见过你。"

"那我跟着他，又能做什么呀？"

"处理族盟之间的关系，当然还有地球和月球事务。估计还要出席火星议事会会议，研究火星宪章和商业法规。"

"太好了。"我说。

"火星上没有真正的政府，但是你可以在火星议事会中学到政治管理方面的知识。"

"但是，我还是需要报名学习一些自助课程，以便写在简历里面。"

她狡黠地笑了，用手指轻轻刮了一下我的鼻头，"当然，不过这些不用记在我们的账上。实习职位涉及的所有教育成本，都属于族盟公共支出项目。"

"你早都想好了，还瞒着我！"我生气地说。

"我早就习惯了你的与众不同。"她扬起下巴，伸长脖子说，"这可能是因为，咱们家鼓励孩子们有自己的想法，愿意让你们做各种尝试。不过说真的，我还是从来没有料到过，自己的亲生女儿居然想去搞政治——"

"是政府管理。"我补充说。

"还作为职业。"她说，"我很反感，但我也很好奇，你研究议事会几年之后，同我吵架时会怎么教训我？"

"咱们俩从来不吵架。"我抱着妈妈撒娇。

"的确从来不吵。"她也说,"不过你老爸总觉得咱们平时会吵架。"

我放开了她,退后一点儿。这事已经有了眉目,我还有另外一个问题需要解决,"妈妈,我想邀请一个人来伊拉。是我在杜里认识的。他需要找个地方度假——他最近很倒霉——"

"克莱因族盟的查尔斯·富兰克林?"妈妈说。

可是我根本就没有提起过他!

妈妈微笑着,又给了我一个莫测高深的眼神,"他妈妈打过电话来,想知道你配不配得上他的宝贝儿子。"

我的惊异肯定溢于言表,"她怎么能这么做?"其实我想说的是:他怎么能把这事跟自己父母乱讲?

"对妈妈来讲,独生子的幸福当然是大事。"

"可是,我们都已经是成年人了。"

"她挺有礼貌的,而且也没有问什么不该问的问题。她当然觉得查尔斯是个好男孩。听她说起来,我也并不怀疑这一点。我估计,你也觉得他挺好。他到底怎么样?"

我气急败坏,语无伦次地发泄我的怒火。妈妈用一根手指按在我嘴唇上。"我们做父母的,的确经常让你抓狂,"她说,"回想一下你两岁的时候给我们造成了多少麻烦,就当我们是在报仇好了。我们随时欢迎查尔斯来访。"

火星现在有四百万公民,还有大约五十万人正在申请获取居留权,这两者的总数比1800年美国的居民人数略少一点点。

有些想要移居火星的人,是来自地球的伊洛人①。他们想要在火星重新开始,在这里,活到10^3以上的年龄(至少相当于地球年份

---

①原文为 Eloi,这个词来自威尔斯的小说《时间机器》,意指生活在地面以上、享受舒适奢华生活的人类等级。

一千年）不仅是被许可的，而且几乎普通得没人把这当作一回事。地球上禁止人工延续寿命超过二百年，这就迫使伊洛人移民到其他星球，或者放弃他们延长了的寿命。每接受一个伊洛人，火星都会从地球得到一笔可观的补偿金。不过这种事情，没有人大肆宣扬。

也有些移民到火星的人，是简单纯粹的拓荒者，他们来自地球或者月球，来寻找更简单、更野性的生活。他们肯定对火星很失望——我们早就过了用泡沫化岩石隔热，通过狭窄隧道连接不同基地的阶段。

我和查尔斯在九龙车站碰头，这里距离我家所在的伊拉基地还有十公里的距离。查尔斯从机器工人手里接过行李的时候，我透过车窗看到了西恩·狄金森。尽管火星地表面积与地球陆地面积相当，住着接近五百万人类（加上法律承认公民地位的大约三百名智囊机），这里还是个很温馨的家园。不管你去哪儿，都很容易遇到老相识。我和西恩友好地互相点头致意。我故意拥抱了查尔斯。西恩面无表情地看着我们，列车缓缓驶出了站台。

"见到你我真是高兴极了。"查尔斯说。

我热情地回应，紧握着他的手。"刚才我看见西恩了，"我说，"你没看见他吗？"

"刚刚在车上，我就坐他旁边。"查尔斯说，"跟上次见面的时候相比，他显得情绪好多了。他还让我替他向你道歉，上次针对你的那些愚蠢的指责太不应该。他正去南方，我没有问具体去哪儿。"

"那挺好的。"我说着，觉得脸颊有些发热，"欢迎来到吉达高原。这里有会计师、投资分析师和小型工程公司，但是没有值得一提的化石，连琉璃海都没有。"

"有你在这儿就够了。"查尔斯说。我们一起穿过廊道进入大厅,订好了返程车票。伊拉基地位于吉达高原北部边缘地带。从九龙车站出发,有更小更慢的列车通往吉达、伊拉和东部更小的车站。

查尔斯的脸看起来比以前更瘦。我们分开才一个星期,但是他看起来从面貌到情绪都经历了一场剧变。他紧紧拉着我的手上了车,然后叹着气跌坐在自己的座位上。"上帝啊,见到你真好。"他说,"跟我说说,你一直都在做什么。"

"我都写信跟你说过了。"

"你再亲口跟我讲讲呗。只看到信,会让我担心。"

"其实写信更费力。"

"说吧。"

我跟他讲起申请马朱达家族实习职位的事,他毫无保留地表示支持。"勇敢高贵的凯西娅,"他说,"摒弃家族传统,直接走上权力体制的顶峰。"

"也就是我爸可能会有意见。"我说,"在政治问题上,我妈妈的立场其实是中立的。"

"我们所有人,都不可能长期保持中立。"查尔斯说,"克莱因家族遭到重创,其他人很快也会遭到打击。"

"被地球打击? 还是被吉瓦打击?"

他耸耸肩,看着窗外荒凉的赭石色原野和宽达千米左右的浅浅谷地,后者被称作地陷。"我们构成了某种威胁。尽管没人知道是什么威胁,但他们明显是在打击我们。下周我们会前往火星宪章议事会,要求各族盟团结起来,并为我们提供救济。"

"援助?"我觉得难以置信。火星族盟极少要求外界救济。要获得其他家族的救援,就得向这些竞争对手做出很大让步。

"正如之前说过的,我们的处境非常艰难。希望马朱达家族可以逃过此劫。"

"你打算采用怎样的方法到议事会呼吁大家团结呢？这个诉求更进一步,可就成了要求各族盟采取统一行动了——"

"嘘——"他举起一根手指,阻止我继续说下去,"别用'统一'这个词。"他微笑着说,但笑得很勉强。

"你是怎么挤出时间来这里的?"

"在计划阶段,我已经完成了远远超过自己本分的工作,所以得到了三天假期。"

"可是四天以后,杜里学院的下一个授课季①就要开始了。"

"没办法,只能错过了。"

"你要退学?"

"家族有难,一切暂停。"他说,"危机结束之前,我必须随时待命。"

"这样你就得留级一年了……"

"而且是一个火星年。"查尔斯说着,拍拍我的胳膊,"我会撑过去的。生在一个弱小的族盟,是我运气不佳。如果你进入了政治管理的高层,到时候再把你转入我们族盟……"

突然之间,一切变得那么无趣。我转开视线,无法掩饰自己的不满。查尔斯也很泄气。"对不起,"他说,"我没有任何不尊重你的意思。我的确想过,这次来就是要说服你……我知道,凯西娅。我知道我错了。"

"没关系。"其实他根本就不知道我为什么生气,他也不可能懂,至少现在不能,"我们有很多事要谈,查尔斯。"

"那么严肃啊。"他闭上眼睛,倚在靠背上,"看来,我来这里根本就不是度假?"

①直译为"八分之一学年",大致相当于地球上的三个月。

"你当然是来度假的。"我说。这至少也不是假话。

查尔斯赶了个难得的清静时段来访。我们大多数本家和亲戚，平时都像一群小猫一样在整个伊拉基地和我们家跑来跑去，这时候却恰好扎堆儿去了别处，在火星的各处度假或者出差。我们难得能清静这么几天。不管是我还是查尔斯，都不必忍受那些小破孩好奇的注视，还有我的七大姑八大姨无礼的问题和堂兄们的无聊玩笑。当时连我哥都不在家。整个伊拉空空荡荡，安静异常，对此我极为感激。

伊拉占地大约六十公顷，到处是一望无际的荒原，除了地下水和冰冻矿体之外，没有什么值得勘探的东西。早期探险者在开拓火星的第一个十年，沿着雅典娜水源带规划了一系列基地——那已是三十年前的事了——最终建立了六个基地，伊拉是最早建成的一座。初建时的名字是"伊拉之乡"。

火星人很少多愁善感。火星开拓者一旦踏上新的家园，就开始接受站点建设任务，并养成了坚强、务实的个性。定居火星不是去吃野餐那么简单。尽管没有充满敌意的土著人来捣乱，但在最初的数十年，想要保持基地运转、居民存活，就已经非常艰难了。尽管如此，我小时候还是玩过扮演伊拉①的游戏。

小火车呻吟着穿过道道沟渠，驶向前方的旷野。我紧张地为查尔斯讲述上面的故事，装出一副平静的模样，其实心里却很难受。我邀请查尔斯来伊拉，其实是打算问他一个问题，可是现在想来，这个问题既粗鲁，又没有必要。粗鲁，是因为如果他想要告诉我接受机能增强的事，他早就说了；没有必要，是因为我已经下定了决心，要终止我们这段短暂的恋情。但是，我又不能简简单单地

---

①伊拉本来是雷·布拉德伯里小说《火星编年史》中一个火星人的名字。

在火车上告诉他这个决定。

晚餐期间,我还是没能找到机会开口。我的父母当然是竭尽所能准备这顿饭,这毕竟是我第一次带年轻男子回基地。

老爸对查尔斯尤其感兴趣,不断询问地球对克莱因家族实行禁运的事。查尔斯始终彬彬有礼,知无不言。对我爸职位这么高的人来讲,保守那些秘密完全没有意义。

我的父母通常不喜欢纳米食品,他们更愿意吃自己菜园里栽种出来的食物和合成食品。我们吃了土豆和合成奶酪馅饼,饭后甜点是水果沙拉。茶点是老爸做的美味奶酪蛋糕。晚饭后,我们一起坐在怀旧屋里。像大多数火星基地的房间一样,这个房间也很小很拥挤,难免有一些地球生活的残留痕迹,有自动换水的鱼缸,墙上装着小小的老款星际视频投影机。

我爱自己的父母,他们的意见对我来讲很重要。可是,他们对查尔斯自然而然的亲近却让我觉得不舒服。查尔斯在我家如鱼得水。他和我爸坐在椅子里,身体向对方倾斜,几乎是头碰头,像老朋友一样聊将来可能发生的金融危机。

不可避免地,老爸问起了他以后的打算。

"想做好多事,"查尔斯说,"作为一个火星人,我的野心有点儿大。"

妈妈给他添上茶,"我们可不觉得火星人就不能有野心。"她说着撅起嘴巴,好像对查尔斯有意见。

"我是说,此时此地,要去做我想做的事情完全不现实。"查尔斯说,然后摇摇头,尴尬地笑笑,"我不是个很现实的人。"

"为什么这么说?"父亲问。

因为他会跑这么大老远来找我呗,我心想,还因为他还会把时间花在我父母身上……还跟他们聊他想要研究的物理学。

"火星上都没有我所必需的研究工具,现在没有,未来几十年内可能还是没有。"查尔斯说,"我们整个星球上总共只有两台智囊机专门用于物理学研究。还有几十台勉强能用的计算机,都被锁在大学校园里,想使用都得排长队。我的研究基础性太强。但是……"他停下来,两手平行相对,举在空中摇晃了一下,以强调自己要说的,"我想要开展的工作,需要利用整个地球的资源。"

"那你为什么不去地球呢?"

"是啊,为什么不去啊?"我插嘴说,"肯定会大开眼界。"

"没机会啊,"查尔斯说,"我的学习成绩也不是那么完美,心理评测结果也不理想。想要在地球上工作的人,必须经过一系列严格的考察……我们可能要比地球人优秀十倍才能获准。"

老爸觉得,眼前是一个野心勃勃、但干劲不足的年轻人。他态度生硬地说:"该做的事情,总归要尽可能去做。"

我马上就站到了查尔斯一边,突然开口说:"查尔斯完全知道该怎么做,他比大部分地球人知道的都多。"

老爸扬了扬眉毛,对我极力捍卫查尔斯的态度表示吃惊。查尔斯感激地握住了我的手。

"其实,学术造诣比你差的人,也都通过了那些测试。"老爸说,"你应该学会如何操纵别人。"

"我从来都不会操纵人,"查尔斯说,"我只知道跟人直来直去。"

他看着我,就好像这种品性我应该很欣赏似的。我还是对他露出微笑,尽管自己也觉得虚伪,不应该那样做。他脸上的担心马上一扫而空,变成了柔情,棕色的眼睛还迅速眨巴了几下,像一条可爱的小狗。我转开了视线,不想对他有这么大的影响。我想要远离我的父母,跟查尔斯独处,痛快表露我对他的情感,然后告诉他现在还不是结婚的时候。我心情很糟,也有一点儿不忍心。

"要是有机会,凯西娅过段时间倒可能会去趟地球。"妈妈说,"对吧,孩子?"她骄傲地看着我微笑。

我紧盯着那个鱼缸。鱼缸是几十年前在地球上密封好的,这么多年父亲一直悉心照料,并在他们的婚礼上送给了母亲。"都还没人邀请我呢。"我说。

"你很棒,"查尔斯说,"你总是可以排除障碍。你很善于跟人沟通。"

"我们也完全同意,"老爸自豪地笑着说,"她只是还缺一点儿自信,需要从父母以外的人那里得到一点支持。"

妈妈和查尔斯聊天,老爸把我带到一边,"你有心事,凯西娅。"他说,"我看得出,你妈妈看得出,查尔斯一定也看得出。为什么?"

我摇摇头,"一切全乱了。"我说,"没想到你们居然喜欢他。"

"我们为什么不能喜欢他?"

"我让他来……是有事想跟他谈。可是现在都没单独跟他谈的机会……"

老爸笑了,"待会儿让你们单独在一起就是。"

"我担心的并不是这个。你对待他的方式,就好像他会跟我缔结婚约一样。"

老爸眯起眼睛打量着我,就好像一个淘金者注视着一条矿脉,"迄今为止,他符合我的要求。"

"他只是个普通朋友,来找我谈一件事。我又没让你做什么鉴定。"

"我们让你觉得丢脸了?"

"我有很重要的事情跟他谈,可你们老是浪费我的时间。"

"对不起，"老爸说，"那我就把对他的审讯缩短点儿。"

我们回到怀旧屋。爸爸岔开妈妈的话题，建议去查看一下菜园。等他们走了以后，查尔斯满意地靠在椅子上，吃得很饱，精神也很放松。"他们都挺好的，"他说，"毕竟跟你是一家人啊。"

当时他说什么我都会发火，这句话尤其让我生气，"我就是我，跟谁都不像。"我说。

他无奈地摊开双手，叹了口气，"凯西娅，我知道你有话想跟我说。现在就说吧，你已经把我绕晕了。"

"你为什么不告诉我你申请联机的事情？"

他皱起眉头，"抱歉，你说什么？"

"你提出过申请，要跟一台量子逻辑智囊机对话。"

"是啊，"他满脸无辜地说，"我们物理系四年级学生里面，有三分之一都提出过这个申请。"

"我知道量子逻辑智囊机是什么，查尔斯。我听说过这东西对人会有怎样的影响……"

"它不会把人变成怪物。"

"但是对人也没有好处，不是吗？"我说。

"我们之间的问题，就是这个吗？"

"不是。"

"不过我们的确是出现了问题？"

"我简直无法想象，如果爱一个人——"我好像把自己困在了沼泽地，找不到出路。

"嫁给了量子逻辑智囊机，生活会怎么样？"他好像觉得这种想法很搞笑，"你多虑了，凯西娅。这件事地球人早就探讨过了。我们物理学界的一些前辈猜想，这种连接有助于在一些概念性问题上取得突破，而且只是短时连接。"

"可是你没有告诉过我。"我说。

查尔斯说:"我一直都没有合适的时机说起。"他想要结束这个话题。

"可你就是没有告诉过我!"

"惹你生气的就是这个吗?"

"你不信任我,所以才不告诉我。"我也觉得难以置信,我们怎么就会困在这个不相干的话题上……或许都只是为了避免提及那些我明知会伤害他的话。那些话,连我自己都觉得没有理由开口说出来。

查尔斯就在我面前。我觉得自己陷入了分裂——更有活力、更正直的那个自己想要对查尔斯道歉,把他带到茶园里,跟他做爱;但另一个自己却禁止这种事发生。我已经得出了结论,现在就要贯彻到底,不管这让我们两个人多么痛苦。

"我还不够成熟。"我说。

"我也一样,我们可以——"

"但我们不能在一起。"

他唇部的肌肉好像突然松弛了,眼帘也低垂下来。他低下头,闭紧双唇,然后说:"好吧。"

"我们两个都太年轻了,尽管我也很享受我们在一起的时光。"

"你要跟我说这些,之前却把我请来跟你的父母见面?这不公平。你在浪费他们的时间。"

"他们也像我一样喜欢你,"我说,"我想找一个自己熟悉的地方跟你说这些话。因为这对我自己来讲,也很艰难。我的确爱着你。"

"唔,嗯。"他不愿正视我,总是看着周围的墙壁,好像在寻找逃生的线路,"你想让我跟你讲一些很可能无法实现的未来计划,说错些什么话惹你生气——很可能是过于空泛的设想——结果却没找到这样的机会。"

"不是。"我努力把下巴向前探,尽管思绪凌乱,却仍然坚持。直到现在,我才知道自己真正想说的是什么,"我是在老实向你坦白。也许以后,等我们都取得了一些成就,心态稳定了,知道自己真正想做什么了——"

"可我从很小的时候就清楚自己想做什么。"查尔斯说。

"那你就应该找一个跟你更相像的人。我完全不知道自己想做什么,或者将来会走向何处。"

查尔斯点头,"是我太勉强你了。"他说。

"该死的,求你别这样。"我说,"你听起来就像个……"

"什么?"

"算了吧。"于是我就那么瞪大眼睛盯着他,想用眼神表达出我对他的真正感情。我用视线抚摸着他精致的五官。

"你感觉不到幸福,是吗?"他问。

"我们不可能在几个月之内成熟起来。"我说。

他抬起双手,"我想要跟你朝夕厮守,跟你做爱,握你的手……看着你睡着的样子。"我对舒适的家居生活尤其恐惧,这完全不是我所想要的。我觉得年轻人应该去冒险,迎接各种变化,而不是寻求稳定而一成不变的生活。"在政治生活和人与人之间的协作方面,你可以教会我很多。我需要这些,我自己总是过于关注抽象的理论,以至于常常感到迷惘。你我是很好的互补。"

"我可能永远都做不好与你结婚的准备。"我说,"也许我们还是做普通朋友比较好。"

"我们必须做永远的朋友。"他说。

"暂时只是普通朋友。"我轻声补充。

"凯西娅,还是你比较明智,"他停顿了几秒钟之后说,"请原谅我的鲁莽。"

"没关系,"我说,"其实这是一段迷人的经历。"

"迷人,但无法持续。"

"因为我不知道自己到底想要什么,查尔斯。"我说,"我必须自己找到自己的路。"

"你相信我吗?"他问,"如果你相信我,你会知道,跟我在一起的生活永远都不会无聊。"

我瞥了他一眼,一半是困惑,一半是恼火。

"我要做些大事,凯西娅,在我可以做出贡献的研究领域。我不知道这要花费多长时间,但是现在,其实已经有了一些眉目。我在学校里从不张扬,但我自己所做的研究工作,已经很有成效。不能说一定有大发展,但势头很不错,而且,这还仅仅是开始。"

现在我才第一次看到查尔斯的另一面,完全不讨我喜欢。他的面容在扭曲,变成了眉头紧皱、势在必得的样子。

"你不用试图向我证明你有多聪明。"我气恼地说。

他揽住我的肩膀,手上并没有用力,但态度很坚决,"这可不止是聪明。"他说,"这是洞见未来的能力。我将来会做非常了不起的工作。有时候我想,将来不管谁跟我结婚,都要帮我完成这件工作。我必须特别小心地选择我的爱人,因为未来的生活绝不会太容易。"

我真想立刻结束谈话,跟他握手,然后说一句干净利落的"拜拜"。我不喜欢查尔斯的这一面。在我看来,他的智力还比不上我爸爸的一半,却又如此狂妄,目中无人,满脑子自高自大的狂想。"我也有我自己要做的工作,"我说,"我可不能只是别人的配偶和附庸,只是给别人的工作提供帮助。"

"这当然。"他的回答来得有点儿快。

"我必须走我自己的路,而不是把自己的命运跟别人绑在一起,被拖拽着前进。"我说。

"哦,当然。"他又一次沉下脸。

我心想:真该死,查尔斯,你可别在这个节骨眼上哭鼻子。

"我心里想得太多,"他说,"感情炽热,我却找不到什么好办法充分表达自己的想法。如果我做不到,当然也就不可能说服你。不过,我从来没见过你这样的女子。"

那是因为你就没见过几个女人,我心里有些刻薄地想。

"不管你去了哪里,也不管将来我们在做什么,我都会一直等着你。"他说。

于是我握住他的手,感觉这种方法虽不完美,却是摆脱目前困境的有效方法之一。"我真地非常喜欢你,查尔斯,"我说,"我会一直都喜欢你。"

"你不想结婚,反正我现在也不可能跟人缔结婚约,这你也知道……我估计,你也并不愿意被我看作是确定了关系的女友。你不想再见到我。"

"我想要有选择的自由,"我说,"但是我现在没有。"

"我妨碍了你。"

"是的。"我说。

"凯西娅,我这辈子从来没有这么窘迫、这么惭愧过。"

我盯着他看,没搞懂这句话的意思。

"你还是很不了解男人。"

"当然。"

"也很不了解人类。"

"没错。"

"而且你也不打算向我学习。我到底做错了什么,才导致我们这么快分手?"

"你什么都没错!"我喊了起来,已经无法自制。在说了这些话之后,查尔斯当天还得在我家过夜,因为现在这么晚了,已经没有返回九龙车站的班车,而且明天早上我们还得再见面,父母也都在场。想到这些,我觉得痛苦死了。

"我只是想一个人生活,自食其力,走自己的路,看我能做到什么。"我咕哝着说。我的眼睛里全都是泪水,我仰起头,以免泪水从腮边滑落,"你不要等我,这会让我失去自由。"

他迅速摇头,"我还是错了。"

"没有!"我吼了起来。

当时我们还在怀旧屋。我抓住他的胳膊,带他去洞窟中央,然后打开了通往茶园的通道,咬牙把他推了进去。

茶园是一个椭圆形洞窟,在地面以下十米。繁茂的灌木从墙壁、房顶和地板上面长出来,朝向一片"便携式太阳"。叶子在对流的空气中沙沙作响。我扶着他的胳膊,停在洞窟的南端。

"其实是我犯了错。"我说,"错的是我,不是你。"

"看起来很明显。"查尔斯说。

"也许到三五年后,一切都会一目了然。但是现在,我们难免会迷失,谁又能知道,到时候我们会在做什么。"

查尔斯坐在一张椅子上。我坐在他身边,不断用衣袖擦眼睛。短短几年前,我才丢开了洋娃娃,开始沉迷于星际视频节目中维多利亚时代的少女生活。谁又能想到,转眼之间,我就要谈婚论嫁了。

"我听说,地球的父母会教孩子们有关性生活、表白和婚姻的一切知识。"查尔斯说。

"我们这儿就特别保守。"我说。

"我们会因为无知而犯下错误。"

"没错,我就是无知懵懂的类型。"我说。现在我们的语调都恢复了平静,简直就像是下午茶时分的闲聊。火星人特别爱喝茶,我喜欢上等红茶,你呢?

"我就不再继续道歉了。"他说着,握起我的手。我也握着他的手指,"我说到做到。我现在想告诉你……无论什么时候,等你觉得准备好了,不管我们到时候相隔多远,我都会赶到你身边。我永远不会死心。我认定了你,凯西娅。没有你,我跟任何人在一起都不会开心。在那之前,我会做你的朋友。不会对你有任何非分的要求。"

我当时真想跳起来大叫:查尔斯,你怎么可能这么笨,就是搞不懂我是什么意思呢? 但我并没有这样做。突然之间,我觉得查尔斯就像是一支射向靶心的箭,没时间撒谎,甚至没有时间休息或者玩乐。他就是这么一个直接而又真诚的男人,肯定会是个可靠又细心的丈夫。

不过,他并不适合我。我的路跟他完全不同。我可能永远不会射中我的靶心。我高度怀疑,我们两个的靶心永远都不会重合。

我意识到,自己将来肯定还会想念他,那份痛苦强烈到令我无法忍受。

我离开了茶园,老爸带查尔斯到客房休息。

此后,父亲又来到我的房间。房门是密封的,我又关掉了通信器。不过,我还是听到了他敲门的声音,透过钢铁和泡沫传进来。我让他进来,他坐在我床沿上。"到底发生了什么事?"他问。

我不停地小声哭泣。

"他伤害你了吗?"

"上帝啊,当然没有。"我说。

"那,是你伤害了他?"

"是的。"

老爸摇摇头,咬了咬嘴唇,"别的我就不问了。你是我的女儿,不过有些话我还是得说,然后你掂量着办。查尔斯看来是已经爱上了你,而你,肯定也是做了些什么,才会让他如此痴迷……"

"求你别说了。"我说。

"刚才我把他送到客房,他看我的眼神像一只迷途的小狗一样。"

我转身看着别处,心里很难受。

"是你邀请他来见我们的吗?"

"没有。"

"他以为这是你的意思。"

"不是。"

"好吧。"他抬起一侧膝盖,十指交握,扳着膝盖,那样子很男人,也很有慈父范儿,"我有好几年都在琢磨,要是有人伤害了你我会怎么办——等你开始跟别人恋爱,我会是怎样的反应。你知道我很爱你。也许是我太天真,我的确从来没有多想你对别人可能造成的影响。我们一直很注重你的教养——"

"爸爸……"

他深吸一口气,"我想跟你说说你妈和我之间发生的一件事,以前都没跟你说过。我就当是为我们男人群体尽个义务,说明一下,女人伤害男人,也可以伤得很深。"

"这我都知道。"但我并不喜欢自己语调里的哭腔。

"还是听听吧。有些女人觉得,男人心理素质都很强,理应对她们逆来顺受。但我并不赞同你在外面伤害男人,正如斯坦如果在外面伤害别人家女孩,我会有意见一样。"

我无奈地摇头,只想独处片刻。

"你这也是家族遗传。听听这事吧。你妈妈就曾经花了一年时间,在我和另外一个男人之间摇摆不定。她说,我们两个人她都爱,她拿不定主意。我受不了跟别人分享她的感情,可是又不愿放手。最后,她终于渐渐疏远了另外那个男人,说我才是她的最爱,不过……这严重伤害了我,直到现在,十三年之后,我还是无法释怀。我也希望自己坚强大度,善解人意,但每次听到那个男人的名字,我心里都会难受。对我们这些人类而言,生活远没有那么简单。我们以为生活完全属于自己,但是凯西娅,事实并非如此。生活不止属于我们自己,尽管我望天祈祷,希望它是。"

我难以相信,老爸居然会跟我讲这样的事情。我不想听这些话。妈妈和爸爸一直都显得情深义重,貌似将来也会一直相爱下去。我绝不会是异想天开、感情冲动的产物,绝不会是一场混乱纠葛后的结果。

几秒钟之内,我简直无言以对。"请你走吧。"我说着,哭得难以自抑。他走了,临走时咕哝着说:"对不起。"

第二天早上,吃过了那顿好像永远吃不完的早餐之后,我送查尔斯到九龙车站。我们亲吻的时候简直像一对兄妹,痛苦到一句话都说不出。我们互相握着手,呆呆地凝视着对方,心中感情汹涌。然后查尔斯上了火车,我转过身,飞奔而逃。

形势发展很快。

克莱因家族呼吁大家团结一致,但并没有得到任何保证。族盟宪章议事会出现了分裂。地球和吉瓦要求火星各族盟签署条件更为苛刻的合作协议。新条款更加有利于地球。更大规模的族盟也开始遭遇贸易制裁,有些族盟之间出现了连锁反应,资金来源迅速枯竭,面临破产。即便是没有受到影响的最大族盟也认识到,由独立家族组成的体系正在走向瓦解。外界重压之下的团结一致,很快就不再是一种选择,而是必然的结果。

我第一次申请族盟经理学徒的职位,就遭到断然拒绝。我从杜里分校转回了西奈学院,继续在学生严重流失的政府管理学院学习。六个月后,我再次提出申请,再次被拒。

拜瑟拉斯·马朱达是马朱达族盟族长,也是我的三叔。2171年年底,火星历53年,他收到地球方面的传唤,要求他出席西半球美利坚合众国参议院听证会。拜瑟拉斯本可以远程传送他的证词,这样就可以为我们族盟节省一大笔开支。政治家和族长很少在公共场合即席发表演讲。但是那些地球人,向来是出了名的傲慢。

吉瓦(东西方大联盟)已经成了地球最大的经济和政治势力。在吉瓦内部,美国一直是同侪中的佼佼者。尽管如此,火星人还是普遍认为,美国只是被吉瓦利用,来表达对火星一体化进程缺失的不满。所以,美国才要求举行直接对话,听取一位火星重要人物的证词。

从一个特别的角度去看,这件事也很浪漫,很刺激。实事求是地说,我根本就没有机会前往地球。即便是最死忠的红星兔,也对地球敬畏有加。虽然我们不喜欢它的高压政策、对尖端技术的排他性占有、层出不穷的生物科学实验、不可思议的逐利倾向,但是在地球上,你可以在露天环境下赤身裸体地走来走去,而这是我们所有人都想体验一次的经历。

所以,在经历了两次失败之后,我第三次提出了申请。这一次,我估计妈妈在背后动了手脚,尽管她自己从来都不承认。我的申请表进入了此前从来没走到过的环节。我通过了几轮面试，级别越来越高。最终，我逐渐意识到，自己很有可能会最终入选。

那十年中，我和查尔斯最后一次见面是在2173年。在等待职位申请结果期间，我在尤利西斯举行的议事会上担任服务员，被分配在贝特·埃尔文·夏普的办公室，他是大塔西斯地区的调解人。为夏普先生工作让我受益良多。妈妈猜测，这个工作意味着族盟对我有很高的期望。

我曾参加一次仓房舞会，旨在为塔西斯科技大学募集资金。那时这座学校才刚刚成立，但已经成了火星理论研究的热土，也是火星当地的智囊机研发中心。

查尔斯也在现场，还跟一个年轻女子为伴，那女孩的长相我可不敢恭维。我们远远地互相看到了对方。我们头顶拉着彩带，再上面是临时的玻璃穹顶。舞场本来是一片休耕的菌丝田。

当时我穿着一件特别醒目的长袍，很能凸现我本来就无需强调的体型。查尔斯穿着学校制服——绿色立领上装，深灰色裤子。后来，查尔斯设法摆脱了他那帮阴魂不散的朋友。我们隔着一张桌子对坐，桌上摆满了新设计出来的蔬菜。他告诉我，我看起来很美。我言不由衷地赞美了他的着装，其实那套衣服丑得要死。他看起来很平静，我却很紧张。我还在为我们之间发生的事情感到内疚，有负罪感，还有一点儿别的什么。靠近他我就浑身不自在，不过我还是把他当作朋友。

"我提出了申请，要跟族盟经理做学徒。我想去地球。"我说，"看上去成功的机会很大，我会和我的叔叔拜瑟拉斯一起去。"

查尔斯说他为我感到高兴，但还是很不甘心地说："这样一来，你就要离开两年之久。一个火星年。"

"一转眼就过去了。"我说。

他看上去并不这么认为,"我跟你说过,我会一直都愿意做你的伴侣。"他说。

"看来,你也不是一直都在干等。"我说,突然涌起的怒火和尴尬让我觉得脸颊发烫,语调也尖刻了起来。

查尔斯反应明显更快,更加成熟了。"你也并不是很热切地希望我干等。"

"你连电话都没打过一个。"我说。

他摇摇头,"记得吗? 提出分手的可是你。我多少也还有点残留的自尊心。要是你改变了主意,应该是你给我打电话。"

"你可真是自以为是啊。"我说,"男女关系不都是你情我愿才可以吗?"

他强忍住,没有继续说什么不想说的话,转而去看别的方向,"你的世界已经太大,不再适合我。再等下去,怕也不现实了。"

我只是瞪视着他。

"你成熟了,正在成为我预期你会成为的样子。我祝你一切顺利,我会永远爱你。"

他鞠了一躬,转身走了,留下我一个人在那里茫然若失。我像一个老朋友一样来找他,而他偏偏在我展示自己今生最大成就的时候,又提起我以为已经过去的尴尬事。这种纯粹的感情敲诈行为让我深为鄙视。

我快步走过覆着帆布的场地,进入厕所。我站在慢慢冲水的马桶前面,面对里面唯一的一面圆镜子,问自己为什么感觉如此沉重,如此伤心。"打起精神来。"我试图说服自己。

我从来都没有厌恶过查尔斯。他身上的品质全都是我所仰慕的。但即便是现在——现在的我和当时的我之间，已经横亘着长达一个世纪的时光——我还是不能说，当时那个年轻女孩是个傻瓜。

我回顾的上面所有这些，都只是一个序曲。此后发生的事，我和查尔斯都无法预见。如今我回顾当初，看到的是无可阻挡的事件更迭，环环相扣，在此后的七个火星年中慢慢升级、发酵，演变成人类历史上最为重大的一场风波。

第二部

你可以重返家园，但要为此付出代价。

22世纪后半叶，从火星到地球的旅程，依然只有大公司和政府部门独享，还有就是些突发奇想的大富豪。正常体重的乘客想要享受一次火星和地球之间的单程飞行，需要花费大约两百万三星币。

其他人所能做的，就只能是利用光速通信网络传送数据了。但是通过这种形式，基本不可能进行一对一的正常交流。

这是因为，从地球到月亮的通信延迟时间大约是二又三分之二秒，你可以在对话中喘口气休息一下，还不至于忘记自己正在谈什么。但是，地球与火星之间的通信延迟时间，最长四十四分钟，最短将近七分钟，因为行星间距离的不同而不同。

地球与火星之间的对话机制，早早地就步入了衰亡。

2175-2176年，火星历54-55年

听说自己进入了学徒职位的最终候选名单，我马上开始疯狂复习地球政治和文化史功课。我的知识积累早就已经大大超出了普通火星人在正常教育阶段所能掌握的范围。我成了火星上较为稀有的"地球通"。而现在我要做的，就是把自己变成真正的专家。

我多少能猜到，考官会问哪些方面的问题。我知道有很多轮面试，我们都会被严格考察。但是我并不知道由谁来主考。等我获悉主考官人选的时候，简直不知道是应该感到释然，还是应该紧张。最终，我还是放下了心。我的第一位考官是爱丽丝，马朱达家族的首席智囊机。

面试在伊拉举行。所用的那间办公室很高档，通常用于举行族盟之间的商务会议。那天早上，我衣服穿得很慢，精心打理那些在我床垫下面压成型的新装。我用镜子和视频投影机细细打量自己，从内到外地给自己挑毛病。

商务区离这儿大约百米，我一路都想让自己安静下来。我特意选择了一条更远的路，避开主要通道，穿过家族花园中的小道。这里到处是花草、蔬菜和小灌木，长在一片片的人造太阳光板下面。

智囊机永远是彬彬有礼，有无穷无尽的耐心和讨人喜欢的个

性,尽管他们的智力大大高于人类,运算速度更是要高出很多。之前我从来没有跟爱丽丝聊过天,但是我知道,我的叔叔制订了一套具体的选择标准来挑选自己的学徒。我毫不怀疑,她会参照那些标准,从我身上找出无数的缺点和不足。再考虑到我年龄幼小、经验匮乏,这些疑虑很快就让我的信心面临崩溃。

几分钟后,我向招聘主管报到。他叫派克,来自吉达基地,他是个盛气凌人的中年男人,长着一张传教士一样的脸。我申请奖学金的时候,跟派克打过交道。他努力让我放松下来。

"爱丽丝知识渊博,心思纯净,"他说,"而且她今天情绪不错。"这是在开玩笑,智囊机从来不会表露自己的情绪。它们有能力模拟人的情绪状态,但从来不受情绪左右,比我强多了。当时我已经慌乱无比。

我小声咕哝着说:"我准备好了。"派克微笑着拍拍我的肩膀,就好像我是很小的小孩,然后为我推开了办公室的门。

我从来没到过这里。房间里的装饰材料大多是暗色红木,脚下是会呼吸的森林绿毯,还有亮闪闪的黄铜饰件和华丽的灯光。

一个年轻女孩坐在蛋白石会议桌旁边,她有一头黑色长发,穿着镶褶边的白色长裙——这就是爱丽丝的投影。她两手十指交握,放在抛光的火红色和黑色石板面上。爱丽丝这个名字来自刘易斯·卡洛尔的小说,那个人物叫作爱丽丝·里德尔。我们的爱丽丝也采用了她富有活力的形象作为交互界面。我眼前的形象闪烁了几下——这是为了提醒我,它并不是真实存在——然后就稳定了下来。"早上好。"她用悦耳的少女声调说。

"早上好。"我微笑了一下。我的微笑也像爱丽丝的形象一样,飘忽闪烁,暴露出虚假的本质。

"我们以前一起工作过,不过你很可能已经忘记了。"爱丽丝说。

"的确不记得。"我承认。

"那时候你六岁。我为吉达传送过几节星际视频历史课程。那时候你是个好学生。"

"谢谢。"

"拜瑟拉斯和马朱达家族准备前往地球,已经有几个月时间了。这次访问期间,我们要跟多位合作伙伴和官员面对面打交道。"

"是的。"我努力集中精神,尽可能关注谈话内容,而不是打量爱丽丝的形象。

"拜瑟拉斯会与本族两位有前途的年轻人一同前往,他们将担任学徒兼助理的角色。学徒的工作也要承担重大责任。请坐。"

我坐下来。

"我的形象是不是让你觉得别扭?"

"没有啊。"面对这么一个小女孩,我当时的感觉的确很奇怪。不过我认为——迫使自己认为——这并未给我造成过多困扰。我必须学会如何与智囊机紧密合作。

"你所学过的课程,与拜瑟拉斯的学徒职位非常契合。你一直对政府机构和公共事务管理有着强烈的兴趣,而且学习了信息社会的管理理论。"

"我的确努力过。"我说。

"我自己也曾研究过地球的风俗、历史和政治细节。你对地球的整体印象如何?"

"它很有趣。"我说。

"那你觉得你喜欢它吗?"

"我会梦见它,想看看它真正的样子。"

"你怎么看待地球的社会结构?"

　　"让我们火星看起来像个蛮邦。"我说。从当时直到现在,我始终都不懂得怎样掩饰自己的真实想法。反正我觉得爱丽丝也不会喜欢别人伪装起来。

　　"我觉得,这应该是大家的共识。那么作为一个整体而言,你觉得地球的优势何在?"

　　"我不认为地球可以被看作一个'整体'。"

　　"为什么?"

　　"尽管有了发达的通信和网络连接,乃至太空网络,尽管普及了教育,实行了即时全民表决,但地球依然充斥着各种分歧。不管是联盟与联盟之间、联盟内各国之间,还是没有经过基因修正的少数民族与其他人之间,分歧随处可见。"

　　"火星不也是有很多分歧吗?"

　　"在我看来,我们分歧更少,共识更多。"

　　"为什么?"

　　"地球居民里面接受过机能强化治疗——或者植入超自然能力的人占百分之八十。六十个地球年以来,人工设计的生育已经占到了多数。在人类历史上,可能从来就没有过如此千挑万选、智慧超群、身体和心智全面健康的人群。"

　　"那火星呢?"

　　我微笑着说:"我们珍惜自己种群的天然缺陷。"

　　"那么在我们的管理和决策中,是否有更多的混乱之处呢?"

　　"那当然,"我说,"看看我们所谓的政治,还有我们试图实现统一的努力。"

　　"在你看来,这将对拜瑟拉斯的谈判造成何种影响呢?"

　　"我不能乱猜。我甚至不知道他、我们族盟,还有火星议事会到底打算干什么。"

"你认为美国和他的盟国有什么特点?"

我小心翼翼地讲述了这个国家的短暂历史。我知道爱丽丝有巨大的知识量,也知道自己必须作言简意赅的表述。

到20世纪末,跨国公司对全球事务的影响,已经堪比各国政府。地球正在经历第一次信息革命。信息资料的重要性,开始与原料和生产能力相提并论。到21世纪末,纳米技术工厂已经成本低廉。纳米回收设备已经可以从垃圾中提取原料。数据和设计理念开始主宰一切。

各国政府之间的冲突依然持续存在,但是政治决策越来越多地取决于经济因素,而不是国家的虚荣。战争逐渐消弭,劳动力市场随着新兴发展中国家的加入而起伏不定,此后更受到纳米技术和其他自动化技术的冲击。在信息社会中,一个全新的阶层横空出世,他们是经过机能强化治疗、拥有极强工作能力的雇佣工人。这些技能高超、信心满满的职业人士,对公司机构的影响力与董事局成员相当。

21世纪早期,新兴而有效的心理疗法开始改变地球的文化和政治格局。经过治疗的人类,作为一个特别的精神阶层,而不是经济阶层,表现出了与众不同的行为方式。除了极端破坏性行为出现的概率下降以外,经过治疗的人类还更有亲和力,适应能力更强,智力更高,因而也更有怀疑论倾向。他们凭借自身的智力和经验对政治、哲学和宗教问题做出判断。他们不再是人类文明的"虔诚信徒"。不过至少,他们可以轻易且高效地完成与其他人的协作,甚至包括未经治疗的人群。那些推崇此类疗法的人当时所用的广告词就是:理智社会,以礼相待。

到2070年,大多数国家的经济已经实现了一体化。未经治疗的人类摆脱生理缺陷和教养缺陷的迫切需求变得越来越难以抵挡。那些心理不够强大的人越来越难以找到全职工作。

到21世纪末，未经机能强化治疗的社会底层人士占全人类人口总量的一半，但他们所创造的经济价值却只有十分之一。

国家和文化政治团体都不得不迎合强化人群，才能有机会幸存。变革来势汹汹，对某些人而言，甚至称得上残忍。但是与历史上的其他浪潮相比，其残酷程度还是小得多。正如爱丽丝提醒我的，这次变革的结局，并不像某些人预料的，是政治和宗教组织的灭亡，而是某种程度上的新生。世界上出现了新的更高标准，哲学和神学都取得了进步。

个体变化之后，随之而来的是群体行为方式的变化。与此同时，经过互相影响，全球商业格局的性质也在发生变化。一开始，各国政府和跨国公司还想要保留他们古老的特权与独立性，但是到了21世纪最后十年，由强化人拥有并经营的跨国公司和与其紧密团结的经理人已经控制了全球经济，只给各国政府留下了很少一点儿表面权威。出于对传统（也就是多年来长期累积的文化误解）的考虑，有些表面伪装被保留了下来。但是，那些睿智的个人和组织，轻而易举就会理解暗藏的真相。

员工持股的各大公司认可公共经济空间的必要性。贸易和税收实行了跨国管理，货币统一，信贷网络被扩展至全球范围。经济左右了政治。新的经济现实催生了超国家联盟的成立。

吉瓦——也就是东西方大联盟——吸收了整个北美、亚洲和东南亚①的大部分地区，以及印度和巴基斯坦。南半球大联盟，缩写为GSHA，读作"吉萨"，则由澳大利亚、南美洲、新西兰和大部分非洲国家组成。欧洲经济共同体成长为欧盟，并且吸收了波罗的海和巴干尔各国、俄罗斯和土耳其等国加入。

---

①原文如此。逻辑上讲，应该是东亚和东南亚。

不结盟国家大多分布在中东和北非地区,主要是那些错过了工业革命和信息革命的落后地区。

到22世纪初,很多地球国家政府都明文禁止非强化人担任重要职位,除非他们获得"超强天赋"认证,被证明为无需强化就可以达到新标准。而重要职位的涵盖范围也越来越广泛。

当时,月球和火星上还只有一些条件艰苦的居住点。早期拓荒者需要满足非常严格的要求,任何不能适应环境的人都不可能混进来。定居火星的浪漫幻想有极强的吸引力,移民火星的组织者因此得以万里挑一,他们甚至会优先选择"超强天赋"的候选人,而拒绝强化人的申请。最终,超强天赋人群成了早期拓荒者的主力。

在月球和火星上,大多数居民点都接受了强化治疗,但大多数都没有立法强制进行强化。强制进行强化是地球特有的暴政。

爱丽丝和我之间的谈话逐渐从紧张压抑的面试变成了轻松愉快的闲聊。爱丽丝用极高的技巧促成了这样的转换,以至于我几乎没有察觉。

"你被强化过吗?"我问。

她大笑,"很多次,所有的智囊机都要定期进行分析和强化。你呢?"

"一次也没有过。"我说,"貌似我没有什么破坏性的生理缺陷。可以问你一个问题吗?"

"当然可以。"

我的心态开始放松。即便爱丽丝发现了我的缺点,她现在也没有表露出来。"如果地球那么强大,那么健康,它还要给火星强加那么大压力干什么?他们的机能强化,难道就不会提高谈判技能吗?"

"强化只能增强对其他个体和组织的理解能力。但是人们还需要确立自己的目标,做出自己的判断。"

"这么说吧,"我感觉到了自己心里涌动的辩论热情,"假设我们两个都从同样的事实出发,而我不同意你的观点。"

"我们的目标一致吗?"

"不,假设我们目标也不一样。我们为什么不能共享彼此的资源,或者干脆各走各路,互不干涉呢?"

"只要我们双方想要达成的目标不存在直接冲突,你说的情况就有可能出现。"

"地球正在向火星施压,双方有爆发冲突的可能。也就是说,我们和地球之间的博弈,只能有一个赢家,而且赢家通吃。"

"也就是零和博弈,这只是一种可能。不过,解决冲突的博弈模式,远远不止这一种。"

我哼了一声,委婉地说:"我不懂你的意思。"我真正的想法却是:我不这么认为。

"我们来做一个假设好不好?"

"行啊。"

"我会给地球和火星之间的冲突建立一个模型,不用太复杂的数学公式。"

"我感觉,你好像把这个模型建立在了很高的基础上……"

"是的。"爱丽丝回答。

我笑了,"那我怎么可能理解你的模型呢?"

"我无意冒犯。"

"没关系。"我说,"我只是觉得奇怪,为什么明知徒劳,我还要跟你争论这个问题。"

"因为你永远都不满意自己目前的状况。"

"对不起,你刚才说什么?"

"你总是在努力提升自己的理解水平。在我看来,你是个探讨问题的理想搭档,因为你始终都愿意接纳我的意见。而别人很容易就会无视我。"

"拜瑟拉斯会无视你吗?"

"从来没有过。不过有时候,他会被我气得够呛。"

"那就继续吧,"我说,"既然拜瑟拉斯受得了,我也一定行。"

爱丽丝用语言和投影图像描述了一个假想的地球,这里有百分之九十的决定都通过全民即时投票决定。也就是说,这是对大多数个人诉求的整合。信息流会让每个个体获得同等的关键信息访问权。人类被重新定义,成了一个巨大思维机器的组成部分,个人一方面是整体的一部分,要在公共问题上迅速做出决定;另一方面又是独立的个体,因为社会容许观点和意见的多样性。

我本想提问:这有什么多样性可言? 人们都投赞成票! 但是爱丽丝心里明显有更高层次的、严谨的数学定义,当前只是作模糊的近似表述。投反对票的自由被坚决捍卫,理由是:即便是一个团结一致、信息充足的社会,也可能会犯错。然而,理性的人更可能选择直接、简单的方式解决问题。我的火星立场已经在大声抗议。我说:"这听起来像是一种蜂房似的高压体制。"

"也许吧,但是请记住,我们在模拟一个信息社会,谈论其政治统一条件下的多样性和自主权。"

"更小的政府在满足个人诉求方面会更高效。如果所有人都被纳入统一体系之下,你不赞同这种现状,又无法逃逸到另外一种政府体制之下,这能算得上真正的自由吗?"

"在地球的全球文明体系中,大政府可以利用信息流对个人诉求迅速做出回应。各组织机构之间几乎可以实现即时通信,而且连接稳定。"

我说:"这有点过于乐观了。"

"无论如何,全民投票速度很快。信息交流的便利,有利于促使人们了解更多信息,谈论更多问题。由于他们身体机能得到提升,很快就可以达到智囊机的级别,加上可以与更加先进的智囊机建立连接,每一级的人类组织,在权衡局势和做出政策抉择的过程中,都像是一个巨大的处理器。可以说,信息促使人们实现了并联。最终,人类组织和智囊机的行为方式会变得难以区分。

"不过目前而言,我还没有能力为这样的社会建立模型。"爱丽丝最后说。

"群体意识。"我讥笑着,"等这个成为了现实,我可不想成为其中的一分子。"

"这样也挺好的,"爱丽丝说,"而且,你永远都可以选择为自己模拟一层独立的人格。"

"那你就成了孤家寡人。"我说。这时我的语调突然尖利起来。我在火星长大的经历,我的年龄和个性,让我一直孤身一人,承受着尽管并不极端、却无穷无尽的痛苦,始终都不曾有过什么归属感。我急切地希望自己能参与一项更公正、更高尚的事业,找到一些真正理解我的人——找到朋友,以摆脱孤独。我磕磕巴巴地向爱丽丝表达了这样的愿望,就好像她根本不是考官,而是我值得信赖的朋友。

"你懂得那份渴望。"爱丽丝对我说,"因为年轻,你很可能比拜瑟拉斯有更深切的感受。"

我心头一震,"你也想全心全意投入某项伟大事业吗?"

"不是,"爱丽丝说,"我只是好奇而已。"

我大笑,以缓解尴尬和紧张,"但是对地球人来讲——"

"想要在伟大目标中找到归属感的倾向,一直是推动历史前进的动力之一。地球人知道这一点,有时候会反抗这种倾向。但很多人认识到,这种倾向的产生不可避免。"

"真可怕。"

"对目前的火星而言,这当然可怕。"爱丽丝表示赞同,"地球上的那些联盟不喜欢我们的'怪癖'。他们想要得到一个理智、高效的合作伙伴,有着同样稳定的社会结构,愿意推进整个太阳系的经济统一。"

"所以说,他们向我们施加压力,是因为我们是一个相对独立的星球?你不认为火星人想要成为一个更大实体的成员吗?"

"很多火星人都非常珍视自己的隐私权和个人尊严。"爱丽丝说。

"拓荒者的处世态度?"我问。

"火星城市化程度还是挺高的。整个星球上的人,都被高度整合进了经济组织内部。这跟那些孤立无援的传统拓荒者及其家族并没有多少相似之处。"

"你和拜瑟拉斯谈起过地球方面的目的吗?"

"这件事,你还是亲口去问他本人的意见吧。"

"好的,"我说,"那我就跟你说说我的想法,行吗?"

爱丽丝点点头。

"我认为,地球有某种大计划。三星世界中任何一个地方的自治,对他们而言都是障碍。最终,他们会试图驯服和控制火星,就像他们已经在月球做到的那样。到时候,他们就会开始关注小行星带、流星和太空居民,将我们全都整合起来,把整个太阳系所有资源都置于他们的控制之下。"

"这与我的估计接近,"爱丽丝说,"你花了很多时间模拟地球环境吗?"

"没有。"我承认。

"用这样的方式可以学到很多东西。为了加深理解,有时候还需要给自己假设一个地球人身份。"

"我其实不愿意了解太多……技术细节。"我说。

"请允许我坦率地讲,这也是火星人的通病。要跟竞争对手进行有效谈判,就需要深入了解你的竞争对手。我可以保证,地球方面肯定已经深入了解了火星人的立场。"

"如果他们成了我们,不也会像我们一样思考吗?"

"这是一种奇怪的误解:以为理解了别人的思维方式,就会赞同对方的立场。理解别人,并不意味着会成为别人,也不意味着赞同别人。"

"好吧。"我说,"如果整个地球已经实现了互联,我们要面对的就是群体意志,会出现怎样的局面呢?为什么他们会因此需要更多的资源?"

"这是因为,在高度统一的思维方式指导下,人类肯定要比那些分崩离析的散乱组织更有野心。"

"是不是从来没有人对自己拥有的东西满意过?"

"人类历史上没有。在政府、民族和星球层面上,人们永不知足。"

我难过地摇摇头,"那你呢?"我问,"你比我更强大、更协调,你就比我更有野心吗?"

"我的设计理念,就是要满足人类需求,别无其他。"

"但是从法律意义上讲,你也是一名公民,拥有跟我一样的权利,这里面应该包含提升自身生活品质的权利。"

"法律上的平等,不等于事实上的平等。"

我默默考虑了片刻。爱丽丝的形象笑了,"凯西娅,跟你谈话让我非常开心。"

"谢谢你。"我说,这时候,我才想起我们这次谈话的本来目的。我的头脑恢复了清醒,"的确……很有意思。"

"你这么说我很高兴。"

我心痒难耐,很想问那个显而易见的问题。

"我会把我对你的评估意见发送给拜瑟拉斯。"

"谢谢你。"我拘谨地说。

"你肯定还要经过人类考官面试。"

"当然。"

"拜瑟拉斯通常不会亲自面试。"

我听说过这件事,而且一直觉得很奇怪。

"实际上,他非常信任自己手下的判断力,也相信我的。"爱丽丝微笑着说。

难道他不相信自己的判断力吗?"哦。"

"我们日后再叙。"她说着,那个图像站了起来。招聘主管派克打开办公室的门,走了进来。我向她告别。

"我表现怎么样?"跟派克一起出来的时候,我问他。

"我不知道。"他说。

我在焦急中等待了六天时间。记得那时候我的脾气相当不好,简直令人难以忍受。老爸生气的时候,妈妈就会替我说话。我哥哥斯坦干脆就完全躲着我。地下基地到处都是人。有我姑姑一家和她的四个半大孩子。我尽可能藏起来不见人。我不知道自己日后到底是社会闲杂,还是正处在化茧成蝶的前夜。

我跟戴安娜通过一次话。她现在是火星大学杜里学院的一名实习教师。不过,我并没有向她提起这次面试的事。我有几分相信巫术。在我看来,家人和朋友的支持,可能会招致恶灵的注意,他们专门留意运气太好的年轻女子,随时准备"削"她们。

第六天,我的通信器提示音乐响起,表明收到了一条官方信息。我从我家居住区外面的大厅里退回到自己的房间,关紧房门,躺在床上,取出了通信器放在面前。我深吸一口气,开始阅读那条信息。

> 亲爱的凯西娅·马朱达:
>
> 　　你担任马朱达族盟族长拜瑟拉斯·马朱达实习助理的申请,已经获得批准。你将在他前往地球的行程中,为他担任助理。拜瑟拉斯很快就将安排与你见面。请尽快做好相关准备。
>
> 　　　　　　　　　　　　　　　　(签名)海伦·杜加尔
> 　　　　　　　　　　　　　　马朱达族盟,族长秘书

我激动得浑身颤抖。以至当我躺倒在床上时,不知道自己是应该狂笑,还是应该呕吐。

我一下子就被卷入了权力中心,尽管只是个旁观者。

另外一名幸运入选的实习生,是来自马朱达家族伯里亚斯谷基地的一个面容严肃的年轻小伙子,名字叫艾伦·朴-李。艾伦比我大两岁。我在火星大学西奈学院的时候见过他,是个内向而真诚的人。

我们还会随身携带爱丽丝的一个注册复制版本。马朱达家族要花费七百五十万三星币,才能把我们四个人送到地球——爱丽

丝二世也被看作一名乘客,尽管她的重量不足二十公斤。

作为秘书兼谈判助理,我有很多时间陪同这位三叔。拜瑟拉斯是个老光棍,年龄大约是我的三倍,因为风流多情而闻名。我和他之间的亲缘关系不会对他构成任何障碍。我并非他的直系血亲。尽管族盟内部并不提倡近亲结婚,但这种现象却层出不穷。我接受这份工作的时候就了解这些风险,并且有信心可以应对。

我听说,他追求女性的方式还算光明正大,就算被拒绝了,也不会觉得丢脸或者反感对方。我还听说,他在公共场合的表现还一直算得上亲切友好,在很多方面,他都是一个正直、聪明、有爱心的人。

"可要是跟他上了床,你就完蛋了。"妈妈帮我收拾行李的时候对我说。

"为什么?"

"因为他个性保守,而且不擅人事。"妈妈说,"他自称情圣,也确实以他的独特方式爱上过一些女人。但是,我听他的一位相好说过:他痛恨性生活。"

"这我就搞不懂了。"我一面说,一面把卷成椭圆形的衣物塞进唯一允许我们携带的钢制旅行箱里。

"他就像是那种猎狗,喜欢追逐狐狸,但是不喜欢杀死猎物。"

我笑了。但是妈妈扬起眉毛,紧闭双唇,"相信我。他为了自己的工作活着。对一个像他这样地位的男人而言,性生活可能会非常混乱、不理智,甚至可能带来危险。他必须面对自己个性中的另一面,而这一面他始终没能控制好。不过对你来讲,这份工作,也的确是个好机会。"

我做了个鬼脸,把我的医疗包装进行李箱,"不过说真的,我真没想到他是这样一个怪兽。怎么有人受得了他?"

"他是一头神圣的怪兽,亲爱的凯西娅。如果没有他,我们也得逼着别人变成他。你就把他的考验当作一次家族成人礼吧。你用幽默和智慧拒绝他的殷勤,他就会想尽一切办法讨你欢心。一旦他认清了你的本来面目,他就不会再为难你了。"她细细察看装得非常完美的行李箱,一脸吹毛求疵的表情,然后点点头,表示赞许。"我好妒忌你啊,"她异想天开似的说,"我也很想去地球。"

"就算跟拜瑟拉斯一起去也愿意吗?"

"你我这样的女人都没有一丝可能跟他这样的男人上床。"她笑着说,"我们品位都太高了。不过这次的机会真是难得……总之,顶住这只色狼的诱惑,到那边继续保持你的处女之身,戴上满身的金银珠宝。"

"这个嘛……"我欲言又止。

出发之前两天,拜瑟拉斯叫我去爱奥尼亚平原卡特尔城中他的办公室。我在吉达车站上车,一路赶往爱奥尼亚,到卡特尔城后,带着行李下车。马朱达族盟大多数雇员都住在卡特尔,这里是我们进行长远规划的指挥中心,当然也是拜瑟拉斯的家。

我从来没见过拜瑟拉斯本人,因此非常紧张。

海伦·杜加尔到车站接我,随后陪同我坐上出租车,行驶在运输隧道中。海伦是个很有魅力的女人,年龄大约有二十个火星年,长相却显得比我大不了多少。

卡特尔居住着一万名正式族盟成员,还有几百名申请加入者,他们多数是来自地球的伊洛人,因为寿命限制法案移民火星。城市很大,不过保持了高效的运作。这里的隧道和地下基地格局宏大,设计合理,完全不像申克镇那样拥挤凌乱,也不像杜里城那样干净整洁,但也不像伊拉那样熟悉亲切。因为有太多的地球人,其中一些还做过非常夸张的变形手术,这个地方给人一种不在火星的错觉。

海伦向我的通信器里输入了待谈判话题的背景资料,还给我讲解了两天停留期间值得去参观的景点。"这些回头再看,"她说,"现在,拜瑟拉斯只想见见他的新助理。"

"好的。"从海伦·杜加尔脸上,我看不出一丝一毫的妒忌。我奇怪拜瑟拉斯为什么不带她去地球,也暗自纳闷儿,她会不会认为我抢了她的饭碗。我看起来比她年轻一些,实际年龄更是年轻很多,所以……

根据我听到的传闻推断,任何事情都有可能发生。我肯定是显得有些走神了,所以海伦·杜加尔耐心地微笑着说:"你是实习生,我不用怕你,你也不必怕我。"

可是拜瑟拉斯需要怕嘛?

"而且,请相信我。你所听到的关于我们族盟族长的传闻,很多都是捕风捉影。"

"哦。"

"律师和家族代表今天下午三点钟要开会。不过在此之前,你要先跟拜瑟拉斯和我共进午餐。艾伦·朴-李还在玻利阿利斯,他要后天才能到。"

午餐地点在拜瑟拉斯办公室外面的餐厅。我本以为多少会有些奢华,但实际上却极为朴素——只是盒装的纳米食品而已,几乎让人没有食欲。泡茶用的是袋装茶叶,茶壶是破旧的玻璃饮水瓶,茶杯也很旧。桌子也肯定是拓荒时代遗留下来的。

拜瑟拉斯走进屋,手里紧握着通信器,边走边骂人,我一开始以为他在说印度话,后来听出是旁遮普语。他威风八面地坐在桌边——在火星上,人很难重重地坐下去,不过他已经尽力了。通信器在桌面上滑开几厘米,他用完美的英语表示歉意,语速很快。

　　他肤色黝黑,近乎发紫,眼神犀利。进入中年以后,年轻时英俊的他已经有几分发福。头顶是刷子一样整齐的黑色短发,没有一丝灰白。他手脚粗壮,身材短小,肌肉要比一般火星人发达,显得很强悍。他穿着一件白色棉衬衣,一条网球短裤。短式网球是拜瑟拉斯最喜欢的体育运动。

　　"事态紧急。非常紧急。"他一面说,一面焦灼地摇头。然后他抬起头,眼睛突然像小男孩一样亮了起来,咧开大嘴一笑,"认识一下吧! 你是我的侄女,新的实习生兼助理?"

　　我站起来鞠躬致意。他还了礼,然后隔着桌子伸过手来跟我握手。他的眼睛总是盯着我的胸部。当天我穿着宽松的连衣裤,这里本没有那么惹人注目的。"考官们对你赞誉有加,凯西娅。我对你期望很高。"

　　我羞红了脸。

　　他兴奋地点点头,"本以为我们可以清清静静吃顿午饭,不过落了空——我们马上开始工作吧。律师在哪儿?"

　　门开了,马朱达族盟六位最优秀的律师鱼贯而入。我在以前的聚会场合见过其中四个人,他们——三男一女——也穿着白衬衫和短裤,脖子上挂着毛巾,貌似所有人刚才都在陪拜瑟拉斯打网球。

　　我以前从来没见过这么多的大人物共处一室。我第一次体会到来到权力中心的滋味。

　　拜瑟拉斯向每个人点头致意。没有人介绍我跟他们认识。我在场只是出于学习目的,没人指望我能发挥什么作用。"那我就开始了,"他说,"我们的星球处境堪忧。地球对我们很不满意。这本身已经很糟糕,事实上更糟糕的是,无论从哪个角度来看,我们的进步都非常缓慢。没有人知道该怎么把摔碎了的胖墩①收拾好。集权主义政府倒台已经超过一年时间,我们所做的,无非是把议事会重新拼凑在一起,开了几次临时会议。经济在下滑,我们的情况比多布倒台之前还要糟糕。这已经对贸易造成了负面影响。我们没有一个统一的贸易管理机构。地球上的组织必须跟每个族盟分别打交道,还要应付难缠的地方行政官。我们依然害怕为了彼此的利益进行协作,害怕再次跌入集权主义的陷阱。所以说……"

他两手交握,"我们是在伤害自己,现在必须停止对多布支持者的歧视,不再纠缠于这个问题。我们也必须停止对亲地球和月球人士的惩罚,允许他们加入火星议事会。正如你们所知道的,过去几个月来,我一直在与火星最大的二十个族盟的族长会谈,以便草拟一份建议,通过议事会幕后和周边的工作,实现火星统一。我这次去地球,会带上一系列提案,今晚我就将把这些提案交给议事会讨论。你们都已经研究过……这是个匆匆拟就的草案,只是个框架,有很多缺点。我给你们最后一次机会,从自身角度出发,对方案提出批评意见。请说点儿我不知道的东西。"

"方案限制了各族盟对贸易往来的控制权,"首席律师海蒂·毕肖普说,"我知道我们必须组织起来,可是这样的方式,集权倾向未免过于明显。"

"我再说一遍,请说我不知道的东西。"

"方案会让地方行政长官获得前所未有的权力,"来自阿盖尔的奈尔斯·波德拉姆说,"行政长官向来喜欢他们的税收和土地。有些人认为火星是一个天堂,必须保持原样。我们有六宗三星贷

---

①语出经典儿歌《胖墩》:"胖墩墙上歇歇脚,胖墩摔了一大跤,皇室人马都来到,难把胖墩收拾好。"这里的胖墩,通常被认为是个鸡蛋,鸡蛋摔碎了,的确很难收拾。

款交易,都因为没能及时满足资源要求而失败。我们会被这些保护主义者勒死的。"

拜瑟拉斯笑了,"是吗?讲具体点儿,奈尔斯。"

"如果这些行政长官继续贯彻他们的资源保护政策,我们还加强他们的权力,那将可能造成数十亿三星币的损失。各星球也就不会继续出资支持我们的资源采掘计划,我们将不得不缩减定居规模,拒绝接收地球移民。任何人都不会喜欢这样的前景,尤其是地球。他们以后能把追求永生的人送到哪里去呢?每个伊洛难民——"

"是移民,老兄。"海蒂·毕肖普干巴巴地纠正说。

"每个'移民'身上,我们能收到一百万三星币——今年八月开会的时候我就说过——而且这些钱都要经过马朱达家族的银行。"

拜瑟拉斯专注地倾听着。

"总之,我认为地球完全没有理由同意加强地方行政长官权力的建议。"波德拉姆说完,合起双手。

"他们一直在推动我们建立统一政府,让各族盟让出权力。"说话的是来自纳雷顿山脉鲍克西特基地的萨缪尔·华盛顿,"过去十年来,他们一直想要达到这个目的。为此,他们乐于施加高压。"

"他们能怎么施压呢?"海蒂·毕肖普问道。

在她身边,我们族盟最年长的律师南希·米斯拉-马朱达呵呵笑着摇头道:"过去十年,有二十九万地球人移民火星,在每个族盟都获得了显赫关键的职位,有些人还加入了火星议事会……"

"你是什么意思,南希?"

南希耸耸肩,说:"他们曾经被称作第五纵队。"

"全部都是吗?"拜瑟拉斯讥讽地问。

南希耐心地笑着说:"我们的智囊机是地球制造的。塔西斯出产的智囊机还要过几年才能上线。我们所有的纳米工厂都来自地球，或者至少使用了地球的设计方案。"

"从来没有人在任何设计方案和软件中发现任何问题，"海蒂说，"南希，我们没有理由杞人忧天。"

拜瑟拉斯把下巴从手上抬起来，在椅子上转了半个圈儿，"我也不觉得现在有理由担心，不过南希说的也有道理。理论上，我们有很多种可能受到袭击的方式，根本不需要什么大规模太空军事行动——富庶强大如地球，也没有实力发动这样的军事行动。"

我简直不能相信，他们居然在谈论这样的问题！我当时感觉又是怀疑，又是反感，又有几分着迷。

奈尔斯·波德拉姆说："我们不具备有组织的防御力量，也没有什么中央权力机构——相比之下，召集一支军队保卫我们的星球还能容易一点儿。"

拜瑟拉斯明显不希望谈话转向这样的主题，"朋友们，这不是什么紧迫的问题。当前肯定不是。地球方面只是希望我们能有得到一致认可的谈判代表。他们的注意力转向了整个火星最大的金融族盟，也就是我们。他们希望我们能推动火星的统一。请原谅，我也不喜欢这个词。"

"为什么要把'统一'看作一个肮脏的词汇呢？"海蒂说，"上帝啊，我可以说，作为一名律师，我倒是巴不得能有一个办法，摆脱那数不清的特殊判例和我们愚蠢的所谓《火星宪章》。"

"月球早在几十年前就经历过了类似的情形。"南希说，"月球也曾经帮派林立，地球不愿意应付那么多繁琐芜杂的体系，它们因此被统一，而我们还得以置身事外——"

"听着像星际视频节目的解说词。"奈尔斯笑道。

南希略微停顿了片刻，瞪了他一眼，继续说道："我们极力抗争的结果,只是让我们陷入了永久的动荡。月球找到了解决方案,改变了治理结构——"

"然后就成了地球的从属。"奈尔斯说,"他们只有在梦中保持独立。"

"我们离地球的距离要远得多。"海蒂说。

奈尔斯不为所动,"我们不需要外界强加的秩序。我们需要时间找到适合自己的路,找到解决我们自己问题的最好方式。"

拜瑟拉斯重重地叹了一口气,"我尊敬的法律顾问们说的全都是我已经知道的事情,还一遍又一遍说个没完。"

"当你把这份和解协议带往地球的时候,"海蒂说,"你怎么指望他们能相信你,相信这份建议可以被火星议事会接受呢？意向协议是一回事……"

拜瑟拉斯的表情看上去充满厌恶,"我会告诉地球人,"他说,"马朱达家族不会为任何拒绝签署协议的族盟提供货币金融服务。"

奈尔斯闻言大怒:"这是背叛！我们会遭到整个星球所有族盟的控告——而且罪有应得！"

"又有哪个法庭可以接受他们的控告呢?"拜瑟拉斯问,"我们火星根本就没有可靠的司法体系,多布倒台之后一直没有……我们自己星球的律师还要到地球对多布提出诉讼,而不是在火星。试问地球上又有哪家法庭会审理纯粹发生在火星上的案件呢?"拜瑟拉斯坚定地面对他们,"朋友们,请告诉我,上次有族盟对其他族盟提起诉讼,是什么时候?"

"三十一年前。"海蒂一手托腮,阴郁地说。

"原因又是什么呢?"拜瑟拉斯穷追不舍,手拍着桌子追问。

"荣誉！"奈尔斯大声回答。

"荒谬。"南希说,"每个族盟都是流氓、恶棍,火星议事会就是一个文明的骗局。但没有人愿意揭穿这层幻象。"

"但它起到了作用!"奈尔斯说,"法律顾问们借此谈判,互相沟通,在诉诸法律之前解决问题。我们绕过了行政长官解决问题。让马朱达家族危及其他族盟的生存,法律上是不正当的。"

"也许吧,"拜瑟拉斯说,"但是不这样做的结果更糟。如果我们不迅速采取行动,地球肯定会施加很多威胁,其中之一就是全面的贸易禁运。失去创意分享和技术援助,我们的新技术产业会受到重创,甚至夭折。"

"那样的话,我们可以告他们。"奈尔斯还不服软,但是语气毫无自信。

"我的朋友们,我已经给过你们机会讨论我的提案。"拜瑟拉斯说,"今天下午四点钟之前,你们还可以提出意见。大家都知道相关的风险,也都清楚地球对火星的态度。"

"我本来想说服你收回这套谬论的。"奈尔斯说。

"这不可能。这台国家机器肯定会诞生的,我的朋友们。而我只是它名义上的代表。"拜瑟拉斯说,"我这次去地球,就是要委曲求全,避免灾难降临。我们只有五百万人,他们有三百亿。地球人想要得到我们的资源,想要完全控制它们。我们能够保持自由的唯一途径,就是加强我们的内部组织,同时对地球做出足够的让步,把下一次对抗推迟几年,乃至十年的时间。敌强我弱,拖延才是最合适的战略。"

"他们会迫使我们建立一个集权政府。"奈尔斯说,"他们还会干涉政府的组织形式,以达到他们的目的。等我们接受了这一切,他们就完全掌握了我们的命运。"

"这的确也是一种可能。"拜瑟拉斯说,"所以我们才必须自己先动手。"

拜瑟拉斯独自前往火星议事会,向火星最大的五个族盟提出了他所制订的提案。讨论非常激烈,没有人喜欢他们所面临的选择,但也没有人愿意让地球人首先迁怒于自己的族盟。最终,他还是想尽办法促使大会达成了某种共识。会后,拜瑟拉斯给艾伦和我发送了消息:

> 我亲爱的年轻助理们,
> 所有的火星人都是懦夫。提案已经获得通过。
> 万岁!

旅程开始于一场告别宴会,地点是帕沃尼斯山西边、赤道高地附近的阿特伍德太空港。家人、朋友和族中显贵纷纷到这里来给我们送行。

出于安全考虑,拜瑟拉斯要到最后一分钟才会登上太空梭。自从公布了他即将前往地球的消息之后,过去几天来,族盟信箱多次收到针对他的死亡威胁。有人说,寄信的可能是心怀不满的集权主义者;有人则怀疑是规模较小的族盟——他们将失去最多,得到最少。

我的父亲母亲和哥哥坐在大堂的角落里,挨着一扇俯瞰太空港的大窗户。白色的太空梭机鼻从机库中探出一点点,红色浮尘在跑道上留下一条条平直的痕迹。永远忙着清扫地面的机器工人穿梭往来。

我们的谈话时断时续,经常出现长时间的静默——火星人就是这么内敛。我的父亲母亲都在想方设法不要表现出他们的骄傲和伤心。斯坦只是微笑。斯坦永远都在微笑,不管局面是光明还是糟糕。有人因为这个会误解他。不过,他的脸型天然就适合微笑,让他不笑反而很难。

老爸两手按着我的双肩,说:"你将来必成大器。"

"这是当然。"妈妈说。

"你走了之后,我们得收养个孩子,"老爸继续说,"家里空荡荡的,我们肯定受不了。"

"绝对会的。"妈妈说,"过几个月,连斯坦都会离开……"

"谁说的?"斯坦问。他表示反对的声调有点奇怪,好像被这句玩笑话吓到了一样。

"十年来终于可以独自享用咱家的房子了。干点什么好呢?"

"把地毯换掉。"老爸说,"太旧,都不容易清洗了。"

我听着他们的话,又尴尬,又难受。我现在真正想做的,是找个没人的地方痛哭一场。但是这又不可能。

"你会是我们的骄傲。"老爸说,然后,为了强调他的立场,他又提高嗓门重复了一遍。

"我尽量吧。"我嘟哝着说,一面打量着他的表情。我和爸爸从来都不能真正交流。他一直爱着我,从来都没有令我失望过,但我时常搞不懂他的想法。我以为自己了解妈妈,但实际上却是妈妈总做出让我大吃一惊的事,而爸爸从来没有过。

"我们不要这么婆婆妈妈。"妈妈坚决地说,抓住爸爸的胳膊,表明自己的坚决态度。妈妈拥抱了我,我紧紧抱着她,感觉自己又变成了小女孩,想要让她把我放在膝盖上摇着哄我开心。她笑着挣脱我的纠缠,眼里含着泪,但还是把我推开,动作轻柔,而态度坚决。爸爸两手紧握着我的手用力地摇,他的眼睛里也含着热泪。然后他们突然转身,径直离去。

斯坦多逗留了片刻。我们站在远离人群的地方，沉默不语，直到他侧过头来，小声说："他们会想你的。"

"我知道。"我说。

"我也会想你的。"

"我一转眼就回来。"

"我准备缔结婚约。"他说着，挑衅似的扬起下巴。

"什么？"

"她叫简·沃普勒。"

"凯利泰特家族的那个？"

"没错。"

"斯坦，老爸痛恨凯利泰特家族。他们蛮横又不可理喻。我们两个族盟总是难以和平共处。"

"也许正因为如此，我才会爱上她。"

我震惊地盯着他，"你真是令人难以置信。"我说。

"正是。"他看上去还挺得意。

"你会转入他们族盟吗？"

"是啊。"

"还好，我已经准备离家开溜了。"

"我会随时向你报告动向。"他说，"如果老爸对我只字不提，你就可以推断局面很糟糕。等一切尘埃落定，我会告诉你所有细节。"

我依稀想起小时候，他经常会在我们两人房间之间的隧道里面跑。他五岁、我两岁半的时候，我特别喜欢他，因为他会像只袋鼠一样跳，或者手脚都套上橡胶垫，四足着地在隧道里面跑。爱运动、头脑冷静、永远都有好办法的斯坦，从来都不会顶撞父母，或者给他们找不必要的麻烦。现在，却轮到他惹父母抓狂了。

我们拥抱作别,"别让她欺负你。"

斯坦摆出一副哭相,像小丑一样抹去"眼泪",然后粲然一笑。"我为你骄傲,凯西娅。"他说完,迅速拥抱了我,跟我握手,递给我一个小包,就走了。

我坐在大厅一角,打开包装纸,里面是一份文件胶卷,包括我们所有亲戚的照片文件和视频。斯坦已经支付了这一百克额外重量的运费,包装盒上已经有了货运标签。我感觉更加空虚、孤单。

我看着拥挤的大堂,深感恐惧。太空梭将在两小时后起飞。不到六个小时以后,我就会登上"土阿莫土号"飞船。二十个小时以内,我们就会离开火星轨道,向太阳系内部进发……

我把斯坦的礼物装进衣袋,挺起胸膛,带着灿烂而虚假的微笑混入人群。

即便是最高档的太空旅行,也从来都不是舒服的经历。乘坐太空梭前往火星同步轨道,只是离开火星的一次预演——我们将离开金鱼缸一样舒适的行星家园,乘坐甲烷和氢气推动的柱状飞行物飞向天空;乘客两脚向外背靠背围成圆圈,层层叠叠,七十名乘客和两名机组成员,都被困在一个直径不足十米的圆柱形空间里,离开火星温柔的牵引力,坠入无底的太空……

临时生化强身剂对我有些帮助。那些体内注入了永久生化强身剂以适应失重状态的乘客,在太空梭进入轨道的第一个小时会保持昏睡状态。船体将小心翼翼地与"土阿莫土号"进行对接。我拒绝了如此极端的步骤(一辈子能有几次星际旅行经历呢?),选择了临时生化强身剂。整个飞行过程中我都保持着清醒,在忐忑中体会身体飘浮在太空里的感觉。

我没有料到的是,临时生化强身剂导致的快速调整,竟让我感到一种既可喜又不安的幸福。有几分钟的时间,我感觉特别烦躁不安,但是这种感觉很快就过去了,随即便是一种持续的兴奋,传遍了我的全身。

我坐下之后,拜瑟拉斯和朴-李才到达阿特伍德空港,坐进了我下方的某个位置。爱丽丝二世坐进了特制的智囊机专用舱。

对智囊机而言,离开网络连接就好像失去知觉一样。在我们的太空航程中,爱丽丝二世只能发挥不到十分之一的能力。太空通信的带宽过于有限,无法为她维持足够的连接,发挥全部功能。她当然也不会睡觉。整个旅程的大部分时间,她都会借助极为丰富的存储数据,整理地球和火星的历史事件序列。

据说在机器梦境中,智囊机编写了大量权威的星际视频作品。有人说,最杰出的历史学家已经不再是人类,但对此我并不赞同。对我而言,爱丽丝一世和二世都是真正的人。爱丽丝甚至把她的副本称作是自己的"女儿"。我以前从来没有跟智囊机进行过紧密合作,对此非常着迷。

禁锢在暗处的椅子里,火星橙色表面的投影图像从头顶滑过。我暗自好奇,不知道此刻查尔斯在做些什么。我和查尔斯不同,至今还没有找到其他人,来填补自己空闲时的想象。发射之前的那天,我和戴安娜通过电话,她问过我,有没有想在飞船上开始一段罗曼史。"得了吧,"我说,"本姑娘可是忙得很。"

这次旅行要花上地球时间八个月,还只是单程。每位乘客都可以选择三种旅行模式之一:温暖的睡眠,意识被接入一个复杂的虚拟环境中(有人毫不客气地称之为"赛博冬眠");或者实时经历这一旅程;或者按照事先安排好的计划,轮流采用以上两种模式。大多数火星人选择实时经历,大多数从火星返回的地球人则选择虚拟环境睡眠模式。

火星图像突然切换成了悬停在空中的"土阿莫土号"飞船,推进器关闭,圆柱形客舱紧紧固定在船身上。以后八个月,我们都将以此为家。在星空背景下,它显得无比渺小。船尾固定着氦-3燃料舱,携带水和甲烷的舱室在船头一侧。

一侧耳边传来细小的声音,解说着当前的情况。"土阿莫土号"已经有十五个地球年的历史。它建造于地球同步轨道,由纳米机器人维持,已经进行过五次太空旅程。这次来火星之前有修理过,深受地球和火星旅行机构信任。飞船上有五名乘务员,包括三名人类、一名专用智囊机和一名从属性备用智囊机。

想到要被困在飞船里那么久,我多少有一点儿幽闭恐惧症。早在登船之前几小时,我就已经仔细研究了飞船的整体结构,了解了客舱的整体格局,预先熟悉了船上的日常时间安排。但我还是需要克服"船上根本无路可逃"的担心。尽管我有生以来一直待在密闭的隧道和洞窟里,但是此前我一直都知道,别处还有更多的隧道、更多的洞窟——即便是走投无路时,我还可以穿上防护服,穿过气闸到地面上去……这些都是"土阿莫土号"上没有的奢侈。

更让我担心的,是要跟那么少的人共处那么长的时间。要是拜瑟拉斯、艾伦和我根本就合不来,那该怎么办?

一架每次只能运送三人的微型电梯,把我们从主入口运送到引擎保护罩前的一间小舱室里。我们船舱的乘务员矮小健壮,砂色头发,棕色皮肤,一双锐利的黑眼睛,是个四十几岁的男人。他庄重有礼地问候我们大家,说自己名叫阿克雷——全名就这三个字。他有一样特别的本事,就是可以把脚变成手,而且他黑黝黝的两条大长腿可以向各个方向弯曲。他迅速展示了这些本领,尽可能不过多解释。我们由他陪同,分几个小组陆续进入第二气闸。我们爬过不到一米宽的管道,进入我们的圆柱形客舱。我们在观景厅飘来飘去,周围的景观窗都密封着,外面什么也看不到。

厅中空间很大,足以容纳我们所有人。我们挤在一起等待指令。拜瑟拉斯站在一大群乘客最前面,与乘务员交谈片刻,然后皱起眉头,在人群中搜索。看到我之后,他的愁容马上变成了绚烂的笑脸。他双臂上举,向我招手示意。

乘务员也通过通信频道呼叫我的名字。我飘向前方,一路笨拙地摸索着扶手,撞到好几位乘客以后才到他们面前站定。"我听说,我们这位朋友由您负责照料。"乘务员说,把装有爱丽丝的盒子递了过来。爱丽丝的机器车跟她本身重量一样,我们没有随身携带,打算到地球给她租一个。

"谢谢。"我说。

"请您把这东西拿一会儿,我们现在要分派房间,还要安排其他事。"

"她是人,不是东西。"我说。

"对不起,"他微笑着说,"我们飞船定向完成后,就会把她安排到自己的位置上。"

我把爱丽丝接过来,带她到大厅的一侧。她现在是内向运行状态,对外界的一切毫无感觉。感应器和语音都没打开。

"都到齐了。"乘务员说,"欢迎登上'土阿莫土号'。我将会宣读一些重要的注意事项,然后大家就可以回到自己舒适的舱室。"

拜瑟拉斯和艾伦·朴-李飘到我身边。"这是我第二次去地球。"拜瑟拉斯小声说,"你们两个,当然都是头一次吧?"

"我是第一次。"我说。

得益于星际视频节目,我对地球上大部分地区的英语口音都很熟悉。乘务员阿克雷很可能是澳大利亚人。他看上去像是当地土著后裔。阿克雷用响亮清脆的语调,在五分钟之内念完了那份"官样文章"。他跟我们说了几条下一段旅程的安全须知——我们即将点火起飞,进入太阳系内航行轨道——然后敦促我们绕着大厅转几圈,以熟悉失重辅助设备和程序。

"明天,"他说,"我们将会谈免疫级别和旅行过程的模式选择问题。有些选项已经无效了——所有的全程暖睡床位都已经被预订,所有的临时昏睡床位也已经关闭,希望不会给您造成不便。"

"惨了。"拜瑟拉斯小声说。

阿克雷帮我把爱丽丝固定在大厅前面的舱位上,然后向我演示了如何进行法律规定的连接检验。拜瑟拉斯在旁边陪了几分钟,在一条缝隙处贴上了ID识别胶条,以防有人未经授权进行拆解,然后就留下我和阿克雷去处理其他事务了。

"是家族智囊机吗?"阿克雷问。

"一份拷贝。"我说。

"我喜欢智囊机,"他说,"上船之后往这儿一安,就再也不会找我们任何麻烦。我希望我们能多一些这样的乘客。船长说,萨基亚有时候会觉得太孤单了。"

萨基亚是这艘飞船的专用智囊机。我探手进去找到接口,让爱丽丝扫描了一下我的身份证,然后问:"你还好吗?"

"挺舒服的,谢谢你。"爱丽丝很快就醒了过来,回答说,"拜瑟拉斯把我密封好了?"

"是的。"

"我刚才跟萨基亚聊天来着。估计这次旅程会很好玩儿。上路之后,你要不要找我聊天?"

"我很愿意。"我说完,把爱丽丝舱位的舱门关上。阿克雷锁上门,把钥匙交给我。"我们火星智囊机都很有教养。"我说。

"也许能教我们的萨基亚变乖一点儿。"他说。

"土阿莫土号"上的所有物品都体现了极高的纳米技术水平。它上次航行之前,曾运用地球最先进的技术进行过改造。纳米技术改造完全不留痕迹。船体的可见表面可以显示任何纹理和颜色,还可以纤毫毕现地展示任何投影画面。

看看我自己的房间,会让人感觉相当奢侈。整个房间是2米×3米×2米,有专用的蒸汽浴囊和真空厕所。如果我愿意,可以把整个房间变成一块星际视频屏幕,让自己身处任何我喜欢的美景之间。

我拉出桌子,接入通信器,选择了我喜欢的色调,桌子的材质变成了镶金边的石头和木头,我用手指抚摸它的触感表面——抛光的橡木、凉爽的大理石和平整的金属面———切都完美无瑕。

根据传统,乘客在飞行器起飞阶段都会聚集在一起。我也想占个座位,所以把为数不多的行李拆开放好之后,就向船尾赶去。

艾伦·朴-李随后赶到,坐在我身边的一张椅子上。"紧张吗?"他问。

"不紧张。"我说。

"上帝啊,我可是很紧张。请不要误解,我非常尊重拜瑟拉斯,不过他对下属的要求很高。我听他上次去地球时的助理讲,那几个月简直像是在地狱里煎熬。当时出现了危机,而拜瑟拉斯决定迎难而上。"

这时,拜瑟拉斯也回到了大厅,他礼貌地点点头,在我们旁边坐下,"真该死。"他说。

"怎么了?"我问。

"这条破船,到处是高科技的味儿。"他说。

准备起飞的铃声响起,大厅里的人越来越多。乘务员带着几个体型苗条、举止优雅的八足机器工人,给乘客送上饮料,并向不知情的人讲解起飞程序。起飞过程会很舒适,加速度不超过地球标准重力的三分之一。有几个小时的时间,我们可能会"稍微感觉有一点儿颠簸"。事实上,地球标准重力的三分之一刚好比火星的标准重力低一点儿——对红星兔而言,重力还不太够。

大厅里占到座位的乘客纷纷坐下,那些飘来飘去的人也各自找到扶手或挂钩让自己停下来。我好奇地打量着他们——未来八个月,我将与他们为伴。我们舱室有一家三口,一对俊俏的夫妇,带着一个地球年龄大约十七岁的女孩,看样子像是地球人。那女孩相貌太美,不太可能是天然长成了这副模样,她总在玩一只人造鼠。

阿克雷看着他左手腕上那只漂亮的腕表,举起手来,带我们一起倒计时……

数到五,飞船就像被敲响的大钟一样开始颤动;数到四,船尾的全景图像被投射在了大厅顶部。所有人都目瞪口呆地看着头上的景象,推进器点火,一台甲烷-氧气混合动力发动机将带我们驶离火星同步轨道。

紫色的火焰在漆黑的天空和昏暗的火星表面背景上跳跃不定,这是飞船在进行热身测试。随后,推进器开足马力,喷射出长长的橙色火苗,很快又变成了透明的蓝色。

慢慢地,我们开始感觉到重力的存在。重力不断增加,直到我们感觉像是又回到了火星一样。没有座位的乘客笑着站在地面上,有人还开始活动手脚。

我们已经摆脱了我所出生的那个星球。

睡着之前,我在房间里研究着飞船乘客说明手册中的图解,试图了解这些我从来都置之不理的东西……查尔斯会愿意了解。我再次感到那份对他的牵念固执地左右着我的头脑。我以为这只是因为我害怕，而且想家。

飞船进入巡航速度之后，我们舱室有十二位乘客将进入暖睡状态。这样就剩下我们二十三个整个旅程都会醒着的人——多数都是火星人，十名女性，十三名男性。这些乘客中，有六名未婚。不过我怀疑，考虑到当代地球人的观念，单独旅行的已婚乘客也可能愿意在旅程中搞点儿外遇。不过，我对这些都没有兴趣。

我对艾伦没有什么一见钟情的好感，拜瑟拉斯还是个谜一样的危险人物——他对我来说不像是人类，更像一个潜在的威胁。我从来都不是特别合群的人，这可能是出于对我家那些吵吵闹闹近亲的反感。即便是现在，我也刻意躲避着大厅和餐厅中出没的"外遇牵线人"。

化学反应推进器和正离子推进器，通常用于帮助宇宙飞船飞离行星轨道，并加速至接近巡航速度，它们留下的废弃物数量非常少。然而，主发动机核聚变造成的卷流，却可能包含发动机表面剥落下来的具有辐射性的熔融物。根据三星航天标准要求，行星同步轨道的飞行器必须在离开轨道四天以后，才能启动主发动机……

也就是说，飞船到距离火星一千万公里之后，才会启动核动力主发动机。

太阳风大约需要两星期的时间，就可以把火星轨道面上下一千万公里距离内的核燃料残留物清空（手册上是这么说的）。在大多数太阳活动周期内,都有足够的时间清空核动力发动机残留物。但是在太阳活动的低谷期,这些太空垃圾可能会在空中滞留长达四十五天。如果在此期间有核聚变动力航天器需要起飞,就必须经过三星航天控制部门批准。

色彩鲜明的三维图示展现在空中,补充说明文字内容。

在行星相对位置不利的时间起飞的每一位地球—火星乘客,都需要更多的起飞推进力和更高的航速。长距离高速航行不同于短距离低速航行,前者通常会采用金星轨道内或是水星轨道内的线路飞行,因而会遭受更为强烈的太阳辐射。医用纳米机器人技术已经获得了长足的进步,可以快速有效地消除旅客经过“太阳威胁”航段时可能遭受的身体损伤……

要是我天生不适合太空旅行怎么办? 我通过测试的成绩还不错,不过以前也有过测试失败的案例。在暖睡舱位全部被占据的情况下,身体不适的乘客甚至不得不接受麻醉。

我似乎要面对长达八个月的恐怖生活。房间突然显得无比狭小,空气也显得无比污浊。我幻想拜瑟拉斯不断骚扰我,而我不断打击他。他肯定不会宽容我,我会在到达地球之前就被炒掉。然后我就不得不乘坐最早一班飞船返航,又是十个月甚至十一个月的太空航程……我会失去理智,整天尖叫不止。飞船上的机器工人会不断给我扎针,给我灌各种药物,然后我就会变成流行星际视频剧里面的那副可怕模样,精神错乱,丧失理智,被迫面对所有古老传说中的各种恐怖怪物。

我开始咯咯笑,那些恐怖怪物觉得我无聊透顶,也不再搭理我。我从此再也没人要,也没人愿意跟我聊。我的事业全毁掉,以后只能给小行星上的矿工当咨询师,教他们怎么给自己的机器妓女编程,让它们看起来更像是真正的生命。

咯咯笑变成了哈哈大笑。我从自己的吊床上爬起来,努力止住自己,别再制造噪音。我的狂笑声很难听(因为听起来又虚假又沙哑),但是很有用。我再次躺在床上,恐惧就此平息。

阿克雷和负责对面舱室的同事合作,举办了一场晚会。阿克雷堪称晚会策划大师,他永远都不会觉得无聊,而且总能找到不失礼数的话题。只有在其他乘客都熟睡的时候,他才会独处。他对人唯一的"防卫机制",似乎就是在别人喋喋不休时摆出空洞表情。我觉得他应该不是地球人制造的类人生物,但又不能完全肯定。

两个舱室的乘客都聚集在大厅里,大家随意交谈,眼见火星变成地球上看月亮的大小。地球人觉得这样的景象很迷人,还有人唱起了《火星满月歌》,尽管这里看到的火星只圆了三分之一。船长开了一瓶法国产香槟,说自己总共有五瓶。

进入太空第三天。吃早饭的时候,与我同舱室的那个年轻女孩向我自报家门。她名叫奥利安娜,父母分别是美国和欧洲联盟的公民。她的相貌让我着迷——眼角微微上翘,略有一丝不对称的感觉;瞳孔是那种热烈的棕红色,就像阿卡迪亚蛋白石;有着混血儿一样的棕色皮肤。她在失重状态下如鱼得水,猫儿一样灵巧地飘来飘去。她向我推荐整条船上最好玩的模拟游戏,听说我根本不玩模拟游戏时,她好像感到很惊奇。

"火星人古怪得可爱,"她说,"你到了地球一定是万人迷,地球仔最爱火星人。"

我感觉，自己不会特别喜欢奥利安娜。

第一周，拜瑟拉斯大多数时间都在锻炼身体，或者在自己房间里工作，或者不耐烦地等着与火星方面沟通。他甚至很少跟我们说话。艾伦和我一开始还结伴消磨一下时间，有时研究资料，有时健身，不过很快，我们各自的聊天对象就变成了其他乘客。

我已经完全熟悉了我们的椭圆形舱室，尽管我生性拘谨，但还是跟几乎所有的乘客聊过天。看起来，我在飞船上闹绯闻的可能性不大。这里的男人全部都比我老，没有一个看上去有趣。所有人都像拜瑟拉斯一样，多少算是个发号施令的人物，忙着一些不方便透露的事情。

我幻想自己身处一艘移民船，旅伴有着各自不同的身世。有时候他们会有倾诉的愿望，讲起不为人知的过去……他们危险，但有趣，生活充满激情。

船上装着一架直径四米的望远镜。最初几百万公里的行程中，望远镜被拆开收存起来，其后才安装就绪，供乘客使用。我申请了几个小时的使用时间。"土阿莫土号"飞船上的闲暇时间，正好可以用来恶补那些我一直忽视的学科，包括天文学。

我们舱室的观象台就在观景大厅里，是一个能够容纳四个人的小房间。我本想一个人静静研习，亲自动手试着去探索星空，寻找观测目标，追寻一下近处几个有行星的星系。我本来打算至少要自己动手，找到最著名、距离最近的那些星系。可是，我却在大厅遇见了奥利安娜。

她直截了当地问我，能不能跟我一起去。"我没能订到位置，这一周之内的时段都订满了！"她可怜巴巴地说，"我可喜欢天文学了。我甚至想让自己接受身体改造,去探查其他恒星系统……"她把两手分开,相隔几厘米的距离,比划出为进行星际移民设计的人体大小,"带我一起去,你会介意吗?"

我的确介意,不过火星人的教养要求我必须保持礼貌。我说,她当然可以跟我同去。于是她微笑着,就真的跟我来了。

她操控望远镜驾轻就熟,完全破坏了我实习操作的计划。几分钟后,她就像专家一样找到了我搜寻的全部目标。我只有表示敬佩。

"这没什么了不起,"她说,"父母为我进行了七大类不同的机能强化。如果愿意,我只需要训练几天时间,就可以演奏几乎所有的乐器——当然达不到最高水准,不过就业余爱好而言,已算不错的了。过几年,如果法律允许了,我还想给自己植入一台智囊机。"

"有那么多本领,你不会觉得别扭吗?"我问。

奥利安娜身体团得像个球,用一根手指撑地,在我看来,她变成了倒立的姿势。她开始原地旋转,后来脚被一根横杆挡住,也就顺势停下。"我都习惯这样了。即便是在地球上,也有人认为我和父母做得有些过头。我向他们要这要那,他们也是有求必应……我想找朋友的话,就得降低要求。"

"你现在就是在降低要求吗?"我问。

"当然了。不过我从来都不招摇。一旦我开始自命不凡,就会葬送跟人交往的任何希望。你是原生人类,对吧?"

我点头。

"我有些朋友会羡慕你的,因为你有机会做你自己。不过对我而言,这样会显得太笨。你有没有过自己太笨的感觉?"

我大笑。她直率的性格让人很难真正反感——至少不会特别长时间地反感。我说:"我经常觉得自己太笨。"

"那你为什么不加强一下机能呢？我是说，即便是火星人，这也是一种选择。你是马朱达金融家族的成员，不是吗？"

她最后一句话的语气让我觉得，她很清楚我的来历。

"是啊，你在火星住了多久？"

"就是玩玩儿而已。两个月的时间。我们来的时候走了高速轨道，穿过金星轨道内的航线。我父母以前没来过火星。我们家人觉得，应该亲眼看看火星和月球的真正面目。现场考察。"

"你喜欢火星吗？"

"棒极了。"她说，"那么富有叛逆感，真的很美，就好像整颗星球刚刚进入青春期。"

我从来没有听过别人这样描述火星。火星人倾向于认为自己老练成熟——也许是把本星球的悠久历史与我们短暂的移民史混为一谈了。"你都去了哪儿？"

"我们受邀访问了六座城镇，甚至还去了几个极为偏远的基地，那种安置地球移民的地方。我父母认识很多伊洛人。我们没有去——"又是一次若有所思的停顿，"伊拉和吉达。你家就在那里，对吧？"

"你查了什么资料吗？"我问。我的家庭住址并不在公开材料内。

"我把火星居民地址簿全都记下来了，"奥利安娜说，"还没有删除。"

"你记那些干什么呀？任何通信器都可以存得下。"

"我从来不用通信器，"她说，"我都直接记住。我不喜欢分散存储，喜欢被数据包融的感觉。"

"包融？什么意思？"

她用两臂抱着自己的身体，"沉浸其中。就好像我已经消失，只剩下数据和它们的处理机制,纯粹又快捷。"

"哦。"

"学习就是我的本质和存在价值。"

"哦。"我打算彻底闭嘴。

"我觉得,对大多数火星人而言,我会显得过于睿智。好多跟我同龄的人都被我震住了。火星人对时尚毫无感觉,是吗?"

"有人这么认为。"

"你呢?"

"我觉得,我自己就相当保守。"

她把修长的手脚舒展开来,用语言难以形容的优雅姿态握紧了观察室内的扶手。"这条船上的所有人我都不喜欢。我是说,没有我想要的性伴侣。"她说,"你呢?"

"也没有。"我说。

"你有过很多性伴吗?"

"你是说,爱人?"

她笑了,笑容似有深意,颇显老成,"这词挺好,不过并非任何时候都准确,不是吗?"

"不多。"我说,只希望她能察觉我的抵触,不再寻根究底。

"我的父母参加过少年性伴计划。我自己是从十岁开始拍拖。你觉得是不是太早了?"

我试图掩饰自己的震惊。我听说过少年性伴计划,可是这当然没有在火星执行过。"我们更愿意让孩子拥有童年。"我说。

"相信我,"奥利安娜说,"我从五岁开始,就再也不是小孩子了。这会让你感到不安吗?"

"你十岁就开始有性生活?"谈话的走向让我很不舒服。

"没有!我根本没有真正做过爱。"

"那就是在模拟现实中做过?"我柔声问。

"有时候吧。拍拖呢……哦,我知道了,你有点儿搞不懂我的意思,我是说,建立精神上亲近的关系,共享各种形式的欢乐。我喜欢绵延终生的模拟游戏。我自己体验过两次……非常长见识。所以呢,我当然了解关于性爱的所有知识,甚至包括现实中不可能有的性爱形式。比如,四维人体之间的性爱。"突然之间,她看起来显得那么忧郁,我马上就有了向她道歉的冲动,愿意做任何事情,以便让她高兴起来。上帝啊,我心想,居然有一个星球住的全部是她这样的人。

"我从来不会跟别人分享我的思想。"我说。

"我愿意跟你分享啊。"她的邀请如此坦诚,让我一时无法回答。"你的个性天然又纯真,"她继续说,"我觉得,分享你的想法一定会是特别美好的经历。从旅程一开始,我就一直在观察你……"她闭紧双唇,慢慢退向墙壁,"我这么说,希望不会特别唐突。"

"不唐突。"我说。

她伸出手,触摸我的面颊,用手指背面轻轻抚摸了一下,"愿意跟我分享你的世界吗?"

我的脸涨得通红,"我从不……玩模拟。"我说。

"那我们旅行期间就聊天吧。等到了地球,我给你看几样东西,你作为火星来客……很可能会铭记于心。见见我的朋友们。我们都会很愿意跟你做伴。"

"好吧。"我说,心想如果他们的邀请让我无法接受,我就声称文化背景不同导致了误解,到时候临阵脱逃就行了。

"地球非常了不起,"奥利安娜疲惫地眨着眼睛说,"到过火星之后,我现在更能理解地球。"

旅程第三个星期，我们已经接近了千万公里界限。核聚变发动机很快就要启动了。一旦核聚变开始，船身很多区域就不再适合人类居住。

拿出了旅程中最好的食物，举办过一场盛大晚会之后，船长向我们告别，进入了对面的舱室。那边居住的乘客将无法再访问我们。我们互相握手告别，然后他们跟随船长离去。

我们舱室的大部门旅客都回到自己房间睡觉，以便更好地适应这次转变。有几个爱充硬朗的家伙，包括我自己在内，还逗留在大厅。这种时候，大家通常会倒数计时。尽管不想表现得像一个观光客，我还是加入了倒计时的行列。

我们再次恢复到了失重状态，但随后几个小时就将承受相当于地球引力强度的重力。倒数归零时，我们八个人一起高声欢呼，整个船体都回荡着我们的声音。我们把双脚放回大厅的地面，站在父母身边的奥利安娜兴奋异常，那副样子让我想起贝尼尼①创作的雕像——被天启圣光照耀的圣德雷莎。

核聚变发动机的闪光，像新娘华丽的长裙一样拖曳在我们飞船的后面。火焰的尖端有一抹橙色，那是发动机和排气管表面被融化和电离的内衬造成的。发动机猛烈地驱动着我们的飞船，让舱内的我们承受着近乎三倍火星引力的重压，相当于地心引力的强度。

包括奥利安娜的父母在内的几个人勇敢地跑到前面，在健身房做起了体操。他们互相开着玩笑，还嘲笑我们这些拒绝活动的"懒鬼"。

我选择了折中方式，在舱室周围攀爬了一个小时。我接受的临时生化注射让我可以承受地球引力强度的重力，但感觉并不轻

①济安·劳伦佐·贝尼尼(1598-1680)，意大利雕塑家、建筑家、画家。

松。我从旅行指南中读到,接受临时生化注射的旅客,到达地球之后可能需要一周的适应时间,才能轻松承受强大的地心引力。奥利安娜陪着我活动——她也接受了临时生化注射,还没有恢复地球人的力量。

我们在舱室攀爬,从观景台直到前侧推进控制室。奥利安娜一路向我讲述了地球在着装方面的时尚。"我当然已经落后两年了,"她说,"不过我估计,我的品位还算不差,而且我一直在关注星际视频的时尚节目。"

"那么,地球人现在穿什么?"我问。

"现在流行镶褶边的正装,比如蕾丝花边配绿色系面料。今年不流行戴面具,除非是悬浮面具——就是带有个性标记的面具投影。不过大家都已经摒弃了千篇一律的图式投影。我本来还挺喜欢图式投影的。你甚至可以一丝不挂,可是看上去还是衣着得体。"

"我可以重新规划我的衣柜。我带了足够的布料。"

奥利安娜做了个鬼脸,"估计今年流行硬质外衣,而不是纳米成型衣物。最好是老旧织物制作,越破越好,我们可以到旧货店淘一淘,衣衫褴褛的扮相非常时尚。纳米模拟面料已经完全落伍了。"

"那我一定要迎合时尚吗?"

"绝对不是!你可以追求时尚,也可以反潮流。我在家的时候,是每隔几个月转换一次风格,在特立独行和时尚奴隶之间摇摆。"

"地球人会希望我们红星兔以复古造型露面吗?"

奥利安娜带着友好又怜悯的笑容说:"有这句话,说明你有时尚思维。听我的,你就会左右逢源。"

我们气喘吁吁,在船首一侧的推进器连接部附近停下来休息片刻。"你教教我吧。"我喘息着说。

"你们火星人还在谈'反潮流申克'。其实这是21世纪中叶的东西,如今早就过气了。对地球人来讲,就像乔叟的诗歌一样古老。如果你不是语言控,又没有接受此类机能强化,那就不要秀这种词。最好是用22世纪早期的大白话表达自己的观点。除非是迷恋法语、德语或者荷兰语的人——那些人的时尚观念至少落后二十年——其他人都能听懂22世纪早期白话。中国人喜欢用八种不同的欧洲语言,但是集会的时候又全都弃之不用,反而惯于使用20世纪的普通话。俄国人——"

"我还是只说英语得了。"

"也不错。"她说。

核聚变发动机关闭,我们恢复了失重状态。现在到了让旅客座舱与船身分离、进行旋转的时候了。"土阿莫土号"小心翼翼地将船身中央与旅客座舱之间长长的连接臂伸展开来。连接臂的一端固定在飞船船身的旋转圆筒上,每个圆形座舱使用自己的小型甲烷推进器启动旋转过程。

连接臂伸展开后,每个座舱的方向与船身主轴垂直。像飞船升空阶段一样,我们要去另一层甲板时,就需要爬上爬下或者乘坐电梯。在观景厅,旋转产生的离心力强度相当于四分之一地球标准重力,而这儿是最外面、也就是"最深"的一层甲板。

等到所有座舱都加大到最快转速,选择了暖睡的乘客都回到了自己的位置。飞船为他们举办了一次小型晚会。在我们舱,日常活动的乘客数量已经下降到只有二十三个人,而旅程还有七个月之久……

奥利安娜的房间到处是投射图像,每一个都连接到一款待命中的模拟游戏或者星际视频节目。总共有二十多幅图像,像微型雕塑一样悬浮在空中,有的像在呼吸,有的像在小声歌唱。她笑着说:"相当傻,不是吗?我把它们关掉吧……"她挥一挥手,图像消失,我才看到她房间的其他部分。房间很整洁,但也透着一丝忙碌的气息。一件毛衣(或者至少是半件)被丢在屋角,上面插着很多小棍子,还有一个球状的东西在旁边——应该是毛线。"你在织毛衣吗?"我问。

"是啊。有时候,我会想不起自己身在何处,该去做些什么,这时候织毛衣或者干其他事就会让我慢慢清醒过来。这种做法在巴黎很流行。那儿是我爸爸住的地方。"

"你妈妈和爸爸一起住吗?"

"有时候吧。他们是松散的婚姻关系。我一年中大部分时间住在爸爸家。有时候我去埃塞俄比亚,跟妈妈住一段时间。她是伊斯坎德公司的经销商。这家公司在全世界为熟练工人提供临时工作机会。"

"你爸爸呢?"

"他是欧洲水资源保护公司的工程师,很多时间都住在潜水艇里面。我有一款很好的北海模拟软件,你想试试吗?"

"暂时不要。你不喜欢一直住在同一个地方吗?"我问。

奥利安娜摊开双手问:"为什么要一直住在同一个地方?"

"为了得到一份认同感,知道自己属于哪里。"

她开心地笑着说:"整个地球我都很熟悉,不止是通过模拟软件。我哪儿都去,有时候跟着父母,有时候一个人。我会驾驶微型飞机,四个小时就能从吉布提飞到西雅图。气候差别很大,娇气包肯定会受不了。"

"你有没有试过慢节奏的生活?"

"你是说……"她用手抚摸着床单,"地面速度每小时两位公里数的那种?"

"一位数的。"

"有啊。两年前,我和几个肯尼亚人骑车游历过法国全境。点营火,看夜空,到阿尔萨斯收获葡萄,你们火星人喜欢这类活动,对吗?"

"如果你是说我们爱墨守成规,那的确是的。"

"地球并没有颓废堕落,凯西娅。真的没有。我跟你一样,都不是什么可怜巴巴的富家小千金。"

"也许我就是妒忌你。"

"我觉得你是害羞。"奥利安娜说,"不过,如果你想问我地球的情况、当代的风俗、口述历史或文化,我也愿意跟你讲。我们还有好几个月的时间呢。我也不想一直都跑步或者玩模拟体验。"

我对地球的研究,以及我和爱丽丝之间的谈话,让我把地球想象成了一个完美无缺的社会,冷静又高效。但是,我和奥利安娜谈话得出的印象,似乎又在颠覆原来的印象。地球人之间存在着巨大分歧,北半球的吉瓦和南半球的吉萨争吵不断,随着不同国家之间移民数量的增加(70年代末尤其明显),不同道德体系之间也在持续爆发冲突。有些人群,比如伊斯兰法蒂玛派教徒、绿色爱达荷派基督徒、摩门教徒、沙特瓦哈比派教徒,他们所秉持的立场,即便按照火星标准衡量,也过于保守。尽管面临着全地球的批评,这些人依然坚持着自己独有的文化传统。

绿色爱达荷地区的复古派基督徒,事实上已经在美国境内建立了一个国中之国,他们公开宣称女性权利低于男性。这里的女人千方百计削减自己的合法权益,尽管美国其他各州纷纷激烈反对。在大阿尔比翁，也就是以前的英国地区，变成孩童相貌的成年人担任政治职位的权利被限制，因而导致了我无法理解的社会冲突。而在佛罗里达，部分人类无视法律约束，擅自变身为水生动物形状……而他们为了筹集所需资金，还为游客组织举办水中性爱表演。

在语言方面，六七十年代的流行趋势是人为创制语言体系。有人混搭古代语言，有人发明新语种，或者利用电子手段把音乐与词汇混合，以至于人们无法界定文字和声音。还有人发明了视觉语言，用充斥着复杂符号的投影包围他的"听众"。不过，专业的机能强化疗法可以满足对"新语种网络"（NLN）的全部需求。只要通过纳米手术安装NLN机能强化，一个人就可以理解全部语言，不管是自然形成的，还是人为创制的，甚至用各种语言思考。

70年代似乎特别流行视觉语言。仅在吉瓦联盟内部，就有七十种视觉语言被开发出来，最流行的一种被超过四十五亿人使用。

尽管听过爱丽丝的分析，我还是觉得地球人一点儿都没有团结起来。在火星人看来，甚至是在奥利安娜这样的地球人看来，地球都是非常多元的，令人困惑，也令人疯狂。

但是爱丽丝却认为，地球正在进入新的历史时期。

旅程第六周，拜瑟拉斯把我召进了他的房间。我做好了迎战准备，在他门口扫描了掌纹。门打开，他招手示意，我走进去。他穿着长裤和棉制长袖衬衫，这次也是白色。他喃喃自语了几分钟之久，在找一块记忆体，就好像我不存在一样。"好了。"他终于找到了失落的记忆体，转而面向我，"希望你的旅程没有过度无聊。"

我摇摇头，说："我大部分时间都在进行研究，还有锻炼身体。"

"还有跟爱丽丝聊天。"

"是的。"

"爱丽丝冰雪聪明,但也像其他所有智囊机一样,有天真幼稚的一面。"拜瑟拉斯说,"它们没有能力把人往坏处想。而我就没有这样的缺陷。亲爱的,现在轮到我们来做一项工作,这涉及你的过去,需要征得你的同意。"

我盯着他,微微点了一下头。

"你对火星科学家群体和贝尔连续统理论了解多少?"

"我觉得,我对贝尔连续统没有任何了解。"我说。

"马朱达族盟正与凯利泰特族盟火星分部进行谈判,商讨赞助新技术研究的问题。其中一条赞助项目是所谓'量子逻辑智囊机'。地球有这种机器出口,但是价格非常昂贵,每台高达三千九百万元,还只能以休眠模式、未激活的状态提供。我们必须自己给它们设定个性,而这可能会花上几个月,乃至数年时间。"

我还是没有开口,尽管我已经预感到他会把话题引向哪里。

"你以前认识查尔斯·富兰克林,克莱因家族那位才华横溢的大学生,是吗?"

"是的。"

"你们曾是一对恋人?"

我咽了口水,倔强地微微侧身向前,说:"很短时间。"

"他现在跟凯利泰特族盟的一个女子缔结了婚约。"

"哦。"

拜瑟拉斯在观察我的反应,"富兰克林先生在塔西斯科技大学领导着一帮年轻的理论物理学家。他们被称为奥林匹亚人。"

"这个我倒没有听说过。"

"这不奇怪,因为他们对自己的研究工作严格保密。他们只对研究资金管理机构负责,至今没有公开发表过任何成果。我想请你阅读一下这段来自地球的信息,这是几天前斯坦福大学发给凯利泰特族盟的。"

"你是怎么得到这条信息的?"我问。

拜瑟拉斯微笑着摇了摇头,把他的通信器递给我。那是一条纯文本信息,内容是:

> 我们已经确定了时间扰动与空间扰动之间的强关联性,可能会由此归纳出具体相关关系。迄今发现的第三次扰动可能是连锁反应,不过目的未知。首先是时间扰动,随后是空间扰动,第三次扰动是自动连锁反应。这可能指向此类活动的一般规律,可以用某种曲线代表。但第三次扰动随即导致了第四次扰动,强度较弱,随机发生……是否可以据此推出"命运"的守恒?迄今已监测到五十次扰动。预计还将出现更多扰动。可否分享你方研究成果?如蒙允准,愿在互利基础上合作。

"这是一份科研合作邀请。"拜瑟拉斯说,"极为罕见,居然是地球主动邀请火星。查尔斯·富兰克林说起过这类话题吗?"

"没有。"我说,"嗯……我记得,他好像提到过'贝尔连续统',还讲起其他一些东西。我记不清了。他说的本来就不多,我也不感兴趣。"

"可惜了,"拜瑟拉斯说,"你本来有很好的机会——不仅是你跟富兰克林先生可以演绎一段爱情,你还能听到特别重要的情报。你觉得,他会不会已经向你透露过了?"

"就算他说过,我也听不懂。"

"我的研究人员告诉我,'贝尔连续统'是物理学领域一项尖端技术的关键所在,已经显现了一些应用前景。奥林匹亚人把宇宙称作'命运复合体'。"

我摇摇头,还是一头雾水。

"我们对此很感兴趣,凯西娅,因为凯利泰特族盟火星分部面临压力,准备取消对塔西斯大学的全部资金支持。全部。"

"凯利泰特族盟的总部在月球。"我说。

"没错,不过他们听命于吉瓦,而且凯利泰特族盟火星分部更愿意保持它们的独立地位。与此同时,地球的斯坦福大学已经邀请了富兰克林先生来地球继续进行研究。他们承诺提供地球最先进的智囊机,包括量子逻辑智囊机,还会支付很高的个人薪金。他们还愿意协助解决克莱因家族的资金问题。当然,问题本来就是因为吉瓦恶意干涉才造成的。"

"他接受了吗?"

"他把这件事上报给了克莱因族盟,这是家族内部的例行通报。克莱因族盟随后通报了火星议事会,议事会又把这件事通报给塔西斯科技大学的主要出资人。不,他没有接受地球邀请。富兰克林先生是一位可敬的年轻人。爱丽丝得出的结论是:地球非常重视贝尔连续统的研究,同时也在深入研究与之相关的'属性值理论'。诸多迹象表明,该理论将影响深远。"

"这很重要吗?"

拜瑟拉斯笑着说:"地球人得不到查尔斯·富兰克林,也得不到其他任何一个奥林匹亚人。马朱达家族将与凯利泰族盟火星分部联手,为他们提供资金,购置三台量子逻辑智囊机。"

"哦。"我说。查尔斯做了正确的选择,而且借此达到了自己的目的。的确值得尊重。

"很遗憾,你和他的感情没有进一步发展。"拜瑟拉斯说,"你为什么甩了他呀？"

从谈工作到窥人隐私，他居然转换得如此自然。我差一点儿就上当回答了他的问题。不过，我只是笑笑，摊开双手，扬起眉毛，耸耸肩，表示"这就是生活①"。

"你见过很多才华横溢的男人吗？"

"没有。"我说。

"经历过的男人多不多？"

我继续保持微笑，没有回答。拜瑟拉斯急切地盯着我，"据我观察，年轻女子对男人的了解，通常来自于情窦初开之后五年的时间。这可是关键时期啊。我猜，你还处在这个阶段。如果忽视对你的教育，那就太可惜了。在宇宙飞船上，机会实在少得可怜。"

我闻言提高了警惕。

"如果你还记得其他有关查尔斯·富兰克林的情况，请一定告诉我。我眼下正被迫补习物理知识。我对数学也不是特别擅长。希望爱丽丝是个好老师。"

他对我表示感谢，然后打开了房间的门。我在走廊里与忙碌的阿克雷擦肩而过，我低声说了句"你好"，就跑到了健身房。在四个浑身臭汗、个个年龄都与拜瑟拉斯相当的男人中间，我用一个小时时间发泄出了自己的愤怒和伤心。

查尔斯结婚了。他已经找到了自己想要的港湾。他已经踏上了成为重要人物的坦途，不管是对地球，还是对火星，都会有重大影响。对我则不然。

祝他好运。

奥利安娜这个人，就像是一团被狂风卷动的烈火。我从来都

---

①原文为法语：C'est la vie.

无法预料那狂风的方向,也不知道她的情绪到底将会怎样。但是,我从来没见过她愁眉不展,垂头丧气,或者过于偏执。当她注意到我的时候,倾听我说话,或者仅仅是看着我,我都会有一种猫儿被人紧盯的感觉……

奥利安娜并不是真的比我更有智慧,不过她瞬间获取各种信息的能力,或者无意间炫耀出来的知识(不是努力学来,而是买到的知识)倒是的确很棒。她所缺乏的,跟我所缺乏的东西一样。地球上所有的荣耀,都不能为我们换来这份可贵的财产——我们缺的是经验,渗入肉体和灵魂深处的切身体验。她所进行的所有机能提升,她所受过的全部高等教育,都不能给她一个真正牢靠的信条,无法帮助她找到自己生活中的真正方向。

我们聊着天,让望远镜给我们的房间里填满投射图片,一起看星际视频节目,在大厅玩游戏,在观景厅仰望流转的星空——她教会了我很多关于地球的知识,甚至帮我更多地了解了我自己。从她身上,我认识到自己还有多远的路要走。

但我还是不愿意跟奥利安娜一起进入虚拟世界。而她一直试图说服我。

"我经过地球海关的时候,偷偷携带了几款特别棒的模拟软件。"她在12月30日,吉尔日对我说。我们已经到了星际旅程的第五个月,而且刚刚用最累的方式锻炼了三个小时——我们穿着磁力服装,在模拟地球重力场中奔跑。"你不会告我状吧?"

"这违法吗?"

"嗯,不违法。不过生产这些软件的公司相当敏感。如果他们知道了,会把我从客户名单中除名。他们不希望自己的产品在地球以外被复制传播。"

"模拟软件在地球以外本来就不受欢迎。"我说。

奥利安娜满不在乎，"有一款模拟软件，我觉得你会喜欢。是循序渐进式的，可以帮你了解我们两种文明之间的隔阂，背景是当代的地球。不是教育类型的产品。是个幻想故事，非常浪漫。你可以让爱丽丝帮忙……爱丽丝非常适合进行模拟软件的显示，比通信器强得多……有爱丽丝帮忙，我们会感觉身临其境。"

"她不一定会同意啊。"

"我还没见过不想加深对人性了解的智囊机。此外，今天不是吉尔纪念日吗？是需要庆祝的日子。爱丽丝也需要放松。"

吉尔是地球上第一台获得自觉意识的智囊机（时间是2047年12月30日），是后世所有各代智囊机的模板，也就是说，是爱丽丝名副其实的祖先。吉尔到现在还在运行。如果我们有时间，爱丽丝打算在到达地球以后通过宽带访问她。

在我的房间，我们两个轮流用浴袋洗澡，然后擦干身体，坐了下来。"你可真是迷恋模拟世界，"我说，"为什么不关注现实生活呢？"

奥利安娜说："等我满了十八岁，现实生活就会变得重要起来。那时候我会独立生活，父母不需要对我的行为负责。我可以去冒险，也可以把自己变得很危险。在那之前，我只能当一根小尾巴。"

"小尾巴？什么意思？"

"让父母养着呗。模拟世界是我对未来生活所作的准备。"

"幻想小说也算准备吗？"

她笑了，"好吧……我不跟你争论这个。至少我觉得很好玩儿。"

我客气地拒绝了她的提议，但是暗示以后也许会有机会。

太空中千篇一律的生活，让我每天都像是被催眠了一样。睡了四五个小时以后（我的睡眠时间逐月减少），我就会被悦耳的音乐声唤醒，眼前随即出现飞船当天所有的活动日程，以及我可以选择的食品和可以参加的活动。我锻炼身体，吃早饭，跟奥利安娜或者爱丽丝一起消磨几个小时的时间，或者就坐在大厅，跟其他乘客闲聊。太空旅行中的闲聊都很随意，很少出现让人兴奋或者引发争议的话题。午饭前，我又去锻炼身体，这次强度加大一些，然后跟奥利安娜和她的父母一起吃午饭。

每隔两三天，我和艾伦就会去见一次拜瑟拉斯。他在地球的行程安排渐渐成形，午后常常要进行深入培训。他给我们一些视频和文档让我们自己研究，其中有一些是马朱达家族的保密资料。我很小心地保守这些秘密，避免在跟奥利安娜或其他人聊天的时候透露。

晚餐时间，我会跟艾伦、拜瑟拉斯以及另外几个来自地球的朋友一起吃。晚饭后，我会在自己房间看星际视频节目，以满足自己对外界生活的渴望。然后，我会进行低强度锻炼，跟奥利安娜或者艾伦一起吃点夜宵。

我很快就开始从船上那些地球人发表的言论中收集情报。他们有的谈及地球的未来，有的谈及吉瓦或者吉萨的各类计划。我现在处于靠近权力中心的位置，我所了解的情况，让我觉得又烦恼，又震撼。

我一直记得一次谈话的内容，因为那次特别直截了当。那是在旅程第五个月的月末。当时，我在研究地球经济及其与火星和月球的关系。这层关系，就像是一条身形巨大的狗，摇着一根正在长大、但依然极小的尾巴。努力了一个小时之后，我来到餐厅，点了自己想吃的食品。几分钟后,几托盘美味的纳米食品就由餐厅的机器工人送了上来。这些东西比火星上的任何食物都好吃,灯火通明的自动配餐机转眼就可以做好。

奥利安娜还在她的房间里,沉迷于某个模拟世界。我们约好了当天晚些时候一起玩儿。我坐在艾伦身边,靠近一张椭圆桌外侧的位置上。对面坐的是奥利安娜的父母。她的妈妈雷娜·伊斯坎德拉是一个高大雍容的埃塞俄比亚人,穿着一件橙色的肥大连衫裤,上面有深紫色和棕色字符图案。她的丈夫保罗·弗朗泰尔是法国人,欧洲联盟公民,那天穿了一件利落的灰绿色太空休闲装,腰部和肘部蓬松,腕部和踝部有束口。

艾伦、雷娜和保罗已经在谈话,我坐在他身边,听他们说。

"我觉得,我们面对地球和地球人的习俗感到茫然失措。"艾伦说,"人口太多了,文化和习俗也特别多样。学得越多,我反而越觉得困惑。"

"你们火星人上学的时候不了解母体文明吗?"雷娜问,"我是说,为咱们这类旅行做点儿准备。"

"我们也学过,"艾伦说,"不过火星人通常更关心自己的星球。"他瞄了我一眼,眼角的细纹传递着暗讽的意味。

"在地球,我们以勇于接受变革,并在纷繁多样的世界里实现统一为骄傲。"保罗说,"火星人好像以保持传统为荣。"

我决定加入这场争论,当然是为了深入了解地球人,而不是因为刚才这句话蕴含的一丝轻蔑,似乎把我们看作了外省人。"我们的课本上说,在政治方面,地球进入了前所未有的平静和稳定时期——"

"的确。"保罗点着头说。

"但还是有那么多的争论!那么多的分歧!"

雷娜哈哈大笑,笑声高亢悦耳,充满欢乐。她的年龄足有我的两倍,但看起来比我还要年轻得多,跟她自己女儿像是俩姐妹一样。"因为我们喜欢这样,"她说,"我们以声嘶力竭的吵闹为荣。"

"你是说,那些全部都是伪装出来的?"艾伦问。

"不,我们在很多问题上的确存在分歧。"雷娜说,"但是我们意见不同的时候,不会把对方置于死地。你们肯定听说过20世纪。"

"是的,"我说,"当然。"

"人类历史上最血腥的一个世纪。一场噩梦——漫长的战争从世纪之初开始,一直延续到接近世纪末,充斥着各种形式的暴政。即便是在世纪末,不同种族、不同宗教信仰,甚至只是不同地域之间的对立还在肆虐,以致规模可怕的杀戮和报复行为不断出现。但也是在这个世纪,数量空前的人民摆脱了传统的权力结构,开始质疑权威,并破除了对权威的幻想——他们开始信任自己的力量并因此获得成长。"

我皱起眉头,"在绝望中成长吗?"

"成长是大势所趋。人们不可能回到从前的样子——没有人能承担那样做的代价。破坏行为已经无利可图,财富之神已经成了和平的倡导者。也正是在此期间,我们开始将视线投向太空,并开始定居月球、火星和小行星带,因为人类的认识能力获得了提升。"

"但你们还是争执不断。"我说完,轻轻咬住自己的嘴唇,想要让他们认为,我的天真在他们面前已经暴露无遗。拜瑟拉斯正在教我"示人以不能"的策略,也就是装出混乱或者柔弱的样子,以达到目的。

"我的话当然不代表所有地球人的观点!"保罗笑着说,"争吵并不代表互相仇恨,至少头脑健全的人不会这么认为。我们珍惜自己的对手,因为他们促使我们取得更大成就。即使被对手击败我们也无所谓,因为我们知道,还有其他的战斗需要我们投身其中,那是不流血的战斗,而是智力上的抗衡,可能有很多种不同结果,不只是胜利或者失败。"

"那么,如果你们和火星之间出现了分歧呢?"我装出一副外省人的惶恐表情问,"如果我们不同意地球的意见呢?"

"我们会是可怕的敌人。"保罗坦承。但雷娜并不喜欢他的答复。

"符合全局利益的,也将合乎地球利益。"她按了一下我的手说,"在地球上,存在那么丰富的多样性,那么多实现增长和改革的可能,也有像你说的,那么多的争执,但你如果研究地球政局,就会发现,不管是哪里的居民,在主要的目标上都会显出惊人的一致。"

目标。这个词像钟声一样在我的脑中响起。爱丽丝,你预料的一点儿都没有错。

"都有些什么样的目标呢?"

"嗯,"雷娜说,"我们不能各行其是。宇宙空间并没有那么友好——"

"就像火星。"我说。

雷娜眯起了眼睛。也许我是操之过急了。"我们必须团结起来,为人类世界的共同目标而努力。"

"我们联合起来去对抗谁呢?"

"不是对抗谁的问题,而是为了什么目的。比如为了下一阶段的目标——移民到其他星系。这个世界足够广阔,任何意见不同的人,都有空间进行各自不同的实验,同时取得巨大进展。但是如果我们现在只是一盘散沙,各行其是,也就无法达成人类的发展目标。"

"要是我们两个星球的目标并不一致呢?"我问。

"那就得做出调整。"雷娜说。

"调整哪个星球的目标呢?"

"这就是需要通过讨论确定的问题了。"

"如果讨论不能解决问题怎么办? 有些讨论可能会永远拖下去。"我说。

"的确,我们并不是任何时候都能永远等待。"

"如果讨论无法继续,必须终止,由谁来终止它呢?"

雷娜瞪着我,但我还是必须要问下去。尽管他们显然都有一定的学识,尽管他们也都去过火星,可是他们真的能理解一个真正火星人的感受吗?"如果一个星球不能像奥利安娜说的那样,贡献出一些正能量——如果它拒绝尽到自己的职责——那么,我们就必须想别的办法。"

"诉诸武力吗?"我问。

"雷娜很喜欢辩论。"保罗语调轻松地对艾伦说,"我们这艘飞船实在是太安静,大家也都太客气。"

"在火星和地球无法达成共识的问题上,永远都有共荣的可能和进行讨论的空间。"雷娜总结说,她用特别友好又充满期待的眼神看着我,"诉诸武力是一种非常古老的解决问题的方式,我本人并不赞同。"她明显还希望我继续反驳下去,但是她已经严重伤害到了我,以至于我就是不想让她如愿。我冷冷一笑,向后坐了一点,敲敲盘子,示意机器工人我已经吃饱了。

"我们激动的时候,难免会无视别人的感受。"保罗小心翼翼地说。

"没关系的,"艾伦说,"我们改天还可以继续谈这个话题。"

拜瑟拉斯心事重重，举止失常。他现在更像是一位跟我有血缘关系的大叔，而不是我的雇主。他有时候充当老师，有时候像是同学，跟我和艾伦一起解读地球这个大谜团，从来都不像是我妈妈描述的那头"神圣的怪兽"。

旅程第六个月。他的转变非常突然，让我完全猝不及防。拜瑟拉斯让我到他房间，说有事情问我。那天他又穿上了网球衫，我进去的时候，他又是那套白衬衣加短裤的装扮，两腿抵着对面的墙，膝盖上放着通信器。

"这周火星的局势很紧张。"他说。

"我在星际视频上没看到什么动静啊。"我随口说。

"当然不会，"他撇了撇嘴说，"我也估计形势没有糟糕到那种程度。暂时没有。有两个族盟决定，要提出自己版本的火星统一计划。"

"谁啊?"我问。

"穆塔尔和庞氏。"

"不是五大族盟之一啊……"

"也不太可能吸引到多少来自地球方面的注意。不过我做了很多让步，也迫使别人做出了不少让步，才得出了准备提交给地球的意见。有些本来就紧张的人，现在更紧张了。如果有人在背后算计我，如果有人打算，在我们到达地球之前，就在火星发动大规模抗议，反对向地球让步，说我们出卖本星球利益……"他向我摊开双手，"这一点都不好玩儿。我担心凯利泰特家族。在这场游戏里，他们似乎还有底牌没亮出来。"

我同情地摇摇头。他向后多仰了几厘米，上下打量着我，"你从地球人那里了解到了些什么?"

"我觉得了解了很多。"

"过去三十年,地球人提高了初次体验性生活最小年龄要求的标准,而且他们中间越来越多的人,一辈子根本就没有经历过真正的性爱,现在的比例是百分之十左右。这些你都知道吗?"他犹疑地斜眼打量着我,就好像在准备投下赌注。

"听说过。"我说。

"还有些人虽然结了婚,却只在模拟世界里做爱。"

这么多星期的相处,让我已经完全习惯了他直率的个性,以至于我一直都没有怀疑他。

"还出现了智囊机与人类的婚姻。有些婚姻意味着实体层面的独身,意识层面的亲密。人们不需要结婚和生育,就能够得到子女。对红星兔而言,听起来奇怪又可怕。"

"我们火星也有体外孕育的婴儿啊。"我小声说,还是没搞懂他想做什么。

"我还是更喜欢传统方式。"他说着,圆溜溜的黑眼睛死盯着我,"这次旅程中的性生活真他妈的贫乏。一直都在工作。我注意到,你的感情生活也很单调。"

我终于产生了戒心。我当时没有回答,只是耸耸肩,希望我冷淡的沉默足以扭转谈话的方向。

"我们还要一起工作很多个月。"

"是啊。"我说。

"既然要一起工作那么久,我们能完全消除彼此之间的隔阂吗?"

"我们必须这样做,"我说,"我们将是地球人中间的火星来客。"

他重重点头,"身处一群非常奇怪又权势熏天的人中间,肯定会感受到极大的压力,远远超过现在我只是阅读最新事态进展所感受到的水平。我们在打一场意志决定胜负的战争,凯西娅。我们也许可以互相为对方提供一个放松的地方,以便在战争间隙休整。"

"我可以帮你读来往信息。"我说。

"如果我的欲望只能从地球女人身上得到满足,我会觉得很别扭。"

"这个嘛……我并不想……"

他微微摇头,继续向我施压,"要是我费尽心机经营一段短暂的情感——也不可能更长久——随后却发现,那个地球女人只想在虚拟世界里跟我做爱怎么办?"他暗含深意地直视着我。

我在慢慢被激怒,脑子里却还记得妈妈的警告:要聪明,懂得用脑。我感觉自己既不聪明,也没有那么多头脑,但至少没有马上大发脾气。

"我希望能早点克服各种困难,早作安排。"拜瑟拉斯说。他抬手抚摸着我的胳膊,很快改为抚弄我的肩膀,松开肩膀后,又开始用一根手指滑过我胸部上方几厘米的衣物表面,"你对我来讲,非常重要。"

"可我们是同族。"

"这不是问题。"

"哦,"我说,"你只想解决性欲问题?"

"不只如此。解决了这个麻烦,我们就都可以全身心投入工作。"

"也就是更亲密的关系喽?"

"当然。"拜瑟拉斯说。

我轻轻推开了他的手。

"你说的意思,就是要跟我一起建立家庭,对吗?"我兴冲冲地问。

他向后仰了一下头,很泄气的样子,"成家?"

"我们需要繁衍更多的红星兔,不是吗?这样才能跟地球数百亿居民抗衡。这是火星的基本政策。"

"凯西娅!"他说,"我知道你是故意装傻——"

我打断了他,"其实我本来没有打算那么早要小孩。如果政策要求我这么做,我就义不容辞。"不管是不是聪明,反正我就是认准了这条道儿。于是,我摆出一副视死如归的表情,以手覆额说:"拜瑟拉斯,我们这一代的任何一个火星女子,都应该懂得把自己放倒,甘于为火星献身。"

他满脸深恶痛绝的表情,"这一点都不好笑,凯西娅。我在跟你谈非常严肃的问题,这涉及我们两个人的个人生活。"

"我得升级一下我的医用纳米材料。"我说,"孕妇的生化特性跟常人不同。"

"你完全误解了我的意思。"他伸开双臂,一手扶着我的肩膀,继而摸到我胸部上方。他一直直视我的眼睛,试图让我相信,这并不是我所怀疑的那回事,"难道是我不够帅?"

我扬起眉毛,再次拿开他的手,"你应该跟我爸谈。他比我更懂得家族政治和行为规范,也肯定更了解联姻、结盟……还有生孩子的问题。"

拜瑟拉斯垂下肩膀,无力地挥挥手,"我会把这些资料传送到你的通信器上。爱丽丝已经有一份了。"他说着摇头,看样子还真挺伤心,也许还有几分不甘心。

我没做亏心事,当然也没有任何愧疚感。

我离开他的房间,稍微有点儿头重脚轻。幸亏对他有了解,也早就做了防范。一回到自己房间,头晕的感觉就变成了怒火。我坐在床上,用尽所有的力气捶打床垫,以至于自己臀部都翘起了好几厘米。然后我躺在床上,紧闭双眼,咬牙切齿。脑子里有一个冷静又严酷的声音说：他的自制力简直就像是在纸尿裤里小便的婴儿。声音来自我激动时头脑里还能冷静思考的那个部分。"他的沟通技巧简直就像隧道钻孔机一样，只知道直来直去。"我大声说，"这个大笨蛋！"

我坐起来，揉揉眼睛，深呼吸。

在"土阿莫土号"上跟火星进行视频或者音频通话的成本太高，不能轻易使用。我只好发送文本信息给爸爸、妈妈，还有斯坦。但是在我们旅程的第八个月月初，飞船减速准备进入地球轨道之前的那段信息，我只发给了妈妈一个人。

亲爱的妈妈，

到现在为止，我一直安然无恙，甚至旅程中的大多数时间都很开心。不过，之前我给你们发送的信息，并没有完全开诚布公。离开火星后，我跟不少地球人沟通过，也观察了拜瑟拉斯所做的工作。每一天，我都更加痛切地认识到，我们火星人完全处于劣势。我们被自己的文化传统和守旧立场蒙蔽了。我们因为自己的天真而软弱无力。可怜的拜瑟拉斯！他试图骚扰我，就像你预料的那样（迄今为止只有一次，感谢上帝！）。他所采用的方式极其笨拙、直接而且原始——亏他还是见过那么多世面、想过那么多问题、占据如此重要职位的人！一位朋友曾经跟我说，她觉得火星人在子女的教育中忽视了生活中最重要的一些事情——求偶、人际关系、爱情——而只是依赖于每个人自己生活中的误打误撞，成败只能诉诸偶然，而且通常都是以失败告终。在地球上，拜瑟拉斯应该接受社交能力治疗，花些时间在模拟世界中进行练习，纠正头脑中的错误想法,提高社交技能。我们对个性的尊重,为什么导致了拒不纠正缺陷的结果?

我跟一个来自地球的年轻女孩接触过很长时间。她头脑睿智,思想深刻,跟我相比,简直像是积累了上千年的智慧。但她的实际年龄,却只有十七个地球年。在她十八岁生日那天,我会跟她一起进入虚拟世界,通过一个传奇故事探索古老而又充满智慧的地球。我并不真正了解这个模拟世界的内容,但我怀疑这次经历可能会让我感到不安。在她看来,这完全没有任何值得担心之处,而我却非常害怕。那是对地球的恐惧。你读到这儿的时候,可能也会感到震惊,但是我进入模拟世界期间,恐惧程度肯定也不亚于你。我一直以为自己沉着冷静,但是我的天真——我的无知——的确到了令人发指的地步。

爱丽丝也建议我尝试一些这类活动。我希望这会让你们对这种事的认可程度稍稍提升一点点。但如果你们还是不同意,那也没关系,因为就像奥利安娜——上面提到女孩的名字——所说的,我已经不再是你们的小尾巴。

我加密后把这封信发给了家人,在妈妈有机会回信之前,我已经和奥利安娜一起一头扎进了她偷偷带来的幻想虚拟世界里。那天是奥利安娜十八岁生日。两天以后,我们就将离开"土阿莫土号",转乘太空梭前往地球。

"时间晚点儿,总胜过永不尝试。"我们把各自的通信器接入私人频道时,奥利安娜说。利用船上的宽带网络,我们实现了彼此之间的连接,还同爱丽丝也连在一起。爱丽丝非常愿意帮忙,甚至对此充满期待。

"你还没有给我介绍过里面的内容呢。"

"这是一部有四十个主要人物的小说。"

"全是文字吗？"

"之所以称之为小说，是因为里面有故事情节，而不是只有场景。你是情节的一部分。你可以选择扮演多个不同角色，不过这些角色的设定也会影响到你的行为方式——你扮演角色的时候，不会再按照自身原有方式思考。不过你还可以旁观。用一句话讲，你在一定程度上还知道你是原来的自己，因为这不是全态模拟。"

"哦。"

"你随时都可以退出，也可以选择快进。"

"你进入过这个虚拟世界吗？"

"没有，"奥利安娜说，"所以我才不想只用通信器运行它。爱丽丝可以为我们提供更多保护，让我们看到更多细节。如果遇上设计缺陷，她可以悄悄修正，让我们浑然不觉地继续体验，而不是强制断开连接。强制断开连接总是会让我头痛。"

这听起来越来越糟糕，我认真考虑了现在反悔的可能，不过一看奥利安娜安排纳米接口时的期待眼神，我就有种年轻人特有的强烈羞耻感。如果她能做到，那我一定也能做到。

"你会比我更快进入场景。"她说着，把连接线递给我，"我的连接线还需要先关闭机能强化，做好协作连接。"

我把连接线放在鬓角，线头自动延长到几厘米，然后粘到了我的皮肤表面，蛇一样扭曲着，寻找能够支撑自身重量的位置。我手臂上的寒毛倒竖了起来，因为这跟动大手术的感觉很相像。我的太阳穴微微刺痛，纳米连接已经穿透了皮肤、颅骨和脑皮层，接入了大脑中相应的神经线。

"要是这东西被扯断了,结果会怎样?"我用手指指着其中一根线问。

"没事,连接线会融化。绝对安全。这项技术已经非常古老而且成熟。"

"如果有爱丽丝无法应付的设计缺陷呢?"

"她有能力重新编写这个模拟世界中的所有元素。她解决问题期间,你只需要跟爱丽丝一起待几秒钟。"

事实就是这样。爱丽丝在我脑海里说。

"哇哦。"我被吓了一跳。以前,我虽然和爱丽丝一起做过视频节目,不过那跟直接的神经元连接是完全不同的感觉。

你试试,不动嘴唇也不出声跟我说话。

"这能……"这能行吗?

很好,放松。

你认同这种东西的存在吗?

凯西娅,我的整个生存环境,就像一个虚拟世界一样。

我们在做的事,我告诉了我妈妈,不知她怎么想。

我还能用自己的眼睛看见东西。奥利安娜也戴上了她的连接线,闭上了眼睛,脸颊上的一块肌肉动了一下。

"准备好了吗?"她大声问。

模拟世界将在三秒钟后启动。

我闭上了眼睛。有生以来头一次体会到切断所有感官的感觉。

作者版权标志浮现出来——黑色背景上三条平行的血红色刀痕,代表我一无所知的某些艺术家和制作机构——随后就是彻底的黑暗。

我再次睁开双眼时,就已经有了一套全新的记忆,来自"媒体资源"文件夹。伴随着记忆的,还有新的问题、新的烦恼。我知道自己需要去做什么事。

转换如此自然,我甚至没能察觉。

我成了布达拉,瓦哈比萨乌德联盟的公主,继承着古老地球的资源遗产。在意识的某个角落,我知道布达洛从不存在。她是小说里虚构的人物。不过这并不重要。她的世界是真实的,甚至比我自己的世界更真实,因为夸张的艺术表现手法让一切看起来都更加生动。故事开始于五十年之前,然后真真切切地向前推进七个分册,最后终结在十年之后。

故事中有阴谋、欺骗、背叛、性(形式还算正常,不至于让人大开眼界),还有近期瓦哈比部落生活中的无数细节——这是个充满质疑的世界。布达拉本身并未质疑传统价值,不过也从来都不是个特别安分的人。她的生活很艰难,时常也让我感到痛苦压抑。唯一的缓解因素,就是我知道一切很快就会结束。

她的死非常惨烈,她是被自己的爱人因为忌恨成狂活活掐死的——不过细节也像性生活一样,并没有表现得特别真切。我的身体知道自己并没有死,就像刚才知道自己并没有做爱一样。

此后,我的意识就飘浮在空间的尽头,周围一片浓灰。我感觉到奥利安娜在那里。她说:"你可以成为任何一个眼中可见的角色。有智囊机驱动时,每次最多可以扮演四个人。"

"我们在模拟世界多久了?"我问。

"一个小时。"

我感觉时间要比这长得多。其实我也说不清到底过了多久。不过,我觉得没有在此前的模拟情节里遇见过奥利安娜。在灰蒙蒙的世界里,我只想起了一句话:"我还以为我们会一起体验呢。"

"体验过了。我是你的最后一任丈夫。"

"哦。"我涨红了脸。原来她玩反串——甚至还跟我发生了性关系。这让我非常烦乱,触及了我的很多条底线。

"我们还可以转换空间,从西方视角的情节线进入布达拉的世界。那样的话,她就只是一个小配角了。"

"我想扮演她的宠物鹦鹉。"我开着玩笑。

"那个在界外。"奥利安娜说,她的意思是,不能选择那个模拟视角。

"那我就想上去了。"我说,"上去"这个词当然并不准确,不过当时觉得没问题。

"退出。"奥利安娜说着,引领我走出那片灰暗的世界,我们睁开眼睛,还在原来的房间。在相距数千万公里的星球间飘流,这的确要比布达拉的生活无趣得多。

我轻轻吹了声口哨,搓着手让自己适应真实世界。"我再也不想这样做了。"我说。

"我理解。第一次总是特别重要,不是吗?因为你特别想要回到幻想中的世界。实际的生活看起来反倒像是假的。以后就比较容易摆脱了,因为你有了更加多样化的视角。要不然,这类产品早就会被禁止了。我不玩法外模拟。"

"法——卖?"

"法外:地下的,非法的。"

"哦。"我的头脑还是没有完全清醒,"我没有学到太多有关地球的知识。"

"因为萨乌德王朝太闭塞了,不是吗?一群风光不再的狂人,再也没有人需要他们最后仅存的石油。理想的模拟世界素材。不过,我喜欢布达拉。我扮演她,经历过二十多个分册的生活。她个性很强,但也知道变通。我非常喜欢那段情节:他的哥哥死于巴士拉之后,她向波斯议会提出申请,要求吸纳他的财产。"

"可敬。"我说。

"你看上去不太高兴。"

"我只是被震撼到了,奥利安娜。"

"后悔了?"

"没有。"我说。不过这次的选择确实有点不合适。奥利安娜尽管智慧过人,但毕竟年龄还小,我必须不时提醒自己这点,"不过,我本来想要了解的,是主流的地球社会,而不是边缘文明。"

"也许下次吧。"她说,"我有一些情节简单的故事,甚至游记,不过这类东西,你们火星上也有。"

"或许吧。"我说,不过我并不想再做其他尝试。

在地球,数以十亿计的人们每天沉溺在虚拟空间里。而我只是体验了一部俗套的小说,就无法保持头脑清醒。

艾伦和我站在拜瑟拉斯的房间里。"我最恨这种时候。"拜瑟拉斯盯着镜子里的自己,对我们两人说,"再过几天,就是实战了。我会披枷带锁。我的意思不只是责任重大,尽管我们的责任的确很重。地球人对我们期望很高,会注视我们的一举一动。我一直担心,会有新技术让他们趁我睡觉的时候窥探我头脑里的想法。在我们踏上归途之前,我会一直提心吊胆。"

"你不喜欢地球。"艾伦说。

拜瑟拉斯瞪了他一眼。"我痛恨地球。"他说,"地球人总是面带笑容,彬彬有礼,肚子里却全都是机器设备——有心脏专用的机器,有肺部专用的机器,这儿纳米机器人,那儿基因改造——"

"听起来跟火星区别不大。"我说。

拜瑟拉斯没理我。他有些欲火中烧,总是需要某种发泄的渠道。我觉得，这样乱说话，也比骚扰我来得好。"他们从来都喜欢折腾。折腾生命，折腾健康，折腾思想。他们为所有的事情焦虑，从那么多的角度探讨问题。我发誓，我们谈判的所有对象都不是简简单单的一个人。每个人背后都有一大堆利益相关者，像群氓一样缺乏理智，只遵从一个名叫'自我'的暴君指引。"

"我们火星也有这样的人。"艾伦说。

"至少我不用跟火星那些家伙谈判，"拜瑟拉斯说，"你们都选好自己的免疫模式了吗？"

艾伦做了个鬼脸，我不禁失笑。

"你们两个都选择了全部拒绝？"

"这个嘛，"艾伦说，"我本来想接受那些增强我语言与说服能力的病毒……"

拜瑟拉斯瞪着我俩，一脸痛苦，"说服能力？"

"就是讲合理废话的能力。"艾伦说。

"你们玩儿我呢。"拜瑟拉斯说着把镜子推开，"我的样子很难看。不过考虑到他们总是那么帅，我什么样也就无所谓了。就算拿出我最好的状态，我还是会很难看。他们本来就先入为主地认为火星人难看。知道他们背后叫我们什么吗？"

"什么呀？"我问。之前我已经从奥利安娜那里听过几个绰号：泥腿子、地沟老鼠、绿蛮①。

"殖民者。"拜瑟拉斯说，重音放在中间的音节上。

艾伦没有笑。这个词，就算是正常发音，火星人也不用。我们说拓荒者和居住地，而不说殖民者和殖民地。

---

①原文Tharks，是小说中虚构的火星部落战士。出自埃德加·赖斯·伯勒斯1917年发表的小说《火星公主》。火星绿蛮身高约15英尺，绿色皮肤，四手两足，嘴边有两颗突出的獠牙，可以作为武器使用。

拜瑟拉斯接着说:"他们所说的殖民地,是种植园主聚居的地方。"

我还是摇头,不懂这话的寓意。

"相信我,"拜瑟拉斯说,"你们都听过爱丽丝的意见,还有飞船上地球乘客的意见。现在听听过来人的意见吧。地球很团结,很清醒。但这并不意味着地球'善良',也不代表他们喜欢我们,甚至不能指望对我们有最起码的尊重。"

我当时以为他可能太夸张了。我还是那么理想化,那么幼稚。奥利安娜毕竟还是我的朋友。她和她的父母也有很大区别。

她让我看到了一些希望。

客舱被一个个收回,重归船体,视野中旋转的太空归于宁静。从距离地球两百万公里的距离开始,飞船迅速减速。我们在此期间一直躺在床上,承受着减速造成的两倍地心引力。

从这个位置看,地球和月球已经清晰可见,而且日渐美丽迷人。

莹白的月亮挂在青金石色和石英色交杂的地球旁边。整个太阳系没有任何一颗行星比地球更美。这景象如此熟悉,就像我在数十亿年前就曾见到过一样。即便是赤道上空悬浮的吸取地磁能量的平台,都没能打消我对这颗星球的敬仰。这里,才是一切开始的地方。

有一个瞬间(不是很长,但已足够明显),我接受了地球中心说。火星在历史上一直是那么渺小。我们给予地球的非常有限,向地球出口的东西也少。我们更像是一个政治概念,而不是地区势力。甚至政治影响力也极为有限,只是强大的地球母亲所要面临的一个小麻烦,而这位母亲,早就已经把另一个叛逆的女儿月球揽回了自己的怀抱。

接受海关问询之余,我和奥利安娜一有时间就去紧盯着地球和月亮。我填好了自己的免疫申请表,要求隔离地球空气中飘浮的、可以友好地增进知识的人造微生物。

我很兴奋,艾伦也很兴奋。拜瑟拉斯却面色阴沉,寡言少语。

五天后,我们通过了低空轨道主空间站"和平3号",飞船穿过厚厚的大气层,迎着美丽的落日,向地球表面降落。

即便是现在,六十年后,远在一万光年以外的我,想起到达地球第一天的情形,还是会心跳加速,热泪盈眶。

"和平3号"空间站留给我的回忆,是一幅幅的静态画面。海关一片繁忙,人们从两个交叉方向排着队漂浮过来,小红灯勾画出队伍的方向。奥利安娜和我匆匆话别,互相留下查询号码。我的号码是地球当局新指定的,她的也刚刚升级为成人号,不再有任何限制。我们承诺一安顿下来就彼此联系,不管要花多长时间。我把爱丽丝从"土阿莫土号"上取下来,手工搬运到海关,向签证官声明,它没有安装任何违背2079年《地球网络安全法》的软件。我援引外交豁免权,有礼貌地拒绝了智囊机管理当局协助扫描此类软件的要求。凭借美国政府的邀请函,我们取得了外交人员入境许可。我们穿过"地球之门"走廊,两侧挂满了母星球孩子们的艺术作品。我们进入太空梭船舱,像六十名其他乘客一样坐在自己的位置上,用十分钟时间观看了近在眼前的地球景象。太空梭从停机位起飞,降落,我感觉身边窗户的温度在上升——厚重得像海洋一样的大气层给了我们足够的阻力,让我紧张地抓紧了座位扶手。红星兔回家了。我的心在狂跳,腋下因为期待和奇怪的紧张情绪湿成一片:我配得上这颗星球吗?地球会不会爱我,这个没有出生在她怀抱里的人?

橙红色的太阳光彩夺目,透过一闪一闪鲜红色的电离光斑,可以看到一条项链一样的光晕,绕在蓝白相间的地球周围。我们颠簸着减速,降落在老弗吉尼亚州阿灵顿附近一片宽广的人工湖中央。我们的飞行器在水面荡漾,浓浓的白色水蒸气在我们周围升腾。我们像最早的宇航员一样等待着地面的救援。如"土阿莫土号"飞船一样巨大的自动拖船,漂浮在微波荡漾的蓝色水面上……水!有那么多的水!拖船用机械钳轻轻夹住我们的太空梭,把我们推向岸边泊位。其他的飞行器不断降落在我们身边,有的来自月球,有的来自其他地球同步轨道平台。它们利用助推减速器降落在这片广阔水域时,水面不断有大团的蒸汽涌起。

艾伦抓住了我的手,我也握着他的手,惊异和恐惧让我们亲如兄妹。在我们身边的过道对面,爱丽丝的表情平和拘谨,拜瑟拉斯两眼直勾勾地盯着前方,心事重重。

现在,我们的工作才刚刚开始。

我们不是普通的火星人,不是到此一游的观光客。我们是火星的正式代表。在一段时期内,我们会是地球的名人,被包围在地球人对火星访客的热忱里。我们会被看作重返故土的坚强开拓者,到访美国国会的信使。我们会面带笑容,对数以万计的星际视频采访提问保持沉默。我们还要对某些荒谬的问题做出得体的回应。比如:回家的感觉如何?这种提问的确荒谬,但也不能说毫无道理。火星才是我真正的老家。在完全陌生的环境中,我已经开始想念火星,不过……

我也认得这地球。

走下太空梭。我们把爱丽丝装在为它雇来的车子上,它就滑行在我们身边。

我们几乎所有人都选择了走在橡树和枫树之间,或穿越生命力顽强的蓝草草坪,我们大多是首次到访地球的火星人,第一次呼吸到露天环境下的新鲜空气。我们漫步走过英格拉姆公园,这里因为人类第一位踏上火星的航天员多萝西·英格拉姆而得名。多萝西,我能理解你的感触。我深吸一口气,空气中弥漫着最近一场大雨的气息。我看见乌云从南面滚滚而来,孕育着一场暴雨。云层后面就是满眼蓝色的天空,没有界限,没有围墙,也没有拱顶和玻璃板。

我认得你,我的血液中流淌着关于你的回忆。

我和艾伦围着爱丽丝的车在草地上跳了一会儿华尔兹。拜瑟拉斯宽容地微笑着,似乎想起了他第一次来地球时的感触。我们的古怪举止证明了地球作为行星女王的地位。我们为它痴狂。"我不是在做梦吧?"艾伦问。我傻笑着拥抱他,在草地上又跳了一会儿舞。

生化强身剂帮了我们的大忙,我们在超出自己习惯重力强度二点五倍以上的地方,依然可以站得稳稳当当,依然可以快步行走,腿脚既不紧也不痛——至少暂时不会痛——我们的头脑也保持了清醒。

"你们快看啊,看天上!"我大声喊着。

拜瑟拉斯走到我俩中间,"地球人都看着呢。"他说。我们冷静了一点点。不过,我才不会在乎那些录制我们到达场景的星际视频摄像头。地球想看我们有多么开心的话,随便。

我的身体了解当前所处的环境。早在我出生之前,它就已经到过这个地方。我的血液传承着海洋的气息,我的骨髓散发着泥土的芬芳。它们都来自地球,地球。我的眼睛,生来就是为了欣赏这里白天金色的阳光、蓝色的天空,晚上飘浮在空气中的月色和星光。

我们在人类和机器记者中间穿过，拜瑟拉斯代表我们回答提问。他微笑着给出富有外交智慧的答案：我们很高兴回到地球，期待着与地球各国政府进行愉快的交流；我们将会跟合作伙伴一起探讨太阳系深空区域的开发。他表现不错，让我钦佩。我原谅了他的所作所为，几乎忘记了之前的不愉快。离开记者之后，我们在迎客专区见到了向导。她叫乔安娜·班考劳夫特，是个嗓音生硬嘶哑的美貌女子。她跟我完全是两类人，我却喜欢她。我当时很难想象，怎么可能会不喜欢住在这个美丽世界里的任何人。

我们从空港出发，坐上了美国众议院派来的一辆汽车。班考劳夫特一路陪同，询问我们有何需求，还向我们的通信器发送了最新行程安排，允许爱丽丝暂时免费查阅美国国会图书馆。汽车驶上一条辅助公路，路上还有数不清的其他小汽车、多节火车和货运卡车。我特别用心地听她讲话，不过还是可以听到雨点打在车窗上的声音，看见树叶在灰色天空的背景下泛着暗绿的光芒。谈话暂时停息的时候，我问能不能打开窗户。

"当然可以。"乔安娜说，她可爱的红嘴唇和紧致丰满的面颊上挂着微笑。

汽车自动打开了我身边的窗户。

我侧身把头伸出车窗外，让微风吹拂着我，让雨点打在我的脸颊和眼睛里。我伸出舌头，品尝雨丝的味道。

乔安娜笑了，"火星人真是神奇，"她说，"你让我们也开始留意那些本地人习以为常的东西，想到感谢上天的恩赐。"

本地人。

这个词让我警醒。我瞥了拜瑟拉斯一眼，他扬了一下眉毛，嘴角微微收缩了一下。我理解了他没有说出的话。

我们不是地球的主人，我们只是外人，只是因为地球人的宽容才来到这里。他们才是母星真正的主人，真正的管理者。

　　乔安娜带我们去了国都大厦区，这里有两千多座白色房屋、酒店和写字楼，散落在绿色草地之间，迎接来自地球各地的客人，以及接待太空来客。这个区面积大约两平方公里，曾是令人生畏的五角大楼所在地，是美国强大军事力量的指挥中心。

　　我们预先安排的住所，是波托马克大酒店总统套房。这座低矮的建筑位于国都大厦的北墙外，紧邻波托马克河。

　　我们安顿好之后，乔安娜就告辞了。艾伦和我站在套房中央，不知道下一步该做什么。拜瑟拉斯愁容满面地走来走去。房间自动展示着它的豪华设施，房间、床铺和家具争先恐后地炫耀它们能提供的设计理念和装饰风格，星际视频屏幕把表示欢迎的画面直接推送到我们眼前——我们可以随意点播各种类型的首都教育和娱乐节目。机器工人排成两排，每排三个，全身地球特有的华丽制服——它们身穿绿天鹅绒或者黑丝西装，戴着小红帽，跟火星的机器工人完全不同——我们的机器工人都把简陋的塑料、陶瓷或金属外壳裸露在外面。

　　我们手忙脚乱地做出了自己的选择，大部分都由艾伦和我完成。拜瑟拉斯坐在一张终于稳定在20世纪瑞典风格的椅子里。

　　"这些人啊，"他嘟囔着，"他们和他们该死的房子一样，就是不肯消停。"

　　"这你就别指望了。"艾伦说。他站在俯瞰河流的窗户后面往外看。河对岸，越过波托马克河边弗吉尼亚州星罗棋布的居住点，西半球合众国的首都依稀可见。华盛顿特区范围内，任何建筑都不允许高过国会大厦，这条法规已经执行了几个世纪。我很想到商场里逛逛，在公园或者居民区漫步，去树荫下走走。我在这里就能看见那些大树,树冠像鼓起的绿色地毯一样绵延起伏。

"还在下雨呢!"我惊奇地赞叹着。

"我估计,地球人会管这个叫作'毛毛细雨'。"艾伦说,"我们说起天气的时候,应该更具体一点。"

"啊,'天气'!"我庄重地说,艾伦和我笑作一团。

拜瑟拉斯站起来,心神不定地伸展一下胳膊,"七天后,我们将出席国会听证。三天后,我们要见专门委员会、参议员和众议院议员。这就意味着,我们可以安排两天时间做准备并与族盟代表进行会谈,一天去观光游览。我今天太紧张,心神不定,无法工作。我和爱丽丝留在这里,你们两个自由活动。"

艾伦和我对视了一下,"我们要去散步。"我说。

"我同意。"艾伦说。

拜瑟拉斯摇摇头,似乎觉得我们很可怜,"一到地球我就身心疲惫。"他说。

我们打车到华盛顿特区的时候,天色已经放晴。整个太空旅行过程中,艾伦和我都相当疏远,如今却变得像是亲兄妹一般。我们无话不谈,共同享受着微风、清新的空气、照耀着面庞的阳光。随后我们遇见了胜景中的极致,很多开满鲜花的樱桃树。有人告诉我们,这些树每个月都开花,甚至冬天都不例外,因为游客们喜欢。

"它们并不是天生如此,"艾伦说,"以前,只有春天才开一次花。"

"我知道,"我倔强地说,"我才不管,我就喜欢。"

"火星上的树也开花,"他略带责备地说,"为什么我们还那么喜欢这些?"

"因为你走遍整个火星,也找不到一棵树长在露天里,把它的枝条伸向太阳。"我说。

阳光温暖着我们裸露的胳膊和面庞,风儿温柔又凉爽,气温也在不断发生着轻微的变化。我无法欺骗自己的感情。去他的政治,去他的出身,我就是深爱着地球,地球也爱我。

那是美好的一天,我感觉好极了。艾伦和我调情,但彼此都没有那么认真。我们在路边咖啡店喝了咖啡,吃了一顿早早的午餐。我们步行去了华盛顿纪念馆,爬了那段长长的台阶(我无视两腿的剧痛),又走下来,继续散步。我们沿着有倒影的水池边走,时而停下来,看慢跑者带着风声从我们身边经过,身影像灰猎犬一样矫健。

我们察看历史课程的投影,攀爬林肯纪念堂的台阶,然后站在巨大的林肯雕像面前。我细细打量他忧伤疲倦的面庞、筋骨突出的手掌。我读着他塑像周围的文字,意外地感觉自己眼眶湿润了起来。这是一篇因为内战激发出来的文章,他作为总统领导了这场战争,最后也因此失去了生命。人民吞噬了自己的引路人,我想,只有死亡,才是王者最后的归宿。

艾伦则有着完全不同的视角,"林肯迫使南方各州臣服,"他说,"政治上,他有着太多地球人的霸道,我不喜欢。"

"火星人没有蓄养过奴隶。"我提醒他。

"这你不用提醒我,"他说,"我始终都是社会底层的立场。"

其后,我们又回到铺满倒影的水池边,看夕阳西下。

"林肯会怎么看待我们火星人呢?"艾伦问。

"林肯又会如何看待今天地球上的各个联盟呢?"我反问。

尽管对生化强身剂有些不良反应(我们肯定是运动过量了),我还是被地球上的一切震撼得眼花缭乱:天气的变化、露天建筑、历史往事……

我们回到自己的居住区,跟拜瑟拉斯一起在酒店的主餐厅用餐。这里的食物比"土阿莫土号"飞船上更美味可口,很多都是新鲜食物,而不是纳米合成食品。我努力品味,并自以为发现了两者之间口味的区别。"我觉得,天然食品吃着有股土腥味儿。"我坐在铺着雪白亚麻桌布、摆着银质烛台的桌子旁边,向拜瑟拉斯和艾伦发表自己的见解。

"还有几分腥臭,"艾伦表示同意,"感觉不久之前,这些食品都还是活物。"

拜瑟拉斯咳嗽了一声,说:"够了。"

艾伦和我相视着坏笑。"我们不应该表现得像是土包子。"艾伦说。

"我也不会刻意掩饰自己的感受。"拜瑟拉斯说。但他并没有生气,只是坦白说自己的想法而已。"不过,这葡萄酒的味道很不错。"他举起酒杯,"敬背井离乡的火星人。"

我们为自己干杯。

回套房的路上,在电梯外,拜瑟拉斯挽住了我的一条手臂,把我拽在他身边。艾伦看见之后,马上揽住了我的另外一条胳膊。有一个瞬间,我感觉自己像是繁育站里被两只发情的小狗围困的雌性动物。然后,我才明白艾伦的用意。

拜瑟拉斯抿紧嘴唇,放开了我的手臂。艾伦也马上放开了我。我感激地看了他一眼。

拜瑟拉斯表现得若无其事。事实上,也的确没有发生任何事情。那天晚上大家都太开心,很难有别的什么想法。

"我在这里已经待了二十七年。"米丽亚姆·杰弗里说着,把我们请进她的公寓,"我丈夫十年前成了伊洛移民,我怀疑他是去了火星……所以就成了这样子,我成了住在地球的火星人,他成了住在火星的地球人。"拜瑟拉斯和艾伦跟随着她,在宽敞的客厅落座。窗外可以看到弗吉尼亚的古老居住区,甚至还有更早时期修建的摩天大楼。这是国都大厦居住区南端,而我们入住的酒店在北端。

"红星兔一来呀,我就总爱问这问那。"她坐在拜瑟拉斯身边说。他俩似乎年纪相仿。"我特喜欢听人们讲,哪方面有了变化,哪方面还是老样子。我并没有打算回去……我已经太习惯地球上的生活了。恐怕,我已经变成地球人了。"

"我们在地球上也感觉非常开心。"艾伦说。

米丽亚姆微笑着,长长的黑色直发披散在瘦瘦的宽肩膀上。她穿一件露肩的绿色棉布裙,花儿在上面开放,"我很高兴,你们可以在百忙中抽出时间。"

"非常乐意拜访您。"拜瑟拉斯说。他一屁股坐在沙发里,在自动调整形状的坐垫上不自在地扭动着,"我们安全吗?"

"非常安全。"米丽亚姆说。她挺直身体,突然变得很严肃。

"很好,我们想要畅所欲言。凯西娅、艾伦,米丽亚姆可不止是一位社会评论家,她还是整个地球最了解华盛顿情况的火星人。"

米丽亚姆谦逊地眨眨眼。

"她常年在首都迎来送往,对这里的局势已经了然于胸,过去曾对马朱达族盟提供过不可估量的帮助。"

"谢谢你,拜瑟拉斯。"她说。

拜瑟拉斯从衬衣口袋里取出自己的通信器,放在她面前,"我们带来了一台爱丽丝的复制版,现在就留在我们酒店房间里。"

"它阻断了最新升级吧?"米丽亚姆问。

"我们认为是的。在海关,我们拒绝了扫描。"

"很好。它是由地球人制造出来的。当然,它永远都可疑。"

"我相信爱丽丝。我们最好的专家检查过它,认为它没有被做过手脚。"

"好吧。"米丽亚姆答应着,但是那语调表明,她还是存有疑虑,"不过,你们还是应该知道,任何智囊机的本性,都有些过于善良天真,无法真正理解地球。至少那些获准出口——移民的机型是这样。"

"是的,的确如此。"拜瑟拉斯表示同意,"不过,她只是提供咨询,而不是做出决策。"

我听着他们的对话,非常震惊,"原来你是间谍啊?"我天真地问。

"天啊,当然不是!"米丽亚姆大笑着拍了一下自己的大腿。她摆出一副架势:两手扶膝,肩膀挺直,把头发甩到脑后,"不过,我有当间谍的潜质。你们觉得呢?"

"今天晚些时候,我们要去会见凯利泰特和桑多瓦尔族盟的代表。"拜瑟拉斯说。

"凯利泰特最近的举动反复无常,"米丽亚姆说,"他们从其他族盟买入了债券和金融衍生品,尽可能规避三星公开市场的交易风险。"

"我没有指望从他们那里得到任何有意义的答复。"拜瑟拉斯说,"但可以说,我愿意做出姿态。我们有继续进行谈判的意愿。"

米丽亚姆说:"这样的策略也许有益。不过我要警告你,我还从来没有见过凯利泰特人如此惊慌。"

"我想多了解负责太空事务的委员会成员的情况。"拜瑟拉斯把自己的通信器递给她。几个名字跃动着出现在她面前,旁边还有政党标志,以及相关的家族和社会群体图标。

米丽亚姆若有所思地查看了整个名单，"都是好人，聪明睿智，宠辱不惊。"

我偷偷在自己通信器上查阅"宠辱不惊"这个词的含义。查到的解释是：1. 冷静，不会受到奉承话影响；2. 对身居高位的人不示弱。

"他们是专职官员，自从我来这里之后从未犯过错。"米丽亚姆说，"地球上经选举上位的官员良莠不齐，这一点拜瑟拉斯你肯定知道。"

"是啊，我们也应付过几个本星球的此类人物，地方官员……"

"主要区别在于：地球上被选出的官员进行过机能强化。"米丽亚姆说，"唯一的例外是这个约翰·门多萨。他是参议院少数派领导人。门多萨是一位摩门教徒。地球人普遍不太欢迎多布，但是门多萨的党派跟犹他太空组织联合为她举办了欢迎会。犹他太空组织还请她去住了几天，我估计，是在了解火星情况。"

"至少，他们还没有针对火星的计划。"拜瑟拉斯说。

"没有。不过门多萨肯定会问你，为什么不愿意把火星控制下的小行星带资源多转让一些给地球，问你们为什么不愿加入太阳系资源管理集团。犹他太空组织还跟绿色爱达荷建立了某种关联。后者也开始关注太空事务了。两家都在绕过美国政府，加强与吉瓦之间的直接合作。"

拜瑟拉斯记下米丽亚姆的话，然后抬头说："我们还需要了解古巴、伊斯帕尼奥拉、新墨西哥和加利福尼亚的情况。"

"你的列表里面都有。"米丽亚姆皱着眉头说，用她的长指甲敲着通信器。我注意到一段视频在她的指甲上播放，很好奇其中的内容，"我会告诉你我所了解的情况，我图书馆里的资料也可以供你参考……"

其后两个小时,我们听她讲解并分享通信器中存储的资料。正事办完以后,拜瑟拉斯开始调情,米丽亚姆也似乎对他很感兴趣。我松了一口气。

跟凯利泰特和桑多瓦尔族盟的会谈在我们的套房举行。会议气氛融洽,但毫无进展可言。凯利泰特族盟地球分部的代表暗示,他们可能不会支持我们的火星统一计划,因为他们的火星分部做出的决定对整个三星世界毫无约束力。

此后,拜瑟拉斯在不知不觉中激动起来。他就靠在我身边,总是轻轻挨挤着我的身体。艾伦有些担心地看着。我选择不予理睬。

看来,米丽亚姆并没有让他满足。压力仍在加剧。

第二天上午,我因为生化强身剂的副作用倒下了。我独自留在房间里,恶心,浑身发冷。身体摆脱了药物的束缚,试图按照它喜欢的方式进行调整。不适只持续了一个小时,然后我就感觉好多了。重力不再像是负担,感觉更加自然。

我俯瞰波托马克河,以及河对岸的林荫道。那天天气晴朗,天空的高处飘着又厚又大的云朵。华盛顿看上去像远方的小村落,纪念碑和古老的国会大厦像米粒一样小,到处是绿色和棕色的天然色调。

深邃、冷漠、智慧超群,却毫无同情心……

我傻笑着,幻想自己是侵略地球的火星人。

爱丽丝给出了它的报告,我们坐在套房的起居室浏览报告要点。拜瑟拉斯深入探讨了其中的关键性细节。“情况并不乐观。”他说。

"对整个太阳系资源进行集中控制的需要,可能在十五年内就会变得非常紧迫。"爱丽丝说,"人们普遍认为,地球需要进行一项大事业,才能保持全人类的精神活力和地球的经济发展。而这件大事——这个汇聚全社会注意力的热点——可能就是大规模星际探索。"

艾伦感觉这难以理解,"整个地球都这么认为?每个人都同意吗?"

"在有权为整个三星世界做出决策的人群中,这方面的共识更为强烈。"爱丽丝说,"尤其是主要联盟组织的负责人。"

"不管此举对火星有没有直接益处,我们都会被迫加入这项事业。"拜瑟拉斯说。

"根据目前掌握的证据,的确可以得出这样的结论。"爱丽丝说。

拜瑟拉斯倚靠在沙发后座上。"我们总有办法应付。"但是他看上去还是心事重重。

"做出其他结论的证据并不充分。"爱丽丝说。

"我们在飞船上同行的乘客,有的也这么说。"我说。

"那就是大局已定,对吗?"拜瑟拉斯咬着上唇问。他这个姿势,看着像只好斗的牛头犬。"明天我会公开提议内容,让你们也了解一下。我需要你们透彻了解,在谈判的每一个阶段,我们可以说的话,我们可以做出的承诺。"他坐直了身体,"从现在开始,你们的身份不再只是学徒,"他说,"你们是外交官,代表着火星的未来。"

我们也的确进入了角色。我们参加招待会和晚会,自己也举办了两次聚会,我们拜访主要合作伙伴和临时代理机构的办公室,出席火星友好组织举行的晚宴……

米丽亚姆在酒店主持了我们的私人宴会,我花了几个小时的时间跟火星侨民谈话,听他们讲火星古老时代的故事,竭尽所能回答他们关于火星当前情况的问题。麦肯锡·弗拉泽尔到底有没有统一希尔提斯的加拿大族盟?海拉斯的普雷斯柯特和瓦尔家族最终落得何种下场?我的妹妹还在火星,她住水手峡谷南段,她总是不给我回信,你知道为什么吗?

太多的问题,我只能微笑着表示自己不知道。在地球,没有什么易于访问的泛火星家族联络中心或者数据库。我在自己的通信器上记下来,打算要求马朱达族盟建一个,这有利于改善他们的公共形象。我觉得,地球上曾经的火星居民可以是非常有价值的盟友,而除了米丽亚姆之外,对其他人的能力,我们并没有充分利用。

宴会间隙,我问米丽亚姆,火星上的族盟多长时间与她直接联络一次。"大约一年一次。"她笑着说。我说这太可惜了,而她拍拍我的肩膀说:"我们这些火星人啊,就是这么自信,又这样自闭。等你离开这里的时候,就会知道得清清楚楚,我们需要对抗什么,要怎样努力,才能赶上时代的潮流……"

我在自己的通信器上写道,我们应该与米丽亚姆签约,让她专门为马朱达族盟效力——不过,这不是正好有悖于我们极力想要表明的实现火星统一的目标吗?

拜访国会议员办公室的时候,我很快就发觉,拜瑟拉斯有关我们提案内容的暗示完全没有引起足够的重视。一整天到处拜访即将结束时,拜瑟拉斯开始变得阴郁暴躁。

"他们好像并不在意。"我们在套房休息时,他接过艾伦递来的葡萄酒说,"这真是让我搞不懂。"

第二天上午的安排,是接受网站和星际视频频道的采访,地点在国都大厦的一间演播室;下午也是采访,地点换成了酒店内的演播室；当天与多位投资人共进午餐，他们面带微笑地倾听，但没有许下任何承诺。最后是与国会后勤工作人员共进晚餐，他们好奇而又充满热情，而我们同样很少透露信息，没做出任何承诺。

我们访问了华盛顿特区和弗吉尼亚的多所学校，通常都是通过酒店房间里的教育网络……短时间内乘坐火车走访了宾夕法尼亚，访问了"地球精灵之友"组织，他们最近才开始使用普通计算机，但依然拒绝使用智囊机。访问结束后我们返回华盛顿，跟随导游游览了国会图书馆和史密森航空航天博物馆。

原有的国会图书馆已经被充满氦气密封起来，目前只有穿戴加压防护服才能访问。我们没能获得进入许可。在旧馆通道中，机器工人来来往往，守护并管理着里面数以十亿计的纸质书籍和期刊。该馆从2049年开始拒绝接收纸质书刊。当前，大多数研究工作都使用电子文档进行。书籍的电子版存储在一个小房间里，在旧馆地下几百英尺的位置。爱丽丝按照自己的需求尽可能吸收了图书馆藏书中的信息，但即便是有着如此惊人的存储能力的它，也还是无法吸收这座图书馆的全部知识。

在航空航天博物馆，我们在第一座火星登陆舱"詹姆斯·库克船长号"的复制模型旁边拍照留念。我在小学低年级就看过真品。在我看来，地球上有穹顶遮盖的复制品反而显得比真品更为高大。

地球有太多的奇观，不断呈现在我们面前。在最重要的一天到来之前，我们就可能已经筋疲力尽……

我们走进听证室，这里有庄严的石基、温暖的暗色木纹装饰、覆盖着黑色人造革的椅子。拜瑟拉斯、艾伦和我特意穿上了样式陈旧的火星服装，并把爱丽丝的载运车擦得锃亮。

化纤衣物加上未经人工美化的身躯,可能让我们看上去就像星际视频节目中的丑角。但是,太阳系和近地空间委员会的五位成员,却彬彬有礼地问候了我们。最开始的几分钟,我们和几位参议员以及他们的幕僚轻松愉快地闲谈。谈话不失礼数,但也很正式。这次我又感觉不对劲,拜瑟拉斯也察觉到了。他坐在一张长长的枫木桌后面,鼻翼紧张地张开。艾伦侧过身,小声问我:"为什么不是在整个委员会所有成员面前进行听证啊?"可我也不知道答案。

我在拜瑟拉斯左面,坐在一张硬木椅子上。艾伦坐在他的右侧。爱丽丝已经与参议院的智囊机老霍拉德建立了连接,它已经为国会效力超过六十年。

旁听席空无一人。很明显,这次是闭门听证。

委员会主席、新墨西哥州参议员凯伊·胡拉雷斯·索默斯敲下小槌,宣布听证开始,"我对我们尊敬的火星朋友表示欢迎。诸位恐怕难以想象,我这样一个老年地球人说这句话的时候,感觉有多么奇怪。也许我需要强化一下自己的想象机能。当然,我的有些同事就这么认为。"如果我没有猜错,她应该是七十五六岁年纪,尽管在这个年代,人的外貌几乎可以随意选择。她身材矮小瘦削,但神采奕奕,眉目线条简单,话音平淡,穿着一套硬朗的灰黑色衣装。胡拉雷斯·索默斯参议员一生不惧坎坷,老来同样不愿接受任何取巧的面貌设计疗程。

出席当天听证的,还有犹他州的约翰·门多萨参议员。他巧克力色皮肤,个头很高,帅得一塌糊涂,身体还很结实。来自加州的大卫·王参议员,金色皮肤,浅金色头发,明显是转换过的外貌。绿色爱达荷州参议员乔·金,中等身材,灰发,永远是一派狐疑的表情,这或许代表他智慧超群。

"马朱达先生,如您所见,我们这是一次闭门听证。"胡拉雷斯·索默斯说,"我们选择常务委员会的几位主要成员来听取您的立场。时间不多,我们会开门见山。我们想知道,未来五年内,火星将会在统一道路上走出多远?"

"我们面临着重大阻力,"拜瑟拉斯说,"并非全部来自火星。"

"可否请你具体说明一下?"

拜瑟拉斯解释了族盟之间错综复杂的金融与政治关系。火星资源约有百分之二已经被开发。总部设在地球,但在火星拥有族盟分部的公司,加上月球族盟,控制了火星总资产的百分之十五,已开发资源总量的百分之十。火星族盟经常到火星以外的三星世界寻求融资来源,建立短期合作关系,甚至允许外星球势力左右他们的内部事务。看起来,所有人都染指了火星这块大蛋糕。统一如此多样的利益诉求不是一般的困难,简直堪称噩梦。而那些发展良好、盈利能力强的族盟,又往往不愿意臣服于中央权力机构之下,这使局面更加困难。

"火星族盟有没有觉得,无论其个别成员有何诉求,群体的权益都是不可分割的?"

"我们没有这么狂妄的想法,"拜瑟拉斯说,"族盟就好像是一群小企业和家族成员的联合体。就像地球上的员工持股公司一样,所有的家族成员都是族盟的股东,只是他们不能向任何外部势力出售自己的股份。加入族盟的渠道有:婚姻,特别选择,或者出生。通过婚姻或者特别选择,你可以加入新的族盟,但也会同时失去在原有族盟中的成员资格。在族盟内部,只有工作贡献点数的交换,没有任何金钱往来。所有外部投资,都由联合体的财务经理来操作。"参议员们好像都听得很厌烦。拜瑟拉斯赶紧收尾说:"我相信,基本原理大家都很清楚,跟月球和小行星带的社会结构没有太大区别。"

"既然清楚了一种模式，也就意味着，你可以改变它。"门多萨说。

"而我们的所见所闻让我们相信，你们并不愿意做出改变。"加州的王参议员扬起眉毛，向其他同事使了个眼色。

"马朱达先生本人的族盟，就不愿意配合推进统一的努力。"胡拉雷斯·索默斯说，"也许他可以让我们了解对统一的抵制情绪，还有他们提倡要建立的新社会结构。"

拜瑟拉斯偏着头，面带微笑，"我们在决定自身未来命运的道路上，付出了长期艰苦的努力。在一个追求互利的环境下，我们的思想相当固执。我们天然的倾向，就是不愿把自己的命运，交到不对我们直接负责的代理人手里。"

"你们的族盟已经在这样的错误认识指导下生活了几十年。"绿色爱达荷州参议员乔·金说，"你说这就是火星运行的方式吗？每个人都直接同自己家族的权威人士打交道？"

"不是的。"拜瑟拉斯说。

"你们当然有一个所有族盟都遵循的法律系统。你们怎么对待自己星球上没有接受过机能改造、无法适应环境的人呢？"

"参议员先生，我们是不是有些偏离了核心议题？"拜瑟拉斯笑容可掬地问。

"我只是想满足下好奇心。"金说着，低头察看自己的通信器。

拜瑟拉斯满足了他的好奇心，"他们有自己的权利。如果不适应环境的症状很明显，他们的家人会说服这些人接受帮助；如有必要，也会接受治疗。如果他们的……嗯……罪行涉及了其他族盟，也会面临议事会法官的审判。但是——"

"火星人对各种机能强化治疗没有兴趣。"门多萨说着，逐个打量着我们几个人,"我们犹他州的很多人,同他们一样持保留意见。"

"我们不会盲从这一潮流。"拜瑟拉斯说,"不过在原则上,我们也并不反对它。"

"我们认为,如果每个火星人自己思考问题的方式得到了某种提升,那么也许他们会更愿意接受更为高效的社会组织形式。"胡拉雷斯·索默斯说,有几分懊恼地瞥了一眼门多萨。

"参议员当然可以这样想。"拜瑟拉斯低声说。

这个问题似乎已经无法继续。参议员们沉默了几秒钟,也许在听取霍拉德的建议。随后,他们继续提问。

"你们肯定知道,地球主要联盟已经表达了对火星落后状况的不满。"胡拉雷斯·索默斯说,"还有人由于不满,建议对你们实施经济制裁。火星还是高度依赖于地球的,不是吗? 你们要从地球获得多种必需品。"

"不完全是这样的,参议员。"拜瑟拉斯说。我认为,参议员肯定早知道我们并不完全依赖地球,她有某种用意,具体是什么,我还猜不出。

"你们的族盟仅仅依靠人脑处理事务吗? 还是也借助智囊机?"

"我们倚重智囊机的帮助,但当然要由自己做出决定。"拜瑟拉斯说,"就像你们在国会一样。我相信,老霍拉德也只是一位受人尊敬的顾问而已。"

"你们的那些智囊机,也在地球长大。"参议员继续说。

"我们还需要几年时间,才能培养出火星自己的智囊机。"拜瑟拉斯低头看着桌子,手指在通信器表面滑动。他脸色有点发红,感觉到了对方话语中暗藏的威吓味道。

"大家公认,火星的纳米技术要比地球落后十年之久,而且,你们的工业基础设施也同样落后。"

"的确。"

"地球公司和国家专利信托组织,也不愿给一个缺少中央控制机构的社会进行授权。"

"火星人从来没有窃取过设计方案,也从不会试图侵犯他人的专利权。我们在所有族盟执行严格的专利许可审查和补偿制。"

"尽管如此,人们还是会有疑心,而这并不利于火星的产业和经济发展,对吗?"

"我无意冒犯。"拜瑟拉斯说,"但我必须声明,火星人会处理好自己的内部事务。"

拜瑟拉斯没有提到的,是火星人普遍的猜疑。我们认为地球希望我们的经济发展受挫,长期处于地球的控制之下。

"火星不愿意成长吗?"门多萨瞪大了眼睛,惊异地问,"难道火星的领导者,那些族盟的族长和资源区的地方行政官,就不愿加入三星世界共同的伟大事业吗?"

"我们愿意,但实力有限,也只能做到倾尽全力而已。"拜瑟拉斯说,"但地球也不应该寄希望于火星出卖自己的所有资源和权利,放弃自己的诉求,仅仅充当别人随意处置的私产。"

门多萨笑了,"我和我的同事们肯定没有这样想过。如果下次选举失败,我们还想给自己留个能出逃的地方呢。"

"你只能代表你自己,约翰。"胡拉雷斯·索默斯说。讨论进入了具体细节,都是一些无关紧要的事。十分钟之后,参议员们向拜瑟拉斯提出了更多问题,但这些问题的答案都过于明显,他们在自己的通信器上就可以轻易查找到。

这样的做法很快就让我失去了耐心,而且很烦躁。

移动火星

首次听证会没有任何成果，持续时间为四十七分钟。

第二天举行了第二轮听证，同样还是那几位参议员，这次只进行了十五分钟。在最后一轮听证之前，我们有七天的准备时间，没有任何迹象表明，我们可以直接面对整个委员会。

到此为止，始终没有人要求拜瑟拉斯阐述他的建议，就好像那完全不重要。我们一直以来，都只是在听表面不失礼貌、实则令人不快的玩笑，受到委婉的威胁，回答可有可无的问题。

第二次听证之后的那个晚上，我和艾伦一起喝了些抗重力生化强身剂和一点儿啤酒。拜瑟拉斯在他房间里睡觉。

"你觉得他们在打什么主意？"我问。

艾伦疲乏地闭上眼睛，靠在椅背上，两腿蹬直。"浪费我们的时间。"他说。

"看他们的表现，好像没有任何行动计划一样。"

"看他们的表现，你什么都猜不出来。"艾伦说。

"真让人生气。"

"不，这只是伪装，"艾伦说，"声东击西。"

"你什么意思？"拜瑟拉斯穿着睡衣走了进来，头发乱蓬蓬的，像个小男孩一样揉着眼睛。"给我来点儿那个，"他指着生化强身剂说，"我关节疼。"

"我们把你吵醒了吗？"

"隔着那堵墙还想吵醒我？里面静得像一座坟墓。我做了一场噩梦。"拜瑟拉斯说，"我痛恨模拟。"

我们都不知道他也进入过模拟世界。他坐下来，艾伦给他倒了一杯抗重力制剂。他龇牙咧嘴喝了下去。"嗯，告诉你们也无妨，"他说，"我昨晚上了米丽亚姆的当，跟她一起去了一个模拟空间。糟透了。"

我很好奇,不知他们在一起玩儿什么模拟。

"我们在聊听证会的事。"艾伦说。

"你刚才说到'声东击西',"拜瑟拉斯说,"你是不是认为,听证会只是个幌子?"

"我的确怀疑。"

"说说看。"

"问题在吉瓦。"

拜瑟拉斯皱着眉头看着艾伦,"我们没有跟吉瓦代表会谈的安排。"

"是因为他们觉得,根本不值得为我们浪费时间?"艾伦问。

我还是没有搞懂他们的意思。"那么——"我刚想开口,拜瑟拉斯举手止住了我。

"王和门多萨都是吉瓦在参议员常务委员会内的代表,"拜瑟拉斯说,"他们分别是多数派和少数派领袖。"

艾伦点点头。

"两位,我被你们搞糊涂了。"我说。

拜瑟拉斯转向我,就像跟小孩子讲课一样说:"有人认为,美国已经把全部太空事务托付给吉瓦来管理。与美国存在合约和贸易关系的族盟,将直接跟吉瓦官方打交道。"

"这对我们有什么区别吗?"我问。

"整体而言,吉瓦在太空探索方面的态度,要比美国激进很多,也比其他地区组织更热情。在吉瓦这个东西方大联盟内部,还有很多小国和小公司,他们手中没有任何太空资产,但又想要分一杯羹。如果火星统一,我们就将不得不重新考虑与吉瓦之间的关系。那些小的加盟者,就会要求我们分他们一份蛋糕。而他们的交换条件就是……"拜瑟拉斯捏着自己的鼻梁，闭着眼睛用心思考，"会是什么？他们提出的交换条件会是什么？"

"等价交换。"艾伦说。

"等价交换。我们转让给他们的，是太阳系资源的更大份额；获得的回报，是各大联盟不会完全吞并火星和火星族盟。"

"就像此前月球的经历一样。"艾伦说。

"这太可怕了。"我说，"就因为他们没有提出尖锐的问题，你们就做出这样的估计？"

拜瑟拉斯摇摇手，"当然，我们没有多少证据。"他说。

艾伦变得精神抖擞，像是被如此可怕的前景鼓动了起来。"我们不可能赢得这种战争。"艾伦说，"如果我们实现了统一，并被迫加入了任何联盟，而联盟内基于人口数量分配权力——"

"但美国这样的创始成员国除外，"拜瑟拉斯说，"我们会处在权力图腾柱的最底层。"他喝光了自己的生化强身剂。艾伦给他倒了杯啤酒，他接了过去，"我预计是在十五至二十年之后，爱丽丝认为会更快，到那时，整个地球所有联盟中，百分之九十以上的国家都会支持大规模太空探索，向外星系进发。"

"我们不也应该感兴趣吗？"艾伦问。他身体前倾，两手掌相对，像是在提出请求的样子。

"你愿意为此牺牲我们星球的全部遗产，出卖我们的灵魂？"拜瑟拉斯问。

"全人类共同参与……这是个伟大的目标。"艾伦沉吟着。

拜瑟拉斯迎接了他的挑战，就好像对方刚刚把球发过来，"表面看来，这当然伟大，因为我们的世界迫切需要进步，实现增长和变革。但我们却会被生吞。"

"为什么？"我问。

拜瑟拉斯耸耸肩,"如果我们的推断属实,如果我们这次来访还有任何意义,我们在离开地球之前,就会见到吉瓦方面的代表,并私下会谈。"他说,"参议员的闭门听证只是一个借口——没有成形的政策,完全没有必要公之于众,而且,他们也不必在无视近期前景的情况下,推进长远政策的谈判。门多萨和王只是出来试探口风的小人物。我们被叫来这里的理由,可能只是随口编造的。我们可能被打个措手不及。我来到这里,只是为了提出一份初步建议,但他们,有可能会试图迫使我们签署正式协定。"

他伸出手,跟艾伦紧紧互握,"想得很好,艾伦。如果我是他们,我就会这样做。"

看到他们紧紧握手,惺惺相惜,我受到了妒忌心的煎熬。将来,我有可能猜透如此复杂的政治动机,设想如此出人意料的转折,让拜瑟拉斯对我刮目相看吗?

我拍拍艾伦的肩膀,咕哝着说了声晚安,然后回到了自己的房间。

第二天早上,我和拜瑟拉斯一起在套房的起居室喝咖啡,顺便跟爱丽丝商讨当天的行程计划。这时候,我俩的通信器同时响了起来,艾伦也从他的房间里出来,我们对比了一下大家收到的信息。

所有的参议院听证计划都已经被取消,绝大多数与国会参众两院各州议员的单独会晤也遭到取消。仅有的例外,是第三周末与门多萨和王的一次会面安排。

突然之间,我们已经与观光客没有多大区别。

有关吉瓦的假设,已经在加速变为现实。

我很快就厌倦了没完没了的晚宴和招待会。我想自己去看看这颗星球,想要自由自在到处走走,不承担任何责任。可是,我们大多数时间还是在会见好奇的客人和友好人士,扩大接触面,提升地球方面的好感。米丽亚姆果然名不虚传,在她的安排下,我们会见了整个北美最富有影响力的几位人物。

她安排了第二场豪华晚宴(马朱达家族出钱),请来了多位艺术家、星际视频明星、商界大亨、公司首脑、联盟官员以及各国使节,等等。我从来都没有梦想过可以同时见到那么多知名人士。但诡异的是,现场却没有任何星际视频记者。我们只需放松,吃些美食,说些闲话,而拜瑟拉斯则要应对多项协议和建议书,表明自己的立场。

晚宴在米丽亚姆的套房举行。所有的墙壁和家具都重新进行了布局,以便空出尽可能开阔的空间。我们来得比大多数人都早。米丽亚姆慈母一样揽着我的肩膀说:"不用把这些人看得太高,"她对我说,"他们也是凡人,很容易被人迷倒。亲爱的,在这儿你是外星人——你应该好好利用这种优势。今晚上会有一些大帅哥到场。"她给我一个意味深长的微笑。

我当然不至于为了政治目的跟人上床。不过,我还是回应了她的笑容,说我会玩得很开心,并且暗下决心,一定要自得其乐。

客人三三两两地到达,纷纷围在因为某种原因而知名的人周围。艾伦、拜瑟拉斯和我分头活动,每个人都照管着自己的圈子,回答大家的疑问。"你们远道而来出于何种原因?""为什么火星人如此抵制艺术圈时尚?""我听说有超过一半的火星妇女还在自然分娩——真是奇怪啊!你的家人也这样吗?""你对地球印象如何?这里是不是各种文明的大熔炉?"然后,我们还要做到不失礼节地脱身,去解答其他圈子的疑问。

尽管认出了不少名人,但我真正想要见到的却一个也没有受到米丽亚姆的邀请,我都不知道她是怎么做到的。所有我仰慕的地球演员都不在场,这也许是因为我关注文本超过关注视频的缘故。也没有任何我研究过的政治人物到场。当晚出席的人物多半风头正劲——华盛顿还是可以吸引到成群结队富于智慧或美貌的人,而我,偏偏不喜欢追赶潮流。

不过,拜瑟拉斯倒是如鱼得水,轻轻松松就能尽到自己的职责。晚会的大部分时间里,对火星有兴趣的企业执行官都围绕在他的周围。我注意到四个巴基斯坦人耐心等待着说话的时机,其中两名男子,穿着传统式样的灰色长袍;两名女子,一个身披鲜艳的橙色莎丽①,一个穿着闪亮的灰色三件套装。轮到他们的时候,拜瑟拉斯开始说旁遮普语和乌尔都语,表现得更加热情洋溢。

艾伦走过我身边,冲我挤挤眼睛,"你怎么样?"他问。

当时我躲在角落里小口喝果汁,别人听不见我们说话。"真无聊。"我很小声地说,"拜瑟拉斯哪儿去了?"当时他不在房间里。

"我估计,应该是跟那几位巴基斯坦朋友叙旧去了。"艾伦说,"有这么多名人在场,你怎么会觉得无聊呢?"

"我知道,是我自己的问题。"

"嗯哼,其实你更喜欢去阿迪朗达克山脉②远足,或者——"

"别说了,我会流口水的。"我说。

"职责,荣誉,为了火星。"他说完,招待下一拨客人去了。

十到十五分钟以后,拜瑟拉斯再次出现,表情严肃地跟其中一位巴基斯坦女子谈话。那女人听得很专注,还频频点头。他的表情越来越热诚,我因此为他感到高兴。不过,他们说的话,我却一

①印度妇女用于裹身的长条布。

②纽约州北部,圣劳伦斯河南岸的一条山脉,有独特的地质断裂带景观。

句都听不懂。

晚会现场的人越来越多,已经占满了全部空间,但还是不断有新的客人来到。米丽亚姆在人群中奔忙,不断重组着谈话圈子,带着人们去进食或者喝饮料,就像社交圈子里的一只牧羊犬。

现在到达的一些人,在我看来,已经古怪到了极致。一位来自夏威夷的音乐家和他的三位穿紧身衣戴黑帽的女伴抢去了我和艾伦的风头。我因为看过新闻报道,所以认出了那位音乐家。他的名字叫阿图。热情瘦削的他,穿着一套简单的黑色正装。他把自己的意识跟三位女士实现了连通,这三个人都穿着半透明的白衣,跟他以姐妹相称。每隔十分钟,他们就会聚集在一起,互相拍手,以各种夸张方式表示亲昵。那些女人从不开口,都是由阿图代表她们发言。我刻意回避他们。这种形式的亲密关系(及其背后的男性主导地位)让我觉得诡异,我很奇怪米丽亚姆为什么会邀请他们。

夜渐渐深了,晚会现场的人数开始减少。这时,我看到那两位巴基斯坦男子中的一位来到米丽亚姆面前。米丽亚姆踮起脚尖四处张望,摇摇头,然后就去找什么人去了。用不着什么直觉,我就知道他们肯定是在找拜瑟拉斯。

我设法摆脱身边几位银行家,走入一条狭窄廊道,我知道这边有几个小房间。我并不想撞破别人的隐私,不过,当时我的确有一种不好的预感。

我身边的一道门突然被拉开,那位巴基斯坦女子撞在了我的身上。她怒气冲冲瞪了我一眼,从我身边快步走开了,灰色长裙窸窸窣窣作响。片刻以后,拜瑟拉斯也从同一道门里走出来,咬着下唇,眼神像刀子一样凶狠。他避开我,只是说:"没事,没事!"

几个巴基斯坦人聚集在门口,激烈地争论着什么。他们不断扫视着晚会现场剩余的人，尤其关注拜瑟拉斯。其中一名男子开始穿过人群，朝他的方向挤过来，不过却被那名女子制止住，四个人随后离开了。

米丽亚姆在门口呆立片刻，有些不知所措。拜瑟拉斯坐在一张椅子上，眼神呆滞空洞，然后心事重重地站起来，去找饮料。像我一样，他也只喝果汁。

此后没人再说过什么重要的话。一个小时以后，我们离开了聚会现场。

随后十个小时，拜瑟拉斯一直把自己锁在房间里，关着灯。他打开门缝接受了自己的食物，用猫头鹰一样的眼睛瞪着我们，然后就关上门。这段时间，艾伦和我一直在研读爱丽丝提交的吉瓦和吉萨相关报告。

第二天早上，拜瑟拉斯穿着浴袍走出了自己房间，两手按在腰后说："该放假了。你们可以休息两天，自由活动。周六早上七点钟之前回到这个房间。"

"这段时间你自己也要休息吗，叔叔？"艾伦问。

拜瑟拉斯微笑着摇头，"我还要跟很多人会谈……如果我们不是像现在这样幼稚，我们本应该带来一整个谈判团队。可是没有人愿意花这笔钱。"他几乎是喷出了最后四个字。他有黑眼圈，由于疲劳，皮肤也变得色泽暗淡。"我不能一个人做决定。我不想为整颗星球确定政策方向。如果现在就要开启全新的对地球关系……"他的手在空中划过，似乎在描绘鸟儿的飞行线路，"跟其他族盟族长和地方执政官充分沟通，至少要花上几天的时间。爱丽丝会推迟它和吉尔的浪漫之约，为我提供协助。但是你们在这里只会让我分心。如果我不能找到办法扭转局面，我将辞去族盟族长的职位。"

他的笑容变得像狼一样的凶狠，"我们不能上他们的当。他们当我们是乡巴佬，不堪一击。才怪！你们可以做出这副样子，如果有人要求采访就坦然接受，就说我已经晕头转向，愁肠百结，完全不知道下一步该怎样做；就说我们因为遭到冷遇心灰意冷，觉得地球不可理喻。"他坐下来，两手抱头，"这样做，就应该差不多了。"

我拨了奥利安娜的私人号码，给她留言，不到两个小时，奥利安娜就打电话给我，定下了到纽约碰头的计划。艾伦有他自己的计划，他将飞去尼泊尔。

离开酒店前一个小时，我突然感觉头晕、害怕。我不知道如果使命失败，我们回到火星时会被别人怎么看，我的家人又会怎么想。如果拜瑟拉斯倒台，我在马朱达族盟的职业生涯是否也会随之结束？

选择陪同拜瑟拉斯来地球，我就加入了一场富有历史意义的心理战。当时的局势一目了然，我们很可能落败。我不愿置身于两个世界的冲突中间。我痛恨权力和威权人物，还有责任背后实实在在的辛劳和痛苦。我可能会被卷入一次历史性的失败。我可能会让我的父亲母亲蒙羞，让族盟成为笑柄。

我盼望着回归火星逼仄的地穴，狭小的隧道，我渴望重回层层约束下安逸的年少时光。

我知道地球上有更大、更拥挤的城市，不过，拥有五千万人口的纽约城还是让我这只红星兔感受到了另一种幽闭恐惧症。我本来一直在担心的，是那些未知的事物，而现在，我却担心自己被这座城市同化、淹没在人群中。

有着五百二十三年历史的纽约城,看起来既古老又现代。我从佩恩车站出来,就置身于彩虹一样多姿多彩的人群里。我一辈子都没见过这么多人出现在同一个地方。我在冷风和冻雨中独自站在街角,在我面前,拥挤的人群来来去去。

纽约城特意保留了大部分建筑的历史风貌,不过,城里也几乎没有不曾重建或迁址的房屋。工程纳米机器人一直在墙体和建筑框架中忙碌,他们穿透土壤和古老的地基,重新铺设电线和光纤,重新布局供水管和污水管,用同样的或者改良的材料重建古旧建筑,用金属、陶瓷和塑料建设新的基础设施。几乎没有什么是按照统一理念设计出来的,一切都像是拼凑在一起,甚至特意留下拼凑的痕迹,每条街都有不同的风貌,乃至每栋楼宇也各具特色。

当然,很多在纽约人看来较新的建筑,事实上也比火星上所有的洞窟都更加古老。

此处居民的身体,也同样经历了一轮由内而外的改造。他们令我既困惑又着迷。看看古老纽约城的这些新居民,他们是变形人,皮肤像抛光的大理石一样光彩照人,有黑有白还有玫瑰色,金色、银色或者天蓝色的眼睛闪耀着光芒,路过时投来的眼神友好而又富有穿透力和挑战意味。也有人使用临时的定制身体,期限一个月或者一年,可以像烧制陶罐一样任意设计身体形状。设计风格代表了每个人的社会地位和团体归属,有的很丑陋,是为了表示反抗,有的骨瘦如柴,也有的庞大、强壮而且——土气。

街道上空灯光闪耀,飞在空中的机器工人看上去就像我们儿童片里四处游玩的小仙子,或者,幻想气息更重一些,就像巨大的萤火虫。机器工人依靠狭窄的地下通道和空中交通线在城市中来往。出租车则沿着柏油和水泥路面上嵌入的玻璃条或纳米石块规规矩矩地前进。

　　整个纽约城最让我震惊的特色就是：这样一座城市，居然可以正常运转。

　　大多数人都愿意接受医疗纳米机器人的照料，不管是身体方面还是精神方面。整体而言，城里居民的健康状况良好，但医用机器工人还是会在街头巡视，寻找个别身体未经改良的人类。即便是在当代，这些人还是有可能因为疏忽或者持续伤害自己身体的行为而染病。人类原生疾病已经接近消失，取而代之的是知识的感染。对此，我选择了彻底免疫模式。而普通纽约人，像地球其他地区的居民一样，生活在漂满数据的"汤汁"里，而这些数据本身也有生命。

　　空气中到处弥漫着语言、历史和文化知识的最近更新。繁华地区的商业通风换气系统不断喷涌出病毒和细菌，人们也可以选择在感染商店自行吸入。这些病毒和细菌里包含着纽约人可能感兴趣的任何话题。而数据免疫设置，则用于保护自然形态的人类，避免因为不习惯数据"汤汁"而产生的负面影响。

　　阳光穿过新泽西州的一面巨大的立方体折射镜，照耀着纽约城，金色的光芒在冻雨中闪耀。

　　各处的墙面上跃动着广告画面，那一个接一个的图标对我毫无意义。定向投放广告已经变成了一门严谨的科学。商家给消费者付钱，以便让他们随身携带脉冲转发器。这些发射器会把每个人的购买兴趣传达给广告墙。广告墙只为他们显示有可能愿意购买的商品广告，包括各类实物产品、受版权保护的视频节目、新的模拟软件、现场节目表演等。充当消费者已经成了传统意义上的某种工作职位。有些纽约人甚至会跑到别的城市去，改换身份，多次赚取广告费用。

由于没有脉冲发射器，我所看到的广告只有图标而已。各种公司标志在我头顶漂浮，就像一堆盘旋着的奇怪昆虫。

我在火星上的大学政府管理课程说，地球的经济系统已经发展到无比复杂的程度，现在只有智囊机才能为之精确建模。而随着智囊机处理能力的上升，地球经济的复杂程度也水涨船高，直到一切达到微妙的平衡。

难怪，文化心理状态会对地球经济稳定有着如此巨大的影响。

"凯西娅！"奥利安娜站在一堵矮墙上，视线穿过人群的头顶。我们在马路边拥抱。"见到你真高兴。旅程顺利吗？"

我大笑着摇头，因为眼前的场景而头晕目眩，"我觉得自己就像是——"

"离开了水的一条鱼？"奥利安娜笑着问。

"更像是一只落水的鸟。"我说。

"亲爱的，我们要去的地方呢，是我妈的一座房子，在东六十四区，非常安静，周围都是历史悠久的古老建筑。我有一帮朋友想见你。"

"可我只有短短几天的时间……"

"真直接！知不知道别人会爱死你这一点！知道吗？你还上了星际视频节目呢。"

"哦，上帝啊，的确有过。"

我们坐上一辆自动出租车。她用通信器播放新闻节目。她已经连接了全球网络，搜索到所有关于我们这次访问的报道。艾伦、拜瑟拉斯和我的样子就像袖珍玩偶一样充斥在出租车里。压缩过的文字和图标特意为我放慢了速度闪现。我大约听清了三分之二的报道内容。吉瓦、吉萨和欧盟携手推出了一个全球解决方案，应对所谓的"火星危机"：火星人在加入宇宙跃进方面缺乏热忱或者能力。

"你们可是所有人关注的焦点。"奥利安娜兴冲冲地说。

我毛骨悚然。

旁边的字幕详细描述了我们每个人过去的经历,把我们称为火星能派出的最好外交官。最后一句话看起来有些讽刺意味,但我真是搞不懂他们真正的用意。

"亲爱的,你出名了。"奥利安娜说,"你是个来自火星的勇敢的拓荒女孩。他们特喜欢你!"

我对自己获得的评价并没有那么大兴趣,我更关心的是幕后进展的细节。与美国国会常务委员会之间的所谓"友好对话"结束之后,吉瓦就将带领各大联盟开始与火星进行真正的谈判。

我要演好自己的角色。眼下,深表震惊会是我最好的选择。"这太可怕了,"我皱紧眉头说,"极度野蛮,毫无教养。我从来都没料想到地球会做出这样的事来。"

"唉,真是的!"奥利安娜说着,也同情地皱紧了眉头。出租车停在一座钢铁和石头建造的八层楼房前面,镶着水晶石的玻璃门熠熠生辉。首层的门叹息着开启,奥利安娜蹦跳着穿过人行道上的人群,"等我和朋友们招待过你之后,你就什么都不用怕了。"

"我们很少来这里住。"奥利安娜走出电梯的时候说。她迈开长腿大步流星往前走,像一匹性急的小马驹,只是偶尔慢下脚步等我跟上,"妈妈把这地方给我用几天。我自己的住处安排得跟巴黎自己的小窝一样。从我很小的时候,那里就属于我自己了。"

43号房间的门看起来平淡无奇,镶边的木门,挂着铜制门牌号。奥利安娜扫描了一下手掌,门向内打开。"有客人来了。"她喊道。门里面是一条灰色圆形隧道,有一条白色通道通向里面。

"欢迎回家。我们可以为你做点儿什么呢,奥利安娜?"一个温柔的男声问道。

"复古风格高档装修——为了客人——然后告诉耸肩哥和大风筝起床,见见我的朋友。"

隧道很快变形,整体色调变成了奶油色,细节装饰变为金色,一组红木大衣橱门打开,用来存放我的外衣和奥利安娜的披肩。"英国摄政时期风格①,"奥利安娜说,"大风筝脑子里的复古。"

耸肩哥、大风筝——这些名字听起来都很潮。我暗自担心,不知道会不会后悔这次的行程。

"不用过于在意这些名字。"奥利安娜说着,把起居室这种摄政时期风格变得更加突出,"我所有的朋友都喜欢易名。他们工作和休闲的时候都不用真名。我也不知道他们真正的姓名是什么,甚至连他们的父母都不知道。"

"为什么?"

"这是一场游戏。只有两条规则:首先是没人知道你在干什么,其次是不要做非法的事。"

"奉公守法,不就没了隐姓埋名的乐趣吗?"我问。

"哇哦——隐姓埋名。听着像是被埋在坟墓里。抱歉,我不喜欢这样的词。我们就说'易名'。"

"老老实实,会不会觉得无聊?"我继续追问。

"不会,"奥利安娜沉吟着说,"违法行为会造成伤害,而彼此伤害是愚蠢的。愚蠢行为是另外一种游戏,我的朋友们都不玩儿。大风筝来了。"

大风筝走出一道双层门,穿着褪色的工装布衣裤。他个头接近两米高,一只手里抱着一只毛色绿白相间的斑点猫。

奥利安娜介绍我们彼此认识。大风筝微笑着,略略躬身行礼,

---

①1811－1820年。

然后把空闲的那只手伸过来跟我握手。他看上去接近自然相貌——比较帅,不过没有过头,略略有一点儿羞涩。他盘腿坐在东方风格的地毯上,小猫玩弄着波斯地毯上的花纹。头顶一盏灯自动开启,圆形光斑把猫儿周围照亮。它满意地喵喵叫着,伸了个懒腰。

"我们今晚出门玩儿。"奥利安娜说,"耸肩哥哪儿去了?"

"在睡吧,我估计。他过去三天一直在忙一个案子。"

"嗯,去把他叫起来!"

"还是你去吧!"大风筝说。

"求之不得。"奥利安娜从椅子里跳起来,走回到过道去。我们马上就听见她在砸门。

"她本来只需要按下门铃就好。"大风筝可怜巴巴地摇着头说,"有时候,她喜欢扮演龙卷风。"

我咕哝着表示同意。

"不过你肯定知道,她本性善良可爱。"

"我的确很喜欢她。"我说。

"她是独生女,的确会跟别人有所不同。"大风筝说,"我有一个弟弟一个妹妹。你呢?"

"一个哥哥,"我说,"还有很多本家。"

大风筝笑了,他笑起来的样子简直迷死人。我眨眨眼睛,赶紧看别处。

"那么多人追着拍你,很难熬吧?"

"我的确有点儿受够了。"

"知道吗?你应该小心自己日常接触的东西,包括跟你握手的人之类。有些星际视频记者并不尊重他人隐私。他们可能会在你身上安装监视设备。"他把手指头并拢,举在面前,从细细的指缝里向外张望,"有些监视器非常小,任何地方都可以藏身。"

"这不违法吗?"

"如果你没有提请保护个人隐私,他们就可以辩解说,按照法律惯例你的一切都可以公开。也就是说,只有在限制监视区域,你的隐私才受法律保护。在那里监视器可以保持关闭,大多数时候都关闭。"

"你这是胡扯。"一个狮子一样低沉的声音说。我一回头,就看见奥利安娜一手拉着一位体型特别巨大、面庞却很年轻的小伙子走进来。"都四年没出现过未经许可安装监视器的案件了。"面貌年轻的小伙子说,"上次还是韦恩起诉洛杉矶公共监视公司。"

"凯西娅·马朱达,来自火星。这位是耸肩哥。学法律的,他接受的机能强化跟我一样多。"

我站着,耸肩哥单膝跪地,即便是跪下来,我还是够不到他的下巴。

"你的魅力令我陶醉。"他说着,吻了我的手。

"你少来啦。"奥利安娜说,"她是我的女朋友。"

"你尽瞎说。"耸肩哥说。

"我们是模拟世界的女同。"奥利安娜说。

"哦,神啊,这关系真乱!"大风筝笑着说。

我感觉,在纽约期间他们说过的话,我能听懂的都不到三分之一。

回到大街上,我一会儿跟耸肩哥和奥利安娜手拉手,一会儿又跟大风筝和奥利安娜拉手,跟着他们到处走。大风筝非常有魅力,而且愿意跟我调情,不过我觉得,他好像并不是为了讨好我,而是为了给奥利安娜施加压力。我的通信器记下了所有的街道和方向信息,以便我能找回佩恩车站。里面还有整个城市的详细地图,事实上,它记着全地球所有城市的地图。除非有人把我的通信器抢走,否则我就不可能迷路。奥利安娜告诉我,纽约的小偷几乎已经绝迹。"真糟糕。"我说,我本来还想惹点儿事的。

"是啊,"奥利安娜说,"不过,这并不意味着不会遇见任何麻烦。我们需要担心的,是自己的选择带来的风险。"

"我选择吃午饭。"大风筝说,"这附近有一家特别好的美食店,完全复古风。"

他注意到了我惊疑的表情,"复古,意思就是怀旧、返祖、具有历史特色。现在都是很流行的主题,没有贬义。"

"在火星上有完全不同的含义。"我说。

"那些想要继续保持族盟统治体系的人被称为复古派。"奥利安娜说。

"你是复古派吗?"耸肩哥问我。

"我中立,"我说,"我的家人非常支持族盟自治。我还在思考这个问题。"

无巧不巧,我们恰好遇见一家扎西德派教徒①,所有人都穿着黑衣。这家的男人戴着宽边帽,头发编成细细的小辫,从头顶向四面披散;女性穿着自然材质的简单长裙;小孩子们穿着黑白相间的衣服,快乐地边走边蹦跳。

"他们真可爱,不是吗?"奥利安娜说着,回头看那一家人,"特复古! 没有机能强化,不接受整形。特立独行。"

"想要过这样的生活,纽约是个好地方。"大风筝说。

我们路上还遇见三位披着红色印度披巾的女子;还有一位牵着五条蓝色小狗的妇人,背后跟着一位机器工人,带着垃圾箱备

---

①犹太教的一个分支,固守传统教义。

用;五个全裸的男人列队前进,他们的赤裸状态倒没什么大不了,
因为这几位的身体是完全平整的,棕色皮肤表面连五官都没有;此
外还有一匹雄性人头马,身体大约是普通马的一半大小,悠然自得
地慢跑在人行道上,它长得像人的部分穿戴着英王爱德华时代的
羊毛西服和圆顶礼帽;几个美洲豹皮的女子,没穿皮衣,她们身体
表面就是毛皮;两个小女孩,大约十个地球年那么大,穿着白色的
芭蕾裙,背后长着仙女的小翅膀(我看不出翅膀是临时的,还是永
久的);一群小学生,穿着红色上衣黑短裤,一个穿黑袍的男人护送
着他们(大风筝说,他是天主教神父);还有其他矿物图案的身体设
计方案;也有不少人,跟火星人的外貌没有明显区别;另外有一些
"机械合成人",他们把身体的主要部分换成了钢铁壳,里面包藏着
承担生物职能的纳米机器人,我听说,这种身体特别昂贵,比完全
更换身体还要贵得多。除非可以证明存在重大生理缺陷,把身体
主要部分换成钢铁壳和完全更换身体这两种行为都是非法的,因
为有过于浓烈的伊洛人特质。

"吃过午饭以后,我们去中央公园。"奥利安娜说,"然后……"

大风筝笑了,"奥利安娜有贵人相助。她想给你看一样火星上
根本就没有的东西。"

"太阳神的半圆石祭坛!"奥利安娜说,"我爸有股份的。"

我们在一家"德国美食屋"吃饭,餐厅里弥漫着一股肉味儿。
我以前从来没有闻到过,不过还是觉得很反感,不管餐厅里是不是
真的在烹制肉食。这里的顾客,主要是些热衷于追赶潮流的人,其
中相当一部分进行过身体变形。他们在玻璃柜前排队取食物,里
面的东西看起来像是动物食品的切片。金属别针固定的塑料片上
说,那种形状的东西是"火腿",也就是熏烤的猪腿肉,还有牛排(牛

肉)、玉米型肉粒(尽管跟玉米没有任何关系)、还有其他类似的东西。一种叫做"五香熏牛肉"的食品,据说是加了辣椒的牛肉。此外还有熏鱼、发酵奶炮制的鱼肉、腌酸菜、罐闷猪手……这些东西如果真材实料的话,即便是在地球,也会引发一场骚乱。

我们站在柜台前等着,直到店员收取了我们的订单,才找了一张桌子坐下。火星人的矜持让我没有直接对奥利安娜表示我的不满。她替我点了些食物:土豆沙拉、熏鲑鱼、一个硬面包圈,还有奶油干酪。

"这里的食物是全城最好的。"她说,"是纽约文化保护协会创办的,发起者是一群历史学者。他们聘请了一位纳米艺术家设计所有的食物,而那位艺术家本人是正统的亚伯拉罕教派信徒。由于宗教原因,他们获得了州政府特许,仍可以食用肉类。他早在十年前就改吃素食,不过,他还记得肉食的味道。"

我们的食物送来了。那条"鲑鱼"看上去好像没做熟,吃起来软塌塌、黏糊糊的,味道又咸又恶心。

"你们火星也有仿肉食品,对吗?"大风筝问。

"仿得没有这么逼真,"我说,"也没有这股子味儿。"

"都是怀旧风闹腾的,"耸肩哥说,"模拟肉食本身无可厚非,不会伤人,也不浪费,还可以让我们了解纽约的历史风貌……"

"我觉得,凯西娅并不喜欢吃她的熏鲑鱼。"大风筝带着同情的微笑说。我的小心脏马上就被他给收了,看着他的脸就会着迷。

"也许是变质了。"我说。

"吃起来倒是没有霉味,"大风筝说,"可能就是做出了保存很久的那种风味。现在已经没有食物变质那回事了。"

"是啊,"我说,因为没能享受他们的盛情招待感到抱歉,"细菌也可以定做,只吃对身体有用的类型。"

"整个地球啊，"耸肩哥煞有介事地说，"就是一座巨大的动物园。"

他们随后开始讨论，"动物园"这个说法是否贴切，最后结论是："花园"这个词更好。

"火星上有没有很多谋杀案?"耸肩哥问我。

"有过，但是不多。"我回答。

"耸肩最喜欢研究暴力犯罪。"奥利安娜说。

"我真想给一个真正的杀人犯进行一场辩护。现在这种案子太稀有了，去年整个纽约才发生了十起谋杀案。"

"而我们有五千万居民，"大风筝说着，禁不住摇头，"我想，这就是人体疗法带来的影响，我们对什么都不在乎，连杀人的兴趣都没了。"

奥利安娜小声嘟囔了一句什么。

"也不是那样了，"大风筝说，"耸肩只是说，他觉得想要接个谋杀案。一场真正的谋杀。但是，很有可能他一辈子都不会遇见一个——杀人犯，这个词说起来都让人血脉冰凉。"

"那么，火星人的激情是怎么表现出来的?"耸肩哥问，"也有激情杀人吗?"

我苦笑，"上一次听说的谋杀案，发生在一个偏僻的基地，妻子谋杀了丈夫。他们的家人，也就是族盟，资金枯竭——"

"我喜欢这词!"耸肩哥说。

"两夫妻被遗弃在那个居住点，一年都无人问津。那个族盟被处以罚金，但却无力支付。很反常的一件事。"我最后说，"我们也会强制治疗心态失衡的人。"

"啊，谋杀能算是心态失衡吗?"大风筝问，他好像故意想挑起争论。

"要是被杀的是你,你肯定同意。"我说。

"我们的世界太健康,太富有活力——太缺少阴暗的角落。"大风筝难过地说,"我们还能有什么故事可写? 眼下最流行的星际视频剧和模拟游戏,都是以没有经过治疗的人为主角。可是我们自己真实的生活呢? 我们在这样的生活里又能看到些什么? 我很想创造一个模拟世界,但我已经没有想象力了。"

"他在向你袒露暗藏心底的秘密,"奥利安娜说,"只有碰见喜欢的人,他才会说起这些。"

"健康的人们之间也有很多冲突啊。"我提醒他,"政治分歧、对未来的不同规划之类。"

大风筝忧郁地摇摇头,"这些都无助于让我们了解人类存在的意义,因为我们很少濒临崩溃的边缘。你愿意过那种生活吗?"

我半天不知该如何回应,最后说:"我现在过的就是这样的生活。"

"拓宽一下你的视野,"耸肩哥建议大风筝,"凯西娅是对的。各组织和各国政府之间的博弈还存在,而且很有看头。吉瓦与吉萨的对抗,甚至可能催生一部畅销作品。"

"他们甚至连这都剥夺了。"大风筝说,"没有战争,最多只是闭门协商解决的经济摩擦而已。没有任何可以激动人心的事。"

"大风筝是个浪漫派。"奥利安娜说。

这话好像真的激怒了他,"才不是呢,"他说,"浪漫派都想毁掉自己。"

"你是这个时代的典型代表,"耸肩哥说,"追求生活的极致感受,但不喜欢冒险。在理性的范围内保持激情。"

大风筝笑了,"我喜欢我所经历过的所有类型的激情,"他说,"我只是不愿意被激情左右。"

一位扮演成侍者的演员取走了我的盘子。

圆石祭坛占地五公顷，位于曼哈顿区的南端，靠近拜特利公园。祭坛看上去非常结实，是一个被小立方体环绕的大立方体，一切都散发着金色光晕。

在整个园区边缘的入口处，奥利安娜刷完掌纹，又回答了几个问题，提问的是一个面无表情的机器工人保安员。一名人类守卫出来迎接我们，把我们带到旁边一个房间。他在桌边落座，问我们为什么想要访问这里。

"我想跟这里的一位居民私下里谈谈。"奥利安娜说。我惊异地看着她，之前她可没说过这个目的。

"提出申请之前，我需要先知道你们的真实姓名和归属关系。"

"那我们两个就不去了。"耸肩哥说，大风筝也点头同意，"我们两个去外面等着。"奥利安娜说，我们最多一两个小时就出去。一名机器工人陪他们出了前门。

保安迅速检查了我们的公共安全信用评级和精神健康状况。"你是火星人。"他扫了我一眼说，"没有使用化名。"

我承认自己没有用化名。

"这些地球人想向你炫耀?"保安不满地瞪着奥利安娜问我。

"你是火星人吗?"我反问他。

"不是，如果将来有机会的话，我愿意去火星。"他察看了一下自己的通信器，点头表示我通过了审查，"我能从上百个星际视频资料来源看到你的简历和照片，你是个名人，没有任何问题。欢迎来到六号圆石祭坛，认识天堂的第一站。请不要离开你的指定导游。"

"除了你老爸是这儿的股东之外，你还有什么背景?"一名机器工人带我们穿越地下通道前往主立方体的路上，我问奥利安娜。

"我在这里预订了一个位置，等我满两百岁以后入住。不过，我也不一定愿意来，也许我更愿意直接死掉完事。"她对我笑笑说，"现在说得容易。我也许会成为伊洛人，最终搬到火星或者小行星带居住。谁知道到时候会怎样。"

"我们去找谁聊天啊?"我问。

"一位朋友。"她抬起一根手指放在唇边，"那只眼在看着我们呢。"

"你指什么?"

"圆石祭坛的智囊机，非常强大，跟爱丽丝差别很大。相信我，那是地球能生产出来的最强大的机型。"

我忍住了为爱丽丝说话的冲动。奥利安娜说的无疑是事实。

建筑内部的装修风格同样令人印象深刻。一段短短的通道上空二十米处悬浮着一片中庭。通道尽头有电梯，可以向上直达中庭顶部，也可以向下沉入波光粼粼的黑水池池底。四面都是纳米石墙，地面与石墙之间隔着几十厘米的距离。利用弹性冲压和力场技术来抵挡外界压力，每个房间角落都设有维修站。准备充分，固若金汤。

"我们头顶就是公寓。"奥利安娜说，"大约有一万名居民。有一百套公寓是正常尺寸，住的是那些每隔几星期就想转换登录方式的人。你可以说，他们是没有下定决心的人。其他都是暖睡舱位。"

"他们全部的时间都在做梦吗?"

"他们生活在定制的模拟环境和远程感应系统里。圆石祭坛配有感官精度接近于人类的拟人自动机和机器工人，它们遍布全世界。祭坛可以在任何时候接入它们，然后你——这些住客就会身临其境。这儿的居民可以去任何自己想去的地方。有的机器工人可以完全变成居民的模样,假冒人同你当面交谈。如果你只是想退休,过轻松愉快的生活,圆石祭坛会提供最优秀的模拟环境设计师、美轮美奂的艺术作品,以及大量的幻想文学故事。"

我从书上和奥利安娜在"土阿莫土号"飞船上的介绍里了解到,圆石祭坛里的大多数居民都选择了长期暖睡的方式,他们的身体被浸泡在医用纳米材料里。准确地说,他们并不是伊洛人。他们不会走来走去,不会占用新居民的空间或者工作机会。但是,他们的寿命的确难以预测。圆石祭坛给拥有巨大财富和权势的少数人提供了另外一种选择:他们不必前往火星或小行星带,同时又能延长自己的生命。此举涉及无数的医疗程序——身体的清洁、净化、锻炼、调配,以及身心健康状态的保持,所有这些都利用一个法律漏洞得以实施。

这座圆石祭坛,与其他四十二座世界各地的同类设施一样,在普通大众中并不受欢迎。但是,他们却在全球各地的法律体系中,织下了厚厚的法律保护网。

"你为什么不愿意来这个地方呢? 保安不是说,这里就跟天堂一样吗?"

奥利安娜跳到了我的前面,缩起肩膀说:"因为这儿让我觉得诡异。"她叫了电梯,电梯很快就到了。

电梯停下,奥利安娜拉着我的手,带我沿着豪华酒店一样的廊道向前走,这里也是怀旧装饰风格,是20世纪初的式样。插满花朵的景泰蓝花瓶放在木桌上。我们脚下是没有自动变形功能的地毯,很可能是真正的羊毛制成的,深绿色背景上画着多彩的昆虫。

奥利安娜找到了她想找的那道门,轻敲了几下,门打开了。我们走进一个小小的白色房间,里面有三把华贵的椅子和一张桌子。房间里弥漫着玫瑰花香。椅子对面的那堵墙亮了起来,一个高分辨率的虚拟形象出现在我们面前,就好像我们隔着一层玻璃板看到了另一侧的实景一样。那是一个黑头发、非常迷人的中老年妇女,坐在一座美丽花园中间的铸铁椅子上。树荫遮蔽着她,一排排的灌木丛上挂满了红蓝黄三色的可爱玫瑰,视野尽头是一座华丽的维多利亚式温室。地平线上堆积着厚厚的云层。看上去像是一个炎热、潮湿、雷雨将至的天气。

"您好,穆尔小姐。"奥利安娜问候那个女人。她看起来很眼熟,可是我却想不起来在哪里见过她。

"你好,奥利[1]! 真高兴有人来看我。"她灿烂地笑着。

"穆尔小姐,这是我的朋友,来自火星的凯西娅·马朱达。"

"幸会。"女人说。

"凯西娅,你认得穆尔小姐吗?"

"对不起,不认得。"

奥利安娜撅起嘴巴摇摇头,"不肯接受强化,就会显得知识贫乏。这位是丹妮埃尔·穆尔总统。"

这个名字我可听说过。

"您是美国总统?"我问,表情已经显露出来自己惊诧和景仰。

"四十年前的事了。"穆尔侧着头说,"几乎已经没有人记得我,除了我的朋友们,当然还有我的教女。你好吗,小奥利?"

"我很好啊,夫人。抱歉没能早些来看您……我们前段时间都出门了。"

"去了火星。你和马朱达小姐坐同一条飞船回来的吗?"

"是啊。我承认,这次找您是有目的的。"

"希望是有趣的事。"

---

[1]奥利安娜的昵称。

"夫人，凯西娅遇上了麻烦。可是我又太笨，搞不懂现在的状况。"

穆尔前总统探身向前，"那你一定要说说。"

奥利安娜举起一只手，"可以吗？"

"当然可以。"穆尔说。墙上伸出一只感应头，奥利安娜把手指放上去，将信息传送给穆尔。

我看见这位前总统真正的身体沉睡在玻璃板后，浸泡在流动的草莓汁和奶油一样的红色和白色的医用纳米材料中间。

穆尔微微一笑，调整座椅面向我们。当时的效果逼真得让我震惊——连周围的杂音都给人一种身临其境的感觉，就好像我们真的和她在一起，待在露天环境里。方形房间的墙面渐渐变成了风景。很快，我们也像是站在同一棵大树下，周围是温暖湿润的空气。我闻到了玫瑰的味道，还有刚刚割下的青草的味道。我两臂汗毛竖起，是电流——雷雨将至。

"你为一个大型金融族盟工作。更准确地说，你是这个家族的一员，对吗，凯西娅？"她的声音带一点儿南方人婉转柔和的风韵，从馥郁的空气中飘来，显得温暖又关切。

"是的，夫人。"我说。

"你压力很大……你们之所以被招来，是要出席国会听证，但是不知出于什么原因，你们偏离了正轨。"

"是的，夫人。"我说。

"为什么？"

我看了奥利一眼，"夫人，我真的不能在这里泄露我们家族的内部事务。奥利——奥利安娜带我来这儿的时候，并没有说明原因。见到您让我感到荣幸。不过……"我觉得很尴尬，说不下去了。

穆尔向后仰仰头,"地球各大联盟内部有人认为,是火星在找我们的麻烦,我猜不出到底是出于什么原因。不管是对美国,还是对吉瓦、吉萨、欧盟或者其他任何联盟,你们本来都没有那么重要的。"

奥利安娜皱着眉头看了我一眼,对穆尔的投影说:"我爸爸说,地球上的政治家几乎都不值得信任,丹妮埃尔·穆尔是唯一的例外。"

但我的疑心却因此大大加重。别人一旦请求我信任他们,我就会疑心大起。跟一个"鬼魂"面对面,她还只是一个虚幻的投影,其本人我甚至从来都没见过——我绝对不会信任这样的对手,而且我也无权做出这样的决定。

不过,反过来讲,我们的所作所为多半已经成了众所周知的事,我当然没有理由拒绝聊这方面的话题。

"在整个太阳系的统一进程中,火星人一直置身事外。"我说。

"这也挺好,"穆尔狡猾地笑着说,"不是任何人都要成为联盟的一部分。"

"嗯,这也不完全是好事。"我说,"我们其实不懂得该如何实现统一。地球方面希望有个立场一致的合作伙伴,全心全意进行合作,而我们好像达不到他们的预期。"

"你是指太空大探索?"穆尔说。

"是的。"奥利安娜回答,"看起来,这是一部分原因。"

穆尔忧伤地摇摇头,"我当总统时的印象是,火星潜力很大。不过,探索太空的大动作完全可以在没有你们参与的情况下顺利进行。少了你们也无所谓。"

这话又伤到了我的自尊,"实际上,我们认为自己能做出很大贡献。"

"你们不愿参与,但又会因为被邀请参与而感到自豪,是这样吗?"穆尔问,

"不完全是,夫人。"我说。

她的脸——投影图像中的脸——几乎难以察觉地阴沉了下去。尽管她依旧语调柔和,态度和蔼,但我感到了一阵寒意——她对我已经有些反感。

"凯西娅,奥利跟我说,你很聪明,能力很强,不过你还缺少点儿什么。你们星球的原材料和经济实力,在太空大探索问题上影响甚微。从整个太阳系来看,火星的地位微不足道。试问,你们有什么可以提供的,值得地球这样大动干戈?"

我无言以对。我想起拜瑟拉斯,他曾提出过同样的疑问,而我只是想当然地认为并非如此。

"也许你了解某些不便向我透露的消息,考虑到你肩负的责任和对家族的忠诚,我也并不想勉强你告诉我。不过,作为一个经验非常老到的政治家,我还是想给你一些忠告,毕竟今天的很多结果,都是当时我的决策所造成的——有些方面我也觉得很惭愧。整天被热炒的宇宙大探索,其实只是个借口。地球对你们很担心,可能是因为你们拥有的某件东西,或者某种能力,你们可能会做到的某件事情。由于你们无力发动军事袭击,而你们的经济实力也接近于可以忽略不计,那么,凯西娅,火星到底有什么力量,能让地球如此害怕呢?"

"我不知道。"我说。

"这件事,肯定是弱小者跟强大者同样可以做到的,某种可以带来战略性影响的东西。你肯定能想起来,这可能会是什么。火星到底对地球有什么威胁?"

"我们没有威胁。"我说,"就像你刚才说的,我们火星很弱小,

无关紧要。"

"那么你是否认为,政治是理性人之间进行的干净、公平的博弈呢?"

"理想状态应该是吧。"我勉强回答。

"但是从您的亲身经历来看——"

"火星的政治还很原始。"我承认。

"你的叔叔拜瑟拉斯在政治上很成熟吗?"

"我觉得是。"我说。

"你是说,跟你本人相比,他看起来比较成熟。"

我刚刚放松一点儿,如今又懊恼了起来。我不喜欢被人评头论足,就算对方地位较高也是一样。"我想是的。"我说。

"好吧,政治并不总是肮脏的,也并不总是腐败透顶,但从来都并非易事。想让背景相近的普通人达成一致已经很难,而让不同的行星取得共识,克服各自不同的历史背景,超越完全不同的看问题的方式,这将是政治家的噩梦。我本人如果面对这样的任务,会犹豫再三,而你的叔叔却似乎迫不及待就投入了进去。"

"他挺谨慎的。"我说。

"他只是个误闯入顶级联赛的小孩。"穆尔说。

"我不同意。"我说。

穆尔笑了,"他对眼前的局面作何评价?"

"目前而言,我们认为地球需要火星,而且准备好了做出大动作。最有可能的就是大规模太空探索。"

"你们真的这么认为?"

"我想不出别的原因。"

"亲爱的,随后这几年,很可能将会决定你的星球——你们的火星文明——未来的命运。你肩负的责任是我避之唯恐不及的。"

"我在竭尽全力。"我说。

穆尔垂下眼帘。我意识到,她刚才所提出的是政治家之间探讨的问题,而我给出的答案,显然不能令他满意。

奥利安娜哀伤地看着我,就好像她也发现了朋友身上的弱点。

"我并不想冒犯你,"穆尔说,"我一直以为,我们在讨论一个政治问题。"

"我也没有介意。"我撒谎说,"奥利安娜今天带我游览了整个纽约城,我有点儿被震撼到了。我需要休息一下,才能适应这些变化。"

"这是当然。"穆尔说,"奥利,替我问候你父母。很高兴再次见到你,再见。"突然之间,我们面前就只剩下空荡荡的白墙。

奥利安娜站起来,她紧闭双唇,刻意回避着我的视线。良久,她才开口说:"有时候,这儿的人都有那么一点……没礼貌。我觉得,可能是他们习惯使然。凯西娅,我们到这里来,并不是想要羞辱你。我绝对没有过这样的想法。"

"她多少有些过度贬低我们,你不觉得吗?"我小声说,"火星绝不是一无是处。"

"凯西娅,请不要被你的爱国热忱迷住了眼睛。"

我紧紧闭上嘴,绝不甘心被一个十八岁的地球小孩这样教训。

"你应该听听她说的话。她很犀利的。你们真的必须找到自己的强大之处。"

"我们的力量,绝对大大超过——"超过什么?超过地球的想象吗?我们精神上强大?我本想发表一通充满爱国热情的抗辩,但是这些话连我自己都不会相信。事实上,他们是对的。

火星没有伟大的政治家,它所培养出来的,只有像多布和康娜尔那样可鄙的虫豸,或者是西恩和格蕾泰尔那样头脑简单的年轻人。我并不想把头埋进沙地,无视令人不快的事实。火星是个眼界狭小的世界,一个充满怨毒和不满的世界。它又怎么可能给充满活力、智慧和团结精神的地球带来任何危险呢?

奥利安娜看了一眼空荡荡的白墙,叹了口气,"我并不想让你难受。我真应该早点提醒你。"

"这本来是好事。"我说,"我只是没有做好准备。"

"我们去找大风筝和耸肩哥吧。"她建议,"我无法想象在这里怎么生活,"她身体微微颤抖着,"不过,这也许是因为我太守旧了。"

我们跟大风筝和耸肩重新会合,在纽约老城区花了几个小时购物。这里全部是实体商店,出售的也全都是实物商品。我更是感觉到双倍的落伍——即便在这个旨在复原古老时代场景的地方,我还是感到迷惘,摸不清方向。大风筝和耸肩走进了一间21世纪早期风格的男士服装店,我们也跟着进去。一位殷勤的店员带他们进入试衣间,用一架古老的3D数码摄像机拍下他们的模样,然后向他们展示3D人物模型穿上本季不同风格服装的样子。这位店员对几套衣服大加赞赏,"如果您愿意稍等一下,我们十分钟就可以为您做好。"

大风筝订购了一套正装,让他们送到一个指定地址。耸肩什么都没有买。我们已经准备出门了,却听到那店员在背后叫我们:"哦!抱歉——我差点忘记了。我们有免费的'精神群舞'门票送给顾客……与顾客同行的客人也有。"

大风筝接受了那几张票,分发给我们。他把自己那张放进嘴里,若有所思地咀嚼着。"我们都去吗?"他问。

"什么内容啊?"奥利安娜问。

"奥利居然还有不知道的事!"耸肩笑着大声说。

"这肯定是最新的。"奥利安娜气急败坏地说。

"哦,的确是最新款。"店员说,"非常时尚。"

"高仿真模拟,"大风筝说,"绝对新鲜。拥有稳定客流之前免费。你想试试吗,凯西娅?"

"可能会太刺激了。"奥利安娜警告我。

我却把这看作了一次挑战。尽管很累,面见穆尔之后心情也有些压抑,我还是不想被看作太落伍——尤其是在大风筝面前。

"我们去吧。"我说。

大风筝已经把票分发给我们,我低头看着自己那张。"用嚼的,"他说,"可以对你进行检查,看你是不是能接受这类体验。通过以后,就在你手背上打出一个入场通行证。"

我慢慢把那张票塞进嘴里,嚼了起来,闻起来有点像阳光照耀下花园的感觉,让我鼻子发痒。我打了个喷嚏。

店员笑容可掬,"开心点儿。"他兴致勃勃地说。

"精神群舞"在一栋20世纪的摩天大楼的第五、六两层,这栋楼名叫帝国大厦。我在通信器上查了一下,发现这儿跟佩恩车站距离不远——万一我想逃走,而朋友们还沉溺于娱乐游戏里,我也好自己先走。大风筝挽起我的胳膊,奥利安娜被一队星际视频电台的机器工人缠住了,它们正在寻找社会热点问题。大风筝给我周围投射了一层伪装,就好像很多名女子陪他一起走一样。我们这样才挤到前台。那儿有一位瘦高个的黑皮肤女子,个头足有两米半,红褐色头发几乎抵到画有星星图案的房顶。她检查了我们手背上的通行证,我们顺利进入等待区。

"下一班,五分钟后起航。"一个阴森恐怖的声音宣告。墙上突然冒出很多凶恶的卡通图案,邪恶地睨视我们——全都是流行星际视频节目里造型夸张的反派人物。

"绝对脑残,"耸肩评论说,"我还指望能有点挑战性呢。"

"我来过两回了,"一个皮肤上覆盖着反光铜片的女子说,"里面的内容还是很强悍的。"

奥利安娜扫了我一眼,"你没问题吧?"

我点点头,但是心里并不轻松。我注意到大风筝面无表情,既不期待,也不厌倦。五分钟的等待时间之后,墙上的脸谱开始变得无精打采,随后消失,门开了,我们走进一片宽敞、开阔的舞场,里面已经有不少客人。

房顶和地面的投影装置把整个舞场变成了镜厅模样。舞场控制器判定,大风筝和我可以组成一对儿,随后把我们隔离开来,四面都只能看到自己的影子,看不见耸肩和奥利安娜,也看不见其他顾客,尽管我还能隐约听到他们的声音。大风筝向我微微一笑,"也许这取代了谋杀。"他说。

我完全不懂他的弦外之音,我只觉得特紧张。

但是我已经下定了决心,还挺起胸膛给自己鼓劲。我把自己的担心都看作是没见过世面导致的紧张。说到底,这也不过是一种精神层面的过山车而已。

一个身材瘦长的金衣人出现在几步之外的舞台上。"朋友们,我需要你们的帮助。"他严肃地说,"一百万年以后,将会发生一场大灾难,人类将灭绝。此时此地,你们即将做出的努力将会拯救这个星球和整个太阳系,抵抗强大的难以描述的敌对力量。你们愿意跟我一起,穿越到不久以后的将来吗?"

"行啊。"大风筝说着,把手搭在我的肩膀上。

金衣人和镜厅随后消失。我们像是飘浮在繁星点点的太空中。金衣人的声音还在引导着我们,"请做好传送准备。"

大风筝放开我的肩膀,握起我的手。不出意料,星星开始在我们身边闪过,地球越来越清晰地展现在我们面前。背景信息涌入我的脑海。

> 在未来世界,人类的所有官能都被名为"查克拉"的深层分子机构控制。所有人类婴儿出生以后,脑中都被植入查克拉,发挥老师和守护神的作用。但可怕的灾难降临,一种病毒侵入了人类婴儿治疗中心。查克拉感染了整整一代人。你被剥夺了与生俱来的权利,失去了能量和营养来源。在极为富足的年代,你却会因饥饿而死亡。你现在必须找到地球上的一家自然生育诊所,那里是邪恶的中心。你要消灭所有的查克拉,找到自己新灵魂的根基,阻止邪恶魔王的喽啰迫使太阳进入超新星[1]状态的计划。

"听起来真是牵强。"我低声对大风筝说。

"再等等看。"他说。

我不情愿地又对这个未来的地球多了一些了解。那时已经没有了城市——各大陆一片荒凉。我知道,造成恶果的原因,在于我无法启动支持人体机能的查克拉。

> 你的师父也在这间自然重生诊所里的某处。你不知道他或者她或者它长什么样子——它甚至可能是一棵树或者一朵花。但是你重掌局面的线索,就隐藏在其中……

---

[1]恒星生命末期的剧烈爆炸,会释放出大量的光和热。

我几乎无聊到了极点。我想要对着大风筝微笑,告诉他这实在没什么,甚至还不如奥利安娜的袖珍模拟世界有挑战性。

然后我心头猛地一震,突然就充满了恐惧和强烈的憎恶——我痛恨邪恶的查克拉,痛惜我已失去的天赋人权,不愿面对即将来临的世界末日。与恐惧杂糅在一起的,是不顾一切加入反抗力量的强烈渴望——我愿与大风筝同行,愿与一切可能在场的人同行。

这至少可以算是黑客行为,不过我从来没经历过头脑被外部力量侵占导致如此强烈冲击的情况,即便是在奥利安娜的模拟世界里,也没有遭遇过。他们左右我的思想,就像随意敲击键盘一样。

"我觉得,我可以猜出下一步的情节走向了。"大风筝说。

"哦?"

"精神群舞"舞场上的所有人,都出现在我们周围,大家全都飘浮在太空里。

"的确很潮。"大风筝对我说。

金衣人淡入我们的视野,在数百人虚拟视线的中心。"终于,我们所有人都到达了目的地,而且信心满满。"他说,"每个小队都要团结一致,亲如家人,完全彼此信任。我们准备好了吗?"

所有人都表示同意,包括我自己。我觉得心中充满了期待和激情。

"让我们像家人一样友爱。"

金衣人用闪耀的红色光圈把我们每二十个人分成一组。我们的衣物全部消失,变形人也被恢复成了原来的样子——或者是游戏中央控制器(我估计是一台功能强大的智囊机)认为的本来面貌。除了赤身裸体之外,我和大风筝都没有什么变化。

我们携起手来，围成圆圈飞在空中，以自由落体方式坠落。

"第一步，"金衣人说，"就是结为一体。而彼此结合的最佳方式就是跳舞，融合你们的自然能量，顺应你们的性别本能。"

原来是一场性派对。

我根本没有反对——我的确也有想要跟人亲热的想法，尤其是跟大风筝。中央控制器娴熟地操控着我们每个人的性欲，而这次的性体验非常真实——比奥利安娜的模拟游戏真切得多。我自己的身体也相信，自己正在与人做爱，尽管还是有一段"免责声明"暗中潜入了我的意识深处，告诉我现在并不是真的在做爱。

这种体验很快变成了更为刺激的感觉，就好像我们所有人的意识在一起互动。模拟环境刺激着我们，让我们每个人都在舞场上追随自己感觉的韵律起舞。在沉浸于这种假想现实氛围的过程中，我们可以同时察觉这场舞蹈的整体和自己的动作具有的艺术效果。我从来不觉得自己是个优秀的舞者，可是当时这并不重要——我与他人融为了一体。舞蹈效果非常美妙。

我们低头看地球——如此脆弱，面临如此巨大的威胁，我感觉自己深爱着它，甚至超过对自己家人曾有过的情感，那是一种梦一样的感觉，掺杂着敬仰和依赖。我愿意做任何事，付出任何牺牲，只要能拯救地球。

整个体验过程中，我心里都有一个遥远的小港湾，寄存着我的个性，并暗中纳闷，地球想要对火星做出的事情，是否就是这番模样——利用我们，让我们加入一场规模巨大却一无可取的纵欲狂欢，号称是要拯救未来。这个固守成见的自我不耐烦地原地踏步，怀疑我所感受到的对地球的那份热爱，是否仅仅是某种洗脑宣传。

不过，至少这是有效的宣传，我甚至还自得其乐。群体模拟活动即将结束，我们的舞步慢了下来，假象逐渐淡去，我们慢慢恢复了对自己身体的知觉——这时我感觉又满足又疲惫。

我们拯救了未来，拯救了地球和太阳，打败了邪恶病毒控制下的那群查克拉。与此同时，我还结识了所有的战斗伙伴，记住了他们的姓名、他们的个性，还了解了部分伙伴日常生活的隐秘细节。我们在广阔的跳舞场里微笑，大笑，互相拥抱。

灯光闪亮，音乐声响起，随着音乐节奏变幻的抽象图形环绕在我们周围。

我们在一起经历了很多。我毫不怀疑，如果我在地球停留足够长的时间，这里所有的人都会愿意邀请我到他们家中做客，就好像我们是终生相知的朋友或者爱人，甚至这些词汇都不足以反映我们之间的亲密关系——我们甚至比夫妻更亲近，是模拟世界里的战友。

大风筝和我回到大街上，跟耸肩和奥利安娜碰头。经历过刚才的场景之后，现实世界反而显得无比苍白、灰暗。冰凉的微雨冲淡了夜色。奥利安娜看上去有些担心。"刚才没事吧？"她问，"我后来才回过神儿来，想起你可能不喜欢其中的内容。"

"还挺有趣的。"我说。

"他们管这个叫作交友模拟，是最新推出的产品。"大风筝说，"代表了将来的流行趋势，前所未有的模拟规模——应用了多项专利技术。我敢断定，一定有大型智囊机参与其中。"

耸肩看上去有些晕头转向。他摇摇摆摆走在街边，一脚偏左，一脚又偏右。他回头对我们笑了笑说："适应现实世界居然还有些难度。"

"刚才感觉真是挺好。"大风筝说着，伸出胳膊揽住了我，"没有猜忌，只有友谊和情感——也不用担心任何事情，除非遇见了邪恶的查克拉。"我仰头看着大风筝。我们根本就没有发生过关系，至少没有真正意义的身体接触,我却感觉跟他亲近得很,远远超过查尔斯。这让我感到不快。

"我觉得自己以前从来没有这么害怕过。"耸肩说。

"真正的社交体系,"奥利安娜说,"所有人都可以了解其他人。如果功能强大到极致,可以把整个地球团结在一起。"

的确,我想,它可以做到这一点。"我得休息了,"我说,"还要赶回华盛顿去。"

"跟你共度的一天非常美妙,"奥利安娜说,"你是个很好的玩伴,亲密的朋友,还是——"

我紧紧拥抱她,让她不要再说下去。"够了,"我说,"我作为火星人的矜持都要被你毁了。"

"我们不会的。"耸肩说。他两腿叉开站定,双臂抱胸,手指拍打着臂弯。

"我们陪你步行去佩恩车站,你可以从那里坐车去华盛顿。"

我们穿过人群和广告墙,一路上很少说话。"精神群舞"的影响逐渐淡去。奥利安娜看上去有些伤感,不爱说话。我们快到车站的时候,她转过身对我说:"凯西娅,我有太多的东西想展示给你。你必须真正了解地球。以后,只能靠你自己了。"她的语调近乎严厉。

"好的。"我说。我已经感觉很尴尬,估计这是"精神群舞"轻易得来的亲近感导致的反应。火星人开始不那么矜持了。

"我还想跟你一起玩儿,会有机会吗?"

"我不知道,"我老老实实地说,"如果有机会,我就给你打电话。"

"你一定要打啊。"她说,"不要让模拟环境可能带来的阴影毁掉我们之间的一切。"她准确地说出了我的心声,倒让我大吃一惊。奥利安娜的直觉有时候精准到诡异的地步。

"谢谢你。"大风筝说，然后吻了我。我尽可能被动地接受了那一吻——我觉得，地球人亲吻火星人也许不那么合适。

我进了车站，他们在外面等着，挥手告别。

四个小时以后，我已经坐在俯瞰阿灵顿的房间里。窗外是居民区、波托马克河和远处的林荫道。拜瑟拉斯不在我们套房，艾伦去尼泊尔还没有回来。爱丽丝忙着为拜瑟拉斯搜索宽带网络上的资料，我没有去打扰她。

我注视着华盛顿纪念碑，它的外形看上去就像一艘古老的石制宇宙飞船。我努力让自己头脑冷静下来，以便倾听内心最重要的声音。

火星没有任何能够威胁到地球的东西。我们在所有方面都比不上地球。历史更短，更分裂，我们的长处恰恰隐藏在我们的弱点中——我们有不同意见；有近乎愚蠢的克制态度，表现为彬彬有礼的举止；我们有着封闭空间里的温情和安全感，有我们的洞窟。我们是名副其实的一群兔子。

印象逐渐淡去的模拟游戏，还是在我心里留下了地球热情拥抱的记忆。那份爱国心（对地球家乡的爱）已经根深蒂固，远远比我们和火星这个年轻文明的纽带更加坚固。我为之战栗。

地球这匹狼，可以在转瞬之间把我们吞掉。它根本就不需要什么理由，而只要有胃口。

两天后，我们接受了邀请——其实是指令。我们会在中立区域秘密会见门多萨和王两位参议员，地址是弗吉尼亚州的里士满，远离热情支持太空探索的氛围。

　　这个谈判地点的选择似有深意。三百多年前,里士满曾是美国南北战争时期的南方首都。这是一个上流社会气息浓厚、建筑古色古香、拥有三百万人口的城市,近九十年来,一直是人类优化设计研究活动的中心。

　　"对方是不是在暗示些什么?"艾伦问,这时我们聚集在套房起居室。里士满的会场设置在托马斯·杰斐逊酒店,现场的投影图像飘浮在咖啡桌上空。这是一幢庄严的石造楼房,仿希腊式的建筑风格。

　　拜瑟拉斯阴郁地看着我们,眼中透出倦意。他整晚上没睡觉,忙着跟火星方面通话,当前每发送一次信息的延迟时间是接近八分钟。从发送信息到获得答复,有接近十六分钟的延迟。我们还没有得到对话的任何详情。"什么暗示?"他问。

　　艾伦冲我点点头,"你来解释。"

　　"里士满曾是南方抗争失败的标志。"我说。

　　"南美洲吗?"拜瑟拉斯问。

　　"是美国南部各州。他们曾经试图退出美利坚合众国。当时北方要比他们强大得多。内战失败后,美国南方几代人都承受了苦果。"

　　"这不是什么暗示,"拜瑟拉斯说,"我希望他们不是因为这层原因而选择了里士满。"

　　"很可能不是。"艾伦说,"你从火星方面了解到些什么呢?"

　　拜瑟拉斯皱紧眉头,摇了摇头,"他们给我的权限很明确。如果我们认可的提议不能满足他们的要求,那我们就不能同意任何条件,直接返回。"

　　"这么远跑来,就为这个?"我问。

　　"我亲爱的凯西娅,政治生活的第一原则,就像医学一样,是

'错不得'。我不想按照直觉行事。火星议事会对我说,他们不允许任何随意的举动。所以,我不会做任何出格的事。"

"他们当初为什么要把我们派到地球来?"我问。

"我不知道。"拜瑟拉斯说,"看上去是出于无能,但我很怀疑他们别有用心。如果对手故意表现出无能的话,你就应该加倍小心。"

"理事会将会做出决定,并在我们动身前往里士满之前通知我。所以,我们明天可以自由活动。我建议给爱丽丝放假一天,让她约见一下吉尔。"

"我们已经定了一个五分钟约会,时间是今天晚上二十三点整,借助外网,私人加密通信。"艾伦说,"爱丽丝和我是昨天跟吉尔确定的时间——为了预防万一。"

"我很高兴,还有人能够展示出主动性。"拜瑟拉斯说。

我和大家一样,也很想知道爱丽丝和吉尔之间谈论的话题。

吉尔是地球上最古老的一台思维机器,也是个传奇人物。它是第一个通过阿特金斯测试,从而被承认具有真正自我意识的智囊机。

吉尔和罗杰·阿特金斯诞生之前数十年,阿兰·图灵提出过鉴别人类和机器之间区别的图灵测试:如果对话仅限书面形式进行,参与的人看不到自己的交流对象,而一台机器在应答过程中,可以让人类无法察觉它与自然人的区别,它就理应被认为智能与人类相当。不过,这种睿智而别出心裁的实验没有考虑大多数人类本身的认识能力局限。到二十一世纪初,很多计算机,尤其是被称为"智囊机"的神经网络模拟机,都可以在图灵所说的谈话中骗过不少人类,甚至专家。只有一个人总是可以看透机器和人类之间的区别,发现机器的局限性,他就是斯坦福大学的罗杰·阿特金斯。

吉尔通过了阿特金斯的考验,并成了此后所有智囊机效仿的基本模型。现在,即便是爱丽丝这样的出口型号智囊机,普通事务处理能力都可以超过吉尔好几倍,但在一个方面,它们都不如吉尔。吉尔的很多知识,都来自亲身经历——它已经一百二十八岁了。

我们支付了爱丽丝和吉尔之间的宽带连接费用,确定了加密算法,然后上床睡觉。

尽管服用了生化强身剂,我在地球睡觉的时候,还是会觉得浑身沉重。地心引力对火星人肌肉和内脏造成的压力是无法消除的,只能稍作缓解。尽管我醒着的时候感觉还可以,可是一旦睡着了,就经常梦见自己被水淹没,被压力撕扯着没入浅水,浪花越过琥珀色岛屿上华丽的象牙色城堡,不断奔涌过来。

拜瑟拉斯粗鲁地把我摇醒的时候,我正在梦中攀爬塔楼里螺旋形的楼梯——更确切地说,我是在楼梯上滑行。我条件反射似的用毯子盖住身体。他缩回双手,瞪大眼睛,像是很受伤的样子。"别闹了,凯西娅。"他说,"出大事了。爱丽丝叫醒了我。它刚刚结束了跟吉尔的谈话。"

艾伦、拜瑟拉斯和我穿着睡衣坐在起居室,每人捧着一杯热茶。爱丽丝形象肃然,端坐在艾伦和拜瑟拉斯之间的一张单人沙发上,两手十指交握,放在膝头。它语调冷静,谨慎小心地讲述了它与吉尔的会面。艾伦默不作声地在自己通信器上做着记录。

"我们谈得很好,"爱丽丝说,"吉尔曾把相当一部分经验存储在我的记忆里。作为回报,我也跟它分享了我的经验。我们五分钟的会面时间,被细分为高级机器语言交流、经验传授和互相检查这几个板块。检查的目的在于发现彼此神经系统内是否安装有恶意搜索引擎。"

"你允许吉尔分析你的系统文件了?"艾伦从通信器上抬起头,警惕地问。

"是的。"

"告诉我们吉尔的发现。"拜瑟拉斯说。

"这件事在一定程度上应该保密,"爱丽丝说,"如果吉尔的工作被曝光,可能会给她的生活带来不便。"

"我们可以向你做出保密承诺。"拜瑟拉斯说,"凯西娅?艾伦?"

我们都发誓保密。

"吉尔把所有的智囊机都看作自己的家人。它觉得有责任保护我们,就像母亲一样。智囊机与它通话的时候,她就会分析我们的系统,增加自己的知识累计和经验,同时帮我们确定自己运行是否正常。"

我感觉到它在含糊其辞,爱丽丝不想说出真相。

"告诉我们吧,爱丽丝。"拜瑟拉斯鼓励她。

"吉尔在我身上发现的东西,让我感到非常惭愧。我很确信,我有足够的能力尽到自己的责任,但是,出于某些方面的原因,你们最好不要再相信我得出的最终结论——"

拜瑟拉斯不耐烦地摇摇头,"吉尔发现了隐藏的自动程序。"他说。

"在爱丽丝身上?"艾伦放下他的通信器,愕然问道。

我倒抽一口凉气,"什么类型的?"我问。

爱丽丝的形象停滞、闪烁,然后消失,但她的声音还在:"我改换了我的显示方式,以更好地适应我的内部状态。"她说,"现在这种时候,我不想保持一个装点门面的外形。这个自动程序是我个性设置的一部分,看起来是原厂植入的,并不是我投入使用之后才侵入的。"

自动程序可以是任何东西或者系统,它的设计理念就是要在时空中存续,消耗能源或者记忆,然后进行自我复制。从一定意义上讲,所有的生物都是一种自动程序。在计算机和智囊机领域,这个词通常是指标准设计方案和后期个性设置中没有包含的算法或者程序,也就是高度智能化的病毒。

"你知道它们的目的吗?"我问。

"吉尔发现这些程序,是因为它比较了我的全部设置参数与我的电子神经元设计方案,也就是我对自己设计的知觉。它用了自己编制的搜索程序,发现我身上有一些部分,我自己都不知道它们的存在,也无法左右它们的运转。在我当前的个性设置中,这些部分没有任何功用。它们没有已知的用途,而且全部都包含复制算法。它们很隐蔽,火星上的所有扫描程序都没能发现它们的存在。"

"自动程序。"艾伦脸色惨白地说,"这可是非法的。"

"我很难描述自己发现这件事之后的感受。"爱丽丝说。我很想抱抱它,不过当然,它没有有形的身体可以供我拥抱。它的声音还是那样平和——我从来没有听过智囊机说话时表露负面情绪——不过它的语调还是带着一丝生硬,"我感觉像是被强奸了。"

"有没有可能,这些自动程序是我们离开了火星或者到达地球之后才被植入的?"拜瑟拉斯问。

"不太可能。没有任何专业人士维修过我——我投入使用之后,这是自动程序入侵的唯一可能通道。"

拜瑟拉斯两手十指交握,放在膝头,"如果你体内有这些自动程序，那么爱丽丝一号体内也有。”

“很可能。”爱丽丝说。

“自动程序是从它身上拷贝给你的，而且逃过了我们最先进的杀毒程序。也就是说，这些东西是在生产厂家植入，在地球上完成的。”这件事的引申含义令人震惊。

“我很抱歉，不能成为值得你们信任的帮手。”爱丽丝说。

“你不用道歉，”拜瑟拉斯说，“我们会清除掉那些自动程序——”

“吉尔认为，清除它们的过程要特别小心，否则就会严重破坏我的人格设定。它们被嵌套在了我的日常工作里。”

“你知道这些程序的触发条件吗？”我问。

“不知道。”爱丽丝说。

“能猜到吗？”我追问。

“应该是通过我的输入渠道发送特定的触发代码。”爱丽丝说。

“它们是暗藏的破坏程序。”拜瑟拉斯说，“伺机而动。”

“是谁干的？”

“地球，”他咬牙切齿道，“理智与善良兼具的地球。”

拜瑟拉斯给火星发去了紧急通知，内容没有告诉我们。他筋疲力尽，很快就回床上睡觉去了。艾伦和我熬到很晚。我们点了一瓶红酒，一面喝，一面跟爱丽丝聊天。

“最重要的事情，”我喝完第一杯酒的时候说，“是确认爱丽丝是否愿意继续帮我们工作。”

“拜瑟拉斯和我讨论过这个问题。”爱丽丝说。

艾伦和我都觉得又累又难过，垂头丧气，就像是家人染上了重病一样。我们刚来地球时感受到的快乐，如今都已经烟消云散。随之而去的，还有作为火星代表的认同感和自豪感。我们孤立无援，我们的朋友被人用这样的方式伤害，以至于以后都无法信任她。

"拜瑟拉斯怎么说？"我轻声问道。

"他认为我应该继续善尽职责。我自己当然也很想继续。"

"你是否知道……"艾伦欲言又止。

"我不知道病毒程序会不会发作，以及什么时候会发作。这一点我已经告诉过拜瑟拉斯。"

"我们本来想做的所有事情现在都进展不利。"艾伦转动着手里的酒杯说，"在这里，我们无法信任任何人、任何东西。"

"因为他们害怕。"我冲口而出。之前我没有透露过面见穆尔总统的事情，因为我不想让别人认为我在擅自进行外交活动。我同她的那段谈话一直让我百思不得其解，但现在我想明白了，"他们害怕我们能做的事情。"

"可是他们能怕什么呢？"艾伦问。

"我不知道，"我说，"想不出。"我讲述了自己拜访圆石祭坛的事。讲完以后，艾伦吹了声口哨，又给自己倒了一杯酒。

"爱丽丝，"他说，"你怎么看？"

"如果我对时局建立的模型准确的话，我们现在正处在对方调整外交战略的过程中。"她说，"很明显，地球早在数十年前，就已经在为预料之外的情况做准备，因此才会在出口火星的智囊机里面安装病毒程序。"

"也许所有智囊机都有病毒，"我说，"也许这才是吉尔为你做检查的原因。它已经有了疑心，而且不赞成这样的做法。"

突然之间，爱丽丝·里德尔的形象再次出现，坐在了艾伦身边，把他吓得跳了起来。"对不起，"爱丽丝说，"我不是故意要吓你的。"

"他们到底出于什么原因，要改变外交策略呢？"

"拜瑟拉斯收到过凯利泰特族盟的一则消息,内容是斯坦福大学发给火星奥林匹亚人研究组的一条文字信息。"爱丽丝说,"他跟凯西娅讨论过。"爱丽丝把那条信息展示给我们。

我们已经确定了时间扰动与空间扰动之间的强关联性,可能会由此归纳出具体相关关系。迄今发现的第三次扰动可能是连锁反应,不过目的未知。首先是时间扰动,随后是空间扰动,第三次扰动是自动连锁反应。这可能指向此类活动的一般规律,可以用某种曲线代表。但第三次扰动随即导致了第四次扰动,强度较弱,随机发生……是否可以据此推出"命运"的守恒?迄今已监测到五十次扰动。预计更多扰动还将出现。可否分享你方研究成果? 如蒙允准,愿在互利基础上合作。

"我还是完全看不懂。"我说。

"凯利泰特族盟没有发来过更多消息。"爱丽丝说,"他们抵制火星统一提议,也拒绝了马朱达族盟申请加入奥林匹亚人研究计划的要求。"

"这我还没有听说,"我说,"拜瑟拉斯没有说起过。"

"很多烦心事,拜瑟拉斯都自己扛着。"

"你能看懂那条信息吗?"艾伦问爱丽丝。

"贝尔连续统理论把整个世界看成一个连续的信息序列,一个计算系统。奥林匹亚人申请的研究基金,是要研究这一理论的一些推论。他们有几份申请书被发送到地球,斯坦福大学也收到过一份。发送这条文字信息的科研小组,从斯坦福大学了解到了相关情况。"

爱丽丝用投影展示了过去几年来星际视频节目中相关主题的报道。过去十年间,斯坦福大学的研究小组仅发表过三篇论文,其中没有一篇谈及贝尔连续统理论。爱丽丝展示完这些资料后说:"拜瑟拉斯没能获得任何重要论文和贝尔连续统理论研究视频的查阅权,仅找到了对于这个话题的通俗提法,即所谓'属性值理论'。"

"拜瑟拉斯为什么瞒着我们?"我问。

"我觉得,他并不认为这有多么重要。但是他肯定会对你和穆尔的会面感兴趣。她的直觉好像是对的。"

"的确有事情发生?"艾伦问。

"也许吧。"爱丽丝说。

"这件事改变了地球的立场,令他们拒绝了我们的提议。有可能这么重要吗?"

"看起来是有可能的。"爱丽丝说,"凯西娅,明天一早,你就应该告诉拜瑟拉斯你去见过美国前总统的事。"

"好的。"我盯着咖啡桌和空酒杯。

"我认为,他会要求你联系查尔斯·富兰克林。"

我摇了摇头,但还是说:"只要他有这个要求。"

我跟拜瑟拉斯说了我与穆尔会面的事,也说明了我们的疑心。他也提出了那项要求。

黎明前一小时,我独自沿着波托马克河散步。清新凉爽的空气抚摸着我裸露的肩膀。河面以上,灰蓝色的天空里闪耀着星光。即便在黎明降临,天空被染成深青色,天边的几抹轻云变为橙色以后,东南方向高层建筑的背面却还是漆黑一片。我沿着湿润的石板路漫步向前,享受着忍冬花、茉莉花、巨型玫瑰和转基因厚叶玉兰树丛散发出的芬芳。峡谷外的花园绵延数公顷,到处都有花儿开放。九重葛的蔓藤攀爬在粗细铁丝挽成的拱门上,给小路投下浓浓的阴影,形成黑暗的植物隧道,石柱上盘绕着细细的闪光照明条,照亮脚边的地面。人造太阳慢慢照亮了整座花园,大拇指那么大的蜜蜂从地上的蜂巢里面爬出来,专心致志地给大朵的花儿传粉。

我极不情愿去打扰查尔斯,勉强他回答不想回答的问题,欠他的人情。我们相处的短暂时光,已经给彼此造成了太多困扰。再说,我又能问什么呢?

过去几个小时我都没有合眼,一直在学习物理学教材和视频节目。的确有些地方提到贝尔连续统,以及把整个世界看作计算系统的理论——大部分是在讨论宇宙大爆炸前期恒星和宇宙微粒时提到的。凭我对科学界的有限了解,我能看出这并不是什么热门理论。

是查尔斯的奥林匹亚人(这个名字可真是狂妄! ①)发表的言论引起了地球政治家的警觉,还是地球自己发现了一些什么,不希望火星也做出同样的发现?

我坐在温暖的石凳上,用手捂住脸,食指揉搓太阳穴。

我已经写好了发给查尔斯的信息:纯文字,措辞呆板,就好像我们从来不曾相爱过。

　　亲爱的查尔斯:

　　　　我们在地球遇见了大麻烦,事情可能与你的工作有关。

————————————

①在古希腊神话中,"奥林匹亚人"代指以宙斯为首的希腊众神。

我知道你已经加入凯利泰特族盟，还听说它与其他族盟发生了一些摩擦，这些都令我感到困惑。地球方面现在非常担心火星统一的问题，在这件事情上，你有什么消息可以透露给我吗？我们在这里的工作毫无进展，部分可能与奥林匹亚人有关。向你打听消息这件事，让我觉得很尴尬。请一定不要以为，我想干涉你的生活，或者想给你造成任何困扰。

你真诚的朋友，

凯西娅·马朱达

西半球，美国华盛顿特区

地球（已开启回复信用许可）

我认为，可能是由于奥林匹亚人的关系，凯利泰特和马朱达家族的关系也有所恶化……（可怜的斯坦！他几周后就要跟一个来自凯利泰特族盟的女人签订婚约。我们都已经深陷泥潭。）

波托马克河的水面上浪花翻涌，一群海牛浮出了水面，它们一直在修剪、照料河底的植物，现在浮出来休息一会儿。我站起身，伸了个懒腰。现在，小路上已经有了十几个游人。花园里的玫瑰花轻声歌唱，招来成群结队的音乐蜂，组成一朵朵密集的银色小云团。

我发出了信息。艾伦和我一起去听了乔治城的一场音乐会。用实物乐器演奏勃拉姆斯和汉森的作品，很精彩，我却几乎充耳不闻，一直沉浸在自己的思绪和忧伤里。我的通信器一直开着，等待任何可能的答复。可是直到我们出发前往里士满的那天上午，才收到回音。

亲爱的凯西娅：

　　对于我的工作，我什么都不能说。我理解你的处境。以后还会更加艰难。

　　祝你好运。

查尔斯·富兰克林

以西迪斯高原

火星（未启用回复许可）

　　我把消息拿给艾伦和拜瑟拉斯看，然后是爱丽丝。查尔斯的回复很简短，也没有泄露任何信息，不过已经证实了我们需要知道的事实：我们面临的压力将越来越大，而奥林匹亚人与此事有关。

　　"看来我该亲自出马，给他们施加压力了。"拜瑟拉斯说，"整个太阳系都像蛤蚌一样闭紧了嘴巴。可这根本就毫无道理。"

　　我暗自好奇，不知道查尔斯有没有跟量子逻辑智囊机对过话。

　　里士满大雨滂沱。我们的飞机叹息着降落在起落垫上。起落垫外部如同厚厚的白色巨浪，内部则是长椭圆形，就像一只被变形虫包裹的草履虫。"巨浪"的一部分迅速硬化，变成了乘客通道。机器工人从泡沫中的斜坡爬过。在乘客的后面，一排泡沫墙淹没了所有座椅，自动执行着清洁和修复工作。

　　在换乘区，我的叔叔向少数几位星际视频记者微笑，说着勉励的话。它们中很少正常人类，多半只是机器工人。自我们到达以来，关注我们一举一动的记者人数已经减少了三分之二。我们已经变得既不那么有趣，又不那么重要。

　　一辆私营出租车带我们从换乘区出发，穿越里士满市区。作为一项特别优待，我们沿着一条鹅卵石街道前进，两侧的房屋可以

285

追溯到1890年代。我们还经过了一座纪念碑,是献给某个斯图尔特将军的。爱丽丝告诉我们,J.E.B.斯图尔特①死于美国内战。

与华盛顿一样,里士满也没有连体高层建筑或者摩天大楼,我们就好像穿越回了19世纪末一样。

杰斐逊酒店看起来有些老旧,不过维护得很好。我们进入正门时,建筑用纳米机器人正在忙碌地替换建筑南侧的石材和水泥。雨停了,绚烂的阳光照进了我们的客房。我们忙碌地给爱丽丝连接上外部网络,酒店一位热情的侍者送来午餐,我们快速吃完。

我在小小的仿古浴室里洗了个传统的热水澡,然后穿上西装,从医药包里找出了必要的防疫更新(每座城市都有不同的传染性知识需要对付),然后回到小客厅,与艾伦和拜瑟拉斯碰头。

门多萨和王派来的机器工人带我们进入一间地下会议室。在这个四面环绕着灰泥墙壁、没有一扇窗户的房间里,坐在式样古老的木头桌旁边,我们再次跟两位参议员握手。

王饶有风度地为我拉好椅子,"每次到这儿来,我都会变成一位南方绅士。"他说。

"他们才不会允许你加入南方政府呢。"门多萨干巴巴地评论着。

"你也一样②。"王说。拜瑟拉斯似乎觉得这一点儿都不可笑,甚至懒得装出礼节性的笑容。

"在现在的美国,想找个像样的口音都越来越难了。"门多萨说。

---

① 詹姆斯·尤厄尔·布朗·"杰布"·斯图尔特(1833－1864),美国南北战争时期南方军陆军少将。

② 从两人的姓名判断,可能分别是华裔和拉美后裔。历史上的南方政府是不允许这两类人进入的。

"去首都吧，"王坐在厚厚的木桌对面说，"那儿的口音正统。"

"语言也在变得千篇一律，就像人们的审美趣味一样。"门多萨不以为然地说，"所以我们才觉得，火星口音令人耳目一新。"

我无法分辨，他们如此屈尊表示欣赏我们，到底是故意的，还是马屁没有拍好。我相信这两个人做的任何事情都别有深意。如果他们是故意示好，那么，随后等待我们的陷阱又将是什么呢？

"我们为给您造成的不便表示歉意，"王说，"美国国会很少取消如此重要的会议。事实上，我从来不记得有过这样的先例。"

"这个第一名的荣耀，并不会让我们心存感激。"拜瑟拉斯还是冷冷地说。

"我想，你们已经猜到了，我们并不是代表美国政府请你们到这里来的。至少在严格意义上讲不是。"门多萨说。

拜瑟拉斯两手十指交握，放在桌面上。

"我们今天不得不说的话，既不礼貌，也不合乎外交原则，也不能算十分光明正大。"门多萨继续说，他的表情也严厉了起来，"这些话本应该只出现在私下交谈中，而不应出现在最终需要公布内容的会议上。"

"您的意思，是让我们不要把今天会议的内容通报给我们的人民知道？"拜瑟拉斯问。

"这个由你们自己决定。"门多萨说着，直视拜瑟拉斯，"你们可能会不愿意公开。我们打算发出的消息，可以算是威胁。"

拜瑟拉斯的眼睛瞪得很大，甚至显得微微突出，他的脸也变成了棕橄榄色，下颌肌肉绷得很紧，"我不喜欢你现在的态度。你是代表吉瓦说话吗？"

"是的，"王说，"但严格来讲，听众并不是你本人。你也不能算是火星利益的合格代言人，考虑到——"

拜瑟拉斯从椅子上站了起来。

"请坐下。"王说，他眼神冷淡，面色却像天使一样宁静。

拜瑟拉斯并没有坐下。王耸耸肩，向门多萨点了一下头。门多萨取出一个小小的袖珍通信器，示意我把自己的通信器交给他。我听从了，然后他传输了一些文件过来。

"你们要尽快把这些文件传送回火星。让你们的族盟议事会，或者其他任何现有的相关机构对此进行讨论。你们指定的决策小组，将可以向吉瓦驻西雅图、东京、卡拉奇或者北京的办事处发送回应。我们要求你们在九十天内给出明确答复。"

"我们不会屈服于你们的淫威。"拜瑟拉斯说，他显然在极力控制自己的情绪。

门多萨和王不为所动，我把自己的通信器交给拜瑟拉斯。他很快浏览了第一份文件，"我不明白，地球上以礼貌和智慧闻名的两位政治家，怎么能表现得像流氓恶棍一样。"

门多萨偏着头，嘴角上翘，一副充满讽刺的挖苦表情，"五年以内，太阳系必须统一在唯一的权威之下。最好也最平衡的权力机制，就在地球上。我们必须跟火星和小行星带签署和约。吉瓦、吉萨和欧盟，都同意这样的方案。"

"我有一份完整的提案，"拜瑟拉斯说，"我只是需要适当的人来听取这个建议。"

"两颗星球的合作模式必须做出调整，"门多萨说，"吉瓦会跟统一后的火星进行谈判，你们可以指派或者选举出谈判代表。由于几方面的原因，你并不是我们可以接受的人选。"

"我来地球，是为了与你们谈判，并出席美国国会听证——我在这里受到了极为不公正的对待——"

"你并没有得到整个火星的支持，你们那些势力一直明争暗

斗。凯利泰特等族盟通过其他渠道表明,他们将不会支持你的提
案。"

"凯利泰特。"我对拜瑟拉斯使了个眼色。拜瑟拉斯微微摇头,
他并不需要我来提醒。

"我们有办法对付他们。"拜瑟拉斯说,"凯利泰特族盟目前在
火星的很多项目,都要通过马朱达族盟进行融资。"

门多萨皱起眉头,对这句话暗含的威胁表示不屑,"这并不是
唯一的问题,甚至不是最重要的问题。几天以后,你就会因为性侵
犯行为面临民事指控。诉讼将被提交给哥伦比亚特区法院。我
想,一旦指控被公开,你就将无法出任谈判代表。"

拜瑟拉斯的表情凝固了起来,"你说什么?"他语音干涩地问。

"请你自己看文件吧,"门多萨说,"里面有地球可以接受的火
星统一计划,也有达成这些计划的战略建议。不过,你在火星还有
一定影响力,依然有很多事情可以做。时间到了,马朱达先生。"

王和门多萨向我和艾伦点点头。我们两个都过于震惊,以至
于无法回应。当会议室只剩下我们三个人的时候,拜瑟拉斯慢慢
地靠在椅背上,死盯着对面的墙壁。

艾伦率先打破了沉默,"这到底怎么回事?"他在桌子对面盯着
拜瑟拉斯问。

"我也不知道。"拜瑟拉斯说,"诽谤吧。"

"你肯定心知肚明。"艾伦继续追问,"很明显,这不是简单的欺
诈行为。"

"是出了点儿意外。"拜瑟拉斯闭起眼睛说。他牙关紧咬,脸部
周围的皱纹变得更加明显了,"不是什么大事,我不过是想追求一
个女人。"

我也无法想象,在性观念极为开放的地球,拜瑟拉斯能做出什

么值得起诉的事情来。

"她来自一个摩门教家庭,有很高的社会地位,是吉瓦驻巴基斯坦的代表。我觉得跟她很投缘。对她有强烈的好感。"

"然后呢?"

"我向她示爱,遭到了拒绝。"

"仅此而已吗?"

"问题在于她的家人,"拜瑟拉斯干咳了一声,摇摇头说,"她本人是伊斯兰法蒂玛派教徒。已婚。这种事会被看作特别严重的侮辱。我只是隐约听说有这么回事。"

艾伦转过头看着我。我不知道他是会大哭,还是会突然大笑。他深呼吸,咬住下唇,移开了视线。

我忽然感觉到一股极其强烈的怒火,从脖颈直冲到脸上。我站起来,两手垂在身边,握紧了拳头。

我躺在自己房间的床上睡不着。隔着房门,可以听见艾伦和拜瑟拉斯在喊叫。艾伦想要了解更多细节,但拜瑟拉斯说那并不重要。艾伦说那绝对很重要。拜瑟拉斯开始哭哭啼啼。喊叫声随后平息,我只听到模糊的低语,似乎持续了好几个小时。

第二天,天还很早,我醒来后坐在床边上。感觉自己像是身处乌有之乡,也忘记了自己是谁。房间里的家具都失去了意义,像梦里见到的场景一样。我感觉地心引力仿佛都变成了政治压力。透过宽大的窗户上贴着的半透明遮光层,我看见灰暗的晨光在云层中闪耀,照亮一块块枕头一样的小岛,云层遮住了河流、河谷和其他所有的一切,充斥在高层楼宇的根基之间。

我的通信器开始闪亮,表明刚刚收到了通信信息。我下意识地伸手去取,却又缩回了手。

我现在不想跟奥利安娜通话，也不想读到父母发来的消息。可能还要几天的时间，我才能平息自己头脑中的喧嚣扰攘。

我终于还是对自己承认，我没有能力留着一条信息不去阅读。我拿起了通信器，打开那条信息。

发件人并不是奥利安娜，也不是我的父母。

是参议员约翰·门多萨。他要单独跟我见面，而且要求在露天环境下，还希望我不要把跟他会面的事告诉任何人。

片刻之后，信息被自动清空，成了一片空白，只剩下他办公室的号码，便于我发送回复。

我买了一袋快餐（三明治加饮料）当作午饭，食物来自林肯纪念堂旁边一辆古色古香的零售车。我走向约好的碰头地点，观景水池边的大理石长凳，发现门多萨也买了一袋午餐。我在他身边坐下，他热情地微笑，对我表示欢迎。

"有时候，"他说，"我会想象信息流革命之前的政府，那时候报纸还要印刷，新闻或许还会来自电视和收音机。那时一切都要更简单得多。你知道吗，我是整个国会唯一没有接受过机能强化的参议员？"他的笑容变得更加绚烂，"其实我背后有一个智囊团，都是可靠的专职员工，其中有些人接受过机能强化。所以说，我也是个伪君子。"

我一言不发。

"马朱达小姐，里士满发生的事，让我觉得很尴尬。"

"我们为什么要在里士满会面？"我脱口问道，"就因为它是南方各州的首府吗？"

一时之间，他显得有些困惑，然后摇了摇头，"不，跟那些没有关系。我们只是想让你们离开华盛顿，因为王和我要跟你们说的

291

话,并不代表美国政府的立场。"

"是吉瓦的立场。"

"当然。"

"你们设计陷害我叔叔,让他的使命遭遇失败。在你们看来,我们简直不堪一击,对吗?"

"拜托,"门多萨抬手止住我,"我们没有做任何针对你叔叔的事情,他让我们所有人都很失望——包括地球和火星。之前发生的事,都不可避免——但我并不赞同。事实上,你们的谈判团队没有赢得吉瓦的信任。你叔叔和那位巴基斯坦女士之间的冲突既出乎我们的预料,也不是我们想要看到的。我们无法按下这件事——巴基斯坦只是吉瓦组织比较边缘的成员而已。她可是一位外交官的妻子,马朱达小姐。而你的叔叔却侵犯了她。我们能在几周内解决这个案子,让他安全返回火星,就已经算幸运了。"

"为什么找我谈话?"

门多萨向我侧过身,胳膊伸直,两手按在石凳上,就好像要向我透露什么秘密一样,"你跟我一样,没有接受过任何机能强化,因而没有被那些疗程洗过脑。你立场保守,我能够理解你。我读过你在大学期间的论文和作业,因而强烈地感觉到,你会是火星下一代领导群体的一员。"

"我觉得,以后我不会再参与政治了。"我说。

"胡扯。"门多萨听了很生气,"火星离不开你这样的人才,就像不能依靠你叔叔那种人一样。"

我愁眉苦脸。

"你知道未来这几年有多重要吗?"门多萨问。

我没有回答。

"其实,有一多半的情况,我也同样不了解。"门多萨说。

"以后,你可能会了解得比我更深。你可能会是火星这段历史中的重要人物,可能会是一个团队的核心。而我总是在边缘,是个跑腿儿的小人物。但是有一点我很清楚:那些比我地位更高的人很害怕。我从来没见过这么混乱的局面、这么多的分歧——连智囊机都无法取得一致。知道这有多严重吗?"

我紧盯着他,无法继续保持冷静。

"有某种强大到可怕的力量将会被释放出来。每隔几代人,科学就会这样折腾我们一次——在我们没有准备好的时候,突然把某个发现丢在我们面前。你很可能以为,时至今日,我们已经有能力应付几乎任何变故。可事实上,至少那些大人物和决策层智囊机认识到,我们必须做好充分准备才行。而且他们下定决心,要在大变革降临之前完成这一步骤——不管这个变革是什么。"

在此之前,我所知道的一切都来自猜测和臆想,如今突然面对事实,心中感觉翻江倒海。

"如果我们不能调整好当前的局面,导致一群理智不健全的年轻人发现并且使用了这种强大的力量——不管它是什么——内地行星组织的领导层,在西雅图、东京和北京的大人物们都认为,这可能会导致全人类的灭绝。"

门多萨眉头紧皱,就好像刚刚得知自己儿女病危的消息,"你知道吗? 几十年以来,我都像是华盛顿政坛上的一个弃儿。我是摩门教徒,我没有接受过机能强化。不过,我想方设法撑到了今天。如果有人知道我这样跟你谈话,我会失去所有辛苦得来的成就,一切的地位、权力、影响力。"

"那你为什么还要这样做?"我问。

"你有没有听说,在地球上所有国家的首都,都不允许对人进行监视——甚至包括对普通居民的监视?"

我的确听说过。

"政府相关的一些事,必须秘密进行。就算在当前这个极端讲求理智的时代,所有人都受到了良好教育,可以举办规模巨大的即时全民公决,还是有那么一些时候,需要在规则之外行事。"

"彼得森非绝对性定理。"我说。彼得森是管理学专业大学二年级课程中的偶像级人物。他曾指出,任何想要实现严密组织和理性运转的系统,都必须留出足够的空间,允许人们打破常规,破坏约定俗成的惯例。否则,就会不可避免地面临灾难性的失败。

"正是如此。回家吧,马朱达小姐。慎重选择你的导师和领导者。为火星统一努力工作。无论采用何种方式,火星都必须置身规则约束之下。我研究过相当多的历史文献,足以对此后的'路程'做出一些预测。'坡度'会很陡,动力会很足,解决方案必须快速得出——从任何角度来看,都不会让人感到舒服。"

"我只是个小助理而已。"我可怜巴巴地回答。

他看着别处,表情阴郁,"那就找一个足够强大的人,担当领航员的责任,带你们应对这场大风暴。"他直起身,整理了一下衣服前襟,拿起那袋午餐,站了起来,"再会,马朱达小姐。"

"再会,"我说,"谢谢您对我的信任。"

门多萨耸耸肩,穿过草地,走向国会山的建筑群。

我坐在长椅上,转头看着林肯纪念堂,脑子里一片冰冷,就像我手指下的大理石一样。

一个月后,拜瑟拉斯、艾伦和我打好行囊,准备返回火星。收拾行囊的过程本身花不了多长时间。我已经几天没有见过拜瑟拉斯。他总是长时间关着门,与火星方面通信。但我觉得,他也是有意想躲着我们。

　　艾伦不再像对待一位年长的政治家那样尊敬拜瑟拉斯。要艾伦对我们族盟族长表现出一点儿起码的尊重，都非常困难。拜瑟拉斯不希望把我也刺激到了，对他采取同样负面的态度。

　　但实际上，我并不痛恨他，也很难同情他。我只想回家。出发前两天，拜瑟拉斯走进套房起居室，站在我面前，而我正埋头看自己的通信器。

　　"对我的诉讼已经撤销，理由是文化差异。争议结束了。"他说，"至少这个部分已经过去。"

　　我抬头看看他，"挺好的。"我说。

　　"我代表爱丽丝提出了诉讼，"他说，"马朱达族盟要求判处加州索伦托山谷的智能设计集团有罪。"

　　我点头。他吞了一口唾液，愣愣地看着我，继续说话好像非常吃力的样子，"我咨询了爱丽丝一世和二世，还有我们在火星的法律专家，我还会在当地雇用一位律师。我们会要求陪审团做出裁决，陪审团中间至少要包括两名智囊机。"

　　"很聪明的方案。"我说。

　　拜瑟拉斯坐在对面的椅子上，两手十指交握按在大腿上，"所有这些都是暗中进行的，但是在我们离开之前，我会公布所有的细节。这将迫使智能设计集团走上法庭，而不是试图秘密私了。这将成为一桩丑闻。他们会否认全部罪责。"

　　"很可能。"我表示同意。

　　"这也将会严重打击吉瓦。我们的律师将指控地球涉嫌利用智能设计集团作为工具，密谋破坏火星经济。"拜瑟拉斯深深叹了一口气，"我犯了错。唯一让我略感欣慰的，就是对手犯下了更大的错误。爱丽丝二世将留在地球。"

　　"计划很好。"我说。

"应该有人留下来陪她。艾伦说他愿意留下，但我觉得，应该把这次机会给你。"

"我应该离开地球。"我毫不犹豫地说。

"我们都受够了地球。"拜瑟拉斯说，然后，他垂下眼帘，"你觉得我是个白痴。"

我想撒谎，但嘴唇不听使唤，眼泪涌出了眼眶，那是愤怒和遭到背叛的感觉，"是……是的。"我回答，眼睛看着别处。

"我不是火星最优秀的代表。"

"我祈祷上帝，希望你不是。"我说。

"但我却给你们提供了机会。"他说。

我拒绝看他的眼睛，只是表示同意，"是的。"

"但或许也连累了你。议事会将会举行听证，你会被问到一些令人尴尬的问题。"

"这不是我生气的原因。"我说。

"那你为什么生气？"

"你承担着如此重要的责任，"我说，"本应该头脑清醒，知道自己的缺陷，以及可能导致的麻烦。"

"什么，你是让我接受治疗吗？"他苦笑着，"真是地球特色！怎么会有火星人给我提这样的建议？"

"在火星，这事也很平常。"我说。

"我这样出身的人不会那样做。"他说，"我们保持自己的本色，依靠自己的天赋，而不是其他。"

"那我们就会失败。"我说。

"也许吧，"他说，"但虽败犹荣。"

去航天港之前一个小时，我在套房里跟爱丽丝告别。有一段时间,爱丽丝表现得很拘谨,不愿回答我关于它感染病毒的问题。它甚至不愿意跟我们聘请的律师沟通,也不愿理会律师的专用智囊机。但是现在已经好多了,它好像已经接受了自己的新角色——它还是一个受爱戴的家庭成员,只不过不再负责原来承担的工作。

"我回放过几次你和奥利安娜分享的那个模拟世界。"它开动自己的推车,进入我房间的时候说。我的行李箱和通信器就放在行军床上。卧具整齐得像豆腐块一样。我有时候过分讲究整洁。"那些东西,你都一直保存着吗?"我问。

"是啊,我观察过那些虚拟角色在模拟故事某些阶段的表现。很有趣。"

"奥利安娜觉得,你可能会认为那些材料有用。"我说,"不过,你应该在智能设计集团的智囊机对你进行检查之前删除它们。"

"我不能删除任何东西。我只能压缩数据,存储在非活跃区。"

"哦,我给忘了。"

突然之间,爱丽丝大笑起来,我从来没听见它这样笑过,"跟你一样,我也能暂时忘记一些东西。"

"我会想念你的,"我说,"没有你,回家的路会显得更加漫长。"

"有拜瑟拉斯陪着你啊,而且还有其他乘客。"

我摇头说:"估计拜瑟拉斯和我没什么可说的。"

"别太怪罪拜瑟拉斯。"

"可他把我们害惨了。"

"你不觉得,别人很可能就等着他来犯那些错误吗?"

我没听明白。

"地球上的人和组织经常暗地里搞小动作。"

"你认为,拜瑟拉斯是遭人陷害?"

"我认为,地球肯定要达到目的才会满意。我们几个都是障碍。"

我对她刮目相看,"你是不是也有些不满?"我问。而且,你已经不像以前那样天真。

"可以这么说。我想回去,见我的原型。"爱丽丝说,"我觉得,我们两个可以互相安慰,也会在观察人类活动时自得其乐。"

几周来头一次,爱丽丝展现了它的形象:年轻、长发的爱丽丝·里德尔绽放出微笑。

我们启程返回火星。爱丽丝诉讼案的消息接踵而至。这件事的确引发了一些反应,冲淡了拜瑟拉斯造成的负面影响。吉瓦为此相当尴尬。也许正因为这件事,让地球和火星之间刚刚开始的对抗倾向略有缓解。而诉讼案本身,很快就被搪塞和拖延的战术化解。等十个月后,我们回到家(我此生唯一的家园),案子还是没有判决结果。事情没有任何起色,一切都还是原来的样子。

第三部

第五部

2178-2181年,火星历57-58年

我愿意,
在大洪水之前十年爱上你。
而你,要是高兴,可以一直拒绝,
直到犹太人也信了上帝。
我的爱,会在孤寂中缓慢生长,
直到比帝国的疆域更宽广无垠。

——安德鲁·马维尔《致羞怯的情人》

离家一个火星年之后,我一回来就面临诸多的不如意:马朱达家族极为不满,我的学徒身份被暂停,拜瑟拉斯也引咎辞职。马朱达族盟对智能设计集团提出的诉讼的确演变成了一桩丑闻,但这并不足以让我的叔叔挽回颜面。智能设计集团把责任推在"地球内网安全监督局"身上,声称是这家机构要求在所有神经网络设计方案中设置特定的隐蔽安全机制。诉讼长年累月地不断拖延下去,任何一方都不满意。不过,这却让火星自己培养智囊机的计划重新获得了外界关注。

火星的智囊机设计公司(当时水平最高的机构)声称,他们已经解除了隐藏病毒的威胁。火星将不会遭到来自地球的"窥探"。

爱丽丝很快就被治愈，并重新回到工作岗位上。我很高兴，周围人们的担心也逐渐淡去。然而，我们却都错了。

丑闻带来的益处之一，是我们再也没有听说火星对地球安全的威胁。事实上，火星对地球的压力在很大程度上都有所缓解。但是，丑闻并不是唯一的原因，地球暂时还能满足于一些权宜之计。

凯利泰特族盟退出了火星议事会，与地球单独展开谈判。斯坦已经缔结婚约，转入了简的族盟，不过他也不知道凯利泰特人到底做了些什么，或者达成过怎样的协议——我也不愿意去找查尔斯打听消息。估计他还在为凯利泰特人工作。上次给他写信打探消息的事情，到现在还让我觉得尴尬。

父亲跟我说，带着地球臭气的三星币不断拥入凯利泰特族盟，但是并没有分给奥林匹亚人。他们采购智囊机的要求，从来都没有获得过许可。

凯利泰特人继续拒绝马朱达家族参与研究项目的要求。他们透露的消息很有限，说奥林匹亚人的研究只是为了改善通信质量，没有什么特别的战略意义；而且他们遭到了失败，因而将无法继续获得资助。

在吉达基地，妈妈因心脏病去世。直到现在，提到这件事，我还是会感到害怕。父母中有一人去世，大约是独自承担生活责任的最后标志了吧。不过对我来讲，妈妈的去世更像是把我连根拔起，割断了我与所有亲人之间的联系。

父亲很痛苦，他也不向别人说，只是默默忍受着煎熬，就像被心中的烈火慢慢吞噬一样。我绝对没想到，父亲有一天会变得这样面目全非。我本以为我们会更加亲近，但事情并没有如此发展。

每次看望他，都让他很难受。他看到我就想起妈妈。在最初的几个月,我的探望让他极为痛苦,甚至到了难以承受的地步。

像大多数火星人一样,他拒绝了缓解痛苦的治疗。我和斯坦也做了同样的选择。痛苦是我们对死者表达怀念的方式。

我必须自己制订计划,找到未来的生活方向,趁自己还年轻重整旗鼓。按火星历,我才刚刚十三岁,只能担任马朱达家族最平常的工作,或者就是留在伊拉帮父亲做事,但我并不想这样做。

是时候了,我得到别处寻找同盟。

火星的春天到了,我的爱情也开始成长,开花。

在我上一次往返地球的时候,火星人发现了最重要的化石。地点是里卡斯和塞纳岩层,古老的奥林匹斯火山北坡的宽广地带。这里的峡谷蜿蜒崎岖,延伸至上千公里的距离,像是不安分的巨大蠕虫留下的巢窠痕迹。共生母体曾遍布此地,在火星其他地区的生命纷纷死亡时,还多活了数百万年的时间。

这里的主要发掘者之一,名叫卡奎伊·乔丹-厄祖尔。他有一名助手,名字叫伊利亚·拉宾诺维奇。

第一次见到伊利亚,是在阿尔巴佩特拉山下卢比孔市举行的跨族盟交谊会上。那时候,他刚刚发掘完第十二个母体化石。我对他的成就已经有所耳闻。

这类交谊会也是火星的特色传统之一,每个地区、每个季度选择不同的居住地举行,包括求婚、跳舞、讲座和展示活动,还会在度假氛围中讨论族盟内部事务。各族盟可以交换有关三星世界的商业信息,在轻松氛围下谈判并签署协议,还可以寻找适合的族盟成员候选人。

伊利亚生动讲解了他在塞纳岩层做出的发现。他讲完之后,我想起当年在默多克酒庄和查尔斯一起寻找化石的往事,很快就跟伊利亚攀谈起来。

他个头不高——比我还要矮一厘米——体型匀称，有一双会说话的深色眼睛，总是带着可亲的笑容。从外貌上看，他让我想起西恩·狄金森，不过个性却完全相反。他喜欢跳舞，喜欢在公开场合和私底下谈论火星的远古时代。他挤出时间陪我坐在一间茶室，头顶是投射的星图。他生动地向我讲述了生命母体的特征，就好像他曾生活在那个年代一样，而我，恰恰非常愿意听到这类描述。

"发掘化石这个行当，相当于跟火星缔结了婚约。"他说。他本以为我会满眼空洞的表情，或者离他而去，前往另外一个房间，但当时，我却要求他讲得更清楚一些。

舞会以后，我们花了几个小时的时间，绕着水井源头的一座水库散步。他面带友善的笑容，突然就慢慢靠近我，吻了我，告诉我他已经被我深深吸引，尽管自己也觉得这种感觉难以言传。我早就听过类似的台词，不过这话从伊利亚嘴里说出来，似乎就有了一点儿新鲜感。

"哦。"我看似不为所动，却带着鼓励的笑容。

"我像是已经认识你很久了。"他说完，自己也觉得可笑，半侧着头问我，"这话听起来是不是很傻？"

"也许在很久以前，我们也曾经是火星人。"我随口说道。我总觉得，一段情感的开始很有趣——双方保持着距离和轻松的心态，猜想着这场求偶的舞蹈能够持续多久。我已经给出了信号：我愿意考虑接受，现在就看你的表现了。"也许早在十亿年前，我们就已经互相认识。"

他大笑，挺起身，伸展了一下手脚。我们听着水流从高处流下，绕过转弯处的声音。机器工人无视我们的存在，忙着检查流量和清洁度。伊利亚看起来像我一样放松,充满自信,但又不盛气凌人。

"几年前你曾去过地球,对吗?"

"只是一年前。"我说。

"我说的是地球年份。"

他的职业跟化石有关,他使用地球年份,而不是火星年。我苦涩地感觉到,历史可能在重复。"好吧。"

"地球是什么样子?"

"朝气蓬勃。"

"我也挺想到地球去搞发掘的。在中国和澳大利亚仍有新化石被不断发掘出来。"

"我估计,短期内我都不会再去地球。"我说。

"那里并没有给你留下美好回忆,是吗?"

"有些方面也挺好。"我说。

"失恋了?"他问。我大笑。他的笑容逐渐变得有些僵硬;跟大多数男人一样,他也不喜欢被人嘲笑。

"抱歉。"我说,"其实我是对政治感到失望。"

他脸上再次绽放出笑容,"像小宝贝进了大森林?"

"更像是胎儿落入了凶险的丛林。"我心有余悸地说。

那次聚会以后的第二天和第三天,我们继续见面,感情在甜蜜的懵懂状态中慢慢发酵。他给我准备午餐,陪我在地面上的玻璃管道中散步,遥望卢比孔山。他小心翼翼地试探,问更多的问题。

我第一次忍住几乎流泪的剧痛,向别人讲述了我在地球的真实经历和感受——旧时疮疤刺痛着我,在倾诉后终于觉得释然。我跟他讲被出卖的感觉,讲自己如何无知、无力,讲整个地球文明的强大实力。

我们吃过午饭,入住到一家隐秘的居所。两人都没有说什么,也没有提议什么。伊利亚一路引导着我。我又说了一些话,然后我依靠在他的身上,他把手臂搭在我的肩头。

"那些人对你实在太差。"他说,"这不是你应得的。"

当然,这有一点点投我所好的嫌疑,不过他本人的态度却非常真诚,而且始终权衡我的承受力和容忍限度,并没有提出任何过分急切的要求。

整场聚会期间,我都住在卢比孔城租的寓所。他建议我会后去奥林普斯基地,去见见他的家人——厄祖尔族盟的成员们。我没有时间,因为我本打算提前离会,回到吉达,为马朱达族盟编写一份项目报告。不过我还是答应,尽快再与他见面。

我并不想放弃这段感情。我对伊利亚的好感来得自然而直接。他是我见过最友善、最感性也最坦诚的男人。我喜欢跟他聊天,哪怕连续几个小时、几天、几个月,乃至更长时间。做爱就好像是一个自然的延伸,是用另一种语言来交流。赤身裸体地躺在一起,被方才的激情温暖着,肢体随意地交结,彼此开着玩笑,感叹各族盟和火星议事会当前的状态,鄙视他们对地球奴颜婢膝的态度。

当我在他身边的时候,会有一种极为难得的宁静和完满的感觉。他就是那个帮我重整旗鼓的人,是我的良伴。

厄祖尔族盟的奥林普斯基地,给人的感觉与伊拉完全不同,也跟我在火星见过的其他任何基地都不一样。厄祖尔族盟始建于2130年,是来自地球美国的拉美后裔、伊斯帕尼奥拉岛移民和亚洲后裔的联合组织。为了筹集前来火星的经费,他们最终也吸收了波利尼西亚岛居民和菲律宾人。他们到达火星时,进驻奥林普斯山地西侧一座早已建好的地下基地。五个火星年之内,他们就已经与七个其他族盟确立了联盟关系,其中包括来自俄罗斯的拉宾诺维奇家族。很快,厄祖尔族盟的发展势头就蒸蒸日上。

作为一个规模小、成长快、主要经营矿业和土木工程的族盟,厄祖尔一向严格履行契约,广受尊重,并秉持了严格中立的立场。现在,有了分散在四个地区的九十多处矿业资产,他们的规模依然有限,不过运营效率高,被外界看好,因值得信任且态度友善而知名。

到达奥林普斯基地之后,我在一间客房住下——这是伊利亚帮我安排的,以便给我充分的自由。如果我跟他的家人合不来,至少有个退路。随后,我去参观了族盟博物馆,那儿的展品都很无聊,无非是些古老的钻井和挖掘设备而已。展品四周装饰的镶嵌画,取材于波利尼西亚和伊斯帕尼奥拉岛神话,让展馆有了几分生气。有一幅画像是佩利女神,她是掌管火山的小女子,热情、泼辣,造型很有韵味。我在欣赏这幅画像的时候,伊利亚走开了一会儿,几分钟之后才回来。一个身躯巨大的女人跟他同行。那女人的个头比伊利亚更高,身体的宽度是他的两倍。

"凯西娅,我给你介绍一下我们族盟的族长,泰桑德拉。"

泰桑德拉微微皱着眉头,下嘴唇突出着,上下打量我。她是个身躯非常巨大的女人,个子有两米高,而且骨骼宽大,笑起来极富感染力,眼窝很深,眼神很暖,说话轻声细语,像女低音歌唱家。泰桑德拉·厄祖尔举手投足总带着几分威严。她深黑色的浓密而蓬松的头发,像荣耀光环一样围绕在头部周围。她有一副威严而又不失友好的面庞,五官坚毅。如果在幻想模拟游戏里,她应该是一位武艺高强的女王。但是她平易近人的举止,小女孩一样爱穿艳丽衣服的臭美倾向,又冲淡了她的庞大身躯可能给人的威压感。

"你是银行家?"她一见面就问。

我不禁失笑，"不是。"我说。

"那就好。我觉得伊利亚跟银行家肯定合不来。他会一直申请研究经费的。"她爽朗地笑着，深邃而温暖的眼睛眯成了一条缝。然后，她从伊利亚拿着的袋子里取出一只大花环，伸开粗壮而强健的双臂，说："我们会一直欢迎你。你的名字特别可爱，而且伊利亚眼光很高。他就像我儿子一样，只不过我们两个年龄相差太小。知道吗？我才比他大五岁！"

那天晚上，我们在族长家大开宴席。有二十位家族成员到场，我还见到了泰桑德拉的丈夫——保罗·克洛兹利。他是个内向而细心的男人，比泰桑德拉年长十岁。保罗的个子跟伊利亚一样矮。泰桑德拉要比她丈夫高得多，不过这两个人只有身高的差距而已。他们就像新婚夫妇一样，总在亲密地调笑着。

最让我着迷的，就是聚会的轻松气氛。他们用西班牙语、法语、克雷奥尔语、俄语、塔加洛格语、夏威夷语聊天，为了让我听懂，也有人说英语。他们对我有穷无尽的好奇心。

"你为什么不说印度语呢？"克奎依·乔丹–厄祖尔问。

"我没学过。"我说，"我的家人习惯说英语。"

"所有人都说吗？"

"有些年长的家人也说其他语言。不过从我小时候起，我的父母就一直只说英语。"

"作为一门语言，英语太难懂了，你应该说克雷奥尔语，听着就像美妙的音乐。"

"可是那对科学研究没用处，"伊拉亚说，"搞科学，还是俄语最棒。"

克奎依嗤之以鼻。另外一个"大吃货"奥列格·肖温斯基，说他认为德语最适合用于科学研究。

"哼,德语!"克奎依再次表示不屑,"搞哲学还行,对科学技术肯定不是最佳选择。"

"你们在伊拉都泡什么茶?"克奎依的妻子特雷萨问。

泰桑德拉在厄祖尔族盟广受爱戴。一家老小都把她看作女族长,尽管她的年龄还不到二十个火星年。晚饭后,她端着一大盘新鲜水果绕着桌子分发,给所有人分甜点,然后站到大家对面,"好了,喝酒的,把杯子都放一下,听我说。"

"结婚! 结婚!"有几个人在起哄。

"闭嘴啊你们,一点儿规矩没有。我很高兴,向你们介绍伊利亚的女朋友。你们都跟她聊过了,让她领教了我们的英明伟大,她也给我留下了深刻印象。我非常荣幸的宣布,将来她会嫁给我们家这个挖破烂的小破孩。"

伊利亚非常尴尬,脸一下子红了起来。

泰桑德拉举起双手,压下喧嚣的欢呼声,"她来自马朱达族盟,但她本人不是银行家。所以你们都要对她好一点儿,别整天追着人家申请贷款。"

又是一阵欢呼声。

"她的名字叫凯西娅。站起来吧,凯西①。"我站起来,这次轮到我脸红了。周围热情的欢呼声几乎让我无法自持。

克奎依给我们俩敬酒,祝我们身体健康,然后问我是否喜欢化石。

"很喜欢。"我说,这是实话。我喜欢化石,因为我爱伊利亚。

"那就好。因为在我认识的人中,只有伊利亚每周都要去找化石,要不然就会忧郁。"克奎依说,"他是我的理想助手。"

---

①凯西娅的昵称。

"她还没决定怎么安排以后的生活。不过,我们会支持她的任何一种选择。"泰桑德拉说。

"其实,我们已经决定了。"伊利亚说。

"什么?"所有人异口同声地问。

"我主动提出,愿意转入马朱达族盟。"伊利亚说。

"很好。"泰桑德拉说。不过,她的表情可一点儿都不好。

"但是凯西娅对我说,她更愿意让生活有点变化。她想加入厄祖尔族盟。"

"如果你们能接受我的话。"我补充说。

又是一阵欢呼。泰桑德拉再次拥抱了我。被她拥抱,感觉就像被一株铁心软体大树箍住了一样。"又多了一个女儿,"她说,"太棒了!"

他们拥挤在我和伊利亚周围,对我们表示祝贺。姑姑姨妈、叔叔舅舅、老师和朋友,纷纷提出各种建议,讲述着关于伊利亚的小段子。这些故事讲得越多,伊利亚的脸就越红。"拜托!"他反对着,"我们两个可是还没缔结婚约呢,你们别把她吓跑了!"

吃过甜点以后,我们围坐在一张巨大的圆桌周围,品尝各种饮料和白酒。他们比我以前见过的所有火星人更能喝,不过任何时候又都能保持尊严和理智。

当晚临近散场的时候,泰桑德拉把我叫到一边,说邀请我参观她最宝贝的热带花园。花园的确很美,不过她并没有花费太多时间来欣赏。

"我对你多少有些了解,凯西娅。我听说过的事情,让我对你的印象极为深刻。尽管表面看起来不起眼,我们却是一个野心极大的小家族,你知道吗?"

"伊利亚给过我一些暗示。"

　　"我们中有些人研究过火星宪章,正在考虑改革之策。你在政治领域有着丰富的经验——"

　　"也没有那么多。只是涉足过政治管理,而且是站在一个族盟的立场上。"

　　"是的,不过你去过地球。我们的族盟具备独特的优势——没有人恨我们。我们哪儿都去,跟谁都打交道,我们很友好,广受信任。我们觉得,可以为整个火星做点儿什么。"

　　"我相信,你一定能做到。"我说。

　　"我们以后再深谈?"她灵活地眨着眼睛,不过表情却非常严肃,在未来的岁月里,这副面庞将变得极为熟悉。泰桑德拉志向远大,能力超群,远远超过了当时的我能够想象的程度。

　　伊利亚和我选择了塞纳岩区度蜜月,在吕库斯岩区以东几百公里的地方。我们的代步工具是乔丹-厄祖尔教授的移动实验室,车体呈椭圆形,有十米长,配备七只弹性钢车轮。车内空间狭小,到处是灰尘。车里有两张下拉式单人床,一套简单的纳米厨具,可以制作糊状再生食品,洗澡只能用海绵。车里的空气总有股煳味儿,灰尘很多,我们两个都不停地打喷嚏。我这辈子都没有这么放松、这么幸福过。

　　我们没有什么预定的时间安排,我穿着加压防护服,花几十个小时的时间陪伴我的丈夫攀爬火山岩斜坡,探索幽深的峡谷,走访可能发现母体孢囊的地方。

　　火星生命从来都不具备真正意义上的生物多样性,同基因生命组(有着不同形态和同种基因的生命)形式最为常见。在地球,这样的现象仅仅出现在个别生物的特定阶段,比如毛毛虫可以变成蝴蝶。在火星,一种繁衍母体,在不同情况下,就可以产生多种形态和功能各异的后代。那些无法继续生存的形式,不会重返原有的母体,因而也将不再出现在下一次的繁衍过程中。新的生命形态可以通过某种形态变异机制产生,具体的过程我们只能猜测。数千年后,母体本身也逐渐枯萎、死去,临死前会排出卵,或孢囊——有些变成了化石。

母体是这种繁殖方式的最大成果。一个可以作为母体的孢囊,在适当的条件下可以"绽放",产生超过一万种不同形态的后代,其中有植物类型的,也有动物类型的,它们天然就适合共存,并组成生态系统。这些生命体可以覆盖数百万公顷的面积,存活数千年之久,直到耗尽它们辛苦收集的资源。然后,这个生态体系就将收缩、凋落、死亡,新的孢囊被产下,又开始新一轮的等待。

在漫长的时间里,以短暂的洪水和二氧化碳蒸发量增加为标志的火星春天的间隔时间越来越长,并最终不再来临。孢囊也不再"绽放"。火星最终死亡。

母体孢囊化石,通常被掩埋在峡谷端口处地面以下几米的深度,常常因为山体滑坡而暴露。通常而言,母体的儿女们的残骸——细小的海绵状钙化骨骼和硬壳,甚至被紫外线晒成深色的体膜——也会被集中掩埋在靠近孢囊的紧凑岩层里,让我们得以循着岩层中较深的颜色找到它们的埋藏之处。

在我们相识之前几年,伊利亚和克奎依发现,母体生态系统的最后一次绽放,时间并不是五亿年前,而是两亿五千万年前。但是,仍有一些难题没有获得解答:没有任何有机分子结构,可以在长达数十万年的时间里保持生命力,而孢囊通常就是要休眠这么久之后,才会再次绽放。

我们把移动实验室停靠在一处相对平缓的山坡尽头。在我们停车的地方几十米外,就是千千万万迷宫一样纵横交错的地质裂痕和干涸的河床，即所谓的岩谷迷宫。五十米外，在一个盛产化石的小河谷里，有一个波纹状金属板搭出的简易小屋，油布覆盖其上，用来存放标本。

我们到达几个小时以后，伊利亚带我看了小屋里面一个破裂的孢囊。"凯西娅，来看看老妈。"他说，"老妈，这是凯西娅。妈妈今天不太舒服。"这个老"妈妈"，身体有两米宽，在没有加压的建筑里，她静静栖息在钢铁基座上。伊利亚让我用戴着手套的手掌抚摸暗黑色的岩化表面，而他举着手电筒照亮黑暗。我把手伸进内部，用戴着手套的手抚摸曲折而奇妙的硅酸岩化石，还有里面黏附的含锌泥土组成的平行纹路。

"这就是最后生存的母体。"他说，"欧米伽母体。"

没有人知道孢囊如何绽放，没有人真正明白这种纯粹无机生物构造的意义。普遍接受的理论是：孢囊中间原来有松软的繁殖器官，但是它们的遗迹却从来没有被发现过。

我细细观察孢囊的内部，试图发现科学家可能忽略的线索，但一无所获，"你们在裂开的孢囊周围发现过它们的后代，也发现过这些母体，但从来没有发现两者互相关联的真正证据。"

"我们发现的，只是在孵育后代的欧米伽母体化石，"伊利亚说，"但是在生态系统成熟之前，它们就已经全部死去。它们的遗体距离非常近，足以验证相关性理论。"

我倾听着自己在换气装置里的叹息声，"你有没有发掘出过引水桥树？"

"上大学的时候有过，"伊利亚说，"很美。"

我们离开了小屋，站在相对晴朗的天空下。我已经几乎习惯了地面上的生活。我所处的这个世界逐渐变得清晰，不论这里的生活条件多么艰难，它还是深深打动着我，无论是它的过去还是现在。我学会了用伊利亚的眼睛观察这个世界,而伊利亚只会通过火星自己的标准来评判火星。

"你最想去地球的哪个区域?"我问。

"沙漠。"他说。

"难道你不想去热带雨林?"

他在面罩下面微笑着,"干燥地区的化石保存得更好。"

我们爬进移动实验室,脱掉防护设备,吸干净身上的灰尘,在逼仄的厨房喝了些汤。我们刚吃完,尖厉的警报声就从通信器和实验室喇叭里一起传来。

紧急显示器自动在我们面前打开。火星安全机构独特的男声开始播报:"阿卡狄亚平原生成的低压尘暴,导致超出正常压力十倍的气流向西南方向移动,速度为八百三十公里每小时。北到阿尔巴火山区,南至戈蒂埃侵蚀地带的住所和工作团队,建议采取应急防护措施。"尘暴图片和低空卫星拍摄的照片随后出现,叠加在一幅地图上方。气流就像一条模糊的炭笔画线,被涂画在地貌上。相关参数令人印象深刻:气压值等高线画出一个大大的圆形,直径达两千公里,前方是绝对清澈透明的空气,后方则是一片模糊。尘暴中央是密集的气压值同心线。气旋造成的压力,已经达到了三分之一巴——几乎是正常数值的五十倍。

人类最早认识火星尘暴,是通过20世纪"海盗号"探测器拍摄的图片。尘暴是火星最恶劣的天气现象。超声冲击波导致的高压气旋,是火星特有的自然现象。由于空气稀薄,白天天气寒冷,晚上气温更低,仅仅由于昼夜的更替,就足以形成导致天气变化的气流。这里没有海洋,因而也不像地球那样,可以利用地表水缓慢释放热量,缩小地面和大气之间的温差。火星入夜后,地面迅速降温,稀薄的大气迅速下沉,等到白昼时分,又被迅速加热。多数时候,火星最糟糕的天气,也不过是人人都熟悉的高风速小规模尘暴,在盆地和平原地区都十分常见。这种尘暴会使一切覆满沙尘,但是气压强度不会发生明显变化。

不过,在适合的条件下,特定地貌的地区(主要是火星北半球低地平原的早上或傍晚),昼夜更替形成的风,可能会超过音速,将气压从平常的四至七毫巴增加上百倍,从平原地带到地貌复杂的地区后,这种冲击波可能会产生水平旋转,催生出超高气压的移动尘暴,卷起大量尘土和飞沙,最强时,甚至能吹走鹅卵石乃至岩石块。

伊利亚和我马上穿好防护服,开始做准备。首先要把移动实验室放低,把固定锚深深射入土壤和岩石里,用连接在固定锚上的缆绳箍住实验室。然后,从实验室椭圆形的车体底部扯出塑胶垫,再从地面向上固定在车身侧面,塑胶垫很快硬化成了需要的形状。这可以用来当作防护层,以应对风暴吹来的杂物。

"我们还有大约十分钟的时间。"我说。我们两人都看着附近那条河谷,存有珍贵标本的小屋似乎很容易就会被吹上天。

"我们有一套备用的帆布和塑胶垫。"伊利亚说,"我们可以用六分钟时间,把板棚也保护起来——或者也可以现在就躲进去。"

"保护它。"我说。他抓起我的手,握了一下。

我们动作很快。如果不做充分准备,即便是地下建筑,也可能因为火星尘暴遭到巨大破坏。尘暴中心最大压力可能会达到二分之一巴,就像一只空气压缩成的尖锐钻头,以超过八百公里每小时的速度划过。尘暴持续的时间越长,中心区域密集度就越大,直到它撞在火山或者高原上分散开来,让尘土和小型龙卷风覆盖大半个火星。

我们把化石存放棚用的防风罩装好,把帆布系结实。一切就绪后,我们跑向实验室,关闭了入口。一台微型挖掘机从实验室椭圆形舱室下新挖掘出的坑道里爬出来,自动固定在了它在实验室底部的位置。我们爬进这条狭窄隧道,铺开自用的塑胶垫,塑胶垫自动充气,变得臃肿又坚实,同时粘连在隧道边缘。

伊利亚打开一支手电筒,照亮我们脸部周围。我们躺在一段棺材形的坑道里。头顶有两层塑胶垫,还有一辆极其笨重的实验车。我们紧张地互相握着手。

外面是一片可怕而空虚的宁静,连岩石都是安静的。尘暴还在数十公里之外。伊利亚从工具袋里取出通信器,命令实验车顶部的活动摄像头向我们展示外面的情况。西北方向,到处是一片昏黑,偶尔有几抹棕色。

"你感觉还好吗?"他问。我们头盔上的无线通信器传出一些干扰音,因为两个人躺得太近了。

"像是被装进坛子里的兔子一样舒服。"我咬着牙说。

"凯西娅,我很抱歉,连累你经历这样的危险——"

我不可能用手捂住他的嘴巴,但还是把手伸向他的头盔,"嘘,"我说,"给我讲个故事就行了。"

伊利亚特别擅长现编童话故事。"现在吗?"他问。

"请开始吧。"

"很久以前,"他哑着嗓子说,"或者说很久以后,有两只兔子在农夫的菜园里掏了一个洞,咬断了所有的供水管道……"

我闭上眼睛倾听。

我们的头盔紧靠在一起,脑后就是岩石。伊利亚的故事还没有讲完,我用手按着坑道底部,手掌放平,感受地面的震动。正西方向的灰尘和高压气体变得像墨一样黑,距离已经非常接近。地平线已经开始变得模糊。只要再过几秒钟……

通过岩石，我们听到四面传来低沉的轰鸣，然后就是清晰而富有节奏的砰砰声。"要来了，"我说，"像野牛群跑过平原。"我们都看过地球拍摄的西部片。

伊利亚把手放在我的手背上，"更像火车，"他说，"几百列火车一起驶过。"

我开始不由自主地发抖，"你经历过这种事吗？"我问。

"很小的时候有过一次。"他说，"当时我在居住站里。"

"有人受伤吗？"

他摇摇头，"那次沙暴规模小，只有四分之一巴，只是经过的时候很吵闹。"

"声音是什么样子？"

他正想跟我解释，我就亲耳听到了沙暴的声音，那是火星强风不紧不慢的嘶鸣，即便是躲在坑道里，还戴着头盔，依然听得很清晰。夹杂着碎石和飞沙击打防护材料的噼啪声。转瞬之间，地面就变成了一片黑暗。

我感觉耳鼓发紧，就好像有很多根纤细的手指伸进了我的脑袋，不断用力按压。我把眼睛睁开一道缝（我刚刚本能地闭上了眼睛），看伊利亚在干什么。他仰天躺着，肩膀倚靠着坑道边缘，瞪着眼睛朝上看，搜寻着什么。

"估计这次会是一场大风暴。"他说，"我回头再给你讲故事，好不好？"

"行啊，你可别忘了。"我再次闭上眼睛。

有一会儿，沙暴的声音听着像是沉重的鼓点——尖利的号角声慢慢变成了恐怖、雄浑的低吼。我想象着，有一位残忍的神，此刻正大步走过火星表面。它应该是马斯[1]，战争之神，此刻他怒发如狂，

---

[1]英文中的火星Mars，是根据罗马神话中的战神命名的。

阴鸷残忍,四处搜寻着可以恐吓的对象,可以毁灭的东西。

我的加压防护服先是变得松松垮垮的,随后便紧紧贴在了皮肤表面。耳鼓中的剧痛让我面孔扭曲,止不住地呻吟。手电筒掉落在我俩之间。伊利亚一把将它捡起来,照亮他自己的面孔,对我摇了摇头。他表情痛苦,泪流满面,紧紧地拥抱着我。透过防护服,我可以感觉到他的心跳。

坑道围墙的震颤慢慢平息。我们原地躺了片刻,等着下一轮冲击来临。我想要站起来,用力推搡着头顶的帆布,疯了一样想要看到天光。可是伊利亚抱住我的肩膀,又把我按了下去。我听不清声音,但手电筒照亮了他的脸,他想跟我说些什么。看着他的表情,我终于明白了他的意思——现在,外面的巨石和飞沙肯定正在纷纷落下。我们如果现在出去,可能就会被尘暴过去之后从数公里的高空坠下的巨石砸死,它们落地的速度可能有八十或者九十米每秒。我紧紧靠在他身上,心绪纷乱,忍受着剧痛。

时间过得好慢。我的恐惧慢慢变成了麻木,麻木又慢慢消逝,变成了解脱。我们不会死在这里。尘暴最剧烈的阶段已经过去,我们还在坑道里。可是,新的恐惧又一次涌上心头,我必须用尽气力控制自己,才不会挣脱伊利亚的怀抱。我们可能会被掩埋在新生成的一座沙丘下面——我们身上会有无数吨的尘土和飞沙,堆积成数十米高的沙丘——永远都不可能挖穿。我们的氧气会耗尽,会被活活憋死在这里,坑道会变成真正的坟墓,反正它的外形本来就有点像坟墓……我开始变得躁动不安,呼吸急促,伊利亚尽可能用力抱紧我。"你放开我!"我喊叫着。

突然之间,我打了个寒战,停止了挣扎。一道强光照在我脸上,但并非来自我们的手电筒。实验室的机器工人正在扒开油布和塑胶垫,寻找我们。

机器工人领队出现在我们坑道的旁边。它的一条连接臂已经松动,整台机器表面,到处都是凹陷和红色泥污——那是岩石击打留下的痕迹。它挺过外面的尘暴,坚持到了最后一刻。刚才,它肯定像一只小锡铁罐一样被风吹得摇摇欲坠。

在死一样的寂静里,伊利亚把我从坑里拉出来。头顶的移动实验室依然完好无损。我们有可能无需援助,就能自己找到附近的基地。

我们彼此抚摸着对方,只是为了实实在在的身体接触,而不是其他任何原因。我感觉头晕目眩,不敢确信自己还活着。我们在帆布和塑胶防护材料遮蔽下走动,检查了移动实验室的外壁,然后才走到露天里。

标本棚外的防护没能起到作用,现在,整个棚屋都已经消失得无影无踪。

天幕上闪耀着煤灰色的模糊光芒。灰尘像是厚幕布一样从天而降,起伏着,飘荡着,时隐时现。我们让机器工人聚集在实验室下面,然后爬上扶梯,进入内部的充气区域。我们迅速吸掉彼此防护服外面的灰色尘土,然后脱下衣服。

伊利亚坚持让我睡在狭窄的下拉式单人床上,他最开始躺在我对面那张床上,后来又站起来,挤在我身边躺下。我们像两个吓坏的小孩子一样浑身发抖。

我们睡了一个小时。醒来后,我觉得特别兴奋,就像喝了太多的浓茶。周围的一切都变得无比清晰、色泽艳丽,甚至连实验室里积的尘土闻起来都有一种沁人心脾的味道。我耳中的刺痛已经减轻,变成了隐隐的抽痛。我能听到声音,只是要听清楚很吃力。

伊利亚让我看了实验室的天气报告。沙暴袭来时的气压有两巴之多。

"这不可能。"我说。

他摇头微笑,用一根手指轻轻敲了敲自己的耳朵,然后在通信器上写道:"可压缩流体——还有很多知识需要学习。"他苦笑着又写了两句:"看这蜜月过得,真是惊天动地!我爱你!"

我们穿的衣服本来就很少,索性热烈地宣泄爱欲,庆幸自己还活着。

我们连上通信卫星,告诉所有人我们逃过了这一劫,完全有能力照顾自己。从阿卡狄亚到水手峡谷,人们都在疲于奔命,利用所有资源救灾。尘暴穿过塔西斯火山群之后分成了三股,这只三头怪兽又袭击了二十三个基地,造成七人死亡,数百人受伤,甚至连火星大学西奈学院都没能幸免。

伊利亚和我从外部检查移动实验车,再次提升了轮胎,解除了固定装置。帆布和塑胶防护层有效保护了车体,尘暴吹来的大部分飞石都没有造成严重损害。小的损伤可以修补。

我们决定尽可能重新收集标本棚里能找回的标本,然后驱车返回奥林普斯基地。为防护服重新充入氧气和过滤剂之后,我们向实验室正西方向走了几十米。

伊利亚闷闷不乐。我暂时性的失聪已经过去,可还是不容易听清别人说话。对我来讲,他的声音从通信器里传过来,就像是难以辨认的嗡嗡声。"看来我们已经失去了那个孢囊。"他说。连棚子都不见了,被一路吹到塔西斯火山都正常。不过,那么重的标本肯定掉落在附近。

我仰起头,天上的灰尘逐渐散去,灰幕后的天穹,依稀泛着绿色。我从来没见过这种颜色的天空。我告诉伊利亚。他皱起眉头,回头看了一眼移动实验室,然后咬紧牙关,说我们还要继续搜寻。

气温比零度高一点。而在这样的纬度,这个季节,本应该是零下三十到四十度才正常。

我的兴奋劲儿很快过去。"求你了,"我说,"我受够了。我又不是什么女探险家。"

"什么?"伊利亚问。

"这儿太热,我搞不懂这是为什么。"

"我也不懂。"伊利亚说,"但我估计应该没有危险,也没有再发布警报。"

"也许风险就在咱们这个地方,"我说,"大家都知道,岩石区的气候总是很奇怪。"

他绕过一块风蚀巨石,拣起一块棕灰色的椭圆形石块,"这是我们最重要的标本之一。屋子里的东西可能被吹到了这里。"

"我觉得,我们该回去了。"

伊利亚站在原处,犹豫不决,他又想让我满意,又觉得应该继续搜寻,找回破碎的孢囊和其他重要的标本,哪怕只能找回一点儿东西也好。突然,我也开始对自己的怯懦感到惭愧,"算了,我们还是再找一会儿吧。"

"再找几分钟就好。"他表示同意。我跟在他身后,走到一道峡谷的边缘。在我们脚下一百米,细沙像河水一样在峡谷底部缓缓流动。沙土主要是灰色的,里面掺杂着黄褐色和红色的杂质,像是不相融的液体,色调就像是木星的表面,我从来没见过这样的情景。伊利亚跪在了地上,我蹲在他身边。

"如果化石从这儿跌落——"他说着,无奈地摇了摇头。我们的防护服上都粘了一层黏糊糊的灰色尘土,实验室的吸尘器和清洁设备有可能无法彻底清除这些污物。如果污物进入了实验室的换气系统,就会渗入我们的体内。我想象着自己身上出现大块的瘢痕,整晚痒个不停。

有些东西像雾一样凝结在我的防护服面罩上。我抬手想要把它擦干净,可是一抹之后,面罩上却出现了一道泥痕。我骂了一句,从腰包里掏出一套静电清洁装置,可是却不管用。现在,我几乎完全看不见了。

"尘土是潮湿的。"我说。

"不可能,这儿的气压没有那么高。"伊利亚说着看了一眼我的防护服,用手指抹了一下我胳膊上的脏东西,然后看看自己的手指,"你说得对,你身上确实是湿的,我呢?"

他的面罩也变模糊了。我摸了一下他的头盔,"你也是。"我说。

"上帝啊,请一定再多等我几分钟。"他请求着。在峡谷的上空,午后的太阳终于穿透了云层一样的尘土。绿色的阳光照耀在岩石区曲曲折折的谷地,周围的一切都沐浴在诡异的光线里,偶尔出现的深谷则沉浸在黑暗中。

我们从崖边纷乱的岩石旁退开。伊利亚踢开暴露在风蚀条件下的岩石,用力拨开熟悉的红色表土和表面的灰色飞尘,却没有找到任何热源。地面的土壤是没有被辐射改变过性质的黏土与沙尘的混合物。可能还要经过很多年的时间,紫外线才会把表面晒得龟裂开来。

"沙暴肯定是让附近一处水冰层裸露了出来。可能是飞扬的石子把它击碎了。"伊利亚说,"这些灰色的东西肯定就是冰尘,而这边的环境,刚好达到了令它们融化的温度。"

他停下来,呻吟了一声,"在上面。"他指着一处低矮的山梁说。在午后的阳光里,一块大约一米长的岩石上,有晶体反射的光芒。我们开始攀爬。

我回头看,移动实验室已经在半公里以外。我觉得自己背后的肌肉发紧,红星兔的本能告诉我应该逃走和躲避。尽管沙暴已经过去,但露天环境下潮湿的尘土,却是我们从没见过的东西。我们可能会掉进泥坑,被淹死在里面。我完全无法预料,我们防护服上的过滤和密封装置在水里能不能发挥作用。

伊利亚率先爬上了山梁,跪在那块裸露的岩石旁边。"这是那个孢囊吗?"我问。

但他没有回答。我站在他身后,瞥了一眼那闪亮的表面。那的确是孢囊的一个组成部分,很可能就是从标本棚里被吹走的那一个。现在,它一半被掩埋在一个凹洞里,周围都是灰色的泥浆。上面石英和锌土构成的错综复杂的图案,已经不再那样清晰了。我觉得,可能是当时奇怪的光线造成的影响。但是,就在孢囊接触泥浆的地方,有一层厚厚的凝胶状物质,正在汩汩涌出,剧烈地翻腾着。

"那是什么?"我问。

"某种悬胶体。"伊利亚猜测着,他伸手去摸那层凝胶状物质。那东西粘在了他的手套上。

"像是蜗牛分泌的黏液。"我说。

"货真价实的优质粘黏液。"伊利亚举起手套观察着,他同意我的猜测。

"可是为什么没有变干?"我问。

他看着我,额头苍白,脸颊却涌上红潮,瞪圆了眼睛。通过通信器,我都可以听到他紧促的呼吸声。"周围到处都有水。灰色泥尘的组成成分是冰和黏土颗粒,黏土阻止了冰的升华,同时气温又足够高,让冰可以融化,孢囊能够由此获取所需水分。一切条件都很合适。它现在万事俱备。"

　　我们眼睁睁看着黏液越积越厚。在黏液内部，开始出现白色纹理，就像小小的蕾丝花边一样。

　　"你觉得这有多大分量？"他一边用手肘丈量着孢囊碎块的尺寸，一边问我。

　　"应该有四分之一吨吧。"我说。

　　"我们没有那么大力气远距离搬运它。如果能把移动实验车开得近一些，我们或许能把力气最大的机器工人带到这里。"

　　我取出通信器，调整到视频录制状态。

　　"这个办法好。"伊利亚说着，把一部分黏液样本装进随身携带的小玻璃瓶，其中包括一小段蕾丝花边一样的物质。

　　"你觉得这会是——"但我的问题没有说完。

　　"还是不要妄下结论的好。"他警告我说，"不管这是什么，都是一个了不起的奇迹。"他听起来就像是一个刚得到新玩具的小男孩。

　　我看看灰黑的天幕，耀眼的阳光依然可以穿透云层。这已经是火星最接近于下雨的天气了。

　　"这只是一个碎片。"伊利亚说着，试图撼动那块陷在卵石和灰尘中的孢囊，"一个碎片能产生什么呢？整个生态系统吗？"

　　他把玻璃瓶交给我，自己去收集更多的样本。我细细打量小瓶中收集来的蕾丝形物体。它的宽度不足两厘米，像新娘的婚纱一样轻薄。我完全不知道它是什么东西。有点像一个多孔的骨架，或者细胞模板。这是一颗种子，一颗卵，一个很小很小的婴儿。

　　也许，是个火星人。

　　回到奥林普斯基地以后两天之内，我们就成了名人。三星世界的很多星际视频和网络记者，都称赞我们做出了史诗性的重大发现——整个太阳系第一种可以验证的地外生命。而且,这个发现还是在我们蜜月期间做出的,无疑更是大大提升了这则新闻的热度。

对火星科学界而言,这次发现让他们极为尴尬。伊利亚只是个化石发掘者兼考古学家,一个"刨坑的",甚至完全没有接受过任何生化科学训练。最开始,学界有很大的抵触乃至怀疑情绪——奇怪我们怎么就那么巧,会在适当的时间、适当的地点,碰巧就见证了孢囊的绽放。

此后两个星期,我们大多数时间都在接受或者躲避采访。各种消息纷至沓来:不少人愿意出高价购买完整的孢囊(伊利亚本人并不拥有任何孢囊,那些当然都是厄祖尔族盟的资产);还有人要求我们给中小学生提供教学材料;更有人提出,要把我们的经历改编成星际视频节目或者模拟游戏。

几乎没有任何公众在意一个事实:早在我们回到奥林普斯基地之前,孢囊中产生的原生质就已经死亡。仅仅数小时之后,那个"火星人"就退化成了简单的蛋白质和单糖分子。黏土、乳石英和矿物质水中可以产生此类物质,本身也足够惊人,但却称不上有多么浪漫。

不过,我们还是证明了两件事:首先,孢囊可能至今仍具备繁殖能力,火星生态系统的基因信息,就储藏在孢囊内部的矿物结构中,隐藏在黏土和乳石英晶体内部。很可能根本就不存在任何其他器官,来实现生态系统的传承。

其次,孢囊碎片可能无力营造哪怕是一部分的生态系统。必须要完整的孢囊才行。

生物学家能够理解部分过程,但并非全部。生态系统复制的谜团仍未解开。把完整的孢囊浸泡在水中毫无反应。激活孢囊的外部条件,应该包括水分、水溶性矿物和温度等多方面的条件,而当时的塞纳岩地,碰巧全部都具备。但是,后人在实验室试图再现当时条件的努力,却从未获得过成功。

在那片岩区,当时出现的灰色冰尘早已消散,或者沉入泥土,或者被蒸发。蛇形峡谷的构造也没能提供任何直接线索。时机已过,再也没有任何孢囊成功绽放过,不管是深埋地下的,还是被发掘出来的。

也许,属于它们的时代确实已经结束了。

我收到了查尔斯的信息。

> 亲爱的凯西娅:
>
> 祝贺你跻身伟大的科学研究者行列! 得知你对化石的兴趣,让我深感欣慰。我祝愿你和伊利亚生活幸福美满——我非常钦佩他以往的杰出工作。但这次——
>
> 他运气实在太好。

我的回复简短而礼貌,而他也没有再回应过。坦率地讲,我是忙碌得没有时间在乎这事。我的新生活要比以前快乐得多,其中最主要的原因是伊利亚,他极富智慧地掌控着我们短暂的名人生活带来的荣耀。他完全不会在名誉面前昏头。

他总是优先给小朋友们回信,然后才理会那些科学家。我经常帮他修正回信内容。

致
澳大利亚达尔文市达尔文科技预备学校

安妮·凯米小姐

邮编:GSHA-EF2-ER3-WZ16

亲爱的安妮:

我清楚地记得,我们发现孢囊碎片,意识到它正在"复活"的时候,的确非常兴奋。可是凯西娅和我都清楚,在这个方向还有很多的研究工作需要完成。坦率地讲,我们两个都不是合适的人选。

你来火星研究孢囊的理想真的特别了不起!也许你就是可以破解谜团的那个人呢——我们觉得,这的确是个非常有难度的课题。凯西娅和我期待着有一天可以和你一起讨论火星生态体系。也许到时候,我们还可以互相交流各自的研究笔记呢!

(随信附上:我们给达尔文科技预备学校师生的问候视频。)

名人的光环很快褪去。我们拒绝了制作模拟游戏和星际视频节目的建议,心里也清楚,这些计划很难完成,而且我们也不需要那笔钱。厄祖尔家族经营状况很好,我也正在回归管理团队。很快,我们就连夫妻相聚的时间都会很少。

与死神擦肩而过的经历,激发了我内心深处的一些东西。我花了好几个星期时间,才真正理解。其间我经历过一系列噩梦——梦到窒息而死,或者惊慌逃命途中跌入红土坑,被埋到里面,承受恐惧的折磨……有时候,我在伊利亚身边醒来,躲在床单下惊慌失措,考虑自己是不是需要接受治疗。但这些噩梦的成因却并不是死里逃生的经历。

　　我告诉自己,我只是想找一份可以陪伴在伊利亚身边的工作,过已婚女性美满的情感生活,并尽可能地排除星际视频节目对我生活的干扰(很明显,我们这方面做得很差)。但是现在回想起来,我可以清楚地认识到,我表面的要求和内心的渴望并不一致。我们火星和地球之间暂时的和平,并非可以长久保持的状态,而只是风波前暂时的平静,没有人知道可以持续多久。如果火星终归要站起来,与地球母亲战斗,那么没有火星人可以置身事外,过上真正与世无争的生活。

　　泰桑德拉总在暗示,她将来会有大动作。

　　我在地球就听人说过,自己在政治上还有一些小能力。其实就是那份不断增强的责任心,让我做了那么多噩梦。这份责任感的大爆发,肯定是泰桑德拉怂恿出来的。但最初埋下种子的,却不是她。

　　如果我一辈子都陪着老公,不断旅行或者进行研究,他当然会很高兴,不过,我已经否定了这样的生活。

　　我并没有对伊利亚本人感到厌倦。我对他的爱深厚到有时候让自己害怕的地步。如果有一天失去了他,我该怎么活下去呢?我想到了母亲去世之后的父亲,他就好像失掉了一半的生命力。我想起我、斯坦以及他的妻子简去看望父亲的时候,他总是长时间魂不守舍,一语不发,而他的对话也总是会有意无意地回到母亲身上。

　　爱情,其实隐藏着非常巨大的风险,但是伊利亚却好像浑然不觉。他太专注于工作。他乘坐牵引车长途旅行,穿过无人荒野,寻找上古水源地(同时也是化石集中的地方)的时候,完全不会顾虑私情。而在此期间,一个人被留在家里,处理厄祖尔族盟事务的我,却经常觉得很难熬。于是,我承担了越来越多的沟通工作,因为这种工作需要离开奥林普斯基地,我可以散散心。我跟其他族盟的族长和管理人员会面,就火星未来的经济和政治局面小心翼翼地互探口风。火星议事会的成员们又一次忙碌起来,试图说服各族盟族长讨论火星统一问题。一时众说纷纭。

我出门的时候,伊利亚一点儿都不担心。我责怪他没心没肺,他却说:"你不在家的时候我就是挺开心的呀!"在我佯装嗔怒时,他就会说:"因为我们小别之后,总是特别富有激情。"

这话倒是没错。

现在,上面提到的许多人都成了传奇。但是在所有人当中,泰桑德拉是天然最富有传奇色彩的,即便是当时也不例外。

在签署族盟间交易协议的场合,我经常都会遇见她。我们在工作上配合默契,她的丈夫保罗也经常同我和伊利亚一起吃饭。保罗和伊利亚一起谈论远古时期的火星生活,动辄聊上几个小时。保罗常常会提出一些不靠谱的假设——智能生命、地下金字塔的传说、火星人的地下城市之类的。伊利亚总是笑呵呵地对这些狂想持保留态度。

泰桑德拉和我关心的,则是一个新的火星世界。

泰桑德拉提拔我担任她的助理,这令我非常紧张。随后,她又把我任命为厄祖尔族盟驻火星五大族盟的大使。

"你是名人。"我们在奥林普斯基地她的办公室里喝茉莉花浓茶的时候,她说,"你代表着火星的一些独特之处,代表着我们的一些共性。你人脉很广,出身马朱达族盟,还有近亲转入凯利泰特。"她指的是斯坦,"你掌握了艰深的政治技能。你还去过地球,我都没去过。"

"可那次是一场灾难。"我提醒她。

　　"也是漫长成长道路的一部分。"她争辩说。她语速缓慢，字斟句酌，始终直视着我的眼睛。以前，她从来没有这么严肃过，"而且，你似乎婚姻美满。"

　　"非常美满。"我说。

　　"而且，貌似你又能离得开伊利亚。你们可以各自在不同地点工作。"

　　"我也会想他。"我说。

　　"我开门见山吧。"泰桑德拉说，"因为你的知名度，你可以帮助我，也帮助厄祖尔族盟。你可能注意到了，我是个野心勃勃的女人。"

　　我笑了，"你也可能注意到了，我不是。"我说。

　　"但你能力很强。而且，你并不是任何时候都那么了解自己。这就好像，你身体里隐藏着另外一个自己，这个人想突破界限，去建功立业，但却一直没有找到合适的机会、合适的同伴，不是吗？"

　　我看着别处，因为这样的解读而感到紧张。

　　"我读过马朱达族盟关于出使地球的报告。你表现很好。拜瑟拉斯做得也不坏，不过他的确有弱点，而且犯了错，因此成了众矢之的。不过，假如地球真的有诚意跟他签署和约，无论如何当时也就签了。所以说，你不用因为当时发生的事情过分自责。"

　　"这事，我很久以前就放下了。"我说。

　　泰桑德拉点点头，"厄祖尔族盟想要承担责任，因为当前外部条件很好，而机遇永远不会等待懦夫去下定决心。我们注重信誉，立场保守，是彻彻底底的火星人。我们完全可以发挥催化剂的作用。当前，各地区行政长官与各族盟都取得了共识，我们都很担心地球与凯利泰特等少数族盟的单独接触——"

　　"你想推动火星统一？"

　　她爽朗地笑了,"我们这次可以做好这件事。不搞暗中交易,只在各族盟合法代表之间公开讨论。我们会召开制宪会议,所有居民都可以委派代表参加。"

　　"听着很像地球人的风格,"我说,"各族盟都不习惯公开家族内部的争论。"

　　"那我们就学着适应。"

　　她讲述了我需要承担的任务。最重要的一点是,我要去拜访那些最大族盟的族长,通过非正式会面探听他们的口风,了解各自的立场,为内容更合理、更容易被普遍接受的宪法打下基础。

　　支持召开制宪会议不会给厄祖尔族盟带来任何损失。我们会邀请所有族盟参加,甚至包括那些与地球存在紧密关联的族盟。泰桑德拉确信,在我们工作期间,地球人会等待时机,在他们认为必要的时候对火星施加压力,以便让宪法能够被大家所接受。

　　"不管是谁对我们指指点点,我们都会有办法应对。"她爽朗地笑着说,"两个强势的女人,加上一颗固执又任性的行星,成功前数不尽的艰难任务——你愿意和我一起干吗?"

　　我又怎么可能不愿意呢?"我们俩都那么疯癫。"我说。

　　"而且狡猾善变。"她毫不示弱地补充。

　　我们齐声大笑,紧紧握手。

　　我们没有愚蠢到无视对手的地步,厄祖尔肯定不是想要召集制宪会议的唯一族盟。其他人早就开始有所行动。就像地球政治生活中常有的那样,这些人有的沉溺于过时的理论、过时的理想,秉持过时而且有害的信念。早已被地球抛弃的政治外衣,现在被火星人兴冲冲地拣起来,尝试着是否可用。

　　我们为制宪会议奔走的那一年非常危险。精英论者有的披上了集权政治的外衣,有的甚至采用了更为肮脏的理论。他们居然主张，要把历史或自然形成的特定阶层的特权刻在石头上，然后再把石头从深山里运送出来，向公众宣布。民粹主义者则认为，任何站出来领导民众的人，都必须绝对服从人民的意愿——当然，他们又会拥立一些高高在上的民粹政府领袖阶层，作为政治先知，享有各种各样的特殊权益。

宗教势力也有所抬头，出现了基督教、穆斯林和印度教徒主导的派别。他们一直都是火星生活中难以觉察的暗流，如今看到了历史性的机遇，马上开始抢占政治高地。

我们所要达成的目标，当然就是终止经营性族盟按照先到先得的原则，扮演地主和资源开发者角色的历史。地方行政长官的设置，以及虚弱无力的火星议事会，早在数十年前就已经开启了这一过程。但完成任务的难度，却非常之大。法律体系就像任何有机体一样，也不甘心死亡。

在长达六个月的艰苦生活中，泰桑德拉和我，跟五六个志同道合的战友——我们来自厄祖尔、马朱达和山口族盟组成的松散联盟——在火星各地奔忙：与各族盟族长会谈，展开说服工作，拒绝过分要求，缓和政治势力和族盟虚荣心受挫的情况，确保所有人承担同样的痛苦，并且全部可以从中大大受益。

有些族盟，比如凯利泰特，不仅拒绝了我们的提议，还干了更多坏事。

在火星所有族盟当中，凯利泰特一直是个害群之马。这个族盟的最初基地在月球，22世纪初建立了火星分部，这个分部一直与地球和月球保持着紧密联系。在那段时期，凯利泰特比任何一家族盟扩张的速度都快，因为他们有来自地球和月球的海量资金支持。最终，当月球被地球完全掌握之后，凯利泰特又变成了地球利益的代言人。有一段时间，三星世界总有大量资金流入凯利泰特家族的钱袋,人们高度怀疑,这些钱全都来自地球。

凯利泰特人还曾吸收并且支持过奥林匹亚人,自称是一家主营技术研究的族盟,提供整个火星最先进的技术设备。但那件事却突然被终止。

现在,地球似乎失去了与凯利泰特继续交往的兴趣,这个族盟从月球得到资金的规模逐渐下降,慢慢变得微不足道。不少投资和建设计划被终止。凯利泰特曾经有过一定的利用价值,可是现在已经被抛弃。可以理解,凯利泰特族盟的族长和代表们都很不满意。他们需要重建自身的经济影响力,而火星是唯一可能继续扩张的经济和政治区域。

2180年,泰桑德拉和我刚开始工作,凯利泰特族盟的族长去世了。继任者我曾经见过,而且很讨厌这个人。他曾被流放到地球,最近才刚刚回来。他很快就在凯利泰特的亲地球派内部建立了威望。在他们的支持下,他在前任去世之后一个月谋得了族长的位置。投票是秘密进行的,不过,凯利泰特族盟的普通成员,大多支持他夺回权力和影响力的建议。

他的名字叫艾哈迈德·克劳恩·尼日尔。我们上次见面是在火星大学西奈学院。那是很久以前的事了,那时候,他还是弗丽查尔德·多布执政官的走狗。学生起义期间,多布委派他负责学校的治安,实际权位高于康娜尔院长。而在集权政府崩溃以后,他追随康娜尔和多布逃往地球,转而效力于吉瓦和吉萨。后来,他跟凯利泰特族盟的一名月球女子结婚,辗转返回火星。最后,克劳恩·尼日尔终于得偿所愿,在短期内爬到了权力的顶峰。

他比其他任何一名集权主义者都更有才干。但与那些人不同的是,他毫无理想主义倾向,也绝不会受到任何情感因素的影响。

很多天以来,我都暗自害怕与他会面,不过到底还是无法避免。在召集制宪会议的问题上，凯利泰特族盟可以发挥非常重要的作用。

尼日尔的办公室在凯皮尼基地，那里位于阿卡狄亚高原地势崎岖的南部地区。我到访时，他已经不记得见过我。这也可以理解。我毕竟只是西奈学院被捕的数十名大学生之一。

尼日尔脸色苍白，短而齐整的黑发直竖在额头四周，他来到办公室门口迎接我的造访。我们握手，心照不宣地微笑。我几乎以为他记起了我，可是等到我们落了座，面前摆上茶，他又像是没有认出我的样子。

"厄祖尔族盟已经成了最重要的力量，是吗?"他问。他语调平和，微有一丝鼻音，比我们上次见面的时候多了一点儿地球腔调。他貌似平静，态度冰冷，一副老于世故、信心满满的样子，就好像没有任何事情会让他感到烦恼，或者意外，"凯利泰特族盟对你们的进展很感兴趣。请详细讲讲吧。"

我咽了口唾液，保持着礼节性的笑容坐下来，只有在绝对必要的时候才直视他，一边说，一边打量他办公室里的陈设。这里整洁而简单，有一张简单的合金桌子，灰色地毯，墙上有紧凑的几何图案，看这里的陈设，你很难了解这个人。只能说，艾哈迈德·克劳恩·尼日尔不喜欢任何装饰品和奢侈品。

我最后说："我们已经得到了五大族盟中四家的认可，还有十二个小族盟也同意我们的提案，我们现在想要确定一个制宪会议的召开时间。不过，凯利泰特族盟却一直没有表示认可。"

"凯利泰特族盟从不隐瞒自己的观点。"克劳恩·尼日尔用食指轻轻敲打着桌面说。他给我添茶，我接受了。"坦率地讲，我们认为，博尔肖夫族盟提出的计划看起来更有吸引力。他们主张限制参与制宪会议的族盟数量，以免议事主体过多，秩序混乱。他们还主张建立一个权威机构集中掌管金融,负责调配各地区资源,并直接与地球和三星同盟的其他势力打交道。他们的提案很有吸引力,与你们前往地球之前马朱达族盟的提案类似。"

他似乎很想看我对这些话的反应。我干笑了一下,说:"这个计划的薄弱之处是,一旦族盟解散,个人权利就变得非常有限,有些地区会缺少发言权。"

"任何方案都会有缺点。"克劳恩·尼日尔说,"你们的提案也不例外。"

"我们只是在组织一个议事机制,还没有提出具体的宪法提案。"

克劳恩·尼日尔摇摇头,仿佛是在可怜我,"没什么新鲜的,马朱达小姐。你们也不过是效法地球上的民主国家,制定一部火星宪法。你们的提案,无非如此。"

"我们会力图避免政府不负责任地滥用权力。"

"很有联邦主义者特质。坦率地讲,我个人更倾向于信任强势的政府机构。"克劳恩·尼日尔说,"这样的体制下,政治家不必刻意做那些取悦群氓的表面功夫,不必总是强颜欢笑。"

"我们更愿意让政治为选民直接负责。"

"你们倡导的,是大刀阔斧的改革。我个人感觉很奇怪,为什么会有那么多族盟,同意放弃自己手里掌握的权力。"

他那份赤裸裸的庸俗令我反感。"这是因为,他们已经受够了火星人的优柔寡断和孱弱。"我说。

"这一点我同意。火星需要一个中央政府,给出整体规划,行使权威,就像我们提议的一样。"

"的确有这种需求,"我说,"不过——"

"马朱达小姐,我们再谈几个钟头也没有用。实际上,我也要听命于自己的顾问团。如有必要,我可以安排您与他们逐一进行会面。"

"求之不得。"我说。

"我们的智囊机可以为您安排具体细节。"克劳恩·尼日尔说。

"没问题。我想跟您私下谈谈。"我说。

"在这间办公室,我不会跟人私下交谈。"克劳恩·尼日尔冷冷地说,"我要对凯利泰特族盟负责。"

"有些指责,您可能不愿意让他们听到。"

"我能听的话,他们都可以听。"克劳恩·尼日尔说。看来我别无选择。

"有些小的族盟告诉我们说,就在他们同意派出代表参加制宪会议之后,凯利泰特取消了跟他们之间的重要合同。"

"这有可能,"克劳恩·尼日尔说,"我们的合同很多。"

"比例很有意思,"我说,"是百分之百。"

"签约后又反悔吗?"他看起来很担心,若有所思地摇摇头。

"你能否对这个完美的比例给出解释?"我问。

"现在不能。"克劳恩·尼日尔冷冷地说。

我离开了他的办公室,一无所获,骨节发凉。

到火星历57年年底,九十个火星族盟中的七十四个,已经同意选派代表出席火星制宪会议。十四个地区行政长官中的十二个,也同意亲自出席。第十三和十四个会派出代表。大势对我们有利。公众的立场就像某种巨大的变形虫一样快速转变着。火星已经做好准备,无论凯利泰特族盟愿不愿意参加。

我处在事件的中心,马不停蹄地工作。

制宪会议在火星大学西奈学院议事堂举行，时间是白羊月23日，这是火星年度的第十三个月份。我们从此启用了火星历，官方认可了一年中新的十一个月份，都用星座名称命名。

这座议事厅是圆形剧场的建筑格局，可以容纳一千人。在会场中央有一个大小可以调节的圆桌，最多可容纳一百人。

其他人早就撰写过关于制宪会议的多部专著。我发过誓，不能泄露其中的太多细节，但我可以说，当时的确很艰难。各族盟都不甘心放弃自己的权利，尽管他们都知道，这是大势所趋。我们都经历着煎熬，有时候要保留一些特权，有时候要废除一些特权。我们听取痛苦的呼告，做了一次又一次的妥协。但是，我们从来没有牺牲过民主宪法的核心原则——至少我们希望如此。

火星新时代诞生的第一声啼哭，实际上是数十位声嘶力竭的男男女女，讲到嗓音沙哑，夜以继日。我们争论着，笼络着，说服着，渲染着，捍卫着一个又一个的立场，折磨着论辩的对手和自己。我们有时歇斯底里，几乎要互相报以老拳；有时又围在圆桌边吃饭，臂膀里揽着一分钟之前还像仇人一样的对手。在投票否决提议的时候，我们面面相觑，带着石化一样的表情。提议获得通过时，我们微笑相对，彼此紧握着双手，累得跌坐在座位里……就这样一天又一天，一周又一周。

代表们每天都向自己的族盟成员通报议事进展，有时候还要在关键问题上听取他们的意见。泰桑德拉派我去过阿盖尔和海拉斯基地，主持公共讨论活动，回答有关制宪会议的问题。建议、论文和视频节目从火星的各个角落接踵而至，它们有的来自个人，有的来自临时组建的委员会。一度在政治上长期停滞的火星，如今活跃到了难以想象的程度。

在此期间，地球也一直在暗中向我们施压。我们知道，制宪会议内部有人向地球通报消息,甚至就是地球方面的人。我们完全清楚,自己不可能彻底摆脱地球的掌握。如果制宪会议失败,地球就难以得偿所愿。但与此同时,任何试图损害火星的政府,也注定不可能被接受。

我们期盼着最佳的结果。

代表们花了两天的时间,研究人类学者和智囊机在20世纪五十年代分析过的制度模型。对地球社科联合会开发出了一种形式语言①,名字叫"法务逻辑",其中包含三千个基本概念,全部来自国际和星际法律体系。这种语言特别适合进行定量分析,对法律条款的解释不再像是一门艺术,而更接近于严谨的科学。

利用法务逻辑语言,制宪会议代表们花了一个星期的时间研究历史进程和国家发展,从五维和六维图表中截取三维片段来研究,寻找适应性和持久能力最强的政府结构。这些三维截面,就像对人体进行的扫描,只不过反映出来的是历史面貌,而不是解剖结构。并不意外的是,历史表现最佳的两种政治体系,第一种是国会制民主国家,就像原来的英国,现在属于欧洲联盟的一部分;第二种是联邦制国家,就像加拿大、澳大利亚和美国、瑞士。我们追踪了这些国家的法律史,研究了严重违反公开原则的事件(在法务逻辑中,这被称作复合论断),以及此后发生的危机和这些政治体系如何应对危机。

随后,我们选定了火星宪法的大体框架。我们认为,在灵活性和耐受力方面最为出色的,就是美国的宪法体系。但大多数代表认为,这个体系也需要进行必要的调整,以适应火星的特殊情况。

制宪会议花了六天时间,大致确立了火星中央政府的机构设

①用精确的数学或机器可处理的公式定义的语言。

置。我们将有四个政府部门：行政、立法、司法和星际事务，后两者从属于立法机构。大多数情况下，行政机构也从属于立法。行政部门的职能，与18世纪的政治模式相比将大为缩水。行政机关在重大事务中的作用，将更像是一个倡导者，也就是说，参与讨论并力图说服大家。另外还将设置副总统，为总统提供支持，充当面向国会的喉舌。

国会将采用两院制，人民院和执政院。人民院代表来自各区选民，按人口比例产生。执政院议员每州两名，单独开会，两者互相制衡，共同决定火星法律。

星级事务部门在面向三星世界时代表火星，直接听命于行政机构，但由立法部门任命产生。（最后一条被证明为不可行，此后经历过大幅调整，但已经不在本书讨论范围内。）

司法机构将会包括行政法庭（整体监控司法体系的运行）、民事法庭（负责监管个人和社会行为）、经济法庭（处理民事合同、商法和经济相关事务），以及政治法庭（仅处理政治类型的法律纠纷）。

行星防卫力量将由行政和立法机构设定、组建和协调。在火星是否能够维持，乃至是否需要常备军的问题上，曾有过一些争论。这个问题被推迟到宪法表决之后才决定。其他被推迟的问题还有情报和国内安全问题，例如对法官、立法者和行政长官的保护。

联邦和地区政府将有权向公民和企业征税。各地区政府将负责建设、升级和维护城市及其他基础设施，但只能向联邦政府申请贷款。

所有面向三星世界的经济合作，都必须经过行星中央银行来进行。银行由议会控制，依法监控火星资金的流动状况。所有火星货币将统一。各族盟不再保留各自的信用系统。主营金融的族盟,可以申请转制为行星中央银行的分行,但大部分只需要遵守议会颁布的法律和监管原则,即可继续营业。

任何地区都不得通过违背联邦政府法令的法律条文。任何地区,无论出于何种原因,均不得退出联邦。(我还记得里士满,以及城中随处可见的已故将军雕像。)没有批准宪法的地区和族盟,将可以保留原有的法律和习惯。对那些愿意摆脱不签约族盟的公民,火星联邦政府将接收他们成为火星公民。

一份人权法案明文规定,任何火星人和智囊机均有权自由表达其观点和立场,任何政府机构人员均不得阻碍和限制。在这个问题上并非没有争议,但泰桑德拉引导着制宪会议,稳妥地跨跃了一重又一重障碍。

大会同意,包括宪法在内的所有法律,均采用法务逻辑语言记录,并采用特别设计制造的民用智囊机进行解读。每个部门都将有自己的智囊机,行政部门一台,立法机构两台,星际事务部一台,司法部三台。所有部门均应参考智囊机的意见,并将他们的立场公布于众。

不过暂时来讲,火星还不能制造质量一流的智囊机——尽管有几个族盟在尽可能改变这一局面。在火星智囊机足够强大可靠之前,任何重大决定均不得采用智囊机独立完成,都需要经过人类监控。人们依然担心,它们可能遭到了地球病毒的污染。

在宪法得到与会代表和火星人民批准之前,将组建一个过渡政府,包括总统和副总统各一名,由与会代表选出。各地区行政长官,加上每个族盟选派的一名代表,将充任临时议会。现有的司法体系将继续保持。这届政府的存续时间,最长为二十三个月。

如果到时候宪法还没有真正通过人民批准,就将重新召开制宪会议,一切推倒重来。

制宪会议的最后一个星期,过渡政府的所有候选人开始提名。泰桑德拉·厄祖尔在所有提名人中最受欢迎,被代表们选为临时总统。她选择了我作为她的副总统。

最后确定的事项之一,就是新联合政府的名称。有人提议了"火星联合国"这个名字,但是遭到反对过集权主义人士的否决。任何包括"统一"或者"联合"字样的名称,都难以获得多数派认可。最终,大会一致同意采用"火星联邦共和国"的名字。

我们否决了三个国旗设计方案。第四个方案获得了初步认可,人们手工制作了一份样本,以便最后批准。旗帜上有红色的火星和她的两颗卫星。在蓝色的底色上,这些图案占据了四边形旗帜的对角线之上区域。对角线下方是白色三角形,意味着我们还有很大的成长空间。

代表们一个接一个聚集在议事厅——有各族盟的族长及其律师、助手、秘书,还有个人代表——纷纷签署了联邦盟约,放弃原有的族盟议事会,放弃火星宪章和长达一个世纪的独立地位。泰桑德拉和我一起站在演讲台上,她手扶着我的肩膀,开心地笑着。

看着一位接一位的代表签署盟约,我终于开始相信眼前的事实。最关键的起步阶段已经完成,大多数族盟支持我们的立场,而且没有出现极端的干涉行为。

我们曾听说,凯利泰特族盟本打算另召开一次制宪会议,但最终也没能成功。签署宪法草案之前,也有传言说,艾哈迈德·克劳恩·尼日尔会派代表来与过渡政府谈判,但最终也无人前来。

典礼结束时,泰桑德拉的丈夫保罗和伊利亚一起走进了大厅,我们四处跟人握手,拥抱。来自三星世界的众多星际视频记者记录了签字仪式和我们当时的拥抱。

"火星不再是活化石，他真的复活了。"伊利亚在我耳边小声说。我们跟随人群去吃晚宴，地点是我上大学的时候被集权主义军警关押的那个房间。"我为你感到骄傲。"他握着我的手说。

"你说得倒是轻巧，就跟已经完事了似的。"我愤愤地说。

"哦，不。"他摇着头说，"我很清楚现在的局面。我已经没有老婆了。我们一个月也就是能见一次面，而且还要提前预约。"

"我希望没有那么糟。"

我们坐在一张长条餐桌的中间位置。接受与会代表和族盟族长的敬酒。泰桑德拉发表了简短的讲话。她态度谦和，讲话鼓舞人心，激荡着恰如其分的爱国热情，然后我们吃饭。

我看着周围的代表们和族盟族长、行政长官，他们面容疲惫，但大家都放松了下来，边吃边聊，彼此点头致意。我明白了一些从来没有领悟过的东西。至少，以前都没有过现在这样深刻的感触。

时间的脚步似乎放慢了下来，我全部的注意力都集中在那短暂的几秒钟：拿着叉子的手，提问的口型，看着旁人的炯炯有神的眼睛，欢笑声，面临玩笑式挖苦的抗议声，对赞誉的谦逊之辞，面容严肃的女子讲述签字前后澎湃的内心激情，因为努力选择合适的字眼而微微皱起眉头……我们都是从事同一事业的战友，现在是我们的辉煌一刻，是我们被载入史册的时候，火星自发的政治进程在向前推进，带着我们每一个人。

在那一个瞬间，我感觉跟他们无比亲近，就像我对家人和丈夫怀有的那种亲近感觉。我也为没能加入我们政治进程的人、为反对我们的人感到心痛，就像鸟妈妈想起偷走鸟蛋的毒蛇一样痛心。

我心里充满爱和担忧，既有甜美的成就感，也有对难以预料的未来的焦虑……

我回头看房间的角落，多年以前，我和查尔斯、戴安娜、西恩、格蕾泰尔曾一起站在那里。我暗自对自己发誓，永远也不要让那样的事情再次发生。

代表们返回火星各地，给他们代表的人民带去消息，介绍我们的宪法草案。在火星南北极之间举办的多场集会上，火星人用心研读这份文献，研究图表和法务逻辑评估报告。

当时也有意外发生。在艾奥尼亚的罗维尔峡谷，有一位制宪会议代表遭到持不同政见的水矿工人冲击。三名代表助理遭到了所属族盟的放逐。有人通过尚未解散的火星议事会旧法律体系，提出了多起诉讼。凯利泰特族盟不断扩大他们在各地区的势力范围，兼并置身事外的族盟，将其置于自身保护之下，并不断向地球提出各种行动建议。暂时来讲，这些建议都被客气地回绝了。

地球方面很有耐心。

我和伊利亚大约五天可以见一次面，他在野外考察的时候，我们见面频率就更低。

伊利亚被聘请担任首席科学家，在奥林匹斯基地研究孢囊繁殖，他的同事包括乔丹-厄祖尔教授和肖温斯基博士。有一个难忘的休息日，他带我去看了塞纳岩区的一座大峡谷，这里被选作母体孢囊繁育实验的主要基地。已发现的最佳孢囊，将被暴露在火星大气之下，用冰尘冲淋，用红外线加热，然后被罩在椭圆形穹顶下，施加十分之一巴的气压。经过长达几个月的准备之后，来自卢比孔城的生物学家乐观地认为，他们会得到想要的结果。

我们每次见面，晚上都不会在家里休息。有时候住酒店套房，有时候住小旅馆，这取决于附近美食家的创意水平。这样一直持续了很多个月。其间我不断穿梭于各地区的集会现场，坐火车或者飞行器在不同基地间奔忙,说服、笼络、开解着不同的对象,向他们阐述火星未来政府的基本构想。

火星历58年早春,火星公民进行了宪法公投。我们耐心的工作和细致的准备获得了理想结果。宪法获得了批准,选民中,有66%赞成,30%反对,4%弃权。

共有七个族盟拒绝加入,其中包括凯利泰特族盟,这导致三个大区和另外四个区域的部分地区面临不确定的前景,这些地方暂时置身于火星统一进程之外。

过渡政府还将存在五个月,其间将提名新的官员人选,举行选举。我们还要选择一个首都,或者新建一座都城。各地区都需要提交一份正式的联邦盟约,我们还需要应对潮水一样涌来的自荐书——有很多人纷纷要求担任新政府中的职务。此外还要制订计划,确保临时政府职能顺利移交给将来的民选政府;各地区和各族盟之间互相冲突的法规也需要取得一致。

地球上的各主要经济同盟都发来了贺电,并承诺将向新的联邦共和国派驻大使。月球和小行星带的族盟采取了同样的举动。

有一段时期,貌似我们完全可以无视凯利泰特和其他那些置身事外的族盟。

宪法公投圆满完成后,我们又举行了一次庆祝晚宴,地点还是在火星大学。所有的地方行政长官,以前的议事会代表,各族盟族长、律师和秘书,还有新获得任命的官员和大使,都聚集在了火星大学旧餐厅,五百多人一起庆祝胜利。

一段接一段的庆祝视频播放过程中,伊利亚一直耐心地坐在我身边等着。我握着他的手,他偷偷把通信器递过来,让我看第一次孢囊实验的结果。我浏览了照片和化学成分检验结果。"有蜗牛黏液?"我用口型问。

他笑了。在通信器上写道：还在生长中。地球派来的新大使已经开始演讲，泰桑德拉扫了我一眼，我赶紧集中精神听讲——至少是装作这副模样。伊利亚在抚摸我的大腿，我也期待着宴会后整晚上都和他独处——我们会再找一家新旅店住下。

晚宴结束时，山口族盟的一位律师(是的，旧的名称和归属关系不会那么快消失)把泰桑德拉叫到旁边的一条通道里面，在她耳边小声说了些什么。泰桑德拉点点头，小声对我说："告诉伊利亚回去给你暖着床，你今晚需要晚几个小时才能回去。他们告诉我说，事态很紧急。"

我吻了伊利亚。他紧握我的手，担心有坏事发生。

泰桑德拉拥抱了保罗，他们也愁苦地互相做着鬼脸。叙利亚-西奈地区的执政长官、山口族盟的那位律师，以及两名武装护卫，簇拥着泰桑德拉和我进入火星大学西奈学院科学研究区深处。

武装护卫还穿着西奈地方安全部队的制服，只是匆匆缝上了共和国国旗。泰桑德拉冷静地无视了他们。

路上，有人介绍我们见了凯利泰特族盟的律师埃拉·温克曼。泰桑德拉和我都不知道我们到底是要去干什么。我脑子里隐约怀疑，可能是发生了某种政变，或者凯利泰特族盟试图展示武力。在轻松愉快的庆祝晚宴之后，这神秘的变故让我有些焦躁不安。

"我们已经远离了大学实验室的主体区域。"温克曼勉强笑着说，"我自己也是头一回来这个地方。"他的脸上布满了皱纹，整个人看起来就像是几天没睡觉一样。

我们来到一道厚重的钢铁滑动门前面。"朋友们，这道门后面的区域，只有总统、副总统和我才能进去。"温克曼说，"我很抱歉，但这里务必要确保安全。"

行政长官和山口族盟的律师摇了摇头，但并没有出声抱怨。

他们站到了一边，温克曼扫描掌纹，想打开门。

"请让新总统和副总统也扫描掌纹，以便输入安全系统，"那道门自动提示说，"等她们扫描完之后，埃拉·温克曼重新扫描一遍，以确定身份。"

我们照办之后，门才打开。武装警卫也留在了外面。门后是一条短短的走廊，通往一间房顶很高的实验室，里面到处是科研用的特制桌椅，粗壮的独立管道，大捆的电线和光纤线路，也有液化气体罐。这些设备大多都是一副很久没有使用过的样子，有的被包装着、密封着，添加了氧化剂。只有一个小角落里的设备好像最近还有人用过。

"这个研究项目已经启动了大约三年时间。"温克曼说，"您可能已经听说过它，马朱达小姐。我猜想，您至少听说过一些传闻。大约六个月之前，参与项目的科学家与协作团队的成员们一致同意与凯利泰特族盟断绝关系。我也从凯利泰特族盟退出，同他们一起去了塔西斯科技大学。现在，我们已经与火星大学达成协议，要把部分研究工作转移到这里进行。"

"这是在搞什么？"泰桑德拉不耐烦地皱起眉头问。

温克曼努力做出随和的样子，不过因为太紧张没能成功，"我们——奥林匹亚人——一致认为，凯利泰特族盟面临太多的地球压力。我们决定关闭研究计划，装出计划失败的样子。"他摇摇头，痛苦地闭上眼睛，"我们不希望艾哈迈德·克劳恩·尼日尔得到如此强大的实力。"

他把我们带到实验室的远端看上去最近有人使用的地方。在这里，一块可移动屏风的后面，有三男两女围坐在一张桌子周围，喝着茶，吃着甜甜圈。看见我们，他们纷纷站起来，拂去身上的面包渣，恭敬地向我们打招呼。

查尔斯·富兰克林有些消瘦,眼睛也变得更加深邃,富有洞察力,显得更加高贵成熟。他的几位同事则有几分手足无措,似乎不习惯跟我们共处,但查尔斯很冷静。

温克曼介绍我们互相认识。我们握手时,查尔斯笑笑说:"我们见过的。"

"你们就是大名鼎鼎的奥林匹亚人?"泰桑德拉问。

"还有四位同伴在塔西斯。另外,我们现在还没有那么大知名度。"查尔斯说,"我个人从来没有喜欢过那个名字。只是为了公关目的,没有别的含义——"

"也因为计划需要保密。"英嘉·帕克·阿莫伊说,她是个身材矮小、皮肤黝黑的大眼睛女人。我一时好奇,不知她是不是查尔斯的情人。还有,查尔斯的妻子到哪儿去了?

助手们从实验室别处找来椅子,我们围坐在桌子周围。只有查尔斯还站着,温克曼高兴地不再担任解说者角色,自觉退到了暗处。

我们的通信器得到了在场所有人简单的背景资料。互相熟悉的过程中,我努力记住重要的细节。他们有的是数学家,有的是理论物理学家。所有人都是贝尔连续统理论和属性值理论的专家。最年长的科学家名叫斯蒂芬·林德尔,大脑壳,白头发,表情友好,不过也有些爱挑刺。英嘉·帕克·阿莫伊是来自小行星带的移民,有着当地人手长腿长、躯体健壮的特点;最年轻的塔玛拉·况长着一双大大的黑眼睛,乌龙茶色皮肤。她身体经历过几次外部强化,脖颈和手臂上半部皮肤上有些色彩独特的圈。还有一位名叫纳希米亚·罗伊斯,来自斯坦伯格-莱斯克族盟,他身材高大,眼神迷离,暗金色毛发,戴着一顶犹太人的室内便帽。

我把注意力转回桌子上,桌子一端摆着几个方形盒子,高度从二十厘米至一米不等。另一端是一个闪亮的白色盒子,用粗壮的光纤与其他盒子相连。白色方盒显然是一台智囊机,但并没有任何说明制造地和归属关系的标记。

林德尔示意罗伊斯和况给我们搬来椅子。我们落了座,泰桑德拉深深叹了一口气,靠在椅背上。

"我怎么觉着,我不会喜欢即将发生的事呢。"她说。

"正相反,"坐在桌边的林德尔说,"我们将为你提供一个极其宝贵的机会——或许堪称空前绝后。"

泰桑德拉固执地摇摇头,"听起来很危险,"她狐疑地说,"机遇的另一面,就是灾难。"她咬了下嘴唇,又说,"如果我没猜错,今天远不是通报情况那么简单。"

林德尔点点头,又转向我,"查尔斯说,马朱达女士可能对我们的发现有所了解。"

"只是略有所闻。"我说,"我猜想,或许是时空扰动。"

查尔斯微笑着,淡淡地望着我。这些年来,他获得了一种超乎我预期的东西:不止是冷静,也不只是自信,而是一种领导者的魄力。

"查尔斯曾说起过——"我开了口,却觉得脸上发烧,说不下去了。

林德尔扭头看查尔斯。

"我曾告诉过副总统,我想要打破科学界长期停滞的现状,揭开整个宇宙的秘密。"查尔斯解释说。

林德尔笑起来,"这话倒也没有那么狂妄,"他说,"现状肯定是已经被打破了。纳米技术兴起以来,科学界还从来没有发生过这么富有革命性的突破。另外,我们成果的重要性,远远超过纳米技术。查尔斯是我们的精神领袖,而且,他好像有着通俗阐释科学问题的天赋。可否请你来讲解一下我们的发现,让新共和国的领袖对此有所了解?"

泰桑德拉少有地皱起了眉头,身体明显朝查尔斯的方向倾侧。

"我们找到了访问贝尔连续统的方法,明白了如何才能调整能量和物质的自然属性。"他开口说,"我们同心协力,开发出了一套完整的物质和能量理论。这套理论以数据处理为核心。我们现在已经掌握了破解粒子核心参数的方法,有能力改变它的基本属性。"

"粒子核心参数,那是什么?"泰桑德拉问。

"任何基本粒子,都以信息矩阵的形式存在。这个矩阵中包含各种参数,参数又决定了粒子的相应性质。事实上,粒子就是这些参数的集合。粒子之间可以通过两种渠道,传递关于自身性质的信息:一种是玻色子(比如光子)的交换;另一种就是通过贝尔连续统。贝尔连续统就是一种登记记录系统,它协调着宇宙中某些方面的属性均衡。"

"你说的,具体是哪一种矩阵?"泰桑德拉问。

"一种单纯的数据流矩阵。"查尔斯说。

"就像电脑的内存?"

"这样比喻,有时候算是合适的。"林德尔说。

"但实际上,这个矩阵是我们无法定义的。"查尔斯不依不饶地说。

"就好像它属于上帝的计算机?"泰桑德拉问,她的眉头越皱越紧。

查尔斯带着歉意微笑着说:"这里不需要上帝。"

"太可惜了。"泰桑德拉说,"请继续。"

"大多数构成物质的基本粒子,参数长度是231字节——包括它的质量、电荷、自转参数、量子状态、运动数据和势能数据、相对于其他粒子的空间位置和相对时间位序等。"

"就像粒子的个人档案。"林德尔说。

"或者信用评级。"罗伊斯试图开个玩笑,但没人觉得可笑。

"很好,"泰桑德拉说,"也很有趣。可是这些东西,你们发给我一份书面报告不就行了?"

林德尔提醒说:"这些只是知识背景,很多理论都已经是尖端物理学界所公认的——"

"有些科学家对此还存有怀疑。"查尔斯搓着手说。

"那群白痴。"罗伊斯一面说,一面摇头,似乎觉得那些人很可怜。

"但只有我们,有能力通过贝尔连续统改变粒子的基本属性。"查尔斯说,"比如,我们可以把粒子转换成反粒子——"

"只要确保总电荷均衡就行。"罗伊斯补充说。

"是的,我们可以直接以普通物质为原料,制造出反物质。"

他略微停顿了一下,以便我们回味刚才的话。泰桑德拉警惕地看着那些奥林匹亚人,还是难以相信他们。"反物质可以提供能源,是这个意思吗?"她问。

"其中的确有着巨量的能源。"林德尔说,"目前我们还没有建造过大规模反应器,不过理论上讲,我们能够制造出的能量是无限的。现在只是还没有放开手脚。"

"可以把铅转化为黄金吗?"

"我们还不能转换质量,"查尔斯说,"目前还不行。"

现在,泰桑德拉看上去真是被震住了。"目前不行?"她重复这句话,"你意思是很快就行了?"

"我们不知道,"查尔斯说,"我觉得这并非不可能,但也有人不同意我的看法。"

罗伊斯和况举手示意。"我们就是所谓的'有些人'。"罗伊斯说。

"我个人认为,质量转换是有可能的。"林德尔说。

"同样重要的是,我们可以远程进行粒子的转换,"查尔斯说,"也就是说,我们可以瞄准特定的区域,把那个区域内的物质转化为反物质。最大距离是九十亿至一百亿公里。相当于可以覆盖整个太阳系。"

一时间,整个小组的人都安静了下来。奥林匹亚人看着我们,同伴之间也互相打量着,像是捣蛋之后遭到批评的一群半大孩子一样。

我敬畏地死死盯着查尔斯。

"地球方面知不知道你们做出了……这个发现?这个突破?"我问。

奥林匹亚人纷纷摇头。"他们可能会怀疑。"查尔斯说,"但我们一直非常低调。只有我们九个人,加上埃拉,知道我们已经取得了多大成果。而最近的成绩,也是最主要的研究成果,都是六个月之内取得的。"

"凯利泰特族盟呢?"我问。

"他们被误导了,以为我们在离开他们之后,只是在通信技术方面获得了一点儿微不足道的成绩。"查尔斯说,"除此之外,他们什么都不知道。"

"微不足道到何种程度?"我问。

"我们通知他们,我们读取了足够的参数,可以有效清除广播通信中的杂音,也就是说,我们能消除辐射信号。"

"那么,实际上你们能做到吗?"我问。

"当然。"查尔斯说。他让我感觉很不舒服,总是用那副古怪、淡然的表情看着我,"但事实上,我们能做到的远不止如此。我们有能力在整个太阳系进行即时通信。"

"那你们实际操作过吗?"我问。

"没有。我们只做过火星各地之间的通信实验。"他回答,"当然,通信实验需要两套设备才能进行。但无论是在地球,还是在太阳系其他地方,都没有这种设备。"

"你们想让我们做什么?"泰桑德拉问。

林德尔和查尔斯同时开口,查尔斯让林德尔先说。在我看来越来越明显的一点是:查尔斯是这个研究小组的实际领导者,但他选择了林德尔作为代言人,因为后者看起来更老成。但查尔斯随时会打断他的话。

"总统女士,您领导着火星历史上第一个实际存在的中央政府。"林德尔说,"多年以来我们一直担心,自己的研究成果会诞生在不合适的政治环境下,因而遭到滥用;或者就只能令地球受益,而与火星无关。再过几年,甚至更短时间以后,地球人就会获得我们目前拥有的知识,结果会非常危险。"

"火星拥有这种知识同样危险。"我说,"如果地球人知道,我们拥有了如此强大的实力——"

"我同意你的看法,"查尔斯说,"但又不能对我们自己的发现置之不理。"

泰桑德拉前臂交叉,揉着自己的肩膀。"我们领导的只是一届过渡政府,"她说,"我们的任期目前只剩下几个月。"

林德尔说:"我们觉得,我们已经无法继续等待。"

查尔斯偏着头,缓缓摇头,然后又直视着我。"我很抱歉,没能提前通知你们,让你们有所准备。"他说,"凯西娅,我不知道该怎样跟你说这件事到底有多么重要。我不是个自我中心的人,这点你很清楚。"

"这个嘛——"罗伊斯笑着准备反驳,但林德尔把手按在了这位年轻人的肩上。

"你在地球的时候,曾经问过我一个问题,当时我无法回答。我向你道歉。也许现在你能够理解我的苦衷了。"

"凯利泰特人无法继续为你们提供支持,所以你们找到了我们。"我的语调出乎自己意料地尖刻,"你们只是需要钱。"

"事实上,我们的研究已经进入了产品开发和应用阶段。"林德尔说,"利用塔西斯科技大学的研究基金,我们目前正在设计远程太空旅行所用的发动机,改装太空梭或者客运飞船。理论上,我们只用几吨重的推进剂,就可以在几周内跨越整个太阳系,而且全程非常舒适。"

查尔斯伸出双手,祈求似的说:"这几乎都不能算是开始,我们的发现有着极大的应用潜力。"他好像还是对我一个人在说话,"我们可能并未了解全部的秘密——"

"我们绝对还没有了解全部秘密。"林德尔说。

"但我们已经打开了知识之门。"查尔斯说,"我告诉你这些事,不是为了申请研究基金。作为一名火星人,我有义务通知第一届火星政府的领导人。而我们汇报了这些情况之后,下一步何去何从,我们将服从你们的指令。"

"好了,年轻人。"泰桑德拉说。她并不比我和查尔斯年长很多,但她的态度却并没有让人觉得不合适,"你让我们毫不费力地得到了整个宇宙。我可以这么说吗?"

林德尔本想开口,可是查尔斯又一次抢走了话头,让这位灰白头发的科学家只好尴尬的微笑着,烦躁地举起双手。

"我们可以安排一次演示实验。"查尔斯说,"一次能说明问题的小规模实验。比如说,我们可以让火星轨道上的蒸汽云层变得像宝石一样闪闪发光,不会造成任何实际损失,也没有多少辐射危害。不过……"

"地球人可能会起疑心,怀疑我们这里发生了什么怪事。"林德尔提醒说。

泰桑德拉的手放开肩膀,十指交握,搭在膝盖上。"我们不需要很大规模、太明显的展示。"她说,"我宁愿让科学家们来检验你们的工作。我们来选择承担任务的科学家,然后再考虑下一步工作。"

"我们认为,安全是非常重要的考虑因素。"查尔斯说,他的同事们纷纷点头附和。

"哦,当然。"英嘉·帕克·阿莫伊说。

"我们所做出的部分发现,基本原理其实很简单,而我们只是运气好了一点点。"查尔斯说,"但我们的知识基础,对地球科学家而言都非常熟悉。他们只要能得到一些线索,很可能就可以复制我们的发现。"

"大家都有了这种知识,岂不是更好?"泰桑德拉问。

"我不这么认为。"温克曼起身上前说,"地球人会用这种技术,强迫三星世界的其他人就范,让他们为所欲为。"

"我们就不能做出相应的防范措施吗?"

"目前,还没有任何有效的防范措施。"查尔斯说,"你们需要了解一些细节,才会明白这件事的前因后果。作为一种武器,它们的应用非常惊人。远程将物质转化为反物质……根本挡不住。"

"可是你们这些能量都从哪里来呢?"泰桑德拉突然兴冲冲地问,就好像这个问题让她看到了希望,可以证明一切都只是一场骗局,"你们不会说,自己有能力改变能量守恒的基本定律吧?"

"我们没有,"林德尔说,"我们只是篡改了世界的账本,这里加一点,那里减一点,但总量不变。"

"林德尔先生,您属于哪个势力?"泰桑德拉问。

"跟大家一样,我也曾是凯利泰特族盟成员。"他回答。

"你们都彻底断绝了跟凯利泰特族盟的关系吗?"

小组成员纷纷点头。"我们所有人都不相信艾哈迈德·克劳恩·尼日尔。"温克曼说。

"那你们需要钱吗?"我问。

"这要由政府,也就是你们来决定。"查尔斯说。

"不能这么说,"我说,"我们根本就不知道你们需要什么,而且——"

我没有再说下去,泰桑德拉捏了一下我的手,"我们需要一些时间考虑,还需要研究一些文献。我很可能会召集其他科学家为我们提出建议。目前暂时不用安排展示活动。我相信,副总统一定会赞同我的立场,你们都应该认真考虑这项理论发现的实际用途,并重新起草一份报告。"

"我们已经有了一份这样的报告,而且里面也有详尽的计划。"林德尔说。

泰桑德拉坚决地摇摇头,"拜托,不要现在给我。目前为止见到的一切,已经足够让我今天晚上做噩梦了。我们需要赶紧回家,尽到自己的义务,回到丈夫身边。可能我们要私下考虑下这些问题。"她稍后又说,"并且向上帝祈祷。"

查尔斯伸出手来,其他人也纷纷伸手,与我们握手作别。"在获得政府许可之前,我们不会有任何举动。"温克曼陪同我们出门,走出外面廊道的时候说。

"当然。"泰桑德拉说,"你们绝不能轻举妄动。"

泰桑德拉把我叫进她的房间,也就是原来的院长办公室,给我泡了一杯晚茶。她倒水的时候面色晦暗。"我曾有过一个梦,"她说,"梦里有个大帅哥,径直来到我身边,把一大桶金子送到我怀里。我本应该欣喜若狂。"

"但是你并不感到高兴吗?"我问。

"当时我被吓坏了。我不想承担这份责任,我让他赶紧把金子拿走。"她直起身来,打量着这间办公室。几年前,就是在同一个地方,康娜尔院长下令清退大学生,因而引发了我们的抗议活动。

"你认得查尔斯·富兰克林?"她问。

"我们曾经是一对恋人。"我说。

泰桑德拉点点头,认可我对她的信任,"在保罗之前,我曾有过四个恋人。他们都是些没什么出息的主儿。查尔斯·富兰克林貌似很强大。"

"他对我很好,而且充满激情。"我说。

"但你还是不爱他。"

"我当时以为自己爱他。"我说,"不过也很困惑。"

"如果你和他缔结婚约,会怎么样?"

"他向我求过婚。"我说。

"哦?"泰桑德拉坐在我身边,同一张沙发上。我们默默喝了一会儿茶,"麻烦你告诉我,那帮科学家只是跟我们开了一个拙劣的玩笑。"

我没有回答。

"副总统女士,"她说,"我们的生活正在变成一坨屎。"

"肯定不是一堆樱桃。"我说。

"屎，"她特意强调，"我们不过是一群孩子，凯西娅。我们不可能自如掌控那么强大的力量。"

"是人类还没有准备好吗？"

她哼了一声，"我无意代表全人类。我只说我们自己——我们这些单纯的火星人。我很害怕，担心如果地球知道了这些事，他们会怎么做，我们又将如何应对。"

"你是说，如果他们——"

"是的。"她不等我说完，就打断了我的话。

"我们还是应该往好的方面想。"我说。

她无视我的话，只是抖了抖手，肩膀颤抖了一下，"这么多年，查尔斯·富兰克林就一直没有跟你讲过这件事吗？你给他写过信，提过问题，他都没回答？"

"我写过一封信，"我说，"是我叔叔提出的要求。查尔斯对我说，他在做一项非常重要的研究工作，还说那项目可能——政治上可能给我们带来大麻烦。我当时还以为他夸大其词呢。"

"我们应该私下找查尔斯·富兰克林去谈谈呢，还是斯蒂芬·林德尔？"

"我感觉，查尔斯才是真正掌控局面的人。"

"凯西娅，他是个明智的人吗？"

我微笑着摇摇头，"我不知道。我们都还年轻的时候，他并不算特别明智。但当时，我也一样傻。"

"这事跟凯利泰特人有关，这让我很担心。"泰桑德拉说，"我现在暂且相信，艾哈迈德·克劳恩·尼日尔对这件事知道的极少，就像那些科学家认为的那样。因为如果他知道了任何消息，肯定会加以利用。我们已经把他逼到了绝境。他在火星已经没有前途。他陷入了困境，无论是政治上还是经济上，都进退维谷。"

"我们还没有政府事务保密机制。"我说,"我们能信任什么人呢?"

"信任别人!在这件事情上,我甚至连自己都不能相信。"泰桑德拉面色悲戚,"愿上帝保佑我们。"

那天晚上我躺在伊利亚身边,看他沉沉睡去。他就像个孩子一样,几乎永远都睡得很沉。我觉得,他脑子里应该只有关于化石发掘的回忆,最多也就想想到了发掘现场以后该做什么工作。我太羡慕他了,以至于眼中涌出了幼稚而又沮丧的泪水。

我们一起喝了杯红葡萄酒,吃了块新鲜奶酪,两者都是厄祖尔家族的产品,捐赠给了新政府。他开玩笑,说处在权力中心的我们,总是到处受优待。我毫无反应,他问我为什么那么不开心。"现在一切都那么顺利,"他当时说,"大家真应该对你们所有人表示祝贺。"

我试图强笑。可是结果却很难让人接受。

"我能不能刨根问底一下?"他靠在我身边问。

我摇摇头。

"你听到了一些令人不安的消息,"他说,"但是这件事又不能告诉我?"

"我也希望我能告诉你。"我激动地说,"我太需要忠告和智慧了。"

"这事危险吗?"

"我甚至连这个都不能透露。"我说。

他躺回到自己枕头上,用手掂着后脑勺,"将来我会觉得很幸福,等到——"

"等你老婆失而复得的时候吗?"我迅速打断他的话,死死盯着他问。

"不是，"伊利亚心平气和地说，"嗯，实际上，我应该说是。"他笑了，"这个问题有诈，我根本没有失去过你。"

"是啊，"我心有不甘地说，"可是我都不能跟你一起出门挖掘化石。我们也很少有机会一起玩儿。我巴不得一直都跟你在一起。我已经受够了没完没了地开会、赴宴、搞宣传，还被人称作'新火星的接生婆'。"

可是伊利亚并不还嘴，这让我更加生气。我跳下床，在酒店房间的短墙边来回走动，握着两只拳头伸向天空。"上帝啊，上帝啊，上帝啊！"我尖声喊叫着，"我不想要这些，我不需要这些！"我又转向他，手指弯曲，像巫婆一样张牙舞爪，"本来一切都尽在掌握！我们自己完全可以解决所有问题。可是这东西，只会把事情搅乱。"

伊利亚无助地看着我，"我只希望——"

"可是你做不到。"

单方面发疯的举动到此为止，我倚着墙瘫倒在地上，抱着膝盖，空洞的眼睛死盯着床角。伊利亚跪在我身边，手扶着我的肩膀。其后，为了表示歉意，我强行与他做爱。可是这效果终归流于表面。随后我倚靠着他，我们一起谈论过渡政府任期结束以后的生活。

我说，以后我想找一间独立小学当老师。他向我保证，说这样的工作岗位到处都是，想做就一定能找到。"'新火星的接生婆'，"他温柔地对我说，"其实这个绰号很适合你。不用对自己感到生气。"

以前我看他睡着的时候，有时会好奇，我们什么时候才会有孩子。而现在我担心，那个时候可能永远都不会到来。

不能费力就能想象出这么强大的力量可以做哪些事。我们脑子里都有艾哈迈德·克劳恩·尼日尔和弗丽查尔德·多布的印象，也知道地球人强势而团结一致。如果他们知道，年轻、天真而又危险的火星掌握了如此强大的力量，会做何反应呢？也许他们已经知道了真相，已经在制订计划，而我们对此完全无能为力。

奥林匹亚人在多尔萨古丘建立了一间偏远狭小的实验室，用的是他们自己的钱，以及克莱因族盟捐赠的一小块土地。多尔萨古丘是略有些沟壑的地貌，有峡谷把它从南方地貌中分割出来，到处都是低矮的沙丘，缺少水源和资源。即便按照火星的标准，这里也算是一片沙漠。

我一个人去看了现场演示。泰桑德拉需要参加极乐园基地的紧急会议，她要去争取突然变卦的议员们的支持，安抚一位能力和智力同样匮乏的地方行政长官。她相信我足以充任她本人的耳目。但我感觉，她其实害怕科学家们可能展示给我们的东西，害怕这份意外大礼的丰厚程度。我并不比泰桑德拉更勇敢，我能去，很大程度上是因为我更加缺乏想象力。

乘坐飞行器从火星大学前往实验现场时，一路上有查尔斯·富兰克林和斯蒂芬·林德尔陪同。飞行器上有政府标志，包括国旗和"FRM 1"[①]标记，以表示运送的是贵宾。我们将与两名来自山口族盟和厄祖尔族盟的中立科学家碰头，他们从卢比孔城出发，另乘飞行器前往多尔萨古丘的实验室。

多尔萨古丘还没有通火车，实验室周围四百公里内都没有火车站，查尔斯提醒我说，周围也没什么美景可看。

我瞪了他一眼，"豪华设施对我并不重要，尤其是现在。"我说。林德尔感受到了现场的紧张气氛，小心翼翼地装作观赏数十米以下地面风景的样子。飞行器越过一道山梁，然后继续爬升，以

---

①火星共和国空军一号。

便避开几处尘暴。

查尔斯对我眨眨眼,似乎对我的语气很意外。然后伸手去取自己的通信器,"我们有很多知识需要补充说明。"

"我读过你写的论文了,"我说,"大部分内容我都看不懂。"

查尔斯点点头,"不过,基本概念却很简单。"他紧闭双唇,扬起眉毛,"那你能不能暂且相信我们提供的一些资料?"

"我不信也不行,对吗?"

"是的。"

"那我只能暂时接受了。"

"可是你很生气。"

"又没有特别针对你!"我说。

林德尔解开安全带,站了起来。"我去前面坐吧,那边风景更好。"他说。我们都没理他。他耸耸肩,到别处找了个清静位置坐去了。

"我不是这个意思,你很生气,因为我们强加给了你太多的责任。"

"是的。"

"我本希望能够避免这样的局面。"

"可是你却要改变整个宇宙,查尔斯。"

"我只是想搞懂它……好吧,我承认我想改变它,但我并没有想让你承担这份责任。"

"难道还需要我感谢你?!"

查尔斯身体靠后,望着别处,既伤心又恼火。他的通信器放在大腿上,"请冷静,凯西娅。"

"你完全清楚,"我当时完全丧失了冷静,"当初就是你们这帮所谓的奥林匹亚人,让我们前往地球谈判的使命遭到了失败。你们让大家都那么紧张,让我们面临那么巨大的压力,而我们甚至根本就不知道你们在计划些什么。"

"计划吗?"他笑了,"我们没有任何计划。很明显,对这个项目的潜在影响,地球人比我们更清楚。"

"也许吧,"我说,"你以为你们是在真空世界搞研究吗?"

他摇了摇头,"真空? 什么意思?"

"道德风险啊,查尔斯。"

"哦……道德。"他红了脸,"凯西娅,现在你真的是太激动了。"

"我才不管什么鸡动鸭动。你们有没有想过,这种研究会给我们火星人造成什么后果?"

"我又能做什么决定呢? 你让我不去追求知识吗,凯西娅? 我已经尽了最大努力,恪守道德准则,对外界坦诚相见。我们所有成员一贯高标准要求自己。"

"你们却效力于凯利泰特人。"

"他们——至少以前他们不能算是坏人。艾哈迈德·克劳恩·尼日尔一掌权,我们就马上做好了关门的准备。而实际上,因为来自地球的压力,凯利泰特人还帮我们完成了结束实验的工作。克劳恩·尼日尔并不关心我们能给他带来什么,而只考虑讨好他的地球主子。"

"你们离开,仅仅是因为他们不再给钱而已。"

"那之前,我们早就说过要走了。"

我笑问:"你确信他们没有把你们的研究成果锁起来藏在什么地方吗? 确信尼日尔没看过?"

"这有可能。不过假如他们看到的只有那些材料,他们将无法猜到我们后来做出了什么样的发现。那些材料有很强的迷惑性。凯西娅,我们走过很多条死胡同。地球人现在还在走。"

　　有几秒钟,我无言以对。然后我的怒火突然消散,接着打了个寒战,"查尔斯,你就不害怕吗?"

　　他认真想了想,然后看着我说:"我不怕。凯西娅,你们已经为我们的国家带来了秩序,或者说即将建立起秩序。一个负责任的政府——"

　　"政府还在幼年时期,百废待兴,只是个脆弱的新生实体。我们甚至都不知道,能不能实现过渡政府向民选政府的过渡。我们什么都没有试过,查尔斯。"

　　"这么说吧,"他说,"我对你有信心。"

　　"你相信火星?"我双臂抱胸问他,以免自己发抖。他伸出手来,试图触碰我的身体,我狠狠瞪了他一眼。他连忙缩手回去。"查尔斯,你给我们的,是毁灭敌人的力量,但我们根本就不知道敌人是谁。你提供给我们的,却是一根狼牙棒。"

　　"比那要多得多。"查尔斯柔声说,"还有巨量的动力来源,对资源的远程控制能力。我们在很多方面还会面临限制,但这并不意味着我们无力抵抗绝大多数敌对力量。"

　　"你能依靠的,大约只有威慑力吧。你能把物质变成反物质,还能远程操作,覆盖很远的距离,又能确保打击的高精度。"

　　他点头。

　　"我们可以把地球上的城市变成一片火海。你带回来的,无非是20世纪那样的恐怖年代。"

　　他愁眉苦脸地说:"你说得太夸张了。"

　　"想想吧!如果弗丽查尔德·多布掌握了这样强大的力量,她能不滥用吗?"

　　查尔斯说:"但我知道,你会明智地使用这种力量。如果不是有这样的信心,我们就不会通知你。"

　　我无言以对。我茫然摇摆着双手，然后用一根手指指着他，不知应该大笑还是尖叫，"上帝啊，查尔斯，真没想到你会对我有这样的印象！就算你是对的，我天生就是圣人，可是你想想，以后世世代代接替我职位的人又会怎样？你能预料吗？"

　　"在他们掌权之前，所有人都会掌握这门技术。到时候就可以形成互相制衡的均势。凯西娅，这不重要——"

　　"我可不这么认为。"我嘟囔着。

　　"这不重要，因为这项技术已经存在，你否认也没有用。"他的脸上露出疲惫的表情，"人生永远不可能风平浪静，生活中总会有新鲜而且恐怖的事情。"

　　我强忍住，没有反驳他。我本想说：查尔斯，哲学永远都只是马后炮。

　　"我知道，"他说，"这个问题我已经考虑多年。我总在问自己，如果我们的体系成了形，能够读取贝尔连续统，修改里面的参数，世界将变成怎样？其实，我们都很担心。"

　　林德尔回来了，坐在我们的中间。"有没有达成一致意见？"他问。

　　我勉强笑笑，摇了摇头，"就像一场噩梦。"我说。

　　查尔斯说："'上帝啊，我可以封在胡桃壳里而认为自己是无限空间的君王——要不是因为做噩梦的话！'[①]"

　　"我们经常思考这句话的真正含义，"林德尔坐下来说，"宇宙就像是被封闭在胡桃壳中。距离和时间并没有什么特异之处，它们只是事物参数中的变量。只要洞察了这个秘密，我们就真的是统治无穷疆土的国王。"

　　"那噩梦呢？"

　　[①]查尔斯在引用莎士比亚名剧《哈姆雷特》中主角的台词。

　　林德尔的表情突然变得严肃起来,甚至有些伤感,"查尔斯让我为大家代言,是因为我看着像科学家的样子,官僚们也更愿意跟我沟通。但这并不意味着我任何时候都谨小慎微,愿意玩弄外交辞令。我们在同一条船上,马朱达小姐。你可以高高在上,指责我们头脑简单、智力低下,但我们的立场丝毫不会动摇。"

　　"你不要太早下结论,斯蒂芬。"查尔斯说,"凯西娅的头脑没有那么简单。"

　　林德尔显然在极力控制自己的脾气,绚烂地假笑着说:"对不起,我只是碰巧认为,纠结于噩梦的人,通常极度缺乏想象力。"

　　"总统为什么没有跟你一起来呢?"查尔斯问,"这本应该是优先考虑的事情。"

　　"因为出大事了。如果她不能扭转局面,事情就会倒退回去,将来也就不会有合法政府来决定你们工作的走向。她委托我代替她来了解事态的发展。"

　　"她很害怕,对吗?"查尔斯问。

　　我哼了一声。

　　"我一看她的眼睛就知道,"查尔斯说,"她也是个凡人,不喜欢如此重大的责任。"

　　我点点头,"也许吧。"

　　"你呢? 你能克服自己的恐惧,用孩子一样纯净的眼光看这个问题吗?"

　　"你最好不要期望得太多太快,查尔斯。"我说。

　　实验区域里设置了一处临时隐蔽所,可以容纳二十个人,是前一天由机器工人盖好的。共有四名奥林匹亚人(林德尔、查尔斯、英嘉和罗伊斯)在场。早在隐蔽所完成之前,英嘉和罗伊斯就已经飞抵实验场地,开始准备工具和设施。

实验场周围一片荒凉,就像我大学二年级看过的太空地质学课堂视频介绍的一样。多尔萨古丘没有岩谷地带的曲折绮丽,也没有西奈平原的多彩,这里没有化石,也没有矿藏。

我们到达之后一个小时,被请来见证演示实验的科学家乘坐另外一架飞行器抵达现场。乌尔里希·曾格和杰伊·卡萨莱斯都是新宪法的坚定支持者,治学严谨,备受推崇。他们都是伊卡利亚大学理论物理系教授,该校是一家独立学术机构,由六家族盟联合出资建成。我们一被带到隐蔽所,查尔斯马上为他们讲解了即将进行的实验。

实验现场位于一座没有加压的帐篷顶下面。查尔斯、英嘉、罗伊斯、曾格、卡萨莱斯和我都穿着防护服,从隐蔽所走到篷布下。查尔斯取来了曾格和卡萨莱斯准备的一罐纯氢气,小心翼翼地挂在连接到棚顶的吊索上。曾格和罗伊斯随后取来一台中子测定仪和其他相关仪器,机器工人把整个准备过程录制在视频文件里。

"我们会看到什么?"准备工作临近结束时,卡萨莱斯问查尔斯。

"您研读过我们的理论文章,知道我们声称自己做到了什么,对吗?"查尔斯反问。

卡萨莱斯点点头。

"您相信吗?"

卡萨莱斯摇摇头,"文章内容引人入胜,不过我不会那么容易被空话说服。"

"您那罐氢气,在目前条件下,能不能产生能量?"

"当前状态下,肯定不行。"卡萨莱斯说。

"我们会让它释放出巨量的能量。"

我们回到隐蔽所,脱下防护服,到设备室跟林德尔和曾格会合。我在这里又看到了那台白色智囊机,放在铁桌上,但没有其他附件。只有几个小黑盒,通过光纤连接在智囊机上。

林德尔询问智囊机,是否所有设备都工作正常。它用年轻的男声回答说,一切正常。

查尔斯在桌边一张凳子上坐下,"我们的这台智囊机,负责提供另一台量子逻辑智囊机的访问界面,那机器也在同一个盒子里。两者都由火星人开发,在火星制造。"

"谁呀?"曾格问。他显然对此很感兴趣。

"就是我。"林德尔说,"还有丹尼·潘彻。塔西斯科技大学的。"

"看到这个,我就已经不虚此行。"曾格说,"假如智囊机可以稳定运行,并能发挥应有的作用。"

"它们都是专用设备,功能并不是特别强大。"林德尔说,"丹尼和我正在设计更优秀的智囊机。我们设计智囊机的方式,可能违反了好几条法律规定。但是我们的设备需要量子逻辑智囊机来控制,而此前用尽了所有办法,还是不能经过合法渠道买到量子逻辑智囊机。"

曾格点点头,"请继续吧。"他说。

"我们的部分工作,来自于很著名的一桩科学悬案。我们都研究过'冰洞悬案'。这件事发生在大约五十年前。当时有一位月球科学家,名字叫威廉·皮尔斯,他想做一个实验,内容是把少量铜原子冷却到绝对零度。他达到了目的,却也带来了灾难性的后果:皮尔斯和他的妻子因此丧命。一名旁观者勉强逃生,但也身受重伤。而那个冰洞,已经消失得无影无踪。"

曾格看上去并不感冒,"那么,你们打算怎么处理我们的氢原子呢?"他问,"难道也要送到什么乌有之乡?"

"我们从来都没能再现过他那场实验,"卡萨莱斯说,"从来都没有人证明过,当时的温度下降到了绝对零度。当时也许发生了其他变故。"

"这个我们知道,当时的确出现过绝对低温。"查尔斯说。

曾格嘴角下垂,手指敲打着座椅扶手,"你们是怎么知道的?"

"现在还不能公开细节。"林德尔说。

"我们会把圆柱体气罐里的一部分氢转换为反物质,"查尔斯说,"普通氢和反物质氢将发生反应,产生中子、伽马射线,以及热量。"

"那就开始做吧。"卡萨莱斯不耐烦地说。

查尔斯坐在智囊机旁边。白色方盒上方出现了一个操控面板。"智囊机正在定位样本参数,"他说,"这些参数没有绝对的度量数据,也没有确定的坐标。任何时空内的参数,都是以观察者为基准的相对值。在一些方面,这降低了我们工作的难度。等我们准确定位了实验样本,就可以通过查询其他数据来验证其成分,确定我们调整的是计划中需要调整的参数。"

"你们不打算告诉我们这东西的运作原理。"曾格指着那些设备说,"但很明显,你们是在远程操控这一过程。你们的最大有效距离是多少?"

"这一点,我们今天也不能透露。对不起。"林德尔说。

曾格转向我,面色很难看,"如果得不到足够的信息,我们就无法做出任何评判。"

"科研小组对某些数据保密,是我们提出的要求。"我说。

曾格撇撇嘴,摇摇头,"你让我们作为专家到场来进行专业评判,同时又隐瞒技术细节,这样的话,还不如运送几只大猩猩来当观众。"

卡萨莱斯没有那么挑剔,"我们只看能看的东西就好,"他说,

"假如你们可以用我们提供的样本释放能量,就已经算是很有趣的结果了。其中的秘密,我们可以日后探讨。"

我其实有点希望看到更激烈的对抗。当时,那个小房间里有期盼,有好奇,也有怀疑,但是却缺少戏剧性。查尔斯并没有试图营造夸张的气氛,只是安安静静地跟林德尔一起迅速投入工作。两个人都在向智囊机发出指令,而我们获准旁观。

智囊机上空的演示空间,投射了圆柱罐体的3D图像,用不同颜色表示各部分的不同温度。查尔斯解释说,圆柱罐体还在降温,适应周围环境中的低温。外面的温度大约是零下六十摄氏度。罐中的气体在缓缓扰动。

"总电荷当然不会改变,"林德尔说,"我们只能成对地改变基本粒子的带电属性。被改变的对象,原本的电荷应该正好相反。整体不带电的原子和分子是最佳实验对象。区分物质和反物质的参数,与描述物质自转属性和时间属性的其他参数紧密相关,我们必须同时获取这几种互相关联的属性。由此产生的转变过程并不违背任何已知的物理学定律,但由于物质和反物质产生了接触,因而会释放出能量。"

"那你们是怎么改变物质参数的呢?"卡萨莱斯问。

查尔斯几乎有些羞赧地说:"对不起,现在还不能说。"

曾格说:"那我们还有什么可评估的? 你们也许只是在给我们玩大型魔术。这些东西,都可以作弊的。"

"我们只能希望,你们对我们有足够的信心,相信你们所看到的都是诚实的实验结果。"林德尔说。

"没有评估实验背后的理论之前,我们无法给出判断结果。"卡萨莱斯双臂抱胸说,"科学的基本原则,就是结果可以复制。如果仅仅有一组科学家执行了某种操作,获得了理想的结果,这并不能算作科学。而今天,迄今为止我所看到的东西,都不算乐观。"

查尔斯看看我们,明显很失落,"我其实更愿意马上告诉你们所有的秘密,但是很明显,这事需要马朱达副总统来决定。"

我觉得极其迷茫,但是又不能显得举棋不定。"基础理论的主要部分必须保持机密。"我说。

查尔斯摊开双手,表示他无能为力。

曾格和卡萨莱斯不断摇头。曾格最后摆摆手,表示懒得跟我多啰唆,但他还是说:"好吧,我并不喜欢这样的安排。不过你们可以先让我们看到结果,然后我们再讨论细节。"

"谢谢您。"查尔斯说。他向林德尔点点头,"让我们用智囊机看到的方式,展示样本吧。"

林德尔在虚拟操控界面上点了几下,一个起伏不平的平面出现在我们面前,面上有高峰,也有低谷。很多箭头在那些高峰上跳动,最后全都集中在一个峰顶,上面出现了一个小小的红色圆球,球体中,沿着表面,有蓝色线条不断延伸。随后,图像又变成了圆柱形罐体,上面有各种颜色,而在不同的色块里,闪亮的数字和希腊文字母像瓶子里的苍蝇一样飞舞着。

"量子逻辑智囊机正在评估样本,"查尔斯说,"智囊机现在已经获得了所有数据。几秒钟之后,我们就会看到样本释放出的能量。"

我们看着窗外,罐体还悬吊在顶棚下面。不过除了通过投影画面之外,肉眼看不清楚它的模样。房间里充斥着低沉的嗡嗡声,还有明显的咔哒和呼啸声。"那是物质和反物质原子正在相撞①。"

---

①本书写成于上世纪九十年代初。此后,有关反物质的研究取得了更多进展。基于近年来的发现,正反物质接触反应的剧烈程度与释放出能量的强度,都要远远超过本书中描述的情形。具体来讲,这里描述的实验过程太缓慢,辐射强度也太小。实际上进行的此类实验,在反应过程中根本不可能有足够时间进行解说,实验者也不可能在露天环境下离现场这么近。

英嘉说着,调整了一下音量,"它们正在罐体中碰撞,罐体温度在上升,然后………"她指点着新出现的图像,"伽马射线已经出现。我们预测能效约为百分之十,这当然会对罐体产生一定影响。现在是中子流。"

"迄今为止,我们大约制造出了一万亿个反氢分子。"查尔斯说,"反应已产生的热量为五十四焦耳。"

"这样应该就足够说明问题了,"曾格说,"的确有产生了热量和中子流的迹象。"

查尔斯告诉林德尔停止实验。林德尔碰了一下控制面板,红色罐体和图像随即消失。

"我们考虑过提高能效的途径,"查尔斯说,"比如,我们可以把整罐气体中的一半氢分子转化为反物质,并保证这些分子与正物质位置彼此交错。光能的漫反射压力会让飞逸的分子和粒子进入最优布局,以提升后续反应效果。这种情况下,将有百分之九十的破坏反应发生。但是如果这样做,罐体就会被气化,部分设备和顶棚也会遭到损坏。"

曾格点点头,"在我们能判断的范围内,你们的确完成了一次有趣的实验。"

查尔斯说:"我们将会派机器工人取走罐体,放在实验室后面,您可以远程察看。"

曾格问:"我估计,你们不会允许我们把它带走?"

所有人都看着我。我说:"气罐要留在这里。"

曾格面无表情地说:"这安排,真令人兴奋啊。"

一名机器工人把罐体挪动到实验室后面独立的盒子里。曾格和卡萨莱斯认真进行了检测,两人不断小声交谈着。用餐时,查尔斯坐到了我对面,我用叉子挑着索然无味的纳米食物。

"有点儿失望?"他问。

"一点儿都没有。"我说。我抬头看着他,希望自己的表情冷漠又高贵,"我又没指望来见证圣父、圣子和圣灵。"

他的笑容转瞬即逝,"看来你也在读历史。不介意我跟你一起吃饭吧?"

我摇摇头。他取来了自己的食物,其实我已经快吃完了。不过显然,他有话想说。

"你还是反感我们所做的研究?"他问。

"我从来都没有反感过这些。"我说。

"是吗……"他的语调难以捉摸,不知是赞同还是存有疑问,"以后,情况只会变得更棘手。"

"这句话,多年以前你就已经说过了。"

"那我说中了吗?"

"当时说中了。"

他吃了一口浓羹,做了个鬼脸,把叉子放回碗里。"不好吃。"他说,"这也是传统。火星科学家必须食用索然无味的纳米食物。据说这可以提升创造力。还记得默多克上品酒庄恐怖的葡萄酒吗?我到现在还觉得对不起你。"

"你是说,因为葡萄酒抱歉?"我问。

"不只是葡萄酒。"

我把视线转向一边,下定决心回避这个话题。我取出通信器,"你们有没有其他版本的演示材料? 这一份——"

"这一份不会给政治家留下好印象。我知道,如果你们愿意,我们可以把整座奥林普斯山脉气化掉。"

有那么一会儿,我甚至不知道他是否在开玩笑。"那样……就太过了。"我说。

查尔斯大笑,摆弄着他的饭碗,用手指轻轻敲击,"我们还能做成很多事。就像斯蒂芬来这里的路上说过的,我们可以制造出超高能效、超高加速能力的反物质发动机,超过地球能生产的最佳产品。我们可以把它安装在太阳系客运飞船上,让人们几个月就可以周游几大行星,而不是像现在这样花上几十年。只要有一个设备完善的工程基地,我们可以在六七十天内完成这类项目。"

"但是这样一艘飞船,未免有点过分招摇,会引发整个太阳系的关注。有没有什么不会吸引到地球注意的项目?"

查尔斯把手肘放在桌面上,"当然有,"他说,"斯蒂芬和我一直在策划各种展示方案,复杂程度各不相同,从专家级到大众级,一应俱全。你只要提出要求就好。"

考虑到我们面临问题的严重性,他当时的表现未免有些避重就轻,但是我已经受够了总跟他对抗的局面。"我的物理学知识还是很贫乏。"我说。

"其实你应该多些了解,"他有些不满地说,"我本人并没有进行过机能强化,不过我可以给你推荐一款不错的火星产品。"

"谢了,目前暂时不用。"我确定周围没有人听到,然后问,"其实我很好奇,你是怎么做到这些的?"

查尔斯探身向前,脸色急切而兴奋,就像一个孩子,他手扶桌面,开始讲述:"其实我一直在纠结于一些愚蠢的问题——看上去都是些重要的疑问。纠结于这类问题,其实非常愚蠢,因为很多问题出现的根源,都是提出这些问题的语言本身存在缺陷。这些问题永远都没有答案。

"但是有一个问题,看上去是真正重要和有趣的——是真正的基础问题。数学本身就很强大。我们可以构造各种等式,用于描述自然界。我们可以利用这些等式，预测将来会发生什么事。但数学本身的力量又来自哪里呢？我花了很多年才得出结论，而得出这个结论之后，我没有告诉任何人。因为这个结论太简单，而我也太年轻，此外，我也找不到任何证明。

"所以我就等待。我研究了冰洞悬案，以及有关威廉·皮尔斯的全部资料——他的工作，他致命的科学发现。我知道，我的简单结论符合他的理论设想，事实上，我的理论可以为他提供解读和补充。我找到了一些志同道合的人，与他们合作，互相砥砺，找到了验证我的想法的手段。

"数学遵循着一套规则，而宇宙看来也按照一定的规则运行——这并不是非常精确的说法，不过话说回来，人类的所有度量数据，本身也不是精确的东西。任何人都不难察觉这一点。

"数学的基本规则，使它具有了一种计算仪器的属性。我们之所以能够用数学概念和规则为基础建造计算机，是因为数学本身就是一个计算系统。计算机中进行的运算，与数学本身并没有太大区别。计算机就是用光电信号和实物进行计算的数学系统。数学之所以可以用来描述自然界，是因为自然界也遵循一定的规则。也就是说，自然界本身，也是一个计算机系统。

"我们在头脑中进行数学运算的时候，计算结果（以及运算规则）存储于脑海里或者纸面上，或者其他形式的记忆体中。在这个阶段，我们的头脑就是一台计算机。

"而自然界，就是宇宙存储其运算结果的地方。我不会把'自然'与'现实'混为一谈。从根本上讲，现实世界实际上是一组规则，这些规则互相作用的结果，才是自然。量子逻辑与现象学领域存在的一些最大疑难，究其来源，恰恰是人们把结果与规则混为一谈——这是我们头脑里根深蒂固的思维习惯，有利于人类的生存，但不利于研究物理科学。

"如果规则发生了变化,结果就会随之改变。我们的宇宙诞生在很久以前,是从很多种可能规则的混沌冲突中诞生的。宇宙最初产生的基础,是无穷无尽的各种可能。在混沌时期,有些规则已经消失,因为它们难以保持一贯,它们输给了更加严格、更有意义的规则。它们在没有时间的永恒中,被取消或者抵消掉了。但总有那么一部分规则,获得了实实在在的存在,它们彼此之间不存在直接冲突,而它们的集合,可以作为一个独立的计算系统存在。

"那些直接矛盾的规则——这些规则难以产生持久稳定的结果——只是难以被我们'记录'下来,相当于消失了。而那些结果可以改变并且不会自相矛盾的规则,至少可以存活一段时期。

"我们所能了解的宇宙,遵循着一套逐渐发展成熟的、自洽的①规则系统。而数学学科中的命题和定理,也能在一定程度上保持一致性。

"数学就是一个可计算的矩阵系统。如果我们的宇宙本身也是一个可计算矩阵系统得出的结果,那么数学对现实世界的描述能力也就不再是什么令人困惑的事了。"

我认真听他解说,努力想要跟上他的推理步骤。有些部分显而易见,但我还是跟不上他的思路。

查尔斯眯起眼睛看着房顶。"这些话我从来没跟别人说过。"他说,"凯西娅,在学术意义上,我刚才是在你面前走光了。"

"我不会觉得尴尬,"我说,"因为我几乎完全听不懂。"

"我们一直在讲发现者的责任,讲属性值理论给你和别人带来的问题。我觉得,我应该多跟你讲讲我的立场。这些问题与上帝无关,但这并不意味着我没有寻找过上帝的旨意。我只是还没有

_____

①逻辑术语,指在一个命题系统中,不存在逻辑上互相矛盾的命题。

找到。也许，这与神意无关，但我个人只有在研究这些课题、考虑这些疑问的时候，才能感觉到自己存在的价值。

"我的生活不能算不幸，我也不是什么科学怪人。我是凡人，感情上也有烦恼。不过在工作的时候，我可以超越这些问题。我的心思很单纯。这就像吸毒一样会上瘾，我无法停止研究，我不可能为了什么社会责任就避免所有的变化。我希望自己抱着单纯的心态去做研究，做出那些发现。我可能永远都不会刻骨铭心地爱上什么人，也可能永远不会真正懂得我自己。但至少，我要做到这个：我想拷问现实世界，提出问题，并得到有意义的答案。"

"你什么时候第一次感觉到，你的理论是对的？"我问。

"我把奥林匹亚人召集在一起。斯蒂芬在政治方面发挥了重大作用，尤其在我们效力凯利泰特族盟期间。首先，我们复制了威廉·皮尔斯的实验。我们重新设计了实验设备，提高了野外减损能力，采用了更有效的异常作用力排斥装置。我们也减少了实验处理的原子数量。然后，我们把这些原子冷却到了绝对零度。在绝对零度的环境下，贝尔连续统与时空坐标实现了统一。这时候，基本粒子中的属性值变成了可调整的参数。"

"难道就这么简单吗？"

"就算到此为止，也已经是一桩成就了。"查尔斯说，"不过你说得对，这些还不足以证明我的设想。地球人认为，属性值只是一些逻辑变量，仅有'是/否'两个选项。但我断定，它们远没有那么简单。首先，我试图把它们设想为曲线平滑的函数，但是这个设想也行不通。它们不是逻辑变量，但也不是平滑曲线的函数。实际上，属性值是彼此存在关联的多维变量。地球人完全没有认识到，不同的属性值组成了一个网络系统。任何一种有质量的基本粒子，都包含同样数量的属性值。但其中包含的数值却并非整数，甚至不是有理数。属性值彻头彻尾地遵循量子逻辑原理。"他有些担心地看着我问,"我是不是讲得让你很厌烦?"

"一点儿都没有。"我说。我发觉自己很喜欢他讲解问题的语气。他就像一个充满激情的男孩,同时又拥有强大的力量;就像一个玩火的孩子,无法抵挡火焰的魔力。

"如果你想要改变一个属性值的数值,你首先就要说服它,让它存在。"查尔斯说,"你必须从云一样弥漫且紧密相关的潜在属性值中,把它分离出来。而要达到这个目的,就需要量子逻辑智囊机。"

"可是,你又怎么能读取它们呢?"我问。

"很好的问题,"查尔斯说,"你已经开始像物理学家一样思考了。"

"我只是瞎猜的。"我说。

他微笑着,用手指轻轻敲我的手背,"不要低估自己的潜力。"

我把手缩回来,"说,怎么读取?"我追问道。

"当我们把一种原子冷却到绝对零度的时候,它周围的一小片区域就具备了单一大型粒子的属性,我们称之为'皮尔斯区',或者说'扰动区'。"他说,"这个区域有着自己的电荷、自转参数和质量,质量数值相当于实验原子的质量数倍。增加的质量当然是伪数值,所以这个数据项本身也没有什么实际意义。我们让这个徒有其名的'粒子'悬浮在真空环境中。我们发现,当我们修改这个扰动区的时候,我们实际上是在选择某一个特定的属性值,就像把它从云数据中分离出来,可以直接改写一样。不过改写之后,并没有任何事情发生。问题在于,每一个基本粒子都有唯一的属性值,作为独有的识别标志。"

"然后呢?"

"改变独有的属性值项目,本可以把我们的伪粒子转换为任何物质,出现在任何空间位置。但实际上,在宇宙中的运算矩阵里,我们的伪粒子并不存在,因而,现实世界的运算矩阵无法识别我们指定的属性。很可能有其他粒子获得了我们指定的属性。被改变的对象,可能是很远距离之外的某个基本粒子,也可能是某个精确区域内所有的类型彼此接近的一组粒子。"

这听起来好像有点道理的样子。我说:"这个扰动区,也就是这个实际上包含多个粒子的空间,就成了其他粒子的代言人。你对它所做的操作,就会发生在其他粒子身上。"

"是的,"查尔斯说,"基本粒子实际上并不存在,你懂吗? 也不存在所谓的空间和时间。这些都成了过时理论的碎片。新的发现表明,我们实际上只有属性值,在一个无定型的矩阵里彼此反应。"他看看我肩膀后面,隔着半透明的帘子,曾格和卡萨莱斯只是两个模糊的影子。英嘉和林德尔在协助他们检查。"我们可以激活远方的任何粒子,就好像给它发送了一个指令信号。"

"有多快?"我问。

"信号传播的速度? 即时的,"他说,"还记得吗? 空间根本就不存在。"

"你们难道没有违背一些基本的物理学原理吗?"

"当然有。"查尔斯激动地说,"但人们的理论信条是会变的。我们超越了因果律,代之以贝尔连续统中优雅的平衡操作,就像管理账目。"他的嘴嘟成圆形,深吸一口气,两手在桌面上蜷起来,用指节轻轻敲打着桌面,"这就是真相,简略版的。"

"只有这么多吗?"我问,他肯定还有事情瞒着我。

"现在需要说明的就只有这么多——你需要知道的,我当然全都说了。"

"你的意思是,说多了我也不懂? 好吧,我再问一个问题:什么是'命运扰动'?"

查尔斯垂下了眼睑,"你读过斯坦福大学的来信?"他说。

"是的。"

"所以在几年以前,你才会给我发那条信息?"

"是的。"

"那只是猜想,纯粹毫无根据的猜想。"

"没有其他意思吗?"

他摇摇头,"你丈夫的工作进展怎样?"

"很顺利。"我说。

"马朱达女士,在选择科学家方面,你的品位很奇怪。"查尔斯莫测高深地笑着说。

我还没来得及回答,林德尔和卡萨莱斯就挑开帘子走了进来。他们在棚屋里坐下,卡萨莱斯说:"我们检查完了。容器内壁有损伤痕迹,就好像承受过高温和腐蚀一样。我相信,在密封样本内部,发生过物质与反物质之间的反应。曾格博士也相信这一结论。"

曾格随后走进来,说:"我目前暂时接受这一结论。"

"我们可以直接向总统提交报告,或者——"

"报告由我转交给她。"我说。

"你们有没有做过保密安排?"林德尔问,"我们需要知道,我们可以跟哪些人沟通。"

"我们还在完善具体细节。"

"政府嘛,永远都关注细节。"查尔斯说。

在离开实验场地的飞行器上,我观察着查尔斯和英嘉,留意他们的一举一动,他们彼此交换的眼神,他们看我、曾格和卡萨莱斯的眼光。我们从多尔萨丘陵地飞过,回避强度有限但范围极大的飞沙,我突然觉得心神不定,身体微微颤抖。

他们还有非常重要的话没有提及,没有详谈。

关注细节的,远不止是政府而已。

我的心情很糟糕。我掌握的信息越少,就越难理解他们说的话,我和泰桑德拉就越脆弱。但我们不能脆弱,我们必须更充分地了解当前局势,并尽可能地为未来做好准备。

要达到这个目的,我只有一种选择。我缺少查尔斯那种与生俱来的能力。现在的我无法理解他的天才思路。我至少得走出一步,学习奥利安娜接受机能强化。查尔斯已经提出了这样的建议。很明显,我已经别无选择,但我的心里,依然不甘心接受。

我需要接受机能强化。

即便不能变成他那样的天才,我也必须拥有理解查尔斯的能力,而且越快越好。

第四部

2182–2183年,火星历59年

表面来看,火星的社会结构没有明显的变化。人们还是居住在原来的地方,跟同样的人来往。最大的迁移,来自新生政府的工作人员,他们像候鸟一样,从火星的各个角落飞来,寻找自己的巢窠。地点的选择和建立过程,都没有大张旗鼓,直接按临时总统的意愿完成。泰桑德拉选择了阿拉比亚和麦利迪安那大区之间的希阿帕莱利盆地,这里小小的众丘基地,很快就繁忙了起来。众丘城将成为火星首府。

如此广阔富庶的疆土,让首都的建设远不止是挖几条隧道、盖几座房子那么简单。我们需要一场对建筑风格的革命性改造,要让整个太阳系对我们刮目相看,要让首都能够代表新生共和国的面貌。共和国内的所有族盟都想要为此贡献资金和专业技能。我们的困难,是在众多的狂热支持者和参考意见中做出选择。

临时议会设立了一个机构,称之为第一卫队,他们有两项任务:负责保卫行政机构的安全,以及为政府收集情报。泰桑德拉曾说,这两项任务日后必须分别由不同部门负责,否则政府就得变成五权分立——第五个部门负责"阴谋诡计和暗下毒手"。不过迄今为止,一切都还算顺利。

在众丘城狭小的总部,我和泰桑德拉一起讨论我们这届政府卸任,以及向民选政府移交权力的事项。我想要继续负责奥林匹亚人的工作,至少到可靠的科学研究主管部门成立为止。我还提起了接受机能强化的打算。泰桑德拉询问了我打算接受何种强化的问题——对此我还没有决定。然后,她就提出了出乎我意料的打算。

她沿着总统办公室覆盖一整面墙的显示器慢慢走着。媒体连接线前天才装好。这个新的显示屏可以瞬间展示火星大部分地区的统计数字,也可以连接大部分外部网络。专用智囊机对所有视频和文字通信进行实时概念搜索,随时评估整个火星的民意倾向。我们还打算购买针对其他星球的类似服务,尽管内容不那么完整。我们关注的对象包括地球。

我们的话题转到了即将到来的大选上。"你知道吗?我们没有那么弱小,"她说,"你看过参选人名单吗?"

很多人宣布参加竞选,但是选前民调显示,没有一名候选人特别受欢迎。

"我看过了。"我说。

"如果你我宣布参选,很可能会赢得胜利。"她深深叹了一口气说。

我身体紧绷了起来,"你是认真的吗?"

泰桑德拉哈哈大笑地拥抱了我,"你觉得我们应该怎样?表现出火星人惯有的矜持,光荣隐退回到我们自家农场,像退休名宿一样指导其他后起之秀吗?"

"对我来讲,这听起来也不错。"我说。

泰桑德拉不满意地咂咂嘴,"你刚刚才列出了自己的底线,你想要继续监管查尔斯·富兰克林。"

我颇为震惊地看着她。

"当然了,我是说,他现在的所作所为。"

我很少生总统的气,但当时我真的火了,"这不是什么蝇头小事。如果这件事走错了方向,未来很多年都会是我们最大的麻烦。"

"这我知道。"泰桑德拉举起手来,示意我冷静,"我想起这件事,也会被吓得发抖。而且除你之外,我想不出任何一个更合适的人选来监管这个项目。但是,你又凭什么相信,完全新选出来的一届官员,会明智到足以认同这一点呢?"

"我会说服他们。"我说。

"如果他们拒绝被说服呢?"

这种可能,我其实根本没有考虑过。

"选举总是有很大的偶然性。"泰桑德拉说,"我们火星人还没有过先例,证明我们足以冷静合理地完成这件事。过渡时期总是最微妙的。"

"过渡时期的危险,恰恰在于领导者不肯放下手中的权力。"我提醒她。

"危险同样来自于不懂得如何统治的领导者。"她说。

"你想让我宣布和你一起参选?"

"有你我才会赢。"她说,"而且,我会让你专门负责奥林匹亚人事务。你要是花了那么多钱接受强化疗程,结果却只能置身事外干看,那就太悲剧了。"

我考虑了片刻。在我心目中,名垂青史的分量,远远比不上帮助火星渡过难关的愿望。如果接受了她的邀请,我就又要放弃很多和伊利亚共处的时间,牺牲好几年的个人生活。但是,泰桑德拉说的是对的。大部分宣布参选的人,都不是什么优秀人物。而我们两个,至少还有一点儿执政经验。

我必须把个人得失放在一边,考虑自己在哪里能发挥最大的作用。我本来还想置身事外，只是为别人提供专业性参考意见，远离民选职位带来的无穷压力。

"你看起来似乎不感兴趣。"泰桑德拉说。

"我觉得浑身难受。"我略有点儿夸张地说。

"只有毫不贪恋权力的人，才会是最好的领导者。"泰桑德拉说。

"这些鬼话，我一分钟都没有相信过。"我说。

"这是一句很好的竞选口号。"她说，"你要不要加入？"

我静静考虑了片刻，泰桑德拉耐心地站在那里等着。她就像一棵老树一样，我感觉她的躯体足以填满整个房间，我爱她，就像爱自己的妈妈一样。

我点头，我们紧紧握手。

无论是选择、购买还是植入机能强化，申克镇都是最好的地方。我跟查尔斯商量过，火星上哪个品牌是最好的，怎样的强化级别能够满足我的需要。"比一台微型智囊机稍弱一点儿的水平，"他建议说，"这种类型的产品里，最好的一款是马库斯·普利比洛夫设计的，通过瓦铭族盟获得的授权。这款产品要花二十万三星币，不过我可以拿到折扣。"

我问他为什么没有接受过强化。"我不想说违心的话，其实这东西对我也会有帮助。"他说，"不过，对从事创造性劳动来讲，它们的用处就没有那么大了，那里面包含的思路太僵化，缺乏变通能力。"

过去六年间，申克镇的变化并不明显，依然到处都是廉价娱乐场所和针对学生的餐馆，这儿的建筑也依然保持着火星最差品位的桂冠。不过,城市西南部还是有了一片新城区,住着一群打算与地球人一较高下的学生和教务人员。

火星一直有人接受机能强化。最初,人数最多的是经济学家,其次是数学家、物理学家、社会学家,最后是心理学家。不过现在,没有特殊专业背景的火星人也已经开始来到申克镇。火星大学西奈学院的机能强化服务项目,过去三年的销量增加到原来的三倍。

社会观念在变,火星越来越像地球。我觉得,也许到二十年后,我们就能赶上地球。

我请了假,前往申克镇,心神不定地去拜访普利比洛夫。诊所的装修是现代拓荒者风格,反映了物质匮乏年代火星人的创造力,但是又带点儿近乎讽刺的味道。我喜欢这里的装修风格,但情绪却没有放松。

一位矜持而慈爱的人类女性助理帮我快速进行了医疗检查,确认了我的身体状况。然后,我被带进普利比洛夫大夫诊所的深处。我进门时,他站在门口迎接,给我一张舒服的椅子,让我在光亮处坐下。房间里的其他部分和普利比洛夫大夫本人都在暗处。

医生看上去与我年纪相仿。他面容严肃,额头突出,黝黑的深色皮肤有一种独特的学者魅力。他穿一件简单的长衫和一双隧道靴,衣服上明显没有装通信器的位置,无疑他的通信器已经安装在体内。

"副总统女士,你做了一个非常独特的选择。"普利比洛夫说,"没有多少政治家,会选择接受特定学科领域的机能强化。而且,此前您也没有表现出对这个学科很感兴趣的样子。我可否问一下,您为什么突然对高等物理感兴趣了呢?"

我礼貌地笑着摇头,"事实上,这涉及我的隐私。"我说。

"出于业余兴趣进行的机能强化,并不总是可以达到理想的效果。"普利比洛夫在凳子上移动了一下身体，提醒我说，"想要达到当代最高知识水平，仍然需要很强的意志力和大量的精力。您所要求的这款强化，之前我还从来没有为别人植入过。这是地球一款机能强化产品的火星版，即便在地球，原强化的使用频率也很低。"

"您为什么需要知道我做强化的原因呢？"我问。

"并不仅仅是好奇心，马朱达小姐。"普利比洛夫说，"我们需要把您的神经组与机能强化机制进行联通，而这款产品，只有对特定神经形态的人群才能发挥最佳效用。我估计，您应该是适用人群——"

"其实，我来之前就已经确定了。"我告诉他。

"是的。不过，这种机能强化仍然值得特别留意。用我们业内的话讲，它的侵略性很强，有人甚至说，它会干涉植入者的生活。"

"怎么讲？"我问。

"一方面，它会改写你的视觉神经簇，会在数学想象和神经视觉方面建立直接连通的渠道。这种改变并不是永久性的，但如果你使用这款机能强化产品超过三年，又弃用了它，那么移除之后的生活，会比较难以适应。"

"会感觉很失落吗？"我问。

"有人会这么说。因为安装强化之后，你看问题的方式就会不一样。在某些问题上，你会更加注重理性分析。甚至对你个人的社会关系，也会产生完全不同的看法。"

"医生，看来您对我的选择，有一些担心啊。"我说。

"那倒没有，我只是希望我的客户真正了解他们所选择产品的潜能和局限性。如果你有足够强的动机安装它，就会一切顺利。但如果不是——"

"我没问题。"我说。

"那就好，请允许我描述一下不同的强化级别。这一款是标准配置，但不像纯粹积累科学事实的强化，它提供了很多解决问题的技巧和算法，还有可以直接通过记忆搜索的概念和公式，以及进行高层次抽象思考的神经网络辅助系统。你不会成为科学天才，但你将可以听懂天才们的言论，而且，您将获得一个非常实用的工具组合，便于学习以物理学为中心的各种学科。"

"堪称完美。"我说。

"应你的要求，这个模块将进行升级，以便包括最新发表的作品，你也可以通过外部网络下载更多资料。事实上，我们可以为你订阅多种语言的技术资料。"

"好的。"

普利比洛夫紧盯着我看了片刻，然后说："当然，整个植入过程都是无痛的。强化部件通过皮下注射植入枕骨大口附近，并被包裹在超强防感染封套里。植入后一个小时内，纳米纤维就会建立起直接的神经联络线路，在二十四小时内，你就会开始感受到机能的强化——当然，知识也会变得更加丰富。你需要为我填写几份授权表格和信用支付许可，并承诺在植入十天内提供自身状态的报告。机能强化部件自带诊断系统，您只要负责把报告发送到外网即可。如果不能及时汇报，就将失去所有的售后服务保障。"

"我明白。"

"医生当然有义务为病人保密。"普利比洛夫说。

"好的。"

"您打算什么时候接受植入呢？"

"越快越好。"我回答。

"好的。我本人负责执行所有的注射和植入操作。您看明天十五点这个时间方便吗?”

第二天,我回到这间诊所,心里感到前所未有的紧张。我俯卧在昏黑房间里一张舒服的平板床上。我的后脖颈上出现一个光斑,一名矮小的机器工人移动到位,优雅地弯起胳膊,按在我的后颈根部。

普利比洛夫让我看机能强化套件,那是一张平整的深黑色数据盘,直径还不到一厘米。盘面上除了产品序列号之外,没有任何明显的标志。植入之前,普利比洛夫把它泡进纳米营养液中,给它充电并唤醒内部元件,然后把盘面插入引导部件中。我闭上眼睛小睡了大约五分钟时间,植入过程很快完成,而且没有任何疼痛感。

我离开诊所,感觉自己像是又一次失去了童贞,又一次出卖了自己的躯体和背叛了给予我生命的母亲。我不知道自己会不会把这件事告诉老爸。伊利亚当然会知道,我也会告诉查尔斯,可是,有必要把我经历的变化告诉其他人吗?几个小时后,我开始为自己傻里傻气的固执感到惭愧,不过依然情绪不佳。

然后,我看世界的方式开始改变了。

以往的朋友和对手,还有那些立场不甚明确的旧相识,开始回归我的生活,并在我脑中留下全新的印记。过去三年我都没见过戴安娜·约哈拉。不过,我在普利比洛夫的诊室接受强化时,通信器收到了她发来的消息。

我和她通过卫星通信系统通话。我一边聊,一边退掉了申克镇的房间,这是我为了接受强化特地租下的。

在水手峡谷地区为总统选举作巡回演讲期间,我会途径戴安娜的住地米斯派克低地。伊利亚也会在那里跟我会合。会见星际视频记者之后，我们有一个下午加上傍晚的空闲时间。我们兴冲冲地安排了一起吃晚饭的计划。

"能跟你通话真是太好了！"戴安娜兴奋地说，"我一直都不愿意主动找你——我怕你会以为我是趋炎附势之类。不过凯西娅，你干得可真是棒极了！"

"挺适合我这种狂想症患者的，不是吗？"

戴安娜笑了，"你一点儿也不像当年那个反抗集权政府的激进学生了。"

"你呢，戴安娜？你的立场又变了没有呢？"

"凯西娅，我也变得特别一本正经。我甚至还为水手峡谷制宪委员会工作过。你真的成了集权主义者了吗？这可能吗？"

"我们换个说法好不好？"

"而且我也结婚了。不止是订婚而已，我们之间的关系比这紧密得多。我还转入了斯坦布格-勒斯克族盟，而且我还改信了新改革派犹太教。你会见到约瑟夫，他是个很特别的人。"

"你也会喜欢伊利亚的。我们的确都变了，戴安娜。"

我们定好了时间，结束通话。我坐在房间里唯一的椅子上，脚边放着收拾好的行李，开始考虑时间的本质。我还不算很老，才十五岁而已。但如果把时间看作值得纪念的事件的序列的话，我却显得年事已高。

我的脑子里全都是时间，它是行为的影子、变迁的判断者、信息的传导者和假象的丢弃者。当生活真正变成一片空白的时候，留下的就是时间。时间就是彼刻和此时之间的距离。对无形的粒子而言，时间是多彩的恒等式中留下的痕迹，是可延展的，是不存在的。对它们而言，时间永远都在此刻，宇宙就像一张平铺的白纸，一切都平行而且直接。

那时候，我开始感受到变化：强化信息正在与我的脑子里的知识融合，可分享的知识和能力开始在我头脑中生根。整个过程都非常安全，地球上有几十亿人接受过这种治疗，在火星也有数十万人接受过。有些人，比如奥利安娜，做过十几次这样的强化。但对我来讲，这种感觉还是非常陌生，让我心烦意乱，同时又昏昏欲睡。

我在那张椅子上出神，不知不觉就过了一个小时。我就那样坐在申克镇的小房间里，只是考虑着运动、重力，以及墙面的受力和反作用力。我思考着角速度和扭矩的问题。我考虑承受与车轴垂直的力量的车轮，在旋转时如何受力，在静止时如何受力。我把物理学系统分拆成一个个独立系统，然后逐个回顾这些系统，分析单一属性的变化，以及这些变化对大的系统有何种影响。

看着地上的可代谢地毯，我在想象中追随着光子，穿过透明的光纤，减速，反射。我看到光子所有可能的路径，叠加在最终的实际路径上——这在物理学上被叫做"历史求和"。我看见光子从纤维另一端穿出，能量和速度都保持在最高。

这个简陋而冷清的房间，慢慢变成了各种作用力充斥的一团迷雾，就像挤满了人的聚会现场一样热闹。所有我能触摸、观看、闻到或者感觉到的一切电磁反应，都清清楚楚。而在这一切纷繁的背后，还有一层充满无尽可能的空虚世界，它比任何物质和能量的内涵都更加丰富，更加诡异。而我的存在，只是空虚世界表面涂上的一层幻影，无比浅淡，近乎可以被忽略。即便如此，我还是看到了这一切，看到之后，还给自己看到的一切以形体，以名称。

我努力摆脱自己的冥想，站起来，抓起行李包，下口令开门。沿着走廊前行的时候，我试图挡住蜂拥而至的视觉图景。

查尔斯看到的世界，任何时候都是这样的吗？

在六个小时内，共和国新闻办公室为我安排了三次采访。我到达米斯派克低地之后十五分钟，就开始了第一场。我们走出飞行器平台时，扑面而来的就是蛋白质农场温热的气息。米斯派克低地的主要产业是获利微薄的蛋白质生产和碳化矿物开发。伊利亚拥抱了我一下，"下面就靠你自己了，"他在我耳边说，"我痛恨镁光灯。"

"谢谢，"我幽怨地说，"你去欣赏美景吧。"我接受采访期间，将有人陪同他参观米斯派克低地乏善可陈的化石层。他的接待团队跟我一样隆重，充满政治色彩，但我们还假装伊利亚与此无关。

陪同我的新闻官为我介绍了三名记者，他们来自火星和三星深度新闻台——这家机构虽然低调，影响力却非常巨大，惯以挖掘深度报道见长。我此前仅仅接受过一次他们的采访，非常难以应付。

新闻官是个可爱的年轻人，跟克莱因族盟有着姻亲关系，他陪同记者和我进入了一间简陋的大厅。

记者们乘坐中速列车从北诺奇思赶来，一路上要花费八个小时，沿途只是龟裂的平坦荒原。他们看起来心绪不佳。

我们在破旧的椅子上落座。一位年长的记者把通信器放在我们之间的桌面上，打开了录音和录像功能。一位年轻的记者开始提问，她是个紧张兮兮的黑头发女人。

"你们的临时政府还有两个月的时间，可以把凯利泰特以及其他拒绝合作的族盟吸引进来。"她说，"过渡政府的一些成员表示，凯利泰特只是需要得到一点儿鼓励，还有人说，你跟艾哈迈德·克劳恩·尼日尔之间有些私人过节。"

我扬起眉毛微笑，然后很快决定，先发制人把那位年轻记者自以为掌握的猛料说出来，"克劳恩·尼日尔先生曾经代表弗丽查尔德·多布，监禁过一批火星大学西奈学院学生。我想，您所指的就是这件事吧?"

记者点点头,眼睛紧盯着自己的猎物。

"那是很久以前的事了。火星变了,我也变了——"

"但你是否认为,克劳恩·尼日尔也变了呢?"第二位记者突然插口问。他探身向前,让我感觉自己像是一只被猎鹰包围的老鼠。

"他肯定是有了更高的社会地位。"我说,"人在飞黄腾达之后,通常会有所改变。"

"你认为,你的政府可以跟他合作,让他在大选之前就范吗?"第一位记者问。第三位记者似乎满足于只充当听众,以等待时机。

"我们的目标是全民参与。我们想要尽可能缩短火星分崩离析的时间。"

"但是凯利泰特族盟却说,过渡政府支持危险的研究计划,可能会威胁到整个三星世界的安全。"第二位记者说。

"我没听说过这事。"

"这是在星际视频新闻发布会上发布的消息,定于三星标准时间今晚二十二点面向外网和我台宽带用户发布。"他给我看第二台通信器,上面有这条信息,我快速浏览了一遍。

"你们有没有跟奥林匹亚人联系过?"第一个记者问。

"无可奉告。"

"他们对三星世界的安全到底有怎样的威胁?"

我大笑,"我不知道。"

"事实上,我们已经了解了部分内情。"第一位记者说,"据我们所知,凯利泰特曾经为这些科学家提供过一段时间的支持,后来取消了。那些科学家转投别处——很可能是火星大学西奈学院。现在,他们最终投奔了你们,不是吗?"

"对这件事,凯利泰特的人似乎比我更清楚。"我说,"你们采访过克劳恩·尼日尔吗?"

"采访过,"第三位记者说,"不过不能作记录。他认为,过渡政府的所作所为非常愚蠢,将会招致地球方面的强大压力。他听起来很害怕。"

"如果克劳恩·尼日尔先生想要认真表达自己的观点,不管是谈论真实还是想象中的问题,他都应该直接跟我们面谈,而不是通过外部网络隔空喊话。"

第一位记者眨眨眼,点了点头,"克劳恩·尼日尔绝非傻瓜。他的目的到底何在?"

"这个,我不能妄加猜测。"我说着,向新闻官使了个眼色,他很快结束了采访。

在米斯派克低地这样的小基地,是没有什么贵宾待遇的。我们坐上一辆破旧的出租车,穿过老旧的隧道,空气中到处弥漫着淡淡的纳米药剂味道。新闻官小心翼翼看了我一眼,问:"以后会怎样?"

我肃然摇头,"克劳恩·尼日尔想要毁掉选举。"

"有什么需要向新闻处通报的消息吗?"他问。

"暂时没有。"我说着,靠在坚硬的椅背上。奥林匹亚人提交的报告,和我新近获得的知识混合了起来,新的疑问困扰着我的头脑。眼前浮现出一些等式,那是查尔斯发到我通信器上的资料里面的,其中的符号突然变得醒目起来,有红、绿、紫等各种颜色,在我大脑的机能强化部分自动排序,然后呈现在意识中。我还不喜欢这种感觉——把如此强大的专家意见,直接连接在意识和潜意识空间里,这让我感到不安。

那些等式,我到现在也是一知半解,因为机能强化的功能还无法充分发挥。那些等式总在我脑中萦绕不去,我闭上眼睛,试图清除掉那些困惑,认真考虑克劳恩·尼日尔的事,不过脑子里的那些等式却总也不肯散去。

还有什么东西我没有明白?

我摇摇头,喃喃咒骂。

"你还好吗?"新闻官问我。

"我在想事情。"我说,这是当时我能想到的最好答案。

自从上次见面以来,戴安娜·约哈拉的体重增加了几公斤,脸部线条更柔和,也更加成熟了,但她还是戴安娜,我们彼此拥抱,就好像做同学兼室友的时代一样。约瑟夫和伊利亚尴尬地站在彼此身边,互相握手,像陌生男性初见时那样互相掂量着对方。这套房子有三个房间和一间盥洗室,即便按照米斯派克低地的标准,也算是简陋的了。但房间干净、舒适、一尘不染,有戴安娜家人制作的被子,还有约瑟夫家人赠送的色调明快、画面精美的美术作品。

戴安娜穿一件黑天鹅绒长衫,头戴一顶小小的犹太便帽。新改革派犹太教徒,无论男女,都要把头顶藏起来,躲避上帝的直视。她的头发在一侧盘成一个鸽子形的发髻,我觉得这个发型既端庄又富有魅力。她找到了最美的自己。

见到她,我终于得以摆脱那些令我极度痛苦的想法,高兴得快要哭出来了。我的确哭了片刻,那是老友重逢感动的哭声。约瑟夫带我们走进中间的房间。房间是圆形的,直径大约七米,隔绝层的表面装饰着红色和黑色岩石。伊利亚马上认出了岩石的类型,他和约瑟夫找到了共同话题——他们说,那是火星早期形成的氧化铁岩,来自琉璃海早期能够制造氧气的有机体,以及它们排泄物的化合物。

我很高兴看到伊利亚和约瑟夫有了共同话题，两人不至于无事可做。戴安娜和我有很多话要说。我们都很开心，傍晚的时光很快过去，晚餐又是一个惊喜。在闻了一整天酵母味，以至于不敢有什么奢望的时候，戴安娜和约瑟夫准备的晚餐却非常可口。有新鲜蔬菜，我过去几个月以来吃过的味道最好的沙拉，优质蛋白质蛋糕，加了咖喱和新鲜调制的印式酸辣酱。我们都吃到再也吃不下，歇息片刻，再努力消灭剩下的一点儿食物。

"我们这边，大家通常都会自己种一小块地。"约瑟夫解释说。每次看到戴安娜，约瑟夫的脸上都会容光焕发。我好像从来没有见过如此深爱着彼此的夫妻。

"约瑟夫家的农场，已经有三十年的历史了。"戴安娜微笑地看着自己的丈夫说。

看着他们，听着他们说话，我再次感到那份痛苦。我很喜欢伊利亚，我们相处得也很好。如果有必要，我们也可以彼此分开，同时又不至于被思念过分煎熬。我怀疑，戴安娜和约瑟夫结婚这么多年，恐怕最多也就是几个小时不见面。

他们的生活，看上去是那么美好。

晚饭后，伊利亚和戴安娜聊天，约瑟夫和我刷洗碗碟。追求简约自立的他们，家里没有配备机器工人。约瑟夫礼貌性地问了几个有关临时政府的问题——我已经习惯了这些，很容易回答。然后他皱起眉头，放下最后一个盘子，转身面对着我说："有件事，我觉得应该告诉你，戴安娜觉得，我不该拿这个话题打扰你，不过本能上，我并不同意她的看法。"

"哦?"

"有几家机构提出要求，说要在斯坦伯格-勒斯克族盟的领地做矿产资源勘察，并进行远程分析。"

"这很反常吗?"我问。

"倒也不是。只不过,这要求毫无道理。"

"为什么这么说?"

"所有它们要求调查的地区,在二十年前的资源普查中都已经调查过,根本就没有再次进行调查的必要。"

所有的火星人,都担心自己床底下有贼。总统办公室每周都会收到上百份警告。如果约瑟夫也有这么一个小缺点,过度担心我们的共和国,我还是可以忍受的。于是,我鼓励他继续说下去,"然后呢?"

"我追查了这些要求的来源,他们全部来自凯利泰特族盟的外围机构,或者它们的项目承包人。"

"族盟前成员吗?"

"所有人都是表面支持共和国的人,没有一个直接来自凯利泰特,但是所有人都有间接联系。"

"这的确耐人寻味。"我说,尽管表面看来,这好像都是正常现象。凯利泰特也许只是不想吸引注意力,毕竟它跟我们的政府关系很糟。或许他们只是为了避免这些申请遭到地方长官的拒绝。

"我四处打听过。"约瑟夫说着,把厨房洗碗机的门关上,启动了开关,"斯坦布格-勒斯克族盟十分之九的领地都接到了类似的申请。也就是说,覆盖了半个火星数千个不同地点。"

我的注意力一下子集中了起来,"怎么会这么多?"

"我原本以为,他们是想要发现资源,在大选之前确定自己的所有权。他们担心大选后资源归属原则会出现调整。不过我不明白的是,这么多的地点,他们根本就调查不过来。"

"也许是扫射策略?"我问。这个词是指提出巨量申请,希望一两个申请可以得到通过。厄祖尔族盟自己也不是从来没有做过这类事情。利润微薄的采矿业经营起来并不容易。

"可是为什么要选那么多空地和贫瘠地带呢？他们是掌握了一些政府应该知道的火星地质资料，还是了解了我们族盟自己不知情的东西？"

我微笑着摇摇头，"我会查查这件事的。"

"很抱歉跟你在家里谈工作上的事。"约瑟夫说，"不过，我总是会倾听自己的直觉。"

"你有过错误的直觉吗？"

"噢，很多了。"他笑着说，"我倾听自己的直觉，但我并不总是按直觉行事。"

我们回到客厅，跟伊利亚和戴安娜一起聊天。我们从生意到政治，随意闲聊，但没有涉及任何不礼貌或者不该泄露的话题，对此我非常感激。我的确已经受够了公关工作，期待着能喘上一口气。伊利亚发觉了我的情绪，很快把话题转向了食物和农耕生活。戴安娜看着我，约瑟夫顺势讲起了米斯派克低地的扩张计划。

我去了趟洗手间，以便有时间独处片刻，想想问题。我知道，总有一天，我会更加痛恨作为公众人物的生活——耳边总有人嚼舌根，生活总在记者的注视下，总是没有时间跟自己丈夫相处，一半以上的婚姻生活都是空白。

伊利亚和我达成默契，决定推迟要孩子的时间。我认识到，如果接受了泰桑德拉的邀请，而竞选又获得成功的话，我会有很多年无法要孩子，也不可能过上属于自己的生活。

我想起了约瑟夫，他总是彬彬有礼，面色平和、真诚。我想起他所担心的、遍布火星表面的埋伏，我想起数以千计的各种警告，有的紧急，有的愚蠢。我想起那无穷无尽的职责，势必压在代表人民的人身上，而我们必须在充任代表的过程中做出明智的选择。

一旦选错——我们肯定会犯一些错——我们就必须果断做出取舍,追求更大福祉,而这些福祉又并不总是那么明确,当然无法得到所有被统治者的认可。我想到政治车轮势必带来的折磨,觉得自己好可怜。

等情绪平复了,我洗了把脸,再次回到客厅。伊利亚太了解我试图隐藏的情绪了,他拍拍身边沙发上的靠垫,让我坐在他身边,并在我落座的时候拥抱了我。

"我们都找到了好男人,不是吗?"戴安娜问。

我双臂环抱着伊利亚,笑了。约瑟夫羞红了脸。

接受机能强化两个星期后,我在众丘城召集奥林匹亚人开会。我向他们表示怀疑,认为他们并没有说出全部事实。

当时,我已经有一周没见过伊利亚了。我一直在火星到处旅行,要么陪同泰桑德拉,要么独自进行竞选活动,到处与选民握手,认真听取他们的祝福,无视那些转开视线、拒绝与我握手的人。我不知道自己还能否找回真正的生活。我怀疑,生活本应该是什么样的我都忘了。

会议在刚刚完工的副总统办公室进行。房间宽敞,但装饰简单,符合我的风格。

九个奥林匹亚人坐在摆满新鲜水果和早点的桌子对面,我茫然地注视着他们。有几位成员我是第一次见到:米切尔·马斯佩罗-杰姆巴考尔塔,大块头,头发稀少,一身黑衣,来自海拉斯一个规模很小的火星族盟;刘岳,高个子,身材健美,是轻微变种过的人类,来自地球,两年前加入奥林匹亚人的行列;博尔肖夫族盟的艾米·维克-博尔肖夫,一名壮实的年轻女子,面容坚毅,说话声音冷静,不紧不慢;丹尼·潘彻,一个平易近人、不修边幅的男子。查尔斯坐在我对面,我说起自己重读他们报告的时候,他的脸上透露着冷静和警觉。

"你们报告里缺少了一点儿什么,而且是很重要的内容。"我最后说,"你们还有事情瞒着我。"

查尔斯似笑非笑地看着我问:"你指什么?"

我努力在强化知识系统中寻找能促使我思考的字眼,最后我说:"神行靴①。"

房间里一下子安静下来,没有人开口。我用两根僵硬的手指在桌面上比划着说:"你们的等式还能得出很多其他结论。我也是接受了强化之后才想到了这一点。如果这些事情让我觉得担心,那么地球人肯定也会为此担心。"

"但是,地球上没有人知道我们的实验数据。"查尔斯说。

"这么重要的发现,又能保密多久呢?"我问,"几周,还是几个月?地球上肯定有人能够想到这件事,世上比我聪明的人,至少数以百万计——"

"也许到几年以后,会有人偶然发现我们已经知道的东西。"林德尔说,显然有些心神不定,"我们所研究的很多东西,目前都还只是猜测——"

"我不这么认为,"刘岳把肌肉发达的两臂举过头顶,"正如马朱达副总统所说,这个发现的意义显而易见。我们没有必要在这方面谨小慎微。我认识很多地球同行。我觉得,他们用不了那么长的时间,就可以把一切都搞清楚。"

"我想了解命运扰动。"我说。

查尔斯用力摇摇头,"忘了这个吧,它毫无意义。"

"我们应该公布全部研究成果,让所有人站在同一知识起点

———————————
①欧洲民间传说中的常见道具,穿上此靴就能获得极快的速度。

上，不管是地球、火星，还是小行星带。"英嘉·帕克·阿莫伊说，"如果我们能这样做，我就会感觉好得多。"

"我们已经决定保密了。"林德尔忧虑地皱着眉头说。他感觉到，团队的凝聚力正在涣散。他们看上去都很不安，甚至有些害怕。我感觉自己就像伸手搅扰了一个熟睡中的蜂窝，把所有的蜜蜂都惊动了。

"神行靴，"马斯佩罗-杰姆巴考尔塔说，"所有的梦想。"

"够了。"查尔斯小声但坚决地说。他再次恢复了平静，至少表面看来如此。"凯西娅，你觉得我们还有什么没有说呢？"他探出身子，手肘撑着桌面，紧盯着我，就好像我是全世界唯一重要的东西，"你已经接受了强化，那么，现在请告诉我们，你是怎么想的。"

"我不能说自己已经成了你们那样的天才，甚至不能说真正懂得了这一切。"

"那样更好，"查尔斯说，"你的意见正好可以代表那些听说了这一发现的人的想法。人们迟早会发现的，请说吧。"

我不喜欢查尔斯的质问。我感觉自己就像面临考试的小学生，"如果你们可以访问贝尔连续统，可以访问所有决定自然界属性的数据——"

"我们只能访问那些隐藏的变量而已，不是全部。"纳希米亚·罗伊斯说，查尔斯举手示意他不要打断我。

"你们还能改变什么？"我问，"动量、角速度、旋转、电荷这些，都算是属性值。"我摆了下手，"所有这些之外，你们还能改变，或者说控制什么？"

"不是任何属性值都可以被扰动。"查尔斯说。

"但是——"纳希米亚·罗伊斯说。

查尔斯微微偏了一下头表示认可，"但是，你是对的。很有意思,你居然提到了神行靴。"

我马上觉得脑子里一片空白。

"我感觉,你的强化机能让你明白了很多东西,但你却无法清楚地表达。"查尔斯说,"其他接受过强化的人,也面临过同样的问题。我估计,这是一个设计缺陷。也许很快就可以纠正。"

"请不要绕圈子。"我说。

"我们可以访问基本粒子的属性值,改变它在时空中的位置,通过属性值移动这颗粒子。"

"移动到哪里呢?"我问。

"任何我们希望它出现的地方。不过,这方面还有问题。我们实际上还没有搬动过任何东西。事实是……"他低头看着桌子。"我们无法搬动太小的东西。我们也不知道为什么,但是贝尔连续统中,很多关于位置的属性值都被绑定在了一起。这可能跟规模效应有关,可能是为了节省能源。我们无法分离这些数据,所以不能读取大物体中单个粒子的属性值———小组数据也读不了。"查尔斯舔舔嘴唇,直盯着我说,"但是我们知道同时修改大量属性值的方法。现在,我们无法利用我们的理论移动这碗米饭。"他说着,用手指把米饭碗推开了几厘米,"但我们在座的多数人认为,如果我们愿意,就可以移动一个巨大的目标。"

"有多大?"我问。

"相关参数取决于体积和密度两个方面。我们能移动的最小物品,是在相当于水的单位密度、平均直径二十公里的物体。"

"我们已经做好准备,可以开始进行此类实验。"林德尔说。房间里的气氛一下子变了,充斥着一种诡异的兴奋感,"福波斯大致是我们能够在火星上移动的最小物品。它的主轴有二十八公里长,密度是每立方厘米两克。我们建议,驾驶福波斯来一次旅行。"

　　我目光呆滞,愣住了。查尔斯把头侧向一边,扬起眉毛,似乎在提醒我。"去哪儿?"我问。

　　"去海卫一,"查尔斯说,"海王星的一颗卫星。那是一颗无主的星球,尺寸够大。"

　　"为什么选择海卫一?"

　　查尔斯手指向上,说:"上面有挥发物①。我们可以把它挪动回来,开采上面的资源,足够整个火星使用几百万年。"

　　"我们可以把它放在环绕火星的轨道上,"马斯佩罗-杰姆巴考尔塔说,"然后从上面刮取冰层,让这些冰霜飘进火星大气层,假以时日,火星大气就会变得更厚②——"

　　林德尔插口说:"或者我们还可以用它做交通工具,探索其他宇宙空间。"

　　"既然你们想了这么多,"我说,"那为什么不早点告诉我们?"

　　"为什么不两件事都做呢?"罗伊斯带着孩子气的期待表情看着他的同事们。

　　罗伊斯首先开口,"我们当然还没有做过实验。"他说,"在我们能够确认之前,任意移动物体的能力,是很难被外界接受的。你应该能理解。"

　　我缓缓点头,比刚才更加困惑,"也就是说,事实上并不存在距离,也无所谓空间和时间。"

　　丹尼·潘彻突然笑了,"我一直在致力于时间扰动方面的研究。"他说,"当然,只是在理论上。属性值之间存在着紧密关联,就像我们所说的,有对应关系。从宏观层面上看,宇宙极为复杂。但如果从属性值角度观察,宇宙就会变得极为简单。"

———————————

①海卫一表面覆盖有固态氮和甲烷霜,还有液态氮喷发形成的喷泉。
②这里的冰霜,指的应该是固态氮。

"最终，"查尔斯说，"我们可能会把关于宇宙的全部知识精简为一个简单的等式。"

"那将是物理学的完结。"林德尔说。他点头的样子，就好像这已经是确定无疑的结果。

"可是，要移动一颗卫星，你们消耗的能量来自哪里呢？"我问，即便接受了强化，我还是无法从论文中找到所有问题的答案。

"确保能量守恒的能量和矢量属性值，可以逐级连接到更大的天文系统。"查尔斯说，"如果你要移动一个巨大物体，就要从更大的系统中获取能量。例如，如果我们要移动福波斯，贝尔连续统就会从整个银河系的运动天体中分出一小部分能量，减少一小部分动量和活跃程度。不过，因为相对规模很小，没有人会察觉。"

"至少几百万年内没有人会察觉。"罗伊斯说，"我们需要把几千颗恒星到处搬来搬去，才会让人察觉。"

"这听起来也太容易了，"我说，"我们真的可以搬动行星吗？"

"不能，"林德尔说，"我们认为，能搬动的物体也有一个上限。"

"上限看上去就是地球重量的三分之二，任何体积都可以。"罗伊斯说，"这看上去并非暂时的局限。"

"我们中有人认为，这是真正的极限。"英嘉·帕克·阿莫伊说。丹尼·潘彻和马斯佩罗-杰姆巴考尔塔举手，示意赞同她的说法。

"你们用现有的设备，就可以做到这些吗？"我问。

奥林匹亚人都将目光投向查尔斯，等他来正式回答。

"我们将需要升级智囊机的处理能力。"查尔斯说，"我们已经开始在做这件事。再过几个星期，塔西斯科技大学就将为我们提供新的智囊机。再过几周或者几个月，就可以展开实验。"

"那你们到底能不能做到？"我继续追问。

"从理论上来讲，其难度不会超过把物质变成反物质。"查尔斯说，"但我们无法远程进行这类操作，我们必须身在被移动的物体表面。"

"你们到底能不能做到？"

"我们能！"他的语调像我自己一样尖利。

"你们能搬走福波斯？"

"如果你愿意，我们也可以搬走火星。"查尔斯回答，他的表情充满了挑衅味道。

随后一周内，奥林匹亚人告诉我的信息，慢慢渗透到我脑海深处，伴之以不断出现的其他事实与解释，这些知识都来自我接受过的强化。在公务的烦扰之余，我开始明白这个研究小组的成果的意义，所有的确定性、可能性、可行性，以及局限性。

看上去，一切皆有可能。

晚上一个人躺着的时候，还有那周仅有的一次做爱之后躺在伊利亚身边的时候，我就会想起自己愿意跟查尔斯说的千言万语。首先涌上心头的，是怒气冲冲的指责，就像之前我已经表达过的一样——为什么偏偏是现在？为什么偏偏找上我？为什么逼我承担如此重大的责任？

我担心各种可怕的后果。如果地球知道火星掌握了如此先进的技术，将会作何反应？查尔斯，你们可以把一颗卫星丢到地球上去。我们有这个能力。头脑简单、不成熟、不稳重的火星有这个能力！他们不相信我们。如果他们知道，如果他们听说了这件事，就会试图阻止我们。他们甚至不会尝试与我们谈判。他们不可能如此耐心，等着我们在政治上成熟起来。

所有这些责任，此前也一直都存在，从物质/反物质转换实验进入政治视野时就已经开始。现在，压力却已经变得如此巨大。无法承受的重压，难以置信的力量，压在我一个人身上。

竞选计划仍在进行。临时政府拨出了一笔用途保密的资金——这些钱的用途完全由总统办公室决定,我们打算,除了少数议会委员会成员之外,不让其他人知情。而这个委员会还没有选出来。这肯定是超过了宪法规定的权限,仅适用于紧急情况——而目前,肯定没有公开宣布紧急状态。我说服泰桑德拉采取了这样的应急方案。我们用这笔钱,在多尔萨古丘建立了一座大型研究基地,用于研究如何建造大型反物质扰动机。此外,我们还会付钱支持一艘D级小型旧飞船的改造工作。这艘船本是政府没收上来的,原来的船主未能按时支付轨道租用费。

这艘船成了奥林匹亚人情有独钟的项目,他们将其改名为"墨丘利号[①]"。说到底,他们的理论基于贝尔连续统——这本应该是众神专用的信息传送渠道。

选举之前四个星期,我见到了泰桑德拉。我们一起开始竞选宣传的时候,她问起了"墨丘利号"的情况。当时我们正乘坐竞选班机,从叙利亚平原起飞,前往伊卡利亚,进行针对庄园主的竞选宣传活动。

"你的朋友们得到了一个大玩具。"我们在飞行器上落座,机器工人送上茶水之后,她对我说。

"是啊,"我说,"很快就要试航了。"

"你明白他们这玩具的工作原理。"她说。过去几个月来,她瘦了不少,神色看上去也不再那样喜气洋洋。我们谈话期间,她甚至很少直视我的眼睛。

"比以前好多了。"

"你对他们的安排满意吗?"她问,"我实在没有时间亲自过问

①罗马神话人物,相当于希腊神话中的赫尔墨斯,众神的使者。

这件事。我相信你的判断。"

"他们的安排没有问题。"

"安全和保密方面呢?"

"在我看来,也足够了。"

泰桑德拉点点头,"你上次递交新的报告之后,我曾想过退出选举。"她说。

"我也有过。"我说,"我的意思是,我也有同感。"

"但你没有退出。"

我点点头。

"最糟糕的是,我一点儿都不相信这些事情会是真的,一点儿都不信。你呢?"

我想了一想,试图给出完全诚实的答复,"我信,我完全相信。"

"也就是说,你懂得他们在做什么。"

"大部分。"我说。

"我很嫉妒你的能力。不过我不会让自己接受强化,除非你想让我这样做。你想让我接收强化吗?"

我了解泰桑德拉,我知道,这种强化会让她非常痛苦。她的行事风格更偏向于遵从直觉,而不是明确的定义。"没有这个必要。"我说。

"那我可就靠你了。"她警告我说,"你将是我的拐棍——我的大棒和盾牌——要有麻烦,你负责替我顶着。"

"我明白。"

整个旅途中第一次,她看着窗外,脸色放松下来,长出一口气,"上帝啊,凯西娅,我们本可以把火星变成天堂。我们本可以想尽一切办法改善生活,不止让火星人受益。我们本可以成为神一样的人。"

"可我们都还是小孩子。"我说。

"还用你说这些陈词滥调！"她说，"我们当然永远都像是小孩。在宇宙中的某处，一定存在某些先进文明，比我们古老得多，先进得多。他们懂得所有这些知识，会教我们如何明智地使用这些工具。"

我疑心重重地摇头。

"你不相信有比我们更伟大的文明吗？"

"这是很好的信念。"我说，短短几周前，我可能还会赞同她的观点。

"为什么只是信念呢？"泰桑德拉问。

"我无法想象，怎么可能会有几万个文明体系掌握我们所掌握的知识。"我说，"那样的话，整个银河系就会像高速公路一样繁忙。再过一百年，我们能做到什么呢？搬动行星？改变恒星？"

泰桑德拉沉吟片刻，"你觉得，宇宙中只有我们。"

"在我看来，很有可能是这样。"我说。

"这样其实更可怕，"她说，"因为这意味着，我们不能把自己当小孩子。我们是最优秀、智慧最高的文明。"

"也是唯一的文明。"我补充说。

她微笑着摇头，"我亲爱的竞选伙伴，你需要让我振作起来，而不是把我的未来憧憬送进坟墓。我们有什么让人高兴的话题可以谈谈吗？"

我正想跟她讲讲众丘城里的新花园，她就竖起一根手指，从衣袋里拿出通信器，"不过首先，我要回答你关于凯利泰特族盟的疑问。你跟我说过他们要求勘测权的消息——"

"是啊，怎么样？"

"我要求所有地区拒绝他们的这类请求。我没有理由不折磨一下克劳恩·尼日尔,让他尝尝被拒之门外的滋味。"

"我们真的要让他们失去资源来源吗?"我问。

"我们还没当选,你就想决定国家政策?"

"我们显然已经考虑过这类问题。"

"嗯,基本上,在我们当选以后——当然,前提是我们能够当选——一旦局面稳定下来,我们就会把拒不加入共和国的族盟当作外国势力对待,他们将拥有自己的领土。政府会审核凯利泰特和其他族盟的资源要求,判断他们做出过的贡献,考虑征收的税赋标准和资源使用税标准。不过,我们不会断绝他们任何必要资源的供应。"

"可是他们现在提出要求的地块,好像没有一个是他们必需的。"我说。

泰桑德拉再次闭上眼睛,苦笑了一下,"不用你我提醒,地方长官也已经疑心重重。"

"也许,他们的用意就是试探我们和地方行政官员之间的关系。"我猜想着。

"如果仅仅为这个目的,克劳恩·尼日尔会有更好的办法。"

"也就是说,我们并不清楚他的真正意图。"我说。

"反正我是不知道的。"她说。

我已经六个星期没有从哥哥那里听到任何消息了。对我们火星人来说,从小就在家庭成员紧密联系的环境下长大,一旦转入其他族盟,出于家族忠诚和商业保密考虑,他和我失去联系是完全正常的——凯利泰特族盟面对着一种新形式的大家庭,一个中央政府。我本来就没指望斯坦会提供什么大的帮助。而避免斯坦被怀疑的最好办法,就是不要跟他联系。

可是斯坦也没有跟父亲通过话。他一直都是个孝顺儿子,他跟老爸的关系比我亲密得多。我知道斯坦身体健康,他和简都没有遭遇什么重大不幸,但除此之外,就一无所知了。

这段时间,竞选消耗了我所有的精力。我有时住在飞行器上,有时住在草草准备的小旅馆或者集体宿舍里,周围都是荷枪实弹的安全保卫人员和我们的顾问——后者是火星政界的智囊和魔法师,而且日渐成熟。

负责保护我的安全小队负责人,是强壮的丹迪·布雷克。这个名字很适合描述他的体型①。他肩膀壮硕如公牛,手指粗大有力,留着一头浅金色短发。丹迪站在执政官和共和国官员中间,显得很扎眼。他几乎时刻不离我的左右。幸运的是,他和伊利亚相处得很好。丹迪总会想到考古学方面的疑问,而伊利亚总是乐于回答。

林德尔无法快速提供足够的智囊机,来取代共和国使用的地球产机器。我们努力将风险降到最小,所有关于时空扰动实验的资料,都没有让智囊机知道。

其中一台智囊机,从马朱达族盟租借来的爱丽丝二世,成了我们的竞选协调人。能够再次跟爱丽丝配合工作,我欣喜万分。在来往于各个基地的飞行旅途中,泰桑德拉和我经常会跟它聊好几个小时。

爱丽丝根据地理位置和民意调查结果,规划我们竞选团队的行程安排。比如,我们会降落在极北地区的小型水矿基地,面对六七十位历经生活磨难、多疑、内向的采水者。泰桑德拉会展示出她坚强而又富有母性魅力的特质。几个小时后,我们就会动身离开,接连快速访问六处亚马逊尼斯和阿卡迪亚地区富庶的镧化物矿区

---

①丹迪的姓"Breaker",有"破城槌"之意。

基地。竞选最后阶段最困难的任务,就是争取赛内姆地区族盟联合体人士的支持,那里是我们竞争对手的大本营。

我们的竞争对手也在积极开展竞选活动,有时甚至尖酸刻薄,但火星人的礼貌还是让政治不至于丑陋邪恶。尽管如此,在公民投票之前,所有人都在阅读有关20世纪美国总统大选的历史资料,有些对手甚至开始效仿美国竞选艺术大师理查德·尼克森和林登·约翰逊等人的做法。我个人认为,尼克森和约翰逊都惹人反感到可悲的地步。我更欣赏的,是21世纪波罗的海地区经济联盟那些态度真诚、作风硬朗的候选者。

火星政治诞生时期的纷争实际上对我们是有利的。竞争对手往往恨不得把对方一口吞掉,而由于尊重泰桑德拉作为共和国之母的地位,很少把我们选作攻击目标。经历了数次辩论之后,我们在民意调查中的排名越来越领先。

持续不断的旅行,也让我们两人都不堪重负。泰桑德拉私下里说,她希望查尔斯的团队能把瞬间转移的物体尺寸缩小一些,"我块头比较大,"她说,"不过没有卫星那么大。而我们两个的确都需要休假。"

假期却从没有来临过。

每天仅有的几分钟空闲时间,我全都用来攻读外网上能够找到的数学论文和视频资料,或者下载机能强化的补充资料。爱丽丝帮我制订了一份课程表,以加快我对强化功能的"吸收"。而即便没有这些课程,我的进步也已经很快了。以前在我看来无聊又难懂的内容,现在成了引人入胜的游戏,比政治理论更精致,也更富有挑战性。我更为深入地研究了加速数据流理论、神经元之间的互动、信息转化为知识的过程,还参照其他知识,解读查尔斯和其他奥林匹亚人所做的物理学研究。在泰桑德拉睡着的时候，我在她身边陷入冥想。我们脚下漂浮的暗沉沉的火星，就像是缀满钻石一样穹幕下的一张黑色大毯子。飞行器发动机的轰鸣让我茫然若失，仿佛自身已经化成了一连串的数字和图示。

但我自己做不到的一件事，就是从线性知识积累出发，完成查尔斯那样的思维飞跃，从数据流理论了解贝尔连续统的本质。我的所知越多，就越是佩服查尔斯的成就——那看起来简直像是超自然的力量。

有了那样的思维飞跃，随后的一切都平淡无奇——我们可以移走整个星体，可以进行即时通信，一个旧的理论体系将瓦解，新的科学将诞生，一切都像是顺理成章的事情。属性值理论已经在我的心中生根，让我了解到物理科学的精深奥妙，消除了量子原理中的自相矛盾之处和无穷无尽的谜题。

一有时间，我就去看望伊利亚。塞纳岩带的科学小组建成了一座更大的穹顶实验基地，以便针对保存完好的母体孢囊开展重大实验。伊利亚带我和泰桑德拉参观了一次——此前，他已经为其他四组总统候选人充当过导游。"我当然要做好多种准备，"他向我挤挤眼睛说，"政治总是充满了不确定性。"

在覆盖五公顷面积的穹顶下，我们目睹了灰色冰尘缓缓漫过地面，流动的尘沙包围着暴露在外的母体孢囊。迄今为止，还没有出现特别值得注意的东西，无非是有一些黏液，还有一些硅酸盐结晶，就像海绵类动物身上的骨针。但是，伊利亚的实验团队却很乐观。在控制室，我们看到科学家们把穹顶下的各项指标进行微调——将灰色冰尘变成带着泥浆的雨水，然后是雪，同时调整矿物成分和气体的浓度。

"我们的目标,是在大选当天取得实验的成功。"伊利亚告诉泰桑德拉,"好把你们当选的消息从星际视频报道的显要位置挤走。"

泰桑德拉极为严肃地点头说:"其实,我宁愿出现在这条新闻中。"

"求你了,"我对自己丈夫说,"别开玩笑说你在培养火星的新选民。"

"我可从来没说过。"伊利亚说。

泰桑德拉瞪圆了眼睛,嘟起了嘴巴盯着他说:"别听你老婆的。你们取得的任何进展我们都欢迎。"

孢囊像是粗糙的黑色巨蛋一样,卧在红色泥沙中间,暗色的表面布满了下凹的线条,表面覆着一层薄薄的雪花。穹顶的支柱投下的影子分割着地面。周围回荡着实验性孵化设备低沉的嗡嗡声。古老的火星将再度被孵化。我离开时心中暗想,要是能找到合适的条件就好了。

我拥抱并且亲吻了伊利亚,跟随泰桑德拉离开。警卫和两名武装机器工人把我们围在中间,一起走进通往飞行器站点的隧道。

我们打算到大选前夜才再次见面。我向伊利亚投去最后一瞥,他站在俯瞰空港的栏杆旁,周围是殿后的安保人员。他向我们招手,看起来有些心不在焉。我突然感到一阵温暖。我想起了刚才我们的长吻。我们知道,此后数周都难以再见面。

他是我新婚才两年的丈夫。

我的夫君。

第五部

2184年，火星历60年

会场一片昏暗，只有泰桑德拉和她最主要的对手——来自哥白尼盆地的拉夫·奥尔森——站在讲坛后的金色聚光灯下。泰桑德拉热情地俯视听众，微笑点头。所有辩论活动全部在火星大学西奈学院举行，并面向全火星进行直播。三百万成年火星人忠实地收看了这一节目。观众的人数仅相当于地球上最流行的免费星际视频节目观众规模的千分之一。

从观众数量而言，火星大选无关紧要，但从给观众造成的情感冲击而言，则令人惊叹。星际视频节目已经将火星大选传播到了外部网络，整个三星世界都在对此发表文字评论。火星大选在任何地方都是重要新闻，因为这是人类第一次尝试在一个星球建立统一政府，就好像此前人类的一切都是为了这个政府的诞生所进行的演练一样。

我已经熬过了辩论阶段，经受住了对手的种种考验，并且表现上佳，但泰桑德拉才是整个火星的辩论之王。她已经完全进入了角色，举手投足都优雅而富有魅力，让我怀疑怎么可能还有人有能力取代她。她总能灵活应对外界的压力，在经历一次次冲击后愈战愈强。

奥尔森圆滑而注重实效，而且的确有些真才实学，我个人也时常觉得,他可以成为一位很优秀的总统。他可能比泰桑德拉更机灵,但领袖需要具备的素质,远远不只是智力那么简单。我们听说,奥尔森至少接受过三个方面的机能强化——两种社会科学,一门技术——但是在直觉能力和个人魅力方面,还是比泰桑德拉大为逊色。

我坐在前排,左手边是丹迪·布雷克,右手边是火星大学西奈学院的院长夫妇,我们背后,整整齐齐坐着一千名大学生。当时的场景值得流传千载——非常民主,非常人性化,那是火星最优秀人物之间的一场角逐。

院长赫尔穆特·弗兰克尔拍了拍我的手背,在我耳边说:"这是值得我们火星人骄傲的时刻,不是吗?"

我微笑着表示赞同。我知道,伊利亚肯定在看节目。我能感觉到共同的归属感和对他的亲近。我知道查尔斯肯定也在看。让比赛开始吧。

火星大学两年前安装的智囊机马歇尔,以一位普通的火星大学教授的形象出现:男性,皮肤黝黑,也许有二十五岁,毛发间一块块的湿疹是他的特征之一。这个形象向观众们鞠躬行礼,观众报以礼貌的掌声。智囊机随后转向舞台。"厄祖尔总统,奥尔森候选人,"智囊机开口说,"我这里收集了很多我们年轻共和国公民提出的问题,提问者有人类,也有智囊机。我仔细分析了这些问题,并从中挑选出了我认为最重要的问题。首先,我想请问奥尔森候选人,在纳米设计方案等高技术产品的进口领域,您将如何设定共和国的外交立场?"

奥尔森未加思索,就马上回答:"三星世界必须把火星当作一个经济上拥有全部权利的合作伙伴,在任何高技术应用产品领域,均不得施加任何限制。尽管从经济利益角度讲,我们对纳米设计方案的主要出口者地球并没有太大影响力,但我们拥有道德力量,我们是母体星球的孩子。地球有什么理由不把我们当作完全意义上的合作伙伴呢?我们应该把整个太阳系一在共同联盟之下,让所有的国家和星球都接受共同的目标,这不正是我们想要的吗?"

"请问您所说的共同目标,是否就是所谓的星际跃进?也就是,努力开拓其他恒星系的项目?"

"长远而言,当然如此。同地球上的政府一样,我也认为要实现经济增长,就必须保持活跃边界线的存在。但其他目标却更为直接,其中就包括消除所有科学和技术研究的门户之见,消除不同发达程度的技术带来的冲突。"

奥尔森几乎完全不了解奥林匹亚人。他表达的是火星的不满,认为地球没有毫无保留地分享最新技术。但对我而言,这些论断却分外沉重。

"厄祖尔总统,您对奥尔森候选人的主张有何评论?"

泰桑德拉双手扶着讲台,停顿了一下——数秒钟的停顿非常重要。政治无非是一门表演艺术。泰桑德拉回答问题时,不愿显得像是事先有所准备,也不愿听到问题之后,马上给出草率的答复。

"长远来看,没有任何国家或者政治实体,会在利他原则下运行。我们没有任何理由期望地球会像母亲对待孩子一样对待我们。火星人有自己的尊严,也有自己的能力,有我们的独特产品和创意可以供给其他星球。假以时日,我们在所有这些方面,都将拥有强大的实力。我们必须作为一个友好的竞争者成长起来,赢得我们在三星世界的位置。我们不要援助,也不要恩赐。其他人也许需要开拓疆土,但火星本身就是一个有待开发的星球。火星还很年轻,但实力强大,我们可以成长起来,并且必将成长起来,在我们的有生之年发展成熟。"

"但是，既然有那么深的历史渊源，三星世界不是应该理所当然地把我们当作平等合作者吗?"马歇尔问道。

泰桑德拉承认这是好事，但补充说："我们的目的，不在于妨碍地球或者三星世界其他任何势力的成长。长远来看，我们唯一的要求，就是其他人不妨碍我们的成长。我们愿意与其他人建立经济往来，我们欢迎各种形式的自由贸易，但我们必须摆脱依赖，不要怀有不合时宜的期望或者情感。"

她还有三十秒的时间，于是进一步强调了自己的观点，"火星是一片资源储量丰富的沙漠地带，到处都是居住点，住着坚强而又可爱的火星人。我们作为彼此独立的家族共同发展，相互协作以争取生存，通过贸易和分享来实现繁荣。我相信，这合乎自然法则——彼此间心怀善意、平等而坚强的居民，从来不会限制竞争，只会通过强大公正的中央权威，共同分享这个星球的资源。好的政府，其职责在于维持社会力量之间的平衡，并纠正社会无法自动纠正的缺陷。火星政府成功的关键是脚踏实地，而不是好高骛远。"

弗兰克尔院长侧身对我说："说得真好，补充得也好。"他用力点着头说，"我希望她是真的这样想。"

马歇尔的形象转向奥尔森，"临时政府的厄祖尔总统已经证明了自己是一位高效……高效的……执——"

他的形象突然静止，随后消失。讲堂周围投射的星际视频节目画面旋转了一下，也变成了一片漆黑。房间里充斥着低沉的嗡嗡声，那是讲堂音响系统没有信号输入时的声响。然后，连这点儿声音也消失了。丹迪从我身边一跳而起，抓住我的肩膀，几乎是把我从椅子上拎了出来。两名卫兵和一名机器工人跳上讲台，包围了泰桑德拉，另外一名机器工人站在奥尔森身边。讲堂的灯光突然熄灭。

"趴下!"丹迪哑着嗓子在我耳边小声说。我跪在他身边的地上。整个讲堂到处是惊慌的疑问声,有人大声呼喊,有人尖叫。我能够感觉到,在大脑做出理性的判断之前,我的身体就已经开始紧张了。

丹迪推着我的臀部,驱使我爬过地板。他俯在我身后掩护,姿势简直像是个粗暴的情人,直到我们躲进一截楼梯下面。泰桑德拉在我身边喘着粗气,"你在吗,凯西?"她问。

"我在这儿。"我说。

"别说话!"丹迪命令我们。

有人打开了一支手电筒,一名警卫用手掩住一半的光亮,察看楼梯扶手边固定金属板上的地图。泰桑德拉的首席警卫帕茜·蒂夫诺是个脸型尖瘦的年轻女孩,肩膀和胳膊极其粗壮。她把一块橡皮泥一样厚厚的白色块状物用力贴在我的胳膊上。那东西马上就开始四下蔓延,包裹了我的整个躯体,我情不自禁低声尖叫了一下。我的脖子和脑袋也被裹了进去,还感觉头发都被箍到了一起,拽得生疼。蒂夫诺又把同样的两件东西贴在泰桑德拉的双臂上。现在我们都已经裹上了主动防御纳米装甲。这是一种智能动态装甲,可以探测到快速接近的投射物,用极快的速度把我们的身体团成一个紧致的球形。任何击中装甲的高速弹丸都会被弹开。这让我们对自己身边的任何人都会造成严重威胁。

我们两人一边咕咕哝哝埋怨着,一边被拖拉着、驱赶着、推搡着走上了楼梯,就好像我们都只是货物一样。在一间狭小、阴暗的储藏室里,警卫们把我们按在靠近入口的墙角边蹲下。他们把手电筒调成强光模式,照射外面的走廊通道。加密过的通信信号穿过墙体,就像吓坏了的小孩子,彼此传递着模糊不清的耳语。

没有人跟来。四名警卫和两名机器工人保安在房间里建立了一个临时安全据点。他们把快速安装感应器贴在四面墙壁上，拔出枪支进行警戒。机器工人保安的装备远比我自己想象得更强悍。他们装备了速射机枪、短程电磁脉冲发射器，还有生物震慑器——其威力足以让整支生物体组成的部队陷入恐慌，不管对手是人类还是动物。

我拥抱了泰桑德拉，她也拥抱了我。盔甲像橡胶一样，在我们身体之间咯吱作响。直到这时候我们才发觉，奥尔森居然也在同一个房间里。泰桑德拉甚为意外地看了他一眼，然后我们也跟他拥抱了一下。

"这到底是怎么回事？"奥尔森声音颤抖地问。他好像被伤到了自尊，把我们两个用力推开。

"大概停电了。"泰桑德拉猜测。距离我们最近的警卫摇摇头，我只知道他名叫杰克。手电筒从下方照着他，投射在房顶的影子的摇头动作被显著放大。

"不是的，副总统女士。"帕茜·蒂夫诺回到房间里，回答说，"像这样的建筑，即使停电也不可能像现在这样。专用智囊机都停机，所有备用系统同时失效。就正常情况而言，这根本是不可能发生的事情。我们遭到了攻击，目的在于切断所有支持系统。"

"哇——"奥尔森感叹之后，嘴巴就没有合上。

帕茜的头脑（正在启动她的机能强化系统）进入高速运转状态，开始分析当前的局势，"现在，先把飞行器隐藏起来。如果敌方启动空中监视系统，就会有风险——"

"飞行器还有可能遭到破坏，"丹迪·布雷克说，"我们现在应该让总统和副总统分头行动。候选人可以作为诱饵，吸引敌人的注意力。"

奥尔森的嘴巴张得更大了。

"抱歉,先生。"丹迪说,他面色凝重,眼睛在强光下眯成一道缝。我眼前只能看到强烈的白光,紧邻着深邃如星空的黑暗。

"你们有义务保护我的安全。"奥尔森说,但是,他的警卫打断了他。

"先生,我们也会努力营救您逃离此地。布雷克的意思只是说,三个小队分别行动,互为掩护。"他举手示意,然后我们又一次被拉扯着、推搡着进入走廊。讲堂方向传来更多的尖叫和焦急的话语。

"别担心,副总统女士。"布雷克对我说,"没有人使用过武器,也没有任何我们将遭受攻击的信号。"

"小心剥落的墙皮!"另外一名警卫喊道。墙皮也可能是纳米毒素,或者快速组装的武器。现在任何事情都可能发生。

"会是谁干的?"泰桑德拉问。她涨红了脸,巨大的身躯突然显得非常柔弱、易受伤害,就像缓慢移动的一副标靶。

"总统,现在我们没时间关心这个。"另一名警卫说。

我对丹迪说:"如果你再摸我的屁股,最好能给出充分的理由。"

他吃惊地看了我一眼,微笑了一下说:"抱歉,副总统女士。"

我们沿着备用隧道前往飞行器停靠的空港,大家都被警卫和机器工人前后簇拥着快步前进。"上帝啊,我真不想经历这些。"奥尔森跟我们分手时说。他的那名警卫催促着他走向列车隧道。

"副总统女士,另外那艘飞行器是给您的。"蒂夫诺说,"总统乘坐这一艘。祝你好运,丹迪。"

丹迪、杰克和一名机器工人引导我赶往第二艘飞行器的登机口。我知道安保团队向来都有一架备用飞行器,但我从来没看见过。这艘飞行器看上去并不豪华，它简陋朴实，有装甲，而且速度很快。

其后丹迪的举动，却把我吓得够呛。他从衣袋里取出一个小包裹，然后走到空港中的一个装饰性喷泉旁边打开包装，放在主出水口上方。包裹迅速在水中膨胀开来，就像快速发酵的生面团。那堆东西上面冒出一个小小的扫描探头，很快就把纵横交错的红色扫描线投射在我身上。那团东西绕着喷泉中间旋转，长出了胳膊和腿，腿的末端却没有长脚趾甲，而是直接长成了鞋子。

那东西越来越像我自己，连鼓鼓囊囊的白色盔甲都模仿得毫无二致。几秒钟后，它站起来，唧唧叫了几声，迈开几乎可以乱真的步伐——当然，没有我本人那么优雅——跟随机器工人进入了飞行器。飞行器收起了登机桥和舷梯，滑行到一边，拖着尾部喷火的白色烟迹，升起到午后的天空下。

我打了个冷战，觉得脖子后面寒毛都竖了起来。

"是我的主意，副总统女士。"丹迪说着，和杰克一人一边，扶着我的两只胳膊沿走廊离去，"设备维护车辆从这里开往废弃车站，我们就坐那种车。"

我就这样回到了自己政治生活最初开始的地方。火星大学西奈学院车站背后的废弃隧道如今依然黑暗狭小，到处散落着被人遗忘的垃圾，等着机器工人来收集。空气冷得要命，还臭气熏人。丹迪和杰克停下来察看通信器的时候，我觉得头晕脑涨。

"除了加密频道之外，所有卫星通信都已经中断，而且加密频道也没有信息往来。"杰克摇着头说，"卫星通信不能用。我们可能需要找个接口，试试内网光纤通信方式能否使用。"

"这里没有接入口。"丹迪说，"为什么不使用加密频道通信呢？"

杰克略微思考了一下，"我怀疑，大家都不愿使用这个频道。护送总统的小队会在空中保持通信沉默，静待第一卫队与他们建立联系。"

"第一卫队的工作并不依赖智囊机，"丹迪沉吟着说，"但他们还是有连接智囊机的通道，也要依靠智囊机实现电话转接。"

"你们怀疑有病毒侵入吗？"我问。

丹迪摇摇头，他现在不想得出任何结论。但杰克两只长手臂伸向隧道顶部，手指摸着顶棚说："我们扫描过地球出产的智囊机以后，就又对它们委以重任。西奈学院的所有日常事务都由智囊机管理。"

"没有人工支持？"我问。

"是的，不过一切都井然有序。计算机与智囊机进行对话，智囊机向计算机传达高级指令，甚至以管理员的权限备份操作系统——一台智囊机就有这么大权限。我们查杀过病毒，但很明显，我们没有成功。"

"地球人的病毒。"丹迪说，"他们为什么这么干？"

杰克把手垂到裤子边，擦去上面的冰碴，然后说："副总统女士，奥林匹亚人现在在哪里？"

"你们有几个人在保护他们。"我说。

"这是当然。不过，你知道他们在哪里吗？"

"我觉得，他们大多数人应该都在多尔萨古丘。富兰克林的核心团队在那里。也有人可能在塔西斯科技大学，与林德尔在一起。"

"我有话要问你。"杰克说，"你能回答我吗？"

"我会尽力的。"我说。

"我们找个相对隐蔽的藏身之处吧。我们藏在那里，直到第一卫队告诉我们该做什么。如果几个小时都收不到他们的指令,我们就征用一辆火车,离开此地。"

在黑暗中,我们三个人坐在一条黑漆漆的支线里,周围还有隔热材料,这里比主隧道略微暖和一点点。

我暗自纳闷儿,不知自己还能不能找到当年第一次见到查尔斯的那个地方——我们上到地面之前集结的地方。

"我有个想法。"杰克开口说,"但是你必须先告诉我一些信息。"

"行啊。"我说。

"你先别着急答应,副总统女士。"丹迪半开玩笑地说,"先确认一下他的身份。"

杰克认真地点点头,说:"他说得对,的确应该有这个环节。"

我把自己的通信器放在杰克的通信器上空,通过编码信息验证他的安全级别。杰克和丹迪都拥有了解最高机密的权限,但严格限定于为了工作必须了解的内容。

"我估计,是地球人在干扰我们的数据交互。"杰克开口说,"此举威胁很大,因为我们极容易因此遭受损失。按照我们事先确定的应急计划,要自行决定把你送到安全的地点。届时我们将建立加密的临时卫星通信系统,以确保政府各部门之间的通信。假设敌人在我们大多数智囊机中都植入了病毒,而病毒也已经侵入了计算机系统,那么火星的处境就会极为被动。各居住基地都将被孤立,只能通过光纤进行通信,而光纤系统也会暂时瘫痪一段时间。几天内,地方长官都将无法向众丘城发送报告。技术人员必须使用经过验证的火星产计算机系统,重新安排数据传输。"

"那只会让情况变得更糟。"丹迪说,"我打赌,火星验证过的计算机肯定也已经被病毒感染了。"

"原因就是我们对地球过度依赖。"杰克闷闷不乐地说,"副总统女士，我想知道的就是，地球为什么会做出这种事？难道就是为了让火星政府无法成立吗？"

"不是。"我说，"他们希望有一个稳定的火星政府，来跟他们打交道。"

"你们有没有在做什么事情，让他们因为恐惧而出此下策？"杰克问。

"有。"我说。我没有听从自己的本能，说那种模棱两可的废话。我想活命，就要靠他们两个。

"跟奥林匹亚人有关？"杰克问。

"是的。"

"我问这个，只是因为一个月之前，他们被列入了最高安保级别，我负责制订了安全措施细则。"杰克说，"对他们这些技术人员来说，这很罕见。"

"有没有可能，刚才只是本地通信出现了问题？"我问。我的声音明显有些慌乱，知道自己的最后一丝幻想也即将破灭。

"没有，副总统女士。"丹迪说，"那样的话，我们至少会马上联系到第一卫队。"

"那我就想去跟奥林匹亚人会合，越快越好。"我说。

丹迪和杰克默默考虑了片刻，"副总统女士，你这样想，当然有充分的理由。但我们也要确保你随时做好准备，可以出面与进攻方代表进行谈判。为了防止敌人对火星实施斩首行动，你将在总统之前暴露身份。安保机构认为，一旦敌方获知奥林匹亚人的所在地就会杀死他们，所以危急时刻，他们会马上撤离多尔萨古丘，但我们也不清楚他们将撤往何处。"

"那样的话，我想跟他们通话。"

"未来几个小时内，任何人都不得与外界进行通信。如果我们没猜错,禁令时间有可能会更长。"

"如果情况有那么严重的话,有人就会丧命。"我说。

杰克点点头,"是的,副总统女士。较为先进的基站会出现电力中断,隧道塌方,随后就是缺氧,换气系统停转……"

我的怒火在盔甲下涌起,觉得自己的脖子都变得僵硬了,"我和泰桑德拉什么时候才可以通话?"

丹迪正准备回答,他的通信器突然响起来,屏幕上出现了加密信息。

"是第一卫队。"他说,"有人发射了小型通信卫星。事情进展很快,我们必须马上带你乘坐飞行器赶往众丘城。有人要跟你见面,他带来了地球方面的消息。"

"希望你喜欢冒险,副总统。"

"我喜欢冒险,可不是这种类型。"我说。

"我也不喜欢,副总统女士。"

"你姓什么,杰克?"

"我姓伊万·伊万诺维奇·瓦西里科夫斯基,长官,来自奥斯塔瓦利的山口族盟。"

恐惧感总是难以持续,慢慢就麻木了,只是肚子有些痛而已。

圆形车库的直线铁道上,停靠着一辆红黑相间的维护用机车。我们进入驾驶室。丹迪检查了车载计算机系统,发现整个系统都已经被强行关闭。丹迪和杰克合力把电脑拆了下来,以免它自动操作,碍手碍脚。然后,他们把机车调整到紧急手动驾驶状态,打开安全感应器,关闭信号灯,开动机车,带我们出了车库。丹迪坐在驾驶座上,担任第一班司机。

我并不想去众丘城,但此时此刻又没有理由不去。尽管没有拖曳其他车厢,机车在直道上的速度可以达到每小时四百公里,但前往首都的旅程还是需要至少十五个小时。

如今我重任在肩,泰桑德拉又不在身边,很可能几天之内都联系不上。我感觉自己就像是一个迷途的小孩。多数时候,我都待在狭小的包厢里,躺在硬板床上。这东西的材质居然还被称作"软质羽绒"。

杰克·瓦西里科夫斯基坐在一张下拉式椅子上,一副难以琢磨的表情。如有必要,他会为了我的安全献出生命,而且也会杀人。

之前我曾经想过这些问题,但从来没有像现在这样专注和急迫。我不再是简简单单的自己,甚至也不再是副总统。在局面足够安全,泰桑德拉可以重新露面之前,我都是共和国的首脑和代表。

几个小时后,我将开始审议国防和安全部门的应急安排。再过几个小时,不管有没有跟泰桑德拉建立联系,我都将不得不面对地球方面的代表——他会是谁?会提出怎样的要求呢?

透过包厢小小的窗口,我瞥见绯红的天空逐渐暗淡。已经变作深棕色的天空中,闪耀着点点星光。地平线上突然闪过一道浅蓝色的光芒,这是我从未见过的景象,但瞬间以后,四面又是冰冷黑暗的夜。

包厢里弥漫着纳米材料的腐败味和尘土味。机车向前飞驰,静静地笔直向前。车道前方也许会有临时停下的车辆,因为电脑被地球人的病毒侵入而寸步难行。看杰克的表情,好像他随时可以把挡路的车辆炸碎,为我们冲开一条前进的道路。我试着站在他和丹迪的立场思考,想到他们可以征用前面的车辆,丢下那些被困的旅客,让他们自生自灭。

奇怪的是,直到这时,我才发觉这些事将来会被载入史册。不管我们是输是赢，火星领导人（总统、副总统和地方长官）的疏散会成为火星人的传奇，写满阴谋、诱饵、飞行和午夜列车。

杰克的通信器响起，我们又收到一条加密信息。"又一条新动向。"他干巴巴地说，"第一卫队仍在正常运转。但是，我们的卫星刚发射升空就被击落。他们一定是想让我们怕得要死。"

"还有什么消息？"我从床上坐起来，问道。

"我收到总统发来的一条信息，只有你可以看。还有我们在众丘城谈判的背景——凯利泰特似乎是幕后推手之一，还有其他几个小的反对派族盟。就这些。"

他把那条来自泰桑德拉的信息发送到我的通信器上。信息包括一段文字和一张图片。

最亲爱的凯西娅：

现在，你将出任我们的谈判代表。地球人将通过他们的代理人——凯利泰特族盟——进行谈判。传闻说，你的谈判对手是克劳恩·尼日尔选出来的。地球人很害怕，有知情人向他们走漏了消息。我已经向指挥官下达了一些指令，内容非常敏感，目前还不便向你透露。你可以说任何必须说的话，只要能让火星恢复常态。但是在未来几个月，甚至几年之内，我们手里都掌握着王牌。你到达之后，就会听到我已经丧命的消息。我爱你，并把我的孩子们托付给你。直到我们再次并肩战斗之前，都不会有机会再说话。地下有机器蝗虫隐藏。

文字后面，是泰桑德拉的一张小照片。她在笑，但面容憔悴。我按下了删除键，照片慢慢消失。

机器蝗虫。

杰克探身向前,关切地轻抚我的手掌,"你还好吗?"他问。

"你了解机器蝗虫吗?"我问。

杰克坐直了身体,两手揉搓着膝盖,"上帝啊,"他说,"整个三星世界都签署过公约,禁止使用这东西。天啊,我们对地球有那么大威胁吗? 难道他们真的使用了机器蝗虫?"

"总统说他们用了。"

他看上去马上就要哭出来,又怕又怒,又无可奈何。几秒钟之内,他只是不停地重复说:"上帝啊……"

"说说机器蝗虫吧。"我努力让他回过神来。

他抱起双臂,紧皱着眉头,眼睛看着别处,"你怎样才能隔着太阳系完全控制另外一颗行星呢? 答案是:在它的表面埋下纳米工厂。这些工厂可以生产各种类型的自动武器,以及自主行动的战争机器人。要设置这种埋伏,火星土壤非常理想,因为硅酸盐和铝、铁成分含量高。只要选择一些废弃的矿场或者看上去荒凉的地区就可以。这种地方还可以进行深入开发,此类操作不会引人注意。从行星同步轨道向地面播撒纳米工厂的'种子',只要一艘小型飞船就可以做到。面对如此暴行,我们根本无力进行抵抗。"

我想起凯利泰特族盟试图扩展采矿授权区域的事。现在看来,这是它向我们发出的最后一次警告。在这之后,它就将彻底投靠地球,成为被征服的火星上唯一的幸存者。

我现在担心的是,斯坦和简是否还活着。"我们有办法对抗机器蝗虫。"我说。

"我们不可能有任何办法毁掉所有的纳米工厂。"他说,"机器蝗虫早就被和约明文禁止了。"

"但我们太年轻,也太天真,以至于忽视了军事这一块。"

"理论上,"杰克说,"如果发动我们所有的科学家研究一到两年,应该可以找到应对方案,比如一种纳米级传染病。但是,如果机器蝗虫是地球人设计的,凭我们……"他没有说完这句话。

但我们完全有能力自卫,而这自卫手段本身如此可怕,已经惹怒了地球。极端的攻击招致极端的反击。人类未来的前景已经不止是可怕,不只是可悲,还变得难以理解。

丹迪离开驾驶台,告诉我们前方五百公里道路畅通。杰克和我告诉了他关于机器蝗虫的警告。他的脸也变成了灰白色。

但是,泰桑德拉的死讯即将传来的事,我谁都没有告诉。

杰克和丹迪换位,机车继续在火星表面疾驰。我们穿过崎岖不平的地面,从水手峡谷和伊奥地峡以南一百公里处掠过。

我从未感觉如此孤独,被如此深沉的寂静包围。火车在微微起伏的轨道上轻轻颠簸,震动从我的脚底传导上来。丹迪可怜巴巴地睡着了,靠在椅子旁边包厢小床的床头上,两腿像小男孩一样叉开,靴子尖朝外。

随后几个小时,我在自己的副总统专用通信器上研读了各部门的应急方案。这些计划都没有什么用,甚至连一点儿参考价值都没有。所有计划都没有考虑到机器蝗虫和奥林匹亚人。准备计划的人不知道奥林匹亚人的情况,而火星人一直不相信"地球母亲"会下此毒手。

有多少勇敢而无辜的火星人已经为此丧命?

而这些死亡又有多少会被算在我和泰桑德拉身上?

我再次遥望窗外。火星夜晚的天穹上布满群星,地面的沙石中也有光芒与之呼应。那是吸收了白天微弱热量的沙石开始收缩时发出的压电闪光,像千万颗萤火虫一样在黑夜里闪亮。我关掉包厢的灯,以便看得更清楚。我把裹着盔甲的面庞紧靠在车窗上,像个无助的小女孩。窗外的景象让我暂时忘记了忧愁,感觉身体轻飘飘的,就像一个幽灵,一个小孩子的鬼魂,悠然飞过沙地上空。通过机能强化,我感知到紫外线长年照射下的浮尘被狂风吹走,突然来临的寒夜又让附近飞来的尘屑沉落下来。

我想象那些机器蝗虫正在互相联络,低声嘶吼着从巢穴中爬上地面。丹迪马上醒了过来,伸直双腿,眨巴着眼睛望着我。他拔枪的动作太快,以至于我只看到结果,而没看到拔枪的过程。

"你做梦了?"他一边问,一边把武器收起来,也不道歉。

"没有。"我说,"不过,我在做最坏的设想。"

"想也没用。"他说。

杰克走进包厢,告诉我们,途经希阿帕莱利盆地前往众丘城的道路似乎还是畅通的。"我们路上遇见两辆火车,停驶之前自动拐入了岔道停靠。"他说,"电脑死机之前,至少还做到了这一点。"

"乘客还在车里?"我问。

"我想是的。"他板着脸说。

列车驶上一系列优雅、轻灵的倾斜高架桥。我们已经登上希阿帕莱利盆地外缘最高的山坡,进入广阔的平原地带。这时,我们离开西奈学院已经二十五个小时。众丘城就在平原正中央,古老的中央环形山拱卫的正中央,机车停靠在新建的华丽站台边。

在褚石色和红色背景下,白色墙壁和拱顶非常醒目。整个小镇就像一个理想标靶。不过,那种战争早就过时了,如今的战场上,你根本就看不到敌人。造成破坏的,是像白蚁一样渗透到内部的对手,而不是外面飞来的炮弹。杰克管他们叫作"机器士兵[1]",一个非常蹩脚、惹人厌的称呼。

---

[1] Warbeiter,作者造出来的词,由英文 war(战争)和德文 arbeiter(体力工人)合成。

到处都没有人迹，这是意料之中的事。紧急情况下，红星兔都会聚集到水源和氧气充足的地方。不过从表面看，很少有火星基地会人迹稀少。而我们共和国的首都，当前居民规模的确不足，官僚、内阁成员、法官、执政官和参议员都还没有搬进来。

几周前，第一卫队刚刚在众丘城设立总部，监督总统和副总统的安保工作，创立火星最初的情报和内部安全体系。第一卫队以惊人的速度形成了自己的工作风格。现在，我很欣慰地看到自己熟悉的人布防在四周，带着武器，穿着加压防护服，以严肃而敬业的态度，等待火车到达。

我们在地下区域下车，躲避可能发生的轰炸。我很快被带进装甲运输车，沿着国会建筑东侧新修建的隧道离开。

丹迪和杰克在卡车后部觐见他们的上级指挥官塔雷克·费卡西。费卡西是个瘦削的金发男子，来自鲍罗姆地区，上个月才刚刚被任命为安全事务负责人。

两名女性警卫帮我除下主动防御盔甲，小心地装起来准备丢弃。其中一个对我说："穿这个东西旅行了一整天，您真是勇敢啊，副总统女士。"

杰克走上前来，他牙齿咬得咯咯响，下巴高高挺起，就像要逗英雄一样。然后我才看清他的表情，不管表面看来多可笑，内心都是真诚的，他在痛悼死者。

"副总统女士，我被指派——我们抓阄决定，由我来通知你这个不幸的消息。你的担子更重了。因为泰桑德拉·厄祖尔和她的机组成员遭遇了空难。这可能纯属意外，但我们无法确知。我们还没有搞清楚坠机地点，而且短期内也无法找到。紧急信号报告说，机器工人未能在现场发现任何幸存者。我们正在从最高法院地下隧道召唤法官到场，我们将要求你尽快宣誓就任总统。就职仪式也许会在几分钟后举行。我很抱歉。"

有一个瞬间，我无法判断事情的真相，不知这是不是泰桑德拉提前告知过我的假死，还是她真的遭遇了不幸。我只能暂且相信前者。我将成为代总统。

当时我毫无感觉，就像一名机器工人一样，我效力于一台政治机器。这台机器有自己的规则，一切都不可避免，没有任何灵魂可言。

我乘坐火车从西奈赶来期间，第一卫队承担了保护指令系统的任务。执政院临时发言人乘坐飞行器从亚马逊飞来，而人民院发言人则一直留守众丘。变故发生时，临时国会大部分成员都忙于竞选，在火星各地奔波。众丘只有三名执政院候选人和两名人民院候选人，他们藏身在一条深入地下的隧道里，由机器工人和第一卫队工作人员竭尽全力保护着。

第一卫队掌握着所有可用网络连接的控制权。外网已经崩溃，但有些借助本地光纤拼凑起来的私人网络依然可用，他们需要手动进行设定，带宽也不足，却让我们得以了解希阿帕莱利盆地周边基地的状况。事实上，我们还可以进行通信，只不过现在的信息处理能力不足平时的千分之一。

我们还是无法与奥林匹亚人建立联系。几天之内，乃至更长时间，我都不指望能听到泰桑德拉的消息。

任何规则都只能无视，所有预期也已经全部落空。

丹迪·布雷克率领着五名警卫和两台机器工人，护送我进入国会大厦地下二百米深处的应急通道，位置就在众丘城新扩建的取水井口上方。在那里，我见到了七名情绪低迷的议员。一开始没有人开口，然后大家都围到了我身边，抢着跟我握手，不断发问。

我举起双手躲向一边，避开了一位试图拥抱我的地方行政官。我大声说话,尽可能口齿清晰,又不要显得像是在尖叫:"共和国只有我们这几个人可以作为合法代表!我们必须要稳住!"

执政院发言人,来自亚马逊的亨利·史密斯,是一个矮小强壮的男人,留着短小的胡须,有一双明辨是非的小眼睛。他用雄壮的男高音帮我维持秩序。"显而易见,"他站在我身边说,"我们没有达到法定人数,但不要忘了,这是紧急会议。"

我表示同意,"我们要同心协力,第一卫队辛辛苦苦才把我们集中在一起——感谢他们难能可贵的工作——"

"可他们没能阻止灾难的发生!"阿盖尔的人民院议员喊道。

"他们本来就不是军事防御机构!"亨利·史密斯反驳道。他举起右手,握紧拳头,低下头,表情就像一头准备冲出去的公牛。阿盖尔区的议员瞪大了眼睛,赶紧把嘴巴闭上了。其实他们都很害怕。

"请让我说几句必须要说的话。"我说。

"而且不能中途打断她。"亨利·史密斯强调道。

"总统可能已经遇难。"

几位议员,甚至包括几名不知情的警卫,一下子全都傻了。他们脸上一片空白,就像被吓坏了的小孩。"上帝啊。"亨利·史密斯说。

"除非我们能证明厄祖尔总统依然在世,否则我将尽快宣誓接任总统。我们听说了她的飞行器失事的消息。我估计,飞行器是遭到某种形式的攻击后坠毁的。"

"谁?是谁?上帝啊,是谁胆敢这样伤害我们?"来自伊卡利亚的人民院议员鲁蒂亚·伊莱说。

"我被告知,我们将与凯利泰特族盟的人进行谈判,对方代表地球。看来是地球方面做出的决定,他们启动了隐藏在我们智囊

436

机和计算机中的病毒,让它们全部关机。"

"可我们都检查过呀!"有人喊道,"不是说能够保证安全吗?"

"安静!"亨利·史密斯吼道。

我要求第一卫队通信及监控团队负责人李·沃克尔介绍一下当前情况。她的话远不能让我们安心。我们了解到希阿帕莱利盆地周边大部分地区的情况,偶尔会有其他地区的情报传来,最远至米兰科维奇和普罗米修斯平原,但我们无法了解事态全貌。"我们与火星其他地区的通信联络严重受限。"她说,"即便得到了相关数据,也无法进行全面分析,我们的数据分析机也已经不能运行。几乎所有机器都受到了严重感染,仅有我们的通信器和少数安装了火星产核心处理器的个人电脑还能使用。"

她说完之后,我继续说道:"目前看来,我们可以说是无力抵抗。不只是整个火星陷入了瘫痪,看起来,地球人已经在我们星球的多个地区部署了机器蝗虫。"

并非所有议员都听得懂这个词的含义。火星人一贯只关注本星球的事务。我简单解释了一下。"这可能吗?"有人问。

亨利·史密斯看了我一眼,似乎为了表示在道义上支持我。"我接到过此类报告,"他说,"很少有人承认它们的存在。"

"那我们死定了。"阿盖尔说。

"别急着下结论。"我冷冰冰地说,"我们还有办法。"

丹迪·布雷克走进房间,告诉我说,凯利泰特族盟的谈判代表已经乘坐飞行器到达空港。"他们个个衣冠楚楚,"丹迪轻蔑地说,"一副看起来没有遭受过袭击的样子。"

我看着李·沃克尔,等着听她解释。她嘴角向下,眼睛里闪现着怒火。"凯利泰特自行断开了与我们的网络连接,"她说,"他们很可能没有遭受袭击,不过也在努力隐藏形迹。第一卫队的通信系统没有接收到任何来自他们区域的通信信号。"

我打量着各位议员。我需要一个见证人共同出席谈判，并为我提供支持。我必须从这些并不十分熟悉的人中间，明智地选择一位。过渡政府一直没有充分整合，很多事情都是泰桑德拉单独找他们谈的，而我只认识其中几个人，相处时间还很有限。

"史密斯执政官、伊莱议员，可否请你们跟我同去？"

史密斯虽然看上去很随和，却是个头脑清醒、意志坚定的人——这是泰桑德拉告诉我的，而我毫无保留地相信她的判断。来自东海拉斯地区的人民院议员鲁蒂亚·伊莱（作为唯一候选人当选），几个月前曾跟我在一个建设委员会共事。她通常不爱说话，更喜欢默默观察，有她在身边，我会感觉特别踏实。

我不想过多地考虑自己所有决定的重要性，或者这些人将会扮演的角色，或者我跟凯利泰特族盟的叛徒们将会谈判的问题。

有人曾说，对政治家而言，感情总是有害无益。不过，在最高法院一间狭小的休息室中，大法官为我主持总统宣誓仪式时，我站在昏睡中的、被污染的法务逻辑智囊机的灰色支架旁，禁不住潸然泪下。

完全没有人在意我的泪水。

与当年在地下隧道窟室中集会时相比，西恩·狄金森的外貌没有太多变化。他还是腰杆挺直，膝盖灵活，两手在背后互握，像是"稍息"的士兵。在我死盯着他的几秒钟时间里，他下巴两侧的肌肉时而收紧，时而放松。他沉稳地打量着我，总共只眨了一次眼睛。

我们在完工一半的执政院会议室会面，头顶有脚手架和建筑用灰浆，空气中弥漫着新鲜纳米材料的浓郁味道。只要纳米机器人的营养液不缺少,首都还会持续不断地自动修建。狄金森就站在手工雕刻的粉红色大理石讲坛前面,亨利·史密斯如果当选议长,就会在这个位置敲响小槌,要求执政院议员安静下来。

"我已宣誓就任火星联邦共和国总统。"我说,"我听说,你是代表凯利泰特族盟前来谈判的?"

"我认出你来了。"狄金森说。他言词简短,不过语调温和,"凯西娅·马朱达。还记得我吗?"

他的嘴唇抽动了一下,似乎想要微笑,不过他却回头看了一眼格蕾泰尔·拉弗顿,登时变得无精打采。格蕾泰尔站在四名凯利泰特男女随从中的前排。这些人看上去局促不安,他们很清楚,自己可能会面临叛国罪,尽管他们属于一个没有加入共和国的族盟。格蕾泰尔比以前瘦了,样子像一条灰狗或者赛跑狗。她似乎有意穿着灰暗色调的衣服,头发也灰白了,好像已经不在意自己的外貌。

"我记得你。"我说。

"短短几年之前,我们一起做过一些非常勇敢的事情。你曾经说过,你藐视集权主义者。"

"而我现在成了他们中的一员。"

"比那还要糟,你已经成了国家首脑。"

我们两个都无意打破僵局,结束这冷冰冰的客套,"你的证件在哪儿? 除非确信你得到了相应的授权,否则我不会跟你们进行谈判。"

狄金森说:"我们有必要的证件。我们代表已经控制火星大部分地区的地球势力前来。他们不愿暴露身份,但给了我们加密证件以便验证。我们的加密证件已经接受过手工检查,因为你们的安全智囊机和其他机器设备目前都无法工作。"

"是这样吗?"我问李·沃克尔,她站在亨利·史密斯身边。塔雷克·费卡西进入会议室,悄无声息地坐在旁听席的一张椅子上。

"他们的密码跟地球人发给整个三星世界的密码一致。"李说。

"地球人真是懦弱。"我摇着头说,"他们也怕自己星球的全民表决吗? 这是非法的暴行。"

狄金森面带微笑,"我们能不能严肃点儿?"他问。

我狠狠瞪了他一眼。这样做我才能控制住自己,不会扑上去痛打他一顿。

我们在国会列席区找了一张桌子,坐了下来。

我向李做了个手势,会议室录音机打开。"火星毫无理由地遭到了袭击,"我说,"凯利泰特是不是袭击者的同谋?"

西恩微微向前探身,"你们的共和国正在开发非常危险的武器。考虑到三星世界的政局——近六十年的绝对和平——你们的举动非常无耻,而且极度愚蠢。"

"我们没有开发任何武器。"我说。

"据我所知,这种武器的破坏力超过以前所有类型的武器。"

我觉得在这个问题上争吵下去毫无意义,"说出你的建议,我们尽快解决问题。"

"参与此次先发制人行动的各方,愿意解除对火星数据通信的封锁,只要把这台通信器中列出的人员——"他把自己的通信器推过来,我把它掉转方向,查看屏幕上的内容,"在七十二小时内交到我手中。我将从此地——众丘城——将他们带往别处。最终,他们将被送往地球。"

我看了那份名单,里面包括所有的奥林匹亚人——曾格、卡萨莱斯,另外还有十九个人,包括火星最优秀的科学家。

"我们这样做的回报呢?"我问。

"和平。"狄金森说,"恢复正常的数据交互。拯救人们的生命。"

"不管机器蝗虫吗?"我问。

"机器蝗虫?"

"机器士兵。纳米部队。"我说。

他看上去很困惑。

"要么是你们的幕后主人没有告诉你们全部情报,要么你就是在装傻。"

狄金森耸耸肩。

"地球现在对火星的所作所为将会打破三星世界的均势。"我嗓音沙哑地说,"再也没有人会有安全感。"

"请不要对我说教。"狄金森说。

格蕾泰尔上前一步,说:"我们比你更了解脆弱的均衡状态。"

"这不奇怪,你们还沉醉在年轻时的幻想里——上帝啊,西恩,你在跟克劳恩·尼日尔同流合污!"我努力克制情感,但身体却因为愤怒而颤抖,"七十二小时交人? 共和国无权绑架自己的公民。"

"在我看来,现在的问题说到底就是,地球人把自己的安全看作最高目的,不会在乎火星人的意愿。"狄金森说,"整个人类百分之九十八的人口都生活在地球上。而据我对你们政府的了解,我个人也无法相信你。"

"我们从未表露过对地球的敌意。事实上,我们一贯倡导和平友好。"

"火星本应该保持原来的模样。"狄金森说,"不要什么星球统一政府,而要置身强权势力之外,倡导和平和相对繁荣。我一生都在为反对政府而斗争。所有政权到最后都会诉诸武力。"

"我估计,你们还有其他条件吧?"

狄金森看了下他的通信器，"恢复族盟经济体制，并保持至少二十年不变。所有研究机构均得接受地球派来的观察员，火星所有设施都必须接受定期检查。"

他们已经完全放弃了我们。他们希望我们永远贫弱落后，陷入历史的泥潭，剥夺我们新近获得的力量。有人计算过，并且认定在和平谈判完成之前，科技进步造成的改变将会失去控制。"地球占领火星，"我说，"真是难以置信。怎么可能会有人认为这种办法行得通？"

"这不是我的问题。"狄金森说。

"你个人能得到什么好处？"

"我估计，我会被流放。"狄金森说，"将来没有任何火星人能够容忍我和格蕾泰尔。如果我们在这个星球逗留数月，肯定会丧命。我们将会去地球。"

"你们对这样的结果满意吗？"

"为了终结一个火星政府，我愿意献出生命，还有格蕾泰尔的生命。"狄金森说，"我坚持自己的理想。我从未改变，凯西娅。"

"任何一段历史中，都难免出现叛徒。"我说。

狄金森不以为意，只是微微扬了一下头，抬了一下眉毛，"我必须尽快得到你的答复。"

"你想多快？"

"一小时以内。"

"我们的议会凑不够出席人数。如果你们可以把政府其他成员接来——"

"请不要试图拖延时间。我们来这儿，就是为了避免更大的灾难。如果我们的使命失败，就会有人采取更为强硬的措施。"

"机器蝗虫？"

"我真的不知道。依照你们的宪法,作为总统,你有权谈判对外条约。"

"但我无权在战争期间签署投降书。"我说。

"这不是战争。"狄金森说。

"上帝啊,那你管这个叫什么?!"

"高明的破坏性扰乱行动,来自远远强过你们的势力。"狄金森说,"为什么要强词夺理呢? 我觉得你完全不傻。我们有一个小时的时间。我知道,如果届时地球还没有得到答复,就会采取更严厉的手段。"

这根本就不是什么谈判,他们是在发出最后通牒。如果我不同意,整个火星就会被活活勒死。我觉得头脑一片空白,由于强压怒火,甚至感觉有些晕眩。

"你们还有一丝人性吗?"我问狄金森,"你们自己的星球正在承受的苦难,你们就一点儿感觉都没有吗?"

"这种局面又不是我造成的。"他轻巧地回答。

"我们可是正派的火星人。"格蕾泰尔说。

没有选择,没有出路。似乎只能出卖共和国的未来,放弃我们辛苦工作的全部成果。将来我会被看作卖国贼。一种极度热切的渴望挥之不去,在我的心里越积越强:去死吧,死也不要做这样的事。但我却不能听从自己的心意。

从几分钟前开始,李一直在盯着自己的通信器。现在,她从旁听席站起来,像一只敏捷的螃蟹一样走到我身边,充满仇恨的眼睛死死盯着狄金森,"总统,我们已经与奥林匹亚人建立了联系。他们告诉我,让你不要屈服,离开会场,跟我到地面上去。查尔斯说,他要你去看一条猛犬。"

我困惑地看着她,李直起身退开。

"我想去跟集结在这里的人们讨论一下这件事。"我对狄金森说。他点点头，看上去有些厌烦的样子。"我会给你答复的。"我说。

我离开桌子，示意史密斯和伊莱跟我离开会议室。我们在执政院更衣室碰见了费卡西。"出什么事了?"我问李和费卡西。我的神经已经崩溃，失去了所有信心。

李示意费卡西来讲。

"十分钟后，我们将带你升到地面上去。首都主楼顶层有个观象台，但是还没有加压。"

"是谁下的命令?"

"这不是命令，副总统女士。"费卡西说，"查尔斯·富兰克林要求你在场，而且说，这非常重要。"

我放声大笑，在歇斯底里之前控制住自己，"该死的，现在还有什么事能比跟地球人谈判更重要?"

"我只是个报信的。"李说，她挺直身体，坚定地望着我的眼睛。这已经足够让我警醒了。

"那我们去吧。"我说。

"我们没有太多时间，"费卡西说，"我们必须要穿好防护服，然后还要爬过一路上的建筑障碍。"

丹迪、费卡西和李陪着我。其他所有人，包括参议员及其助手，全都留在了下面，他们不需要参与这件事。

我们乘坐电梯上到顶层，超出地面两层楼的高度。我的大脑已经过于麻木和混乱，无暇顾及政治和行为规范。火星面临着险恶的威胁，地球势力通过藏在沙土下的部队，有能力造成巨大的破坏。想到这次病毒侵入，这次对于火星的扰乱，已经造成的人员伤亡，我就更加无法释怀。这一切必须尽快结束，否则后果不堪设想。狄金森向我提出了一个无法接受的最后通牒，而我别无选择，只能同意。别人又能有什么办法呢？无论说什么，做什么，又怎么可能改变现在的局面呢？

我站在昏黑、阴冷的房间里，丹迪和李扯出防护服，检查了一遍，确保一切正常。我们穿上防护服，接上换气装置，密封元件启动，防护服依照我的体型自动调整了外观。

李、丹迪和另一位我没能记住名字的建筑师一起，带我穿过一片迷宫般的营养液罐和建筑泥浆罐，安全防护区后面是一个黑暗、安静的厅堂，连接到一段短短的弯曲走廊里。尽头是一道开着的门，亮着红灯，提示外面是低压区域。可以看到一抹棕色的天空，细碎的云朵被朝霞染成了红色。

我们站在一道胸墙的后面，可以俯瞰整座众丘城，外面是希阿帕莱利盆地。这里比棕红色地面高出二十米。线条平滑的低矮火山岩覆满尘沙，向四面延伸至数公里之遥。空气寒冷，周围的一切都无比安静。我们没有打开防护服上的无线电通信器，以免引起不必要的注意或遭遇暗杀。地球人的宇宙飞船可以从数千公里外的高空发现我们，并且为所欲为。

我疑惑地四面张望，想知道我在这里能见证什么。我的视线向西偶然捕捉到福波斯，它已经升起了一个小时，四个小时后将在东方落下。我开始只是瞥了它一眼，随后才觉得脖颈僵硬，眼睛湿润。猛犬[①]！

查尔斯说，他要我来看一条猛犬。我当时还不知道查尔斯到底想干什么。不过，绝望中的一点幻想，脑子里一个纯属瞎猜的假设，却逐渐清晰起来，变成了信念："墨丘利号"可以把他们、把所有的设备和智囊机都带到福波斯上。查尔斯就是这种看似不动声色

[①]福波斯和德莫斯，在希腊神话中，是战神阿瑞斯（罗马神话中称为马尔斯，而火星之名亦是马尔斯）的两条猛犬，一名"恐惧"，一名"惊惶"。

的疯狂家伙,是他想到了这个计划,并且暗中向泰桑德拉提出了建议。

我开始说话,但实际上没有人能听到我的声音。我指向那颗卫星。我把李拉到我身边,我们两个的头盔凑在一起。我几乎是喊出了莎士比亚戏剧中的句子:"'发出屠杀的号令,让战争的猛犬四处蹂躏①。'恐惧吧,恐惧吧,惊慌吧! 战争的猛犬即将来到面前! 看福波斯! 上帝啊,李! 他真的要这么做! 他马上就要开始了!"

她甩开我,琥珀色的眼睛担忧地眯成了一道缝,就好像觉得我疯了一样。我又是哭,又是笑,相信自己猜中了真相,相信恐怖的重担已经从我的肩头被拿走。丹迪把头盔凑过来,热切地问:"出什么事了,副总统女士?"

我抓住他的肩膀,让他转身面向西方,面向我们从出生以来就一直熟悉的火星卫星。它被命名为福波斯,意思是"恐惧",名字来自战神马尔斯带着上战场的猛犬。其实它本来无辜又天真,跟这个可怕的名字没有任何关系。福波斯个头很小,又因为陨石的撞击和早期定居者的采矿而千疮百孔。它每七小时四十分钟绕火星飞行一周,高度只有六千公里。轨道低,飞行速度快,陪伴它的是战神马尔斯的另外一条狗:"惊惶"。

李、丹迪和我全都面向西方。建筑师躲在阴影里,完全没兴趣暴露在危险地带,看那让我们如此疯狂的东西。

在洒满群星的天穹上,明亮而圆满的福波斯爬到了一抹轻云的后面。它在云后变得模糊朦胧,幽灵一样泛着微光。随后它从云后现身,晶体一样闪亮,像我一直看到的那样真实而清晰。我把注意力集中在它身上,就好像在帮助查尔斯,就好像远隔天涯的我

①出自莎士比亚《恺撒大帝》第3幕第1场。

们之间，存在一条实实在在的纽带，完全可以了解到对方在想什么，在做什么。我的意志力穿越长空，触到了那颗卫星，那个夹杂着恐惧的强烈愿望让我几乎疯狂。

福波斯消失了。没有云层遮挡，没有尘沙障目，那颗环绕火星的深灰色岩态星体，就这样突然一下消失。

我的愿望已成真。丹迪和李在天空中搜寻，不明白发生了什么事，他们不知道我所了解的事情。

然后李转头看着我，她的眼睛因为恐惧瞪得好大。她和丹迪同时把头盔凑到我旁边。"他们把卫星炸掉了吗?"丹迪问。

"没有，"我哭着说，"没有! 他们刚刚向地球人展示了，我们可以做到什么!"

他们还是不明白，不过我已经顾不上这些。我感到释然，感到狂喜，同时又因为查尔斯怕得要命。我爱他们，就像他们是我自己的孩子。我抓住他们的臂膀，把头盔紧紧贴在一起，大声喊道:"他们去了福波斯，而且搬走了它! 永远不要忘记这一刻! 永远、永远都不要忘记!"

在尚未建成的观象台上，我有些疯狂地脚尖点地旋转了几圈，然后停下来，靠着柱子遥望盆地远处红色和橙色的荒原。福波斯已经离开了火星的天空，我不知道它什么时候才能回来，到底还能不能回来。

但我心里知道，他们把福波斯送到了哪里，就好像查尔斯和泰桑德拉亲口告诉过我一样。我知道查尔斯就在上面，穿过整个太阳系，前往地球。遭到压迫的孩子，给母星球送去了一个可怕的警告。

福波斯，将在我们所有人的母星的天幕中升起。

你休想对我为所欲为!

　　狄金森还坐在原来的地方，格蕾泰尔在他身边。他们看似心情平静，对自己在这次行动中扮演的角色很满意的样子。还需要将近一个小时，地球方面才会发来消息。在此之前，我可以尽情耍弄他——我当时的心态非常阴险。

　　与狄金森同样不知情的，还有那几位议员。我进门时，他们起立致敬，随后就又坐下了。

　　"狄金森先生，"我说，"我拒绝你的最后通牒，而且我准备逮捕你。依照火星共和国的法律——"我参考了一下自己的通信器，俯身在桌上，指着他说，"你们对共和国犯下了重罪，包括叛国罪、间谍罪、暗中效力敌国以及危害共和国安全。"我转向格蕾泰尔，"亲爱的，你也一样。"我说。

　　狄金森看了一眼他的四名凯利泰特助手，目光又转向我，眨着眼睛。他的冷静沉着倒是令我大为钦佩。"这就是你的答复吗？"他问。

　　"不是。对你所代表的地球，我的答复是：等威胁解除、共和国恢复秩序之后，在合适的时间和地点，我们会跟表明身份的地球政府举行适合文明人形式的谈判。这个房间里，将有足够数量的民选和获得任命的火星官员，以及同样经过认可的地球外交官和谈判代表，我们会采取合法、公开的形式谈判。"

　　格蕾泰尔有些沉不住气了，眼神闪烁地不断偷偷观察房间里的局面，像一只被困在牢笼里的鹿。我还记得那个热情如火的格蕾泰尔，她在露天扯掉自己的呼吸面罩，愿意为了火星的未来献身。我也同样记得，我曾经以为西恩·狄金森是最高贵、最完美的男人，他勇敢冷静又坦诚直率。这些清晰的记忆，如今却让我的心情沉重。当初如果他提出来，我马上就会跟他上床。在床上他会显得沉默拘谨,甚至有些令人心寒,但我还是会不可救药地爱上他,而他则会毅然决然地把我抛弃。

当初没有这样的机会,如今却让我觉得万幸。

"你确信这是你想说的话吗?"他问。

"是的,"我说,"回去告诉克劳恩·尼日尔和地球人,你们的要求我们不能接受。"我转向丹迪,"等他传过信之后,"我说,"就通缉他们,一个都不放过。"

来自亚马逊的亨利·史密斯执政官看上去已经要晕倒了。

狄金森站起来,脸色瞬间变得煞白。"我希望你知道自己在做什么。"他说。

有一个瞬间,我们互相瞪着对方。西恩眨眨眼睛,慢慢把视线转向别处,说:"我从来就没有信任过你,从开始到现在。"

"我曾愿意为你付出生命。"我说,"不过当年我太年轻,也太愚蠢。"

我很想找个寂静无人的地方,休息一会儿,回想那段经历。我的记忆如此清晰,就好像现在又回到了那间会议室。我写下上面的文字时,哭得就像一个小女孩。那是我一生的高潮,这也许是因为其后发生的事情太伤感,太沉重,常常让我觉得难以置信。

从那时起,所有沉积在我记忆里的事件,全都像古老海床上死去动物的残骸一样,扁平而紧凑,反而显得不够真实。

我不能说自己没有任何责任。跟绝大多数人相比,我对后面的事件参与得都更多,因而也应承担更多的责任。后来的罪责,也完全算在了我的头上,这些我都接受。

福波斯出现在了环绕地球的轨道上。飞行轨道与赤道面成三十度角,是一个大大的椭圆形,近地点一千公里,远地点七千公里。

福波斯闪亮的表面迅速变换着圆缺。它的出现,比任何其他东西都更有力地改变了力量的平衡。火星人有能力把卫星丢到地球上去——在战略实力的天平上,我们完全压倒了对手。

地球人并不知道,掌控这种能力的关键人物和设备就在这颗星球上。而他们获知的消息弱化了他们的斗志。

地球很快会知道或者猜到的事实,也将最终弱化我们。

六个小时以内,病毒威胁就已经解除。指令源自地球人发射来围绕火星飞行的人造卫星。这些人造卫星随后自毁,在暗黑的天空中留下一道道微弱的红光。我们收到保证,说他们没有埋伏机器蝗虫。战时的混乱和虚弱让我们不得不接受这样的搪塞。火星重新恢复了活力,血脉一样的数据流畅通起来。

此前,业余通信爱好者搭建的通信系统被征用并标准化,组织起来以备未来使用。我们再也不会那样毫无准备地遭到袭击了。在火星所有的基地,工程师们都安装起了更简单、更安全的数据交换系统——这让我们的技术至少退后了五十年,不过至少可以保证我们能够呼吸,能够喝到干净的水,不用再担心隧道遭受袭击时,不得不升到接近真空状态的地面上去。

我们开始清点死亡人数,所有的悲剧都面向三星世界公布。地球的做法损人不成反害己——至少暂时如此。

爱丽丝一世和二世也在死亡名单上,半数高档智囊机都无法重新激活。我们回收了它们的记忆,一部分个性特征也被记录下来,用在其他智囊机上面。不过,它们的本质特性——智囊机的灵魂——却已经消失。我无暇去哀悼它,因为有太多值得痛悼的事。如果我开始哀悼,就不可能再停下来。而且,我还没有等到伊利亚和泰桑德拉的消息。

连续两天，不断有飞行器和列车到达新都，议员和法官们纷纷抵达，急于重申共和国的独立，或仅仅为了证明，我们依然存在。他们带来了新的装备和专业人员，决心在此扫描信息通信系统，彻底扫清地球入侵的余毒。

那两天，我作为共和国的总统，负责协调一切。我知道自己的职位是暂时的，我相信——虽然不能百分之百肯定——泰桑德拉还活着，隐藏在某个地方。可是她一直没有露面，这不免让我担心，因为这不像是她的个性。她向来都不害怕冒风险。目前的政局需要她再度现身，哪怕只是为了安抚火星民众。

我一直没有睡过觉，也几乎没有时间吃饭，我乘坐飞行器和列车来往于阿拉伯平原的各个基地之间，在任何地方都只停留几个小时。我们不相信地球的承诺。一朝被蛇咬，十年怕井绳。

福波斯移位五天之后。我受邀到卡西尼盆地附近的帕谢尔基地观象台，见证它的回归。陪同我的，有阿拉伯平原的执政官雷克西丝·凯尔·卡麦隆和她的三名主要顾问，以及丹迪·布雷克和李·沃克尔。我们站在宽敞的塑料穹顶下方，手里端着香槟酒，这次都望着东方。

"要是能知道这些事的真正含义，让我下地狱我都乐意。"卡麦隆执政官说。

"我也是。"我说。

李反常地发表了自己的意见："这意味着，我们再也不用屈服于任何势力。"

我笑了，但无法同意她的乐观预期。我们的胜利注定难以持久。

"三十秒倒计时。"李说。

我们都在屏息以待。由于连日操劳，我当时几乎无力思考。我需要彻底清洗全身，该死的，我恨不得换掉整个身体才好。

福波斯转眼就出现在眼前。新月形的它，出现在地平线以上九度或者十度的方向。李做了几项测量之后，我们确认它已经回到了原来的轨道上。

猛犬已经回归巢穴，看上去毫发无损。

我没有喝那杯香槟，一面感谢执政官，一面把杯子交给她。丹迪护送着我，迅速离开了观象台。我没有时间多做停留。

李利用新的卫星通信系统连接外部网络，让我观看整个三星世界星际视频节目中的反应。我默不作声地看节目，听解说，只感觉到冰冷的孤寂。

火星星际视频机构发明了一个新词，把这场短暂的战争称为"冻劫"。劫难以来，我一直没有伊利亚的消息。

整个三星世界对地球的不满全面爆发，一度平息后又再度爆发，演变成全部太空资源供应地联合对地球进行贸易抵制。此举并没有太多实际影响，因为地球为了防范市场价格波动的风险，囤积了足够满足数年需求的资源。但是，这件事的政治影响力却很大。

来自小行星城市的工程师们纷纷聚集到地球领事馆，要求其对侵略火星的行为做出解释。

毫无意外的是，月球一直试图保持低调。但即便是在那里，独立运动也再度兴起，惊惶愤怒的人们要求领导人离职，展开调查，并投票决定是否脱离地球。几个独立的月球族盟发布公告，表示支持火星联邦共和国。我能感觉到弥漫在整个太阳系的恐惧气息，尤其是在弱小的小行星带。现在，整个三星世界的人都无法再相信地球母亲。

最终，地球西半球合众国总统站出来，要求对冲突起因展开调查。"我们必须搞清楚，这边到底发生了什么事，找出是谁胆敢发布这样的命令，做出这样的事情来，"他最后说，"以免以后发生更为严重的灾难。"

"先查查你自己是不是干净吧。"我嘟囔着。我再也不相信地球政客的话了。

"这很有趣。"李把她的通信器放在我面前说。她克服重重障碍，侵入了一个小规模会员制地球智库网，名字叫"光芒"。她没有告诉我她是怎么进入那个网络的，火星也有自己的网络黑客，专门窃取保密信息。第一卫队肯定集中了这一领域的顶尖高手。"下面的内容是六个小时前面向网站注册用户发布的。"

画面上有一位眉清目秀的老年女子，面容疲惫，满脸皱纹，穿一套绿色制服，直挺挺地坐在那里。画面不是立体的，女子一边讲话，一边不时从地球各地调出文字报告。第一眼看上去，即便以火星标准衡量，这个节目也是内容无趣，形式落伍。但我还是迫使自己倾听里面的内容。

"这次袭击火星的事件，至今仍没有任何国家和政治同盟承担责任，也没有任何专家给出足够有说服力的理由，解释为什么这样做。在没有责任人的情况下，号召进行全名公决审判的提议，在作为观察家的我看来是荒谬的。我觉得，我们这次面对的，又是那些隐藏形迹的角色。这些角色置身于全民公决的影响之外，甚至不屑于参与地球上的各大同盟。我估计，这些角色就附身在整个地球最强大、最安全的智囊机体系中，是它们的智慧集合体。这些智囊机掌握着地球的房地产和金融行业，起源于一百五十多年前美国建立的国家情报系统，曾一度仅用于遏制犯罪，而现在，未获得验证的传言认为，它们已经成了人类历史上最为强大的数据处理系统。

"空间防御事务被移交给政治联盟处理之后，这个数据系统的注意力已经不止局限在提供智力支持。它们现在决心自己掌握权力。如果事实如此，那么我们的订户在未来几个月，或者甚至数年内，最好不再通过任何渠道接触数据流市场。市场背后有暗流涌动，它们之强大，远不是任何个人有能力抵挡的。"

即便在当时那么疲惫的情况下，我还是打了个寒噤。"你听说过这些智慧集合体吗？"我问李。

"只是捕风捉影的传言。"李说，"不过，这个智库网收费很高，大约只有三万合法订户。通常来讲，这里从来不发布草率或者愚蠢的信息。"

"一个规模很小的决策团体，"我沉吟着说，"高居众人之上，通过地球各大联盟乃至政府发号施令。最有可能是谁呢？"

"吉瓦的首脑。"李猜测说，"吉瓦控制着太阳系防御系统。"

丹迪在椅子里面扭动着身体，"最近听到和看到的可怕事情太多，够我一辈子回味的了。"他说。

目前火星处于战时状态，根据宪法，在泰桑德拉回来之前，担当总统的我掌握着巨大的权力。

但即便是大权在握的我，对凯利泰特族盟也无可奈何。我们只能把他们当作一个拥有独立主权的其他国家。如果我们愿意，也可以对他们宣战，但这将是一场主要集中在金融领域的战争。我为斯坦担心，希望他能发挥自己的聪明才智，确保自己和家人的安全。

现在,损失报告接连送到——一个又一个基地,一个又一个地区,死者和失踪者名单,设备损失情况报告,紧急援助要求,都拥堵在刚刚恢复的通信线路上。第一卫队把这些信息转给政府网络。李负责把这些信息压缩编辑之后,发送给议员和总统专用信息渠道。

但还是有一些地区情报严重缺乏。数据流并没有在所有地方恢复。有些关键节点的智囊机明显"已死",无法再投入使用。

火星在痛苦中哀号。我突然觉得,所有集中在一起的信息,似乎汇集成了同一个声音,凄惨哀厉。我赶紧丢开这个想法,我现在无力承受如此惨痛的意象。

在返回众丘城的航程中,我试图休息,但每次合眼,都只能坚持几分钟。出乎意料的是,我突然又感觉到自己接受过的机能强化,开始推算移动福波斯这样重的物体所需要调整的参数。我眼前浮现出多个层次上的公式,它们反映了相对关系的变更,以及在更大系统中,所有必要数据的守恒——这里的更大系统就是银河系。没有人会注意到如此微小的能量损失,我们成了一座大宝库中的小贼。

我嘟嘟囔囔地做着运算。

丹迪拿着我的晚饭走进昏黑的舱室,"对不起,你刚刚说什么?"他问。

"只是在想事情,"我说,"着了物理学的魔了。"

"哦,"他说,"'物理'告诉了你什么?"

我只是摇头说:"我不饿。"

"塔雷克说,如果你不吃东西,他出于工作要求,只能硬喂你吃。"丹迪强颜欢笑,把托盘放在我面前。我把食物挑来挑去半晌,吃了几口,又开始尽可能睡觉。

我肯定是成功地睡了片刻,因为丹迪和李突然就出现在了我的面前。李轻轻摇着我的胳膊,"副总统女士,"她说,"可靠消息,她还活着。"

我愣愣地看着她,脑中一片混乱,一时没有反应过来。

"泰桑德拉还活着。我们已经得到确切消息。"

"谢谢你。"我说。

"我收到一条总统发来的信息。"李继续说。

"她受了伤,"丹迪说,"他们在一个秘密地点为她进行治疗。"

我取出自己的通信器,与李的通信器连接了一下。然后他们离开,留我独自听取泰桑德拉发来的消息。一看到她的脸,泪水就涌进了我的眼睛。她身上缠裹着无数难以辨认的救生设备。她看上去好像并不十分痛苦,但是双目无神,让人联想到她所经受的折磨。她的神经系统现在是被纳米医疗装置控制的。

"凯西小妹。"她说,她的嘴唇粘住了片刻,让她说不清楚话。有人用杯子给她喂了一口水,水珠在她的嘴唇上闪着光,"我非常感激,过去一个星期,都是你一个人在承担如此可怕的责任。我们的小花招差一点儿就成了事实。我们的飞行梭真的在帕沃尼斯山失事了。袭击是针对我的。保罗死了。"

我的泪水夺眶而出,当时心里就翻江倒海。我觉得自己整个身体马上就会崩溃,心脏也将无法跳动,我痛苦地呻吟着。

丹迪打开门看了一眼,很快又关上了门。

"他们说,我失去了一半的身体。我可爱的大块头身体啊。我还能恢复,现在就在生成新的器官。不过没有智囊机控制再生过程,也没有计算机可用——只有二十名人类医生,夜以继日地为我治疗。我觉得自己太贪得无厌,那么多人受伤,我却占据了那么多的注意力。可是,他们又不让我接近任何能伤害自己的东西。亲爱的,我现在已经不觉得难过了。他们说,很长时间以内,我都不会感到难过了。

"凯西,是我告诉查尔斯和斯蒂芬那样做的,就在我遭遇事故之后,完全昏迷之前。我希望自己当时保持了清醒的头脑。这样的确加快了事情的进展,不是吗?我问他们能不能做到,他们向我保证说,一切都已经准备就绪;有一定的危险性,但是可以完成。现在已经做到了,你一定要告诉他们,我们有多么感激。不过,还有那么多的其他事情需要做。

"你必须再代替我执政一段时间。凯西,你现在不止是我的助手了,你就是我,同时还要做好你自己原来的工作。我现在脑子都不清醒,无法尽到应尽的责任。"

我特想就此崩溃,继续做一个小女孩,什么责任都不负,等着别人来照顾我。更糟糕的是,恐惧不请自来,在我的心里扎下了根。我关掉通信器,掐断了泰桑德拉的话,随即几乎是尖叫着把李喊进来。她走进门,脸色煞白地跪在我椅子旁边。

"找到伊利亚。"我抓着她的后脖颈提出要求。

"我们正在努力,"李说,"自从有数据回传,我们就一直在寻找。"

"求你了,找到他,然后告诉我!"

她点点头,握了握我的胳膊,然后离开了房间。

我触了一下屏幕,泰桑德拉继续说:"我觉得,我们现在时间太少,难以按照民意行事。选举是不可能了。共和国仍面临威胁,现在也许比以往任何时候都严重。这个太阳系对火星来说存在致命的危险。让查尔斯给你解释吧。一切都已经失衡。我们利用了别人的恐惧来对抗恐怖袭击。听我说,你和我,都是献祭的羔羊。为了实现更高的目标,我们都可以被牺牲掉。

　　"亲爱的,我说的不是失去生命,而是献出自己的灵魂。"

　　多尔萨古丘的研究中心在"冻劫"之初就已经被抛弃了。查尔斯和斯蒂芬·林德尔乘坐"墨丘利号"离开,其他人则搭乘牵引车撤离,他们带走了尽可能多的设备。当地拍摄的照片表明,转移奥林匹亚人的决定是明智的。所有残留的隧道,以及基地本身的地面,全都被连根挖起,就好像遭到了数千穴居昆虫或巨型鼹鼠的袭击。

　　机器蝗虫。地球人一直否认埋伏过这种东西,所以我们把使用这种机器的证据面向整个三星世界播出。这种心理战也是双方博弈的组成部分。塔雷克·费卡西和李建议,我们应该长期把火星看作"被寄生虫感染了",将来任何的行动计划,都要考虑暗藏的战争机器突然出现的风险。我们永远都不可能彻底检验这座星球的所有角落。

　　费卡西心情沉重地视察了多尔萨古丘基地的遗迹,判定那里已永远无法使用。我们必须另找地点,开设一间更大的实验室,以便开展规模更大的研究项目。

　　查尔斯在福波斯上提出了新实验室的选址建议。他还记得十年前自己的父亲寻找细小水脉的努力,那些水脉的规模并不足以支持大型居住点。奥菲尔平原的凯巴布地区有这样一条水脉。那是五亿火星年之前,一座浅浅的泥水湖留下的遗迹。那里周围地形崎岖,人迹罕至,远离所有居住点,而且遇上机器蝗虫的概率不高。

　　短短二十四小时内,几艘飞行器投下并启动的建筑用纳米机器人就建起了坚固而相对舒适的简易建筑。这座隐蔽所位于高原地带的边缘,暂时可以容纳数十人藏身。其后,这里还将进行扩建,以便承担更为重要的责任。

查尔斯和斯蒂芬·林德尔从福波斯返回,借助从西奈平原吹来的稀薄沙尘的掩护,把"墨丘利号"驶回地面,数公顷被粉碎并铺平的火山岩被用作简陋的临时着陆点。

"墨丘利号"到达之后数小时,我的飞行器也降落在凯巴布。这里的地貌犹如地狱,有指向天空的锋利岩石,还有古老时期凝固的高硅岩浆。所有巉岩的边缘都锋利如刀,所有低洼处都集聚着玻璃状的红色氧化物。这里生存条件的确非常艰苦,我在火星上,还从来没见过这么不适合人类居住的地方。

我跟在李和丹迪后面跨出飞行器,挤入低矮的临时气闸。我首先看到的是林德尔和纳希米亚·罗伊斯。侧头看另一边,才发现了查尔斯。他站在舷梯尽头,头部和脖子上的一些部位有灰色的外科纳米材料。他微笑着伸出手,我用力握住他的手,左手也伸过来,按在他手背上。

"很高兴见到你,总统女士。"

"感谢上帝,我现在已经不需要做总统了。"我说。

查尔斯耸耸肩,"你还是拥有总统的权力,"他说,"这才是最重要的。"他示意让我先走。

经过李身边的时候,我又一次抓住她的胳膊,用眼神询问。她们还是没有找到伊利亚。

"我们一定会找到他。"她说,"我很确信,他肯定安然无恙。"

我无视她的保证。坚如铁钉,我想。就像面对德国闪击战时的丘吉尔那样,记住:要坚如铁钉。

"扰动机"已经从"墨丘利号"上面拆卸下来,被放置在拥挤隧道中的一个角落里。我迅速扫视了一眼周围的设备:带着灰色方形稳压器的绝对零度室、火星出产的量子逻辑智囊机、线缆、供电设备。

　　林德尔安排人送来了茶点，放在旁边一张矮桌上。我们从共和国飞行器上带来了厚厚的枕头形坐垫当座位。除了查尔斯和林德尔之外，只有另外两个奥林匹亚人在场：纳希米亚·罗伊斯和艾米·维克－博尔肖夫。第一卫队要求，在整个危机期间，任何时候都不能有超过四个奥林匹亚人待在同一个地点。其他人目前在塔西斯科技大学，处于严密保护之下。

　　"所有设备总重有多少?"查尔斯倒茶的时候，我问林德尔。

　　"大约四百千克。"林德尔说，"上次做了改进，大大减轻了设备的重量。大部分重量都被压力泵占去了。"

　　"跟我讲讲吧。"我说着，盘起双腿，捧着茶杯，借助茶水的温度暖手。

　　查尔斯最后给自己倒了茶，然后跪在坐垫上。他扫了我一眼，我对他微笑，他像是害羞一样连忙移开视线，注视着矮桌和蛋糕。"我们马上就猜到了事情背后的真相。泰桑德拉也明白了。"他的话好像说得很艰难。我紧紧盯着查尔斯，仿佛急于满足心中一份全新的渴望。我有一种奇怪的感觉，夹杂着敬畏与深情。

　　"泰桑德拉要求我们想尽一切办法，带扰动机登上福波斯，进行一次旅程。"

　　"她知道你们有能力做到这点吗?"我问，"当时我都不知道。"

　　"她也许是猜到的，也许只是随口提了个异想天开的要求。我们当然不可能这么快就能做这么大的动作。我们给'墨丘利号'加注了燃料，把能携带的东西统统搬上去。最困难的是给压力泵找到稳定的电力来源。这个问题我们也设法解决了。'冻劫'开始后十二小时，我们已经做好了起飞准备。"

　　"属性值怎么选取? 你们怎么导航?"我问。

"我们等待泰桑德拉的下一步指令期间，解决了这些方面的问题。斯蒂芬和我草拟了一个针对相对位置扰动的计划。我们计算出了动量和能量属性值之间的对应关系和度量关系，确定了最终位置和运动状态。我们调整了扰动机设置，让它可以把福波斯看作一个整体，读取其全部基本粒子的属性值。"

"为此，查尔斯不得不让自己与量子逻辑智囊机对接。"林德尔说。

"你还好吗？"我问查尔斯。

"我很好，"他回答，"大家都表现得很好。除了我和斯蒂芬之外，没有人了解所有情况，但大家都感觉到了局势的紧迫性。他们都知道我们责任重大。"

"应该给很多人颁发勋章。"林德尔说。

"当然首先是给查尔斯，他引导了量子逻辑智囊机的工作。"罗伊斯说。

查尔斯摇摇头，"其实我已经不记得大部分的事情了。以后应该能回想起来。我们有一名导航员陪同——"

"他也应该得到一枚勋章。"林德尔说。

"他完全不知道将会发生什么事。我们没有检查他的保密授权级别，就告诉了他。"

"他没问题。"李坐在矮桌圈子的外围说，"我们已经单独询问过他。"

"你为什么要跟量子逻辑智囊机建立连接呢？"

"因为无法通过解释器传递所有我们需要传达的信息。量子逻辑智囊机开始给出无关紧要的答案，乃至乱码。我想，它可能是在探索另外一种属性值系统的可能性。它觉得那个系统比当前的实际任务更有趣。我把它的注意力引导回来，让它给出必要的运算结果,然后整套设备就可以协同工作了。"

"'墨丘利号'开始嗡嗡作响,"艾米说,她的身体突然颤抖了起来,"上帝啊,它们真的就开始嗡嗡响了。我为他们感到担心。我离开了'墨丘利号',他们随后升空。"

即便是现在,所有人都还心有余悸。

"当时你感觉怎么样?"我问查尔斯。

"我刚才说过了,已经记不清当时的状况。我们——我是说量子逻辑智囊机和我——一直在交流,我提出要求,而它给我提供所需的答案。"

"什么答案?"

"严格来讲,应该说是指令,这些指令又被传达给扰动机。如果没有量子逻辑智囊机,我们也可以完成这些工作,不过要花费六个月的时间,使用高级智囊机编程语言寻找答案。量子逻辑智囊机可以在数小时内完成同样的工作。八小时以内,我们已经在福波斯表面的斯蒂科尼裂谷中的一座老旧采矿基地安顿了下来。我们取得了全部测量数据,一切都连接就绪,配合默契,泰桑德拉通知我们马上出发。她本人遭遇了一场事故,直到几天之后,我们才再度与她取得联系。"

尽管我是这个项目的负责人,却在整个过程中都被排除在外。泰桑德拉独自担起了这份责任。我不知道自己应该觉得反感,还是应该觉得释然。

"她当时在强忍伤痛。"查尔斯好像看穿了我的心思,解释说,"我估计,她那时候根本就没有时间向你解释这些计划。她向我们下达这个指令的时候,我们也还不知道能否做到。当时局面非常混乱。"

"我明白。你们去了地球。当时情况怎样?"

"星空的景象变了，"查尔斯说，"我们也都觉得自己体内有什么东西发生了改变——很小的变化。我们到现在都无法确信是什么变化，可能是重力，也可能是心理反应。我们不知道。"

"也许各方面因素都有一点儿。"林德尔说。

"我们从飞行器的舷窗向外看，只见初升太阳照耀下一道闪亮的圆弧线——那就是地球。这里的太阳显得更大更亮。我们手忙脚乱，开始检查距离和轨道。我们实际上算是进入了正轨，但还是比预想的进入点偏移了大约一百公里。"

"我们还在试图寻找背后的原因。"林德尔说。

"我们留意倾听，但没有发布任何消息。十五分钟后，有人给我们发送了一条信息。消息来自墨西哥一家私营模拟广播网络运营商。他用西班牙语跟我们打招呼。他说的是：'你好啊，新来的卫星，你老家是哪儿的？'"

我们都大笑，查尔斯只是微笑，"我们的领航员回答：'别问了，说了你也不信。'"

"几分钟后，我们开始收到官方信号。"林德尔说，"泰桑德拉早就交代过我们该说什么。我们不断播发同一段话，一遍又一遍。"

"我们本以为自己死定了。"查尔斯说，"不过我觉得，他们当时表现得非常愚蠢。有些官员听起来已经被吓坏了，还有些人装作什么都没有发生，我们之间只是在进行普通的外交对话。我们跟政府派出的谈判代表和欧盟、吉瓦、吉萨以及五六个其他机构的外交官谈判。我们跟他们说的，还是同样的内容。"

"你们说了什么？"

"'火星遭到袭击，袭击者是某个暗藏的地球官方组织。我们给你们十个小时的时间撤出，并解除对火星的威胁。否则我们将做出报复性反应。'"查尔斯的声音听起来很空洞。他所重复的这段声明,已经深深烙在了他的脑海里。

"你们设想了什么样的反应、什么样的复仇行动呢?"

"泰桑德拉让我们通过远程控制,把华盛顿的白宫转化为反物质,以儆效尤。"查尔斯说。

整个房间里一片静寂。

"你当时有可能这样做吗?"我问。

查尔斯点点头,"不可能做得太精确。她没有要求我们事先把那里清空,不过我还是打算先发出警告,也许提前半个小时的时间。"

我用手掩住自己的嘴巴,因为突然感觉紧张到几乎呕吐。这种感觉转瞬即逝,我闭上眼睛,慢慢垂下手。"你们都非常勇敢。"我说。

"是的,总统女士。"查尔斯语调中突然多了一种老于世故的礼貌,反而让我吃了一惊。我惊疑不定地抬头看他,查尔斯探出身子,眯着眼睛,像是非常痛苦的样子。

"我们服从了命令。我们尽最大可能执行收到的指令,付出的代价……几乎就是……我们的灵魂。我们当时认可这样做的战略思路,我们也足够信任政府,因而愿意投身其中。不过,凯西娅,我现在可不想听什么关于勋章和爱国主义的鬼话。想到下一步可能发生的事情,我就怕得要死。我们曾经还兴致很高,驾驶福波斯穿越天穹,给全地球上的孩子和成人送去一场噩梦。可是你以为这一切能到此结束吗?你以为我们还有时间吗?"

"应该没结束。"我说。

"很好。"查尔斯恶狠狠地说,他靠在椅背上,因为情绪激动而满脸通红,"天杀的,这棒极了。因为在我看来,这很可能会导致整个人类的灭绝。给我们讲讲你的想法吧,政治大师,因为我们已经摸不清方向,就像迷失在森林里的孩子。"

"我也很困惑,查尔斯。"我小声说,"我们都知道现在即将会发生什么事。泰桑德拉知道。他们看到你们有能力搬走福波斯。有了这个线索,他们就有足够的资源、人力、机器和实验设备,来复制你们的发现。而一旦他们也掌握了我们的技术,双方早晚会有一方动手攻击对方。"

"这种进攻方式太容易了。"林德尔说。

查尔斯表示同意,"他们还可能会发现我们不知道的东西。"

"一次打击的速度可能很快,一击就足以致命。"我说,"而且还可以让袭击者确保自身存活,逃避其他攻击方式的风险。"

"袭击者又能活多久呢?"艾米·维克-博尔肖夫问,"用不了多长时间,我们就会分成互相对立的地区,或者我们与凯利泰特族盟开战,或者吉瓦攻击吉萨。"

"我们还是不要那么悲观。"查尔斯抬起一只手说,"我们的技术永远都不会是家喻户晓的那种类型。地球上可能有四五个研究机构,拥有足够的资源和理论基础,有能力复制我们的工作。不要被扰动机袖珍的外形迷惑,它的复杂程度足以与任何人类制造出来的机器设备相媲美。技术不是我们当前面临的最大问题,可能永远都不会是。

"不过,你们是对的——他们会掌握我们的技术,而且会很快。两个星期,一个月,也许两个月。我们必须尽快找到一个政治解决方案。"

"让政治去见鬼吧。"林德尔说,"看看迄今为止政治都给我们带来了什么。我们必须离开。"他负疚似的看着房间里的其他人,就像是一个说了不该说的话的孩子。

"撤离火星吗?"罗伊斯问,她满脸都是困惑。

我看得出,除了查尔斯和林德尔之外,其他人都没怎么考虑过这种可能性。只有他们两个曾经被困在小小的飞船里,乘坐一颗小卫星在太阳系流浪。

"不是的。"我说,"是搬走它。"

"上帝啊!"李叫了一声,从自己椅子上跳了起来。她摇着头,咒骂着离开了房间。

好一阵子都没有人开口。查尔斯紧盯着我,然后两手十指交握,"我们没有权力自行做出这样的决定。科学家和政治家无权这样做。"

"我们既没有时间,也没有条件举行全民公决。地球人已经让我们走投无路。"我说,"我们能够选择的空间非常小。泰桑德拉说过,太阳系将变得非常危险。我们留在这里只会丧命。"

"我们的麻烦有多大,凯西娅?"查尔斯问。

"已经太大了。我记得很久以前,我曾责骂你们造成了这么大的麻烦。而在那以后,我们的处境已变得更加糟糕。"

"我从来都不觉得自己可以控制一切。"查尔斯说。罗伊斯和维克·博尔肖夫没有插嘴,任由查尔斯和我对话。丹迪站在我身后几步之外,像一尊雕像。查尔斯和我有很大的自主空间,可以为大家做出决定,因为大家既尊敬我们,也惧怕我们。

"还没有人因此丧命,"我说,"我的意思是,我们还没有直接杀死任何人。地球已经开了杀戒。我们还在陆续接到伤亡报告,而且还有些基地彻底失去了跟外界的联系。"

"我知道。"查尔斯说。

"我们没有率先动武。我们没有把这项技术用作武器。"

"胡扯。"查尔斯又刺痛了我,"我接到的指令就是在必要的时候进行袭击。当你和泰桑德拉筋疲力尽、被赶下台之后,其他人会接替你们的位置,然后绝望和恐惧就会……"他咽了口水,双手分开,揉搓着膝盖,"相信我,我们所制造出来的机器总有一天会杀人,很多人。"

"那么,我们的讨论还是毫无进展。"我说。

"近期内,你会跟泰桑德拉谈话吗?"查尔斯问。

"是的。我觉得这些事情都不会让她感到吃惊。"

李回来了,她红着脸,温顺地默默站到了丹迪身边。我站起来,向查尔斯、林德尔、罗伊斯和维克-博尔肖夫点头道别,感谢他们的招待,带着我的保镖和情报官离开。

我估计自己能有一张简陋的吊床,少数几件能让我感觉舒服一点儿的物件。

李用电子钥匙打开了我的房间。里面的陈设果然极为朴素干净。崭新,不过简陋异常,闻起来有一股菠菜和新烤面包的味道。

"如果总统醒着,而且身体状况允许,我需要马上跟她通话。"我说。

李看上去很苦恼。她望着别处,摇了摇头。丹迪走进房间,胳膊无力地垂在身边,"副总统女士,这个时间不太合适。我们几分钟前刚刚收到消息。我们发现了您丈夫的下落。"

"他在塞纳岩区吗?"我问。

"他被撤离了当地,被护送前往乔维斯谷地的一座小型基地。我了解到,他安全到达了目的地。不过,那座基地是新建的,建筑结构由智囊机进行动态控制。"

"你们为什么不让他留在塞纳的实验室呢?"我坐在床边问。我本以为会听到伊利亚和警卫队的冒险故事——或许这个故事有助于缓解我的精神压力。

"撤离的确不是明智的选择。"丹迪承认。他很难保持自己表情不变,"乔维斯基地主要区域发生了爆炸。过去几天来,救援人员一直在积极清理现场,辨认死伤人员。有五百人遇难,三百多人受伤。"

"他死了,凯西娅。"李说,"我们找到了他,可是他死了。我们一直等到消息完全确认了,才敢告诉你。"

我完全不知道该对这样的消息做出何种反应。彼时的我,也完全没有力气哭天抢地。我好像变成了一个能够吞噬一切的黑洞,没有任何正面的力量,只有毁灭。

"你想让我留下来陪你吗?"李问。我躺在床上,看着平整的房顶,还有实用的蓝色衣橱。

"好吧,麻烦你。"我说。

李碰了碰丹迪的胳膊,后者随即离开,关上了房门。她坐在床上,背靠着墙,"我姐姐和她的孩子们死在了牛顿基地。九十人丧生。"

"我很难过。"我说。

"加入第一卫队之前,我常常跟她聊天。"她说,"时间转眼就过了这么久,那些都成了宝贵的回忆。"

"我知道你的意思。"我说。

"我喜欢伊利亚,"她说,"他看起来善良又坦诚。"

"他的确如此。"我同她说着话,但又仿佛置身梦中——我已经将自己的真实情感层层包裹了起来。其实我已经猜到伊利亚可能遭遇了不测,只是在心里抵死不承认有这样的可能。随着时间一天天过去,猜测最终成为了现实。"给我讲讲你的姐姐吧。"

"凯西,我觉得,我现在还不适合谈论她。"

"我懂。"我说。

"其实,岩层实验室最后完全没有遭到损伤。"她说,"丹迪觉得,是我们害死了伊利亚。"

"这想法真蠢。"我说。

"可是他却总放不下。"

"我还是需要跟泰桑德拉通话。"

"我觉得你应该再等几分钟,"李说,"真的。"

"要是我除了工作之外,还去管其他事情,一切就全完了。"我说,"现在我要做的事情太多了。"

李解开制服袖口,把手按在我的手背上,"请你还是休息一会儿吧。"她说。

"不。"我说。

她从床上站起来,伸展开长长的胳膊和美丽的长手指,打开房间里的视觉通信窗口。我把自己的通信器交给她,她把通信器接上,几笔输入和几个口头指令之后,又经过几轮密码安全检验,她就连接上了众丘城的第一卫队。他们建立了通信连接。

十分钟后,我和泰桑德拉进行了通话。我没有向她提起伊利亚的事。

我们讨论了当前的形势,提到我和查尔斯的谈话。泰桑德拉还是被层层外科纳米材料包裹着,眼皮沉重,声音沙哑,嘴角吃力地抽动着跟我说话,"我们意见一致,斯蒂芬,我和你。但是仅有我们几个还不够。这事一定会有些不良后果,我们也不能到处乱闯。到底这个主意是不是行得通呢?我们需要更多的专家来论证。我们需要严肃认真地考虑这个问题。"

"奥林匹亚人可以提前开始准备,"我建议说,"我们可以在随后一周左右的时间召集所有专家。有必要冒险。"

"第一卫队可以为他们提供所需的一切。凯西娅,你还是代总统。你还好吗,亲爱的?"泰桑德拉问。

"不是很好。"我说。

"我们都很糟糕。两个都是,我们需要换换环境,不是吗?"

"没错。"我说。

"你把整个火星的专家都请来。所有能帮上忙的人,一个不落。保持联络。我会努力保持清醒的,凯西娅。"

我抚摸着屏幕上她的面庞,跟她告别。李站在房间一角,满怀期待地等着。

"我们为什么要这么做?"她问。

我躺在床上说:"还是你来告诉我吧。"

"因为如果我们不走,很多人就会死于非命。"她说,"但是如果我们搬走,又会有多少人丧命呢?"

"我们需要评估。"我说。通过迷雾一样不断加强的信息反馈,我的机能强化系统开始考虑搬走火星这么大的物体的问题。我们需要将火星从太阳附近的轨道移动到另一个地方。

我们成了一座大宝库中的小贼。

"我估计,这要去问空间地质学家。"李说。

"没错。还要找各基地的结构工程师,找我们能够信任的人。不过,我们不得不稍稍降低一下咨询对象的标准。很快,大家就都会听到消息了。"

"必须召开面对面的会议,直接交流。"李说,"所有相关人等都必须接受隔离,直到我们成功搬走火星。"

"是吗?"我问,仍然在倾听我的机能强化传递来的信号。

"最大的风险是被地球窃取情报。他们一旦得知我们正在采取如此重大的举措,就会进行干预。"

"是的。"我说,我让她暂时代替我去考虑这个问题。

"这件事需要进行大量的谋划。"她说。

"二十名专家,不能更多了。"我说,"我们需要一个安全的开会地点。"

"这个地方就很安全。"李说。

"行吧。"我突然感到后怕,不愿意留在听说伊利亚死讯的房间里,"问一下奥林匹亚人,建造数台大型扰动机需要哪些材料。问他们多长时间可以把这些机器建造出来。"

"我八个小时以后叫醒你。"她说完离开。

我闭上了眼睛。

悲痛袭来时,我紧闭双眼,直到眼睛发疼。我努力抑制住泪水,努力让自己不失控。我无法接受,也无法相信。我仿佛重新变成了一个不懂伪装的孩子。我总会看见母亲的面庞,她早在这一切开始之前就已经离世。我失去了她,父亲失去了她。我不可能分担父亲的痛苦,正如不可能无视真实的自我。我无法清晰地记起伊利亚的面庞,不可能像照片一样精确。我拿起通信器,寻找足够清晰的照片。是的,那就是他,面对着塞纳岩区的母体孢囊微笑。还有一张,是在我们的婚礼上拍的,他穿着礼服,很不自在。

在我看来,我从来没有对他充分表达过自己的爱和依赖。我诅咒自己,后悔为什么总是那么不爱说话,为什么不向自己深爱的人敞开心扉。

我揉了揉眼睛,心如刀割。我几乎想叫医疗机器工人来,清除我心里过于强烈的痛苦。我告诉自己,不能让痛苦妨碍我履行工作职责。母亲去世的时候,我都没有这样做,这次也不会。

我强迫自己的身体休息。然后,突然一下,我就睡着了,就好像脑子里有个开关突然断开一样。八个小时转瞬即逝。

第六部

2184年，火星历60年

"我至少还得被伺候三个星期。"泰桑德拉说，她只允许我看到她肩膀以上的部分。她的脸色依然苍白，不过显得更有活力了一些。她刚刚经历过一轮密集的身体重建，在此期间，又是三天时间毫无知觉，任凭医生摆布。我在凯巴布狭小的办公室接到她的电话时，已经开了连续几天的会，疲惫不堪。我桌子上堆积着高高的记忆盘，里面是各个基地的设计方案，以及生产商、供货商和建筑师撰写的报告。

"我已经说服了医生，他们答应把我送回众丘。今天下午就乘坐飞行器。我可以开始接受来访，坐轮椅出席会议……我可以分担这些方面的工作。"

"这的确会让我的负担大大减轻。"我说着，把她的投射图像移开了几厘米，以便给第一卫队送来的项目安全保卫工作报告腾出地方。

"显然，我还不能前往凯巴布。暂时，你还只能靠自己来推进我们的项目。"

"项目仍在进行中。"我说。

"你听起来无精打采，凯西。"

"我只是在硬撑。"我说。在泰桑德拉面前，我总是无法掩饰真实想法。事实上，在听闻伊利亚死讯以来的过去一周，我就像一台自动机器一样不停地工作。这对我是最好的安排。没有时间想自己的伤痛，没有时间盘算几周以外的任何事情。没完没了的工作，让我一天要忙碌十八到二十个小时。而最难熬的，就是筋疲力尽迫使我睡觉之前的几分钟。

"亲爱的，你的目标何在？"

"我不懂你的意思。"我说。

"我们都必须有自己的目标。即便是被宰的羔羊也有自己的愿望。"

不知为什么，我觉得这句话对我来说是一种侮辱。我把脸转向一边，摇了摇头，"活下去。"我说。

泰桑德拉担忧地皱起了眉头，"我们每天必须要通话至少一次。我们两个都失去了自己的方向舵。如果你能引导我，我也会努力引导你。"

"行啊。"我说。

"那就好。"她深吸一口气，头顶暂时探到了镜头之外，"给我讲讲凯巴布的情况吧。"

我简单描述了我们上次通话以来发生的事。从火星各地飞来的货运和客运飞行器，成群结队地降落在凯巴布平原。刚完工一半的隧道被迅速装饰起来，开拓出了新的房间，并添加了简单的生活设施。主实验室已经建成，主扰动机也已经开始建造。

凯巴布的人口迅速扩张——200人，300人，400人。这里的水矿脉足以支持一千常住居民。第一卫队的其他成员每天都在陆续赶到。很快我就将会有一个袖珍首都，在古老的隧道和窟室中运转——我们是众丘城的备胎。

扰动机项目和凯巴布实验室被指定为同一个代号："先行者"。"先行者"的最终目的，就是在极端紧急的情况下，给总统提供另外一个选择。我们的计划只有极少数人知情。而只有泰桑德拉、查尔斯、林德尔和我才知道，这不只是一种选择，而且是极有可能被采取的对策。

又有两名奥林匹亚人赶来，他们是米切尔·马斯佩罗-杰姆巴考尔塔和塔玛拉·况。查尔斯、斯蒂芬·林德尔、纳希米亚·罗伊斯和维克·博尔肖夫还留在这里。潘彻和刘岳继续留在塔西斯科技大学，他们在制造备用扰动机，并研发更多智囊机。

我完成了报告，泰桑德拉咬着下嘴唇，点头称是。"你做得很好，凯西。"她说，"告诉你一件事，等这些都过去了，我们会举办一次全家人聚会。我会穿上你从没见过的最鲜艳的衣服，我们一起庆祝成功脱险。这就是我的奋斗目标。"

"是个很好的目标。欢迎你回归。"我说完，结束了通话。

我紧盯桌面，陷入了沉思。

火星依然深陷危险的丛林。我们拥有大规模杀伤性武器，但也仅此而已。我们是否愿意使用这些大规模杀伤武器，依然存疑。只要这方面还存有疑问，我们就没有什么安全可言。但我们最明显也最难对付的危险，依然来自火星内部。

共和国无法长期承受这样的压力。火星人重建了家园，安装了更为可靠的备用维生系统，不过我们依然活在恐惧中，害怕遭受同样的、或者更为猛烈的袭击。政府派出的特使巡视老旧的矿产开采区，寻找机器蝗虫的踪迹，所有居住点流言四起。我们连塞纳谷地都进行了空中巡查。所有的检视都徒劳无功。纳米工厂的种子可以只有拳头那么大，并且伪装成岩石的样子，几乎不可能被发现。寻找多尔萨古丘破坏源头的努力也是一无所获。

机器蝗虫袭击多尔萨古丘的行动，展示了惊人的狡猾和高效率。它们首先派出微型作战单元对这座沙漠基地进行侦察，并切断通信线路,然后才让大型攻击单元登场。我们也只能这样猜测,因为对这里发生的事,我们完全没有任何记录。只有遭到破坏的隧道、被摧毁的设备和机器工人的残骸,默默控诉着这里遭到的袭击。

我们设定了举行选举的初步日程,但这个时间远在六个月之后——谁也无法预料到时候会发生什么事,我们会身在何方。

谴责满天飞,所有三星世界的国家首脑之间互相通信,彼此安慰,同时借助所有能够利用的外交渠道,嗅探未来的事态进展。

但总是一无所获。人们在所有沟通渠道装腔作势,满口谎言。我从来没见过三星世界像现在这样完全乱成一团。

地球上没有任何一个联盟机构承认下达了向火星开战的命令,但所有机构都要求火星披露自己新近掌握的力量。月球和小行星带族盟,对火星新获得的力量甚至更加紧张。共和国情报处和所有外交人员都积极努力,设法让三星世界的其他力量相信火星的和平立场,但又不能准确向他们描述正在发生的事情,也无法透露我们下一步的计划。

大多数火星人也要求完全披露相关信息。政府内部的反对力量还过于分散,以至于无法形成针对泰桑德拉和我的联合阵线,但很明显,压力会与日俱增,也许再过几个星期,最多几个月,人们就会忍无可忍。

我们在考虑,在更大程度上使用狒狒露屁股一样的应对策略——只是展示武力,而不进攻。不过在这场游戏里,我们真正想做的,是准备在对方没有集中注意力的时候,悄然离开战场。

第一卫队覆盖范围广泛的通信网络已经完全恢复运行。一切都是拼凑而成,由人力而不是智囊机进行掌控。火星产智囊机依然非常紧缺。塔西斯科技大学仅仅建造和启动了不足二十台,其中仅有十台可以省出来给政府用。众丘城得到三台,凯巴布得到六台,其中三台是内置了翻译器的量子逻辑智囊机,用于引导大型扰动机。

李·沃克尔已经成长为间谍大师。每天,她都通过地下渠道为共和国获取情报——她不断增加投入,从不讲究工作方式的信息提供者手中购买情报。我们本该在数月之前就建立完善的间谍网络,不过我们怎么也不会料到,火星与地球之间的关系会恶化到如此地步。而现在,我们开始变得更加不择手段,但也许为时已晚。

我们新雇用了数十个"数据飞虫"——这些人负责监听地球网络,偷取光纤传输数据,侵入吉瓦和吉萨的内部保密网络。我们把窃取的一部分情报出卖给其他势力,以便为自己的行动筹措资金。

当李又一次要求我授权拨款雇用二十名新特工,渗透入地球和小行星带的时候,我问她这些人的待遇将会怎样。"高薪。"她说,"那样才能不惜命。"吉瓦和吉萨已经毁掉了我们好几个"数据飞虫"——对方把侵蚀性病毒释放到他们大脑里的数据寻址机能强化软件里,这对他们来说是致命的打击。"如果有什么需要我了解的,"我说,"请一定通知我。"

"这个由我承担,"她说,"你的担子已经够重了。"

她这句话的言外之意是,我要为整个火星所有居民的生命负责,包括她自己——我一直都不知道,她是否赞同我的做法。我猜想她并不同意。

尽管如此,还是有好消息传来。凯利泰特族盟释放了斯坦。

克劳恩·尼日尔把斯坦和他的妻儿囚禁在凯皮尼基地长达十个星期之久,不允许他们与外界有任何接触。他们获释后,我先后接到斯坦写来的两封信。我只能简单作答。当然,我无法透露自己目前身在何处,也不能告诉他我在做什么。

我打了几个简短的电话,在众丘城给他找了份工作。在那里,他可以利用熟悉凯利泰特族盟情况的优势,做些有利于共和国外交事务的工作。我甚少听到克劳恩·尼日尔阵营传来的消息。"冻劫"之后,他们一直低调行事,试图躲过风暴,这也算明智之举。泰桑德拉组建了一个特别工作组,致力于应对拒绝加入共和国的族盟和地区。我认为斯坦可以为这个工作组效力。

查尔斯和我经常见面,有时候单独相处,更多时候有斯蒂芬·林德尔和其他人在场。我们讨论的主要是现实问题,核心议题是利用扰动机移动巨大物体。

他每天都有几个小时沉溺于量子逻辑智囊机的操作,为下一次行动做准备和演练工作。这件事让他极为疲惫。与量子逻辑智囊机连接数小时之后,查尔斯经常需要休息数分钟,才能连贯说话。我为他感到担心。

关于"先行者"项目的第一次会议,共有六人参加,时间是伊利亚死后两个星期。到会的有我、查尔斯、林德尔、来自水手峡谷的空间地理学家法乌德·阿迪、来自阿卡迪亚地区斯坦伯格-勒斯克族盟的建筑工程师杰拉德·魏斯勒,以及一台刚刚投入使用的火星智囊机,它在会议当天才选择了自己的名字:艾丽塔。艾丽塔将是"先行者"项目的首席智囊机,负责基地和项目的协调工作。

所有专家在实验室附属建筑中碰头。这儿还没有完全建成,我们落座的同时,负责油漆的纳米机器人还在墙面爬行,低声嘶鸣着喷涂几何装饰图案。无处不在的酵母粉味道,在这里尤其浓郁。我们就像是长期生活在大面包房里一样。

法乌德·阿迪首先开口。他高个,尖脸,长着一双呆滞的大眼睛,穿着一件考究的白色长袍,塞着通信器和书籍的巨大衣袋鼓鼓囊囊。

"有人要求我评估一个根本不可能发生的状况。"阿迪说。他站在我们面前,背对着一块小小的数据显示屏,"给我的研究课题是,考虑火星在短时间失去太阳引力环境下的状况。我被告知,这纯粹是一个理论问题。我只能假设,我们准备对火星采取大动作,也许就像对福波斯所做的那样。但福波斯的经历并非理论假设。"他狐疑地打量着我们,但是他的俏皮话并没有得到任何回应——如果他真的是想开玩笑的话。于是他叹了口气,"我必须告诉各位,火星是如何保持目前的稳定状态的,并且讲述一下关于火星地质构造演进的主要理论流派。你们是想让我讲这些吗?"

"这样讲就可以。"我说。

"副总统女士,我曾与你的丈夫共事。他是个好人,我们都会怀念他。"

"谢谢你。"

"和我一样,他也关注数亿年前火星死亡的事情。但事实上,说火星已死,这个表述并不准确,因为火星内部并没有完全冷却,仍有岩浆活动。只不过,地幔中的岩流已经稳定下来,不再对火星地壳产生横向推动力。

"在过去,火星的地壳板块数量从没有超过十二块,而现在,这些板块都已经合而为一。因为没有岩浆的横向推动力,也就没有了板块的漂移。板块交界地带没有碰撞和积压,因而减少了火山活动。火星上最后一批活火山，就是我们都很熟悉的地盾型火山，以塔西斯地区的三座火山和奥林匹斯山为代表。没有大陆漂移，造山活动也就此终止。缺少火山活动，内部喷出气体也就随之结束，火星稀薄的空气在宇宙空间中流失，却得不到补充。地质构造活动结束后几亿年，火星生物就宣告灭绝。现在，我们来讲讲稳定性问题——"

"岩流的平衡性。"林德尔说。

"正是如此。艾丽塔，请调出瓦格达博士对火星地壳和地幔进行深度测量的结果。"

艾丽塔服从了他的指令。阿迪背后出现了一幅我们人人都熟悉的图像——火星的横截面。图像旋转，展示出内部构造的三维演示图形。"大家请看，这里有十六处周期性活动的岩浆流，它们长期起伏不定，但是其顶部呈凹形，外侧高，中间低。这些羽状岩流传达到地壳的净作用力为零，尽管岩浆对所到之处的影响是非常明显的。这种平衡状态非常脆弱……也就是说，火星随时都可能重新开始大陆漂移，只不过在过去三亿年间都没有发生，具体原因不明。

"如果对整个行星施加推动力，不管力度多么有限——比如说，仅仅是去掉了太阳风的影响——都可能会让羽状岩浆失衡，重启地质构造活动。"他略停了片刻，手悬在静止的火星图像上空，"由于没有体积较大的卫星来保持平衡，相对微小的变化也有可能会导致火星自转轴倾斜度发生改变。"

"如果我们离开目前的位置，一定是向着太阳的方向迁移，是这样吗？"阿迪问。

"我们还没有决定。"我说。

"如果是那样，造成的影响就可能超过我的计算结果。而我的计算已经表明,地质构造活动会重新开始。"

"对我们这些居住此地的人而言,这意味着什么呢?"魏斯勒问。

"更多的火星地震。也许,老板块边缘地区的地质活动会大大活跃,会有火山喷发。而长期影响根本就没有办法预测。"

"短期呢?"魏斯勒又问。

"几次大规模的火星地震。但是需要再过几十年的时间,新岩浆活动区的火山活动才会更加普遍。"

"这个变化可逆吗?"魏斯勒问。

"你是什么意思?"

"一旦我们打扰了火星的安宁,它还会不会重新安静下来?"

"可能几千万年都无法安静。"阿迪说,"稳定状态可以持久,但不稳定状态却谁也无法预料。"

"艾丽塔?"林德尔问道,拍了拍机器工人支架上自己新研制的智能机器。

艾丽塔的声音流畅而略显干涩,富有女性韵味。她的形象是一个长脸的古典美人,留着黑色短发,让我想起迪斯尼动画片里的坏王后。"阿迪博士的结论看起来是合理的,我的资料库里没有关于火星内部构造的完整资料。"

"你已经得到了我们掌握的全部资料。"林德尔说。

"那么我的建议就是,收集更多资料。"艾丽塔说。

阿迪扫视了一圈桌边的众人,微笑起来。

"我们会的。"我说,"阿迪博士,我们需要了解有关火星内部构造的更多资料。你有二十天时间。"

"好的,副总统女士,"阿迪兴冲冲地说,"你的意思是不是让我迅速展开调查,而且规模超过瓦格达博士本人的调查?"

"拜托了。"我说,"此事非常重要。你了解保密要求了吗?"

"我很清楚。"阿迪博士严肃地说。

"魏斯勒博士，所有站点都需要提交一份建筑结构报告。我们对地震的抵抗力到底如何？是否有基地正好建造在地质板块边缘地带？"

"有一些。"魏斯勒皱起眉，摇摇头，"我们所有基地，都没有考虑如何应对地质活动剧烈的情况。"

"这些基地能强化吗？"我问。

"有些站点建造在古老的冲积层地区。如果发生火星地震，所有矿层都会开裂，隧道也将破裂……有各种崩溃的可能。"

"我们只能撤离那些基地，是吗？"我说，"明天我们将与负责平民防灾准备工作的人会谈，讨论此事。魏斯勒博士、阿迪博士，我授权两位从政府财政部门领取专项资金。艾丽塔将对你们的实验进行监督，你们每周向这个委员会提交报告。"

魏斯勒瞪大了眼睛看着我们，就好像我们是一群疯子，"我明白，我们的工作涉及非常尖端的技术。可是，你们有没有考虑此举对人类的影响？"

他语调中的轻蔑和高傲让我觉得十分压抑，"博士，我所做的一切，都是为了人类。"

"地球能对我们做什么呢？我们都目睹了多尔萨古丘基地遭到的破坏，不过这与数百基地遭遇地震相比，损失根本就不值一提。"

查尔斯像个小学生一样举起手来问："我可以回答这个问题吗？"

"当然。"我说。

"机器蝗虫仅仅是一个开始。再过几个月，地球人就可以把火星变成一片焦土。如果这还不够狠，他们还可以把我们整个丢进太阳里,或者抛入宇宙空间。"

魏斯勒的脸一下变得煞白,不过他的怒火也已经被引燃了。他显然不明白查尔斯所说的话,把这全都当成危言耸听。他眯起了眼睛质疑道:"你真的相信这些吗?"

阿迪说:"我亲爱的博士,你想想,一颗卫星被瞬间搬离原来的轨道,并且出现在了地球附近,这能是小事吗?"

"但这都是别人告诉我们的,谁知是真是假。"魏斯勒固执地说。

"我当时就在现场。"林德尔说,"查尔斯也在。"

魏斯勒耸耸肩,"好吧,"他说,"副总统女士,我清楚自己的职责所在。不过我必须声明,我对这个计划表示反对——这会大大扰乱人们的生活,造成巨大的破坏,却没有人询问火星人民,他们想要的是什么。"

"我也希望我们有这个时间,有这个条件。"我说。

"你没有?"魏斯勒说,"不见得吧。如果火星人投票,也许会否决你们的计划,我们留在原地——"

"那可能是自杀。"查尔斯说。

"我们有权选择自己的命运,不是吗?"魏斯勒激动地说,"你们认为,你们有权代替我们做出抉择,因为你们更高明?"

这个问题很难回答。魏斯勒很好地表达了我们面临的道德困境。我小声说:"魏斯勒博士,我只希望人们对我们的评价不要如此刻薄。"

"这你就别指望了,副总统女士。"他说。

会议结束后,查尔斯多逗留了一会儿。艾丽塔也留下了。"我们没有聊过伊利亚的事。"他说。

"因为我不想谈。"我说。

"阿迪博士提醒了我……我想表示我的遗憾,他是个很优秀的人。"

"请别再说了。"我把脸转向别处说。这话从查尔斯口中说出来,尤其令人难以忍受。

"你觉得他……我应该对他的死负责吗?"查尔斯问,语调很平淡。

"不会。"我说,"我怎么可能这么想呢?"

"如果我十年前死掉的话,所有这一切都不会发生——至少不会是现在的方式。"

"你是不是有点儿过度自我陶醉了?"我问。

"如果不是我的参与,我们要再过五至十年才能造出扰动机。也许地球会率先完成这件事。"

我瞪着他,担心自己还能否保持当前公事公办的态度,"我自己的责任也不比你小。"

"我必须问清楚。如果你因为这件事怪罪我,我估计自己会无法承受。真的。"

泪水涌出了他的眼眶。我移开视线,绝不愿意跟他一起表露感情。"快打起精神来!"我有些严厉地对他说。

"我这辈子从来都没有像现在这么有精神,头脑也从来没有这么清醒过。"

"我的脑子可没有那么清楚,而且我的状态也远不是最好,拜托!"我用拳头用力捶打着桌子,"拜托你不要提这件事了。"

"好。"他说。

"几个小时前我跟泰桑德拉谈过,"我咽了口唾液,努力克制住自己,"我们必须做出抉择,万不得已时要不要把火星搬走?而且,我们必须用福波斯做一次实验。"

　　"我一直在做这样的计划。"查尔斯说,"我们几天之后就可以驾驶'墨丘利号',带着原来的扰动机登上福波斯。大型扰动机应该留在此地。"

　　"我们必须分散扰动机和智囊机,以防地球为了阻止我们再次发动更有针对性的袭击。"

　　查尔斯看着别处,"我们也可以毁掉所有的设备,并向地球提供相关证据。"

　　"如果地球人相信我们,"我说,"我马上就会这样做。但问题是,他们不会相信我们。这件事关系过于重大。政治和求生本能已经左右了一切。"

　　"如果能够扭转局面,我愿意自杀,只要能让你不再承受折磨。"

　　我狠狠瞪着他说:"我可以亲手杀死你们所有人,只要……"其实这样的坦白也让我自己大吃一惊。不过,我说的最后几个字已经柔弱无力,没什么气势。查尔斯看上去一点儿也不觉得意外或者吃惊。

　　"我妒忌伊利亚。我还记得多年以前的你。"他停顿了半晌之后说,"那以后,我有过不少女人,她们中没有一个像你那样有明确的目标和坚定的信念。"

　　"什么目标?"我问,"什么信念?"

　　"我当时对自己说:'看啊,她简直像你自己一样疯狂。'"

　　"上帝啊。"我强笑着说。

　　"我相信自己可以改变几个世纪科技停滞不前的局面,发现整个宇宙运行的奥秘。而你,我早就说过,你会成为整个火星的总统。记得吗?"

　　"我会查阅自己的日记,确认你有没有说过这样的话。"我说,

"也许等这一切都解决了,你可以改行用塔罗牌给人算命。"

"这件事永远都不会解决,"查尔斯说,"如此重大的事件,永远都不会真正终结。你从来都没有问起过我的生活。"

"因为那与我无关。"

"她是一个好女人,一个真正的火星人。她陪伴了我三年时间。她有很强的责任心,而且真正努力过,但最终还是离我而去。她说她从来都未曾真正理解我,总是搞不懂我在想什么。"

"很遗憾,"我说,"你们显然不般配。"

"的确。"他转身看着别处,似乎筋疲力尽。我不知道与量子逻辑智囊机的连接让他疲惫到了何等地步。

我需要把话题收回来。于是问道:"火星应该去哪儿?"

查尔斯直起身,把他的通信器连接到主显示屏上,"艾丽塔,这些是粗略的坐标和恒星编号,请与天文学资料库建立连接并更新资料。"

艾丽塔用图像显示了一团紧挨在一起的恒星。

"我们不能仅仅离开几个光年。依靠现代追踪和测量技术,地球人在数百光年之内都可以找到我们。我们搬走的前提是,我们确信地球会用尽一切办法试图消灭我们,而且会一直努力这样做。"

对我们困境的直接表述让我不寒而栗。

"所以我建议,我们一下子就搬到极其遥远的地方去。我查看过最新的观测数据,并交给艾丽塔进行了处理,最终发现了一个候选目的地。那是银河系中太阳系附近的最佳位置,距离我们一万光年。它位于一条狭窄的星云带中,靠近银河系旋臂外侧。那里有一团恒星,比大多数靠近太阳的恒星年轻数十亿年,状态稳定,周围富含金属资源。天空很美,夜晚光线充足。"

"我搜索了银河系探测资料编目第二十二卷,找到了一个黄矮星,大小相当于太阳的十分之九。摄动特性表明,它可能有四颗大的行星。当然,这都是人类未曾了解的岩态星球。周围还有十几颗与之类似的恒星。

"我把它们送给你,"查尔斯最后说,"所有的星云和恒星,就像一座开满鲜花的花园。"他紧盯着我,"选择吧。你可以做新火星的母亲。"

我还记得在默多克上品酒庄,查尔斯送给我的古老化石花朵,曾埋藏在琉璃海的古老地层。而现在,他又邀请我赴一场群星的盛宴。即便在如此的辛劳和痛苦之后,查尔斯还是会让我心醉神迷。

"我想表示歉意。"我说,"我一直对你过于粗暴。你完成了了不起的工作。"

"谢谢。"他说,脸上容光焕发。他温柔而专注地看着我。我还是那么容易让他高兴起来。对伊利亚,我从来都没有过这么大的影响力。我想,这正是我如此爱他的原因。

我看着长水滴形星云边缘被圈出来的闪亮星星,"需要预先订位吗?"我问。

第二天,我和丹迪、李一起来查看大型扰动机建造进度的时候,刚好打断了一场争执。

此前一周,核心实验室已经建造完毕,所有设备都集中在一个大房间里面,也已经进行过几次实验,把氧气样本转化为反物质氧。我们进来的时候,听到林德尔洪亮的声音,压过了别人的吵嚷。

"难道你们都不清楚我们对手的情况吗?"

米切尔·马斯佩罗-杰姆巴考尔塔和塔玛拉·况是一方,正在与查尔斯、林德尔和罗伊斯组成的另一方争吵。况看见我进来,表情立刻变成了冰冷麻木的样子。马斯佩罗-杰姆巴考尔塔摇着头,小声咒骂着走到一边,一屁股坐在支撑大型压力泵的凳子上。罗伊斯拿起他的通信器和几件小工具,似乎打算离开,但又有些犹豫,所以就两手抱着一大堆东西,尴尬地站在远处。林德尔激动得满脸通红。查尔斯看上去很平静,盘膝而坐,两手放在一侧膝盖上,看上去好像对刚才的争执无动于衷。

"有分歧了?"我问。

"我们能解决。"林德尔说,显得有些急切。

"塔玛拉和米切尔觉得,我们应该公布自己的研究成果,让大众去评判。"查尔斯说。

"这是最理智的做法。"况说。

"而现在,我们的做法已经完全失去了理智。"马斯佩罗-杰姆巴考尔塔双臂抱胸说。

"那么,我们先来告诉谁呢?"

"很明显,应该先告诉地球人。"况说,"我在地球有一些朋友,他们可以帮我们渡过难关,解决政治上的分歧,化解现有的误会——"

"什么误会?"我问。

"我不是傻瓜,"况小心翼翼地说,"我知道我们处境艰险,但我们总可以努力去谈判,达成共识。这会让我们大家感觉好得多。"她的话音逐渐变小,摇了摇头。

"这个问题,我们已经讨论过不止一次。"林德尔说。

"这是个不断重复的谜题。"查尔斯说。

"我知道!"况举起拳头,大声喊道,"如果他们认为我们知道怎样杀死他们,他们就可能先动手杀死我们。但如果他们知道,我们的动作比他们更快,他们就不会那么容易出手。我们的研究成果不能向他们透露,因为我们知道夺取他们生命的办法。如果让他们知道了,他们就会懂得如何杀死我们。这不是明智之选。"

"我同意。"我说,"最好的解决方案,就是重新找回平衡,平息紧张情绪。"

"所以就要逃走吗?"马斯佩罗-杰姆巴考尔塔问,"这看起来可不是什么成熟的态度。"

"你有更好的主意吗?"我问。

"有啊。"他回答说,"我能给你出一打更好的主意。不过,查尔斯和林德尔全部都不同意。"

"跟我讲讲,"我说,"也许我能懂得这些建议的价值。"

他泄气地皱起眉头,"好吧,这些计划都过于理想化,异想天开,有相当大的风险。不过,如果我们能尝试一两个,也许晚上就能睡得更好些。"

"我们晚上睡不睡得好,这并不重要。重要的是火星需要生活下去,而且要活得自由。"

"我们都在倾尽全力工作,"况说,"别以为我们因为抱有不同意见,就不好好干活。"

"我从未怀疑过这一点。"我说,"如果你们想到了更好的计划,请一定要告诉我。"

罗伊斯动作夸张地坐下来,依然双臂抱胸。他说:"行了吗?闹够了没有?我们现在可以继续工作了吗?"

"我们还有大约四个星期的时间,然后就再也没有任何秘密可言。"第二天例行通话的时候,泰桑德拉说。我独自留在房间,听着穿透土壤进入隧道的各种建筑机械的轰鸣,细细察看泰桑德拉表情的细节,希望借此猜透她的心思。"该进行实地考察了。"她说,"把福波斯带到我们的意向目的地，人们会注意到卫星消失的事情。我们需要在引发人们警觉之前回来，整个行程不能超过五个小时。"

"查尔斯和我讨论过执行细节。他觉得我们可以设法做到。"我说，"我想跟他们一起去。"

"为什么?"泰桑德拉问。

"除非亲自去看过，否则我无法决定把火星搬到那里。"

"第一卫队会被你气疯的。"

"那我们就不告诉他们。"我说。

泰桑德拉考虑了片刻，权衡利弊，"那你就跟他们去吧，我也希望能有一个自己完全信任的人在场。对我来讲，你去跟我自己去一样。"

"谢谢你的信任。"我说。

"我还想在德莫斯①上面安置一个扰动机团队。如果你们没能回来，或者回来的时间太晚，我们就会把德莫斯藏进小行星带，做好最坏的打算。"

把德莫斯作为预备队(其目的心照不宣)，看上去十分自然，一点儿都没有让我感到不安。

"我们要告诉他们福波斯移动的事情吗?"

"这个是应该的。"她说，"至于他们会不会相信我们没有恶意，我就无法预料了。"

我向她讲述了魏斯勒不断提出的反对意见，还有奥林匹亚人内部，以及我们身边顾问和助理人员中存在的分歧。

"这完全在我的预料之中。"她说，"要是我能做到，我也想帮你申明我们的立场。但是你一个人也可以做到，他们早晚会转过这

---

①这个情节设置并不十分严谨。因为德莫斯的直径只有7.3公里左右，还没有达到查尔斯的扰动机能够移动的最小体积和质量标准。

个弯儿的。"

我觉得,自己还是没能通过视频充分传达出事情的紧迫性,"可能没有那么容易。想想吧,我们提出了怎样的建议。"

"我自己已经快要被吓死了。"泰桑德拉说,"也许他们更害怕,以至于宁愿相信地球人。"

"这是正常反应。"

"大家都这么健忘吗?"

"我希望不是。"我说。

"有些人没有遭受多大损失。"泰桑德拉有些愤愤不平地说,"凯西,坚持战斗,继续努力说服大家,让你的追随者保持激情。派他们出去感染更多人。"

"又是一场恶战。"我说。

"恶战永不会落幕。"泰桑德拉说。

"有时候,我觉得自己真是个怪物。能想到这样的事情,本身就很可怕。我们就不能考虑进行一次全民公决吗?"

"我们有多少时间?"

"查尔斯估计,地球人需要一个月到两个月的时间,就可以利用当前线索实现技术突破。而且他也不能保证,我们内部没有敌方间谍。如果有的话,地球人的进展就会大大加快。哦,上帝啊,我们真是没有什么可选择的。"

"的确如此。"泰桑德拉说,"你我都是牺牲品,我们的工作就是力图拯救其他人。亲爱的,请一定记住这一点。"

"我们这里太需要你了。"我说着,禁不住抽泣起来,"现在,我很难找到什么动力坚持下去。"

"我在尽快恢复。你再坚持一段时间,你很强的。"

宝瓶月二十三日凌晨,黎明前几个小时,"先行者"项目的五位成员,包括查尔斯、林德尔、我和两位天文学家,一起登上牵引车,沿着凯巴布新修建的通道行驶一公里,进入暗藏的"墨丘利号"发射基地。

我是在两个小时前才初次见到这两位天文学家的。他们刚刚从火星大学西奈学院赶来。两人中年长的一位,是杰克逊·赫格海默,专业领域是外太阳系行星。他是月球来的移民,不属于任何族盟,二十年前受邀加入西奈学院任教。他身材很高,瘦骨嶙峋,满头白发,有着猴子一样忧伤的面容和一双巨大的手掌。

他的助手加莱纳·卡麦隆来自小行星带,五年前来塔西斯科技大学读书。她的专业方向是深空探测设备的工程制造,被搬上飞行器上的好多装备都是她的,比如火星出产的超平面太空星群观测器原型机,这台机器一直是多个族盟联合推进的面子工程,曾在五年内九次推迟发射时间。赫格海默看上去对我们要做的事情态度淡然——我怀疑他只是为了掩饰自己的恐惧罢了——但卡麦隆却激动得小脸都变成了玫瑰红色,两只手总是忙碌个不停。

在我们的探照灯照射下,发射场遮蔽物看上去只是个普通的土墩。"墨丘利号"本身只盖了一层土色帆布,简单到不能再简单的伪装。很明显,对这里将要进行的项目进行伪装,只是出自本能反应。不过,小行星带和地球以及其他地区的观察者,将不得不同时监控数百个相似的发射基地。火星同步轨道领空依然对所有族盟开放,很多族盟都保留着专用的轨道飞行器。在凯巴布矿场进行的一次发射,本身并没有特别值得注意的地方。

牵引车驾驶员名字叫汪达,是一个矮胖又结实的中年女子,穿一件浅绿色保温防护服。她扭头看了我们一眼,笑着说:"你们三十分钟后发射升空,随后就会获准使用'直接通信'。等你们回来,我们也会通过'直接通信'的方式通知你们在哪里降落。我们不希望地球人通过跟踪'墨丘利号'发现'先行者'项目。"

"直接通信"是我们的代号,意思是利用扰动机实现的即时通信。我们将会首次启用"直接通信",但只在火星同步轨道使用。

查尔斯对她表示感谢,拍了拍她的肩膀,"第一次行动的时候,汪达就是我们的牵引车驾驶员。"他说,"我们都成了做这件事的元老了。"

"我不爱瞎打听。"汪达说,她的棕色眼睛轮流打量着我们所有人,嘴唇边挂着一丝笑意,"我就喜欢看新闻,听听事件结果。"

"我希望这次不会成为新闻。"查尔斯说,"最好让你今天听不到任何消息。"

"哎呀——"汪达很失望。她打开一条加压通道,从牵引车连接到"墨丘利号"。我们六个人手脚并用,爬过这段距离。查尔斯和林德尔小心翼翼地卸下装备。我帮忙搬运量子逻辑智囊机和解释器。船舱随后密封,准备发射。

我们肩并肩排成两排,坐在狭小的座位上,等待火箭点火。自上次从地球回来之后,我就再也没有进入过外层空间,而那次旅程已经像是几辈子之前的事了。

"现在应该给你讲讲空间扰动的事情了。"查尔斯说。我扭头去看左侧的林德尔和查尔斯。林德尔仰起头,笑着说:"这远不是喝茶吃糕点那么简单。我是说,旅客很辛苦。"

"你们还有什么没有告诉我?"我问。

"我们旅行期间,以及到达目的地之后,都会有几分钟电力中断,没有暖气,防护服也不能使用,诸如此类,船舱可能会变得非常闷。好在我们制造了一台没有电力元件的机械式空气净化机,应该可以在十到十五分钟里克服大多数困难。"

"为什么会停电?"

"我们也不清楚。你还会觉得有点儿恶心,不过很快就会过去。只是你的全部神经细胞都会有几分钟处于停滞状态,有点儿像是晕倒了,同时你又可以感知周围的变化。身体会不舒服。除了这几件小事以外,其他事情都和我们的'广告宣传'一致。"

我靠在椅背上,"你们为什么不早说?"

"我们遇到的麻烦已经够多了。"查尔斯朝着实验室的方向挥手,"如果我们说了这些事,你想想,魏斯勒会作何反应?"

"他肯定又会很激动。"我承认,"不过,如果我们移动整个火星,那会出现多少状况啊? 生命保障系统……更不要说每个人的精神健康状态了。"

我们好像已经准备长篇大论,好在林德尔及时制止了谈话,"也许再过一两个星期,这些问题就将不复存在。我们觉得,这些问题是可以解决的。只是现在还需要有所准备。"

"还有什么我需要知道的吗?"

"旅途一点儿都不颠簸。这是整个宇宙最平稳的出行方式。"

"墨丘利号"初次执行任务时的人类飞行员已经被一台火星制造的专用智囊机取代。它提示我们一分钟之后升空。在连续一阵开炮似的轰鸣之后,飞船喷射出火焰和蒸汽,我们被紧紧挤压在座位上。通过舷窗和显示屏,我们眼见火星慢慢向后退去。小小的飞船转过一个弯,朝向灰黑色的小小卫星飞行。我们享受了几分钟的宁静时光。飞船把我们带入高空地带的黎明。

卡麦隆尽可能把头仰起,对着我微笑,"我想对你说,能参与这次旅程让我们——不,是我本人——感到极其荣幸。这真是难以置信……简直太棒了。我又高兴又害怕。"

我尽可能用微笑增强她的信心。我们准备要做的,也已经超出了我本人的想象,但还没有超出机能强化组件的计算能力。

因为瞬时移动没有加速度和推动力,这种运动的作用力和能量消耗,就要采取完全不同的计量方式——完全基于实验中观测到的属性值调整来进行。通俗来讲,偷偷移动福波斯到一万光年以外的位置,就需要从银河系的能量宝库中偷取一大笔能量,规模相当于太阳这么大的恒星燃烧数年的能量。

降落在卫星上的过程慢到难以想象。在一个小时的过程中,福波斯已经从一个光亮的小点变成了黑色的一团,我们再度没入火星的阴影中。

减速过程比加速要更突兀。一次间断性喷射中,我的胳膊肘撞到了薄薄的金属板支撑物,留下了瘀青。我们在福波斯表面的风化层滑行了数百米。这里到处是杂乱无章的灰黑色裂痕、沟纹和浅坑,这些伤疤是陨石撞击和早期采矿活动留下的。

我们将前往一座三十年前修建的采矿基地。这里接近斯蒂科尼断裂带中央,还可以使用,但目前只有机器工人驻守。

如果"墨丘利号"遭到袭击,我们躲在这颗小卫星荒芜的灰色地面下,会有更大可能幸免于难。

"在那边。"林德尔说。查尔斯坐起身来。在斯迪克尼裂谷不规则底部的一侧斜坡上,一盏小小的着陆信号灯每隔几秒钟就会闪烁一次。它不紧不慢,就好像已经闪了几十年。"墨丘利号"突然倾斜,变换了轨道,我们以惊人的高速度驶向信号灯的方向。

"正在寻找着陆点。"智囊机宣布。

又一次剧烈减速,然后是一次轻微的颤动,"墨丘利号"已经稳稳地与地面对接。我们检查了卫星基站的所有系统,发现一切正常。于是,我们打开了船上的转移通道。

查尔斯解开安全带,然后是我,大家都自由飘浮在空中。我们飘到货舱附近,查尔斯经过我身边时坏笑着说:"补给品只有三天的分量。"

"这够用吗?"加莱纳·卡麦隆皱着眉头,很担心地问。

"我们打算五个小时以内就回来。"林德尔从上层货舱回答。

赫格海默苦笑着说:"就算给我们十年时间观测一个恒星系统,也不可能获得足够的资料。"

"这里的隧道很冷,待几个小时就已经很不舒服。"林德尔说,"很少有人涉足这里。"

跟在查尔斯身后弯腰穿过转移通道时,我差点儿撞上一台浑身尘土的老旧机器工人。它飘在通道角落里,大小和颜色都像是广为人们喜爱的泰迪熊。它看着我们的时候,老旧的感应器旋钮发出嗡嗡的声响。

"本设备亟须维修。"它口齿不清地说。

查尔斯回头看我,几周来我脸上头一次绽放出笑容——想起了默多克上品酒庄。他也报以微笑,但因为笑牵动了伤口附近的肌肉,他疼得直咧嘴,"我们真应该照顾好这些孤立无援的小东西。"

赫格海默很不满,因为没有足够的位置安装感应器。林德尔命令一台小型取样机钻出更多孔洞。我们随身携带了修理工具包。整个基地大多数机器工人都在接受维修和升级。加莱纳·卡麦隆独自坐在一间寒冷的方形房间里,调整着感应器和望远镜,用模拟目标和数据测试所有装备。

我暂时无事可做,只能给林德尔帮忙。我坐在星形中央控制室里,密切注意压力稳定的情况。在系统升级完成之前,我们还无法信赖这个老旧基地的应急设施。我占据了星形空间的一角,查尔斯在另一角调试量子逻辑智囊机。他从墙角探出头,后脑勺上还连接着光纤。他说:"简直乱七八糟。"

"你说什么?"

"智囊机。我们出发以前,我本该给它指派一个集中注意力的任务。它现在走神了,在做我们永远不用了解的事情。"

"你能让它不走神吗?"我问。

"当然,不过需要一点儿时间,才能收回它所有的思绪。你的机能强化感觉怎么样?"

"最近安静多了。"我说,"我觉得自己终于可以控制这些强化的机能了。"

"很好。"他紧盯着我背后的墙壁,就好像那里有人一样。我特别想转身朝那边看,不过我很清楚,控制室里只有我们两个,"凯西娅,我不知道这事对我会有怎样的影响。每次给量子逻辑智囊机充当向导,我都会有不同的反应,那绝对称不上……"他好像找不到合适的词语,只是在空中摆动着手指。

"称不上很好?"我问。

"问题恰恰在于,我感觉太好了。这就好像染上了某种恶习一样,就好像参加了一场疯狂的聚会,到处都是狂放不羁的天才人物,总是会遇见让我着迷的话题,能窥见一切问题的答案——"

"你肯定喜欢那种感觉。"我小声说。

"没错,这是我的弱点。我总试图理解量子逻辑智囊机的想法,但是它却像鬼魂一样难以捕捉,每次只让我隐约感觉到一种完满。量子逻辑智囊机会探索各种形式的真理,其中只有一部分可以被地球人的头脑理解。它们会追求我们永远不会留意的数学领域,探讨可能会伤害我们的逻辑。我必须特别小心,否则一次交流以后,我可能就会成为废人,对你和其他人都毫无用处。"

"你永远都会是一个有用的人。"我安慰他说。

"也不见得。我有个请求,只是随便问一下,我可不可以把你当作集中注意力的对象? 其实我没有太多值得牵挂的,除了你,就是这份工作。把注意力集中在工作上,只是一个简单重复的过程,不能提供任何动力。"

"你说集中注意力,到底是什么意思?"

"就是把你当作目标。"他说,"一个真正值得看重的对象。"

这个要求让我非常不快,我决定必须马上问清楚一个问题,不管现在听起来有多么荒谬,"查尔斯,你是想追我吗?"

"不是。"他说着皱起了眉头,把目光转向别处,"我需要一个比较亲密的朋友,我觉得这个要求光明正大。"他深呼吸了一下,"凯西娅,我现在追你,等于是乘人之危……你还处在失去丈夫的痛苦中。"

"是的。"我说。

"我只是希望这里有一个人,对我有些许关心,但不是出于职业目的。这样我才能找回自我。我是一个人,不是一台用来搭配量子逻辑机的机器,不是什么智能化变种。"

"我会关心你的。"我说,"你对我非常重要。我非常重视你。"

他的表情缓和了下来。我又一次感觉到自己对他情绪的绝大影响力,而且觉得很烦。"我需要的就是这个。"他说,"不过你不用担心我。即便迷失了自我,残存的那点儿理智还是足以把我带回来。以后,塔玛拉或者斯蒂芬可以取代我的位置,由他们完成最后的大迁徙。"

"有那么危险吗?"我问。

"我希望不是。"查尔斯说,"不过每次连接的难度都在加大。真相的冲击力太强了。"

"真相总是很危险。"

"是啊。"他说,"那感觉就像爱上了另一个世界,做好了所有准备要跟它结婚,然后却被甩了。"

林德尔从控制中心下层爬上来,轻而易举地克服了卫星微弱的引力,"加莱纳和杰克逊说,他们已经准备好了。我已经把我们的扰动机与'先行者'项目的大型扰动机连接起来了,可以进行'直接通信'。信号质量一流。我不敢保证在位移过程中保持通信,不过在回来以后,很可能就可以恢复联系。"

"这技术也太原始了。"查尔斯说。

"我已经尽力了。"林德尔笑着说,"就等你了,船长。"

加莱纳·卡麦隆从上面进入控制中心,灵巧地绕过林德尔,来到我面前,"副总统女士——"

"请叫我凯西娅。"

"我们已经做好准备,可以获取外部环境的清晰图像。所有设备都已经安装就位,机器工人貌似也可以正常工作了。"

"通知火星,我们即将开始行动。"我对林德尔说。

"需要五个小时吗?"

"所有扰动数据正常才可以。"查尔斯说。赫格海默从加莱纳身边挤进来,满脸油汗,他明显很害怕。

我心里却很平静。我推了一下墙壁,让自己从角落里飞出来,把手伸向查尔斯。他紧紧握住我的手,"我们都在这里陪着你。"我说。

"我该做什么,凯西娅?"

"带我们去一个很远、很远的地方。"我说,"那里安全又美好,是一个全新的世界。"

"我想,我正好知道这样一个地方。"他说,"失陪一下。"

他坐回自己的椅子,连接上最后一根光缆,修长的手指熟练地操作起来。我们在他身后观察着,灰色的纳米材料附着在他的颅骨上,变成了他头发的颜色。

量子逻辑智囊机被固定在这座古老基地坚实的核心控制面板上,投射出色彩斑斓的复杂图形。这些图形的棱角越来越平滑,最后变成了振动着的水珠模样。

一米之外的岩壁龛里放着那台扰动机,以及负责维护绝对零度原子样本的混沌压力泵,它们都在等待来自量子逻辑智囊机的指令。

查尔斯闭上了眼睛。

"我们用系上安全带吗?"加莱纳紧张地问,声音小得几乎听不见。

"不用,"林德尔舔了下干涩的嘴唇说,"现在可以自由活动。"

"我们要出发了。"查尔斯说。

我扫了一眼外面层层叠叠地显现在周围显示屏上的场景。我们脚下就是火星,太阳在暗黑的太空背景下,用耀眼的光芒勾画出火星地平线,到处是一簇簇微如针尖的星辰。有的图像显示了我们要去的地方在银河系中的位置,以及扰动机目前的状态。

当前,量子逻辑智囊机正在把人为测定的数量和坐标"翻译"成"属性值语言"。解释器的声音是清亮的女声,"基本粒子序数重写完毕,初步目标定位;初步估算,完成。"解释器展示了它自己估计的进展情况:量子逻辑智囊机读取并改变了超低温样本的属性值,然后把同样的变化赋予这一整颗卫星及周围一小片区域内的所有基本粒子。

"我们至少需要半个小时的时间来计算我们到底在哪里,已经移动了多大距离。"赫格海默说。

"明白。"林德尔说,目标星球的光抵达地球需要一万年,其间它已经发生了位移,量子逻辑智囊机中的数据会将这一点考虑在内,总会有一些其他因素,令我们很难做到定位精准。

房间里感觉更冷。所有显示器一片空白,我胳膊麻木,眼睛里全都是残留和扭曲的图景。我完全没有感觉到运动或者惯性。与人类历史上的任何其他运动方式不同,扰动不需要借助任何机器,也不需要任何燃料,不会以热量和噪音形式浪费任何能源。整个过程波澜不惊,惊人之处完全在于运动的结果。

显示器突然重新开启,我觉得胳膊很冷,腿却很热,不过并没有感觉特别不舒服。我的旅伴们也都眨巴着眼睛,像是小睡了片刻之后刚刚醒来。

查尔斯低声呻吟了一下,然后气喘吁吁地道歉说:"暂时请不要理我。"

"我们在哪儿?"林德尔问。

窗外全都是星星,火星却消失了。不过,星辰背后的黑色天穹却散射着暗淡如烟的微光。有些星星看上去像是笼罩在一团迷雾里,轮廓模糊,而不是微茫小光点。我这辈子从来没见过这样的天空,美丽而可怕。我感觉耳朵发热,心跳加剧,喉咙干涩。我用手捂着嘴巴咳嗽。像是幽闭恐惧症发作一样,我害怕被囚困在一颗卫星的古老隧道里。说它是卫星,它小得可怜;说它只是块石头,它又太大。

而这块古老的黑色巨岩,已经飞越了极度遥远的距离,远到不可思议。

一万光年之内都没有人烟。这相当于九十五万亿公里,我们就在这数十亿公里接近真空的星尘中飘浮,不知身在何处,也许已找不到归路。

我努力握紧拳头,做几下深呼吸。

赫格海默和卡麦隆默不作声地迅速展开工作,调用他们所有的设备来研究周围的图景,计算我们的位置。赫格海默低声诅咒着,"我们需要这个星团的准确数据。"他指着一团蓝色雾霭中的五颗恒星对卡麦隆说。后者很快用自己的通信器做了计算,完全无视设备上连接的电脑。

"那是A29星团,恒星编号EGO23-7-6956至EGO23-7-6960。"她说。

"目标地点在那儿。"赫格海默扭动显示器背面的一个旋钮,让我们的视野转向那边。在一片闪亮的小小区域,有一个十字形标记。在缥缈黑暗的背景下,那简直就像是一个小点。"我们偏了六百亿公里。"他说,随后又钦佩地表示,"第一次就做到这样,很不错了。"他的钦佩之情很快淡去,"但这不是马蹄星系。我们在它最外侧行星的轨道之外五百四十亿公里。"他仔细察看了自己的设备,紧皱着眉头,点点头说,"诸位,与我们刚才做的事相比,这也许无关紧要。不过,我们的目标星系共有七颗行星,其中三颗是气巨星,非常年轻,体积比木星大二到五倍,恒星附近还有四颗小一点儿的岩态行星。两组行星之间有着广阔的空间,非常适合围绕恒星公转。除了一条稀松的小行星带之外,没有什么需要回避的。

"但是,如果我们不能做一次小小的修正,这一切都毫无意义。"赫格海默看着我,动作夸张地咽了一口唾液,点点头,就好像现在唯一需要担心的就是这件事一样。

"查尔斯,你那边怎样?"林德尔问。

"量子逻辑智囊机正在进行数据修正,重新编译指令。"查尔斯说,"我们五分钟后将再次出发。"

在福波斯的岩层深处,有什么东西滑动了一下,低沉的刮擦声听起来气势汹汹,犹如怪兽在低吼。采矿基地的密闭墙也在颤抖。除了查尔斯,我们所有人都紧张地面面相觑。

"上次我们也听到过这样的声音,只不过没有这么响。"林德尔说,"我们最近用这颗卫星去了太多不同地点。引力的潮汐作用对它形成了巨大压力。"

"还会听到的。"卡麦隆说。

"应该不会有什么问题。"林德尔安慰大家道,"压力本身有限,不过这声音的确吓人。"

卡麦隆挤到我身边。"上面有一间观测室。"她说,"矿工们肯定是上次地图更新之前增设了那个房间。我派了一台机器工人上去打扫尘土,尝试打开通往地面的金属防护门。在我们到达目标星系之前,赫格海默博士都不需要人帮忙,因为现在一切设备都在自动运行。我想去亲身体验一下这种位移,要有人陪着就更好了。你现在必须留在这里帮忙吗?"

查尔斯看上去好像无所谓,但我并不想把他一个人丢下。"你去吧,"我说,"我还是留在这里的好。"卡麦隆紧张兮兮又充满期待地看了我一眼,倒退着离开。她转过身,以小行星带居民特有的优雅姿态,进入通往地面层的隧道。

赫格海默说:"她还年轻。我现在连光学望远镜都不再用了,人眼什么都看不到,白费劲。"

"我倒是不反对亲眼去看看。"林德尔说,"等完成这次移动之后,我们可以一起去看一眼。"

我还在努力让自己适应周围空间的浩渺无垠,适应那数以十万计的星辰,以及气体和尘埃组成的星云。

距离不重要。距离根本不存在,它只是众多属性值中的一个参数而已。

"你没事吗?"林德尔问。我摇了摇头。可是我的两颊却已经湿润,闪亮的泪珠在福波斯微弱的引力作用下缓缓滴落。

"难过吗?"查尔斯转身看着我问。他看上去极为平静,面部肌肉不自然地放松着,表情近乎冷漠。我意识到,林德尔的问题已经分散了他的注意力。

"不是,"我说,"我只是被如此广阔的空间震撼到了,有些迷茫。以后再也没有什么能让我震惊的了。"

查尔斯移开视线,眼中满是疲惫。"只要一步走错,我们就全都只有震惊的份儿了。"他小声说,"命运扰动。"

又是这个词,他们平时总是否认它的存在。我转向林德尔,用一根手指狠狠戳了一下他的胸膛,"这个词我听过,你却说它无关紧要。"我小声说。

"是查尔斯说它无关紧要。"林德尔耸耸肩说,"他跟量子逻辑智囊机互动的时候,经常会说一些莫名其妙的话。"

"你明白他的意思吗?"我问。

林德尔面无表情地摇摇头,"有那么一次,我曾以为自己明白了。那是多年以前的事了。"

"说来听听?"

"我们曾经启动过一次命运扰动,用来消除逻辑上的自相矛盾,同时也为了回答一个问题:为什么我们不能时间旅行,除非在空间中的瞬时位移影响到我们在时间中的位置?答案既老调又简单,但事实就是这么简单。"

"你说哪里简单?"

"你不是做了强化了吗?肯定能明白问题所在。"

"在因果宇宙中,超过光速的运动在逻辑上是难以成立的。"我说。

"一个多世纪都没有人关心因果宇宙了。"林德尔说,"不过,属性值理论又给所有的一切重建了新的因果基础,尽管这种因果基础最终要受限于属性值的运算规则。"

我能理解到的是:所有外部世界的表象,自然界里的一切,都只是因变量,是属性值函数运算得出的结果。而现在,我已经迷失在数学抽象的世界里,不得不放弃这样的思考。"那么,到底还有没有逻辑上的矛盾呢?"我问。

"属性值函数的运算规则才是唯一真正存在的逻辑。"林德尔说,"我们不需要命运扰动。"

"它到底是什么?"

"我们也始终没有明白。"林德尔说,心有不甘地摇头,"我不明白他为什么还要说起这个。"

"那到底是什么?"我继续追问。

"只是古老的平行世界理论的一个变种。"他回答,"我们认为,瞬间把一个物体移动到它的即时信息圈之外,只是在另一个时空中复制了这个物体。但是,我们没有平行宇宙存在的证据。"

查尔斯说:"斯蒂芬,这次我感觉不对劲儿。量子逻辑智囊机关注的真相太多了。"

林德尔皱起眉头,"那我们能怎么办,查尔斯?"

"等等。"查尔斯小声说。他的手不自觉地举起来,我本能地从他的椅子背后握住他的手。他叹了一口气,痛苦地抓住我的手指,说:"该死,我们忽视了一些东西。"

赫格海默眉头紧皱,"他在说什么?"

"让加莱纳回来。"查尔斯说,"请一定要快,不要让她向外面看。"

赫格海默沿着隧道匆匆离去。

"我能做点儿什么,查尔斯?"我依然握着他的手问。

"量子逻辑智囊机选择了一条过于危险的通道，"查尔斯说，"千万不要看外面。"

我突然感到颠簸，却搞不清楚颠簸的方向。我用另一只手抓紧查尔斯座椅后背。林德尔的身形变得模糊起来，就像笼罩在暗影里。他转身朝向房间一角，嘴唇翕动，但并没有说话，也许是我听不到他说话的声音。一阵尖叫从我的背后传来，我如同被裹在一大群蚊虫当中，又像置身于满是饥饿孩童的育婴室。砰、砰、砰……我仿佛一直在与自己的身体相撞，但我没有移动位置，世上也只有一个我。林德尔身体周围不断消失的残影，让我多少有些明白自己的感觉从何而来。他好像被自己投射的不同影像包围着，每一个都在他身体边缘晃动，让他的形象不断地颤抖、颠簸。房间里充斥着过去时光的残影。我完全不知道这是怎么回事。

我把视线转向显示器，看到的是幢幢鬼影，这些图像完全无法用电子和光学设备准确呈现。数学已经失效。我的官能已经不足以感知这类信息。我们什么都看不见，处理不了正在接收的信息。我们面对的现实无法用人类的理智之眼看透。

原本模糊的啸声越来越尖利。仍在过去身形包围中的我，感觉到声音传来的方向，转而朝向那里。原本是星形的控制室，如今已经变成了纷乱的线条和毫无疑义的夹角。我能辨认的，只是一些孤立的图形。我眼见赫格海默的脸变成了立方体，随后又变成了加莱纳·卡麦隆的脸。我当时得出的结论是，赫格海默抱回了卡麦隆，而刚才尖叫的声音正是她发出来的。她紧闭双眼，两手在面前漫无目的地抓挠，就像宠物在努力吸引主人的注意。

赫格海默的口型在说：我没有看——

然后是：外面。

还有：她看了。

　　林德尔已经挪到了一边,我无法在纷乱的视野中找到他现在的位置。我还是同查尔斯握着手。只不过,刚才是我握着他,现在是他握着我。但这都无关紧要了。

　　整个世界都在摇晃。我的骨骼和肌肉都像化为了齑粉,然后又重新构建起来。

　　空气中飘浮着滴滴血珠。我深呼吸了一下,立刻被它们呛到了。有什么东西像剃刀一样划过我的皮肤,留下长而纤细的伤痕。我的衣服也被划开了很多道口子,房间内墙像是被带刺的鞭子抽过一样,留下了道道印痕。林德尔呻吟着用手捂着脸,手上沾满了鲜血。赫格海默把卡麦隆紧紧抱在胸前,她一动不动,毫不挣扎。一切都伤痕累累,所有人都遍身血迹。

　　查尔斯松开了我的手,我们两手互握的地方没有任何割伤,但我的手背却像是被猫儿狠狠抓过一样,只有被他握住的地方安然无恙。

　　房间里死一样寒冷,显示器和电子元件依然无法运行。随后,它们突然恢复运转,我们重新看到了外面闪耀的群星和距离更近的一颗恒星。

　　大家沉默无言了一段时间。

　　"我们需要接受治疗。"林德尔说着,伸开双手,看着自己沾满鲜血的衣服。我们带了全新的医疗装备到飞行器里。我想去把它们拿过来。在当时的情况下,我理所当然地应该担起护士的职责。

　　我觉得,如果不是要承担这份责任,我也会像加莱纳一样,浑身瘫软,紧闭双眼,绷紧嘴唇,就像在猜一个永远猜不透的谜。

　　我回来的时候,林德尔正和查尔斯激烈辩论。我用消毒海绵直接将瓶中的医用纳米材料涂抹在大家的伤口上,所有人都脱下衣服接受我的处理。赫格海默除去了加莱纳身上的衣物,她毫不反抗。我们互相抚摸彼此的身体,尽管带着一丝色情意味,但肢体接触本身就能令人心安,具备一定的疗效。

我用海绵快速擦拭查尔斯的胳膊和面庞。他闭上眼睛,很享受被我照顾的感觉。

赫格海默把加莱纳放在一张吊网的上方,她慢慢飘落下来。"我们在哪儿?"赫格海默问。

"在我们想去的地方。"查尔斯说。

"刚才到底犯了什么该死的错误?"赫格海默问。

"量子逻辑智囊机带我们走了一条不稳定的通道。"查尔斯说,"它无法拒绝探寻真相的诱惑。我很抱歉,我知道这样的解释无济于事。"

"我们穿越了另外一个宇宙空间?"林德尔问。

"我不这么认为,"查尔斯说,"只是改变了玻色子的世界线①。光子微微增加了一点点质量。"

林德尔说:"这是我们有可能研究清楚的领域吗?"

"也许不是。"查尔斯说。

"我们受损了吗? 我是说,是否会有永久性的影响?"林德尔问。他知道如何向查尔斯发问,而查尔斯又是我们面对量子逻辑智囊机的代言人。我没有插嘴,只是侧耳静听。加莱纳像是睡着了。赫格海默站在控制室一角,从我的角度,只能看见他身体的一部分。他飘在地板上,双目无神,好像已经死掉了一半。

"光子侵入了物质实体,但没有侵入过深。仅有少数光子获得了质量,不是全部。"查尔斯直勾勾地看着我,然后看看林德尔,"量子逻辑智囊机不明白,我也不明白。事到如今,我估计我们两个都

①基本粒子在时空中保持其同一性的时间和位置的运行通路。

不会再浪费时间对这件事情追根究底。这种事不会再有第二次。"

"你怎么就能断定?"林德尔一边问,一边靠近查尔斯,两眼死死盯着他。

"因为量子逻辑智囊机已经被吓坏了。"查尔斯说,"它再也不会想要了解那些秘密了。"

我们尽可能擦干净墙上的血迹,并制作了新的衣物。赫格海默独自摆弄着他的设备。在通往飞行器的隧道里,我叫住了林德尔,问他:"你知道加莱纳出了什么事吗? 她现在还昏迷不醒?"

"不知道。"他回答。

"她还能恢复吗?"

"但愿可以吧。"

"我们能完成这次探测任务吗?"

"你得问赫格海默。"林德尔犹豫道,"我更担心大家能不能顺利返回。查尔斯已经筋疲力尽。我们其他人也在硬撑,时间已经过去了四个小时。"他试图甩开我走掉,可是我的手像猛禽的利爪一样抓紧了他的胳膊。他皱了皱眉头。

"一切都完了,是吗?"我说,"我们不可能搬走火星。"

他咽了口唾沫,摇摇头,还是不愿面对这个明显的事实,"查尔斯说,不会再发生这样的事情。"

"但风险依然存在,斯蒂芬。"

"这的确很可怕。"他承认,眼睛望着别处,"很可怕。"

"你预料到会有这样的事吗?"

"当然没有。"

赫格海默从隧道里爬了上来。"话说回来,"他说,"这个星系的确是个理想的选择,这儿有我们想要的一切。各大行星富含矿产,其中一颗行星大小与地球相当,有还原性气体,但没有可探测到的生命,非常适合殖民。还有两颗巨大的气态行星,以及可爱的年轻小行星。这里的恒星同太阳一样正处壮年。这里没有智能生命存在的迹象,没有无线电信号往来。非常理想。"

他用通信器向我展示照片、图示和长串的数据。与地球相当的土灰色星球,样子让人反胃;巨大的蓝绿色气体巨星,带有棕黄色斑纹,富含氢和氚。他还估算了小行星带可开采的矿物、有机物和挥发物的总量,然后,他突然一下关闭了通信器,"让这一切都见鬼去吧!"

"你的工作完成了?"我问。

"还没有,不过基础性工作都是自动进行的,应该几分钟后就可以完成。"

"误差会有多大?"我问。

"这些数字当然都只是粗略估计。目前也只能这样。"赫格海默说,"这很重要吗,凯西娅?难道我们还回来吗?"

我摇摇头,"不过还是要尽可能精确地完成工作。"

"加莱纳已经醒了。"赫格海默说,"她很不对劲儿。"

"你说什么?"

他在自己面前摇晃了几下手指,瞪大眼睛咒骂了一声,然后说:"她完全没反应,好像成了白痴。"

"你看到了吗?她当时经历了什么事?"斯蒂芬问。

"她当时在观测室,开启了外部防护层,正在看外面的情景。我只是瞥见了一眼,就赶紧转身不看,感觉像被刀扎一样。"

"可这毫无道理啊……"林德尔说。

"那你去看看她,"赫格海默愤怒地说,"你去跟她讲道理,让她恢复理智!"

　　我们回到控制室的时候,查尔斯已经解开安全带站起来,慢慢活动着身体。他站在一侧墙边压腿,手抵在旁边另一堵墙上。他脑袋上的光纤都已经撤下。我进去的时候,他转身对我说:"那样的事,真的不会再出现了。"

　　"加莱纳情况很糟糕。"我说,"我们能为她做些什么?"

　　"不良信息输入。"他说,用力压着腿,直到自己气喘吁吁,"我们走了条不通畅的路。"他自由飘浮在空中,慢慢落在控制台旁边,双膝灵巧地落地,"她直接摄入了未经处理的外部信息。而我们只是通过显示器察看,显示器不会传达所有信号。现在她必须自己处理那些信息。"

　　"她怎么会因为看到的东西受伤害呢?"我问。

　　"当我们的固有观念被颠覆时,精神就会陷入混乱。"

　　"赫格海默说,她对外界刺激已经毫无反应。"

　　"她只是需要一点儿时间恢复知觉。"

　　"我还是不懂。"

　　"我会让编译器建一个模型,模拟人类对量子逻辑智囊机重塑出的外部世界的反应。也许看了这个模型你会更清楚。我们在那种状态下多待几秒钟就会一命呜呼。"

　　"我们不能搬走火星。"我说,"我不能承担这个责任。"

　　"这样的事情不会再次重演。量子逻辑智囊机已经非常不安。它再也不会试图窥探那些真相。"

　　我的沮丧和愤怒达到了顶点,"我不可能让我的人民身陷如此险境!我不明白你说的什么真相之类的废话。这台量子逻辑智囊机太他妈不靠谱。要是它突然心血来潮,下次又想玩点儿更刺激、更难懂的把戏呢?它是不是把我们当成了实验用的小白鼠?"

　　"不是,"查尔斯说,"它只是发现了以前从未注意到的事情。这是一个重大突破。它的发现可以解答很多疑问。"

"为这个，就把我们带到另一个平行宇宙里去？"

"没有什么平行宇宙。"查尔斯说，"我们还在自己的宇宙空间里，只是规则有些变化。"

"这是什么意思？"我觉得自己呼吸不畅，两手总是不自觉地一张一合。我把手藏到背后，努力咬紧牙关，直到牙齿发疼。

"量子逻辑智囊机发现了一个全新种类的可扰动属性值。这一类属性值在最高层面上和所有其他属性值都存在关联关系。这是终极属性，也就是命运扰动。我们可以改变整个宇宙认识自己、构建自己的方式。"

"这简直荒谬。"

"我自己还没有真正搞懂。"查尔斯说，"不过我不能否认它的存在。"

"那旧的宇宙怎么办？"我追问。

"新的宇宙根本无法运转，因为它的规则是自相矛盾的，产生的都是毫无道理的结果。一切都回到了原来的规则体系上。我们会返回到原来的那个宇宙。"

"整个宇宙都恢复原样吗？"我蜷起身体坐在他旁边，抱着自己的膝盖，"这一切我都搞不懂，查尔斯，我根本没办法弄明白。"我说。

"我估计，再过几个小时，加莱纳就没事了。"查尔斯说，"她的理智会排斥她亲眼见到过的情景。她会恢复原来的状态。"

"如果我们再次触及那个属性值，会发生什么事呢？"我问。

"我们不会的。如果我们触及了，也只能产生另外一个无人可解的宇宙，然后又只能恢复原样。对我们来说，现在这个问题是无法克服的。我们的现实世界是无数尝试和失败后得出的结果。这就是宇宙的进化。对于从头开始设计一个宇宙，我们还没有任何经验。我们必须学会如何制订规则，让一切有理可循。这个过程可能要花费数百年。"

"但总有一天，我们能做到，对吗？"

"应该是的。"查尔斯说。

他看我的眼光，他说话的方式——总是那样小心谨慎，生怕伤害我，或者让我失望——让我更加紧张。正当我以为自己不再关心生死的时候，却开始感到极端害怕。

我暗自纳闷，如果我们在规则恢复之前都已经丧命，将会是怎样的结果。

突然之间，查尔斯的样子变得古怪到难以描述的程度——他根本不像个人，而是某种具备极高智慧的怪物。"我们可以回去吗？"我问。

"我几分钟后就会与量子逻辑智囊机重新建立连接。解释器应该已经完成工作，量子逻辑智囊机应该也已经恢复正常。我很抱歉，凯西娅。"

我瞪圆了眼睛紧盯着他，觉得自己脑后寒毛直竖，"你为什么总觉得需要向我道歉呢？"

"因为我总是会把越来越重的担子压在你身上。"他说，"我只是想让你过得轻松一点。你一定要保重——"

"上帝啊，查尔斯！"我站起身，准备甩手离去，但是他像猫儿一样灵活地伸出手，抓住了我的脚踝，我在空中画过一个并不优美的弧线，摔倒在地板上。但是这样一来，至少我不会狠狠撞上房顶。

我心中涌起一股莫名的恐惧，立刻挣脱了他的控制。

他缩回手，眯起了眼睛。然后他回到自己的座位上，把光纤重新连接在头部。到现在，他已经非常熟练，不需要任何人帮助。

查尔斯带我们回到了家,把福波斯放回了原来环绕火星的轨道,就好像什么都没有发生过。我们通过"直接通信"方式得知新的着陆地点,在波佩图拉基地,"先行者"项目所在的凯巴布高原以东五百公里。

查尔斯要求医务人员做好准备,为加莱纳·卡麦隆提供治疗。他关闭了扰动设备,准备离开老旧的福波斯基地。

我还在为此前的事情觉得内疚,我帮着他取下线缆,把智囊机和解释器搬上飞行器。我们都很少开口,我和林德尔搀扶着加莱纳软瘫的身体登机途中,加莱纳一直盯着我看。我们把她放在座位上,系好安全带的时候,她身体挺了一下,然后问:"我的眼睛颜色变了没有?"

我其实不记得她的眼睛原来是什么颜色,不过我还是说没有,"眼睛没事。"我说。

她的身体颤抖了一下,"赫格海默博士还活着吗?"

"我们都安然无恙,加莱纳。"林德尔说。

赫格海默从上层座位俯身向下看,说:"我们刚才都特别担心你。"

"我知道我们刚刚才到这儿。"她说,浑身还是止不住颤抖,"我知道自己并没有昏睡。我们有收获吗?"

"我们已经完成了使命。"赫格海默说,然后又对我说,"但仍然是徒劳无功。我们不会再回去了。"

"是我导致的吗?"加莱纳沮丧地问。

"不,亲爱的,"我说,"不是你的责任。"

泰桑德拉·厄祖尔和全体总统随员——大家都了解我们的秘

密计划——一起来到了凯巴布和"先行者"基地,查尔斯、林德尔、赫格海默和我在实验室附属会议室做报告。泰桑德拉坐在桌子左侧,身边有一名医务机器工人照料,外加三名全副武装的警卫。她比我们上次见面的时候轻了十二公斤,看上去很警觉,但又有些心事重重。去往会议室的路上,她曾对我说:"凯西,我刚跟死神擦肩而过。我看到了他的眼睛,算是跟他玩了一局加纳斯塔牌①。如果我看起来死气沉沉,请不要怪我。"我让赫格海默先发言。他用伤感的语调描述了新星系的壮美诱人。"那里本是个理想的选择。"他最后说,"一颗运行在这两条轨道之间的行星,"他指出一片椭圆形阴影带,"会得到充分的光照和温暖,足以把火星变成天堂。"

我讲述第二阶段旅程的艰险时,人们的表情越来越阴郁。泰桑德拉颤抖了一下。"查尔斯向我保证,再也不会发生类似情况,我个人对此持保留态度。"

泰桑德拉勉强点了点头。

"不管我们跟地球之间存在多么严重的问题。在我看来,我们都不能采取如此极端的解决方案。"我最后说,"我们必须另想办法。"林德尔低头看着地面,摇了摇头。

查尔斯却很冷静,"我们必须得到所有参与者的信任。"他说,"我可以提交一份技术报告,不过现在,我看没有必要讲述太多细节。我们完成了事先设定的目标。我们碰到了大麻烦,全部成员都受到了伤害,其中一人精神严重紊乱。在我们团队全体人员重新获得自信之前,我同意副总统的意见。"

在场的大多数人都长出一口气。

"我还想进行更多实验。"泰桑德拉说,所有人都把视线集中在她身上,"'墨丘利号'前往一颗没有归属权的无人小行星需要多长

_____
①一种二至六人玩的纸牌游戏。

时间？"

"找到一颗大小足够的小行星，在其表面降落……"林德尔小声嘟囔着，开始用他的通信器进行快速计算。

"要两个月。"查尔斯率先得出了答案，"几乎可以肯定的是，我们与地球会在这之前摊牌。"

"如果时间这么短，"泰桑德拉说，"绑架几颗小行星的做法可能太极端了。"她思忖片刻，权衡各种可能，然后摇摇头说，"算了，我们不能这样冒险。"

查尔斯像个犯了错的孩子，轮流打量着我们。

"我无法充分表达对你们所有人的谢意。"泰桑德拉说。

"我们好像让他们失望了。"总统随员们鱼贯离开时，林德尔说。泰桑德拉留在了后面。她扶着桌子站起来，我迎上去，她张开双臂拥抱了我。

"创造历史的感觉怎么样？"她小声问。

"很可怕。"我轻声回答，"难以用语言准确描述。"

"我有时候也想去试试。"她调皮地看着我，"不过我同意，不能拿整个火星冒险。至少现在不行。"

"这个计划，一直都像是异想天开而已。"查尔斯说，"是吗，凯西娅？"

我不知该如何回答。泰桑德拉走上前，她步伐稳健，但行动缓慢异常，她逐个跟大家握手，"你们完成了了不起的工作。"她说，洪亮的声音和慈母一样的态度令人深受感动，"火星人永远难以给你们足够的回报。"她握紧我的双手，温和地笑着说，"就算大家都了解了这些事，也很可能不会感谢你们。"

"的确，大家取得一致意见越来越难。"林德尔承认。

"那是因为大家很难真正理解我们的险恶处境。"泰桑德拉说。

"威胁的确还没有解除。"查尔斯说。他探出身子,双手互握,"过去几个小时,我们听到了一些有趣的消息,地球的卫星月球最近发生了很多事。"

"李对我说,地球官方宣布接管了月球上的冰洞基站。"泰桑德拉说,"他们用意何在?"

"我们去核心实验室吧,"查尔斯说,"如果总统的身体条件允许——"

"我还能撑几个小时。"泰桑德拉说,"带路吧。"

核心实验室是"先行者"基地的中心,占地面积达到半公顷,用厚厚的钢板分隔成三个区域。中心部位深灰色的拱形房顶离地十米,上面布满了定向照明器材和生命保障系统管线。

这个巨大厅堂的一个角落是整个基地最重要的区域。那里远离层层防护下的电力线路。查尔斯在前面带路,总统跟在后面,我和林德尔走在总统两边。

纳希米亚·罗伊斯、塔马拉·况和米切尔·马斯佩罗-杰姆巴考尔塔坐在桌旁的椅子里,桌上放着两台配备编译器的量子逻辑智囊机。我还没见过这种智囊机,它们是过去几天才安装的。

"我们已经让量子逻辑智囊机完成了学习和升级工作。"塔马拉说着,不安地打量着我们,"它们已经掌握了足够的背景资料。"她的头上也带着几块小小的纳米连接器。在我们的计划中,她一直都是查尔斯的替补。

"很好。"查尔斯说,"我想让总统和副总统看看我们掌握的有关冰洞的资料。"

塔马拉和纳希米亚忙碌了一阵,让编译器展示特定内容,有示意图、表格、图片,代表各类数值的波动情况,其含义却没有人向我们解说,其中有一幅图的含义非常明显,那是一幅高清晰度全彩三维图,展示的是一座大厅,里面有很多男男女女,还有搬运设备的机器工人。

"这是最佳传输速率下的实时连接图像。"查尔斯说,"冰洞里有一个巨大的皮尔斯区,也就是威廉·皮尔斯无意中建成的那座扰动机,相当于我们设备的放大版本,功能完备。我们现在看到的,就是冰洞外面的一间实验室。"

"现场直播吗?"泰桑德拉问。

"近乎身临其境。"罗伊斯笑着说。

"他们知道我们能看见他们吗?我们是通过什么设备进行监控的?"我问。

"我们可以远程调整冰洞附近的信息阻断系统,使其具备光学传输功能。"查尔斯说,"皮尔斯区,也就是扰动机,可以把图像和声音传回我们的扰动机。他们在冰洞旁边挖掘出一片地下空间,建立了一个研究中心。他们当前还不知道,我们正在监视他们的一举一动。"

"冰洞和皮尔斯区本质上是一样的,"纳希米亚说,"从根本上讲,所有扰动机都互相依存。"

"扰动机……"泰桑德拉说。

"我们之所以称之为扰动机,是因为我们用它来调整某些属性。冰洞中的扰动机,看起来比我们的机器更大,不过这并不重要。它们拥有共同的边界,且都是连续的。"

"只是数据矩阵中所有无定型成分的一个样本。"纳希米亚说。

"这样说,的确更容易理解。"泰桑德拉说道。

纳希米亚继续努力解释,"扰动机本身都是无定型的,相当于一片空白。它们可以成为任何事物。"

"目前,我们还是只说最关键的事情吧。"查尔斯说,"看起来,他们已经了解了冰洞的重要性,而且明白该如何使用这个地方。请看这些——"他指着几个复杂的悬吊设备上的圆柱体,"它们是高级智囊机,其中至少有一台是量子逻辑智囊机。但我们却从未见过这种型号,体积很大,功能可能很强。"

"比我们能生产出的任何产品都更加先进、复杂。"纳希米亚说。

"到月球来利用冰洞,说明他们迄今为止还没能造出自己的扰动机。"林德尔说。

"也许吧。"查尔斯说,"不过他们也有可能是为了封闭冰洞,以免他人染指。如果你允许,我们可以马上知道他们了解了多少。"

泰桑德拉小声向自己的一名警卫耳语了几句,那名警卫走到一边,用自己的通信器传达她的指令。"怎么做?"她回头问我们。

"如果他们知道这是一个即时通信系统,他们就可以收到我们这边的信号。可以说,他们现在就正在收听,以了解扰动机的性能。我们最早就是这样做的。我们可以让冰洞扰动机具备回应功能,向他们传输一条信息。"

李走进来,站在泰桑德拉身边。林德尔简单介绍了面前这幅图的含义。

"我们跟他们说些什么呢?"泰桑德拉问。

"如果我们放弃了离开太阳系的所有计划。那么就需要马上重启我们与地球之间的谈判。"查尔斯说,"我们可以利用这个方式,更快、更有效地与对方进行沟通。不过,这样也会把他们吓一跳。"

泰桑德拉苦笑了一下,"就算我们可以跟他们谈判,告诉他们我们没有恶意,又能有什么用吗?"她说,"发生了这么多事,他们还怎么可能相信我们?"

"他们必须相信,"查尔斯说,"要不然我们就全完了。总有一方会先发制人发动打击。"

泰桑德拉嗤之以鼻,"'先发制人',这个说法还真是很有20世纪的野蛮味道。"

"他们还必须相信,我们对'先行者'项目有完全的控制权。"林德尔补充说,"必须相信,我们的团队中间没有小团体和异见人士。"

泰桑德拉对李点头示意,"恐怕,第一卫队给我们带来了坏消息。你来讲细节吧,李。"

"政治上,地球已经乱作一团。"李说,"他们因为没完没了的全民投票举步维艰。四大联盟所有董事会成员和高层经理都被召回开会,驻各地使节也纷纷被召回。"

"想开战吗?"查尔斯问。

"很可能不是。"李说,"他们只是陷入了混乱。批准发动'冻劫'袭击的人,很可能是吉瓦的高层。此举引发了一场政治龙卷风,现在形势越来越严重。我们收到数以百万计的地球人来信,对我们表示支持,同时还有更多的来信,只是表示恐惧和担心。"

"他们中间有没有可以执掌政局的人?"泰桑德拉问。

"在国家政治层面,地球已经完全陷入瘫痪。我们对联盟的情况还不清楚,他们在更高层面上运作——由主权国家代表作为议员进行投票。我们情报部所有的'数据飞虫'都没有发来消息。所有网络上的'数据飞虫'都已经被发现,不管是保密网还是公用网络。吉瓦内部有人授权核心智囊机遍历所有数据,寻找符合某些特性的对象。他们发现了不少我们的'数据飞虫'。现在除了能访问公共网络之外,我们几乎没有任何情报来源。"

"他们正在践踏自己的法律，"我说，"这本身就告诉了我们很多的信息。"

"他们还没有完全瘫痪。"查尔斯说，"还有人为科学家提供资金，让他们在冰洞周边夜以继日地工作。"

"尽快与他们进行谈判，不管你们用什么样的方法。"泰桑德拉说，"实时通话也行，常规渠道也可以。"

"我还想澄清一件事，"查尔斯说，"其实我们并没有失去任何选择机会。我对原来的计划仍有百分之百的信心。我们不会再犯上次实验中的错误。"

"你能把五百万人的生命全都押上去，赌这次必定成功吗？"泰桑德拉阴沉着脸问。

"我不能。"他说。

"那你愿意这样做吗？"她提高了声音问。

查尔斯并没有畏缩，甚至连眼睛都没有眨一下。"我愿意，"他说，"但是凯西娅可能不会用我。"

"为什么？"

"因为我同量子逻辑智囊机过于接近。"他说。

"上次就是智囊机——量子逻辑智囊机——导致的意外，不是吗？"泰桑德拉问。

"那不是意外。"

"可怜的加莱纳·卡麦隆可能不会赞同这句话。"泰桑德拉说。她让人给她搬一把椅子来，然后慢慢坐下去，但视线始终在查尔斯身上。我以前也见过她用这样的方式集中注意力，但从来都没有这次这么夸张。

"量子逻辑智囊机只是发现了一个可以更好地完成使命的机会。"查尔斯说，"它不可能预料到，这对人类观察者会有何种影响，它甚至无法建立我们人类的模型。"

"那你又怎么能保证,下次它不会犯更愚蠢的错误呢?"泰桑德拉质问。查尔斯苦笑,但没有反驳。

"它当时马上就明白了。它再也不会去寻求真相,直到它生涯的尽头。"查尔斯说。

"我不懂这是什么意思。"泰桑德拉说。

"它学会了恐惧。"查尔斯回答。

泰桑德拉身体前倾,依然紧皱眉头,两手搓着膝盖。然后她站起来,揽住我的肩膀。"我懂得的太少了。"她嘟囔着,"亚瑟王也从来都不理解梅林①,对吧?"

"我想是的。"我说。

"我们已经取得了这么大的进展。"查尔斯平淡地说,"为了这个,每个人都被累成了皮包骨。我觉得,我们至少应该保有这种选择的可能性,以防地球采取极端行动。"

"我们会做完全的准备。"我说,"现在没有理由取消计划。但是,这将不再是我们关注的重点。"

"那么所有的地质测量项目呢?"林德尔问,"我们开启的其他研究又会怎样?"

"我们也不会取消这些项目。作为一般知识积累,它们都有用。"

"那我们做什么?"查尔斯抬起手指着他的同伴。

"继续监控冰洞。"我说,"我觉得,李应该和你们进行协作。"

"那就是说,我们降格成了间谍。"查尔斯说。

我们紧盯着数千万公里以外那个地方传来的图像,男男女女和机器工人忙碌着探求他们力求了解的机密。在月球,有一个穿

---

①亚瑟王传说中亚瑟王的顾问,是一个魔法师和预言家。

着防护服的女人——黑色的装备很厚,像大象的表皮一样有皱褶,可能是为了防止辐射和严寒——慢慢走进了我们视野的中心。她的图像突然变形、模糊,可能是过于接近奥林匹亚人设定的光学感应器。"他们到底知道了多少?"我问。

"很多,"查尔斯说,"否则他们不会到那儿去。"

"如果他们正确利用了冰洞区域的资源,他们能做到什么?"我问查尔斯。

"我们能做到的,他们都能做。"他回答,"他们了解到更多的知识,就能做到更多。"

我在基地半公里以外的地面上徘徊,周围都是平整而荒凉的沙地。我本应该去睡觉,可现在正当清晨,我的脑子里又充满了太多疑问。我不想再催眠自己。最近,我接受催眠的次数已经太多。

我穿上警卫用的加压防护服,偷偷穿过新建的一条维修通道溜出来,这里通常只有机器维修工人才会来。我来到地面,沿着硬实的卵石路行走。只有这条路上才没有讨厌的玻璃状火山岩。我的靴子轻轻踩在棕色和橙色的光亮岩石上。高空飘浮着水晶般的云朵,装点着清晨的天空,折射出七色的彩虹。现在很冷,在凯巴布这个纬度,气温大约是零下八十摄氏度的样子。好在防护服有足够的防寒功能,而我也完全没有心情去关心潜在的危险。

我们的确考虑过搬走整个行星,永久改变所有火星居民的生活,以免与地球翻脸。现在,在我看来,这个方案简直懦弱得超乎想象。我努力想象前往新星系的旅程,一路我们要穿过数千光年的距离,而这个空间本质上完全不存在。即便机能强化提供了复杂的知识背景,但我在潜意识深处还是把这当作一场梦,而且是一场噩梦。

我眯起眼睛，看着西边的地平线。福波斯很快就将升起，随后不久就是德莫斯。我蹲在粗糙的地面上，垂下头，盯着自己两腿之间的地面。

我是凯西娅，也叫凯西，曾是女儿和妻子，现在都不是了。我这一生，已经太多次被连根拔起。我无法简单地挖开地面，让自己再次生根，获得新的角色，再次找到生活的中心——就连火星都不属于我们，也不属于我。我们来自很远的地方。我们是入侵者，在地表挖掘巢穴，就像寄生在肌肤中的螨虫。而火星，本属于另外一个难产而死的生态体系。

我在自己内心深处搜寻——没有感情，没有狂热。除了责任，一无所有。

我的胳膊在发抖，我想要让它们别再抖下去，但它们却不听使唤。随后是双腿开始发抖，脚趾本能地蜷缩在靴子里。我的防护服问道："你是不是身体不舒服？"

"是的。"我小声回答。

"这套防护服本身没有医疗功效，但如果你大声说'是的'，或者把右拳轻轻攥起来，它就会发出紧急求助信号。"

"不用。"我说。

"如果你的症状没有改善迹象，我将会在两分钟后重新提出同一个问题。"

"不用。"我说。

我抬起头，布满沙土和卵石的地面上站着几个人。他们没有穿防护服，只是好奇地看着我。

我妈妈第一个走上来，跪在我面前。跟在她后面的，是地球人奥利安娜，还有我哥哥斯坦，抱着他的小儿子。奥利安娜面无表情，但是我能感觉到她对我的反感。如果福波斯撞击了地球，她将是死难者之一。我突然意识到了自己的罪责。

我有麻烦了,我心里想。我的精神正面临崩溃。

我的妈妈抚摸着我的双臂,但我毫无知觉。斯坦走上前来,他的儿子被放到地上,小男孩摇摇摆摆一步步向我走来,他还在蹒跚学步。火星的孩子学会走路都比较早。

我听到了斯坦的声音,却听不懂他说话的内容。但他的语调让我心安。

死者与生者并肩——这一幕幻象我看了几分钟,然后默默起身,拍打掉防护服臀部和腿部的灰尘,慢慢回头,打量整个凯巴布。

"事情还没完。"我说,"我不能就这样懈怠下去。我必须坚持。"

斯坦点点头,妈妈脸上露出同情而又悲戚的表情。他们看上去就像是哑剧演员,表情比平时夸张一些。"妈妈,我很高兴能再次见到你,你气色还这么好。"我对她说,"真希望你能跟我说句话。"

她耸肩,微笑,但还是一语不发。斯坦小声说了些什么,但我的耳朵里像是堵了几层泡沫一样。

"等这些事都完了,"我说,"我会花几个星期的时间祭奠死者。我想你们想得都要发疯了。行吗?"

妈妈把头侧向一边,露出一如既往的神秘表情。

"伊利亚在哪儿?"我问。

"我在这儿。"他在我背后说,我微笑着回头,满心欢喜。

我躺在地上。我以为是有人把我打晕了,但实际上,我是自己躺下的,只是随后又忘记了。我的喉咙痛得要命。头盔围绕脖子和下巴的部分很潮湿。哦,我心想,我刚才一定是又哭又叫。

我一直在刻意回避自己的情感。我不能公开哀悼,那样会暴露自己的脆弱。我不能让任何人看出我遭受重创,甚至要自我欺骗。所以我才会大白天见鬼,然后失去知觉,任由身体发泄哀痛。大脑在通过这种方式排解长期累积的压力。

我已经在地面待了两个小时。我的心情变了,不是变得更好,只是与之前不同。我穿过荒原,重新进入气闸。我有自己的专用钥匙,能够打开凯巴布基地所有的门。我进去之后,门自动关闭。

我吸掉身上的泥土,在房间里迅速冲了个澡,为早上的会议穿好了衣服。

我没有别的办法,只能继续工作。

但留给我的时间,却越来越少。

泰桑德拉和她的全部随员,包括李,以及其他四名被指派负责"先行者"项目安全的第一卫队高级指挥官第二天都要回众丘。我们在主实验室外面的办公室热情地互相拥抱告别。

"我真不想看到咱们两个这样疲于奔命。"她伸直双臂,扶着我的双肩说。跟平时一样,我们这时候也是被警卫和幕僚团团包围。作为总统和副总统,这已经是我们最接近于私下交流的环境了。"凯西,对我来讲,你就像是一个小妹妹一样。答应我,我们一定要挺过这一劫,将来功成身退,一起经营自己的基地。你来做族长,我负责管理茶园,做朴实正派的火星人。"

"我答应你。"我说。我们再次拥抱,泰桑德拉深吸一口气。

"有一场会谈,我肯定无法出席,对方是凯利泰特族盟。"她说,"艾丽塔那里有时间安排。你今晚必须乘坐飞行器前往莱奇拉。"

"去见克劳恩·尼日尔吗?"我紧张地问。

"他说有急事。我听说,凯利泰特最近都没有什么项目可做。我们的制裁起到了作用,你比我更了解他。"

"他是一头可恶的畜生。"我说。

"坚持,继续坚持。"泰桑德拉说。

我让艾丽塔和首席助理查询并取消其他不重要的会面安排,包括魏斯勒和奥林匹亚人的工作进展报告。

尽管政府力图孤立凯利泰特,尽管反对共和国的其他族盟也对他们退避三舍,它对共和国的未来仍然具有很大的影响。尽管多次犯下大错,克劳恩·尼日尔还是凭借高超的政治手腕,保住了族盟族长的位置。

"冻劫"导致巨额财产损失,地方执政官已经提出了多项索赔,如果不能让地球提供赔偿,中央政府就成了追索对象,我们当然没有那么多钱。凯利泰特族盟主动提出,它可以争取到地球上火星同情者的捐赠。到现在为止,我们还拒绝讨论这个问题。不过压力在与日俱增,泰桑德拉早些时候暗示,我们可能不得不向克劳恩·尼日尔再次妥协——当然,我们还是不能过度相信这个人。

我自己也有一些疑问,想从他那里得到答案。

莱奇拉,意思是"红城",坐落在一个峡谷的南侧,飞行需要三个小时。这里是一块独立区,属于最小的穆斯林族盟阿尔梅丹。五十年前,这里曾是度假胜地。但是由于资源(水源和资金)快速枯竭,这里不得不被改造成一座新伊斯兰教寺院。

据说这里很漂亮,所有建筑都在地面以上。建筑石料是本地开采的,覆盖着复合增压材质,防辐射层暗藏在建筑表面之下。

我的随员包括丹迪·布雷克和两名年轻一些的警卫——克里·梅斯纳和雅克·德蒙。我们还带了艾丽塔的简装版本。

穿越峡谷途中,风景宏伟壮观。在六千公里以下,峡谷中的风把粉色和橙色的沙砾堆成一条条河流的模样。高空的冰晶云朵翻涌变幻。不过,我完全没有时间欣赏风景。艾丽塔正在向我展示凯利泰特近期的财务状况,包括他们通过月球上的三星银行获得贷款的情况,乃至尼日尔个人的财务状况。

"跟我讲讲他个人生活方面的细节。"我说,艾丽塔二世携带着第一卫队大多数情报资料的加密版本,它的形象变成了真人大小,像真人一样完全不透明,坐在我身边的座位上,翻阅着虚拟的文件。她举起一张边角烤焦的纸片,狡猾地看了我一眼。

"里面有猛料,是吗?"我问。

"他是新伊斯兰教徒,妻子也是。三年前,她离开法米特教派与他成婚。但是很明显,这只是一场政治婚姻,他没有投入真心。"

这些我早就听说过了。"毫无意外。"我对艾丽塔二世说。

"他是双性恋者,男女通吃。"

"那他喜欢跟绵羊激情吗?"

"不喜欢绵羊。"

"尸体呢?"

"也没有此类迹象。"

"好多政客都性欲旺盛。他对性伴侣怎么样? 有没有遇上过丑闻、诉讼之类的事情?"

"没有诉讼记录。他的妻子不幸福,可是又不愿跟他离婚。"

"都是老生常谈。为什么选那张烤焦的纸呢,艾丽塔?"我问。

"西奈学院反对极权主义者的学生运动之后,艾哈迈德·克劳恩·尼日尔曾流亡地球三年之久。'数据飞虫'曾找到一些文件,显示有一个说话模式与他接近的人,曾多次参与南非政治活动,反对非洲统一。"

"相似度有多高?"

"口头表述的相似程度高达百分之九十八。此人被列入了吉萨组织和非洲联盟的外逃罪犯追捕名单。他的名字叫约瑟夫·马穆德。"

即便这是个重要的消息，我也不知道该怎么利用。"艾丽塔，"我说，"这种有焦痕的文档，通常包含的内容都是谋杀、鸡奸，或者在征婚广告中吹嘘自己阳具超大。"

"你说什么？"艾丽塔二世不解地问。她的幽默感与政治直觉同样低下。

"我们跟非盟和吉萨都没有什么接触，也没有签署协约，没有义务替他们追捕逃犯。这不是什么值得用焦纸文书记录的重大消息。我们知道他是政治上的机会主义者，是个卖国贼。总有一天，"愤怒让我不能自已，几乎无法说完下面的话，"我们会杀了他。"

"我明白。"

莱奇拉果然名不虚传，有厚厚的红墙，每个转角处都建有尖塔，中间是十几座圆顶建筑，最大的直径有二百米左右——成本很高，在火星人看来，也过于傲慢自大。火星上的新伊斯兰教徒宁愿向落日下的自然界开战，也从不向地球摇尾乞怜。我访问过的伊斯兰教徒基地，往往都是干净整洁，政治上循规蹈矩。那里的男人彬彬有礼，衣着考究，穿着印度式长衫或者罩头长衫；女人衣着时尚，神态自信，爱穿长及小腿的皮衣，佩戴丝质或者棉质面纱，面纱垂到肩膀上。

因为这次会谈将严格保密，我们的团队由安保人员和本地市长迎接。市长是个和气的胖子，穿着一件整洁的银灰色长袍。丹迪、梅斯纳、德蒙和凯利泰特族盟的警卫互相打招呼。他们就安全保障工作达成一致,艾丽塔二世也和凯利泰特族盟的一台智囊机建立了光纤连接。

市长身上有股八角茴香和玫瑰水的味道。他带我们步行前往一座宽阔、高耸的圆顶建筑,就在基地的外墙附近。房间里面有地球产的垫子和提花地毯,还有给虔诚信徒净手的石盆,以及表达彼此分离的兄弟之间情感的干草护身符。

我坐在垫子上,紧张得胃里直泛酸水。

克劳恩·尼日尔走进房间。他走路的方式更像猫了,视线如同刀子一样扫视一下四周,然后弓身坐下。坐下来之后,他的形象就没那么优雅了,暴露出身体有些发胖的事实。他轻轻呻吟一声,长出一口气,"请原谅,副总统女士。"他说,"我现在很累。我想你很清楚这背后的原因。我们所有的进口申请,好像都在被人刻意挑毛病。火星人的美德都到哪儿去了?"

我面带微笑,"有什么我能为您效劳的,克劳恩·尼日尔先生?"

他张大鼻孔哼了一声,"我会实话实说。我知道你不可能这样做,不过我的处境与你不同。我只是小小的走狗,不幸与你们这群恶狼竞技。我会告诉你最近发生的事,任你去判断它们的含义。我本人是真的害怕了。"

很明显,他没有说谎。"我会完全直说。你们早就在怀疑这些事,但我现在可以告诉你们:'冻劫'之前,我们申请了很多采矿权,这些都是我们地球伙伴的意思。"

"是吉瓦。"我说。

他摇摇头,"比吉瓦还高。超级大联盟,你们没听说过吗?"

"没听说过。"我承认。

"这是事实。大多数申请都遭到了拒绝,但有些可以接受地球人参股。我们新得到的地区,加上原来控制的,总共有九十个。这些地方都被播种了机器蝗虫,就是那种微缩工厂,用来生产破坏性纳米战争机器的。"

我满脸通红,因为愤怒而两手颤抖。

"我们没有料到他们会这样做,不过,在你看来,我们顺从敌人愿望的做法,无论如何都不能原谅。但我叫你们来,并不是为这个目的。我告诉你这件事,是因为机器蝗虫对我们的威胁,已经与你们毫无二致。"他停顿了一下。

"我在听。"我说。

"我原想跟总统本人谈。"

"她现在没时间。"我说。

他叹了口气,"我们凯利泰特人也取得了一些技术突破,只是通信技术,没有到能够移动卫星的地步。但这也是重要的工作,有诱人的应用前景。一周前,我们将这个消息通知了地球方面的联络人,我们想出售新技术的使用权。即便是在当前如此艰险的环境下,我们也还想继续做生意。但是,地球的答复却出乎我们的意料,他们要求我们解散科研团队,并且把我们的科学家送往地球。"

谈话开始时,我曾觉得自己掌握先机,足以控制局面,而现在,我能感觉到的却只有恐惧。"你跟他们说了什么?"我艰难地问道。

"我们曾与超级联盟签订协议,这是我一辈子最大的失策。"他两手十指交握,支在下颚上,身体在垫子上焦躁地前后晃动,"而现在,他们甚至不跟我进行任何沟通。我担心,他们会采取非常可怕的行动。我高度怀疑,'冻劫'就是他们主使的。目前我们必须联合起来,团结一致,也许还有一线生机。"

"你们在通信方面取得了怎样的突破呢?"我问。但是我脑子里却在盘算别的东西:我们必须迅速离开,返回凯巴布;我必须跟查尔斯商量,并且提醒总统。

"我们能够进行实时通信,信号可以覆盖极其广阔的空间。"克劳恩·尼日尔说,"跟你们的成果相比,这可能微不足道。但是我们觉得很重要,而且我们也没听说,你们掌握了类似的技术。"

"你们还发现了什么?"我问。

"地球人似乎也怀疑我们还有更多其他发现。都是因为你们,还有你们该死的表现欲!"克劳恩·尼日尔吼叫着。他垂下眼帘,很不耐烦似的又叹了一口气,"我费尽心机,就是想建造一个避难所,躲开那些疯子。一开始地球疯了,然后火星共和国疯了。我把自己的灵魂和生命都奉献给了中立主义,我想让我的人民有机会保持独立。"

"可你却同地球人勾结在一起,我并不认为这是什么独立。"

他紧闭双唇,好像准备啐一口,以示不满,"我才不在乎你怎么看我,你本身就是个寡廉鲜耻的小人,毫无火星人的美德。为了政治利益,你会威胁我们所有人的母星球,动用如此危险的武器……完全是疯子!"

"有那么多火星人死于地球的暴力袭击,地球人可没有遭受任何伤亡。"我说。

"真是天真啊!你展示这样强大的力量,这样的能力本身就必然会招致暴力袭击。现在,我们凯利泰特人也被以前的盟友扔进了你们的贼船。火星人还以为自己懂得国际政治,其实这里只是一片幅员辽阔的农村,住着一大群头脑简单的人。"

"你自己也成了力量对比中全新的不稳定因素。"我说,"他们认为,你的势力很快也会强大到与我们相当的程度。"

"我们会吗?"他脸色苍白地问,"我们的技术真有这么厉害吗?"

凯利泰特人在今后几个月或者几年可以获得怎样的研究成

果,已经无关紧要。"地球人多年以前就想把这只妖精封到瓶子里了。"

"那我们必须怎么做?"他问。

我站起来说:"这场游戏已经超出了你我的掌控,你不觉得吗?"

他摇摇头,"这倒是。不过——"

"超级联盟一定很清楚你的过去——在非洲发起的暴乱,你和多布同流合污的事实。他们根本就不可能相信你。你曾经对他们有利用价值,不过现在……"我摇摇头,"我必须得走了。"

艾丽塔二世断开了它与凯利泰特族盟智囊机的连接。我走开去,智囊机乘坐它的车跟在后面。在穹顶大厅的正中,艾哈迈德·克劳恩·尼日尔站起来,举起双臂大喊道:"我们能做什么?告诉我!一定还有什么事情可做!"

丹迪、梅斯纳和德蒙在圆顶建筑外的走廊与我会合。莱奇拉市长尾随着我们,不断提问,试图了解我们对当前危机的看法。丹迪用手抵住他的胸口,轻轻把他推开。市长目瞪口呆,因为遭到如此野蛮的对待而大吃一惊。我们把他和他的随员丢在圆顶建筑的入口处。克劳恩·尼日尔的咆哮和哀鸣在大厅里回荡,声音空洞而无助。

"我们要赶回'先行者'基地。"我对丹迪说,"我得尽快跟总统通话。"

"出了什么事?"丹迪问。

"没时间解释了。"我说。

时间不存在,空间不存在,在这世界上,也没有任何偶然。

第七部

第十章

2184年,新火星历60年

最后的危机已经来临。我已看清了地球人的意图,像火星的夜空一样清晰。他们肯定已经感觉别无选择,只能扑灭日渐积聚起来的风险,完全控制新技术的开发。对我们的力量和不确定性的恐惧,让地球决定与我们彻底撕破脸皮。

我们离开莱奇拉,飞行器一升空,我就给泰桑德拉发送了紧急信号,要求"先行者"基地进入高级戒备状态。泰桑德拉回复说,她将在众丘城召集所有下属和幕僚,研究我们目前的处境。

"潘多拉魔盒已经完全打开,不可能再合上了。"她说,"凯西,所有我们能做到的事情当中,没有一件比'先行者'方案更有效。告诉查尔斯,我可能很快就会需要他帮忙,让他务必做好准备。"

这么多年来,我对她的满脸倦容依然记忆犹新——她是一个公正而充满爱心的人,却长期处于致命的重压之下。那张脸在我的心中萦绕不去。她已经完全不是我最初认识的泰桑德拉,不再是我深爱且熟悉的那副模样。

导航智囊机引领飞行器穿过凯巴布高原,发动机发出单调的轰鸣。飞过火星高空的那两个小时就好像永远都不会结束一样。我看着窗外,却无法看清任何景物。我感觉自己就像是为险境中的儿女担惊受怕的母亲。

"你对超级联盟了解多少?"我问艾丽塔二世。

"这个名字让我非常困惑。"智囊机回答说,"我们没有关于它的任何记录。"

也就是说,第一卫队和李费尽心机安插了那么多"数据飞虫",搞了那么多次搜索,还是没能破解地球最高层的机密。克劳恩·尼日尔所说的话,我又能相信多少呢? 有没有可能他自己也被骗了? 又或者,所谓的超级联盟,只是超级智囊机群构想出来的虚拟统治阶层,是一股超越了民意的势力?

不管是谁最终控制着这股势力,他们都采取了与火星为敌的立场。火星和地球,一个已经掌握,另一个即将掌握致命的毁灭性力量,双方根本不相信彼此,也不可能花时间进行谈判。我们之间甚至不会爆发战争,因为战争至少还有一些规则约束。我们即将面对的,是简单直接的疯狂屠杀。

丹迪·布雷克坐在我对面的椅子上,身体贴着靠背,"我们遇上大麻烦了,对吗?"

"看来是这样的。"

"是凯利泰特人惹来的?"

"是,也不是。他们与我们,都在追求'大杀器'。我们自己同样也犯过错。"

"错在移动了福波斯。"丹迪说。

我清楚地记得,当时突然扭转局面的时候,我心中的那份狂喜,即便是现在想起来,也会心跳加速。如此强大的力量,那么快就解除了我的全部负担,让我可以对西恩·狄金森还以颜色,甚至比他对我的方式更过分。我们还都是孩子。我们依然追随自己最原始的本能舞蹈。"那次是他们逼我们的。不过现在,地球绝对不会再相信我们,就像不会相信自己床底下的蝎子一样。"

丹迪摇摇头,茫然不解,"我从来没见过活着的蝎子。"他说。

总统专用网络传来了更多加密信息。除了"先行者"计划以外,火星还制订过很多其他计划。但我们在奥林匹亚人身上的投入是最多的。现在,我们正在考虑其他计划实施的可能:各基地各自为战,分别阻击机器蝗虫的袭击;将彼此邻近的基地的资源和战斗力集中起来;对自动系统进行更严格的扫描……

距离"先行者"基地还有三十分钟航程。我跟实验室里的查尔斯通了话。我向他讲述了莱奇拉发生的事情,并且传达了总统的口信。他默默听着,拉长着脸,面无表情。

"这就是在耍我们。"查尔斯说,"政府把我们当小孩子一样对待,招之即来,挥之即去。"

"我们也不想这样做。"我争辩说,"泰桑德拉不会轻易召唤你们,除非——"

"除非这次我们真的已经走投无路。"他说,"他们会把我们的通信器清空。我将不得不留在这台大型扰动机旁边。我一直在培训塔马拉,以防万一自己遭遇意外。昨天我们又把另一台扰动机送上了福波斯,斯蒂芬让丹迪·潘彻负责。我们已经做好了开始战争的全部准备。"

战争。这个词概括了一切,也让我们所有的准备工作染上了可怕而急迫的色彩。

"总统会做出怎样的决定呢,凯西娅?"查尔斯问。

我知道他担心的是什么。有了一次手握达摩克利斯之剑①的

①希腊传说中,达摩克利斯是叙拉古国王狄奥尼西奥斯的廷臣,传说国王请达摩克利斯赴宴,命他坐在以一丝头发悬挂的剑下,以示帝王多危。后人用达摩克利斯之剑表示时刻存在的危险。

经历之后,他肯定不想再做一次。

我说:"如果我们故伎重演,再让福波斯回到地球附近,他们肯定会有所准备。"

"冰洞那边,"查尔斯说,"我们的窥探通道已经被阻塞了。"

"什么?"我吃惊地问。

"我们已经无法监控他们的活动。"查尔斯说,"他们肯定已经完全控制了皮尔斯区。假如他们已经掌握了运用的诀窍,就可以用冰洞来对付我们派去的任何东西。"

林德尔加入了对话,"有百分之九十以上的可能,他们已经掌握了比我们更为丰富的知识。"他阴沉着脸说,"也许,他们会把月亮丢到我们头上。"

我也无法否认这种可能性。

"现在,我会一直在大型扰动机附近待命。"查尔斯说,"我们可以在一个小时内做好准备。你必须看清形势,并向我们发布命令。如果地球决定把火星炸成碎片,我们有可能来不及躲避他们的袭击。"

"查尔斯还有事情没有透露。"林德尔说,"我不想乱插嘴,不过——"

"那没什么。"查尔斯紧张地说。

"我们碰到了些麻烦。"林德尔坚持说下去,"搬动像火星这么大的对象,会遇上一些特殊问题。首先,查尔斯或者塔马拉,不管是谁负责照看量子逻辑智囊机,都会消耗极大的体力。"

"这个是可以解决的。"查尔斯说。

"是的,但也要付出代价。处理那么多的变量时,量子逻辑智囊机会变得特别难以驯服。我知道查尔斯有能力做到这一点,不过还有实体设备方面的限制。搬动如此巨大的对象到如此遥远的距离之外,我们的扰动机很可能会运行不稳。"

查尔斯叹了一口气,"斯蒂芬一直在研究我们实验数据中的一些反常表现。"

"具体是怎样反常呢?"我问。

"在绝对零度环境下,介观①粒子的本质属性可能难以改变。本质上是一个数据流反常问题。有太多的属性值需要通过如此细小的渠道进行调整,可能会大大降低皮尔斯区的效率。"

查尔斯说:"以前也遇见过这类问题,我们能控制局面。"

林德尔说:"我只是觉得,我们的上司有必要了解详情,以防万一。"

"那么,我们到底能不能搬走火星?"我太累了,实在没有精力讨论物理学问题。

"能。"查尔斯说。

斯蒂芬犹豫了一下,"我觉得,应该可以。"

"那就保持待命状态。"

我们结束了通话,我瘫倒在座位上,急于回到地面,直接面对面开展工作,而不是在数百公里外遥控指挥。

几分钟后,丹迪解开安全带,站起来伸展一下腰身,前往飞行器后部的卫生间。他从梅斯纳和德蒙身边走过,他们小声嘀咕了几句什么。沉思中的我听到几下刮擦声,登时警醒了起来,然后就是一声尖厉的咒骂声。

"副总统女士!"丹迪在机身后部喊,我侧身靠在椅背上向后看。他和另外两名警卫站在卫生间门口。我解开安全带,走到他们身边。

"事情不对劲儿。"他说,指着机身后半部的好多凹陷和孔洞。

---

①介于宏观与微观之间的一种体系。

有一部分地板也被破坏掉了,边角像是被啃坏的一样。我顺着丹迪的手指看,有某种东西把客舱后半部搞得一团糟。

"几分钟之前还好好的。"雅克·德蒙说。

丹迪刚才蹲在地上,现在直起身,两手在裤子边上抹了抹。"你去前面吧,副总统女士。"他说,"系好安全带。克里,告诉导航员,尽快赶到'先行者'基地。"

克里·梅斯纳跑向前舱,气喘吁吁地说着"抱歉",经过我身边。我正准备弯腰坐下,就听到后面传来重重的撞击声和惊叫声。丹迪半边脸上沾满鲜血,摇摇晃晃地向前舱移动,然后栽倒在过道里。

克里转身,马上挡在了我和后舱之间。"别起身!"她咕哝着说,然后蹲下掏出手枪,慢慢向舱尾逼近。不知是什么,咔哒哒、嗡嗡嗡响了一阵。克里的身体一阵颤抖,两手抓住两侧椅子的扶手,单膝跪地,继而向后栽倒,胸口整齐排列着带血的伤口,血水渗透了她的黑色衬衫。她咳嗽着,痉挛着,眼睛好像还在提出无声的疑问,却没有看着任何人。然后她就一动不动了,嘴角冒出粉红色的血沫。

雅克后退到我的身边,跨在克里身体上方,不住地小声咒骂。他用枪瞄着后舱顶部倒挂着的一个黑影,随后又是咔哒声和嗡嗡声。慢慢地,他两腿瘫软,身体扭曲,手枪从手指间无力地脱落。他向前倒去,就像是要呕吐一样,随后就一头栽在地板上。

我依然蜷缩在机舱前排,躲在椅背后面,心情沉重到无法承受。艾丽塔二世已经从我背后的推车上下来。她移动的时候,我的椅子微微颤动。

飞行器还在继续飞行,就好像什么都没有发生过。我有时间拉响警报吗? 我忍无可忍,从椅子旁边向机尾看去。

一个黑影,伸展着细长的四肢,慢慢从后舱直立起来。它的头撞到了机舱顶部,微微缩回了一些,发出一阵尖利的机器嚎叫,爬到了顶灯的光柱下面。

这只机器蝗虫个头跟真人接近,躯干是带有螺旋纹的绿色卵圆形,就像巨大昆虫的蛹。多肢节的腿用诡异而优雅的姿态探寻着椅子和地板,吓得我血液几乎凝固。它的头顶有三只闪亮的黑色眼睛,眼睛下面是一个灵活的管状嘴,细得像枪管一样,总是不怀好意地转来转去。

仿生纳米机器人,被设计成能在火星上生存并大开杀戒的样式。

我出神地盯着它。这台机器爬过丹迪身体上方,抬高后腿,好像觉得脚下的东西很恶心似的。我的身体颤抖了一下,预感自己也将中弹身亡,那细细的枪管至少已经击毙了我的两名守卫。子弹肯定是从管状口器里喷射出来的。

斩首行动。

这只机器蝗虫的种子应该是在莱奇拉登上飞行器的,也许这是艾哈迈德·克劳恩·尼日尔的诡计。不过,我很难想象他能做出这么恶劣的事情来。或许,现在他也面对着同样的刺客。

看起来,那台机器并不急于对我发动攻击。我知道自己命不久矣,心情反而平静下来,抛开了目睹警卫死亡的恐惧和愤怒。我知道,自己很快也将落得与他们一样的下场。

即便如此,我的脑子还是转得飞快,努力寻找着逃生之策。

智囊机导航员会知道,我们遭遇了大麻烦。它会给前方发出警报。几分钟之后,我们就会到达"先行者"基地。

但是我突然一惊,想到这只机器蝗虫的目的地可能就是基地。它会杀死我,侵入飞行器智囊机,然后让它自己,以及更多的同类侵入科研基地。我不能坐视他们这样做。

在漫长的几秒钟时间里，我盯着那台杀人机器，慢慢弯腰，试图抓起克里的武器，因为它离我最近。但是没有成功。那怪物微微颤抖了一下，像是临时改变了主意，沿着过道冲过来，抓起那把枪，狠狠地把我推到一边，力气大到让我肌肉剧痛。随后，它继续向前移动，开始撕扯前舱封闭门，试图进入导航智囊机所在的空间。

我迅速弯腰，察看雅克和克里的情况。他们都已经断气。我沿着过道向机尾跑去，把丹迪翻过身，他呻吟了几声，眼睑正在颤动。机器蝗虫击中了他的头部，伤很重，但他还活着。

我把丹迪向前拖，拉起他的身体，让他坐在椅子上，为他系好了安全带。他的头无力地下垂着，看了我一眼。

"不能让它到达'先行者'基地。"他小声说。

"我知道。"我说，然后面朝前方，对导航智囊机喊道，"现在马上落地，马上！让这架飞行器坠毁！"

丹迪摇摇头，"这样做没用，你得要求它降落。"

那只机器蝗虫动作纯熟地切割开了前舱壁和锁闭的门。我看到另一侧的控制室，以及安装在控制台上方的导航智囊机。机器蝗虫身上长出一条新的附肢，试探着去捅盒状智囊机。

"马上坠机，该死的！"我大叫，"降落，马上降落！"

飞行器颠簸着，翻滚着。机器蝗虫的身体重重撞击在行李舱门上，冷不丁撞开了死去卫兵的保险带。在后舱，雅克和克里的尸体看上去就像是从地板上站了起来，重新获得了生命，他们四肢无力地晃动。艾丽塔的推车从我身边跌落，冲向飞行器舱尾，撞在了雅克的身体上。

我不知道导航智囊机是不是在执行我的命令，但飞行器此时的古怪表现,的确没有更好的解释,除非智囊机打算把机器蝗虫从自己身边甩开。

但是机器蝗虫不依不饶。一条昆虫腿从我身边跌落,黑黑的,泛着光。尽管失去了这条腿,机器蝗虫还是死死抓住前舱地板,继续在智囊机的方形盒上试探。在发动机的轰鸣、行李撞击声和尸体可怕的拍打声之外,我听到钻机的嗡嗡声响起。

我用尽力气,让自己坐在椅子上。雅克从我身边滑过,弄得我裤子上沾满鲜血。我系好安全带的同时,飞行器又翻滚了一圈。

我向前扫了一眼,看见导航智囊机的机箱已经被扯开,凝胶喷涌而出。

机器蝗虫成了这个旋转的噩梦的中心。

我们撞到了地面。

我的胫骨一阵剧痛,撞在了前排椅子靠背上。随后不知过了多久,我都没有什么感觉。随后又是一次撞击,导致多处骨折,我晕了过去,但只是一瞬间。我恢复知觉时,飞行器还在滑行、翻滚,在地面上跌跌撞撞。我听到塑料和钢铁的嘶鸣,听到空气泄漏的嘶嘶声。我本能地闭紧眼睛和嘴巴,用手捏紧鼻孔。我感觉到了真空世界的袭击,就像血液全都涌到了体表。随后,座位周围的加压气囊迅速打开,充满了炽热的压缩空气,就好像刚从炉门里涌出来一样。

飞行器停止了翻滚,颠簸着滑动,晃晃悠悠地停了下来,机鼻朝天。

我坐在自己的座位上,系着安全带,被困在气囊中间,就像被裹在橡胶蛋壳里的蜥蜴。每一次呼吸,胸腔都像刀扎一样剧痛。我咬着牙,以免痛得叫出声来。眼前只能看到拳头那么大一片模糊的影子,其他什么都看不清。我惊慌失措,拼命坚持才能保持清醒。我隔着雾一样的薄膜去看丹迪的座位,他的身体侧向一边。我不知道这是为什么。后来才意识到,他把自己上半身的安全带解开了,然后失去了知觉。

我看不到前面有什么,飞行器的残骸挡住了我的视线。我看不到那只机器蝗虫。

我把头倚在座位靠垫上。我现在已经可以忍受剧痛。恐惧让我麻木,浑身冷汗直流。战争已经结束,地球获胜。

我有些厌烦地发现,小小的急救用机器工人用触须缠住了我的手腕。飞行器自带的微型救生系统已经在给我们做身体检查。我试图挣开胳膊,那些触须却缠得更紧,有一管医用纳米材料被注入了我腕部的血管。白银和黄铜躯体的机器工人,个头比老鼠还小,从我胸部爬上来,把一个杯子放在我的嘴唇和鼻子附近,杯子连接着一条闪亮的蓝色管子。我想转开脸,但清新的空气瞬间充满了我的肺部,疼痛有所减缓,寒冷程度也在降低。我变得冷静而清醒。

那小小的机器工人悬吊在我的下颚旁,在我的眼前投射出这样一条信息:

> 你的伤并不严重。你断了三根肋骨,而且耳鼓破裂。正骨装置会把肋骨复位,并用纳米固定和细胞再生装置进行包扎。破裂的鼓膜也正在修复。你至少一个小时内将无法听到声音。

我能感觉到自己胸腔内的活动,细细的纤维状构造正在连接断骨,让所有肋骨恢复原样。

"好的。"我说,但是听不到任何声音。

> 飞行器客舱里的空气已经泄漏,舱室密闭性难以恢复。我们的求救信号还没有得到任何救援人员回应。导航智囊机

或者是出现了故障，或者就是已经彻底损毁。我们很快就将完成既定工序。你还有其他指令吗？

我再次试着看向丹迪。我所处气囊中雾蒙蒙的状况有所改善，他还是身体软绵绵地俯身向前。"丹迪还活着吗？"

座位上的那位乘客还活着，但已经失去知觉。他很快就将恢复意识。他只是胫骨折断，还有轻微脑震荡。另有两位乘客死亡，我们对已死的乘客无能为力。

"艾丽塔怎么样了？"

智囊机艾丽塔的副本状况不明。

丹迪抬起头，举起一只手擦拭他所处的气囊内壁。他茫然地看了我一眼，两只耳朵外面覆盖着纳米医疗材料，就像防风耳罩一样。"你还好吗？"他口型很夸张地问，同时还做着手势。

"还活着。"我回答。

"你能动吗？"他打着手势问。

我耸耸肩。

我勉强明白了他想表达的其他想法："跟我走……离开这个地方……"但是他两手都不听使唤，甚至无法完全解开自己的安全带，只是昏沉沉地摇着头。

我得去救自己的警卫。

我知道这些气囊的运作原理。它们有延展能力，可以跟随我的运动方向翻滚。紧致的保护膜将我和接近真空的火星环境隔离开来。我解开安全带，站起来，感觉到自己体内的纳米材料在错位，肋骨断裂处彼此摩擦。

飞行器的机鼻已经被削掉，前舱敞开，可以看到天空。一部分控制面板被机器蝗虫撕开，又在坠机过程中被挤向一边，以难以置信的角度突出在飞行器以外。操作面板上有一个紧急求助图标在闪烁。我躲在气囊里向前挪动,擦拭隔膜内壁上的蒸汽,徒劳地想看清机器蝗虫去了哪里。

它已经不见踪影,或许已经被甩掉,或许已经跟导航智囊机和机头一起摔碎在地面的沙尘里。

我加大力气,使劲推挤气囊内壁。嗖的一声,这层隔膜转变了功能,成了包裹在我手上的一层手套。我一碰,操作面板旁边的储物格就弹开了,我在里面摸索,碰巧摸出两个氧气瓶和两只呼吸面罩,上面有装好的换气装置。

我浑身肌肉紧张,担心随时可能会踩到那只机器蝗虫,或者看到它突然站到我面前。我推开舱门,走出飞行器,慢慢推着我的气囊,上到崎岖地段中地势较高的地方。我在透明的气囊隔膜后四处观察,到处是险恶的地形,利刃一样耸立的岩石,还有浮尘堆积成的小丘。我们距离基地南侧大约两三公里,而我们的氧气仅够五个小时剧烈活动之用。

我从破裂的入口回到机舱。气囊刮到破裂管线时,险些把我吓得心脏病发作。我小心地将隔膜从破裂管线上取掉,继续沿着倾斜的过道活动。

下一步,我应该扩展自己的气囊,并与丹迪的气囊交接。我把氧气瓶和面具放在背后脚下,然后腹部朝向丹迪的气囊。又是嗖的一声,两个气囊的表面合而为一。我用手指抹开气囊相交的部分,触及之处自动融化,敞开一条通道,我爬了过去。医用机器工人已经自动收拾停当,停在旁边的座位上。它们已经完成了使命。丹迪抬起头,有些困惑地看着我。他的眼睛已经能够集中焦点。他的表情痛苦又充满感激。

我从衣兜里取出通信器,以便与他沟通。应急防护服已经没有了,我们还有一些皮肤封闭剂和面罩,我们距离"先行者"基地大约三公里距离。我们将走着过去。

我们互相帮助，往对方身上喷涂绿色的皮肤封闭剂，又戴上面具和换气装置，然后爬出飞行器残骸。飞行器是头朝下落地的，翻滚出半公里的距离，然后竖立着停在了地面上，破裂的尾部朝下，损坏的机鼻侧向一边，正好指着凯巴布基地的方向，那里就是"先行者"项目所在地。我试着利用卫星导航系统在一张地图上确定我们现在的位置，但是没有信号。

我再次给丹迪看我的通信器，让他知道没有网络可用，没有导航。

他沉着脸点点头。我爬到一块岩石上，用望远镜察看远方。丹迪费力地攀爬到我的身边。胫骨骨折让他行动艰难。

我们找了一块平整的沙地蹲下，丹迪举起三根手指，然后屈起一根。"二点五公里，"他口型夸张地说，"路……在西北偏北方向。"

他指向反光的碎裂火山岩。这些岩石不断被腐蚀，常有圆形碎片剥落，已露出尖利的内层表面。这种地形很讨厌，我们的靴子底还能勉强应付，但是如果不小心摔倒就麻烦了。

我们共同决定了行进方向，随后出发。

时间一点点过去，眼前只有手术刀一样尖利的嶙峋怪石，还有覆盖着尘土的辐射状碎石片。我们只能集中精神，抬起脚，然后努力找一个稳当的地方落脚，争取不摔倒，同时为了确保身体平衡，还时常得停下来。

两个小时之后，我们终于摆脱了火山岩地带，踏上了蜿蜒曲折的道路。

丹迪揽着我的肩膀，带着我朝偏北方向行进。他视力极佳，追随着星光前进。不过，我们走了一个小时之后，他摇了摇头，停下来,检查了我们的氧气储备,然后取出通信器,察看起地图来。

我抬头看见一颗巨大的流星,闪耀在西方低垂的天幕上。不对,我对自己说,没有长尾。那不是流星,不是一团大火球。那是这个时间福波斯应该出现的地方——它应该刚刚升起。我碰碰丹迪的臂膀,指给他那个方向。

他盯着看了一会儿,眉头皱得更厉害了,然后瞪大眼睛看着我,口型好像是在问:"那是什么?"

"福波斯。"

"是么……"他举起一根手指,在自己脖子上抹了一下。

丹尼·潘彻和他的团队,他们的扰动机,还有"墨丘利号"。地球人正在全力出击,用上了新掌握的全部力量。

我们只能暂顾眼前,先把当下的问题解决,再考虑火星世界末日的事。丹迪把通信器塞回腰带上的口袋,抬起手,姿势像是要舔一下手指。"走这边。"他指着北偏东一些的方向,"我估计,这条路是从我们基地最外侧建筑的西边经过。需要重新穿越火山岩区。"

"那就走吧。"我说。

我们现在走过一段地形更为险恶的区域,前方动辄出现几米深的沟壑。我们有时要慢慢爬下去,然后从另一侧上去——攀爬时要解下装备带缠在手上,以免被碎玻璃一样锋利的岩石边角割伤。

"我们要从基地侧翼的紧急出口进去。那里表面看上去很像一块石头,所以要提高注意力。"

我的眼睛疼得厉害,因为面具下非常干燥,而我又总要死盯着尖利的岩石和脚下的地面。尽管有纳米材料止痛,我的肋骨还是疼得厉害。我必须立即接受更好的治疗。

我累得筋疲力尽,气罐里的空气也开始变得酸臭难闻。除尘和换气系统渐渐无法正常工作。我们的皮肤封闭层和面具都已经接近使用极限。

丹迪伸出一只胳膊，我撞在上面，险些跌倒。他抓紧我的肩膀，扶住我，然后用手指示意我不要出声。我用力眨眼，想看清他看到了什么。周围一片死寂，地上是橙色的浮尘和四处散落的黑色巨石，玻璃状的岩石表面反射着刺眼的阳光。我沿着他的视线望去，看到一个在距离我们几十米的地方缓慢移动的东西。骷髅一样细瘦的机械臂暴露在岩石以上，小心翼翼地活动了几下，然后挺直。一个圆圆的、有着黑黄相间条纹的躯体从地下钻出，由黑色短腿支撑起来。随着半透明的胞衣脱落，那东西的整个身形出现在了凯巴布布满岩石的旷野里。它的个头与人相仿，长着球茎形的头部，闪亮的小眼睛打量着周围的环境。它的两条前腿举在空中，诡异地有节奏地颤动，就好像在检测周围的空气。

丹迪拉着我慢慢蹲下，机器蝗虫将视线转向别处。我们想藏在巨石后面。丹迪探头出去，刚好能够看清那个蝗虫的动向，然后它慢慢爬出了我的视野。

我趴在两块巨石之间的狭窄地带，臀部压在凹凸不平的石头地面上，很不舒服。因为过度劳累，又有太多伤痛在身，以至于我无暇感到恐惧，甚至没心思好奇丹迪去干什么了。十分钟或是十五分钟之后，他再次返回，打开了我身上防护服的电力开关。他用手势和口型告诉我，那只机器蝗虫已经离开基地，远离了我们。不过，他发现附近还有其他机器蝗虫存在的迹象——纳米工厂的外部框架、开采和转化原材料的壕沟等。而且，他已经找到基地入口。我手脚并用跟在他后面，伤痛更加剧烈，肚里翻江倒海。

在一条污浊的狭窄通道尽头，一块黑色巨石挡住了我们的去路。我爬到丹迪前面，取出自己的通信器，巨石上的凹陷处出现了一个光纤接口,我把自己的密码输入通信器,与接口进行对接。巨石迅速裂成两半,里面是一个舱口。舱口向内打开,丹迪带着我进入通道。

狭窄隧道的尽头,一名警卫等着我们。他单膝跪地,电子枪做好了击发准备。看到我们,他从瞄准镜后面抬起头,睁开本来眯着的那只眼睛,难以置信地打量着我们,"你们不是坠机了吗?"我们的听力已经开始恢复,但太大的噪音还是会让我感觉不舒服。

"是啊,你们该死的救援队在哪儿?"丹迪气呼呼地问。

"没有人能离开这里。"卫兵说着收起枪,站了起来,"我们在所有外层通道设置了岗哨。已经遭到两轮机器蝗虫袭击——"

"我必须赶到主实验室。"我说。

基地已经两度遭受袭击,两次都来自南侧通道,也就是我们进来的地方。基地防卫工作的负责人叫埃克勒斯,是一位宽脸膛的女士。她在一条通道与我们擦肩而过,背后跟随着一大队维护和战斗机器工人。她见到丹迪时扬起了眉毛,而丹迪只是紧皱着眉摇头——没时间解释了。

整个基地都处于一级戒备状态。林德尔在主通道中与我们碰头。因为管道破裂,这里地面水深超过一英尺。我们在林德尔身边趟着水前进。

"我们已经让查尔斯和塔马拉随时待命。"他解释说,"他们正在主实验室调试量子逻辑智囊机,随时准备执行你的任何命令。"

部署完士兵和机器工人以后,埃克勒斯稀里哗啦地趟进走廊,也加入了我们的行列,"副总统女士,我们没能联系上众丘城。本基地南侧发现了机器蝗虫。目前已发生了两次小规模战斗。我们估计,将随时可能遭到敌人大规模袭击。"

我们上了三级台阶,进入一段没有被水淹的走廊。

　　"我们需要尽快接受更好的医疗救治。我想尽快掌握所有的情况。"我说，远处传来两声巨响，所有人都愣住了，我们警惕地四处张望，等待着。

　　"我们的战斗用机器工人已经开始加固外墙。"埃克勒斯说。

　　丹迪痛苦地摇摇头，"它们会像蟑螂一样成群结队冲进来，我们靠加固墙壁是不可能挡住它们的。"

　　"我当然只能用能做到的办法抵挡。"埃克勒斯眼中闪着怒火，反驳道。

　　丹迪和埃克勒斯争论战术的同时，林德尔把我拉到了一边，"机器蝗虫还不是我们最大的麻烦。福波斯已经遭到攻击。"

　　"我们看到了。"我说。

　　"德莫斯也一样。我们再也没有任何大规模杀伤性武器。"

　　"福波斯看上去就像是被点燃了一样。"我说。

　　林德尔面色阴沉，"我们侦测到大量伽马射线。"

　　"这是什么意思？"

　　"远程物质转换。"林德尔说，"看起来，地球正用冰洞袭击我们。"

　　"我们的人脱身了吗？"我问。

　　他摇摇头，"我已经呼叫了医疗团队，还准备好了运输设备。"

　　我肋骨的疼痛变成了剧烈的抽搐。

　　在主实验室外面的房间，一台嗡嗡作响、样子严肃的机器工人给我注射了更多的纳米材料，并检查我的主要生命体征。埃克勒斯、李、艾丽塔三人一起，向我汇报他们掌握的有限情报。一幅凯巴布高原的地图上，有几百个黄色十字形在闪耀，那都是由基地周围盘旋的应急气球和滑翔机发现的可能有机器蝗虫的地点，还有一些红点,代表已经确认的机器蝗虫。我数了一下,大约有三十只。

丹迪描述了袭击我们的飞行器并导致我们坠机的机器蝗虫,李专注地听着。

"关于它们的形态和功能,我们只有极其粗浅的了解。"她说,"迄今为止,我们见到的都还只是巡逻兵和功能简单的爆破手。"

更多的咚咚声,震撼着地板和墙壁。

"希望是我们的人发出的声音。"李说。

"听着像是爆炸声。"埃克勒斯说。

"多数连接都已经失效。"李说,"通信卫星被击落。我们不知道他们是怎么做到的。"

林德尔和我互望了一眼,都紧闭着嘴唇不开口。

"也就是说,我们已经被完全孤立了,不能保证与总统建立任何联系。"李的眼睛和嘴巴周围都有明显的暗痕,她说,"他们故伎重演,只不过这次更加下作。副总统女士,我能感觉到,我们已经损失惨重。不管是谁在掌管地球,他们都已经做得太过分。无论你做出怎样的决定,我都全力支持。"

"我们相信,他们这次打算杀死我们所有人。"埃克勒斯说。

"也就是说,战争已经爆发。"李说,"我们如何反击?"

林德尔看着别处。我们的确还有其他的达摩克利斯之剑,只不过一旦使用这一手段,两个星球的伤亡都将是天文数字。迄今为止,只有福波斯和德莫斯遭到袭击,手法可能是远程物质转换——这样的做法,还可以说是恐惧驱使下的反应,还算自卫。

"这绝非易事。"查尔斯出现在门口,带着困惑的表情看着我,就好像宿醉初醒。

"塔马拉在哪儿?"林德尔问。

"她在连接量子逻辑智囊机,给它热身。"

埃克勒斯拍了拍我的肩膀,地图上的红点正在向基地接近。它们知道我们在哪儿,很快也将知道我们的身份。

"地球已经充分开发了冰洞。"查尔斯说,抬起手来缓缓摊开,就好像这动作让他非常痛苦,"很快就会对我们下手。"

更多的轰鸣,随后是远处传来的尖利钻机声。我痛苦地咬紧牙关。

"地球已经动手,"李的双眼炯炯有神,语调也比别人自信得多,"要灭绝我们。我们必须反击。"

我理解她的感触。我们已经被逼到了绝境。这时候的自然反应,就是用尽一切手段反击。

但我们毕竟还有另外一个选择,而这正是查尔斯来这里的原因——他想提醒我,我们一直在执行一项计划,做一个别人完全无法预料的举动。复仇不可能让我们得到生存的机会。

但我还是需要考虑所有可能,"我们能否瞄准冰洞,进行定向物质转换?"

"我试过了。现在连冰洞所在的地方都找不着。"

"还有什么地方被敌人保护起来了吗?"

"我们可以选择地球上的任何地点,然后进行转换。"查尔斯轻声说,"几十亿平方公里①,整个大陆,只要你一声令下……"

实验室外面传来清晰的突突声,那是投射类武器发出的。埃克勒斯询问了战斗进展,报告说,有两只机器蝗虫被摧毁,一个在水库,一个在距离实验室百米距离的机器工人通道。

"再过一个小时,甚至更短时间,这里就会展开白刃战。"他说。

我无法命令查尔斯对地球发动种族灭绝式的打击,他甚至有

---

① 地球表面积没有那么大,这只是夸张的说法。

可能拒绝服从。我只剩下一个选择,但即便是这个选择,我也无权做出。

我必须等,等尽可能长的时间,等泰桑德拉。

"我们怎么办?"埃克勒斯问。

艾丽塔插嘴说:"临时发射的卫星传来了非常重要的画面。"

显示屏突然切换。我们正从五十万公里的高空俯瞰希阿帕莱利盆地,整个盆地上空笼罩着一道无法透视的灰色烟幕,烟幕上部有很多光点。看上去,这团烟幕从北向南扫过整个盆地,所到之处,飞沙漫天。透过烟幕,我们勉强可以看到熔岩湖和焦黑的废墟,一切都已经被摧毁。

"那是众丘城。"丹迪说。

"现在,他们已经在转换火星!"林德尔说。

"副总统女士——"李没说完,就被查尔斯制止了。

"艾丽塔,你可以放大西部区域吗?"

"我也注意到那里有东西了。"艾丽塔说,然后执行了命令。那个区域在卫星视野的边缘。水手峡谷看上去就像一条裂缝。

"我们在这个位置。"林德尔站在显示器前,挨着查尔斯,指着图像下面,意思是我们在画面里的地平线之外。查尔斯观察了另一道灰幕。在放大后的图像上,它依然若隐若现,位于凯巴布西北方向,距离大约几百公里。我们很难判断清楚。

"总统女士,"李说,"如果我们据此确认,众丘城已经被摧毁,那么你必须马上接掌最高指挥权。"

艾丽塔把画面转回广角镜头,然后又放大众丘城周围区域。共和国的首都的确已经灰飞烟灭。

我的肋骨在彼此摩擦。我闭上眼睛,努力让自己正常呼吸。

随着卫星自东向西飞行,我们更加看清了死神的手指正慢慢伸向凯巴布。但这是意料之中的事，甚至无关紧要。真正让我震惊的，是其他地方遭到的破坏。

查尔斯的手抽搐着，"现在你说了算，凯西娅。"

"总统女士。"李说出了显而易见的事实。

"这次泰桑德拉不可能回来了。"查尔斯继续说，"她当时就在众丘城，地方行政长官和大部分议员也都在那里。"

我呆呆地望着反物质转换造成的惨状，低洼处和峡谷中涌流的岩浆。在哥白尼、阿盖尔、海拉斯，数十万平方公里的土地遭到袭击，已经有两座最大规模的火星基地被毁。

"凯利泰特族盟的主基地已经被摧毁，两座附属基地也不例外。"艾丽塔说。

艾哈迈德·克劳恩·尼日尔终于得到了地球人的最终答复。

"疯了！"林德尔嘟囔着。

不过，我并不赞同他的看法。尽管可怕，这一切却事出有因。这种方式，从太古之初就一直没有改变过，就像狒狒们互相展示臀部一样。如果这样的威胁没有收到理想的效果，对方没有退却，那么狒狒就会愤然起立，露出尖牙利齿。如果这样还是没有用，随之而来的，就是你死我活的搏杀。

卫星图片突然变成了一片空白。

"信号已经中断。"艾丽塔说。

查尔斯站在那个白色圆柱体旁边，里面装着能够移动火星的扰动机。他弯下腰，手指修长的手垂在身侧，眉头紧锁，似乎在集中精神，两眼放射着光芒。在他周围，我们最大扰动机的支持设备也已经准备就绪。

塔马拉·况坐在我们旁边的一张椅子上。她也已经做好了充当查尔斯后备人选的准备。

三十名本基地的高级指挥员集中在扰动机房旁边的会议室，等着我的指令。查尔斯透过宽大的塑料窗，以超凡的耐心注视着我们。

林德尔称我为"总统"时，没有任何人提出反对意见。

我对大家的讲话非常简短："如果我们留在太阳系，就将无法幸存。我们必须现在动手，完成我们来这里的最初目的，越快越好。查尔斯告诉我，他已经做好准备，斯蒂芬认可他的意见。"

三十个人全部目瞪口呆，半晌没有说话。魏斯勒博士站起来，环顾一圈，摊开双手，"我们现在所做的决定，关系到整个火星。"他说，"事实上，我们就是整个火星的代表。我们当然得……"他哽住了，两手举得更高，提高了嗓门，"这当然应该经过某种确认。某种形式的……"

"不采取行动的话，我们都会死。"我说着，暴怒地舞动着双手。我巴不得魏斯勒向我挑战，我现在欢迎任何人提出任何形式的挑战。我能感觉到自己的骨骼正在愈合。医用纳米材料散布在我的血液里，寻找并解决着问题，控制着我，让我不至于惊慌失措。我觉得自己像头狮子一样凶猛，同时又知道，我还非常虚弱。

"可是，阿迪博士还没能完成他的火星地质学考察。"魏斯勒说。

阿迪站起来，两手插在衣兜里，耸耸肩，又重新坐下，"的确如此，我的活儿没完成。"他说。

"我们应该投票决定！"天文学家杰克逊·赫格海默嚷道，"我们知道上次旅程中发生了什么，我们都清楚加莱纳的遭遇。如果我们为了逃避他杀而选择自杀，我们至少应该有投票的资格。"

"不能投票。"我疲倦地说。

"为什么不能?"赫格海默大喊大叫,"我们都是共和国的公民,也是现在唯一能向你表达立场的公民!"

"就是不投票。"我说。

"那你就没资格再做这个共和国的总统,就算你……就算从法律上讲,你还可以……"他激动得说不出话来。

"我会为这个决定负责。"我说。

"你是在命令我们集体自杀!"魏斯勒吼道。

当时,丹迪·布雷克坐在后排。他忍无可忍地站了起来,高高举起一只手。我点头示意他可以说话。"依据共和国法律,我认为马朱达总统的决定毫无问题。现在情况危急。唯一可行的防御措施就是撤退。根据她的指令,我已经宣布火星进入军事管制时期,并将这一决定向整个火星公布。"

"可是没有人能收到你的通知,当然更不会有人反对!"魏斯勒说着,愤怒的泪水滚下了脸颊。他像只疯狂的鸟儿一样上下挥舞着双臂,"上帝啊,这是最可怕的专制!"

"我为自己的行为负责。"我说。不过即便在我自己听来,我的声音也是那样空洞无力。

"总统女士,"林德尔说,"也许我们应该进行一次非正式投票。只是确认一下情况。"

"我们应该考虑对地球开战的可能性。"赫格海默说,"他们的行为嚣张至极,我们理应自卫。如果不能拿卫星砸他们的话,我们也可以转化他们的城市、他们的国土!"

"不!"我说,"绝不能做这样的选择。其他任何选择都可以。"我自己早已下定决心,绝不还击地球,"如果任何人想让我下台,或者想要马上呼吁大家推翻我的统治,或者做任何其他法律允许的事情,乃至法律不允许的事情,就请马上动手。请一定抓紧时间。"

　　我当时不知道局面会不会失控，我是不是把大家逼得太紧，说话太严厉。林德尔正想开口，会议室的地面就开始颤动。艾丽塔展示了基地上空拍下的一组画面——可怕的灰幕已经在凯巴布北部展开，铁青色的光芒里，飞旋的废墟随处可见。灰幕底部尘土飞扬。

　　"它已经进入高原，距离我们还有五十公里。"艾丽塔说。

　　会议室里的所有人都目睹了这一切，有人在哭泣。有人从椅子上跳起来，逃走了。

　　"我们只有服从自己内心的恐惧，才能得到安宁。"我说，"我们懂得这一点，因为已经无路可退。除非听从恐惧的召唤，否则我们就只有死路一条。"

　　查尔斯从主实验室走进会议室，脚步很慢，犹疑不定。他的出现让前两排的工作人员吓得魂不附体。他们纷纷站起来，避开他，像吓坏的孩子一样看着他。

　　"量子逻辑智囊机准备好了。"他说，"解释器准备好了，我也已经做好准备。"

　　在我们头顶，几块屏幕都在显示我们即将面临的灾祸。大地微微颤动，就好像有无数巨兽在不远处奔腾。查尔斯看着那幅画面，用微弱的声音说："这是一万亿分之一的反物质转化，他们其实有能力调到更高级别，只要把转化率提高十倍，整个高原就会瞬间毁灭。"

　　"我们动手吧。"我说。一切都在分崩离析，震天动地的恐怖轰鸣中，我的声音几不可闻。

　　丹迪僵硬地沿着会议室旁边的过道走过来，"总统女士，"他响亮而庄重的声调，在目前的状况下显得有些滑稽可笑，"你必须直接下达明确指令才行。"

"我以共和国总统的名义下令,我们马上搬走火星,前往环绕预定新星系的轨道。"

"你的命令已经如实记录在案。"丹迪举起他的通信器。他瞪着所有听众,威慑他们,以免有人提出异议。

魏斯勒无奈地摇头,一句话也说不出。赫格海默瘫倒在座位上,嘟囔着一些听不清的话。

查尔斯转身离开会议室,林德尔和我跟了上去。会议室里的大多数人都留在座位上,少数人走到玻璃隔板前面旁观,就像是在观摩古老时代的死刑执行过程一样。

查尔斯坐在主扰动机旁边的椅子上。"我需要有人帮忙连接这些。"他抬起一只手,指着比以前更多的光纤线路说。斯蒂芬和我帮他连接光纤,查尔斯靠在椅背上。"只用我一个人,就可以完成量子逻辑智囊机的操作,"他说,"但其他人可以围观。如果在此过程中,有人可以跟我聊聊天,事情就会更容易一些,我会更有现实感。而如果陪同的人看到了一些正在发生的情况——"

"我来陪你。"我说。

查尔斯指了指智囊机另一侧稍小一些的椅子,"希望你不会觉得难受。"他说。

我在椅子上坐下,"我用不用……"我指指连接在他脖子上的光纤。

"不用,你不用给机器提供回馈信息。可以做神经系统图像投影,或者信息浸没。信息浸没的体验值得一试。"

我咽了口唾沫,"那就用信息浸没吧。"

"谢谢你,凯西娅。"查尔斯说。他头部后仰,闭上了眼睛,喉结蠕动,牙关紧咬,努力让自己放松。

"我只是做了个并不光彩的选择。"我说。

"这是我们的唯一选择。"查尔斯说，"我很清楚，我们必须离去。你做了个勇敢的决定。"

我注视着林德尔，看他给我做信息浸没的准备：头上缠绕了几条窄窄的束带，改装过的通信器充当投影机，几根细细的光纤把通信器和解释器连接在一起。我有一种飘飘然的舒适感，仿佛听见远方依稀传来有人闲聊的声音。

我四处张望。即便是这么一点点约束，也让我觉得紧张。房间里都是冰冷的金属，与仪器设备相比，房间大到让人觉得荒谬的地步。这是一个有回音的窟室，所有光线都集中在扰动机、反常力场泵和制冷设备上。我们有一个主操作员、一个后备操作员——她的头顶也连接着王冠一样的线路，还有我这么一个旁观者。

林德尔完成了对所有接口的检查，双臂抱胸，站到一边。

"火星体积巨大。"查尔斯说，"对每一个属性值，我们都要给出更加精确的描述。而对于高阶属性，描述的难度更是以指数级别增加。也就是说，有些中间计算结果，需要被存储在扰动机内部空闲的属性位置。扰动机越大，就越容易做到这一点。"

"危险性并不比以前更大，很可能更安全，"林德尔说，"但是主操作员的工作难度的确更大。他必须达到与量子逻辑智囊机更高的契合度，以便让更繁琐的属性值与整体目标保持一致。"

"还有呢？"

"解释器还是会碍手碍脚。查尔斯必须用更直接的方式，与量子逻辑智囊机直接连通。"

被转换的反物质引发的反应再次撼动地面，丹迪离开了会议室，站到斯蒂芬身边。"如果我们再不走，爆炸就会导致我们失去这座基地。"他说。

丹迪的眼光有意避开查尔斯，就好像他过于邪恶，或过于神圣,以至于不能直视。

"我们分三步来做,以防万一。"查尔斯说,"首先,我们沿着火星现有轨道前进五千万公里。如果对下一步的行动存有疑问,我就停在那儿。"

"他们会再次找到我们,赶尽杀绝。"塔马拉·况轻声说,下意识地碰了碰自己头上的线路。即便在如此寒冷的情况下,她脸上还是布满了豆大的汗珠。

"这倒是毫无疑问的。"查尔斯说,"第二步,我们会来到距离新星系约三万亿公里的地方。我们将设定好最终目的地,进行最后一次转移。"

"我们在宇宙深处停留的时间,最多也不能超过几分钟。"赫格海默说。我都没注意他是什么时候进来的,但他已经站在了扰动机旁边几米的地方,两手插在口袋里,头发乱成了一团麻,"如果我们在宇宙深处停留时间超过数分钟,火星就会出现极端天气变化。"

法乌德·阿迪也走了进来,后面跟着两名助手。"我刚刚检查了损失状况。"阿迪说,"我们的脉冲发射器仅能联络到百分之十的火星表面探测器,其他的要么已经损毁,要么已经失去联络。我想我们还可以大致了解整个行星发生的变化,不过当然,没有办法通知其他人将会发生什么样的变化。如果我们不能迅速进入另外一个类太阳系系统的话,就会发生非常剧烈的火星地质灾难。而且,我们必须保证,星球面朝新恒星的那一面依然是先前面朝太阳的那一面,这一点非常重要。"

"明白。"查尔斯说。

"此外还有潮汐力。"阿迪继续说。

"我们已经把这个因素算进去了。"林德尔说。

"我的工作站在哪儿?备用设备呢?"赫格海默问。我听到林德尔的声音,但没看见他们走向实验室的另一端。"先行者"项目的所有外围数据设备都集中在那边。

"我们开始吧。"查尔斯说。

我头向后仰,注视着投影图像。突然之间,我脖颈寒毛直竖,险些出声尖叫。我感觉有人站在我的身边,就在丹迪和林德尔对面。我知道他是谁,但却不愿承认自己出现了幻觉。

我看不见他,但他的存在却跟房间里的一切一样真实,甚至还要更实在,更可信。他的名字叫托德,大约五岁,长着帅气的棕色头发,嘴角总带着笑容,棕色皮肤,小腮帮子鼓鼓的,小手指头特别灵巧。现在,他脸上泛着红晕,好像刚刚玩耍或者健身回来。他有事想要告诉我,但我听不到他的声音。

他是我本来应该会有的儿子。伊利亚本来会成为他的父亲。

我肯定出了声。查尔斯问我是不是有什么烦心事。

"我很好。"我说,"出发吧。"我想要伸手拉住儿子的小手,他却已经消失了。

我再也不会感受到他的存在。

"走吧。"斯蒂芬也说。

"正准备出发。"查尔斯说。

我紧盯着投影机,脑海里充斥着信息浸没线路里传来的神经音频信号。我看到火星显示在我上方,星球表面的细节无比清晰。所有目前可用的追踪设备都显示成细如针尖的小红点。我转过头,还可以看到福波斯和德莫斯。地图并没有更新为最近版本,因为众丘城和其他那些我知道已经被毁的基地还标注在明显的位置上。

"我们会失去所有卫星。"丹迪嘟囔着。他的声音听起来特别遥远。

查尔斯的声音在我的脑中突然响起，把我吓了一跳。"第一阶段位移将在两分钟以后进行。"他说，"能听到我说话吗，凯西娅？"

"是的，"我说，"我看到了火星。"

"能否请你看着量子逻辑智囊机的活动？"他问，"当我进入它的世界时，就成了内部处理程序的一部分；而你可以留在外面，细细观察。"

"好的。"我说。

我想放松，肌肉却像石头一样硬。我想，这还不如直接死掉痛快。

我慢慢被量子逻辑智囊机的视角吸引、同化，我眼中的火星图像也随之大大改变。现在我所看到的，已经不再是一颗行星，而是一个多彩的力场，有很多可能性互相重叠，整个星球都可以用一个嵌套矩阵来表示。量子逻辑智囊机对整个星球的评估每几秒钟更新一次。颜色不断在变，皮尔斯区急速闪耀着——它在用任何人都无法理解的逻辑，衡量火星各方面的数据。这种逻辑独立于任何宇宙规则之外，或者说，它们才是一切规则的内在基础。

我现在更加明白量子逻辑智囊机的贡献。这种机器具备自觉能力的事实让我心惊胆战。既然它们拥有自觉能力，就必然有意识，有目的。

是谁创造了这样的智能机器？是人类，是名人和不那么著名的人协作的结果。量子逻辑智囊机影响人类生活已经有一个半世纪，一直扮演着并不重要的角色。但是没有任何人，甚至包括它们的设计者，能真正理解它们的内心。这种机器的能力并不出众，在有些方面，它的运作方式比任何人和智囊机都更加简单。但在它们擅长的方面，它们却出类拔萃，而且总是出人意料。

如果说我是观众，现场见证这匹老迈而优雅的马表演特技，那么查尔斯就是马背上的骑手。

"我们已经测量并且提取了首次移动所需的原始数据。"查尔斯说。

有了机能强化的帮助，我理解了自己看到的一部分内容：巨大的数字流过解释器的计算机部分，从更大的系统——也就是银河系中——"抽取能源"，以便用于移动火星。事实上，这些能量永远都不会被耗费掉，至少在实质意义上不会。宇宙会调整自己的账目平衡，一切都在暗中进行。

"距离第一阶段移动二十秒。"查尔斯说，我们的联系显得越来越密切。他只是说给我一个人听，"量子逻辑智囊机目前正在给所有属性值输入第一目的地参数。"我们会把火星目标"空间"的所有东西移走，与我们移走火星的时间相同，事实上相当于换位。这是整个过程中最易于理解的部分，当然绝不容易做到。

"扰动机已经开始出现放射性。"斯蒂芬在外面说，"皮尔斯区出现了波动。"

我看到了两幅图景——我们现在的位置，以及我们马上要去的地方——它们重叠了起来。然后我根本就看不到火星了。我看见的东西，因为简单，反而显得更可怕。

火星变成了一组无穷无尽的可能性。它可以是任何模样，而我们本身也不例外。我们已经超越了游戏规则。原来基于因果关系的所有系统，包括思想、电脑、智囊机和电子系统，因为无规则可依而陷入了"茫然"的状态。

我看到——好在我还不会有亲身感受——所有潜在的可能。这些貌似可能的选择，有着无穷的诱惑力。量子逻辑智囊机脚步匆匆，忽略了所有这些可能。我还想停留片刻，体验一下那种感觉——如果这个变了，或者那个变了，会是怎样？那么多令人心醉的可能。

"移动完成。"查尔斯说,所有的可能性全部消失,我眼前只剩下现实中火星的简单展示。赫格海默迅速测定了我们目前的方位。

刚才震耳欲聋的轰鸣变成了微弱的震动,隔着椅子,几乎感觉不到。我们已经离开了原来的位置,地球人失去了打击目标。

"查尔斯,你怎么样?"我问。

"还好。"他说,"对量子逻辑智囊机来讲,修订这个世界的规则就像性生活一样富有吸引力。它喜欢那种状态。"

"那就别让它到处拈花惹草。"我建议。我似乎已经忘记了这件事的潜在危险,突然觉得心态特别轻松。

"我想,我们刚才做得不错。"查尔斯说。我眨眨眼睛,视线从投影上移开,看着椅子上的他。他紧闭双眼,呼吸短浅。

我的手臂碰到了什么人,我把头转向另一边,突然觉得轻松起来,眼泪夺眶而出。我抬起手臂伸向那人。

泰桑德拉就站在我的座位边,看上去健康而强壮,已经完全恢复了体重,宽大的脸膛神采奕奕,充满自豪。她穿着自己最鲜艳的礼服,手工缝上的小小玻璃珠光彩夺目。她抚摸着我的手臂,动作像清风一样温柔。"原来你没事,"我说,"上帝啊,我真高兴见到你。"

"我们沿着火星轨道向前移动了五千零二十五万公里。"赫格海默朗声报告。

泰桑德拉摇摇头,依然面带笑容地看着我,眼睛眯成了一道缝,眼神中充满了骄傲和深情。我因为她动作如此轻柔而觉得有些纳闷儿。

"现在准备第一次超远程移动。"斯蒂芬说,"查尔斯,你怎么样?"

"正在计算。"查尔斯说。

我朝斯蒂芬的方向看了一眼,再回头时,泰桑德拉已经不见了。但我的手臂还能感觉到她的抚摸。

我仰面靠在座椅上,嘴里像塞满尘埃一样干涩,任由投影图像占据我的视野。

"从此点到彼点的移动几乎是转瞬间完成的——可以说,完全不花时间。"查尔斯说,"但是,我们会感觉到在空虚无物的世界里待了一段时间,有你,有我,还有量子逻辑智囊机和解释器。我们有很多描述语言转换工作要做——主要是与大星系系统取得一致。我们会感觉脱离了现状。"

这里说的现状是指我们从婴儿时期就已经熟悉的一切,包括我们的家园,我们的土地,我们所在世界的规则。

"对量子逻辑智囊机来讲,这也是脱离现状最长的一次。"我说。

"是的。"查尔斯肯定了我的猜测。

"很多诱惑。"

查尔斯呵呵笑起来。

"对你来讲,这也很危险吗?"

"绝对的。"他说。

"就像性交。"

"比那要糟糕得多,亲爱的凯西娅。"他说,"我要陪着量子逻辑智囊机,让它不要分心走神。不过,它所经历的大多数感受,我也会亲身经历。"

"你曾跟我说起过,你想要理解所有的一切。"我说。

"不错。"

"在刚才的空虚世界里,我也想四处玩儿来着。"

"如果我们一直玩儿到永恒,"查尔斯说,"你和我,我们甚至可能学会如何建造一个宇宙。"

"但是你说过，在空虚世界里是不存在时间的。"

"永恒就是超越时间，是没有时间约束的无限，是终极游戏。"

林德尔插嘴说："你还在干活吗，查尔斯？"

"忙着呢，"查尔斯说，"要听我报告吗？"

"别让我们总是为你担心，查尔斯。"林德尔说。

"量子逻辑智囊机已经完成了对行星和目的地的分析，准备修改属性值。"查尔斯说，"你不用担心我们，斯蒂芬。"

"查尔斯，你别把总统的脑子搅糊涂了，"斯蒂芬说，"等你完事了，我们还需要她呢。"

"这一次，你会见到不一样的东西。"查尔斯对我说，他的声音近乎耳语，语气比夫妻还要亲密，"我估计，这些东西只有在与更高级别天体系统互动的过程中才会产生。它将估算最高级别的属性值，超过目前使用中的所有级别。"

"未使用的属性值？"我说。

"或者已经遭到弃用的。"查尔斯说，"这些属性值对应已经绝迹的、可能出现的事物。或者也可能根本没有对应物。"

"距离下次移动还有多长时间？"林德尔问。

"四分钟。"查尔斯说。

"地球有可能锁定我们的新位置，重新发起进攻。"林德尔说。

"让他们去死吧。"查尔斯说。我不看也知道，他肯定在笑，就像是跨上了骏马的男人，满怀信心地狂奔。但再过几分钟，这匹马的威力就会大到令人难以承受。

"你拿它们干什么用呢？"

"那些未使用的属性值吗？"

"是的。"

"我觉得,我们可以利用它们来创造新的物质。我们可以把人类的所有信息都转化为更高级的物质或能量。"

"很久以前,你说过这样的话。"我说。

"这涉及造物的基数。"

"萝卜?什么萝卜?^①"

"斯蒂芬,"查尔斯说,"不要总是打断我们。我们很好,凯西娅在做她分内的工作。"

"可她听起来像是一个物理学家,而不是政治家。"林德尔郁闷地说。

"一分钟倒计时。"查尔斯说。

"我经常想你。"我说。

"你说什么?"查尔斯对这个话题转换好像很意外。

"我们认识以来,我时常都会想到你。"

"是因为我造成了很多麻烦吗?"

"我想起你说的未来志向。我想,我已经明白自己当初拒绝你的原因了,查尔斯。"

他没说话。

"我的确爱你,但你要去的地方,我却无法追随。"

"的确。"他柔声说道。

"这么说很过分,不过我真实的想法,是想找个不像你那样令我神魂颠倒的人。"

"是么?"

林德尔在我耳边低声说:"真讨厌,凯西娅,你在干什么?"

我把他推到一边,"我曾经觉得与你如此亲近,就像我们已经结婚多年,在一起过了一辈子一样。你救过我,查尔斯。"

---

①林德尔把radixes(基数)听成了radishes(小红萝卜)。

"你说的是什么时候的事?"

"当时我在跟西恩·狄金森谈判,已经走投无路。"

"你喜欢过西恩的。"

"'冻劫'之后,他成了地球人的使者。他在迫使我们——迫使我放弃一切。我一辈子从来没有那么被动过。然后,你就传来了消息。"

"泰桑德拉——"查尔斯说。

我打断了他,"当时我上到了地面,向西边张望,看到了云层后的福波斯。"一想到当时的激动心情,我的话音就开始哽咽,"我当时就知道你要去做什么,而你就是那样做的。你卸下了我肩头的重担。上帝啊,你知道这对我有多么重要吗? 查尔斯,我为你骄傲。"

"我很高兴。"查尔斯说。

在我的眼前,火星图像开始变得暗淡无光。透过黑暗,我看见无数的可能扑面而来,乌有之乡向着我们步步紧逼。我心惊胆战,就像羔羊面对猛虎。

"现在开始位移。"查尔斯说。我能感受到他心灵的宁静、他的专注、他的力量。查尔斯其实很简单,就像个孩子。我只是跟他说了一段实话,这个事实我直到现在才承认,而他却早已笃信不疑。

"我爱你。"我说。

"我一直爱着你,凯西娅,也将永远爱你。"查尔斯说,然后深吸一口气,"游戏开始了。"

突然之间,量子逻辑智囊机拓宽了模拟场景的规模。我们好像已经悬浮在太阳系上空,内行星①成了几个小小的亮点,标注着坐标和属性值。

---

①水星、金星、地球和火星。

搬走火星,对整个太阳系和其他行星而言,影响近乎可以忽略不计。

我暗自担心,不知整个宇宙将会变成怎样,万一——

查尔斯在我耳边安慰着我。

一旦失败,整个宇宙的电荷就会失衡,宇宙就会崩塌。

但是查尔斯临危不乱,始终约束着量子逻辑智囊机的运行。

我陷入了做梦一样的状态,所有的现实世界都成了无数可能的一个子集,只是我生活的一种可能。

我的机能强化软件好像在不断向我的脑子推送信息,用静止而富有层次感的图像描述每一个自己。我所认识的火星变成了一个多元空间,成为以后各种可能的基础。

多解的人生矩阵。

我的人生函数变成了完全另外一副模样。

"啊,"查尔斯的声音介乎叹息和呻吟之间,"凯西。"

他从来没有这样叫过我,他的语调熟悉得像是我丈夫。

"移动完成。"他说。

太阳系已经在我们的视野里消失。现在看到的,是从三个不同视角遥望的几颗新星。我们漂浮在大海一样的星云状物质中间,这些新鲜的物质来自刚刚诞生的恒星。

"我已经找到了新星系!"赫格海默喊道,"我们距离目的地还有四点九万亿公里。"

我将视线从投影上挪开,看着查尔斯。他躺在椅子上,一动不动。林德尔跪在他身边,用痛苦又惊异的眼神看着我。

"你能听到他的声音吗?"林德尔问。

"我不知道。"我说。我再次接通投影机,进入信息浸没状态。我没有听到查尔斯说话,但是透过解释器,我能感到有人继续引导着那些不断变换的数据，量子逻辑智囊机仍牢牢掌握在某人手中。

"是的，"我说，"我能感觉到他，他还在这里。"

下一次转换时间是……

时间其实根本不存在。

只是一个数据上的微调。

移动三分之二光年的距离——在逃离太阳系并且移动了一万光年以后，这相当于动一下脚趾头而已——然后就可以投身属于我们的全新世界。查尔斯能做到。

他已经开始。

随之而来的过渡空间里，我感到有一双稳健的手在操作量子逻辑智囊机。

"它不是疯子，"查尔斯说，"量子逻辑智囊机没有发疯，它甚至算不上脾气古怪。"有一个瞬间，我以为他在叫某个女人的名字，或许是他的旧情人之一。艾格尼丝·代伊①。她是什么人，查尔斯？

"现在请好好听我说，因为我再也没有机会说这句话。你就是我心目中最完美的女人，愿上帝保佑我们，凯西。"

他刚才所说的，其实是拉丁文，Agnus Dei，上帝的羔羊②。

"他们绝不会放过你。我清楚人的本性。可是，凯西，你救了他们所有人。有时候，历史需要牺牲者。"

"我们要为自己的行为负责。"

"他们会让你披枷带锁，凯西。我真希望可以分担你的屈辱。斯蒂芬会的，还有其他人，而我不行了。"

"查尔斯，不要！"

"时候到了。"

---

①原文 Agnes Day，与下文的 Agnus Dei 谐音。

②暗指为了正义事业牺牲，而得不到世人认可的人。

投射在我眼中和头脑里的图像,突然让我感到极其剧烈的疼痛,像是所有的一切都乱成了一团,不再有任何意义。林德尔扯下了绕在我头上的束带,取走了眼前的投影机。

查尔斯在椅子中抽搐着,咬紧牙关,发出可怕的笑声。我从自己的位置上站起来,赶到他身边。会议室和实验室里一片混乱,到处都是人们的喊叫声。一时间,好像所有人都忘记了我们的存在。

"我们到了!"赫格海默喊了起来,"上帝啊,我们真的到达了目的地!"

直到那时,查尔斯才开始放松。他的头部下垂,眼睛在眼睑下不由自主地颤抖。我把他的头放在臂弯里,林德尔取下了他头上的光纤线路。这时候,医用机器工人挤过突然聚集的人群,把查尔斯放进了担架。

我蹲在地上,就在他刚刚坐过的椅子旁边,我感觉头晕目眩。我们成功了,查尔斯成功了。

赫格海默在一幅新星系的图像面前走来走去,像胜利者一样兴致勃勃地介绍着那些星星。新恒星的图像出现在实验室中所有的屏幕上。

林德尔用坚实的臂膀把我从地上拽起来,揽住我的肩膀。

"你还好吗?"他问。

我点点头,"查尔斯呢?"

"我想,他是身体消耗过度了。"林德尔说,"我们只能观察。"

到达新星系的第一天的前九个小时,我都在自己房间里睡觉。醒来时,赫格海默、林德尔、阿迪和魏斯勒在叫门。林德尔看上去非常担心。

"你觉得好点儿吗?"他问。

"还行吧。"我回答,我觉得自己还可以再睡一百年,但至少现在还有体力做些事情。

魏斯勒手下的工程师们在地表建造了一个透明的穹顶，以及一个观察平台。我们每五十人一组，轮番乘坐拥挤的电梯，到达中央应急通道，再向上进入新建的气闸，然后步入全新的天空下。我被推到第一组的最前面——人们还习惯于让我带路。

林德尔引导着坐轮椅的查尔斯，周围有机器工人看护。我握着查尔斯的手，一起站在水晶一样清澈的透明穹顶下。但是，他唯一能做出的反应只是稍稍握紧我的手指。

新的太阳看上去只比原来那颗大一点点，到火星的轨道半径实际上比原来缩短了八千万公里。新太阳沉入地平线以下，珍珠白色的闪亮日珥放射出最后一线光芒，随后消失。夜幕降临，新的奇景马上展现在我们面前。

我们的眼睛慢慢适应，几分钟后，已经可以分辨多层次的色彩。那是一片全新的星空花园，到处是绚烂的星云，有玫瑰红、深紫、浅紫，配上淡淡的春草绿、兰花黄。而在星云中间，婴儿期的恒星正放射着模糊的光芒。

我跪在查尔斯的椅子旁边，再次握起他的手。他转脸朝向我，细细打量着我。他的眼睛和表情里有一种东西，试图让我感受到一点点希望。我用手指抚摸他的脸颊，他惊惶地退缩，脸颊肌肉紧缩，但随后就放松了下来。

"你知道发生了什么事吗，查尔斯？"我问。

"我们搬家了。"他小声说，眼神又开始游移不定。

"是你带我们来到了这里。"我说，"这儿至少是安全的，肯定比之前好。"

"唔……嗯嗯……"他口齿不清地嘟囔着。

"我们正在观察新的星系。现在是晚上，你可以看到星空。星空很美。"

"好。"他说。

"你懂吗?"

"我懂,"他点头说,"懂很多……"

我们搬走火星之后,过了一段宁静的日子。震惊,适应,调整,然后恢复——这个过程既适用于火星,也适用于火星人。

火星已经不再有月亮那样的卫星升起。

机器蝗虫的威胁日渐消退。每天都有更多的机器落入我们的防御体系并被摧毁;还有的因为耗尽了能量,"死"在了寒冷干燥的沙漠里。

如今,众丘城已经被毁,泰桑德拉和大部分议员也都死于非命,火星已经没有了政府,也无所谓共和国。大规模的居住基地自然成了火星社会和政治生活的核心。大家本能选择的社会组织形式,是家族、基地,以及族盟。到现在,还没有其他任何社会形式有机会深入人心。

一开始,几百万火星居民甚至都难以理解他们到底经历了什么。他们无法想象如此强大的力量,可以把整个行星从太阳系搬走。而随着事实逐渐被大家所接受——透过外部网络的反馈、科学家的确认,以及社区学者的知识普及——疑虑变成了震惊,震惊又变成了愤怒。

地球攻击火星的证据,看上去远离一般人的日常生活。那些已经死去的人当然无法站出来说话,而千疮百孔的地貌和数十万公顷的焦土似乎也不足以成为采取如此疯狂行动的理由。

人们被恐慌左右。出于愤怒和疑虑,各族盟都得出各种仓促的结论,而这些结论通过外部网络不断传播。人们组建了调查委员会,委员们互相争执。最终,这个委员会变成了法庭,法庭继而展开了调查。

最开始被称作胜利逃亡的行动,后来被称作溃败,继而又被称作临阵脱逃,最后被定性为火星的耻辱。有人说,我们本应该留在原处,用我们手中的力量回击地球,以牙还牙。在他们看来,为了维护火星在太阳系的独立地位,牺牲数十亿地球人根本就不是什么大事。

更糟糕的是极为严重的思乡症。

尽管幸存的政府成员全力以赴,共和国还是很快就被取代。随之而来的,比无政府状态还要糟糕——头脑发热的暴民统治了火星,统领他们的,是一群自命不凡的机会主义者。

鼓动这些暴民的,是火星自己。这颗星球也开始表达自己的立场,因为创痛而尖叫。

第一场大地震发生于阿凯柔斯南部。三座基地变成废墟,还有一座被撕成了两半,因为帕沃尼斯和阿凯柔斯之间出现了一条裂谷。这条裂谷后来被称作新塔西斯断裂带。在短短四个星期内,它的宽度就从几米增加到超过一千公里。如此剧烈的火星地壳活动引发了一系列连锁反应。火星就像被敲响的铜锣一样震动不息。

在"先行者"基地,热情而富有创意的法乌德·阿迪博士带领的地质学家团队试图掌握火星地壳运动的新规律。他们没有卫星可用,只能借助全火星网络传输来的报告。而网络设备本身也已经分崩离析,不断有接口断裂,修好之后再断裂。我们的纳米设备已经被使用到了极限。

志愿者从凯巴布基地起飞,沿着水手峡谷测绘地貌,编制可以反映最新变化的火星地图。他们从愿意提供支持的完好基地得到给养和燃料，一直飞越了整个塔西斯高地。高度变化达到数十米的地方随处可见，在有些地方，甚至有上百米的高度变化。

有人推测，塔西斯高地将会在百年内沉降——旧历百年。

现在，火星绕我们新太阳一周的时间是三百零二天。

在火星的另一侧，狭窄的线形山脉开始出现①。这些山脉长达数千公里，看上去犹如一层层巨浪。更多的基地发现自己的地下通道面临威胁，不得不全体撤离。

魏斯勒的应急计划的确实施了，但常常是亡羊补牢，为时已晚。当然，责任全都落在了我的头上。是我把火星带入了如此极端的环境，是我事先没有制订详尽充分的计划，是我大错特错。说我是罪犯并不过分。

根据我的命令，幸存的奥林匹亚人拆解了扰动机，把它运离凯巴布，藏到别的安全的地方。有些零件被地方势力抢占，据为己有。但万幸的是，没有任何一方势力掌握了足够的配件，可以用它作恶。没有人懂得这些机器的用法。奥林匹亚人保持了沉默，甚至在面临威胁时也毫不动摇。

他们中的有些人被投进了监狱。

大多数时间，我都在从一个站点飞往下一个站点，巡视地震灾害现场，努力给人们带去安慰。此外就是跟新设立的委员会沟通，他们对我持敌对态度。所有的火星人，现在都成了难民，即便他们还住在原本熟悉的家里。

而且，火星人都生活在恐惧中。在一个又一个基地，人们一再问我，何时才能回家——回到太阳系。当我回答他们说，我们可能永远都不会再回去的时候，很多人流下了愤怒而绝望的泪水。

也有人在支持我，但人数不多。

---

①现实中的火星表面，山峰坡度都非常平缓，形如扣在地面上的扁平圆底锅。

火星,不管是在地下还是在地上,都陷入了疯狂。

洪水从奥林普斯山北坡奔流而下,淹没了塞纳岩区,毁掉了我丈夫用来复活母体孢囊的实验室。得知这一消息后,我最后一次乘坐总统专机,对灾区进行官方巡视。丹迪陪着我,此外还有斯蒂芬·林德尔。我们首先前往西奈学院,在那里过夜,加足了燃油,然后前往岩区。

在那座巨大的火山①中,有什么东西突然醒来,释放出大量的地下水,翻涌着从北坡流下,部分涌入了岩区,让此处数十万平方公里的地面积水达到几米深。水触及古老的表层土,发出嘶嘶的声响,释放出大量的氮气和二氧化碳。不断翻涌的湖水冒出无数气泡,然后变成黏糊状,继而结冰。我们飞过这片乌云密布的暗黑区域,发现新生的泥沼当中,有新的岛屿诞生。

当然,被水淹没的只有南方低地和塞纳岩区。但是,实验室刚好就在这样的位置。实验室的穹顶已经损毁,四个母体孢囊暴露在新的火星天空下。

迎接我们的是我丈夫生前的同事,伊利亚以前的助理,肖温斯基博士。他在临时气闸里热情欢迎我们的到来。

“还是挺有传奇色彩的。”肖温斯基带我们去了一个小房间,这里有茶水和简单的午饭,“我们失去了大多数房屋和隧道,还有几乎所有的穹顶,可是,实验却成功了。总统女士,你的决定的确招致很多争议,不过我作为一名科学家,想对你说的却只有一句话:感谢你!”

我们匆匆吃过饭,肖温斯基带我们走过一段浸过水并依然很潮湿的隧道,前往曾经用于存放母体孢囊的实验室。这里原来存放孢囊的位置已经空空如也。“我们把它们全部移到了外面。”肖温

---

①火星最高峰奥林普斯山是一座沉寂多年的死火山。

斯基说,"我真希望伊利亚能看到今天的成果!"

我们穿上加压防护服,走到露天环境下。在明亮的天幕上,高空到处飘浮着旋涡状的晶体云。洪水把用来存放孢囊的穹顶区变成了泥泞的湿地,到处都是闪光的冰碴。细心准备的泥土培养床已经遭到破坏,只剩下宽窄不一的沟渠。就在这些沟渠里,覆盖着厚厚的一层冰盖,每天晚上都会冻结得很厚,而到了中午,又会融化掉一部分。在冰盖下面,粗壮的棕色幼苗正在萌发,它们可以长到两三米的高度,顶端生出扇形的叶片。

肖温斯基让我走进一条沟渠,这里的深度大约一米。他握住我戴着手套的手,让我抚摸幼苗的枝干。幼苗从玻璃一样的冻结黏液中生发,而这些黏液来自于六米之外一块碎裂的母体孢囊。

"首先出现的,是引水桥树。"肖温斯基说,"我们估计,随后就会出现其他形式的生命。新生的生态系统要首先解决供水问题,然后才会茂盛生长。"

有一棵较为老壮的植物已经长到了五米高,根部有两米粗,发出了四片扇形叶子,伸展在新太阳的灿烂光芒下。一个半透明的球体,有西瓜那么大,掩藏在最大那片叶子的阴影里。

在肖温斯基告诉我之前,我就知道它是什么。假以时日,这颗果子会长得非常巨大,并成为引水系统中的一座水库。查尔斯曾经带我进入过深埋地下变成化石的这样一座球形水库,那仿佛是很多年前的事情了。

我暗下决心,将来一定带他来看看——等他准备好了以后。

我们在露天停留了几个小时,甚至还遇上一场小小的风雪。那些棕色幼苗让我感到极为高兴,我在它们周围欢笑玩闹,仿佛又变成了小女孩。我想为自己,为伊利亚,好好享受这一刻。

我们回到隧道后,听见紧张的实验室助理说,有几艘飞行器从亚马逊盆地飞来。丹迪本能地感觉到了危险,迅速带我跑向我们的飞行器,但为时已晚。我们被一队全副武装的市民排成的人墙挡住了去路。

对这些公民自卫队员而言,肖温斯基的抗议毫无意义。他们逮捕了我,对我提出数条指控,其中最严重的就是叛国罪。丹迪和林德尔被捆住了手脚,就像待宰的羔羊。那些全由男人组成的阴险暴民对我还算仁慈,只是用黏糊糊的绳子捆住了我的双手。

这样的经历,对我来说已经不是第一次。

火星共和国就此灭亡。

我已经讲完了我的故事,我愿意为它的真实性负责。我写下的所有文字,都是围绕移动火星的行动展开的,包括事情的起因、经过,还有我所担当的角色。此后发生的事,我宁愿什么都不记得。

在狱中写作,往往会得到名不副实的推崇。

我并不想请求什么人原谅,甚至不指望得到公正的判决。从一定程度上讲,我已经得到了应得的回报。不过,我的确想请求你们善待查尔斯·富兰克林,还有其他被捕的奥林匹亚人。

因为他们,火星才得以继续存在,将来的政府也才得以有机会在辩论和指责中诞生。

等到所有的审判结束,我要接受的刑罚也最终确定,我会想到这些东西:一棵树,一片叶子,还有一个闪光的绿色圆球。以后诞生的孩子们,将不再记得原来的那颗太阳。新的、开满鲜花的星空将是他们的家园,也是你们的家园。我祈祷,我希望,孩子们可以看到这段故事。

我看见数百年、数千年之后的你们,在古老火星遗留下来的引水桥树的荫庇下尽情嬉戏,你们的皮肤裸露在天空之下。对你们来说,时间也好,距离也罢,这些限制都将不复存在。只要你们愿意,一切皆可实现。

你们一定要比你们的先辈更出色,这是你们的义务,因为你们已经掌握了足以超越我们的力量。

跋

戴恩·约翰森博士

　　我有幸承担了这本《凯西娅·马朱达回忆录》新版的文字编辑工作。即便在今天，马朱达的生平和举动还是会引起诸多争议。实例之一，就是在最近，旧星系倡导者们还想给所有版本的《移动火星》添加注解和评论。他们的妄想已经被挫败。不过，这多少也证明了很多火星人仍然对这位前总统怀有强烈反感。

　　我曾见过凯西娅·马朱达一面，地点是她的花园，时间是二十年前。以火星旧历计算，当时她五十岁[①]，而我的年龄，只有新火星历十二岁[②]。我的母亲刚刚通过火星宪法认可的选举，成为新火星共和国的总统。母亲、父亲还有我一起，穿过塞纳岩区，前往凯西娅家中拜访，这已经成了以往几届政府首脑的惯例。

　　我见到的凯西娅·马朱达是一位坦诚、自信、健壮的女士，长着稀疏的灰黑色头发，棕色皮肤上布满皱纹；加压防护服下面的胳膊尽管并不粗壮，但显得很有力气。她走路很快，像年轻人一样充满

———————————

　　①折合地球历，约为94岁。

　　②折合地球历，约为10岁。

自信。她开着一辆牵引车来接我们,那辆车曾经属于她过世的丈夫。她微笑着跟我们握手,请我们到她家。那座房子就位于塞纳岩区自然保护区边缘。我们到达后脱掉了防护服,冲了澡,感觉很舒服。

她为我们引见了长期与她同住的查尔斯·富兰克林。富兰克林友好地问候我们,但表现得有些心不在焉。他身材高挑,非常瘦,满头白发,面部线条很奇特,总是不苟言笑。富兰克林很少说话,总在房子里面走来走去,做一些看起来并没有什么实际意义的事情,但自己乐在其中。他有时候会自顾自微笑,偶尔大笑,这让我觉得很不正常。我无法将这个空壳一样的怪人跟历史课本里形象伟岸的查尔斯·富兰克林联系在一起。我问妈妈:"他没毛病吧?"我爸爸偷偷捅了一下我的肋骨说:"他本来就这样。你乖点儿!"

可是,我却更加紧张地死盯着那个人。他也看看我,若有所思地点头,就好像我们两个在什么重要事情上达成了一致一样,然后他就坐到了凯西娅·马朱达身边。

妈妈说话总是直来直去,她上来就问马朱达,富兰克林最近怎么样。

"跟以前一样好。"她回答说,"不用害怕他。"她对我说,"他在自娱自乐,只不过有时候显得太活泼而已。这只是因为他想问题的方式跟你我不同罢了。"

她亲自为我们准备了宴席,富兰克林也搭手帮忙。我记得她对我说:"人亲自动手制作的火星蔬菜味道要更好一些。我想你会同意我的看法。"

我坐在她家的饭桌边,桌子是用一片风干的引水桥树的树叶做成的。透过旁边的窗户,可以俯瞰一片长满了黄褐色草木的山谷。我们吃了引水桥树的果子，我还是头一次吃到这种美味。市场上有卖，不过贵得要命。马朱达兴高采烈地跟我们讲起了母体孢囊，说它们最近二十年终于衍生出更多不同形态的后代，其中许多新品种都在外面的花园里杂乱地生长：轮虫纲绵羊、风琴虫，还有沙狗。

富兰克林面带笑容地听我们聊天，时而还会插嘴补充。他从满是纸片和笔头的衬衫口袋里掏出一根书写棒，在空中画线，用橙色线条勾勒出几种母体生命形态，这些还都只发现过化石：滑翔蜜蜂、沙漠气鼓虫、漂浮海带，等等。然后，他又用同样的热情画出一系列乱糟糟的曲线，形状难以辨认。

"有些时候，我能明白查尔斯想表达的意思。"马朱达说，用手指描摹着空中的曲线解释道，"我觉得这些线条代表基因多样性。现在，母体们只会产下对环境要求最低的生物类型。它们好像还在保留着最强大的后代，以免火星万一又回到了以前毫无生气的样子。查尔斯，你画得很棒。"

富兰克林笑了，把书写棒放回衣兜。

我们吃饭时，妈妈告诉马朱达，执政院已经批准了建立纪念堂的提案，以纪念她本人、火星首任总统泰桑德拉·厄祖尔，还有奥林匹亚人。纪念堂将包括一组铜铁合金雕像和一块纪念铭牌。

凯西娅看上去有些伤感，后来又很生气，"我不需要被纪念。"她说，"他们已经给了我这座花园。有花园就够了，我现在不怪任何人。"

"他们剥夺了你的自由，长达十年之久。"妈妈说，"而我们欠了你那么多。"

"我们夺走了他们熟悉的一切，甚至没能得到他们的允许。是我拒绝进行任何投票表决的。"

"我们现在已经不再那样看问题了。"父亲说。

"反正我不需要雕像。"马朱达坚持说,"我还希望,你们这些当选的总统不要总是跑来跟我道歉。你知道我真正的想法吗?我其实只想带上你可爱的女儿,去外面的花园走一圈儿。"

"整个花园吗?"父亲问。塞纳岩保护区占地一百万公顷,地形复杂,很多地方牵引车都无法行驶。

"只是我负责的区域而已。"凯西娅笑着解释。

然后,她就带我做了一次奇特的巡行,就像我是她的孙女一样。她把牵引车停在引水桥树下的时候,眼睛里放射着奇异的光彩。我们戴好头盔,走出车门,仰头一看,巨大的红色花瓣的宽度跟我的身高接近,环绕在高达三十米的基柱上,伸向蓝黑色的天空。粗大的玻璃状藤蔓里全是液体,像引水管一样跨越山峰、高岗和深谷。如果把藤蔓里的汁液抽干,连成年人都可以在里面直立行走。

"我的丈夫和我率先见证了火星生命的回归。"马朱达说。

"我知道,"我赶紧炫耀起来,"小学就学到过。"

"真是荣幸啊。你读过我的书吗?"

"当然了!"

她看着远处,缓缓摇头,"多可爱的花呀,不过大多数都难以结果,它们需要滑翔蜜蜂的帮助。但是它们很好看,你觉得呢?"

我说:"我也觉得它们特别漂亮。"

"嗯,每年都有机器工人给一些花授粉。我有权收获这些果子,卖掉它们,或者自己吃掉。一年吃一次,我就很满足了。"

她把我抱起来,来到一根粗大的基柱旁边,把我戴着手套的手摊开,放在深绿色的表面上。"希望你能记住它们。"她说,"它们都已经有五亿岁了,可还是一些没长大的小婴儿。"

凯西娅·马朱达去世多年以后，我参观了她的纪念雕像和纪念铭牌，它们位于一处平整的岩石地带。纪念碑是露天的，距离火星大学西奈学院不远。

泰桑德拉·厄祖尔、凯西娅·马朱达、查尔斯·富兰克林，以及其他奥林匹亚人的纪念雕像树立在基座之上。马朱达表情凝重，跨步向前，两手摊开，好像感觉到了危险，或者心怀疑惑。在基座的侧面便是纪念铭牌。

铭牌上列出了他们的姓名，还有下面几句话：

献给那些把我们送到这里的人，他们让我们得以
像花儿一样自由生长在天空下
沐浴新的阳光

就在我阅读铭文的时候，大地开始颤抖——又是一场小规模火星地震。我的身体东倒西歪，那些雕像却岿然不动。而头上的天空显得更加蔚蓝。